BASTEI
LÜBBE

ROBERT LOUIS
STEVENSON

Der Schwarze Pfeil

Die Wrackräuber

ZWEI HISTORISCHE ROMANE

Aus dem Englischen
von Werner Siebenhaar
und Annette von Charpentier

BASTEI
LÜBBE

BASTEI LÜBBE TASCHENBUCH
Band 14 401

1. Auflage: August 2000

Vollständige Taschenbuchausgabe

Bastei Lübbe Taschenbücher
ist ein Imprint der
Verlagsgruppe Lübbe

Deutsche Erstveröffentlichung
Titel der englischen Originalausgabe:
The Black Arrow/The Ebb-Tide

Lektorat: Wolfgang Neuhaus /Marco Schneiders
Titelillustration: Archiv für Kunst und Geschichte
Umschlaggestaltung: Kochlowski, Köln
Satz: KCS GmbH, Buchholz/Hamburg
Druck und Verarbeitung: 51527
Société Nouvelle Firmin-Didot, Mesnil-sur-l'Estrée, Frankreich
Printed in France

ISBN 3-404-14401-5

Sie finden uns im Internet unter
http://www.luebbe.de

INHALT

Der Schwarze Pfeil
Seite 7

Die Wrackräuber
Seite 329

Der Schwarze Pfeil

INHALT

KRITIK VON EIGENER SEITE 11

PROLOG
John der Rächer 13

ERSTES BUCH
DIE BEIDEN JUNGEN BURSCHEN 35
Unter dem Schild der ›Sonne‹ in Kettley 37
Im Moor 47
Die Moorfähre 55
Eine Waldbruderschaft 64
›Blutig wie der Jäger‹ 73
Bis zum Tagesende 84
Das verhüllte Antlitz 92

ZWEITES BUCH
DAS WASSERGRABENHAUS 105
Dick stellt Fragen 107
Die zwei Eide 117
Das Zimmer über der Kapelle 127
Der Geheimgang 135
Wie Dick die Seiten wechselte 141

DRITTES BUCH
LORD FOXHAM 153
Das Haus am Strand 155
Ein Scharmützel im Dunkeln 163
Das Kreuz der Heiligen Jungfrau 171
Die ›Good Hope‹ 175
Die ›Good Hope‹ (Fortsetzung) 185
Die ›Good Hope‹ (Fortsetzung und Schluß) 193

VIERTES BUCH
DIE VERKLEIDUNG 201
Die Höhle 203
›In meiner Feinde Haus‹ 212
Der tote Spion 223
In der Abteikirche 232
Earl of Risingham 243
Noch einmal Arblaster 248

FÜNFTES BUCH
DER BUCKLIGE 261
Die schrille Trompete 263
Die Schlacht von Shoreby 271
Die Schlacht von Shoreby
(Fortsetzung und Schluß) 280
Die Plünderung von Shoreby 285
Die Nacht in den Wäldern – Alicia Risingham ... 297
Die Nacht in den Wäldern – Dick und Joan 307
Dicks Rache 319
Schluß 324

KRITIK VON EIGENER SEITE

Ich allein weiß, wie ich unter Deiner unermüdlichen Wachsamkeit und bewundernswerten Hartnäckigkeit gelitten und wie sehr meine Bücher dabei gewonnen haben. Hier ist nun ein Roman, der in die Welt geht, ohne Deine *Imprimatur* (Druckerlaubnis) zu besitzen: eine seltsame Angelegenheit in unserem gemeinsamen Leben – und der Grund dafür ist noch seltsamer! Ich habe mit Interesse, Schmerz und schließlich Belustigung Deine widerwilligen Versuche zur Kenntnis genommen, den *Schwarzen Pfeil* ganz zu lesen, und es würde mir an Humor fehlen, würde ich die Gelegenheit verstreichen lassen und Deinen Namen nicht auf das Vorsatzblatt des einzigen meiner Bücher zu setzen, das Du nicht zu Ende gelesen hast – und wohl nie bis zum Ende lesen wirst. Ich hoffe noch immer, daß andere mehr Beharrlichkeit aufbringen werden. Die Geschichte wurde vor Jahren für eine bestimmte Leserschaft und (so kann ich wohl sagen) im Wettstreit mit einem gewissen anderen Schriftsteller verfaßt. Ich sollte hier seinen Namen erwähnen: Mr. Alfred R. Phillips. Der Wettstreit war damals nicht ohne gewissen Reiz. Zwar konnte ich Mr. Phillips nicht von seiner wohlerworbenen Vorrangstellung verdrängen, doch in den Augen der Leser, die weniger als nichts von der *Schatzinsel* hielten, sollte der *Schwarze Pfeil* mich einen deutlichen Schritt weiter bringen. Die Leser von Büchern und die von Fortsetzungsreihen in Zeitschriften und Zeitungen gehören verschiedenen Welten an. Das Urteil über *Die Schatzinsel* wurde vor einem anderen Gerichtshof in sein Gegenteil verwandelt, und ich frage mich, ob das gleiche mit seinem Nachfolger geschehen wird.

Saranac Lake
8. April 1888

Robert Louis Stevenson

VORWORT
JOHN DER RÄCHER

An einem Nachmittag im späten Frühling hörte man die Glocke über dem Wassergrabenhaus von Tunstall zu einer ungewöhnlichen Stunde läuten. Fern und nah, im Wald und auf den Feldern entlang des Flusses hielten die Leute in ihrem Tun inne und eilten dann zur Quelle des Geläuts. Im Weiler Tunstall selbst stand bereits eine Gruppe armer Landleute und wunderte sich über dieses ungewohnte Zusammenrufen.

Tunstall sah zu jener Zeit, unter der Herrschaft des alten Königs Heinrich VI., fast schon so aus wie noch heute. Vielleicht zwanzig Häuser, umgeben von zahlreichen Eichen, standen in einem langen grünen Tal, das vom Fluß her anstieg. Am Fuße des Talgrunds verlief die Straße über eine Brücke, welche den Fluß überspannte, stieg auf der anderen Seite an und verschwand im Waldesrand auf ihrem Weg zum Wassergrabenhaus und weiter zur Abtei Holywood. Auf halbem Weg durch das Dorf stand die Kirche, von Eiben umgeben.

Dicht bei der Straße stand ein steinernes Kreuz auf einer kleinen Anhöhe. Hier war die Gruppe zusammengekommen – ein halbes Dutzend Frauen und ein großer Bursche in einem rotbraunen Arbeitskittel – und redete darüber, was das Läuten wohl zu bedeuten hätte. Ein Eilbote war eine halbe Stunde zuvor durch den Weiler geritten und hatte im Sattel einen Krug Ale getrunken, weil der Reiter wegen der Eile nicht absteigen wollte. Er selbst wußte aber nicht, was er da brachte – nur versiegelte Briefe von Sir Daniel Brackley an Sir Oliver Oates, den Pfarrer, der das

Wassergrabenhaus während der Abwesenheit von Sir Daniel beaufsichtigte.

Jetzt aber hörte man das Hufgetrommel eines sich nähernden Pferdes, und bald ritt auch schon der junge Master Richard Shelton, Sir Daniels Mündel, über die Brücke, die unter den Hufen des Tieres donnerte. Wenigstens Master Richard würde etwas wissen, und so riefen sie ihm zu und baten ihn um Auskunft. Bereitwillig zog er die Zügel an, dieser Jüngling, noch nicht achtzehn, sonnengebräunt und grauäugig, in einer Jacke aus Hirschleder mit schwarzem Samtkragen, einer grünen Kapuze auf dem Kopf und einer Stahlarmbrust über dem Rücken. Eine Schlacht stehe bevor, verkündete er. Sir Daniel habe die Anweisung gegeben, daß jeder Mann, der einen Bogen ziehen oder eine Hellebarde tragen könne, sofort nach Kettley eilen solle. Das Nichtbefolgen dieser Aufforderung würde Sir Daniels tiefes Mißfallen erregen. Dick wußte jedoch nicht, für wen sie kämpfen und wo die Schlacht überhaupt geschlagen werden sollte. Sir Oliver würde bald selbst kommen, erklärte er weiter, und Bennet Hatch rüste sich in diesem Moment, denn Bennet solle die Leute anführen.

»Das ist das Ende dieses lieblichen Landes«, sagte eine Frau. »Wenn die Lords sich in den Haaren liegen, muß das Pflugvolk Wurzeln essen.«

»O nein«, entgegnete Dick. »Jeder Mann, der diesem Aufruf folgt, wird sechs Pennies am Tag erhalten – und Bogenschützen zwölf.«

»So sie denn am Leben bleiben«, gab die Frau zurück. »Das kann ja wohl sein – aber was ist, wenn sie sterben, junger Herr?«

»Sie können nicht besser sterben als für ihren rechtmäßigen Lord«, sagte Dick.

»Rechtmäßiger Lord? Nicht für mich«, sagte der Mann

im Arbeitskittel. »Ich folgte den Walsinghams nach Brierly, so wie wir alle. Das ist an nächster Lichtmeß zwei Jahre her. Und jetzt muß ich mich auf die Seite von Brackley stellen! Das Gesetz hat es so gewollt, doch nennt Ihr das rechtmäßig? Sir Daniel und Sir Oliver, der mehr vom Gesetz als von Ehrlichkeit weiß, sind nicht meine Herrn. Ich hab' keinen anderen Lord als den bedauernswerten König Harry den Sechsten, Gott segne ihn – den armen Unschuldigen, der seine rechte Hand nicht von seiner linken unterscheiden kann.«

»Ihr sprecht mit übler Zunge, Freund«, erwiderte Dick, »indem Ihr Euren guten Herrn und meinen Gebieter, den König, gleichzeitig beleidigt. Aber König Harry – die Heiligen seien gepriesen! – ist wieder zu Verstand gekommen und wird alle Dinge friedlich regeln. Und was Sir Daniel angeht, so seid Ihr sehr tapfer in seiner Abwesenheit. Aber ich bin kein Klatschmaul. Mehr will ich hier nicht sagen.«

»Ich sage ja nichts Böses über Euch, Master Richard«, entgegnete der Bauer. »Ihr seid noch ein junger Bursche, aber wenn Ihr erst zum Mann geworden seid, werdet Ihr feststellen, daß Eure Tasche leer ist. Mögen die Heiligen Sir Daniels Nachbarn helfen und die Gesegnete Jungfrau seine Mündel schützen!«

»Clipsby«, fuhr Richard ihn an, »was Ihr da sagt, geht mir gegen die Ehre. Sir Daniel ist mein guter Herr und mein Vormund noch dazu.«

»Werdet Ihr ein Rätsel für mich lösen?« entgegnete Clipsby. »Auf welcher Seite steht Sir Daniel denn eigentlich?«

»Das weiß ich nicht«, antwortete Dick und errötete dabei ein wenig, denn sein Vormund hatte in den Wirrungen jener Zeit ständig die Seiten gewechselt, und jeder Wechsel hatte seinen Reichtum gemehrt.

»Ach«, entgegnete Clipsby, »weder Ihr wißt es noch

sonst jemand, denn in der Tat ist Sir Daniel einer von jenen, die bei Lancaster zu Bett gehen und bei York aufstehen.«

In dem Augenblick dröhnte die Brücke wieder unter trommelnden Hufeisen, und die Gruppe wandte die Köpfe und sah Bennet Hatch herangaloppieren – einen braungesichtigen, grauhaarigen Mann, bewaffnet mit Schwert und Speer, eine Stahlhaube auf dem Kopf und einen Lederpanzer am Leib. In dieser Gegend galt er als mächtiger Mann und Sir Daniels rechte Hand in Krieg und Frieden und zu jener Zeit, auf Geheiß seines Gebieters, Verwalter des Grafschaftszehnts.

»Clipsby«, rief er, »auf zum Wassergrabenhaus – und schicke alle anderen Tagediebe auch dorthin! Boyer wird Euch Lederpanzer und Stahlhaube geben. Wir müssen noch vor der Abendglocke losreiten. Beeilt Euch! Wer zuletzt am Friedhofstor ist, wird von Sir Daniel seinen gehörigen Lohn empfangen. Also, sputet Euch alle! Ich kenne dich ja als einen Nörgler, dem man Beine machen muß. – Nance«, fügte er hinzu, an eine der Frauen gewandt, »ist der alte Appleyard im Dorf?«

»Das nehme ich wohl an«, erwiderte die Frau. »Bestimmt ist er auf seinem Feld.«

Darauf zerstreute sich die Gruppe, und während Clipsby gemächlich über die Brücke schritt, ritten Bennet und der junge Shelton zusammen durchs Dorf und an der Kirche vorbei.

»Ihr werdet sehen«, meinte Bennet, »der alte Griesgram wird mehr Zeit mit Murren und Geschwätz über Harry den Fünften verbringen, als ein Mann braucht, ein Pferd zu beschlagen. Nur weil er in den Französischen Kriegen gewesen ist!«

Das Haus, an dem sie sich sammeln sollten, war das letzte im Dorf; allein stand es zwischen Fliederbäumen.

Dahinter erstreckte sich zu drei Seiten Wiesenland, das bis zum Rand eines Waldes reichte.

Hatch stieg vom Pferd, warf die Zügel über den Zaun und schritt das Feld hinunter. Dick an seiner Seite, ging er zu der Stelle, wo der alte Soldat knietief zwischen seinen Kohlköpfen grub und ab und zu mit heiserer Stimme die Strophe eines Liedes sang. Er war ganz in Leder gekleidet, nur seine Kapuze und Pelerine waren aus grobem Wollzeug. Sein Gesicht glich einer Walnußschale, so braun und faltig war es, doch seine alten grauen Augen waren noch klar und seine Sehkraft ungemindert. Vielleicht war er schwerhörig; vielleicht aber betrachtete er es für einen alten Bogenschützen von Agincourt als unwürdig, sich durch solchen Besuch von seiner Arbeit ablenken zu lassen – jedenfalls schienen ihm weder die beunruhigenden Glockenschläge noch das Herannahen Bennets und des Jünglings Anlaß zu sein, den Kopf zu heben. So grub er hartnäckig weiter und krächzte mit dünner, zittriger Stimme:

»O holde Dame, ich sag' Euch heut,
Der Tag wird kommen, da Ihr's bereut.«

»Nick Appleyard«, rief Hatch ihm zu, »Sir Oliver läßt Euch ausrichten, noch in dieser Stunde zum Wassergrabenhaus zu kommen, um dort das Kommando zu übernehmen.«

Nun schaute der alte Bursche auf.

»Gott schütze Euch, meine Herren!« sagte er grinsend. »Und wohin mag Master Hatch dann wohl gehen?«

»Master Hatch wird sich auf den Weg nach Kettley machen – mit jedem Mann, für den wir ein Pferd auftreiben können«, erwiderte Bennet Hatch. »Es wird einen Kampf geben, wie's scheint, und mein Lord braucht Verstärkung.«

»So, so«, sprach Appleyard. »Und was laßt Ihr mir hier zur Bewachung zurück?«

»Ich laß Euch sechs gute Männer hier. Und unseren Priester Sir Oliver noch dazu«, antwortete Hatch.

»Das wird zum Schutz nicht reichen«, meinte Appleyard. »Ich bräuchte zweimal zwanzig Mann.«

»Deshalb komme ich ja zu Euch, alter Griesgram. Wer anders könnte ein solches Anwesen mit einer solchen Garnison verteidigen?«

»Ah! Wenn Not am Mann ist, erinnert man sich des alten Schuhes wohl«, gab Nick zurück. »Von Euch allen kann doch keiner ein Pferd richtig im Kampf führen oder eine Hellebarde halten. Und was die Bogenschützen betrifft – heiliger Michael! Wenn der alte König Heinrich wieder hier wäre, würde er sich vor Euch stellen und auf sich schießen lassen – für einen Farthing pro Schuß, denn er könnte ein Vermögen machen. Er wüßte ja, daß Ihr nicht trefft!«

»Aber mein guter alter Nick! Da gibt's einige, die sehr gut den Bogen spannen können«, meinte Bennet.

»Den Bogen spannen!« rief Appleyard spöttisch aus. »O ja, spannen schon – aber können sie auch zielen und schießen und vor allem treffen? Dazu braucht's nämlich ein gutes Auge und einen Kopf zwischen den Schultern. Was meint Ihr, was ein weiter Schuß ist, Bennet Hatch?«

»Nun«, erwiderte Bennet und schaute sich um, »ich würde sagen, ein weiter Schuß ist von hier zum Wald da hinten.«

»Das ist wohl wahr. Das wär' schon ein recht weiter Schuß«, sagte der alte Krieger, schaute über die Schulter, legte die Hand über die Augen und starrte in die Ferne.

»Was gibt's? Was schaut Ihr denn so?« fragte Bennet lachend. »Seht Ihr etwa Euren geliebten Heinrich den Fünften am Waldrand stehen?«

Der Veteran schaute weiter schweigend den Hügel hinauf. Die Sonne schien hell auf die steil abfallenden Wiesen. Ein paar weiße Schafe wanderten äsend umher. Alles war still; nur das ferne Glockengeläut war zu vernehmen.

»Was seht Ihr denn nun wirklich, Appleyard?« wollte jetzt auch Dick wissen.

»Nun ja, die Vögel«, antwortete Appleyard.

Und tatsächlich, über den Wipfeln des Waldes, wo dieser sich in einem Ausläufer bis in die Wiesen erstreckte und mit einem Paar stattlicher grüner Ulmen endete – etwa einen Bogenschuß von dem Feld entfernt, auf dem die Männer standen –, flatterte ein Schwarm Vögel in offensichtlicher Aufregung empor.

»Und was soll das mit den Vögeln auf sich haben?« fragte Bennet.

»Oha!« erwiderte Appleyard lachend. »Ihr seid wirklich ein erfahrener Mann für den Krieg, Master Bennet! Wißt Ihr denn nicht, daß Vögel gute Wachposten sind? In Waldgebieten sind sie die erste Schlachtlinie. Denkt doch einmal: Lägen wir hier im Feldlager, könnten sich doch jetzt Bogenschützen anschleichen – und Ihr würdet nichts davon merken!«

»Ha, alter Griesgram«, entgegnete Hatch. »Keine Männer sind näher bei uns als die von Sir Daniel, und die sind bei Kettley. Ihr seid hier so sicher wie im Tower von London. Leuten wegen ein paar Buchfinken und Spatzen Furcht zu machen – also wirklich!«

»Da höre man sich doch so etwas an!« sagte Appleyard und grinste. »Wie viele Spitzbuben würden jetzt wohl ihre schmutzigen Ohren hergeben, um einen Pfeil in einen von uns hineinjagen zu können! Mann Gottes! Die hassen uns wie Iltisse!«

»Ihr Haß gilt wohl eher Sir Daniel«, antwortete Hatch ein wenig ernüchtert.

»Sie hassen Sir Daniel und jeden Mann, der unter ihm dient«, sagte Appleyard. »Und in der ersten Reihe stehen da der Bennet Hatch und der alte Nicholas, der Bogenschütze. Überlegt doch mal! Wenn ein geschickter Kerl dort am Waldrand stünde und Ihr und ich hier, als gute Ziele – was wir bei Gott ja sind –, wen von uns würde er wählen?«

»Euch«, antwortete Hatch.

»Meinen Überrock gegen einen Ledergürtel – er würde Euch wählen!« rief der alte Bogenschütze. »Ihr habt Grimstone niedergebrannt, Bennet – *das* werden sie Euch nie vergeben. Und was mich betrifft, so werde ich mich mit Gottes Gnade sowieso bald an einem guten Platz befinden, außerhalb jeder Bogenschußweite – sogar Kanonenschußweite! Aber Ihr, Bennet, Ihr werdet wohl noch ein Weilchen hier bleiben, und wenn Ihr in meine Jahre kommt, ohne daß man Euch vorher am Halse aufhängt, wird der alte, waschechte englische Geist längst tot sein.«

»Ihr seid ja wirklich der griesgrämigste alte Zausel im Wald von Tunstall«, entgegnete Hatch, sichtlich schockiert ob dieser Drohungen. »Holt jetzt Eure Waffen, bevor Sir Oliver kommt, und laßt das Schwatzen für eine Weile. Hättet Ihr so viel mit Heinrich dem Fünften geredet, wären seine Ohren voller als seine Taschen gewesen.«

Da schwirrte ein Pfeil durch die Luft wie eine riesige Hornisse, traf Appleyard zwischen den Schulterblättern und durchbohrte ihn. Der Alte fiel mit dem Gesicht in seine Kohlköpfe hinein. Mit einem heiseren Schrei sprang Hatch auf, beugte sich dann tief hinunter und lief zum Haus, um dort Deckung zu suchen. Dick Shelton hatte sich derweil hinter einen Fliederbusch fallen lassen, spannte seine Armbrust, legte sie an und richtete sie auf den Waldrand.

Doch kein Blättchen rührte sich. Die Schafe grasten

geduldig; die Vögel hatten sich wieder auf den Ästen niedergelassen. Der alte Mann aber lag im Kohlfeld; ein langer Pfeil steckte in seinem Rücken. Hatch verbarg sich am Haus, und Dick kauerte weiterhin schußbereit hinter dem Fliederbusch.

»Seht Ihr etwas?« rief Hatch.

»Kein Zweig bewegt sich«, antwortete Dick.

»Es wäre eine Schande, den alten Appleyard dort liegen zu lassen«, sagte Bennet schließlich und trat mit zögernden Schritten und bleichem Gesicht vor. »Haltet gut Ausschau auf den Wald, Master Shelton! Die Heiligen sind uns nicht wohl gesinnt. – Das war aber ein guter Schuß!«

Bennet Hatch zog den alten Bogenschützen auf ein Knie. Er war noch nicht tot. Sein Gesicht zuckte, und seine Lider schlossen und öffneten sich wie bei einer mechanischen Vorrichtung. Ein schrecklicher Ausdruck des Schmerzes lag in seinen Augen.

»Könnt Ihr mich hören, alter Nick?« fragte Hatch. »Habt Ihr einen letzten Wunsch, bevor Ihr geht, alter Bruder?«

»Zieht den Schaft heraus und laßt mich noch ein Mariengebet sprechen!« stieß Appleyard hervor. »Ich verlasse nun das alte England. Zieht den Pfeil raus!«

»Master Dick«, rief Bennet, »kommt her, und zieht am Pfeil. Er ist geradewegs durch den alten Sünder hindurchgegangen.«

Dick legte seine Armbrust nieder und zog kräftig an dem Schaft, so daß der Pfeil aus dem Körper hinausglitt. Ein Blutschwall folgte. Der alte Bogenschütze sprang fast auf die Füße, rief noch einmal Gott an und fiel tot um. Hatch, der zwischen den Kohlköpfen kniete, betete inbrünstig für das Seelenheil des alten Recken. Aber selbst bei diesem Gebet war ersichtlich, daß seine Aufmerksamkeit geteilt war. Mit einem Auge lugte er immer wieder zu der Stelle des Waldrandes, von wo der Pfeil gekommen war. Nach dem Gebet stand er auf, streifte einen seiner Kettenhandschuhe ab und wischte sich über das bleiche Gesicht, das naß vor Schweiß war, den er vor Schreck und Angst vergossen hatte.

»O weh«, stieß er hervor, »ich könnte als nächster an der Reihe sein.«

»Wer war das wohl, Bennet?« fragte Dick, den Pfeil noch in der Hand.

»Das werden auch die Heiligen nicht wissen«, meinte Hatch. »Mehr als drei Dutzend christliche Seelen haben wir vertrieben von Haus und Hof, er und ich. Er hat nun dafür bezahlt, der arme Kerl, und gebe Gott, daß es noch lange dauert, bis *ich* bezahlen muß. Sir Daniel spielt ein hartes Spiel.«

»Das ist ein seltsamer Schaft«, sagte Dick und blickte auf den Pfeil in seiner Hand.

»Ja, jetzt wo Ihr's sagt!« rief Bennet. »Schwarz und mit schwarzen Federn. Das ist ein Unheilsschaft, bei Gott! Denn das Schwarz steht für Tod ODER Beerdigung. Oh, da hier sind auch Worte drauf geschrieben. Wischt doch mal das Blut weg. Was könnt Ihr da lesen?«

»*An Apulyard vun Jon Der Rächer*«, las Shelton vor. »Was soll das bedeuten?«

»Was es auch bedeuten mag, es gefällt mir ganz und gar nicht«, erwiderte der Gefolgsmann und schüttelte den Kopf. »John der Rächer! Was für ein Allerweltsname für einen Schurken! Damit lassen sich alle sehr gut täuschen. Aber was stehen wir hier als Zielscheibe herum – nehmt Appleyard bei den Beinen, Master Shelton, und ich nehm' seine Arme, und dann laßt ihn uns ins Haus tragen. Das wird eine mächtig böse Überraschung für den armen Sir Oliver. Er wird die Farbe von Papier annehmen und unablässig beten.«

Sie hoben den alten Bogenschützen auf und trugen ihn

in das Haus, in dem er allein gewohnt hatte. Dort legten sie ihn auf den Boden, um die Matratze nicht mit Blut zu beflecken, und richteten seine Glieder, so gut sie konnten.

Appleyards Haus war sauber und kahl. Da standen ein Bett mit einer blauen Decke, ein Schrank, eine große Truhe, ein Paar Schemel und ein Scharniertisch in der Kaminecke, und an der Wand hingen die Waffen und die Schutzrüstung des alten Soldaten. Hatch schaute sich neugierig um.

»Der alte Nick hat Geld«, sagte er. »Er dürfte wohl drei zwanziger Pfund beiseite gelegt haben. Ich wünschte, ich würde sie finden. Wenn man einen alten Freund verliert, Master Richard, so ist der beste Trost, ihn zu beerben. Seht mal, diese Truhe dort. Ich würd' jede Wette eingehen, da ist ein Beutel mit Gold darin. Er hatte eine starke Hand, zu nehmen, und eine starke Hand, es zu behalten, der Appleyard, der alte Schütze. Möge Gott seiner Seele gnädig sein! Fast achtzig Lenze war er alt und immer auf seinen Nutzen bedacht. Aber nun liegt er da auf dem Rücken, der arme Griesgram, und braucht kein Geld und kein gar nichts mehr. Wenn seine Habseligkeiten in die Hände eines guten Freundes kommen, wird er im Himmel um so seliger sein … könnte ich mir jedenfalls vorstellen.«

»Du lieber Himmel, Hatch«, schimpfte Dick. »Habt Achtung vor seinen stockblinden Augen. Würdet Ihr den Mann vor seiner Leiche berauben? Es könnte ihn vor Zorn wiedererwecken!«

Hatch bekreuzigte sich mehrmals, aber nun hatte er wieder seine natürliche Gesichtsfarbe zurückgewonnen und war nicht mehr so leicht von irgend etwas abzubringen. Die verschlossene Truhe wäre wohl geöffnet worden, hätten Hatch und Richard nicht gehört, wie das Tor aufschwang. Gleich darauf ging die Haustür auf, und ein großer, stattlicher Mann von nahezu fünfzig Lenzen mit rötlicher Gesichtsfarbe und schwarzen Augen trat ein, in eine Stola und schwarze Robe gekleidet.

»Appleyard! Wo steckst du?« rief der Ankömmling, hielt dann aber unvermittelt inne. »Ave Maria!« stieß er hervor. »Mögen die Heiligen unser Schild sein! Was ist denn hier passiert?«

»Ein schreckliches Ereignis, Herr Pfarrer – jedenfalls für Appleyard«, antwortete Hatch. »Er wurde vor seiner eigenen Tür erschossen! Nun ist er wohl schon abgestiegen zu den Toren des Fegefeuers. Und dort – wenn es wahr es ist, was man so erzählt – wird's ihm an Kohlen und Kerzen nicht mangeln.«

Sir Oliver tastete sich zu einem Schemel und ließ sich darauf nieder. Sein Gesicht war kreideweiß.

»Das ist eine Heimsuchung! Oh, was für ein Schlag!« jammerte er und rasselte eine Folge von Gebeten herunter.

Hatch nahm respektvoll seine Sturmhaube ab und kniete nieder.

»Sagt mal, Bennet«, meinte der Priester, als er sich wieder ein wenig gefaßt hatte, »wer mag das wohl gewesen sein? Was für ein verruchter Feind hat das getan?«

»Hier, Sir Oliver, ist der Pfeil, der Appleyard getroffen hat. Seht nur, er ist beschrieben«, warf Dick ein.

»Tatsächlich!« rief der Priester. »Das ist ein schlimmes Ding! John der Rächer! Ein wahrer Lollarden-Name. Und schwarz ist der Pfeil – ein böses Omen. Meine Herren, das gefällt mir ganz und gar nicht. Wir müssen uns beraten. Wer könnte der Schütze gewesen sein? Denkt mal nach, Bennet. Wer von den vielen verschlagenen Feinden könnte uns so listig angegriffen haben? Simnel? Sehr fraglich. Die Walsinghams? Nein, die gehen noch nicht so weit, weil sie immer noch glauben, sie könnten das Gesetz auf uns herabfallen lassen wie einen Stein in einen Brunnen, wenn die

Zeiten sich ändern. Wen haben wir noch? Simon Malmesbury. Was haltet Ihr von dem, Bennet?«

»Und was haltet Ihr, Sir«, fragte Hatch zurück, »von Ellis Duckworth?«

»Niemals, Bennet. Nein, der nicht«, sagte der Priester. »Da kommt nie ein Aufruhr geradewegs von unten, Bennet – alle klugen Chronisten sind sich darin einig. Rebellion wandert immer von oben nach unten, und wenn Kreti und Pleti die Schwerter ergreifen, heißt es Ausschau halten, welcher hohe Herr seinen Nutzen davon hat. Nun, da Sir Daniel wieder einmal an der Königin Fest teilnimmt, ist er nicht wohl gelitten bei den Yorker Lords. Deshalb, Bennet, kommt der Schlag – auf welchem Weg, muß ich noch erkunden. Aber darin liegt der Nerv dieses Schmerzes.«

»Da muß ich antworten, Sir Oliver«, erwiderte Bennet, »daß die Achsen in diesem Land so heiß gelaufen sind, daß ich schon lange den Brandgeruch rieche – genau wie Appleyard, der arme alte Sünder. Mit Verlaub, Sir Oliver, auf uns ist so vieler Leute Haß gerichtet, daß es weder York noch Lancaster braucht, sie zum Handeln zu treiben. Ihr als geistlicher Beistand und Helfer des Lords, wie auch Sir Daniel selbst, der mit jedem Wind segelt, habt vieler Leute Gut genommen und nicht wenige geschlagen oder gar hängen lassen. Ihr werdet dafür zahlen müssen. Ich weiß nicht, wie Ihr es bewerkstelligt habt, aber Ihr wart bisher stets vom Gesetz begünstigt und meint, alles in der Hand zu haben. Aber merkt Euch, Sir Oliver – der Mann, den Ihr enteignet und geschlagen habt, ist deshalb um so wütender, und eines Tages, wenn der schwarze Teufel kommt, wird er seinen Bogen erheben und einen Yard Pfeillänge durch Eure Eingeweide jagen.«

»Was redet Ihr da, Bennet! Ihr solltet froh sein, daß Euch jemand hier vor solchen Worten warnt«, sprach Sir Oliver. »Ihr seid ein Schwätzer, Bennet, und ein Flunkerer. Euer

Maul ist so breit, daß es sich von einem Ohr zum anderen zieht. Seid lieber still, Bennet.«

»Also gut. Ich sag' nichts mehr. Haltet es, wie Ihr wollt«, entgegnete der Gefolgsmann.

Der Priester erhob sich vom Schemel, und aus dem Schreibzeugbeutel, den er an einer Schnur um den Hals trug, nahm er Siegelwachs, eine dünne Wachskerze, einen Feuerstein und ein Stahlstück. Damit versiegelte er die Truhe und den Schrank mit dem Wappen Sir Daniels. Hatch schaute bedauernd zu. Dann machte die ganze Gruppe sich ein wenig zögernd daran, das Haus zu verlassen und zu den Pferden zu gehen.

»Es ist an der Zeit, sich auf den Weg zu machen, Sir Oliver«, sagte Hatch, als er des Priesters Steigbügel hielt und dieser aufstieg.

»Bedenkt doch, Bennet, die Dinge haben sich geändert«, entgegnete der Pfarrer. »Es ist jetzt kein Appleyard – Gott sei seiner Seele gnädig – mehr hier, die Garnison anzuführen. Dafür muß ich Euch jetzt ausersehen, Bennet. Ich brauch' nun einen guten Mann, der hier bleibt an diesem Tage der schwarzen Pfeile. ›Der Pfeil, der flieget am Tage ...‹, sagt das Evangelium, und weiter heißt es dort ... na ja, den Rest hab' ich vergessen. Ich bin nun mal ein träger Priester. Bin zu tief in die weltlichen Dinge verstrickt. Nun denn, wollen wir uns fort von hier begeben. Die Leute werden jetzt schon an der Kirche warten.«

So ritten sie die Straße hinunter mit dem Wind, der die Schöße der Soutane des Priesters emporwirbelte. Hinter ihnen zogen Wolken auf und verdeckten die sinkende Sonne. Sie hatten drei der verstreuten Häuser passiert, aus denen der Weiler Tunstall bestand, und gelangten an eine Kurve der Straße, von wo aus sie die Kirche sehen konnten, um die sich vielleicht ein Dutzend Häuser drängten. Auf der Rückseite grenzte der Kirchhof an die Wiesen. Am

Kirchhofstor waren wohl an die zwanzig Männer versammelt; einige saßen im Sattel, die anderen standen bei ihren Pferden. Die Männer waren so verschiedenartig wie ihre Waffen. Einige hatten Speere, andere Hellebarden, und wieder andere Bögen mit Pfeilen. Einige standen neben Pflugpferden, die noch mit dem Schlamm der Furchen bespritzt waren. Es war das allerletzte Aufgebot, denn alle besseren Kämpfer mit der wirksameren Bewaffnung waren bereits mit Sir Daniel auf dem Feldzug.

»Da machen wir uns ja gar nicht mal so schlecht – gelobt sei das Kreuz von Holywood! Sir Daniel wird zufrieden sein«, bemerkte der Priester, während er stumm die Truppe zählte.

»Wer geht da? Bleib er stehen, wenn er nichts zu verbergen hat!« rief Bennet.

Man konnte nämlich erkennen, wie ein Mann zwischen den Ulmen des Kirchhofs davonschlich. Bei Bennets Aufforderung ließ er alle Vorsicht fallen und stürmte geradewegs zum Wald. Die Männer am Kirchhoftor, die den Fremden bisher nicht bemerkt hatten, schreckten auf. Diejenigen, die abgestiegen waren, machten sich daran, sich wieder in die Sättel zu schwingen. Der Rest nahm bereits zu Pferde die Verfolgung auf, aber die Männer mußten erst den geweihten Boden umrunden, so daß es auf der Hand lag, daß der Verfolgte entkommen würde. Mit einem gebrüllten Fluch steuerte Hatch sein Reittier auf die Hecke zu, um dem fliehenden Mann den Weg abzuschneiden, aber das Pferd widersetzte sich und schickte seinen Reiter in hohem Bogen in den Staub. Obwohl Hatch sich sofort aufraffte und den Zügel ergriff, war schon so viel Zeit verstrichen, daß der Verfolgte einen zu großen Vorsprung gewonnen hatte. Es gab keine Hoffnung mehr, ihn noch einzuholen und gefangenzunehmen.

Der Klügste von allen war Dick Shelton gewesen. Statt

sich wie die anderen an eine vergebliche Verfolgung zu machen, hatte er die Armbrust vom Rücken gerissen, sie gespannt und einen Bolzen eingelegt. Nun, da die anderen die weitere Verfolgung aufgaben, wandte Dick sich Bennet zu und fragte ihn, ob er schießen solle.

»Schießt, schießt!« kreischte der Priester mit für einen Geistlichen ungewöhnlicher Heftigkeit.

»Zielt gut, Master Dick«, rief Bennet. »Bringt ihn mir nieder wie einen reifen Apfel.«

Der Flüchtende war jetzt nur noch ein paar Sprünge vom rettenden Waldrand entfernt, doch dieser letzte Teil der Wiese stieg sehr steil an, so daß der Mann nicht mehr so schnell laufen konnte. Bei dem einsetzenden Dämmerlicht und den ungleichmäßigen Bewegungen des Laufenden war es kein leichtes Unterfangen, ihn zu treffen. Als Dick die Armbrust ansetzte, verspürte er überdies so etwas wie Mitleid und hatte ein bißchen den Wunsch, er möge nicht treffen. Der Bolzen schwirrte davon.

Der Mann stolperte und fiel. Ein Jubelschrei stieg aus Hatchs Kehle und denen der anderen Verfolger. Doch sie zählten das Korn vor der Ernte. Der Mann war bloß gestürzt, und so sprang er auf, drehte sich um, schwenkte höhnisch seine Kappe und war im nächsten Augenblick am Waldrand verschwunden.

»Die Pest soll ihn holen!« brüllte Bennet. »Er hat Diebesfersen! Beim heiligen Banbury, rennen kann der Bursche! Aber Ihr habt ihn getroffen, nicht wahr, Master Shelton? Demnach hat er Euren Bolzen gestohlen, und ich wünsche dem Kerl, daß es ihm schlecht bekommt!«

»Was mag er wohl bei der Kirche gewollt haben?« fragte Sir Oliver. »Nichts Gutes, fürchte ich. Clipsby, guter Freund, steig ab und such gründlich zwischen den Ulmen.«

Clipsby machte sich auf den Weg, kehrte aber bald zurück. Er hielt ein Blatt Papier in der Hand.

»Dieses Schriftstück war an die Kirchentür geheftet«, sagte er und reichte es dem Pfarrer. »Sonst hab' ich nichts gefunden, Herr Pfarrer.«

»Bei der Macht der Mutter Kirche«, rief Sir Oliver, »das kommt ja fast einer Gotteslästerung gleich! Für des Königs Belange oder des Gutsherrn Verkündigungen mag die Tür ja gut sein, aber daß jeder Heckenspringer in einem grünen Wams Papiere an die Chortür heftet, ist fast schon ein Sakrileg. Es sind schon Leute für weniger auf dem Scheiterhaufen verbrannt worden! Aber was haben wir denn nun hier? Das Licht wird schwächer. Guter Meister Richard, Ihr habt junge Augen. Lest mir das Schreiben vor, ich bitte Euch.«

Dick Shelton nahm das Blatt und las es laut vor. Es enthielt ein paar Zeilen sehr holpriger Knüttelverse, die sich kaum reimten, in unbeholfenen Buchstaben und in schlechter Rechtschreibung. Der Text lautete:

Ich hate vier schwarze Pfeile unter mein Gürtel,
Jeh einen für von mir gefühhlte bitere Pein.
Vier in der Zahl, für jeden böhsen Hundeson,
Der mich hat schmälich underdrücket schon.

Einer davon schon auf den Weg gebracht ward
Und had gestossen in die Höll den Apulyard.

Ein andrer ist für Bänät Hätch zum Lohn
Der gebrännt hat der Häuser viele in Grimstone.

Ein weitrer ist für Sir Oliver Ohts seine böse That,
Wo er Sir Häry Schelton die Kele durchgeschniten hat.

Sir Daniel, Ihr sollt haben den vierten,
Weil Eure Misetaten das gebührten.

So wird denn jeder fülen mit argen Schmärzen
Den schwarzen Pfeil in seinem schwarzen Herzen.
Kniet Euch jetz zum Gebett an Euern Got
Denn Ihr seid schon so gut wie tod.
Jon Der Rächer
vom grünen Walde
und seine muntre Schar

Nachschrieft: Wir haben noch mer Pfeile un gute Hanfsaile für noch andere von Eure Sorte.

»Oh, ist das ein Tag für Barmherzigkeit und christliche Gesinnung!« jammerte Sir Oliver. »Meine Herren, das ist eine böse Welt, und sie nimmt ständig an Schlechtigkeit zu. Ich schwöre auf das Kreuz von Holywood, daß ich so unschuldig bin wie ein ungetaufter Säugling, sowohl in Tat als auch in Absicht, am Unglück jenes guten Ritters Shelton. Seine Kehle war auch nicht durchschnitten – da irrt der Schmähschrift-Schreiber ebenfalls! Es gibt einige glaubhafte Zeugen dafür.«

»Was macht das schon, Herr Pfarrer«, warf Bennet ein. »Das sind unzeitige Reden.«

»O nein, Freund Bennet, o nein! Haltet Euch zurück, und bleibt an dem Platz, der Euch zusteht«, entgegnete der Priester. »Es muß mir doch gestattet sein, meine Unschuld zu beteuern! Ich will doch nicht mein Leben durch falsche Anschuldigungen oder einen tragischen Irrtum verlieren! Ich rufe alle, die mich gesehen haben, als Zeugen auf, daß ich an dieser Angelegenheit unschuldig bin. Ich war zur besagten Zeit nicht einmal im Wassergrabenhaus, sondern wurde mit einem Auftrag ausgesandt, bevor die Uhr die neunte Stunde schlug und ...«

»Sir Oliver«, unterbrach Hatch, »da Ihr mit dieser Predigt offenbar gar nicht mehr aufhören wollt, will ich zu anderen Maßnahmen greifen. – Goffe, blase zum Aufsitzen!«

Dick Shelton sah, wie des Priesters Augen ihn einen Moment bestürzt anblickten. Er hatte wahrlich Grund dazu, denn dieser Sir Harry Shelton war Dicks leiblicher Vater. Aber Dick sagte kein Wort, wahrte eine steinerne Miene.

Dann diskutierten Hatch und Sir Oliver eine Zeitlang die veränderte Situation. Sie beschlossen, daß zehn Männer zurückgelassen werden sollten, um nicht nur das Wassergrabenhaus zu schützen, sondern auch den Priester durch den Wald zu begleiten. Da Bennet nun am Ort bleiben sollte, wurde der Befehl über die Verstärkung Master Shelton übertragen. Es gab ohnehin gar keine Wahl. Die anderen Männer waren flegelhafte, dumme Kerle, unerfahren in der Kriegskunst, während Dick nicht nur beliebt, sondern auch entschlußfreudig war und ernst über sein Alter hinaus. Obwohl er seine Jugend bisher in diesen rauhen ländlichen Gegenden verbracht hatte, war der Jüngling von Sir Oliver gut im Lesen und Schreiben unterrichtet worden, und Hatch selbst hatte ihn den Gebrauch der Waffen und die Grundzüge der Menschenführung gelehrt. Hatch war ohnehin stets freundlich und hilfreich zu ihm gewesen, denn er zählte zu den Menschen, die grausam wie das Grab zu ihren Feinden sein können, aber von rauhbeiniger Treue und Wohlwollen gegenüber ihren Freunden. Jetzt, wo Sir Oliver ins nächste Haus trat, um in seiner flüssigen, schönen Handschrift einen Bericht über die neuesten Ereignisse an seinen Herrn und Gebieter Sir Daniel Brackley zu schreiben, trat Bennet Hatch auf seinen Schüler zu, um ihm Glück für seine Aufgabe zu wünschen.

»Ihr müßt den langen Weg nehmen, Master Shelton«, erklärte er ihm, »um die Brücke herum – denkt ja daran! Laßt einen sicheren Mann vor Euch gehen, damit dieser

Schüsse auf sich lenkt, und schreitet vorsichtig, bis Ihr aus dem Wald seid. Wenn die Schurken Euch angreifen, dann reitet davon, so schnell es nur geht. Durch Widerstand könnt Ihr nichts gewinnen! Reitet immer weiter und weiter, und schaut nicht zurück, wenn Euch das Leben lieb ist. Und aus Tunstall könnt Ihr keine Hilfe erwarten, darüber müßt Ihr Euch im klaren sein. Jetzt, da Ihr zu den großen Schlachten des Königs zieht und ich hier bleibe in Gefahr für Leib und Leben, werden nur die Heiligen wissen, ob wir uns auf Erden wiedersehen. Noch ein paar letzte Ratschläge: Haltet ein Auge auf Sir Daniel, und vertraut dem Knechtpriester nicht! Er selbst mag nichts Böses wollen, aber er richtet sich nach dem Willen anderer, denn er ist ein unterwürfiger Handlanger von Sir Daniel! Bleibt standfest, wo Ihr auch seid, und seht zu, daß Ihr Euch starke Freunde macht. Vielleicht könnt Ihr bisweilen ein Vaterunser lang an Bennet Hatch denken. Es gibt schlimmere Spitzbuben auf Erden als IHN. Also dann – Gottes Segen!«

»Möge der Himmel mit Euch sein, Bennet!« erwiderte Dick. »Ihr wart mir ein guter Freund, und das werde ich Euch nie vergessen.«

»Noch eins, Master«, fügte Hatch mit einiger Verlegenheit hinzu. »Falls dieser John der Rächer einen Pfeil in mich hineinjagt – könnt Ihr dann eine Goldmünze oder ein Pfund Sterling für meine arme Seele opfern? Denn ich werd's im Fegefeuer bitter nötig haben.«

»Ich gebe Euch mein Wort, Bennet«, antwortete Dick. »Aber was sind das für Gedanken, Mann Gottes! Wir werden uns wiedersehen, und dann werdet Ihr weniger Bier und mehr von den heiligen Messen haben wollen.«

»Mögen die Heiligen es gewähren, Master Dick!« entgegnete der andere. »Ah, da kommt Sir Oliver. Wäre er mit dem Langbogen so schnell wie mit der Feder, könnte er ein guter Kämpfer sein.«

Sir Oliver reichte Dick ein versiegeltes Päckchen mit der Aufschrift: »Dies hier möge eiligst ausgeliefert werden an meinen höchst ehrenwerten und erlauchten Herrn und Gebieter Sir Daniel Brackley, Ritter.«

Dick steckte es in seinen Wams, verabschiedete sich vom Priester und ritt an der Spitze seines Trupps nach Westen durch das Dorf.

ERSTES BUCH

DIE BEIDEN JUNGEN BURSCHEN

UNTER DEM SCHILD DER ›SONNE‹ IN KETTLEY

Sir Daniel und seine Männer lagerten in dieser Nacht in und um Kettley herum, warm untergebracht und von Posten bewacht. Der Ritter von Tunstall jedoch gehörte zu denen, die immer und überall ans Geld dachten. Auch jetzt, wo er vor einem Abenteuer stand, bei dem es um Leben und Tod ging, konnte er es selbst eine Stunde nach Mitternacht nicht lassen, aus den Leuten, die bei ihm waren, das Geld herauszuquetschen. Er war eine Art Schacherer in umstrittenen Hinterlassenschaften. Seine Schliche bestanden darin, die unwahrscheinlichsten Ansprüche aufzukaufen und dann, mit Hilfe seines Einflusses bei den Mächtigen am Königshof, ungerechte Entscheidungen zu seinen Gunsten herbeizuführen, oder wenn es ihm zu umständlich war, besetzte er einfach das umstrittene Herrenhaus mit Waffengewalt und verließ sich auf seinen Einfluß bei Mächtigeren und Sir Olivers Listenreichtum in der Rechtsauslegung, um zu behalten, was er sich brutal angeeignet hatte. Kettley war eines solcher Güter. Es war erst vor kurzem in seine Klauen geraten. Er stieß noch auf Widerstand bei den Pächtern – und gerade um Unzufriedene einzuschüchtern, hatte er ja seine Truppe über diesen Ort geführt.

Noch um zwei Uhr morgens saß Sir Daniel im Schankraum des Dorfgasthauses bei der Feuerstelle, denn es war kalt zu dieser Stunde zwischen den Mooren von Kettley. Neben ihm stand ein Zweiquartkrug mit gewürztem Bier. Er hatte den Visierhelm abgenommen und saß mit seinem kahlen Kopf an einem Tisch, das Kinn seines schmalen, dunklen Gesichts auf eine Hand gestützt und warm in einen blutroten Umhang gehüllt. Am unteren Ende des Raumes standen etwa ein Dutzend seiner Männer Wache an der Tür oder lagen schlafend auf Bänken. Ein Stück näher lag ein Knabe von etwa zwölf oder dreizehn Jahren in einem Umhang auf dem Boden ausgestreckt. Der Wirt der *Sonnenschenke* stand vor dem großen Mann.

»Nun, so merkt Euch, Wirt«, sprach Sir Daniel, »befolgt meine Befehle, und ich werde Euch ein gütiger Gebieter sein. Ich brauche tüchtige Männer als Ortsvorsteher und will Adam-a-More als Chefkonstabler. Seht zu, daß er dieses Amt bekommt. Wenn man einen anderen wählt, wird es dein eigener Schaden sein! Von jedem, der Pacht an Walsingham gezahlt hat, werde ich gut Maß nehmen – und Ihr seid darunter, Gastwirt.«

»O guter Ritter«, sagte der Wirt, »ich schwöre auf das Kreuz von Holywood, daß ich nur unter Zwang an Walsingham gezahlt habe. Glaubt mir, mächtiger Herr, ich kann die schurkischen Walsinghams nicht ausstehen. Sie waren einst bettelarm! Da ist ein großer Lord wie Ihr mir tausendmal lieber. Fragt bei den Nachbarn, edler Herr. Ich stehe ganz und gar auf Seiten derer von Brackley.«

»Kann schon sein«, entgegnete Sir Daniel barsch. »Also zahlst du das Doppelte.«

Der Gastwirt verzog das Gesicht zu einer entsetzten Grimasse, aber dies war ein Mißgeschick, das einen Pächter in diesen unruhigen Zeiten leicht befallen konnte, und er konnte vielleicht froh sein, seinen Frieden so verhältnismäßig günstig zu bekommen.

»Bring den Kerl dort drüben her, Selden!« rief der Ritter.

Einer seiner Leute zerrte einen alten Mann herbei, der eine unterwürfige Haltung annahm, weiß wie eine Wachskerze wurde und vom Sumpffieber zitterte.

»Na, du altes Gespenst«, sagte Sir Daniel. »Nenn mir deinen Namen.«

»Wenn es Euer Ehren gefällt«, erwiderte der Mann, »so ist mein Name Condall ... Condall von Shoreby .... mit Verlaub.«

»Von dir hab' ich keine guten Dinge gehört!« fauchte der Ritter. »Du handelst mit Verrat, Schurke! Du wanderst durchs Land, verbreitest Lügen und stehst im Verdacht, am Tod einiger Leute schuld zu sein. Na warte, Kerl. Ich werde dich schon niederringen.«

»Ehrenwerter, gütiger Lord«, jammerte der Mann, »es muß sich hier um eine Verwechslung handeln! Mit Verlaub, ich bin nur ein armer kleiner Mann und habe keinem etwas zuleide getan.«

»Der Untersheriff hat schlechte Auskunft über dich erteilt«, sagte der Ritter. »›Laßt ihn ergreifen‹, so sagte er, ›diesen Tyndal von Shoreby.‹«

»Condall, höchst barmherziger Herr, Condall ist mein unwerter Name«, krächzte der Unglückliche.

»Condall oder Tyndal, was schert es mich«, entgegnete Sir Daniel kalt. »Denn, bei meiner Treu, ich halte dich für einen Gauner. Willst du deinen Hals retten, so schreibe mir geschwind einen Schuldschein über zwanzig Pfund.«

»Über zwanzig Pfund, mein guter Lord!« rief Condall. »Das ist Mittsommerwahnsinn, denn mein ganzes Hab und Gut ist keine siebzig Shilling wert.«

»Condall oder Tyndal«, gab Sir Daniel grinsend zurück, »dieses Wagnis will ich wohl eingehen. Schreib mir den Schein für zwanzig aus, und wenn ich alles von dir habe, will ich dir ein guter Lord sein und dir den Rest erlassen.«

»Ach, edler Herr, das geht nicht. Ich bin des Schreibens nicht mächtig«, jammerte Condall.

»Nun ja«, meinte der Ritter, »da ist eben nichts zu machen. Ich hätte dich ja gern geschont, Tyndal, schon wegen meines Gewissens. – Selden, bring diesen alten bösen Kerl zur nächsten Ulme, und häng ihn mir am Hals auf, so daß ich ihn im Vorüberreiten sehen kann. So lebt denn wohl, guter Master Condall, lieber Meister Tyndal. Ihr zieht geradewegs ins Paradies. Lebt wohl!«

»Nein! Nicht doch, gerechter, gütiger Lord!« stieß Condall hervor. »Da Euch so sehr daran gelegen ist, will ich selbst mit meinen kärglichen Mitteln und wenigem Geschick mich Eurem Wunsch nicht verschließen.«

»Freund«, verkündete Sir Daniel, »du wirst nun den Schuldschein über zweimal zwanzig Pfund schreiben. Spute Dich! Du bist zu listig für ein Hab und Gut von nur siebzig Shilling. – Selden, sorg dafür, daß der Schein in gehöriger Form geschrieben wird, und lasse ihn der Ordnung gemäß beglaubigen.«

Sir Daniel, der jetzt ein sehr lustiger Ritter war – wahrscheinlich war in diesem Augenblick niemand in ganz England lustiger –, nahm einen gewaltigen Schluck von seinem Warmbier, lehnte sich zurück und lächelte.

Der Knabe auf dem Fußboden setzte sich auf und schaute sich verwirrt um.

»Komm her«, rief Sir Daniel. Als der Knabe sich auf diesen Befehl erhob und langsam auf ihn zu kam, lehnte er sich zurück und lachte herzhaft. »Meiner Treu!« rief er. »Was für ein schmucker Knabe!«

Der Bursche lief vor Zorn rot an und warf einen haßerfüllten Blick aus seinen dunklen Augen auf den Lord. Jetzt, da er auf den Beinen stand, war sein Alter nicht mehr so leicht zu schätzen. Sein Gesicht sah im Ausdruck älter aus, war aber glatt wie das einen kleinen Kindes. An Knochen und Wuchs war er ungewöhnlich schlank und ein wenig unbeholfen im Gang.

»Ihr habt mich gerufen, Sir Daniel«, sagte er. »Damit Ihr über mein Elend lachen könnt?«

»O nein, es ist nur, daß mir gerade zum Lachen zumute ist«, erwiderte der Ritter. »Also laß mich lachen. Wenn du dich selbst sehen könntest, würde es dir nicht anders ergehen.«

Wieder lief der Knabe rot an. »Ihr werdet dafür einstehen müssen, wie für alles andere auch. Lacht nur, solange Ihr noch könnt!«

»Nichts da, guter Vetter«, entgegnete Sir Daniel, plötzlich ernst geworden. »Denk nicht, daß ich mich über dich lustig machen will, außer in freundschaftlicher Kameradschaft, wie zwischen Anverwandten und engen Freunden. Ich werde dir eine Heirat arrangieren mit tausend Pfund Mitgift! Ich geb' ja zu, ich hab' dich rauh angepackt, so wie die Zeiten es erfordern, doch von nun an werde ich dir zugetan sein. Du wirst Lady Shelton sein, bei meinem Wort, denn als Knabe hast du dich tapfer genug geschlagen. Du sollst nicht zornig sein, wenn jemand aufrichtig lacht, denn Lachen verscheuchet den Schwermut. Menschen, die lachen, sind die ärgsten Schurken nicht. – Guter Wirt, leg ein Mahl für Master John auf, meinen Cousin. Setz dich, mein Lieber, und iß.«

»Nein«, sagte die mit Master John betitelte junge Person. »Ich will hier kein Brot brechen. Weil Ihr mich zu dieser Sünde zwingt, will ich lieber für mein Seelenheil fasten. – Guter Wirt, ich bitte Euch, bringt mir einen Becher klares Wasser. Ich wäre Euch sehr verbunden.«

»Du wirst deinen Dispens erhalten, sorg dich nicht!« rief der Ritter. »Und dann bist du aller Sünden ledig, auf mein Wort! Beruhige dich also und iß.«

Doch der Knabe war hartnäckig, trank einen Becher Wasser, wickelte sich in seinen Umhang, setzte sich in eine entfernte Ecke und brütete vor sich hin.

Ein, zwei Stunden darauf waren der Anruf der Wachen

und das Klappern von Waffen und Pferdehufen vom Dorf her zu hören. Dann zog auch schon ein Trupp vor die Tür der Schenke, und Richard Shelton, mit Schlamm bespritzt, erschien auf der Schwelle.

»Gott schütze Euch, Sir Daniel!« rief er.

»Dickie Shelton!« rief der Ritter. Bei diesem Namen schaute der andere Bursche in der Ecke neugierig auf. »Was macht denn Bennet Hatch?«

»Herr Ritter, bitte schaut in diesem Päckchen nach, von Sir Olivers Hand, in dem alle Dinge berichtet sind«, antwortete Richard und hielt ihm das vom Priester versiegelte Päckchen hin. »Und erlaubt mir zu erwähnen, daß Ihr gut daran tun würdet, rasch nach Risingham aufzubrechen, denn auf dem Weg hierher begegneten wir einem, der äußerst geschwind mit Briefen unterwegs war. Nach seiner Aussage ist es um die finanzielle Lage des Lord Risingham schlecht bestellt.«

»Was sagt Ihr da – schlecht bestellt?« fragte der Ritter. »So werden wir denn Zeit gewinnen, indem wir uns setzen, guter Richard. Wie es so in diesem armen Reich von England vonstatten geht, reitet der am sichersten, der am langsamsten reitet. Aufschieben, so heißt es, beschwört Gefahr herauf, aber es ist eher dieses brennende Verlangen, etwas zu tun, das Leute ins Verderben stürzt. Merkt es Euch, Dick. Doch laßt mich erst sehen, was Ihr an Vieh mitgebracht habt. – Selden, schick mir einen Fackelträger an die Tür!«

Und so schritt Sir Daniel ins Dorf und inspizierte im roten Licht einer Fackel seine neue Truppe. Er war ein unbeliebter Nachbar und ein verhaßter Gebieter, doch als Führer in einem Krieg war er hoch angesehen bei denen, die hinter seinem Wimpel ritten. Sein Schwung, sein erwiesener Mut, seine Umsicht, seine Sorge für das Wohlergehen der Soldaten, sogar sein derber Spott – dies alles war nach dem Geschmack der harten Kerle in Lederkoller und Stahlhaube.

»Schockschwerenot, zum Henker!« brüllte er. »Was für jämmerliche Hunde sind denn das? Einige sind so gekrümmt wie ein Bogen, andere dünn wie ein Speer. Freunde, Ihr werdet vorn in der Schlachtreihe reiten! Auf euch kann ich am ehesten verzichten. Da schaue man sich doch diesen alten Zausel auf dem Schecken an! Ein zweijähriger Hammel auf einer Sau reitend würde sich soldatischer ausnehmen. – Ha! Clipsby, bist du auch da, du alte Ratte? Du bist ein Kerl, den ich frohen Herzens entbehren kann. Du wirst vor allen anderen reiten, einen dicken Zielpunkt auf dein Wams gemalt, auf daß die Pfeile dich besser treffen können. Du wirst mir auch den Weg zeigen.«

»Ich werde Euch jeden Weg zeigen, Sir Daniel, nur den zum Wechseln der Seiten nicht«, gab Clipsby unerschrocken zurück.

Sir Daniel lachte schallend.

»Gut gekontert!« brüllte er. »Hast eine scharfe Zunge im Maul! Ich werd' dir diese Frechheit durchgehen lassen. – Selden, laß ihnen Futter geben, Mann und Tier.«

Der Ritter trat wieder in die Schenke ein.

»Nun, Freund Dick«, sprach er, »greift zu. Hier ist genug gutes Bier und Speck. Eßt, derweil ich lese.«

Sir Daniel öffnete das Päckchen, und sein Gesicht verfinsterte sich. Dann saß er eine Zeitlang nachdenklich da und schaute schließlich sein Mündel scharf an.

»Dick«, sagte er, »habt Ihr diesen Reim gesehen?«

Der Jüngling bejahte.

»Er trägt Eures Vaters Namen in den Zeilen«, fuhr der Ritter fort, »und unser armer Wicht von Priester wird von einer wahnsinnigen Seele des Mordes beschuldigt.«

»Was er allerdings entschieden bestreitet«, antwortete Dick.

»So, tut er das?« rief der Ritter scharf. »Hört nicht auf ihn. Er hat eine lose Zunge und schwatzt wie ein Spatzenmännchen. Eines Tages, wenn ich mehr Zeit finde, will ich Euch mehr über diese Dinge erzählen, Dick. Ein gewisser Duckworth wurde listigerweise dafür angeklagt, aber die Zeiten waren wirr, und es war keine Gerechtigkeit zu erlangen.«

»Und das war am Wassergrabenhaus?« wagte Dick mit klopfendem Herzen zu fragen.

»Zwischen Wassergrabenhaus und Holywood«, entgegnete Sir Daniel gelassen, schoß aber einen verstohlenen Blick, schwarz vor Mißtrauen, zu Dicks Gesicht hinüber. »Und jetzt«, fügte der Ritter hinzu, »sputet Euch mit Eurem Mahl, Ihr werdet nach Tunstall zurückkehren mit einer Zeile von mir.«

Dicks Gesichtszüge sanken jämmerlich.

»Ich bitte Euch, Sir Daniel«, rief er, »schickt einen der Dorfbewohner! Ich flehe Euch an, laßt mich nicht aus der Schlacht. Ich bin der starken Schläge mächtig, das verspreche ich Euch.«

»Daran zweifle ich nicht«, erwiderte Sir Daniel und setzte sich zum Schreiben nieder. »Aber hier, Dick, ist keine Ehre zu gewinnen. Ich werd' hier in Kettley liegen, bis ich sichere Nachrichten über den Kriegesverlauf bekommen habe, um mich dann dem Sieger anzuschließen. Red jetzt nicht von Feigheit, denn das ist nur Klugheit, Dick. Dieses arme Reich ist geschüttelt von Rebellion. Die Voreiligen und Narrenköpfe stürzen sich blindlings in den Kampf, aber der Weise bleibt sitzen und wartet ab.«

Damit wandte Sir Daniel Dick den Rücken zu und begann, am entfernten Ende des langen Tisches seinen Brief zu schreiben, mit verzogenem Mund, denn die Sache mit dem schwarzen Pfeil steckte ihm tief in der Kehle.

Derweil beschäftigte sich der junge Shelton herzhaft mit seinem Frühstück, als er plötzlich die Berührung einer Hand am Arme spürte und eine sehr weiche Stimme in sein Ohr flüsterte:

»Macht kein Aufsehen, ich bitte Euch, aber zeigt mir um Gottes willen den nächsten Weg nach Holywood. Habt Erbarmen mit einer armen Seele in Gefahr und äußerster Not, und bringt mich auf den Weg zum Trost.«

»Nehmt den Pfad bei der Windmühle«, antwortete Dick im gleichen leisen Tonfall, »ich werde Euch bis zur Till-Fähre bringen, von wo Ihr weiter fragen müßt.« Und ohne den Kopf zu wenden, beschäftigte er sich weiter mit dem Essen. Aus dem Augenwinkel aber sah er, daß es sich um den jungen Burschen handelte, der Master John genannt wurde und der sich nun verstohlen aus dem Schankraum schlich.

Oh, dachte Dick, er ist doch so jung wie ich und wagt es, mich ›guter Knabe‹ zu nennen? Hätte ich das vorher gewußt, hätte ich eher dafür gesorgt, daß der Page gehängt wird, ehe ich ihm den Weg beschrieb. Nun, wenn er durch das Moor zieht, könnte ich noch zu ihm aufschließen und ihm die Ohren langziehen.«

Eine halbe Stunde später übergab Sir Daniel Dick den Brief und trug ihm auf, zum Wassergrabenhaus zu eilen. Und wiederum eine halbe Stunde nach Dicks Weggang kam ein Bote in wilder Hast vom Lord von Risingham.

»Sir Daniel«, verkündete der Bote, »Ihr verliert große Ehre, bei meinem Wort! Der Kampf begann wieder an diesem Morgen noch vor Sonnenaufgang, und wir haben ihre Vorhut geschlagen und ihren rechten Flügel zerstreut. Nur das Gros steht noch. Hätten wir Eure frischen Männer, so könnten wir sie alle in den Fluß jagen. Was also, Herr Ritter? Wollt Ihr der Letzte sein? Das verträgt sich nicht mit Eurem guten Ruf.«

»Schockschwerenot!« rief da der Ritter. »Bis jetzt war ich doch auf dem Marsch! – Selden, laß die Trompete erschallen. Sir, ich werde erst wieder in einem Augenblick bei Euch sein. Es ist nicht einmal zwei Stunden her, daß das Gros meiner Truppe herbeikam, Herr Bote. Was sollte ich da getan haben? Jetzt sputet euch, ihr Burschen!«

Da ertönte auch schon das Trompetensignal munter in der Morgenluft, und von allen Seiten strömten Sir Daniels Männer auf die Dorfstraße und formierten sich vor dem Gasthaus. Sie hatten bei ihren Waffen und gesattelten Pferden geschlafen, so daß in zehn Minuten fünf Mal zwanzig Hellebardenträger und Bogenschützen, gut ausgerüstet und geordnet in Reih und Glied dastanden. Die meisten waren in Sir Daniels Farben gekleidet, braunrot und blau, was der Schar ein prächtigeres Aussehen verlieh. Die am besten Ausgerüsteten ritten vorn. Weit hinten, außer Sicht in der Kolonne, kam die klägliche Verstärkung der letzten Nacht. Sir Daniel schaute mit Stolz auf die Reihen.

»Hier sind die richtigen Kerle, um jemanden herauszuhauen«, bemerkte er.

»Sie sind wirklich stattliche Männer«, erwiderte der Bote. »Um so mehr bedaure ich, daß Ihr nicht früher marschiert seid.«

»Ach was«, meinte der Ritter, »was macht es schon aus, ob's der Beginn eines Festes oder das Ende eines Kampfes ist, Herr Bote.« Er stieg in den Sattel. »Aber was denn, Potzblitz!« rief er plötzlich aus. »John! Joanna! Bei allen Heiligen, wo ist sie? Wirt, wo ist diese Maid?«

»Eine Maid, Sir Daniel?« rief der Wirt zurück. »Sir, ich habe keine Maid gesehen.«

»Dann eben ein Knabe, du kindischer Greis!« brüllte der Ritter. »Konntest zu wirklich nicht erkennen, daß es sich um eine Maid handelte? Die in dem braunroten Umhang, die zum Frühstück nur Wasser trank! – Tölpel, wo ist sie?«

»Heiliger Himmel! Master John nanntet Ihr ihn doch«, entgegnete der Wirt. »So konnte ich doch auf nichts anderes kommen. Vor einer guten Stunde sah ich ihn – sie – im Stall, beim Satteln eines grauen Pferdes.«

»Zum Donnerwetter!« brüllte Sir Daniel. »Die Kleine ist mir fünfhundert Pfund und mehr wert.«

»Herr Ritter«, warf der Bote mit Bitterkeit ein, »während Ihr Euch hier wegen fünfhundert Pfund beklagt, wird das Reich von England anderswo verloren und gewonnen.«

»Wohl wahr«, sagte Sir Daniel darauf. »Selden, hol mir die Maid mit Hilfe von sechs Armbrustmännern. Es schert mich nicht, wie du es anstellst, aber bei meiner Rückkehr will ich sie im Wassergrabenhaus finden. Es geht um deinen Kopf. – Und jetzt, Herr Bote, ziehen wir ab.«

Die Truppe setzte sich in einen flinken Trab, und Selden mit seinen sechs Männer blieb auf der Dorfstraße bei den verwunderten Einwohnern zurück.

IM MOOR

Es war fast sechs Uhr an diesem Maimorgen, als Dick auf seinem Ritt heimwärts ins Moor gelangte. Der Himmel war blau, der frische Wind blies stetig, die Flügel der Windmühle drehten sich fleißig, und die Weiden im Moor wogten wie Ähren im Weizenfeld. Richard hatte bereits die ganze Nacht im Sattel gesessen, doch sein Herz war leicht, und sein Körper noch ziemlich frisch. So ritt er munter dahin.

Der Pfad fiel zum Sumpfland ab, bis Dick sämtliche

umliegenden Orientierungspunkte außer der Windmühle von Kettley auf der Anhöhe hinter ihm und den höchsten Hügel des Tunstall-Waldes weit vor sich aus dem Sichtfeld verlor. Auf der einen Seite erstreckten sich weite Felder wogendes Schilfrohr und Weiden mit verräterischen Morastflecken dazwischen, so grün wie Smaragde, um den Wanderer ins Verderben zu locken. Der Pfad führte fast schnurgerade durch den Sumpf. Er war schon sehr alt. Sein Fundament war von römischen Legionären gelegt worden. Im Lauf der Jahrhunderte war schon viel davon eingesunken, so daß der alte Pfad streckenweise, manchmal auf ein paar hundert Yards, unter den Wassern des Moores lag.

Etwa eine Meile vor Kettley kam Dick an eine solche Unterbrechung der geraden Linie des befestigten Weges, wo Rohr und Weiden wie kleine Inseln wuchsen und das Auge verwirrten. Diese Lücke war länger als gewöhnlich. Es war eine Stelle, an der ein Ortsunkundiger leicht ins Unheil geraten konnte, und Dick dachte mit einer gewissen Beklemmung an den Knaben, dem er eine so unvollständige Wegbeschreibung gegeben hatte. Was ihn selbst anging – ein Blick zurück, wo die Windmühlenflügel sich schwarz gegen das Himmelsblau abzeichneten, und einer nach vorn auf das ansteigende Land des Waldes von Tunstall boten ihm ausreichend Orientierung, so daß er geradewegs nach vorn ritt, sicher wie auf einer Landstraße, während das Wasser um die Knie seines Pferdes schwappte.

Auf halbem Weg durch diese Lücke – als er schon sehen konnte, wie der Pfad hoch und trocken auf der anderen Seite anstieg –, hörte er ein lautes Platschen zu seiner Rechten und erblickte ein graues Pferd, das bis zum Bauch im Schlamm eingesunken war und krampfhafte Anstrengungen machte, sich zu befreien. Plötzlich, als ob es die Nähe von Hilfe fühlte, stieß das arme Tier ein durchdringendes Wiehern aus. Seine Augen waren blutunterlaufen und wahnsinnig vor Angst. Durch sein Wühlen im Morast wurden Wolken stechender Insekten aufgescheucht und summten um die Kreatur herum, die zu einem schreckliche Tod verurteilt war.

O weh! dachte Dick. Ob der arme Bursche da schon eingesunken ist? Das ist bestimmt sein Pferd, ein tapferer Grauer! Warte, Kamerad, wenn du so jammervoll schreist, will ich alles unternehmen, was Menschenhand tun kann, um dir zu helfen! Du sollst dort nicht Zoll um Zoll ersticken müssen!

Er spannte seine Armbrust und schoß einen Bolzen durch den Schädel des armen Tieres.

Nach diesem Akt brutaler Barmherzigkeit ritt Dick weiter, ein wenig in seiner Hochstimmung gedämpft, und hielt dabei nach einem Anzeichen seines weniger glücklichen Vorgängers auf diesem Weg Ausschau.

Ich wünschte, ich hätte ihm mehr erzählt, dachte er, denn ich fürchte, der Schlamm hat ihn geschluckt.

Just in diesem Augenblick rief jemand seinen Namen von hinten, wo der Pfad noch fest war, und er sah des Knaben Gesicht aus einem Schilfdickicht lugen.

»Seid Ihr also dort?« rief er und zog den Zügel an. »Ihr habt so tief im Schilf gelegen, daß ich an Euch vorbeigezogen bin. Ich sah Euer Pferd im Schlamm und hab' es von seinen Qualen erlöst, was Ihr – bei meiner Treu – selbst hättet tun sollen, wärt Ihr ein barmherziger Reiter gewesen. Aber nun kommt heraus aus Eurem Versteck. Hier ist niemand, der Euch schaden kann.«

»Wohlan, guter Knabe, ich habe in der Tat keine Waffen und auch nicht das Geschick, welche zu handhaben«, erwiderte der andere und trat auf den festen Teil des Pfades.

»Warum nennt Ihr mich ›Knabe‹?« rief Dick zurück.

»Wie mir scheint, seid Ihr der Jüngere von uns beiden. Also will ich Euch ... Jack nennen.«

»Guter Master Richard«, sagte der andere, »ich bitte, vergebt mir. Es liegt mir fern, Euch zu beleidigen. Stattdessen erbitte ich Eure Hilfe, denn es ist schlechter um mich bestellt als je zuvor, da ich den Weg, meinen Umhang und mein armes Pferd verloren habe. Was nützen mir nun Sporen und Reitpeitsche ohne ein Roß, darauf zu sitzen? Und dazu noch«, er schaute bedauernd auf seine Kleidung, »so fürchterlich mit Schlamm beschmiert!«

»Da hilft nur eins, Jack. Ins Wasser tauchen«, antwortete Dick. »Aber blutige Wunden oder Schmutz vom Weg sind eines Mannes Zier.«

»Dennoch, ich hab' es lieber ohne Blut und Schlamm«, entgegnete der Knabe. »Aber ich bitte Euch, was soll ich tun? Master Richard, helft mir mit Eurem guten Rat. Wenn ich nicht sicher nach Holywood komme, ist es aus und vorbei mit mir.«

»Sorgt Euch nicht«, erwiderte Dick und stieg ab. »Ich will mehr geben als guten Rat. Nehmt mein Pferd, und ich werde ein Weilchen laufen. Wenn ich ermüdet bin, können wir wechseln, so daß wir mit Reiten und Laufen schneller vorankommen.«

So geschah es, und sie kamen tatsächlich rasch voran – Dick mit der Hand auf des anderen Knie –, so schnell sie es auf dem unebenen Pfad wagten.

»Wie heißt Ihr denn?« wollte Dick schließlich wissen.

»Nennt mich Matcham«, erwiderte der Knabe.

»Und was bewegt Euch, nach Holywood zu reisen – Jack?«

»Ich suche Zuflucht vor einem Mann, der mich unterdrücken will«, kam die Antwort. »Der gute Abt von Holywood ist eine starke Säule für die Schwachen.«

»Und wie kam es dann, daß Ihr bei Sir Daniel wart, Jack?« fragte Dick weiter.

»Nur durch Anwendung von Gewalt!« erwiderte der andere. »Er holte mich von meinem Heim, kleidete mich in diese Lumpen hier, ritt mit mir davon und verspottete mich. Als einige meiner Freunde ihn verfolgten, um mich zurückzuholen, bot er mich ihnen als Beute für die Pfeile dar. Von einem wurde ich am rechten Fuß gestreift, so daß ich jetzt lahme. Aber der Tag wird kommen, daß Sir Daniel mir für das alles büßen muß!«

»Und wie wollt Ihr das anstellen?« fragte Dick. »Er ist ein starker Rittersmann mit einer Faust aus Eisen. Wenn er Verdacht schöpft, daß ich Eure Flucht ermöglicht oder begünstigt habe, wird er fuchsteufelswild auf mich sein.«

»Ach, armer Knabe«, entgegnete der andere, »Ihr seid sein Mündel, meines Wissens. Aber auch ich bin eins, jedenfalls sagt er so, oder er hat mich für eine Heirat gekauft – ich weiß es nicht. Aber er hat irgend etwas vor, mich zu unterdrücken.«

»Ihr redet mich schon wieder mit ›Knabe‹ an!« stieß Dick hervor.

»Oh, dann soll ich Euch wohl ›Maid‹ nennen, guter Richard?« fragte Matcham.

»Untersteht Euch!« gab Dick zurück. »Mit denen will ich keinen Umgang.«

»Ihr sprecht knabenhaft«, sagte der andere. »Ihr haltet mehr von ihnen, als Ihr zugeben möchtet.«

»Gewiß nicht«, beharrte Dick. »Sie kommen mir nicht in den Sinn. Eine Plage sind sie, sag' ich! Gebt mir zu jagen, zu kämpfen, zu feiern und mit Waldmännern zu leben. Bisher hab' ich noch von keiner Maid gehört, daß sie von irgendwelchem Nutzen sei, außer von einer. Und sie, die arme Kreatur, wurde verbrannt wegen Hexerei, und weil sie wider die Natur Männerkleidung getragen hat.«

Master Matcham bekreuzigte sich inbrünstig und schien zu beten.

»Was ist denn in Euch gefahren?« erkundigte sich Dick.

»Ich bete für ihre Seele«, antwortete der andere mit leicht zitternder Stimme.

»Für die Seele einer Hexe?« rief Dick aus. »Aber betet nur nach Herzenslust. Sie war die tapferste Maid in Europa, diese Johanna von Orléans. Sogar der alte Appleyard, der Bogenschütze, flüchtete vor ihr, als wäre sie Mohammed persönlich gewesen, wie er mir erzählte. O ja, eine tapfere Maid, diese Johanna.«

»Aber, guter Master Richard«, begann Matcham wieder, »wenn Ihr Maiden so wenig mögt, seid Ihr kein richtiger Mann, denn Gott schuf die Menschen beider Geschlecht mit Absicht und brachte die Liebe auf die Welt – als des Mannes Hoffnung und des Weibes Trost.«

»Unsinn!« rief Dick. »Ihr seid ein milchschlürfender Säugling, wenn Ihr der Weiber Lob singt. Und wenn Ihr meint, ich wär' kein richtiger Mann, dann stellt Euch zum Kampf, und ob mit den Fäusten, dem Pallasch oder dem Bogen will ich Euch meine Mannhaftigkeit als Gegner beweisen.«

»Ich bin kein Kämpfer«, erwiderte Matcham schnell. »Und ich hatte nicht die Absicht, Euch zu beleidigen. Ich hab' es nur im Scherz gemeint. Und wenn ich von Weibern geredet habe, dann deshalb, weil ich hörte, daß Ihr heiraten werdet.«

»Ich – heiraten?« rief Dick entrüstet. »Davon hab' ich ja noch gar nichts erfahren. Und wer ist die Glückliche?«

»Eine gewisse Joan Sedley«, erwiderte Matcham errötend. »So sind die Machenschaften von Sir Daniel! Er kann dabei Geld von beiden Seiten gewinnen. Und ich habe die arme Maid mit eigenen Ohren gehört, wie sie sich jammervoll über diese vorherbestimmte Verbindung beklagte. Entweder mag auch sie das andere Geschlecht nicht, oder sie empfindet Abscheu vor dem Bräutigam.«

»Nun ja, die Ehe ist wie der Tod, sie kommt zu allen«, sagte Dick resigniert. »Und diese junge Frau beklagte ihr Schicksal? Ich bitt' Euch, da seht Ihr doch, wie närrisch die Weiber sind. Sich zu beklagen, bevor sie mich mit eigenen Augen gesehen hat! Jammere ich etwa auch? Nein! Denn wenn ich schon heiraten muß, will ich es trockenen Auges tun! Aber wenn Ihr die Dame kennt ... ich bitte Euch, sagt mir, wie ist sie denn so? Liebreizend oder häßlich? Zänkisch oder freundlich?«

»Was soll Euch das kümmern?« meinte Matcham. »Wenn Ihr sie heiraten müßt, bleibt Euch ja doch keine Wahl. Was macht es schon für Euch aus – liebreizend oder häßlich? Das sind doch nur geringe Dinge, denn Ihr seid ja kein Milchschlürfer, Master Richard, und werdet sowieso trockenen Auges heiraten.«

»Das habt Ihr wohl gesprochen, Jack«, pflichtete Shelton ihr bei. »Es wird kaum von Wichtigkeit sein.«

»Eure Gattin wird sich vermutlich einen angenehmen Herrn wünschen«, sagte Matcham.

»Sie wird den Herrn bekommen, den der Himmel für sie geschaffen hat«, gab Dick zurück. »Ich kenne schlechtere als mich! Na ja ... aber auch bessere.«

»Ach, die arme Maid!« rief Matcham.

»Arm? Was soll das denn heißen?« fragte Dick.

»Weil sie einen Mann aus Holz heiraten muß. Ein Eheweib ist mit einem hölzernen Ehemann arm dran.«

»O ja, ich muß ein Mann aus Holz sein«, sagte Dick, »daß ich hier zu Fuß trotte, während Ihr auf meinem Pferd sitzt. Aber aus gutem Holz.«

«Vergebt mir, Dick«, rief da der andere. »Ihr seid das beste Herz von ganz England.«

»Genug der närrischen Worte«, entgegnete Dick ein

wenig verlegen ob der Freundlichkeit seines Begleiters. »Es ist ja kein Schaden entstanden. Ich bin nicht der Empfindlichsten einer – den Heiligen sei Dank!«

In diesem Moment trug der Wind, der genau von hinten kam, den schmetternden Ton von Sir Daniels Trompeter zu ihnen.

»Horcht!« stieß Dick hervor. »Das Trompetensignal.«

»O je«, entgegnete Matcham, »sie haben meine Flucht entdeckt – jetzt, wo ich kein Reittier mehr habe!« Er wurde bleich wie ein Laken.

»Laßt den Mut nicht sinken!« versuchte Dick ihn aufzumuntern. »Ihr habt einen großen Vorsprung, und wir müssen gleich bei der Fähre sein.«

»O weh! Man wird mich fangen!« klagte Matcham. »Dick, lieber Dick, ich flehe Euch an, helft mir!«

»Was wollt Ihr denn noch? Helfe ich Euch denn nicht schon genug? Aber gut, John Matcham, falls das wirklich Euer Name ist – ich, Richard Shelton, werde mir die größte Mühe geben, Euch sicher nach Holywood zu bringen, mag kommen,was da will. Mögen die Heiligen mich bestrafen, wenn ich Euch im Stich lasse. Und nun kommt, schöpft frischen Mut, Bleichgesicht. Der Weg wird hier besser. Gebt dem Pferd die Sporen. Schneller, schneller! Nein, achtet nicht auf mich. Ich kann laufen wie ein Reh.«

Mit dem emsig trabenden Pferd, mit dem Dick in schnellem Lauf Schritt halten konnte, durchquerten sie das letzte Stück der Moorlandschaft und erreichten das Flußufer bei der Fährmannshütte.

DIE MOORFÄHRE

Der Fluß Till war ein träges, lehmiges Gewässer, das aus den Sümpfen hervorquoll und in diesem Teil seines Laufes einige weidenbestandene, kleine sumpfige Inseln umspülte.

Es war ein sehr schmutziger Wasserlauf, aber an diesem hellen und fröhlichen Morgen erschien sogar der Flußlauf schön. Der Wind und die Marder brachen die Wasserfläche in zahllose Kräuselungen auf, und der Himmel spiegelte sich in flirrenden Fetzen aus strahlendem Blau.

Ein Bach strömte auf den Pfad zu und mündete in den Fluß, und nahe am Ufer gab die Hütte des Fährmanns ein trauliches Bild ab. Sie war aus Gertenflechtwerk und Lehm, und auf dem Dach wuchs grün das Gras.

Dick ging zur Tür und öffnete. Drinnen lag der Fährmann auf einem alten, abgewetzten rostbraunen Umhang und zitterte. Er war vom Körperbau ein kräftiger Mann, aber mager und vom Sumpffieber geschüttelt.

»He, Master Shelton«, rief er von seinem Lager aus, »Ihr kommt wohl der Fähre wegen? Ein schlechter Zeitpunkt! Ihr müßt auf anderem Weg weiterreisen. Es sind Freischärler im Wald, und Ihr würdet besser daran tun, auf den Absätzen kehrtzumachen und es über die Brücke zu versuchen.«

»O nein, die Zeit sitzt auf einem schnellen Roß«, antwortete Dick. »Ich bin in großer Eile.«

»Ein starrköpfiger Kerl seid Ihr!« entgegnete der Fährmann und erhob sich. »Wenn Ihr das Wassergrabenhaus erreichen solltet, wäre das ein unverschämtes Glück für Euch – aber ich möchte nicht mehr sagen.« Dann erblickte er Matcham. »Wer ist das denn?« fragte er, als er blinzelnd im Sonnenlicht auf der Schwelle stehen blieb.

»Mein Anverwandter, Master Matcham«, antwortete Dick.

»Einen schönen Tag wünsche ich Euch, guter Fährmann«, sagte Matcham, der abgestiegen war und jetzt herankam, wobei er das Pferd an der Leine führte. »Bringt uns hinüber, ich bitte Euch. Wir sind in großer Eile.«

Der hagere Fährmann starrte Matcham weiterhin an.

»Bei allen Engeln im Himmel!« rief er schließlich und brach in schallendes Gelächter aus.

Matcham errötete bis unter die Haarwurzeln und verzog das Gesicht. Mit ärgerlicher Miene legte Dick dem respektlosen Fährmann die Hand auf die Schulter.

»Lümmel!« rief er. »Kümmert Euch um Eure eigenen Angelegenheiten, und hütet Euch, Höhergestellte zu verspotten!«

Brummend band der Fährmann sein Boot los und stieß es ein Stück in tieferes Wasser. Dann führte Dick das Pferd heran, und Matcham folgte.

»Ihr seid wirklich von ausnehmend kleiner und zierlicher Gestalt, Master Matcham«, sagte der Fährmann mit breitem Grinsen. »Aber laßt gut sein, Master Shelton«, fügte er dann hinzu, während er seine Ruder in die Fähre trug. »Eine Katze mag dem König ins Auge schauen, aber ich hab' nur einen kurzen Blick auf Master Matcham geworfen.«

»Genug der Worte«, fauchte Dick. »Macht Euch lieber an die Arbeit.«

Sie hatten zu der Zeit die Mündung des Baches in den Fluß erreicht, und die Sicht nach beiden Seiten des Wasserlaufs öffnete sich, war jedoch überall durch kleine Inseln begrenzt. Da waren lehmige Ufer, die zum Wasser abfielen, nickende Weiden, wogendes Schilf und fiepende Marder. Kein Anzeichen von menschlichem Leben in diesem Wasserlabyrinth.

»Guter Herr«, sprach der Fährmann, als er das Boot mit einem Ruder auf Kurs hielt, »sieht so aus, als wäre John-a-Fenne auf der Insel da vorn. Er hegt einen schlimmen Groll gegen alle Leute von Sir Daniel. Wie wär's, wenn ich nun stromauf wendete und Euch eine Pfeilschußweite vom Pfad absetze? Kommt lieber nicht dem John Fenne in die Quere.«

»John-a-Fenne? Der John vom Sumpf aus der lauernden Horde?« fragte Dick.

»Darüber schweigt man lieber«, meinte der Fährmann. »Ich jedenfalls würde an Eurer Stelle stromaufwärts fahren, Master Dick. Wie wäre es wohl, wenn Master Matcham Bekanntschaft mit einem Pfeil machen würde?« Wieder lachte er.

»Diese Gefahr müssen wir hinnehmen«, antwortete Dick.

»Dann hört zu«, erklärte der Fährmann. »Da es so sein soll, nehmt Eure Armbrust vom Rücken – ja, so. Nun setzt sie auf mich an, als ob Ihr mich bedroht – gut. Haltet sie weiter so, und schaut grimmig.«

»Was soll denn das bedeuten?« wollte Dick wissen.

»Nun, Master, wenn ich Euch heimlich hinüberbringe, muß es so aussehen, als würd's unter Gewalt oder auch Furcht geschehen«, erwiderte der Fährmann, »denn sollte John-a-Fenne Wind davon bekommen, wäre er ein äußerst unangenehmer Nachbar für mich.«

»Sind diese Flegel so gewalttätig?« fragte Dick. »Üben sie Macht auf Sir Daniels eigene Fähre aus?«

»Nun ja«, flüsterte der Fährmann mit einem Augenzwinkern, »Sir Daniels Zeit läuft ab. Jawohl, so ist es, aber nun kein Wort mehr davon.« Damit beugte er sich wieder über seine Ruder.

Er fuhr eine lange Strecke flußauf, wich einer Insel aus und brachte das Boot leise durch einen engen Kanal am anderen Ufer. Danach hielt er sich in der Flußmitte.

»Ich muß Euch hier zwischen den Weiden absetzen«, sagte er schließlich.

»Hier ist kein Pfad, nur Sumpf und Weideland«, entgegnete Dick besorgt.

»Master Shelton«, entschuldigte sich der Fährmann, »ich wag' es nicht, Euch weiter hinunter zu bringen, zu Eurer eigenen Sicherheit, denn dort beobachtet er die Fähre mit schußbereitem Bogen. Und jeden, der mit Sir Daniel zu tun hat, schießt er ab wie ein Karnickel. Ich hab's ihn beim Kreuze schwören hören. Würde ich Euch nicht von früheren Tagen kennen und von so denkwürdigen Gelegenheiten, ich würde Euch ins Verderben fahren lassen. Aber wegen der Erinnerung an die alten Zeiten – und weil Ihr dieses menschliche Spielzeug bei Euch habt, das nicht für Wunden und Waffen geschaffen ist –, habe ich beide Ohren riskiert, Euch unbeschadet hinüberzubringen. Jetzt seid damit zufrieden. Mehr kann ich nicht tun, bei meiner Seel'.«

Der Fährmann hatte noch nicht ganz zu Ende gesprochen, während er über seine Ruder gebeugt war, als ein lauter Ruf von den Weiden auf der Insel erschallte, gefolgt vom Geräusch eines starken Mannes, der sich ungestüm durchs Gehölz arbeitete.

»Ein Waldräuber!« rief der Fährmann. »Er war die ganze Zeit auf der oberen Insel!« Er ruderte schnurstracks zum Ufer. »Bedroht mich mit Eurer Armbrust, Master Dick, so daß es gut zu sehen ist«, fügte er hinzu. »Ich hab' versucht, Eure Haut zu retten, nun rettet Ihr die meine!«

Mit einem Knirschen drang das Boot in ein Dickicht von Weiden ein. Matcham – bleich, aber beherrscht und wachsam – sprang auf ein Zeichen Dicks über die Bordwand ans Ufer. Dick nahm das im langen Fährboot stehende Pferd beim Zügel und versuchte, ihm zu folgen, doch das Tier war so schwer und das Dickicht so dicht, daß beide steckenblieben. Das Roß wieherte und trampelte, und das Boot, das in einem Wirbel schwang, geriet heftig ins Schaukeln.

»Das kann nicht sein, hier ist keine Landung für mich möglich!« rief Dick, rang aber tapfer mit dem hartnäckigen Dickicht und dem erschreckten Tier.

Da erschien am Ufer der Insel ein großer Mann mit einem Langbogen in der Hand. Dick sah ihn einen Moment aus dem Augenwinkel, wie er – vom Laufen hochrot im Gesicht – mit großer Anstrengung den Bogen spannte.

»Wer geht da?« rief der Mann. »Hugh, wer ist das?«

»Das ist Master Shelton, John«, erwiderte der Fährmann.

»Bleibt stehen, Dick Shelton!« brüllte der Mann am Inselufer. »Ihr sollt keinen Schaden erleiden, auf mein Wort, aber steht still! – Und Ihr stoßt zurück, Hugh!«

Dick rief ihm eine höhnende Antwort zu.

»Nun denn, so werdet Ihr zu Fuß gehen«, gab der Mann zurück und ließ einen Pfeil von der Sehne schwirren.

Das getroffene Pferd keilte vor Schmerz und Furcht aus, das Boot kenterte, und im nächsten Moment kämpften alle mit den Wirbeln des Flusses.

Als Dick wieder an die Oberfläche kam, war er dicht am Ufer, und noch bevor ihm das Wasser aus Gesicht und Augen gelaufen war, hatte seine Hand schon etwas Festes, Starkes ergriffen, das ihn mit sich fortzog. Es war die schwere Reitgerte, die Matcham, der sich an einer überhängenden Weide vorgehangelt hatte, in seine Hand stieß.

»Beim Henker!« rief Dick, als Matcham ihn an Land gezogen hatte. »Ich schulde Euch mein Leben, Jack. Ich schwimme nämlich so gut wie eine Kanonenkugel.« Dann wandte er sich sofort der Insel zu.

Auf halbem Weg dorthin schwamm Hugh, an sein umgeschlagenes Boot geklammert, während John-a-Fenne, wütend über seinen schlechten Schuß, ihm zubrüllte, sich zu beeilen.

»Kommt, Freund«, rief Dick, »auf und davon! Ehe Hugh seinen Kahn hinüberschiebt und die beiden ihn wieder aufrichten, können wir außer Gefahr sein.«

Er ließ seinen Worten das Beispiel folgen und rannte zwischen den Weiden hindurch, wobei er an sumpfigen Stellen von einem Grasbüschel zum anderen sprang. Dabei hatte er keine Zeit, auf die Richtung zu achten; er konnte lediglich den Fluß im Rücken behalten und alle Kräfte auf das Laufen konzentrieren.

Dann stieg der Boden plötzlich an, was Dick zeigte, daß er noch auf dem richtigen Weg war. Bald darauf kamen er und sein Gefährte an einen Abhang aus festem Grasboden, wo sich Ulmen unter die Weiden mischten.

Hier warf sich Matcham, der ziemlich weit zurückgeblieben war, zu Boden.

»Laßt mich hier, Dick!« keuchte er. »Ich kann nicht mehr!«

Dick drehte sich um und ging zu seinem Begleiter zurück.

»Ich werde Euch auf keinen Fall hier liegen lassen!« rief er. »Das wäre ein Schurkenstreich, wo Ihr einen Schuß und den Sturz ins Wasser riskiert habt, sogar das Ertrinken, um mein Leben zu retten.«

»O nein«, entgegnete Matcham, »ich hätte uns beide gerettet, guter Dick, denn ich kann schwimmen.«

»Bei Gott, ist das wahr?« rief Dick mit weit aufgerissenen Augen, war das Schwimmen doch die einzige männliche Kunst, die er nicht beherrschte. In der Rangordnung der Dinge, die er bewunderte, kam das Schwimmen gleich nach dem Töten eines Mannes im Einzelkampf. »Nun«, meinte er, »das soll mir eine Lehre sein, niemanden zu verachten. Ich versprach, mich Euer bis Holywood anzunehmen, aber beim Kreuze, Jack, Ihr seid durchaus in der Lage, Euch *meiner* anzunehmen!«

»Also sind wir nun Freunde«, sagte Matcham.

«Nun ja …«, antwortete Dick, »Ihr seid ein tapferer Bursche, auch wenn Ihr was von einem Milchsauger habt. Einen wie Euch hab' ich bis jetzt noch nie getroffen. Aber ich bitte Euch, kommt wieder zu Atem, und laßt uns weitereilen. Hier ist nicht der rechte Ort für Geschwätz.«

»Mein Fuß tut weh«, sagte Matcham.

»Oh, Euren Fuß hab' ich ganz vergessen«, entschuldigte sich Dick. »Nun, dann müssen wir um so achtsamer voranschreiten. Den Pfad habe ich völlig verloren, aber das kann auch zum Vorteil sein. Wenn sie die Fähre beobachtet haben, werden sie auch den Pfad beobachten. Ich wünschte, Sir Daniel wäre mit seinen vierzig Mann zurück und würde diese Schurken aus den Bäumen fegen wie der Wind die Blätter im Herbst. Kommt, Jack, lehnt Euch an meine Schulter, Ihr armer Wicht. Aber nein, Ihr seid ja nicht groß genug. Wie alt seid Ihr eigentlich? Zwölf?«

»Ich bin sechzehn!« antwortete Matcham.

»Dann seid Ihr kläglich klein gewachsen«, meinte Dick. »Aber nehmt meine Hand. Wir werden bedächtig schreiten, keine Furcht. Ich schulde Euch mein Leben, und ich zahle stets alles zurück, ob Gutes oder Böses.«

Sie stiegen den Hang hinauf.

»Irgendwann werden wir auf die Straße stoßen«, fuhr Dick fort. »Beim Himmel, Ihr habt aber ein schwächliches Händchen! Wäre das meine Hand – ich würd' mich schämen. Mir schien«, fuhr er glucksend fort, »dieser Fährmann hielt Euch für eine Maid.«

»Der soll sich unterstehen!« rief Matcham mit hochrotem Kopf.

»Dennoch – ich möchte darauf wetten«, erwiderte Dick. »Ihr seht wirklich eher wie eine Maid denn wie ein Mann aus. Ihr seid ein seltsam aussehender Vogel für einen Knaben, aber für eine Maid wärt Ihr ziemlich annehmbar. Als Weibsbild hättet Ihr viele Verehrer.«

»Aber Ihr wißt doch«, sagte Matcham, »daß ich kein Weibsbild bin?«

»Aber ja, ich weiß es. Es war ja auch nur ein Scherz«, sagte Dick. »Ihr werdet im Lauf der Jahre schon noch zu einem richtigen Mann. Nun laßt den Kopf nicht hängen, Jack! Ihr werdet noch etliche geschickte Schwertstreiche führen, und ich würde nicht darauf wetten, wer von uns beiden zuerst zum Ritter geschlagen wird. Ich jedenfalls *werde* eines Tages zum Ritter geschlagen, oder ich sterbe. ›Sir Richard Shelton, seines Zeichens Ritter‹ – klingt doch gut, nicht wahr? Aber ›Sir John Matcham‹ hört sich auch nicht schlecht an.«

»Ich bitte Euch, Dick, haltet an. Ich muß etwas trinken«, sagte Matcham, wobei er an einer kleinen Quelle hielt, die aus dem Hang heraus in ein kleines Kiesbecken sprudelte, nicht größer als eine Tasche. »Und außerdem, mein Freund – wenn wir Nahrung finden könnten! Sogar das Herz schmerzt mir schon vor Hunger.«

»Warum habt Ihr in Kettley nicht genug zu Euch genommen, Ihr Narr?« fragte Dick barsch.

»Ich … hatte einen Schwur abgelegt … wegen einer Sünde, zu der ich gezwungen wurde«, stammelte Matcham. »Aber jetzt … wenn ich nur ein Stück trockenes Brot hätte, würde ich's gierig verschlingen.«

»Dann setzt Euch und eßt«, sagte Dick, »derweil ich die Gegend erkunde.« Er löste einen Beutel von seinem Gurt, in dem Bot und trockene Speckstücke waren. Während Matcham sich darüber hermachte, verschwand Dick zwischen den Bäumen.

In einiger Entfernung entdeckte er eine Mulde im Boden, wo ein Bächlein zwischen toten Blättern versickerte. Dahinter waren die Bäume höher gewachsen und standen in größeren Abständen, und Eichen und Buchen lösten Weiden und Ulmen ab. Das ständige Rauschen des Windes und das Rascheln der von Dick aufgewirbelten Blätter übertönten seine Schritte auf den Bucheckern; trotzdem ging Dick vorsichtig weiter, schlüpfte von einem Stamm zum anderen und schaute sich dabei scharf um. Plötzlich brach ein Reh wie ein Schatten aus dem Unterholz vor ihm. Dick hielt inne, verärgert über diesen unglücklichen Zufall. Dieser Teil des Waldes war gewiß verlassen gewesen, aber jetzt, wo das arme Reh aufgescheucht worden war, würde das Tier wie ein Bote, der seine Ankunft verkündete, vor ihm her laufen. Statt weiter vorzudringen, kletterte Dick deshalb den nächsten hohen Baum hinauf.

Er hatte Glück. Die Eiche, auf die er stieg, war eine der höchsten in diesem Teil des Waldes und überragte ihre Nachbarn um anderthalb Klafter, also um gut eine Mannshöhe. Als Dick in die oberste Gabel geklettert war und dort mit dem starken Wind hin und her schwang, konnte er hinter sich die ganze Moorlandschaft bis Kettley, den Fluß mit seinen bewaldeten Inseln und vor sich die helle Linie der sich durch den Wald windenden Landstraße sehen. Das Fährboot war wieder aufgerichtet worden und jetzt ungefähr in Flußmitte. Außerdem war kein Anzeichen von Menschen zu sehen, auch keine Bewegungen als die des Windes. Dick wollte schon wieder vom Baum steigen, als er bei einem letzten Blick eine Reihe sich bewegender Punkte etwa in der Mitte des Moores sah. Es war klar zu erkennen, daß sich ein kleiner Trupp auf dem Pfad voran arbeitete. Dies gab Dick zu denken, als er rasch den Stamm hinunterrutschte und durchs Gehölz zurück zu seinem Begleiter eilte.

EINE WALDBRUDERSCHAFT

Matcham war ausgeruht und mit frischer Kraft erfüllt. Also eilten die beiden jungen Burschen unter dem Eindruck von Dicks Beobachtung zur Straße, überquerten sie und stiegen den Hang des Tunstall-Waldes hinauf. Die Bäume wuchsen hier in Hainen, zwischen denen sich kleine, heideartige Lücken befanden, sandig, voller Stechginster und mit alten Eiben durchsetzt. Der Untergrund wurde zunehmend unebener, voller Kuhlen und Hügelchen. Mit jedem Schritt, der sie weiter nach oben führte, wurde der Wind stärker, und die Bäume bogen sich unter den Böen wie Angelruten.

Sie hatten soeben eine dieser Lichtungen erreicht, als Dick sich plötzlich nach vorn ins Brombeergestrüpp fallen ließ und langsam zurück in den Schutz des Hains kroch. Matcham beobachtete ihn überaus verwundert, denn er konnte keinen Grund für Dicks Flucht erkennen, tat es seinem Begleiter aber sofort gleich. Erst als sie die Deckung eines Dickichts erreicht hatten, drehte er sich um und fragte Dick, was los sei.

Als Antwort deutete dieser mit dem Finger auf die gegenüberliegende Seite der Lichtung, wo eine Fichte hoch über den umgebenden Wald ragte und sich dunkel vor dem Hintergrund des Himmels abhob. Bis ungefähr fünfzig Fuß über den Boden wuchs der Stamm gerade und fest nach oben; dann teilte er sich in zwei dünnere Stämme. Und in der Gabel, wie ein Seemann in einem Mastkorb, stand ein Mann in einem grünen Wappenrock und hielt Ausschau. Die Sonne glänzte auf seinem Haar. Er beschirmte die Augen mit der Hand und bewegte den Kopf mit der Gleichmäßigkeit eines Uhrpendels von einer Seite zur anderen.

Die beiden jungen Burschen schauten sich an.

»Laßt es uns links von ihm versuchen«, sagte Dick. »Beinahe hätte man uns entdeckt.«

Zehn Minuten später stießen sie auf einen ausgetretenen Pfad.

»Das Waldstück hier kenne ich nicht«, bemerkte Dick. »Wohin führt wohl dieser Pfad?«

»Laßt es uns feststellen«, meinte Matcham.

Ein paar Yards weiter erreichte der Pfad eine Anhöhe, um sich dann abrupt in eine tassenförmige Mulde zu senken. Am Fuße der Anhöhe ragten zwei oder drei dachlose Giebel aus dem Dickicht blühenden Stechginsters auf, geschwärzt wie vom Feuer, und ein einzeln stehender hoher Schornstein zeigte die Ruine eines Hauses an.

»Was mag das sein?« flüsterte Matcham.

»Das weiß ich nicht, bei Gott!« antwortete Dick. »Ich habe keine Orientierung mehr. Laßt uns vorsichtig weitergehen.«

Mit klopfenden Herzen stiegen sie zwischen den Hagedornbüschen hinunter. Hier und da ließ der Boden erkennen, daß er vor nicht allzu langer Zeit bebaut worden war. Zwischen den Büschen wuchsen Obstbäume und wildes Küchenkraut. Eine Sonnenuhr war ins Gras gefallen. Anscheinend war hier einst ein Garten gewesen. Ein kleines Stück weiter gelangten sie zur Ruine eines Hauses.

Es mußte ein schönes und großes Haus gewesen sein. Ein trockener Graben zog sich darum, der jetzt angefüllt war mit Mauerwerk und von einem heruntergefallenen Dachsparren überbrückt wurde. Zwei Wände standen noch, und die Sonne schien zwischen den Fensterhöhlen hindurch; der Rest des Gebäudes jedoch war eingestürzt und lag jetzt verwüstet da, ein großer Steinhaufen, geschwärzt vom Feuer. In den Lücken wuchsen bereits einige Pflanzen.

»Mir scheint«, wisperte Dick, »das hier ist Grimstone. Es war der Besitz eines gewissen Simon Malmesbury. Sir Daniel war sein Untergang! Bennet Hatch brannte die Ansiedlung vor fünf Jahren nieder. Oh, es war ein schönes Haus – wie schade!«

Unten in der Senke, wo kein Wind wehte, war es warm und still. Matcham legte eine Hand auf Dicks Arm und hielt warnend einen Finger hoch.

»Psst!« zischte er.

Dann zerriß ein fremdartiges Geräusch die Stille. Es wiederholte sich zweimal, bis die beiden jungen Burschen seinen Ursprung erkannten. Es war das Geräusch eines massigen Mannes, der sich räusperte. Und dann brach eine heisere, unmelodische Stimme in einen Gesang aus:

»Da kam der König der Gesetzeslosen:
›Was macht Ihr hier, liebe Leut',
unter Gesträuch und wilden Rosen?‹
Und Gamelyn zur Antwort gab,
ganz frei und unbetreten:
›Im Wald, da müssen jene leben,
die's nicht dürfen in den Städten.‹«

Darauf hielt der Sänger inne. Ein Klirren von Eisen folgte; dann war wieder Stille.

Die beiden jungen Burschen standen wie angewurzelt und schauten sich an. Wer immer das sein mochte, ihr unsichtbarer Nachbar mußte unmittelbar hinter der Ruine sein. Plötzlich schoß wieder Farbe in Matchams Gesicht. Im nächsten Moment lief er flink über den Dachsparren, der über den Graben gefallen war, und kletterte vorsichtig über den großen Geröllhaufen, der das Innere des dachlosen Hauses füllte. Hätte Dick die Zeit gehabt, er hätte Matcham aufgehalten. So aber konnte er ihm nur folgen.

In der Ecke der Ruine waren zwei Balken überkreuz gefallen und dienten so als eine Art Bollwerk für einen freien Platz, der nicht größer war als eine Kirchenbank. Dort hinein kletterten die beiden Burschen. Sie waren nun gänzlich verborgen, konnten aber durch eine Lücke die gegenüberliegende Seite beobachten.

Und was sie sahen, ließ sie vor Schreck erstarren. Ein Rückzug war nicht mehr möglich, und sie wagten kaum noch zu atmen. Am Rand des Grabens, keine dreißig Fuß von der Stelle, an der sie kauerten, brodelte und dampfte eine Flüssigkeit in einem eisernen Kessel über einem lodernden Feuer. Daneben stand ein großer, rotgesichtiger, von den Unbilden des Lebens gebeutelter Mann in einer lauschenden Haltung, so, als hätte er die Gefährten gehört, als sie durch die Ruine geklettert waren. In der rechten Hand hielt er einen Eisenlöffel, und an seinem Gürtel hingen ein Horn und ein bedrohlich aussehender, großer Dolch. Der Mann war offenbar der Sänger, und er hatte wohl den Inhalt des Kessels umgerührt, als der Laut eines unvorsichtigen Schrittes im Geröll an sein Ohr gedrungen war. Ein Stück weiter lag ein schlafender, in einen braunen Umhang gehüllter Mann, während ein Schmetterling über seinem Gesicht gaukelte. Die Szene spielte sich auf einer Lichtung ab, die weiß war von Gänseblümchen und an deren Rand ein Bogen, ein Bündel Pfeile und ein Stück eines Hirschkadavers von einem blühenden Hagedornstrauch hingen.

Schließlich löste der Mann sich aus seiner gespannten Haltung, führte den Löffel zum Mund, kostete, nickte und machte sich wieder ans Rühren und Singen.

»*Im Wald müssen jene leben, die's nicht dürfen in den Städten*«, krächzte er an der Stelle weiter, an der er seinen Gesang unterbrochen hatte.

»Herr, das ist fürwahr nicht schlecht
Denn wenn des Königs Hirsch erscheint,
Ist's uns gerade recht.«

Während seines Gesangs tauchte er ab und zu den Löffel in die Brühe, pustete darauf und kostete mit der Miene eines erfahrenen Kochs. Schließlich befand er offenbar, daß das Mahl bereit sei, denn er nahm das Signalhorn vom Gürtel und blies dreimal hinein.

Der schlafende Mann erwachte, drehte sich herum, scheuchte den Schmetterling davon und schaute sich um.

»Nun, Bruder?« fragte er. »Essen fertig?«

»So ist es, Schlafmütze«, erwiderte der Koch, »ein trockenes Essen, ohne Bier und Brot. Aber es gibt ja heutzutage wenig Freuden im Wald. Was waren das noch für Zeiten, als ein guter Bursche hier leben konnte wie ein Abt mit Bischofshut – abgesehen vom Regen und dem bitteren Frost. Damals konnte er noch an Bier und Wein bekommen, soviel er wollte. Doch heute sind die Lebensgeister eingeschlafen, und dieser John der Rächer – Gott erhalte ihn uns – ist wie eine ausgestopfte Vogelscheuche, welche die Krähen verjagt.«

»Hör du nur auf!« entgegnete der andere. »Du bist doch immerzu begierig auf Fleisch und Wein und Bier, Lawless. Hab nur ein bißchen Geduld. Die guten Zeiten werden schon wiederkommen.«

»Seit ich einer kleiner Junge war«, erwiderte der Koch, »hab' ich auf gute Zeiten gewartet. Ich war schon Franziskaner, Bogenschütze des Königs und Seemann auf den salzigen Meeren, und auch im Wald hab' ich schon gehaust. Des Königs Hirsch hab' ich so manches Mal geschossen. Und was hatte ich von alldem? Nichts! Ich hätte besser daran getan, im Kloster zu bleiben. John Abt zu sein ist einträglicher als John der Rächer – bei der Heiligen Jungfrau, da kommen sie!«

Einer nach dem anderen schlenderten große, verwegen aussehende Kerle herbei. Jeder zog ein Messer und einen Hornbecher hervor, tauchte letzteren in den Kessel und setzte sich ins Gras, um den Becher zu leeren. Die Männer waren unterschiedlich gekleidet und bewaffnet. Einige hatten nur einen rostfarbenen Kittel an und als Waffe nichts als ein Messer und einen alten Bogen; andere steckten in modischer Jägerkleidung, ganz in Lincoln-Grün mit Kapuze, Wams und kunstvollen Pfauenfederpfeilen im Gürtel, ein Horn an einem Bandelier, und Schwert und Dolch an der Seite. Sie kamen still und mit hungrigen Mägen; kaum einer brummte einen Gruß, machte sich aber sofort über die Brühe mit dem Fleisch her.

Auf diese Weise waren etwa zwanzig Mann zusammengekommen, als ein Geräusch gedämpften Jubels aus den Hagedornbüschen drang und fünf oder sechs Waldmänner mit einer Bahre auf der Grasfläche erschienen. Ein großer, wendiger Geselle, so braun wie ein geräucherter Schinken, schritt vor ihnen auf und ab, mit einer gewissen respekteinflößenden Haltung, den Bogen auf dem Rücken und einen Eberspieß in der Rechten.

»Männer!« rief er. »Gute Kameraden! Wackere Freunde! Ihr habt bisher auf einer trockenen Pfeife gepfiffen und mit wenig Annehmlichkeiten gelebt. Aber was hab' ich immer gesagt? Wartet nur auf das Glück – es dreht und wendet sich schnell. Und seht da! Hier ist ein kleiner Anfang – das gute Bier!«

Beifälliges Murmeln erhob sich, als die Träger die Bahre absetzten und ein ansehnliches Faß präsentierten.

»Jetzt eilt euch aber, Burschen«, fuhr der Mann fort. »Es steht nämlich Arbeit bevor. Eine Handvoll Bogenschützen sind gerade eben zum Fährplatz gekommen. Braunrot und blau sind ihre Gewänder. Sie werden prächtige Zielscheiben für unsere Pfeile sein – keiner soll durch diesen Wald hindurchkommen! Burschen, wir sind hier an die fünfzig, allesamt Opfer größter Ungerechtigkeit! Einige haben Land verloren, andere Freunde, und wieder andere wurden zu Gesetzlosen erklärt. Wir alle werden unterdrückt! Und wer hat diese Schandtaten zu verantworten? Sir Daniel, beim Kreuze! Soll er weiter Nutzen daraus ziehen? Soll er es sich in unseren Häusern bequem machen? Soll er unsere Felder bebauen? Mir scheint, das soll er *nicht*! Er eignet sich das Recht an und gewinnt trotzdem vor Gericht. Aber da ist ein Fall, den er nicht gewinnen wird. Ich hab' ein Dokument hier an meinem Gürtel, das ihn mit Gottes Hilfe zu Fall bringen wird.«

Lawless der Koch war zu diesem Zeitpunkt schon bei seinem zweiten Trinkhorn Bier. Er hob es, als wollte er dem Sprecher damit seine Zustimmung kundtun; statt dessen erhob er einen Einwand.

»Master Ellis«, sprach er, »Ihr seid für Rache. Das steht Euch gut an, aber Euer armer Freund aus dem grünen Wald, der niemals Land zu verlieren hatte und auch keine Freunde, um die er sich sorgen könnte, der schaut wegen seiner Armut eher nach dem Gewinn. Der hätte lieber einen Goldnobel und eine Korbflasche Wein von den Kanaren als alle Rachegelüste des Fegefeuers.«

»Lawless«, entgegnete der andere, »um das Wassergrabenhaus zu erreichen, muß Sir Daniel durch den Wald kommen. Wir werden ihm diesen Weg teurer machen als irgendeine Schlacht. Wenn er mit einer Handvoll seiner Kriegsknechte geflohen ist – denn alle seine großen Freunde sind dann gefallen oder zerstreut, und es ist keiner mehr da, der ihm zur Hilfe eilt –, werden wir den alten Fuchs belagern. Sein Niedergang wird eindrucksvoll! Das ist ein fetter Bock, und er wird zur Mahlzeit für uns alle reichen.«

»Ach«, erwiderte Lawless, »ich habe schon viele solche

Mahlzeiten gehabt, aber das Kochen macht schwitzen, guter Master Ellis. Und was tun wir in der Zwischenzeit? Wir machen schwarze Pfeile, schreiben Reime und trinken kaltes Wasser, diesen gräßlichen Trunk.«

»Ihr denkt unrein, Will Lawless. Ihr riecht noch nach der Molkerei der Grauen Brüder. Die Habgier wird noch einmal Euer Untergang sein«, antwortete Ellis. »Wir nahmen zwanzig Pfund von Appleyard und sieben Marks von dem Boten letzte Nacht. Am Tag zuvor hatten wir fünfzig vom Händler.«

»Und heute«, warf einer der anderen ein, »hab' ich einen fetten Ablaßkrämer erwischt, der nach Holywood wollte. Hier ist seine Geldbörse.«

Ellis zählte den Inhalt.

»Acht Dutzend Shilling!« brummte er. »Du Narr! Der Kerl hatte bestimmt noch mehr in seine Sandalen oder seine Pelerine eingenäht. Aber Ihr seid eben nicht mehr als ein Kind, Tom Cuckow! Deshalb ist Euch dieser fette Fisch durch die Lappen gegangen.«

Dennoch nahm Ellis die Geldbörse wie selbstverständlich an sich. Er stand auf seinen Eberspieß gestützt und schaute in die Runde. Die anderen schlürften gierig die Wildfleischsuppe und spülten sie ihm wahrsten Sinne des Wortes mit Bier hinunter. Heute war ein guter Tag. Sie waren im Glück, doch es wartete Arbeit auf sie, so daß sie sich beeilen mußten. Die Zuerstgekommenen hatten zu diesem Zeitpunkt schon ihre Mahlzeit verzehrt. Einige lagen im Gras und schliefen sofort ein, wie Würgeschlangen nach dem Verschlingen ihres Opfers; andere unterhielten sich oder putzten ihre Waffen, und einer hob ein Trinkhorn voll Bier und begann zu singen:

»Hier gibt's kein Gesetz im grünen Wald
Und keinen Mangel an Fleisch.

Lustig ist's und gar nicht kalt.
Im Sommer sind wir reich.

Wenn der Winter kommt mit Sturm und Wind,
Mit Kälte, Schnee und Eis,
Schleichen wir zu Euren Häusern geschwind
Und schlürfen die Suppe, solang sie noch heiß.«

Die ganze Zeit hatten die beiden jungen Burschen in ihrem Versteck gelegen und gelauscht. Richard hatte seine Armbrust vom Rücken genommen und hielt sie bereit, in der anderen Hand den Windac, den Eisenhaken, mit dem die Waffe gespannt wurde. Sonst hatten sie nicht gewagt, sich zu rühren. Diese Szene des Waldlebens hatte sich vor ihren Augen abgespielt wie ein Teil eines Bühnenstücks. Jetzt aber gab es eine seltsame Unterbrechung. Der große Schornstein, der den Rest der Ruinen überragte, stieg genau über ihrem Versteck auf. Sie hörten ein Pfeifen in der Luft, dann einen klatschenden Schlag, und die Teile eines zerschmetterten Pfeils flogen ihnen um die Ohren. Einer aus den oberen Teilen des Waldes – vielleicht die Wache, die sie auf der Fichte erblickt hatten –, hatte einen Pfeil auf den Schornstein abgeschossen.

Matcham konnte einen leisen Schrei nicht unterdrücken, legte sich aber sofort die Hand auf den Mund, und auch Dick schreckte dermaßen auf, daß ihm der Spannhaken der Armbrust aus den Fingern glitt. Aber für die Gesellen auf der Lichtung war dieser Pfeil das erwartete Zeichen. Sie sprangen auf, zogen die Gürtel fest, prüften ihre Bogensehnen und lockerten Schwerter und Dolche in den Scheiden. Ellis hob die Rechte. Sein Gesicht hatte einen Ausdruck wilder Entschlossenheit angenommen. Das Weiße in seinen Augen glänzte in seinem sonnenverbrannten Gesicht.

»Burschen«, sagte er, »Ihr kennt Eure Plätze. Laßt keine Seele entkommen! Appleyard war bloß ein Appetitanreger, nun aber schreiten wir zu Tische. Da sind Männer, die ich bitter rächen will ... Harry Shelton, Simon Malmesbury und«, wobei er auf seine breite Brust schlug, »Ellis Duckworth, bei allen Heiligen!«

Ein weiterer Mann kam, rot im Gesicht vor Eile, aus den knackenden Dornenbüschen.

»Es ist nicht Sir Daniel!« keuchte er. »Sie sind nur sieben. Ist der Pfeil schon abgeschossen worden?«

»Gerade eben«, erwiderte Ellis.

»Potztausend!« rief der Bote. »Es war mir doch, als hörte ich ihn pfeifen. Und jetzt komme ich um meine Mahlzeit!«

Binnen einer Minute waren alle Männer des Schwarzen Pfeils aus den Ruinen verschwunden – einige rennend, andere mit schnellem Schritt, je nach der Entfernung der ihnen zugewiesenen Lauerstellen. Nur noch der Kessel, das Feuer, das bloß noch mit kleiner Flamme brannte, und der Hirschkadaver an dem Hagedornbusch blieben als Zeugen, daß die Männer jemals dagewesen waren.

›BLUTIG WIE DER JÄGER‹

Die beiden jungen Burschen blieben still liegen, bis das Geräusch des letzten Schrittes mit dem Rauschen des Windes verschmolzen war. Dann erhoben sie sich und kletterten mit einigen Schmerzen – denn sie waren von der kauernden Haltung in ihrem Versteck lahm geworden – durch die Ruinen und überquerten wieder den Graben auf dem Dachsparren. Matcham hatte den Armbrust-Spannhaken genommen und ging voraus. Dick folgte steifgliedrig, die Waffe über dem Arm.

»Und jetzt«, sagte Matcham, »ab nach Holywood!«

»Nach Holywood?« rief Dick gedämpft. »Wenn gute Männer Gefahr laufen, erschossen zu werden? Da mach' ich nicht mit! Eher möchte ich Euch hängen sehen!«

»Ihr würdet mich doch nicht im Stich lassen?« fragte Matcham.

»Doch, würde ich«, gab Dick zurück. »Wenn ich diese Burschen nicht rechtzeitig warnen kann, werde ich mit ihnen sterben. Zum Teufel, Jack, wollt Ihr wirklich, daß ich meine eigenen Leute im Stich lasse? Das werde ich gewiß nicht! Gebt mir meinen Spannhaken.«

Matcham dachte nicht daran.

»Dick«, entgegnete er, »Ihr habt geschworen, mich sicher nach Holywood zu geleiten. Wollt Ihr diesen Schwur brechen und mich verlassen – als Meineidiger?«

»Ich habe nach bestem Gewissen geschworen«, erwiderte Dick, »und hatte die feste Absicht, den Schwur zu erfüllen. Aber schaut doch, was jetzt ist! Mein lieber Freund, wollen wir uns doch noch einmal wenden? Laßt mich diese Männer warnen und – wenn es nicht anders geht – an ihrer Seite kämpfen. Sollten wir davonkommen, will ich gern mit Euch nach Holywood gehen und meinen Eid erfüllen.«

»Ihr verhöhnt mich«, antwortete Matcham. »Diese Männer, denen Ihr helfen wollt, sind doch ausgeschickt, mich in den Untergang zu jagen.«

Dick kratzte sich am Kopf.

»Ich kann nichts dagegen machen, Jack«, sagte er. »Es gibt keine andere Lösung. Was würdet Ihr denn an meiner Stelle tun? Wir gehen keine große Gefahr ein, aber die Männer stehen vor dem Tod. Vor dem Tod!« fügte er hinzu. »Denkt einmal daran! Für welche gewiß weniger wichtige

Sache wollt Ihr mich von der Hilfe abhalten? Gebt mir den Spannhaken – beim heiligen Georg, sollen sie denn alle sterben?«

»Richard Shelton«, sagte Matcham und schaute ihm fest in die Augen, »Ihr wollt Euch also auf die Seite von Sir Daniel schlagen? Habt Ihr denn keine Ohren? Habt Ihr diesen Ellis nicht gehört? Oder habt Ihr kein Herz für Euer eigen Blut und den Vater, den jene Männer erschlugen? ›Harry Shelton‹ sagte er doch – und Sir Harry Shelton war Euer Vater, so gewiß, wie die Sonne am Himmel scheint.«

»Was wollt Ihr denn?« rief Dick wieder. »Daß ich mit Dieben gemeinsame Sache mache?«

»Ich hörte es ja schon vorher«, entgegnete Matcham. »Es ist in vieler Munde, daß Sir Daniel ihn erschlug, obwohl er durch Eid gebunden war. In seinem eigenen Haus vergoß er das unschuldige Blut. Das schreit nach Rache! Und Ihr, des Opfers eigener Sohn – Ihr geht, den Mörder zu unterstützen und zu verteidigen?«

»Jack«, beharrte Dick, »ich weiß nicht mehr, was ich denken soll. Es könnte sein … aber was weiß denn ich? Seht doch mal: Dieser Mann hat mich großgezogen und gefördert. Ich habe mit seinen Leuten gejagt und gespielt. Und jetzt soll ich sie in der Stunde der Gefahr ihrem Schicksal überlassen? Oh, würde ich das tun, wäre ich für die Ehre so gut wie tot! Nein, mein Freund, das könnt Ihr nicht von mir verlangen, daß ich in solche Tiefen falle.«

»Aber Euer Vater, Dick«, wandte Matcham wieder ein, jedoch schon ein wenig unsicherer, »Euer Vater und Euer Eid mir gegenüber! Ihr habt dabei die Heiligen als Zeugen angerufen.«

»Mein Vater?« empörte sich der junge Shelton. »Oh, der würde sicher wollen, daß ich zur Unterstützung der Männer eile. Und was meinen Schwur betrifft, guter Freund, werdet Ihr mich auf der Stelle davon entbinden. Für das

Leben etlicher Leute, die Euch nichts zuleide getan haben, und um meiner Ehre willen werdet Ihr mich freisprechen.«

»Niemals!« erwiderte Matcham. »Wenn Ihr mich jetzt verlaßt, habt Ihr den Schwur gebrochen, und ich werde Euch zum Meineidigen erklären.«

»Jetzt reicht's!« rief Dick. »Gebt mir den Spannhaken, auf der Stelle!«

»Das werde ich nicht«, erklärte Matcham. »Ich werde Euch retten! Vor Euch selbst!«

»Ihr wollt mir den Haken nicht geben?« empörte sich Dick. »Dann werde ich Euch zwingen!«

»Versucht es nur!«

Sie standen sich gegenüber und starrten einander in die Augen, beide zum Kampf bereit. Dann sprang Dick vor, und wenngleich Matcham auf der Stelle herumwirbelte und die Flucht ergriff, hatte Dick ihn mit zwei Sätzen eingeholt. Der Spannhaken wurde Matchams Griff entrungen; er wurde rauh zu Boden geworfen, und Dick stand über ihm, hochrot und drohend, beide Fäuste erhoben. Matcham blieb liegen, wo er gestürzt war, mit dem Gesicht im Gras und ohne jeden Gedanken an Widerstand.

Dick spannte seine Armbrust.

»Ich werde Euch eine Lehre erteilen!« rief er wild. »Schwur oder nicht Schwur – von mir aus können sie Euch hängen!«

Er wandte sich um und wollte davonlaufen. Sofort sprang Matcham auf und eilte hinter ihm her.

»Was wollt Ihr denn noch?« rief Dick verwundert und hielt an. »Laßt doch endlich ab von mir!«

»Ich folge, wem es mir gefällt«, sagte Matcham. »Dieser Wald ist frei für mich.«

»Bleibt zurück, bei der heiligen Mutter Gottes!« fauchte Dick und hob die Armbrust.

»Was für ein bewundernswürdig tapferer Knabe Ihr seid!« höhnte Matcham. »Na los! Schießt doch!«

Verwirrt senkte Dick die Waffe.

»Jetzt hört einmal gut zu«, sagte er dann. »Ihr habt mich schon oft genug zur Weißglut gebracht. Deshalb geht! Geht Eurer Wege! Oder ich muß Euch dazu zwingen – ob's mir gefällt oder nicht.«

»Niemals«, entgegnete Matcham trotzig. »Ihr seid der Stärkere. Aber ich werde Euch weiterhin folgen, Dick, es sei denn, Ihr hindert mich mit Gewalt daran«, fügte er hinzu.

Dick war beinahe außer sich vor Zorn. Es widerstrebte ihm, ein so schutzloses Wesen zu schlagen, aber er wußte keinen anderen Weg, sich von diesem nun so lästigen und vielleicht sogar unaufrichtigen Begleiter zu befreien.

»Ihr müßt wahnsinnig sein«, rief er zornig. »Ich will doch zu Euren Feinden, so schnell meine Füße mich tragen können!«

»Das kümmert mich nicht, Dick«, erwiderte der junge Bursche. »Wenn Ihr Euch in den Tod stürzen wollt, will auch ich sterben. Ich gehe lieber in den Kerker mit Euch, als ohne Euch die Freiheit zu genießen.«

»Also gut.« Dick seufzte. »Ich kann nicht noch mehr Zeit mit Schwatzen verschwenden. Folgt mir, wenn Ihr unbedingt müßt. Aber wenn Ihr ein falsches Spiel treibt, Jack … merkt Euch, daß ich nicht weit sein werde und daß die Vergeltung auf dem Fuße folgt!«

Mit diesen Worten setzte Dick sich wieder in Trab, wobei er sich am Rand des Dickichts hielt und im Laufen scharf umherspähte. Bei seiner Geschwindigkeit war er bald aus der Senke heraus und kam in den offeneren Teil des Waldes. Zur Linken tauchte eine kleine Anhöhe auf, gesprenkelt mit goldgelbem Stechginster und gekrönt von einer Quaste aus Fichten.

Von dort werde ich mehr sehen, dachte er sich und strebte durch eine heideartige Lichtung darauf zu.

Doch er war nur ein paar Schritte gelaufen, als Matcham ihm auf den Arm tippte und mit dem Finger auf irgend etwas zeigte. Die Anhöhe fiel nach Osten zu einem Tal auf der anderen Seite ab. Das Heidekraut war noch nicht in Blüte und der Boden rostbraun wie ein ungeputzter Schild, auf dem hier und da Eiben wuchsen. Und dort, einen hinter dem anderen, sah Dick etwa zehn grüne Wämser, die den Hang emporstiegen. An ihrer Spitze, zu erkennen durch seinen Eberspieß, schritt Ellis Duckworth. Nacheinander erreichten sie den Gipfel, hoben sich für einen Moment gegen den Himmel ab und verschwanden dann auf der entgegengesetzten Seite, bis keiner mehr zu sehen war.

Dick schaute Matcham nun mit freundlicheren Augen an.

»Also seid Ihr mir doch treu, Freund?« sagte er. »Ich dachte, Ihr wärt von der anderen Seite.«

Matcham begann zu schluchzen.

»Na wunderbar!« Dick seufzte. »Um Himmels willen, jetzt fängt er auch noch an zu flennen!«

»Ihr habt mir Schmerzen bereitet«, schluchzte Matcham. »Ihr habt mir weh getan, als Ihr mich zu Boden geworfen habt. Ihr seid ein Widerling, Eure Kraft so zu mißbrauchen.«

»Was für ein Narrengeschwätz!« schimpfte Dick. »Ihr hattet kein Recht, meinen Spannhaken zu behalten, Jack. Wenn ich Euch richtig dafür durchgeprügelt hätte, wäre es nur recht und billig gewesen. Wollt Ihr weiter mit mir gehen, müßt Ihr mir gehorchen. Na, dann kommt.«

Matcham überlegte, ob er nicht doch lieber zurückbleiben sollte, doch als er sah, wie Dick zur Anhöhe lief, so schnell er konnte, besann er sich eines Besseren und rannte ebenfalls los. Aber der Boden war uneben und steil. Dick hatte schon einen großen Vorsprung und auch die schnelleren Beine, so daß er bereits am höchsten Punkt der Anhöhe angelangt war, durch die Fichten kroch und sich in einem Stechginster-Dickicht verbarg, bevor Matcham, keuchend wie ein gejagter Hirsch, ihn erreichte und sich schweigend an seine Seite legte.

Unten, am tiefsten Punkt eines ausgedehnten Tales, wand sich der Abkürzungsweg vom Weiler Tunstall hinunter zur Fähre. Er war ausgetreten, so daß das Auge ihn leicht von Punkt zu Punkt verfolgen konnte. Hier führte er an offenen Lichtungen vorbei, da wieder wurde er zu beiden Seiten vom Wald gesäumt. Alle hundert Yards war eine Stelle, die sich für einen Hinterhalt eignete. Weit hinten auf diesem Pfad schien die Sonne auf sieben Stahlhauben, und von Zeit zu Zeit – wo die Bäume lichter standen – konnte man Selden und seine Männer erkennen, wie sie in schnellem Trab dahinritten, um Sir Daniels Auftrag auszuführen. Der Wind hatte sich etwas gelegt, spielte aber weiter mit den Ästen und Zweigen der Bäume; wäre Appleyard dabeigewesen, hätte er wohl eine Warnung aus dem Verhalten der Vögel entnommen.

»Seht nur«, flüsterte Dick, »sie sind schon tief in den Wald eingedrungen. Ihre Sicherheit liegt jetzt eher darin, möglichst schnell voranzukommen. Aber seht Ihr, wo diese weite Lichtung vor uns verläuft? Und in ihrer Mitte die zwanzig Bäume, die sich wie eine Insel ausnehmen? Wenn sie bis dahin kommen, werde ich sie warnen. Aber mir ist bang, Jack, denn sie sind ja nur sieben an der Zahl gegen so viele, und sie tragen nur Armbrüste. Der Langbogen wird einer Armbrust immer überlegen sein.«

Inzwischen bewegten Selden und seine Männer sich immer weiter den Pfad entlang, ohne die Gefahr zu ahnen, in der sie sich befanden und die ständig näher kam. Einmal hielten sie inne, sammelten sich zu einer Gruppe und schienen zu horchen. Aber es mußte irgendein Laut aus weiter Ferne gewesen sein, der ihre Aufmerksamkeit erregt hatte – ein dumpfes Grollen von Kanonen, das von Zeit zu Zeit vom Wind herangetragen wurde und von der großen Schlacht kündete. Das war gewiß einen Gedanken wert, denn wenn die Stimmen der gewaltigen Kanonen im Wald von Tunstall zu hören waren, mußte der Kampf sich ständig nach Osten verlagert und das Kriegsglück sich gegen Sir Daniel und die Lords der dunklen Rose gerichtet haben.

Schließlich ritt die kleine Gruppe wieder voran und gelangte als nächstes zu einem offenen, von Heidekraut bewachsenen Teil der Strecke, wo nur ein einziger Ausläufer des Waldes bis an den Weg hinunterreichte. Kaum waren die Männer an dieser Stelle, als ein Pfeil herangeschwirrt kam. Einer der Männer warf die Arme hoch; sein Pferd bäumte sich auf, und beide fielen als zappelnde Masse zu Boden. Sogar an der Stelle, wo die Knaben lagen, konnten sie die Schreie der Männer hören. Sie konnten auch sehen, wie die erschreckten Pferde mit den Vorderläufen wirbelten. Als der Trupp sich endlich von der ersten Überraschung erholt hatte, schickte sich einer von ihnen an, aus dem Sattel zu steigen. Ein zweiter Pfeil, von etwas weiter weg geschossen, flog in weitem Bogen heran, und ein zweiter Reiter biß in den Staub. Der Mann, der im Absteigen begriffen war, verlor den Zügel, und sein Pferd flüchtete im Galopp und zog den Mann am Fuß über den Weg, wo er an den Steinen anschlug und von den wirbelnden Hufen zerschmettert wurde. Die vier, die noch im Sattel saßen, stoben sofort auseinander. Einer schwenkte herum und galoppierte schreiend zur Fähre. Die anderen, mit losen Zügeln und im Winde flatternder Kleidung, preschten auf dem Weg in Richtung Tunstall. Von jeder Baumgruppe, an der sie vorbeikamen, schwirrte ein Pfeil auf sie zu. Bald fiel ein Pferd, doch der Reiter konnte sich abrollen und rannte seinen Kameraden zu Fuß hinterher, bis ein zweiter Pfeil ihn niederstreckte. Ein weiterer Mann fiel, dann ein anderes Pferd. Von dem Trupp war bald nur noch ein Mann übrig, und der auch noch zu Fuß. Der Lärm von drei reiterlosen Pferden, die in verschiedenen Richtungen davonstoben, erstarb rasch in der Ferne.

Die ganze Zeit hatte sich keiner der Angreifer auch nur für einen Moment gezeigt. Hier und da am Weg wälzten sich Mann oder Pferd im Todeskampf. Doch kein gnädiger Feind erlöste sie von ihrer Qual.

Der einzige Unverletzte stand bestürzt auf dem Weg neben seinem gefallenen Roß. Er war an die weite Lichtung mit der Bauminsel gelangt, auf die Dick gezeigt hatte. Es mochte fünfhundert Yards von der Stelle entfernt sein, wo die Knaben verborgen lagen. Sie konnten den Mann deutlich sehen, wie er in Erwartung tödlicher Gefahr umherschaute. Doch es geschah nichts mehr, so daß der Mann seinen Mut zusammennahm, die Armbrust vom Rücken riß und sie spannte. An den Bewegungen erkannte Dick, daß der Mann Selden war.

Bei diesem Zeichen des Widerstands ertönte von allen Seiten des ihn umgebenden Waldes Gelächter. Dieser Chor grausamer Erheiterung bestand aus mindestens zwanzig Männerkehlen. Dann flog ein Pfeil über Seldens Schulter, so daß er aufsprang und ein Stück vom nächsten Waldstück fortrannte. Ein zweiter Pfeil prallte zitternd vom Hacken seines Schuhs ab. Ein dritter sirrte an seinem Gesicht vorbei und fiel vor ihm nieder. Das Gelächter hallte von Gestrüpp und Sträuchern wider.

Es war offensichtlich, daß die Angreifer Selden reizten, wie Männer in jenen Tagen den armen Stier reizten, oder wie die Katze mit der Maus spielte. Das Scharmützel war ja vorüber, und ein Stück weiter weg auf dem Weg sammelte eine grüne Gestalt bereits ruhig die Pfeile auf. Jetzt gönnten sie sich in der Schlechtigkeit ihrer Herzen das grausame Vergnügen, sich an der Qual ihres armen Mitmenschen zu weiden.

Selden brüllte vor Wut, legte die Armbrust an und schoß aufs Geratewohl einen Bolzen in den Wald. Der Zufall begünstigte ihn, denn ein leiser Schrei erklang. Dann warf Selden seine Waffe nieder und rannte die Lichtung hinauf, geradewegs auf Dick und Matcham zu.

Die Angehörigen der Bruderschaft des Schwarzen Pfeils schossen nun gezielt auf ihn, doch sie erhielten den Lohn der bösen Tat – sie hatten ihre Chance vertan. Die meisten mußten nun gegen die Sonne schießen, und Selden lief im Zickzack, um ihnen ein möglichst schlechtes Ziel zu bieten. Das Wichtigste aber war, daß Selden ihre Vorbereitungen durchkreuzte, indem er die Lichtung hinauf rannte, denn es waren keine Schützen an höherer Stelle aufgestellt – nur der, den Selden gerade getötet oder verwundet hatte. Die Verblüffung der Waldmänner wurde rasch offenbar. Eine Pfeife erschallte erst dreimal, dann noch einmal zweimal. Dies wurde von einer anderen Stelle wiederholt. Dann waren die Waldstücke auf beiden Seiten voller Geräusche; Leute bewegten sich durchs Unterholz. Ein erschreckter Hirsch lief auf die Lichtung, stand einen Augenblick auf drei Beinen, die Nase in der Luft, und stürzte dann wieder ins Dickicht.

Selden rannte weiter, sprang im Zickzack. Immer wieder folgten ihm Pfeile, fanden aber nicht ihr Ziel. Es sah schon so aus, als würde Selden die Flucht gelingen. Dick hatte seine Armbrust gespannt, um ihn zu unterstützen, und sogar Matcham, der in diesem Moment seine Parteilichkeit vergaß, schlug sich im Herzen auf die Seite des armen Flüchtlings. Die beiden jungen Burschen starrten und zitterten voller Angst im Herzen.

Selden war nur noch etwa fünfzig Yards von ihnen entfernt, als ein Pfeil ihn so traf, daß er zu Boden fiel. Er war sofort wieder auf den Füßen, lief jedoch schwankend weiter und taumelte wie ein Blinder zur Seite.

Dick sprang auf und winkte ihm zu.

»Hierher!« rief er. »Hier ist Hilfe! Lauft, Mann, so lauft doch!«

In diesem Augenblick traf ein Pfeil Selden in die Schulter, zwischen den Plättchen seines Schuppenpanzers, durchschlug seinen Koller und ließ ihn wie einen Stein zu Boden fallen.

»Oh, der Arme!« rief Matcham und rang die Hände.

Dick stand wie versteinert auf der Hügelkuppe, ein gutes Ziel für einen Bogenschützen.

Zehn zu eins standen die Aussichten, daß er auch auf der Stelle erschossen worden wäre, denn die Waldmänner waren wütend und verblüfft durch Dicks Auftauchen hinter ihrer Stellung. Dann aber erschallte aus einem Teil des Waldes, erstaunlich nahe bei den zwei jungen Burschen, die Stentorstimme von Ellis Duckworth.

»Halt!« brüllte er. »Schießt nicht! Ergreift ihn lebend! Das ist der junge Shelton – Harrys Sohn.«

Sofort schrillte mehrmals eine Pfeife, wurde von anderen Stellen aufgenommen und wiederholt. Diese Pfeife, so schien es, war das Schlachtsignal von John dem Rächer, durch das er seine Richtungsanweisungen gab.

»Was für ein Pech!« rief Dick. »Jetzt ist es aus. Schnell, mein Freund, kommt schnell!«

Und das Paar rannte zurück durch die offene Fichtengruppe, die den oberen Teil des Hügels bedeckte.

BIS ZUM TAGESENDE

Es war in der Tat höchste Zeit zur Flucht. Von allen Seiten liefen die Männer des Schwarzen Pfeils auf den Hügel zu. Einige, die bessere Läufer waren oder freies Gelände unter den Füßen hatten, waren den anderen schon weit voraus und ihrem Ziel nahe. Andere, die durch Täler liefen, hatten sich nach rechts und links verteilt und die beiden jungen Burschen auf jeder Seite umgangen.

Dick stürzte sich in die nächste Deckung. Es war ein Hain hoher Eichen. Der Boden war fest unter den Füßen und neigte sich, so daß sie schnell vorankamen. Es folgte ein freies Stück, das Dick vermied, indem er sich links hielt. Als sich zwei Minuten später die gleiche Situation ergab, handelten die beiden erneut so, und so kam es, daß sie durch ständiges Ausweichen nach links immer näher an die Landstraße und den Fluß gelangten, den sie ein oder zwei Stunden zuvor überquert hatten, während das Gros ihrer Verfolger allmählich zur anderen Seite schwenkte und in Richtung Tunstall lief.

Die jungen Burschen hielten an, um Atem zu schöpfen. Es war kein Geräusch von Verfolgern zu hören. Dick legte das Ohr auf den Boden, konnte aber auch dann nichts vernehmen als den Wind, der noch in den Bäumen rauschte. Deshalb konnte man nicht ganz sicher sein.

»Weiter!« sagte Dick, und sie rissen sich zusammen und stolperten wieder den Hügel hinunter.

Drei Minuten später mußten sie sich ihren Weg durch ein niedriges Dickicht aus immergrünen Pflanzen bahnen. Hoch über ihnen bildeten Bäume ein geschlossenes Laubdach. Es war ein Hain wie eine Säulenhalle, hoch wie eine Kathedrale und mit Ausnahme der Stechpalmen, durch welche die Flüchtigen sich zwängten, offen und mit Rasen bewachsen. Nachdem sie sich durch die letzten immergrünen Hindernisse gekämpft hatten, stolperten sie wieder in das offene Zwielicht des Hains.

»Halt!« rief eine Stimme.

Zwischen den mächtigen Stämmen, keine fünfzig Fuß vor ihnen, erblickten sie einen stämmigen Kerl in grünem Gewand, ziemlich außer Atem vom Laufen, der einen gespannten Pfeil auf sie angelegt hatte. Matcham hielt mit einem Schrei. Dick aber rannte, ohne seine Geschwindigkeit zu verringern, auf den Waldmenschen zu und zog dabei seinen Dolch. Der andere – ob nun verblüfft durch die Kühnheit des Angriffs oder behindert durch Befehle –, schoß nicht, sondern stand unschlüssig da. Bevor er Zeit hatte, zu sich zu kommen, war Dick ihm an die Kehle gesprungen, so daß der andere rückwärts ins Gras fiel. Der Pfeil flog zur einen Seite, der Bogen zur anderen. Der entwaffnete Waldmann packte nach dem Angreifer, aber dessen Dolch blitzte und fuhr zweimal nieder, was ein Stöhnen zur Folge hatte. Dick sprang vor dem ins Herz gestochenen, reglos liegenden Mann auf.

»Weiter!« zischte er, und wieder stolperten sie vorwärts, wobei Matcham abermals zurückblieb. Jetzt waren sie nicht mehr schnell, schwankten und wankten, keuchten und rangen nach Luft wie Fische an Land. Matcham hatte schreckliche Seitenstiche, und ihm dröhnte der Kopf. Dicks Knie waren schwer wie Blei.

Schließlich erreichen sie das Ende des Hains, und vor ihnen lag die Landstraße von Risingham nach Shoreby, die an dieser Stelle zwischen zwei gleichmäßigen Waldwänden verlief.

Bei diesem Anblick hielt Dick inne. Kaum standen sie, wurde er sich eines seltsamen Geräuschs bewußt, das rasch lauter wurde. Zuerst klang es wie ein hoher Windstoß, doch bald wurde deutlich, daß das Geräusch von galoppierenden Pferden stammte. Dann fegte wie ein Blitz eine ganze Kompanie um die Kehre, verfolgt von den Blicken der beiden jungen Burschen, und war ebenso schnell wieder verschwunden. Sie ritten, als ob es um ihr Leben ginge, und in völliger Unordnung. Einige von ihnen waren verwundet. An ihrer Seite galoppierten reiterlose Pferde mit blutverschmierten Sätteln. Offenbar Flüchtlinge von der großen Schlacht.

Der Lärm des Vorbeizugs war kaum in Richtung Shoreby verklungen, als schon wieder Hufgepolter nahte. Diesmal war es ein einzelner Reiter; nach seiner prächtigen Rüstung zu urteilen ein Mann von hohem Rang. Nicht weit hinter ihm kamen mehrere Gepäckwagen dahergerumpelt, deren Pferde von den Kutschern gepeitscht wurden, als ginge es um ihr Leben. Sie mußten schon seit dem frühen Tag unterwegs gewesen sein, doch ihre Feigheit sollte sie nicht retten. Gerade als sie auf gleicher Höhe mit der Stelle waren, wo die jungen Burschen gebannt auf sie starrten, überholte ein Mann in zerbeulter Rüstung, offenbar rasend vor Wut, die Wagen und mähte die Kutscher mit einem langen Schwert nieder. Einige sprangen von ihren Sitzen und stürzten in den Wald; andere säbelte der Mann von ihrem Kutschbock herunter, wobei er sie mit einer Stimme, die kaum noch menschlich war, als Feiglinge verfluchte.

Inzwischen hatte der Lärm in der Ferne zugenommen. Das Rattern von Wagen, das Klappern von Pferdehufen, die Schreie von Männern, ein gewaltiges wirres Gemisch von Tönen schwoll an, vom Winde getragen. Man konnte erkennen, daß eine ganze geschlagene Armee sich wie eine Flutwelle auf die Straße ergoß.

Dick stand mit finsterer Miene da. Er hatte die Absicht gehabt, auf der Landstraße bis zur Kurve nach Holywood weiterzugehen, mußte seinen Plan nun aber ändern. Vor allem hatte er die Farben des Earl von Risingham erkannt und wußte jetzt, daß die Schlacht für die Rose von Lancaster ungünstig ausgefallen war. Hatte Sir Daniel sich ihr angeschlossen? War er jetzt ebenfalls ein Flüchtling und ruiniert, oder war er auf die Seite von York übergewechselt und hatte seine Ehre verloren? Es war eine häßliche Wahl.

»Kommt«, sagte er scharf, drehte sich auf dem Absatz um und stampfte weiter durch den Hain, gefolgt vom humpelnden Matcham. Eine Zeitlang bewegten sie sich schweigend durch den Wald. Die Sonne sank hinter die Ebene jenseits von Kettley. Die Baumwipfel über ihnen glühten golden; die Schatten wurden bereits dunkler, und langsam brach die Kühle der Nacht herein.

»Wenn wir nur etwas zu essen hätten!« stieß Dick plötzlich hervor und hielt inne.

Matcham setzte sich zu Boden und brach in Tränen aus.

»Ihr könnt also wegen Eures Abendbrots weinen, aber als es darum ging, das Leben von Männern zu retten, war Euer Herz hart wie Stein!« sagte Dick verächtlich. »Ihr habt sieben Tode auf dem Gewissen, Jack. Das werde ich Euch nie vergeben.«

»Gewissen?« rief Matcham und schaute empört auf. »Mein Gewissen? *Das* sagt Ihr mir, wo noch das Blut des Mannes an Eurem Dolch klebt? Warum mußtet Ihr ihn denn erstechen, die arme Seele? Er hatte schon den Bogen gespannt, ließ den Pfeil aber nicht fliegen. Er hatte Euch in der Hand, aber er verschonte Euch! Gibt es da nicht den Spruch: ›Es ist so tapfer, ein Kätzchen zu töten, wie einen Mann, der sich nicht verteidigt‹?«

Dick war verblüfft.

»Ich habe ihn in ehrlichem Kampf geschlagen! Er hatte auf mich angelegt!« entgegnete er heftig.

»Das war die Tat eines Feiglings«, gab Matcham zurück. »Ihr seid ein brutaler Lümmel, Master Dick. Laßt einen

Stärkeren kommen, und Ihr werdet zu seinen Füßen winseln! Und was ist mit der Rache? Eures Vaters Tod bleibt ungesühnt, und sein armer Geist schreit nach Gerechtigkeit. Und wenn ich daherkomme, ein armes Wesen, dem es an Geschick und Stärke mangelt, und Euch Freund sein will, erniedrigt Ihr sie!«

Dick war zu wütend, als daß ihm das ›sie‹ aufgefallen wäre.

»Zum Donnerwetter!« fauchte er. »Von zweien wird immer einer der Stärkere sein. Der bessere Mann schlägt den Schwächeren, und das ist nur gerecht! Ihr verdient eine Tracht Prügel, Jack, für Euer schlechtes Benehmen und Eure Undankbarkeit mir gegenüber. Und was Ihr verdient habt, sollt Ihr auch bekommen!«

Mit diesen Worten begann Dick, der auch in der größten Wut noch die äußere Haltung bewahrte, seinen Gürtel abzuschnallen. »Nun sollt Ihr Eure Abendmahlzeit haben!« sagte er grimmig.

Matcham hatte zu weinen aufgehört. Er war weiß wie ein Bettlaken, schaute Dick aber fest in die Augen und rührte sich nicht. Dick trat einen Schritt auf ihn zu und schwang den Gürtel. Dann hielt er inne, in Verlegenheit gebracht durch die weit aufgerissenen Augen und das schmale, erschöpfte Gesicht seines Begleiters. Seine Wut und sein Mut verebbten.

»Gebt wenigstens zu, daß Ihr unrecht hattet«, sagte er lahm.

»Nein, das werde ich nicht«, entgegnete Matcham trotzig. »Ich war im Recht! Kommt doch, Ihr grausamer Kerl! Ich bin lahm, ich bin erschöpft, ich werde keinen Widerstand leisten! Nie habe ich Euch ein Leid getan. So kommt doch, schlagt mich – Feigling!«

Dick hob den Gürtel. Matcham zuckte zusammen und krümmte sich mit so entsetzter Erwartung, daß Dick endgültig der Zorn verließ. Der Gürtel fiel zur Seite, und er stand unentschlossen da und kam sich wie ein Narr vor.

»Die Pest über Euch, Ihr zänkischer Kobold!« fauchte er. »Wenn Ihr so schwach an Kräften seid, solltet Ihr Eure Zunge hüten! Aber ich werde mich eher hängen lassen, als Euch ein Leid zu tun!« Er schnallte sich den Gürtel wieder um. »Schlagen also will ich Euch nicht«, fuhr er fort, »aber Euch vergeben? Niemals! Ihr wart meines Gebieters Feind. Ich habe Euch mein Pferd geliehen, und Ihr habt mein Mittagsmahl gegessen. Ihr habt mich einen Mann aus Holz genannt, einen Feigling und einen brutalen Lümmel. Wahrlich, der Kelch ist voll und läuft schon über. Welch wunderbares Ding es doch ist, schwach zu sein. Ihr könnt Euch von der schlimmsten Seite zeigen, aber keiner darf Euch strafen. Ihr könnt eines Mannes Waffen in der Stunde der Not stehlen, aber der Mann darf sie sich nicht zurückholen – Ihr seid ja schwach, man gebe Obacht! Also wenn jemand Euch mit einer Lanze angreift und schreit, er ist schwach, dann ist es Eure Pflicht, Euch durchbohren zu lassen? Pah, was für ein törichtes Ansinnen!«

»Und dennoch habt Ihr mich nicht geschlagen«, entgegnete Matcham.

»Laßt es sein«, sagte Dick, »laßt es sein! Ich will Euch Besseres lehren, Jack. Ihr seid falsch erzogen worden, wie mir scheint, aber trotzdem habt Ihr ein paar gute Anlagen – und ohne jede Frage habt Ihr mich ja aus dem Fluß gerettet. Ja, das hatte ich vergessen. Aber kommt nun, laßt uns weitergehen. Wenn wir noch in dieser Nacht – oder morgen früh – Holywood erreichen wollen, sollten wir uns sputen.«

Obwohl Dick nun seine gute Stimmung zurückgewonnen hatte, wollte Matcham ihm nichts vergeben. Seine Heftigkeit, der Gedanke an den Waldmenschen, den Dick erstochen hatte, und vor allem die Vorstellung des zum

Schlag erhobenen Gürtels waren Dinge, die man nicht so leicht vergessen konnte.

»Ich werde mich der Form halber bei Euch bedanken«, sagte Matcham. »Aber ehrlich gesagt, guter Master Shelton, ich möchte lieber meinen Weg allein finden. Dies hier ist ein großer Wald. Ich bitte Euch, wählen wir jeder seinen eigenen Weg. Ich schulde Euch eine Mahlzeit und eine Lektion. So lebt denn wohl!«

»Wenn dies nun Eure Melodie ist«, rief Dick, »so sei es – und die Pest über Euch!«

Jeder wandte sich nach der entgegengesetzten Seite und machte sich davon, ohne auf die Richtung zu achten und ganz in Gedanken über ihren Streit versunken. Aber Dick war noch keine zehn Schritte gegangen, als sein Name gerufen wurde und Matcham ihm nachgerannt kam.

»Dick«, sagte er, »ich habe wenig Höflichkeit gezeigt, so kühl von Euch zu scheiden. Hier ist meine Hand und mein Herz dazu – für alles, wobei Ihr mir so hervorragend gedient und geholfen habt. Nicht der Form halber, sondern von Herzen danke ich Euch. Ich wünsche Euch alles, alles Gute.«

»Nun, Jack«, entgegnete Dick und nahm die Hand, die ihm hingestreckt worden war, »dann wünsche auch ich Euch Glück, und daß Ihr Euer Ziel geschwind erreicht – woran ich in beiden Fällen aber große Zweifel hege. Ihr seid zu unentschlossen und zänkisch.«

Dann trennten sie sich zum zweitenmal, aber diesmal war es Dick, der Matcham hinterherlief.

»Hier«, sagte er, »nehmt meine Armbrust. Ihr könnt doch nicht unbewaffnet weitergehen.«

»Eine Armbrust?« sagte Matcham erstaunt. »O nein, ich besitze weder die Kraft, die Waffe zu spannen, noch das Geschick, damit zu zielen. Es wäre gewiß keine Hilfe für mich, Dick. Aber dennoch danke ich Euch.«

Die Nacht war nun angebrochen, und unter den Bäumen konnten sie nicht mehr des anderen Gesichtsausdruck erkennen.

»Ich will doch noch ein Stück des Weges mit Euch gehen«, sagte Dick schließlich. »Die Nacht ist so dunkel, und ich möchte Euch wenigstens bis zu einem Pfad bringen. Ich habe Angst, Ihr könntet Euch verlaufen.«

Ohne ein weiteres Wort ging er los, und Matcham folgte ihm wieder. Die Dunkelheit unter dem Laubdach nahm immer mehr zu. Nur hier und da, an freien Stellen, konnten sie den sternenübersäten Himmel sehen. In der Ferne konnte man weiterhin schwach das Geräusch des in wilder Flucht befindlichen Lancaster-Heeres hören, aber mit jedem Schritt ließen sie es weiter zurück.

Nach einer halben Stunde stillen Marschierens kamen sie an ein ausgedehntes Heidestück. Es schimmerte im Sternenlicht, zottig von Farnen und durchsetzt mit Eibengruppen. Hier hielten sie inne und schauten sich an.

»Seid Ihr müde?« fragte Dick.

»Oh, ich bin schwach und zutiefst erschöpft«, antwortete Matcham, »so daß es mir vorkommt, als könnte ich mich hier niederlegen und sterben.«

»Ich höre das Rauschen eines Flusses«, entgegnete Dick.«Laßt uns noch bis dorthin gehen. Ich habe schrecklichen Durst.«

Der Boden neigte sich sanft – und tatsächlich, am Fuße des Abhangs entdeckten sie einen kleinen Fluß, der sich zwischen Weiden dahinschlängelte. Hier warfen sie sich beide nieder, steckten die Münder in das ruhige Uferwasser und tranken nach Herzenslust.

»Dick«, seufzte Matcham, »es wird nicht gehen. Ich kann nicht mehr.«

»Auf dem Weg hierher habe ich eine Grube gesehen«, sagte Dick. »Legen wir uns darin zum Schlafen nieder.«

»Nichts lieber als das!« rief Matcham erleichtert.

Der Boden der Grube war sandig und trocken. Ein Teil des Randes wurde von einem Brombeerstrauch überragt, der so einen teilweisen Schutz nach außen bildete. Die beiden jungen Burschen legten sich nieder und schmiegten sich der Wärme wegen eng aneinander. Ihr Streit war völlig vergessen. Bald senkte sich der Schlaf auf sie nieder, und unter dem Tau und den Sternen ruhten sie friedlich.

DAS VERHÜLLTE ANTLITZ

Sie erwachten im Morgengrauen. Die Vögel sangen noch nicht aus voller Kehle, zwitscherten aber schon hier und da auf den Bäumen. Die Sonne war noch nicht aufgegangen, doch der Himmel im Osten war bereits rötlich gefärbt. Halb verhungert und erschöpft blieben Dick und Matcham liegen, ohne sich zu rühren, versunken in einer köstlichen Mattigkeit. Und als sie so da lagen, drang plötzlich der Laut einer kleinen Glocke an ihre Ohren.

»Hört Ihr?« flüsterte Dick und richtete sich auf. »Kann es sein, daß wir schon so nahe an Holywood sind?«

Kurz darauf läutete die Glocke wieder, diesmal noch näher. Und so ging es weiter: Von Zeit zu Zeit erklangen ein paar Glockentöne in der Stille des Morgens.

»Nanu? Was soll denn das bedeuten?« fragte sich Dick, der nun hellwach war.

»Da schreitet jemand«, antwortete Matcham, »und die Glocke läutet jedesmal, wenn er sich bewegt.«

»Soviel kann ich mir auch denken«, meinte Dick. »Aber wer kann das sein? Was treibt er in den Tunstall-Wäldern? Und dann dieser hohle Klang! Ich mag ihn nicht.«

»Da muß ich Euch zustimmen«, sagte Matcham und schauderte. »Die Glocke klingt wirklich unheimlich. Wenn nicht schon Tag wäre …«

In diesem Augenblick beschleunigte die Glocke ihren Rhythmus, läutete volltönend und rasch, brach dann aber mit einem einzigen, hämmernden, schrillen Ton ab.

»Das hörte sich an, als wäre unser Unbekannter ein Vaterunser lang gewandert und hätte dann den Fluß überquert«, bemerkte Dick.

»Und jetzt beginnt er wieder, gemessen vorwärts zu schreiten«, fügte Matcham hinzu.

»O nein«, meinte Dick, »nein, nicht gemessen, mein Freund. Das ist ein Mann, der ziemlich schnell ausschreitet. Er hat Angst um sein Leben oder ist in einem eiligen Geschäft unterwegs. Hört Ihr nicht, wie schnell das Läuten näher kommt?«

»Ja, es ist bald bei uns«, bestätigte Matcham.

Sie kauerten jetzt am Rand der Grube. Da diese auf einer Anhöhe lag, konnten sie den größten Teil der Lichtung bis zum dichten Wald überschauen.

Das Tageslicht, das nun klar und grau war, zeigte ihnen das Band eines hellen Pfades, der sich durch den Stechginster wand. Er verlief etwa hundert Yards an der Grube vorbei und durchzog die Lichtung in ihrer ganzen Länge zwischen Osten und Westen. Nach seiner Richtung zu urteilen, meinte Dick, der Pfad müsse mehr oder weniger direkt zum Wassergrabenhaus führen.

Auf diesem Pfad kam jetzt eine weiße Gestalt aus dem Waldrand hervorgeschritten. Sie hielt kurz inne und schien sich umzusehen. Dann kam sie langsamen Schrittes und tief vornübergebeugt über die Heide näher. Bei jedem Schritt schlug die Glocke an. Ein Gesicht besaß die Gestalt nicht. Eine weiße Kapuze, die noch nicht einmal Augenlöcher besaß, verhüllte den ganzen Kopf, und während die

Kreatur sich vorwärts bewegte, schien sie den Weg durch Tasten mit einem Stock zu erfühlen. Furcht, kalt wie der Tod, überfiel die beiden.

»Ein Aussätziger!« sagte Dick heiser.

»Seine Berührung ist der Tod«, fügte Matcham hinzu. »Laßt uns fliehen!«

»Aber nicht doch«, entgegnete Dick. »Seht Ihr nicht, daß er stockblind ist? Er tastet sich mit einem Stab durch die Gegend. Laßt uns still liegen bleiben. Der Wind weht zum Pfad hinunter. Der Mann wird an uns vorbeigehen und uns kein Leid antun. Arme Seele – wir sollten ihn eher bedauern!«

»Ich werde ihn bedauern, wenn er an uns vorüber ist«, erwiderte Matcham.

Der blinde Aussätzige war nun auf halbem Weg zwischen dem Waldrand und den beiden jungen Leuten. In diesem Moment ging die Sonne auf und schien voll auf sein verhülltes Gesicht. Er war ein hochgewachsener Mann gewesen, bevor die entsetzliche Krankheit ihn so sehr gebeugt hatte, und auch jetzt ging er noch mit kraftvollen Schritten. Das unheimliche Läuten seiner Glocke, das Klappern seines Stocks, das augenlose Tuch vor seinem Antlitz und die Gewißheit, daß er nicht nur zu Leid und Tod verurteilt war, sondern auch für immer von der Berührung seiner Mitmenschen ausgeschlossen, erfüllte die Brust der jungen Burschen mit Entsetzen, und mit jedem Schritt, der den Mann näher brachte, schienen sie immer mehr der Mut und die Kraft zu verlassen.

Als er etwa auf gleicher Höhe mit der Grube war, hielt er an und wandte ihnen die gesichtslose Vorderseite seines Kopfes zu.

»Die heilige Mutter Gottes sei mein Schild! Er sieht uns!« flüsterte Matcham bestürzt.

»Psst!« zischte Dick. »Er horcht nur, denn er ist blind, Ihr Narr!«

Der Aussätzige schaute oder horchte, was immer es war, einige Sekunden lang. Darauf setzte er sich wieder in Bewegung, hielt dann aber noch einmal inne und schien auf die jungen Burschen zu schauen. Sogar Dick wurde leichenblaß und schloß die Augen, als könnte er durch den bloßen Anblick angesteckt werden. Aber bald war der Glockenton wieder zu vernehmen, und diesmal überquerte der Aussätzige das letzte Stück der kleinen Heide und verschwand in den Schutz der Wälder.

»Er hat uns gesehen!« sagte Matcham. »Ich könnte es schwören!«

»Ach was!« entgegnete Dick und gewann ein paar Funken seines Mutes zurück. »Er hat uns nur gehört. Er hat sich gefürchtet, die arme Seele! Wenn Ihr blind wäret und in ständiger Nacht umherwandeln müßtet, würdet Ihr auch bei jedem raschelnden Zweig oder jedem Vogel, der ›Piep‹ macht, aufschrecken.«

»Er hat uns wirklich gesehen, Dick!« wiederholte Matcham. »Wenn jemand horcht, tut er es nicht wie dieser Mann – nein, Dick, er macht es auf andere Art. Das war Sehen und nicht Hören. Er führt bestimmt nichts Gutes im Schilde. Horcht! Es kommt mir so vor, daß die Glocke schon wieder still ist!«

Und so war es. Die Glocke läutete nicht mehr.

»O weh, Jack«, sagte Dick. »Das gefällt mir überhaupt nicht. Was das wohl bedeuten mag? Laßt uns verschwinden, bei allen Heiligen!«

»Er ist nach Osten gegangen«, warf Matcham ein. »Guter Dick, laßt uns deshalb geradewegs westwärts gehen. Ich kann nicht mehr richtig Atem schöpfen, bis ich diesem Aussätzigen den Rücken zugekehrt habe.«

»Ihr seid zu feige, Jack«, entgegnete Dick. »Wir werden

geradewegs nach Holywood gehen – oder jedenfalls so gerade, wie ich Euch führen kann. Und das wird gen Norden sein.«

Sie erhoben sich rasch, überquerten den Fluß auf einigen Trittsteinen und stiegen am anderen Ufer, das steiler war als auf dieser Seite, bis zum Wald hinauf. Der Boden war uneben, voller Bodenwellen und Vertiefungen. Bäume wuchsen einzeln oder in Gruppen. Es wurde schwierig, einen Pfad zu erkennen, so daß die beiden recht ziellos umherwanderten. Außerdem waren sie von den Anstrengungen des Vortages und dem Nahrungsmangel noch immer erschöpft und schleppten sich nur mühsam vorwärts, wobei ihre Füße im Sand schleiften.

Plötzlich, als sie auf einer Bodenwelle standen, erblickten sie den Aussätzigen etwa 30 Yards vor ihnen, wie er ihre Wegrichtungen durch eine Senke kreuzte. Seine Klingel schwieg, sein Stab schlug nicht mehr auf den Boden, und er schritt vorwärts mit den behenden und sicheren Schritten eines Mannes, der sieht. Im nächsten Moment war er in einem kleinen Dickicht verschwunden.

Die beiden jungen Leute hatten sich beim ersten Blick auf den Mann hinter einen Stechginsterbusch geworfen. Dort lagen sie nun, von Entsetzen gepackt.

»Er verfolgt uns!« meinte Dick. »Er hielt den Klöppel seiner Glocke in der einen Hand, damit sie nicht Laut geben konnte, habt Ihr gesehen? Mögen die Heiligen uns beschützen und führen – ich habe nicht die Kraft, gegen die Pestilenz anzukämpfen!«

»Was für ein Spiel treibt er nur?« jammerte Matcham. »Was will er? Wer hat jemals davon gehört, daß ein Aussätziger aus schierer Bosheit Unglückliche verfolgt? Hat er denn nicht die Glocke gerade zu dem Zweck, daß Leute ihm aus dem Weg gehen können? Dick, da steckt mehr dahinter.«

»Ach, es kümmert mich nicht«, stöhnte Dick. »Die Kraft hat mich verlassen. Meine Beine sind wie Blei. Der Himmel hilf mir!«

»Wollt Ihr denn da liegen bleiben?« rief Matcham erschrocken. »Laßt uns zurück ins Freie gehen. Dort haben wir bessere Aussichten, denn er kann sich da nicht ungesehen an uns heranschleichen.«

»O nein, ich gehe nicht weiter«, antwortete Dick. »Meine Zeit ist gekommen – und vielleicht zieht er auch an uns vorbei.«

»Dann spannt Eure Armbrust!« flehte Matcham. »Wollt Ihr denn kein Mann mehr sein?«

Dick bekreuzigte sich. »Wollt *Ihr* denn, daß ich einen Aussätzigen erschieße?« stieß er empört hervor. »Die Hand würde mir dabei versagen. Laßt sein«, fügte er hinzu, »nein, laßt sein! Mit gesunden Männern will ich wohl kämpfen, aber nicht mit Geistern und Aussätzigen. Das eine wie das andere wäre ein Greuel. Der Himmel schütze uns!«

»Nun«, meinte Matcham, »wenn dies eines Mannes Mut ist, welch armes Wesen ist dann ein Mann! Aber da Ihr nun mal nichts tun wollt, laßt uns wenigstens gut versteckt liegen bleiben.«

Dann drang ein einziger gebrochener Ton der Glocke an ihr Ohr.

»Ihm ist wohl der Klöppel aus der Hand geglitten«, flüsterte Matcham. »Himmel, wie nahe er schon ist!«

Dick antwortete nicht. Seine Zähne klapperten leise.

Da sahen sie auch schon ein Stück der weißen Robe zwischen ein paar Büschen hindurchschimmern, und dann ragte der Kopf des Aussätzigen hinter einem Baumstamm hervor. Er schien die Umgebung auszuspähen, bevor er sich wieder zurückzog. Für Dicks und Matchams überspannte Sinne schien der ganze Busch voller Rascheln und

Knistern von Zweigen zu sein, und der eine hörte das Herz des anderen schlagen.

Plötzlich sprang der Aussätzige mit einem wilden Schrei auf das freie Geländestück und lief geradewegs auf die jungen Burschen zu. Diese schrien vor Entsetzen und rannten in verschiedenen Richtungen davon. Ihr gräßlicher Feind aber heftete sich an Matcham, hatte ihn bald eingeholt und packte ihn. Der Knabe stieß einen solch schrillen Schrei aus, daß er weit über den Wald schallte. Matcham bäumte sich auf und fiel dann mit hängenden Gliedern schlaff in die Arme seines Häschers.

Dick hörte den Schrei und wandte sich um. Er sah Matcham fallen, und in diesem Augenblick kehrten sein Kampfeswille und seine Kraft zurück. Mit einem Schrei des Mitleids und Zorns riß er die Armbrust vom Rücken und spannte sie. Aber noch ehe er schießen konnte, hielt der Aussätzige die Hand hoch.

»Schießt nicht, Dickon!« ertönte eine bekannte Stimme. »Ihr närrischer Lümmel! Erkennt Ihr denn nicht einen Freund?«

Dann legte er Matcham ins Gras und riß sich die Kapuze vom Kopf. Das Gesicht von Sir Daniel Brackley kam zum Vorschein.

»Sir Daniel!« rief Dick in höchstem Erstaunen.

»Ja, ja, Sir Daniel!« äffte der Ritter Dick nach. »Ihr wolltet also auf Euren Vormund schießen, Schlingel? Aber hier ist dies ...«, er hielt inne und fragte, wobei er auf Matcham zeigte: »Wie nennt Ihr ihn denn, Dick?«

»Wie soll ich ihn denn nennen?« fragte Dick zurück. »Natürlich Master Matcham. Kennt Ihr ihn denn nicht? Er sagte, Ihr kennt ihn!«

»Ja«, antwortete Sir Daniel, »den Knaben kenne ich tatsächlich.« Er gluckste. »Aber jetzt ist er ja ohnmächtig. Meiner Treu, es hätte für ihn weniger dazu gehört, die

Besinnung zu verlieren. Ich habe Euch wohl arge Furcht bereitet, was, Dick?«

»In der Tat, Sir Daniel, das habt Ihr«, sagte Dick und seufzte wieder. »Mit allem Respekt, ich hätte mir eher gewünscht, dem Teufel zu begegnen als dieser gräßlichen Gestalt. Um die Wahrheit zu sagen, ich zittere jetzt noch. Aber was hat Euch bewogen, Sir, in solcher Verkleidung aufzutreten?«

Sir Daniel furchte plötzlich zornig die Stirn.

»Was mich dazu bewogen hat?« fauchte er. »Gut, daß Ihr mich daran erinnert! Ich verbarg mich des lieben Lebens wegen in meinem eigenen Wald von Tunstall. Wir hatten furchtbares Mißgeschick in der Schlacht. Kaum waren wir dort angelangt, als wir schon von der wilden Flucht mitgeschwemmt wurden. Wo alle meine guten Krieger sind? Bei Gott, Dick, ich weiß es nicht! Wir wurden mitgerissen. Ungezählte Schüsse fielen auf uns, dicht wie die Regentropfen bei einem Wolkenbruch. Seit ich die ersten drei Männer fallen sah, habe ich keinen Soldaten in meinen eigenen Farben mehr erblickt. Ich selbst kam unbeschadet nach Shoreby, und da ich an den Schwarzen Pfeil dachte, beschaffte ich mir dieses weiße Gewand mit der Glocke und machte mich still auf den Weg zum Wassergrabenhaus. Es gibt keine bessere Verkleidung. Das Läuten dieser Glocke scheucht den mutigsten Gesetzlosen davon. Schließlich kam ich bei Euch und Matcham vorbei. Ich konnte nur undeutlich durchs Tuch sehen und war nicht sicher, ob Ihr es tatsächlich wart, denn auch ich war erstaunt aus dem guten Grund, Euch beide zusammen anzutreffen. Außerdem, an den lichten Stellen, wo ich langsam schreiten und mit dem Stab tasten mußte, fürchtete ich, mich zu verraten. – Aber schaut nur«, fügte er hinzu. »Der arme Wicht scheint sich wieder ein wenig zu erholen. Ein wenig guter kanarischer Wein wird seinem Herzen wohl tun.«

Unter seiner langen Robe holte der Ritter eine ansehnliche Flasche hervor und begann, Schläfen und Lippen des Patienten mit dem Inhalt zu benetzen. Matcham kam allmählich wieder zur Besinnung und verdrehte die Augen.

»Welch ein Glück!« sagte Dick zu ihm. »Es war doch kein Aussätziger – es war Sir Daniel! Seht doch!«

»Trinkt einen guten Schluck davon«, sprach der Ritter. »Dies bringt Euch die Kräfte zurück. Danach werde ich Euch beiden eine Mahlzeit geben, und dann gehen wir drei nach Tunstall, denn, Dick«, fuhr er fort, während er Brot und Fleisch unter der Robe hervorholte, »ich muß Euch ehrlich gestehen, daß ich mich nach Sicherheit von vier Wänden sehne. Seit ich auf den Rücken eines Rosses stieg, bin ich noch nie in so schlimmen Schwierigkeiten gewesen: Gefahr an Leib und Leben; die Aussicht, sein Land und seine Zukunft zu verlieren, und schließlich auch noch diese Halunkenbande im Wald, die mich jagen wollen. Aber ich bin noch nicht am Ende. Einige meiner Leute werden schon den Weg nach Hause finden. Hatch hat zehn Burschen bei sich, Selden hatte sechs. Ja, wir werden bald wieder Kampfstärke besitzen, und wenn ich mir den Frieden erkaufen kann bei meinem unverdienterweise mit mehr Glück bedachten Lord von York, Dick, werden wir bald wieder richtige Männer sein und auf der Pferde Rücken sitzen!«

Dabei füllte sich der Ritter ein Trinkhorn mit Kanarienwein und prostete seinem Mündel schweigend zu.

»Selden ...«, Dick stockte. »Selden ...« Wieder hielt er inne.

Sir Daniel legte das Trinkhorn nieder, ohne getrunken zu haben.

»Wie?« rief er mit veränderter Stimme. »Selden? Sprecht, was ist mit Selden?«

Dick berichtete stammelnd von dem Hinterhalt und dem Massaker.

Der Ritter hörte schweigend zu, doch seine Miene verzerrte sich vor Wut und Kummer.

»Hier, mit meiner rechten Hand«, rief er dann, »schwöre ich, daß ich die Tat rächen werde! Wenn ich versagen sollte, wenn ich nicht das Blut von zehn Männern für jeden einzelnen meiner getöteten Getreuen vergießen werde, soll diese Hand von meinem Körper abfaulen! Ich brach diesen Duckworth wie ein Schilfrohr, ich jagte ihn als Bettler aus seinem Haus, ich vertrieb ihn aus diesem Land – und jetzt kommt er, um mich wieder zu reizen? O Duckworth, diesmal werde ich dich gnadenlos vernichten!«

Ein Zeitlang war er still, doch in seinem Gesicht arbeitete es.

»Eßt!« rief er plötzlich. »Und Ihr da«, fügte er an Matcham gewandt hinzu, »schwört mir, daß Ihr mir geradewegs zum Wassergrabenhaus folgen werdet.«

»Ich schwöre es auf meine Ehre«, erwiderte Matcham.

»Was kann ich mit Eurer Ehre anfangen?« rief der Ritter. »Schwört mir auf das Seelenheil Eurer Mutter!«

Matcham leistete den Eid, und Sir Daniel zog die Kapuze wieder über sein Gesicht und ergriff Glocke und Stab. Ihn wieder in dieser fürchterlichen Verkleidung zu sehen, ließ den Schrecken der beiden Weggenossen erneut aufleben. Doch der Ritter erhob sich.

»Eßt in Eile«, sagte er, »und folgt mir dann geschwind zu meinem Haus.«

Mit diesen Worten machte er sich wieder in den Wald auf, so daß die Glocke im Rhythmus seiner Schritte zu läuten begann. Die beiden jungen Burschen setzten sich zu ihrem noch unangetasteten Mahl nieder und hörten, wie das Läuten langsam den Hügel hinauf in der Ferne verklang.

»Also werdet Ihr nach Tunstall gehen?« wollte Dick wissen.

»So ist es«, antwortete Matcham, »denn es bleibt mir ja nicht anderes übrig. Ich bin eben tapferer hinter Sir Daniels Rücken, als wenn ich ihm gegenüberstehe.«

Sie aßen hastig und betraten dann den Pfad, der durch die oberen Regionen des Waldes führte, wo die großen Buchen in beträchtlichen Abständen voneinander auf grünem Rasen standen und Vögel und Eichhörnchen sich in den Zweigen vergnügten. Zwei Stunden später begannen sie, die andere Seite hinabzusteigen. Schon zwischen den Wipfeln vor sich sahen sie die roten Mauern und Dächer des Tunstall-Gutes.

»Hier«, sprach Matcham und hielt inne, »könnt Ihr Abschied nehmen von Eurem Freund Matcham, den Ihr nie mehr sehen werdet. Vergebt ihm, Dick, was er an Unrechtem getan, so wie er seinerseits vertrauensvoll und liebend Euch vergibt.«

»Und warum das?« fragte Dick. »Da wir beide doch nach Turnstall gehen, werde ich Euch wiedersehen, scheint mir – und das ziemlich oft.«

»Ihr werdet den armen Jack Matcham nie wiedersehen«, entgegnete der andere, »der so furchtsam und lästig war und der Euch dennoch aus dem Fluß fischte. Ihr werdet ihn nicht mehr zu Gesicht bekommen, Dick – bei meiner Ehre!« Er öffnete die Arme, und die beiden jungen Burschen umarmten und küßten sich. »Aber, Dick«, fuhr Matcham fort, »mir schwant Schlimmes. Ihr werdet nun einen anderen Sir Daniel erleben, denn bisher hat alles in seinen Händen ausnehmend großen Erfolg gezeitigt, und das Glück war ihm hold, aber jetzt, so scheint mir, wo das Schicksal ihn ereilt hat und er das Abenteuer seines Lebens bestehen muß, wird er ein um so schlimmerer Gebieter für uns beide sein. Er mag tapfer in der Schlacht sein, aber er hat des Lügners Auge – und es ist Furcht darin, Dick, und Furcht ist so grausam wie der Wolf! Da wir jetzt in jenes

Haus hinuntergehen, möge die Heilige Maria uns weiterhin Schutz und Führung gewähren!«

Und so setzten sie ihren Abstieg schweigend fort und erreichten schließlich Sir Daniels Waldzuflucht, die da niedrig und schattig stand. Flankiert von runden Türmen, bewachsen mit Moos und Flechten, spiegelte sie sich undeutlich im mit Wasserlilien bedeckten Graben. In dem Moment, als die Gefährten erschienen, wurden die Tore geöffnet, die Zugbrücke heruntergelassen, und Sir Daniel mit Hatch und dem Priester an seinen Seiten stand da, um sie zu empfangen.

ZWEITES BUCH
DAS WASSERGRABENHAUS

DICK STELLT FRAGEN

Das Wassergrabenhaus stand nicht weit von der unebenen Waldstraße. Von außen war es ein kompaktes Rechteck aus roten Backsteinen, an jeder Ecke von einem runden Turm flankiert, der mit Schießscharten versehen und oben mit Zinnen bewehrt war. Innen befand sich ein kleiner Hof. Der etwa zwölf Fuß breite Burggraben wurde nur von einer einzigen Zugbrücke überspannt und in seiner gesamten Länge von den Zinnen der beiden südlichen Türme beherrscht. Durch eine Zuflußrinne von einem Waldteich wurde er mit Wasser versorgt. Mit Ausnahme von einem oder zwei dicken Bäumen war bis auf eine halbe Bogenschußlänge alles Gewächs von den Mauern abgeholzt worden, so daß diese Befestigung ein gutes Schußfeld zur Verteidigung besaß.

Im Hof fand Dick einen Teil der Garnison mit Vorbereitungen für die Verteidigung und bedrückten Gesprächen über die Erfolgsaussichten einer Belagerung beschäftigt. Einige Männer fertigten Pfeile an, andere schärften Schwerter, die lange nicht benutzt worden waren. Doch bei diesen Arbeiten schüttelten sie die Köpfe.

Zwölf Mann aus Sir Daniels Truppe waren der Schlacht entronnen, hatten das Spießrutenlaufen durch den Wald überlebt und das Wassergrabenhaus erreicht. Doch drei von ihnen waren schwer verwundet; zwei bei Risingham in den Wirren der Flucht und einer durch die Schützen von John dem Rächer beim Durchqueren des Waldes. Dies ergab eine Gesamtstärke – einschließlich von Hatch, Sir Daniel und Dick – von zweiundzwanzig kampffähigen Männern. Weitere Versprengte konnten ständig erwartet werden.

Die Gefahr lag daher nicht in der geringen Anzahl an

Kämpfern. Vielmehr war es die Furcht vor dem Schwarzen Pfeil, welche die Männer der Garnison bedrückte. Was ihre offenen Feinde betraf, die Truppen des York, verspürten sie in diesen sich schnell ändernden Zeiten nur noch vage Besorgnis. »Die Welt«, wie die Leute in jenen Tagen sagten, »könnte sich ändern, bevor das Unheil heran ist.« Aber vor ihren Nachbarn in den Wäldern zitterten sie. Nicht nur Sir Daniel war eine Zielscheibe des Hasses geworden. Seine Männer hatten sich in einem Gefühl der Unangreifbarkeit grausam gegen alle in der Umgebung aufgeführt. Brutale Befehle waren brutal ausgeführt worden, und von der kleinen Schar, die nun diskutierend im Hof saß, war jeder irgendeiner Tat der Unterdrückung oder Barbarei schuldig. Und jetzt hatte Sir Daniel durch das Kriegsglück die Macht verloren, seine Instrumente zu schützen. Jetzt, durch den Ausgang einiger Stunden Kampf in einer Schlacht, an der viele von ihnen nicht teilgenommen hatten, waren alle zu Verrätern am Staat geworden – alle, die außerhalb des Schutzschilds des Gesetzes standen; eine zusammengeschrumpfte Gemeinschaft in einer armseligen Festung, die kaum zu halten war; auf allen Seiten dem gerechten Zorn ihrer Opfer ausgesetzt. Es hatte ja auch nicht an gräßlichen Ankündigungen gemangelt, was sie zu erwarten hätten.

Zu verschiedenen Zeiten des Abends und der Nacht waren nicht weniger als sieben reiterlose Pferde furchtsam wiehernd am Tor erschienen. Zwei waren von Seldens Truppe; fünf gehörten zu den Männern, die mit Sir Daniel ins Feld geritten waren. Zuletzt, kurz vor Morgengrauen, war ein Lanzenträger schwankend am Graben aufgetaucht, von drei Pfeilen durchbohrt. Noch während sie den Mann hineintrugen, verlor er das Bewußtsein. Aber den Worten nach, die er im Todeskampf ausstieß, mußte er der letzte Überlebende einer beträchtlichen Truppe gewesen sein.

Selbst bei Hatch war unter der Sonnenbräune seiner Haut die Blässe der Angst zu erkennen, und als er Dick zur Seite genommen und vom Schicksal Seldens erfahren hatte, ließ er sich auf eine steinerne Bank fallen und weinte. Die anderen – von dort, wo sie auf Schemeln oder Türschwellen im sonnigen Winkel des Hofes saßen –, schauten ihn mit Verwunderung und Bestürzung an, aber keiner wagte es, ihn nach dem Grund seiner tiefen Erschütterung zu fragen.

»Ach, Master Shelton«, sprach Hatch schließlich, »was sagte ich doch? Wir alle werden verschwinden. Selden war ein Mann der Tat. Er war wie ein Bruder zu mir. Nun ist er als zweiter gegangen – und wir werden ihm alle folgen! Denn wie lautete doch der verfluchter Knüttelvers – ›Ein schwarzer Pfeil für jedes schwarze Herz‹ oder so ähnlich, nicht wahr? Appleyard, Selden, Smith und der alte Humphrey sind schon gegangen, und da liegt der arme John Carter, der arme Sünder, und schreit nach dem Priester.«

Dick horchte auf. Von einem niedrigen Fenster, nicht weit von der Stelle, an der sie standen, drangen Stöhnen und Murmeln an sein Ohr.

»Liegt er dort?« erkundigte er sich.

»Ja, in der zweiten Pförtnerkammer«, antwortete Hatch. »Wir konnten ihn nicht weiter tragen. Seele und Körper waren zu schrecklich verwundet. Bei jedem Schritt, den wir ihn trugen, meinte er zu sterben. Aber jetzt, so scheint mir, ist es seine Seele, die leidet. Er hört nicht auf, nach dem Priester zu flehen, doch Sir Oliver kommt immer noch nicht – ich weiß gar nicht warum. Das wird wahrlich eine lange Beichte, aber der arme Appleyard und der arme Selden konnten nicht mal die ablegen.«

Dick ging zu dem Fenster, bückte sich und schaute hinein. Die kleine Zelle war niedrig und dunkel, doch er konnte den verwundeten Soldaten erkennen, wie er stöhnend auf einer Pritsche lag.

»Carter, armer Freund, wie geht es Euch?« fragte er.

»Master Shelton«, erwiderte der Mann in einem erregten Flüstern, »um das liebe Licht des Himmels, bringt mir den Priester! O Gott, mit mir geht's zu Ende. Meine Verletzungen sind tödlich. Das wird der letzte Dienst sein, den man mir leisten kann. Ich flehe Euch um meiner armen Seele willen an – als den wahrhaftigen Junker, der Ihr seid –, erfüllt mir diese Bitte, denn ich habe eine Sache auf dem Herzen, die mich tief hinunterziehen wird, wenn ich sie nicht beichten ...«

Er stöhnte, und Dick vernahm, wie seine Zähne knirschten – vor Schmerz oder Angst.

In diesem Augenblick erschien Sir Daniel auf der Schwelle. Er hielt einen Brief in der Hand.

»Burschen«, sagte er, »wir sind arg gerupft worden – warum es verschweigen? Es soll uns anspornen, rasch wieder in den Sattel zu steigen. Der alte Harry der Sechste ist zuunterst geraten. Wenden wir uns also von ihm ab. Ich habe einen guten Freund, den Lord von Wensleydale, der reitet nächst dem Herzog. Nun, ich habe hier einen Brief an diesen Freund geschrieben, in dem ich Seiner guten Lordschaft reichliche Wiedergutmachung für die Vergangenheit und Sicherheit für die Zukunft biete. Zweifelt nicht daran, daß er uns sein geneigtes Ohr leihen wird. Eine Bitte ohne Geschenke ist wie ein Lied ohne Musik: Ich überhäufe ihn mit Versprechen, Burschen – ich geize ja nie mit Versprechen. Was also sollte dem entgegenstehen? O ja, es fehlt noch etwas. Warum sollte ich Euch täuschen? Es fehlt noch etwas sehr Wichtiges und Schwieriges. Ein Bote, der diese Nachricht überbringt. Die Wälder – Ihr wißt ja nur zu gut davon – sind voller Halunken, die uns Böses wünschen. Geschwindigkeit ist deshalb von größter Bedeutung. Aber ohne Geschick und Vorsicht ist alles nichts. Wer also aus dieser Truppe hier wird diese Botschaft zum Lord von

Wensleydale schaffen und mir dessen Antwort zurückbringen?«

Sofort sprang ein Mann auf.

»Ich will es tun, wenn's Euch gefällt«, sagte er. »Ich werde sogar Leib und Leben dafür riskieren, wenn's sein muß.«

»O nein, Dicky Bowyer, Ihr nicht«, entgegnete der Ritter. »Das erscheint mir nicht angemessen. Ihr seid listig, aber nicht geschwind genug. Ihr wart immer schon saumselig.«

»Dann werde ich es tun, Sir Daniel!« rief ein anderer.

»Die Heiligen seien davor!« sprach der Ritter. »Ihr seid zwar geschwind, aber nicht listig genug. Ihr würdet mir geradewegs ins Lager dieses Rächers John tappen. Ich danke Euch beiden für Euren Mut, aber leider – es kann nicht sein.«

Dann bot sich Hatch an, aber auch er wurde abgelehnt.

»Ich brauche Euch hier, guter Bennet. Ihr seid meine rechte Hand«, antwortete der Ritter. Aus mehreren anderen Männern, die in einer Gruppe vortraten, wählte Sir Daniel schließlich nach reiflichem Überlegen einen aus und gab ihm den Brief.

»Nun hängt unser aller Wohl und Wehe von Eurer Schnelligkeit und Umsicht ab. Bringt mir eine gute Antwort zurück, und noch bevor drei Wochen vergangen sind, werde ich meinen Wald von diesen Vagabunden gesäubert haben, die es wagen, sich gegen uns aufzulehnen. Ihr müßt Euch im Schutz der Nacht davonstehlen und wie ein Fuchs schleichen. Wie Ihr den Fluß Till überqueren wollt, weiß ich nicht – es darf weder über die Brücke noch mit der Fähre sein.«

»Ich kann schwimmen«, entgegnete der Throgmorton genannte Bote. »Ich werde gewiß durchkommen. Habt keine Furcht.«

»Nun, Freund, dann geht jetzt zur Vorratskammer«,

erwiderte Sir Daniel. »Ihr sollt zuerst in nußbraunem Ale schwimmen.« Mit diesen Worten ging er in die Halle zurück.

»Sir Daniel hat eine weise Zunge«, bemerkte Hatch flüsternd zu Dick. »So manch niederer Mann hätte die Sache übertüncht, er aber spricht zu seinen Gefährten offen darüber. ›Hier ist Gefahr‹, sagt er, ›und hier gibt es Schwierigkeiten.‹ Bei der heiligen Barbara, er ist wahrlich ein geborener Anführer! Nur er versteht es, die Leute so aufzumuntern. Seht doch, wie sie sich schon hoffnungsvoller an die Arbeit machen!«

Dieses Lob für Sir Daniel ließ im Kopf des jungen Mannes einen Gedanken reifen.

»Bennet«, fragte er, »wie kam mein Vater zu Tode?«

»Fragt mich das nicht«, erwiderte Hatch. »Ich war weder mit dem Kopf noch mit der Hand daran beteiligt – und selbst wenn ich davon gehört hätte, Master Dick, würde ich's nicht erzählen. Ein Mann darf über seine eigenen Angelegenheiten reden, aber nicht von Hörensagen und Gerüchten. Fragt also Sir Oliver – oder auch Carter, wenn Ihr wollt – aber nicht mich.«

Hatch machte sich wieder daran, seine Runden abzuschreiten, und ließ Dick nachdenklich zurück.

Warum will er mir nichts sagen? fragte sich der junge Mann. Und warum nannte er den Namen Carter? Hatte dieser Carter vielleicht seine Hand im Spiel?

Dick ging ins Haus und durchquerte einen mit Steinplatten gepflasterten Gewölbegang, bis er zu der Zelle kam, wo stöhnend der Verletzte lag. Als Dick eintrat, richtete Carter sich eifrig auf.

»Habt Ihr den Priester mitgebracht?« rief er.

»Das wird noch ein bißchen dauern«, erwiderte Dick, »denn zuerst müßt Ihr *mir* noch etwas sagen. Wie ist mein Vater, Harry Shelton, zu Tode gekommen?«

Die hoffnungsvollen Züge des Schwerverletzten fielen augenblicklich in sich zusammen.

»Davon weiß ich nichts«, antwortete er verschlossen.

»O doch, Ihr wißt sehr wohl davon«, entgegnete Dick. »Versucht ja nicht, mich zu täuschen!«

»Ich kann nur sagen, daß ich es nicht weiß«, wiederholte Carter verbissen.

»Dann werdet Ihr ohne Beichte sterben müssen«, sprach Dick. »Ich werde hier bleiben, und kein Priester wird zu Euch kommen, da könnt Ihr sicher sein. Was für einen Nutzen kann Reue denn haben, wenn Ihr nicht den Willen aufbringt, alle Ungerechtigkeiten zu gestehen, an denen Ihr beteiligt wart? Ohne die wirkliche Reue ist die Beichte doch nur Heuchelei.«

»Ihr sagt da etwas, Master Dick, das Ihr nicht wirklich meinen könnt«, entgegnete der andere gefaßter. »Es ist nicht gut, Sterbenden zu drohen, und es steht auch Euch nicht gut an. Überdies hättet Ihr keinen Nutzen davon. So bleibt denn, ohne einen Priester zu holen. Ihr werdet meine Seele dadurch zwar verdammen, aber Ihr werdet auch nichts erfahren. Mehr werde ich nicht mehr zu Euch sagen.« Damit drehte der Verwundete sich auf die andere Seite.

Dick hatte tatsächlich voreilig gesprochen und schämte sich nun seiner Drohung. Aber er unternahm noch einen Versuch.

»Carter«, sagte er, »versteht mich nicht falsch. Ich weiß, daß Ihr nur ein Werkzeug in den Händen anderer wart, wie ein Haushund seinem Herrn gehorchen muß. Ich werde Euch deshalb keine allzu große Schuld zuweisen. Aber ich verstehe immer besser, daß eine hohe Pflicht trotz meiner Jugend und Unerfahrenheit auf mir ruht – nämlich meinen Vater zu rächen. Ich bitte Euch deshalb, guter Carter, vergeßt meine Drohung, und sagt mir aus gutem Willen und ehrlicher Reue ein Wort der Hilfe.«

Der Verwundete schwieg. Dick erkannte, daß er kein Wort mehr aus ihm herausbekommen würde.

»Nun denn«, sagte Dick, »ich werde den Priester holen, wie Ihr es wünscht, denn wenn Ihr auch in meiner oder der Meinen Schuld steht, so will *ich* doch nicht an anderen schuldig werden – am allerwenigsten an einem, der bald nicht mehr auf dieser Welt ist.«

Wieder hörte der alte Soldat ihn an, ohne zu sprechen oder ein Zeichen von sich zu geben. Er unterdrückte sogar sein Stöhnen, und als Dick sich abwandte und den Raum verließ, konnte er sich einer gewissen Bewunderung für diese eiserne Standhaftigkeit nicht erwehren.

Und dennoch, dachte er sich, von welchem Nutzen ist Mut ohne geistige Größe? Wären seine Hände rein, hätte er gesprochen. Sein Schweigen beichtet das Geheimnis lauter als Worte. Ich bin mir immer sicherer, daß ich der Wahrheit näherkomme. Entweder hat Sir Daniel diese Tat verübt oder seine Leute.

Dick hielt mit schwerem Herzen in dem steinernen Gang inne. Sollte er sich jetzt – beim Niedergang von Sir Daniels Glück, wo er von den Bogenschützen des Schwarzen Pfeils belagert und von den siegreichen Yorkisten gesucht wurde – auch gegen jenen Mann wenden, der ihn ernährt und unterrichtet hatte? Der ihn zwar streng gestraft, aber auch seine Jugend geschützt hatte? Diese Notwendigkeit – wenn sie sich denn als solche erweisen sollte – war grausam.

»Wollte Gott, er wäre unschuldig!« sagte Dick zu sich selbst.

Als seine Schritte dann wieder auf den Steinplatten hallten, kam Sir Oliver mit ernstem Gesicht auf ihn zu.

»Da ist jemand, der Euch dringend braucht!« rief Dick ihm zu.

»Ich bin schon unterwegs, guter Richard«, sagte der

Priester. »Ich weiß, es ist dieser arme Carter. Nun, leider gibt es keine Hilfe mehr für ihn.«

»Und dennoch ist seine Seele kränker als sein Körper«, entgegnete Dick.

»Habt Ihr ihn denn gesehen?« fragte Sir Oliver mit offensichtlicher Bestürzung.

»Ich komme gerade von ihm«, antwortete Dick.

»Was hat er denn gesagt? Redet, was hat er gesagt!« stieß der Priester mit ungewohntem Eifer hervor.

»Er rief jämmerlich nach Euch, Sir Oliver. Ihr würdet gut daran tun, Euch zu sputen, denn seine Verletzungen sind furchtbar«, erwiderte der junge Bursche.

»Ich gehe sofort zu ihm«, kam die Antwort. »Nun, wir alle haben unsere Sünden begangen und müssen zu unserem letzten Tag kommen, guter Richard.«

»Wie wahr, Sir. Und es wäre gut, könnten wir alle diesem Tag mit heiterer Ruhe entgegensehen«, bemerkte Dick.

Der Priester senkte den Blick und eilte mit einer unhörbaren Segnung weiter.

Auch er! dachte Dick. Er, der mich die Frömmigkeit gelehrt hat. Was ist das bloß für eine Welt, wenn alle, die sich um mich gekümmert haben, Blutschuld an meines Vaters Tod tragen? Rache! O weh! Welch furchtbares Schicksal wird mich erwarten, wenn ich mich an meinen Freunden rächen muß!

Dieser Gedanke brachte Dick auf Matcham. Er lächelte, als er sich diesen eigenartigen Gefährten vorstellte, und fragte sich dann, wo er sein mochte. Seit sie das Wassergrabenhaus erreicht hatten, war der jüngere Bursche verschwunden, und Dick sehnte sich nach einem Gespräch mit ihm.

Etwa eine Stunde später, nachdem Sir Oliver die Messe ziemlich hastig gelesen hatte, versammelte sich die Gesellschaft im Speisesaal zum Essen. Es war ein langer, niedriger Raum, dessen Boden mit Binsen bestreut war. An den Wänden hingen Wandteppiche mit Szenen jagender Männer und blutdürstiger Hunde. Hier und da hingen auch Lanzen, Bogen und Schilde. Im großen Kamin loderte ein Feuer. Mit Teppichen belegte Bänke säumten die Wände, und in der Mitte stand die ausladende Tafel und wartete auf die Tischgäste. Weder Sir Daniel noch seine Dame erschienen. Sir Oliver war ebenfalls nicht gekommen, und Dick konnte kein Wort über Matcham erhaschen. Er begann sich Sorgen zu machen, als er sich an die melancholischen Vorhersagen seines Gefährten erinnerte, und fragte sich, ob ihn in diesem Haus nicht ein Ungemach befallen hatte.

Nach der Mahlzeit stieß er auf Goody Hatch, die zu Lady Brackley eilte.

»Goody«, sprach er sie an, »wo ist denn Master Matcham? Ich sah Euch mit ihm hineingehen, als wir eintrafen.«

Die alte Frau lachte laut auf.

»Ach, Master Dick«, sagte sie, »Ihr habt wirklich ein scharfes Auge!« Sie lachte wieder.

»Wo ist er?« beharrte Dick.

»Ihr werdet ihn nie mehr zu Gesicht bekommen«, entgegnete Goody. »Nie mehr. Das ist ganz sicher!«

»Aber wenn's so ist«, erwiderte der junge Mann, »möchte ich den Grund dafür erfahren. Er kam nicht aus freien Stücken hierher. Wie es sich ergab, bin ich jetzt sein bester Beschützer, und deshalb ist es mir ein Anliegen, daß ihm nichts widerfährt. Ich habe der Mysterien nun schon zu viele erlebt und bin des Spiels müde!«

Als Dick so sprach, fiel eine schwere Hand auf seine Schulter. Es war Bennet Hatch, der unbemerkt von hinten an ihn herangetreten war. Mit einer Daumenbewegung schickte der Vertrauensmann des Gebieters seine Frau fort.

»Freund Dick«, sagte er, als sie allein waren, »wollt Ihr Euch denn unbedingt zum Narren machen? Wenn Ihr gewisse Dinge nicht ruhen lassen könnt, wärt Ihr besser in den Tiefen des Meeres aufgehoben als hier im Wassergrabenhaus von Tunstall. Ihr habt versucht, mich auszuhorchen, und auch Carter, und habt überdies diesen Talmipriester mit Andeutungen erschreckt. Gebraucht ein wenig Euren Verstand, Ihr Narr! Wenn Sir Daniel Euch jetzt zu sich kommen läßt, zeigt ihm ein glattes Gesicht, schon der Weisheit wegen. Ihr werdet scharf befragt – deshalb achtet auf Eure Antworten!«

»Hatch«, entgegnete Dick, »ich rieche ein schlechtes Gewissen.«

»Und wenn Ihr nicht klüger handelt, werdet Ihr bald Blut zu riechen bekommen«, antwortete Bennet Hatch. »Ich warne Euch dringend! Ah, da kommt schon jemand, Euch zu holen.«

Und tatsächlich, im gleichen Moment kam ein Bote über den Hof gelaufen, um Dick zu Sir Daniel zu rufen.

DIE ZWEI EIDE

Sir Daniel schritt in der Halle verärgert vor dem Feuer auf und ab, während er auf Dicks Eintreffen wartete. Außer Sir Oliver war niemand anwesend. Letzterer saß diskret im Hintergrund, blätterte in seinem Brevier und murmelte vor sich hin.

»Ihr wollt mich sprechen, Sir Daniel?« sagte Dick.

»Ja, ich will in der Tat mit Euch reden«, erwiderte der

Ritter. »Was ist mir da zu Ohren gekommen? Bin ich ein so schlimmer Vormund für Euch gewesen, daß Ihr mich so sehr in Mißkredit bringen wollt? Oder habt Ihr vielleicht die Absicht, meine Seite zu verlassen? Bei den Heiligen, Euer Vater war nicht von solcher Art! Zu denen, die ihm nahestanden, hielt er treu und fest, was auch kommen mochte. Aber Ihr, Dick, seid nur ein Schönwetter-Freund, wie mir scheint. Ihr müßt versuchen, Euch von einem solchen Verdacht zu reinigen.«

»Dies alles, Sir Daniel, bestreite ich«, erwiderte Dick mit fester Stimme. »Ich bin dankbar und treu, wo ich Dankbarkeit und Treue schulde. Bevor nun mehr gesagt wird, möchte ich Euch und Sir Oliver danken. Ihr habt beide viele gerechte Ansprüche an mich, und ich wäre ein Hund, würde ich sie vergessen.«

»O ja«, sagte Sir Daniel, sprang zornig auf und fügte scharf hinzu: »Dankbarkeit und Treue sind Worte, Dick Shelton. Aber ich will Taten sehen. In dieser Stunde der Gefahr, da mein Name befleckt ist, meine Ländereien mit Beschlag belegt sind, dieser Wald voller Kerle ist, die nach meiner Vernichtung hungern und dürsten – was habe ich da von solcher Dankbarkeit und Treue? Es bleibt mir nur noch ein kleines Häuflein von Gefolgsleuten. Ist es Dankbarkeit und Treue, ihre Herzen durch hinterhältige Einflüsterungen gegen mich zu vergiften? Möge man mich vor solcher Dankbarkeit bewahren! Aber kommt nun, was wünscht Ihr eigentlich? Sprecht – wir sind hier, um darauf zu antworten. Wenn Ihr etwas gegen mich vorzubringen habt, sagt es hier und jetzt.«

»Sir«, antwortete Dick, »mein Vater fiel, als ich noch ein Kind war. Nun ist mir zu Ohren gekommen, daß er sein Ende durch ein böses Spiel fand. Überdies wurde mir zugetragen – ich will ganz offen sein –, daß Ihr eine geschickte Hand für solche Spiele hattet. Ich kann meinen

Frieden nicht finden und Euch nicht von ganzem Herzen helfen, solange diese Zweifel nicht behoben sind.«

Sir Daniel setzte sich, stützte das Kinn in die Hände und schaute Dick an.

»Ihr glaubt, ich könnte der Vormund eines Mannes Sohn sein, den ich ermordet habe?«

»Nun«, erwiderte Dick, »verzeiht, wenn ich grob darauf antworte, aber Ihr wißt doch selbst sehr gut, daß eine Vormundschaft eine einträgliche Sache ist. All die Jahre habt Ihr meine Einkünfte genossen und meine Leute geführt – und tut Ihr das nicht immer noch, bis zu meiner Heirat? Ich weiß nicht genau, was es einbringt, aber es ist bestimmt nicht wenig. Verzeiht mir noch einmal, doch wenn Ihr niedrig genug gewesen wärt, einen Mann töten zu lassen, der Euch vertraut, könnte das wohl ein Anreiz gewesen sein.«

»Als ich ein Bursche in Euren Jahren war«, entgegnete Sir Daniel scharf, »war mein Geist nicht so auf Verdächtigungen eingestellt. Und Sir Oliver hier«, fügte er hinzu, »warum sollte der, als Priester, sich einer solchen Tat schuldig machen?«

»Nun, Sir Daniel«, antwortete Dick, »wohin der Herr weist, wird der Hund gehen. Es ist wohlbekannt, daß dieser Priester Euer Werkzeug ist. Ich nehme mir große Freiheiten in meiner Rede, das weiß ich wohl, doch ist nicht mehr die Zeit für Höflichkeiten. So offen ich hier spreche, möchte ich auch freimütig Antwort bekommen. Doch ich warte vergebens. Ihr werft nur weitere Fragen auf. Ich bitte Euch, laßt davon ab, Sir Daniel! Denn auf diese Weise werdet Ihr meine Zweifel nur schüren und nicht ausräumen.«

»Ich werde Euch ehrlich antworten, Master Richard«, sagte der Ritter. »Würde ich jetzt sagen, Ihr hättet meinen Zorn nicht erweckt, wäre ich kein ehrlicher Mann. Aber ich will gerecht sein, auch im Zorn. Kommt zu mir mit diesen

Worten, wenn Ihr zu einem Mann herangewachsen seid und ich nicht länger Euer Vormund bin, so daß ich mich Eurer Worte in gebührendem Maße erwehren kann. Kommt dann zu mir, und ich will Euch die Antwort erteilen, die Ihr verdient – nämlich einen Faustschlag aufs Maul! Bis dahin habt Ihr zwei Möglichkeiten. Entweder Ihr enthaltet Euch solcher Beleidigungen gegen mich, hütet Eure Zunge und kämpft für den, der Euch ernährt und Euch in der Kindheit geschützt hat – oder Ihr geht davon. Die Tür steht offen, und die Wälder sind voller Feinde.«

Der Tonfall, in dem diese Worte gesprochen, und die Miene, von der sie begleitet wurden, beeindruckten Dick – und doch konnte er nicht umhin festzustellen, daß er immer noch keine Antwort bekommen hatte.

»Ich wünsche nichts aufrichtiger, Sir Daniel, als Euch glauben zu können«, erwiderte er. »Versichert mir nur, daß mein Verdacht nicht gerechtfertigt ist.«

»Würdet Ihr Euch mit meinem Ehrenwort zufriedengeben, Dick?« wollte der Ritter wissen.

»Ja«, antwortete der Jüngling.

»Dann geb' ich's Euch«, sprach Sir Daniel. »Bei meiner Ehre, bei der Unvergänglichkeit meiner Seele, und so wahr ich mich im Jenseits für meine Taten verantworten muß, erkläre ich hier und jetzt, daß ich am Tod Eures Vaters weder körperlichen noch geistigen Anteil hatte.«

Er streckte die Hand aus, die Dick eifrig ergriff. Keiner der beiden bemerkte den Priester, der sich bei der Abgabe dieses feierlichen und falschen Eides in einer Agonie aus Schrecken und Reue halb von seinem Stuhl erhoben hatte.

»Ah!« rief Dick aus. »In Eurer Großherzigkeit werdet Ihr mir gewiß verzeihen. Ich war ein Lümmel, an Euch zu zweifeln. Aber hier, meine Hand darauf – ich will keine Zweifel mehr hegen.«

»So sei es, Dick«, erwiderte Sir Daniel. »Euch ist hiermit vergeben, denn Ihr kennt nicht die Welt und deren verleumderisches Wesen.«

»Ich habe um so größeren Tadel verdient«, entgegnete Dick, »als daß die Schurken nicht direkt auf Euch wiesen, sondern auf Sir Oliver.«

Bei diesen Worten wandte er den Blick zum Priester – und stockte mitten im letzten Wort. Der große, rotgesichtige, korpulente Mann war regelrecht zerrüttet – die Farbe war aus seinem Gesicht gewichen, seine Arme hingen schlaff herunter, und die Lippen stammelten Gebete. Und jetzt, wo Dicks Blick sich auf ihn richtete, schrie er plötzlich laut auf wie ein wildes Tier und verbarg das Gesicht in den Händen.

Sir Daniel war mit zwei raschen Schritten bei ihm und schüttelte ihn heftig an der Schulter. In diesem Augenblick erwachte Dicks Verdacht wieder.

»Ich muß darauf bestehen«, sagte er, »daß Sir Oliver gleichfalls schwört. Er war es ja, den sie beschuldigten.«

»Dann wird er schwören«, sprach der Ritter.

Sir Oliver fuchtelte sprachlos mit den Armen.

»Bei allen Heiligen, Ihr werdet ebenfalls schwören!« rief Sir Daniel, außer sich vor Wut. »Hier auf dieses Buch werdet Ihr schwören«, fuhr er fort und nahm das Brevier, das zu Boden gefallen war. »Soll ich denn an Euch zweifeln? Schwört, sage ich, schwört!«

Doch der Priester brachte noch immer keinen Laut hervor. Seine Angst vor Sir Daniel und seine Furcht vor einem Meineid, die sich nun bei ihm die Waage hielten, schnürten ihm die Kehle zu.

In diesem Augenblick schwirrte ein schwarzer Pfeil durch das hohe, bemalte Fenster der Halle und blieb zitternd in der Mitte des langen Tisches stecken.

Mit einem lauten Schrei fiel Sir Oliver bewußtlos auf die

Binsen am Boden, während der Ritter, gefolgt von Dick, auf den Hof stürmte und die nächste Wendeltreppe zu den Zinnen hinaufeilte. Sämtliche Wachen waren alarmiert. Die Sonne schien auf die grünen, von vereinzelten Bäumen bestandenen Wiesen, die Hügel und den Wald, der den Blick begrenzte. Es war kein Anzeichen von Belagerern zu sehen.

»Woher kam dieser Pfeil?« wollte der Ritter wissen.

»Von jener Baumgruppe da, Sir Daniel«, antwortete eine Wache.

Der Ritter stand eine Zeitlang nachdenklich da. Dann wandte er sich an Dick. »Richard«, sagte er, »haltet mir ein Auge auf diese Männer. Ich überlasse Euch den Befehl über sie. Was den Priester angeht, soll er sich von jedem Verdacht befreien, oder ich werde herausfinden, was mit ihm ist. In mir keimt auch schon Euer Verdacht. Der Priester *wird* schwören, glaubt mir, oder wir werden seine Schuld beweisen.«

Dick antwortete ein wenig kühl, so daß der Ritter ihm einen durchdringenden Blick zuwarf, bevor er sich eilig zur Halle davonmachte. Dort widmete er seine Aufmerksamkeit zuerst dem Pfeil. Als er den Schaft hin und her drehte, entdeckte er wieder eine Inschrift, ein einziges Wort: ›Eingegraben‹.

»Aha!« stieß er hervor, »Sie wissen also, daß ich zu Hause bin – deshalb ›Eingegraben‹. Aber da ist kein Hund unter ihnen, der mich ausgraben könnte!«

Sir Oliver war wieder zu sich gekommen und raffte sich nun auf.

»Oh, Sir Daniel!« rief er stöhnend. »Ihr habt einen schrecklichen Eid geschworen! Nun seid Ihr verdammt bis ans Ende aller Zeiten.«

»Nun«, entgegnete der Ritter, »so habe ich also einen Eid geschworen – aber Ihr werdet noch einen größeren schwören, auf das gesegnete Kreuz von Holywood! Macht Euch bereit und sucht nach den passenden Worten. Noch heute abend werdet Ihr den Eid schwören.«

»Oh, möge der Himmel Euch erleuchten!« jammerte der Priester. »Möge der Allmächtige Euer Herz von dieser Scheußlichkeit abwenden!«

»Nun hört mal her, mein guter Pater«, sagte Sir Daniel. »Wenn Ihr Euch jetzt in Frömmigkeit ergehen wollt, ist es ein wenig spät, meint Ihr nicht auch? Wenn Ihr aber noch auf Weisheit bedacht seid, dann lauscht gut meinen Worten! Dieser Bursche stört mich immer mehr! Wie eine Mücke, oder gar eine Wespe! Ich brauche ihn, da ich seine Heirat verkaufen will. Aber ich sage Euch in aller Offenheit – wenn er mich weiter belästigt, wird er dahin gehen, wo schon sein Vater ist. Ich werde den Befehl erteilen, ihn in der Kammer über der Kapelle unterzubringen. Könnt Ihr Eure Unschuld mit einem festen Eid und sicherem Auftreten beschwören, so soll's gut sein. Der Bursche wird sich beruhigen, und ich werde ihn verschonen. Aber solltet Ihr bei dem Eid stammeln, steckenbleiben oder Euch sonstwie unsicher benehmen, wird er Euch nicht glauben – und dann, zum Teufel, wird er sterben. Bedenkt das, mein Freund!«

»Die Kammer über der Kapelle!« stieß der Priester hervor.

»Genau die«, erwiderte der Ritter. »Wenn Ihr den jungen Burschen retten wollt, dann tut, was ich gesagt habe. Könnt oder wollt Ihr's nicht, dann stört mich jetzt nicht weiter! Wäre ich ein hitzköpfiger Mann, hätte ich schon mein Schwert durch Euren Leib gerammt, wegen Eurer unerträglichen Feigheit und Torheit! Habt Ihr Euch entschieden? Sprecht!«

»Ich habe mich entschieden«, sagte der Priester. »Der Himmel möge mir verzeihen, weil ich Böses um des Guten willen tue. Ich werde für das Wohlergehen des Burschen schwören.«

»So ist es gut!« freute sich Sir Daniel. »Dann laßt ihn rasch herkommen. Ihr werdet allein mit ihm reden, doch ich werde Euch im Auge behalten, denn ich werde mich hier im getäfelten Zimmer aufhalten.«

Der Ritter hob den Wandteppich und ließ ihn hinter sich wieder fallen. Man hörte, wie eine Metallfeder aufschnappte, und dann folgte das Ächzen von Holzstufen.

Der allein gelassene Sir Oliver schickte einen furchtsamen Blick zu der mit Teppichen bedeckten Wand empor und bekreuzigte sich mit allen Anzeichen des Schreckens und der Reue.

»Oh, wenn er in dem Zimmer über der Kapelle ist«, murmelte der Priester, »dann muß ich ihn retten – und wenn es meine Seele kostet.«

Drei Minuten später fand Dick, der von einem weiteren Boten geholt worden war, Sir Oliver entschlossen und bleich am Tisch der Halle vor.

»Richard Shelton«, sagte er, »Ihr habt einen Eid von mir gefordert. Ich könnte mich darüber beklagen. Ich könnte Euch den Eid verweigern. Aber mein Herz ist Euch geneigt, schon der Vergangenheit wegen, so daß ich tun werde, was Ihr wünscht. Beim wahren Kreuz von Holywood, ich habe Euren Vater nicht getötet.«

»Sir Oliver«, entgegnete Dick, »schon als ich das Schreiben von John dem Rächer las, war ich davon überzeugt. Aber erlaubt mir zwei Fragen. Ihr habt meinen Vater nicht getötet, das will ich Euch gern glauben. Aber hattet Ihr irgendeinen Anteil daran?«

»Keinen«, antwortete Sir Oliver, verzog jedoch das Gesicht und gab mit Mund und Brauen Zeichen wie jemand, der eine Warnung zu übermitteln versucht, es aber nicht wagt, ein Wort darüber zu sagen.

Dick betrachtete ihn verwundert. Dann wandte er sich um und schaute sich überall in der leeren Halle um.

»Was tut Ihr da?« fragte er.

»Ach, nichts«, erwiderte der Priester und glättete rasch seine Gesichtszüge. »Ich tue gar nichts. Es ist nur, daß ich ... mich nicht wohl fühle. Ich ... bitte Euch, Dick, verzeiht, daß ich nun gehen muß. Auf das wahre Kreuz von Holywood schwöre ich, daß ich sowohl der Gewalt als auch des Verrats unschuldig bin. Gebt Euch damit zufrieden, junger Freund, und lebt wohl!«

Er verließ den Raum mit ungewöhnlicher Hast.

Dick blieb wie angewurzelt auf der Stelle stehen. Seine Blicke schweiften umher, und sein Gesicht ließ die verschiedensten Gemütsbewegungen erkennen: Verwunderung, Zweifel, Verdacht und Belustigung. Allmählich jedoch, als sein Verstand sich klärte, bekam der Verdacht die Oberhand, und schließlich die Gewißheit des Schlimmsten. Dick hob den Kopf – und fuhr zusammen. Hoch an der Wand war die Gestalt eines wilden Jägers in den Wandteppich eingewebt. Mit einer Hand hielt er ein Jagdhorn an den Lippen, in der anderen schwang er einen gewaltigen Jagdspeer. Sein Gesicht war dunkel, denn er sollte einen Mohren darstellen.

Doch nun zu dem, was Richard Shelton eigentlich überraschte: Die Sonne hatte sich von den Fenstern der Halle weg bewegt, und das Feuer im breiten Kamin loderte hell auf und warf einen flimmernden Schein auf Decke und Wandbehänge. In diesem Licht zwinkerte ihm das Gesicht des schwarzen Jägers mit einem weißen Augenlid zu.

Dick starrte weiter auf das Auge. Im Licht funkelte es wie ein Edelstein. Es war feucht – es war lebendig! Wieder schloß sich das weiße Lid für einen Sekundenbruchteil, und im nächsten Moment war es verschwunden.

Es gab keinen Zweifel. Das lebendige Auge, das Dick

durch ein Loch im Wandbehang beobachtet hatte, war fort. Das Licht des Feuers schien nicht mehr auf eine spiegelnde Oberfläche.

Und Dick wurde sich sofort seiner schrecklichen Situation bewußt. Die Warnung Hatches, die stummen Zeichen des Priesters, dieses Auge, das ihn von der Wand herab beobachtet hatte – dies alles zog durch sein Hirn. Er erkannte, daß er einer Prüfung unterzogen worden war, daß er seinen Verdacht wieder einmal verraten hatte und daß er verloren war, falls nicht ein Wunder geschah.

Wenn ich dieses Haus nicht sofort verlassen kann, überlegte er, bin ich ein toter Mann! Und auch dieser arme Matcham – in was für ein Kuckucksnest habe ich ihn gesetzt!

Dick dachte noch darüber nach, als ein weiterer Bediensteter kam und ihm mitteilte, er habe den Auftrag, ihm beim Umräumen seiner Waffen, seiner Kleidungsstücke und seiner zwei oder drei Bücher in ein anderes Zimmer zu helfen.

»Ein anderes Zimmer?« fragte Dick erstaunt. »Warum denn? Welches Zimmer?«

»Das über der Kapelle«, antwortete der Diener.

»Das hat lange leer gestanden«, sagte Dick nachdenklich. »Was für ein Zimmer ist das eigentlich?«

»Oh, ein schönes Zimmer«, erwiderte der Mann. »Aber«, und dabei senkte er die Stimme, »man sagt, daß es darin spukt.«

»Spukt?« wiederholte Dick, wobei ihm ein Schauer über den Rücken kroch. »Davon habe ich noch nicht gehört. Wer soll denn darin spuken?«

Der Diener schaute sich um und antwortete flüsternd: »Der Sakristan von St. John. Sie ließen ihn dort eine Nacht schlafen, und am Morgen war er – wie schrecklich – einfach verschwunden. Man sagt, der Teufel habe ihn geholt. Angeblich hat er zuvor bis spät in die Nacht getrunken.«

Dick folgte dem Mann, von dunklen Vorahnungen erfüllt.

DAS ZIMMER ÜBER DER KAPELLE

Von den Zinnen wurde nichts Auffälliges mehr beobachtet. Die Sonne zog nach Westen und ging schließlich unter, doch vor den Augen der angespannten Wachen erschien kein lebend Ding in der Umgebung des Tunstall-Hauses.

Als die Nacht hereingebrochen war, wurde Throgmorton zu einem Zimmer geführt, von dem man einen Winkel des Burggrabens überschauen konnte. Von dort wurde er sehr vorsichtig hinuntergelassen. Für kurze Zeit war das Plätschern zu hören, als er durch den Burggraben schwamm; dann sah man eine schwarze Gestalt bei den Zweigen einer Weide an Land gehen und durchs Gras kriechen. Eine halbe Stunde lang standen Sir Daniel und Hatch gespannt an ihrem Aussichtspunkt und lauschten ins Dunkel, doch alles blieb ruhig. Der Bote war davongekommen.

Sir Daniels angespannte Miene löste sich. Er wandte sich Hatch zu.

»Bennet«, sagte er, »dieser John der Rächer ist auch nur ein Mensch, wie Ihr seht. Er schläft jetzt. Wir werden ihm schon noch den Garaus machen!«

Den ganzen Nachmittag und Abend war Dick hierhin und dorthin gesandt worden – ein Befehl folgte auf den anderen, bis er völlig verwirrt war. Die ganze Zeit hatte er Sir Oliver nicht mehr gesehen, und auch nichts von Matcham. Dick mußte ständig an den Priester und seinen jungen Weggefährten denken. Es war nun seine vordringlichste Absicht, dem Wassergrabenhaus so schnell wie möglich zu entfliehen – doch bevor er ging, wollte er noch mit jedem von ihnen sprechen.

Schließlich stieg er mit einer Lampe in der Hand zu seinem neuen Zimmer hinauf. Es war ein großer, niedriger und ziemlich dunkler Raum. Das Fenster ging auf den Burggraben hinaus, und obwohl es sehr hoch lag, war es mit starken Eisenstäben gesichert. Das Bett war luxuriös; es gab zwei Kissen, von denen eins mit Daunen und das andere mit Lavendelblüten gefüllt war. Auf der Bettdecke prangte ein gesticktes Rosenmuster. An den Wänden standen überall abgeschlossene, teilweise mit Vorhängeschlössern versehene Schränke, über denen dunkelfarbige Wandteppiche hingen. Dick schaute sich um, hob die Wandteppiche an, klopfte an die Schranktüren und versuchte vergebens, sie zu öffnen. Er prüfte auch die Zimmertür und stellte fest, daß sie schwer und dick und der Riegel sehr stark war. Dann setzte er die Lampe in eine dafür vorgesehene Halterung und schaute noch einmal in die Runde.

Aus welchem Grund hatte man ihm dieses Zimmer zugeteilt? Es war größer und schöner als sein vorheriges. War das eine Falle? Gab es vielleicht einen geheimen Zugang? Spukte es wirklich in diesem Raum? Bei diesen Gedanken hatte Dick das Gefühl, ihm würde das Blut in den Adern gefrieren.

Unmittelbar über ihm machte eine Wache mit schweren Schritten ihre Runden. Unter ihm befand sich die gewölbte Decke der Kapelle, wie er wußte, und an die Kapelle schloß sich die Halle an. Gewiß gab es einen Geheimgang zur Halle. Das Auge, das ihn durch das Loch im Wandteppich beobachtet hatte, war ja ein Beweis dafür. War es da nicht mehr als wahrscheinlich, daß der Gang bis zur Kapelle verlief und dann auch Zugang zu diesem Zimmer gewährte?

In einem solchen Raum zu schlafen ist töricht! sagte sich Dick. Er legte seine Waffen bereit und stellte sich in einer Ecke des Zimmers neben die Tür. Wenn man etwas gegen ihn im Schilde führte, würde er sein Leben teuer verkaufen.

Das Geräusch mehrerer Schritte, die Aufforderung der Wache und das Losungswort waren von oben auf den Zinnen zu hören. Die Wache wurde abgelöst.

Und just in diesem Augenblick kratzte etwas an der Tür des Zimmers. Das Kratzen wurde lauter, und dann hörte Dick ein Flüstern:

»Dick, Dick, *ich* bin's!«

Dick lief zur Tür, zog den Riegel zurück, öffnete und ließ Matcham ein. Der junge Bursche war sehr bleich. In der einen Hand hielt er eine Lampe, in der anderen einen blanken Dolch.

»Schließt rasch die Tür!« flüsterte er. »Schnell, Dick! Dieses Haus ist voller Spione. Ich hörte, wie ihre Schritte mir auf den Gängen folgten, und ich höre sie hinter den Wandbehängen atmen.«

»Beruhigt Euch«, entgegnete Dick. »Die Tür ist zu. Vorerst seid Ihr sicher – sofern es innerhalb dieser Wände überhaupt Sicherheit gibt. Aber mein Herz ist froh, Euch zu sehen, Jack. Bei Gott, ich dachte, Ihr würdet schon nicht mehr unter den Lebenden weilen. Wo habt Ihr Euch versteckt?«

»Das tut nichts zur Sache«, antwortete Matcham. »Da wir uns nun gefunden haben, spielt es keine Rolle mehr. Hat man Euch erzählt, was morgen geschehen wird?«

»Nein«, erwiderte Dick verwundert. »Was soll denn morgen geschehen?«

»Morgen oder heute nacht, ich weiß es nicht genau«, entgegnete Matcham. »Aber wie dem auch sei, Dick, sie trachten Euch nach dem Leben. Ich habe den Beweis, denn ich hörte sie darüber flüstern! Ebensogut hätten sie es mir erzählen können!«

»O Gott«, stieß Dick hervor. »Ich hatte es befürchtet.«

Und er erzählte ausführlich von den Geschehnissen des Tages.

Dann stand Matcham auf und begann seinerseits, das Zimmer zu untersuchen.

»Nein«, bemerkte er schließlich, »da ist kein sichtbarer Eingang. Aber ich bin mir gewiß, daß es doch einen gibt. Dick, ich werde bei Euch bleiben. Wenn Ihr sterben müßt, will ich mit Euch sterben. Aber ich kann Euch auch helfen. Schaut, ich habe einen Dolch gestohlen und werde damit mein Bestes zu Eurer Verteidigung tun. Und falls Ihr von einem Ausgang oder einer Ausfallsöffnung wißt, die wir öffnen können, oder von irgendeinem Fenster, aus dem wir uns hinunterlassen können, werde ich mich mit Freuden allen Gefahren stellen, um mit Euch zu fliehen.«

»Jack«, sagte Dick, »bei allen Heiligen, mein Guter, Ihr seid die beste, treueste und tapferste Seele in ganz England! Gebt mir Eure Hand.«

Und er ergriff schweigend die Hand des anderen.

»Ich kann Euch sagen«, fuhr er fort, »daß es ein Fenster gibt, aus dem der Bote sich heruntergelassen hat. Das Seil müßte noch in dem Zimmer sein. Das könnte eine Hoffnung für uns ...«

»Psst!« zischte Matcham.

Beide lauschten. Da war ein Geräusch unter ihnen. Es verstummte, begann von neuem.

»Jemand geht in dem Zimmer unten«, flüsterte Matcham.

»Nein«, entgegnete Dick, »da unten ist kein Zimmer. Wir sind über der Kapelle. Das kann nur mein Mörder sein, der im Geheimgang unterwegs ist. Nun, soll er kommen – ich werde ihn gebührend empfangen!« Er knirschte mit den Zähnen.

»Löscht die Lichter!« zischte Matcham. »Vielleicht verrät er sich.«

Sie pusteten beide Lampen aus und verhielten sich mucksmäuschenstill. Die Schritte unten waren sehr weich, aber deutlich zu hören. Dann vernahmen sie ein lautes Knirschen, als würde ein Schlüssel in einem Schloß gedreht.Darauf folgte eine beträchtliche Zeitlang Stille.

Schließlich setzten die Schritte wieder ein – und dann war plötzlich ein Lichtstrahl zu sehen, der durch die Fugen in einer entfernten Ecke ihres Zimmers fiel. Der Strahl wurde breiter, und eine Falltür öffnete sich, so daß ein Schwall von Licht ins Innere fiel. Dick und Matcham konnten die starke Hand erkennen, welche die Klappe nach oben drückte. Dick hob seine Armbrust und wartete, daß der Kopf des Mannes zum Vorschein kam.

Aber nun gab es eine Unterbrechung. Von einer entfernten Ecke des Wassergrabenhauses kamen Rufe; erst erklang nur eine Stimme, dann mehrere. Sie riefen einen Namen. Der Lärm verwirrte offenbar den Meuchler, denn die Falltür wurde langsam wieder hinuntergelassen, und die eiligen Schritte erklangen wieder unter den beiden Burschen und erstarben dann in der Ferne.

Ein Aufschub! Dick atmete tief durch. Dann konzentrierte er sich auf den Lärm, der den Meuchler vertrieben hatte und der jetzt eher lauter wurde als leiser. Überall um das Wassergrabenhaus herum hörte man Füße eilen; Türen wurden geöffnet und zugeschlagen, und die Stimme von Sir Daniel erhob sich über alle anderen Geräusche mit dem Ruf: »Joanna!«

»Joanna?« wiederholte Dick verwundert. »Wer, zum Teufel, ist das? Hier gibt es doch keine Joanna – und hat nie eine gegeben. Wen meint er damit?«

Matcham schwieg. Er schien sich innerlich und äußerlich zurückgezogen zu haben. Durchs Fenster drang nur wenig Sternenlicht ins Innere und dort, am fernen Ende des Zimmers, wo die beiden standen, war die Dunkelheit undurchdringlich.

»Jack«, sagte Dick, »ich weiß nicht, wo Ihr den ganzen Tag wart. Habt Ihr diese Joanna gesehen?«

»Nein«, antwortete der Gefragte, »hab' ich nicht.«

»Habt Ihr auch nicht von einer Joanna gehört?«

Die Schritte kamen näher. Vom Hof her rief Sir Daniel immer noch den Namen ›Joanna‹.

»Habt Ihr von einer Joanna gehört?« wiederholte Dick seine Frage.

»Ja, ich habe von einer Joanna gehört«, antwortete Matcham.

»Wie Eure Stimme zittert, Jack! Was bedrückt Euch?« fragte Dick. »Diese Joanna ist ein großes Glück für uns. Sie lenkt die Aufmerksamkeit von uns ab.«

»Dick«, rief Matcham, »ich bin verloren – wir sind beide verloren! Laßt uns fliehen, solange noch Zeit ist! Die anderen werden nicht ruhen, bis sie mich gefunden haben. Oder … laßt mich hinausgehen. Wenn sie mich gefunden haben, könnt Ihr fliehen. Ja, laßt mich hinausgehen, guter Dick. Laßt mich hinaus!«

Er tastete nach dem Riegel, als Dick endlich begriff.

»Bei allen Heiligen!« rief er aus. »Ihr seid kein junger Mann – Ihr seid Joanna Sedley! *Ihr* seid die Maid, die mich nicht heiraten will!«

Das Mädchen stand stumm da und rührte sich nicht. Auch Dick schwieg eine Weile. Dann sprach er wieder:

»Joanna, Ihr habt mir das Leben gerettet, und ich das Eure. Wir haben beide Blut fließen sehen und sind Freunde sowie Feinde gewesen – und ich nahm sogar meinen Gürtel, um Euch zu verprügeln. Aber nun ist mir der Tod auf den Fersen, und meine Zeit neigt sich dem Ende zu. Doch bevor ich sterbe, möchte ich Euch sagen, daß Ihr die beste und tapferste Maid unter dem Himmelszelt seid, und wenn ich weiterleben dürfte, würde ich Euch von Herzen gern heiraten. Aber ob ich nun lebe oder sterbe – ich liebe Euch!«

Sie antwortete nichts.

»Kommt«, sagte Dick, »so sprecht doch. Seid eine gute Maid und sagt, daß Ihr mich auch liebt!«

»Warum wohl, Dick«, rief sie endlich, »wäre ich sonst hier?«

»Nun, da Ihr hier seid«, fuhr Dick fort, »werden wir zu fliehen versuchen. Wenn es uns gelingt, werden wir heiraten. Sollten wir sterben müssen, ist es halt das Ende. Aber da kommt mir ein Gedanke ... Wie habt Ihr eigentlich mein Zimmer gefunden?«

»Ich habe die Frau von Hatch gefragt«, erwiderte sie.

»Dieser Frau kann man trauen«, meinte Dick. »Sie wird Euch nicht verraten. Wir haben also noch ein wenig Zeit.«

In diesem Augenblick, wie um seine Worte zu widerlegen, bewegten sich Schritte den Gang entlang, und bald darauf schlug eine Faust mit Wucht an die Tür.

»Öffnet!« rief eine Stimme. »Master Dick, öffnet auf der Stelle!«

Dick antwortete nicht, rührte sich nicht.

»Nun ist alles aus«, flüsterte das Mädchen und legte die Arme um Dick.

Einer nach dem anderen kamen Männer zur Tür geschritten. Dann erschien auch Sir Daniel selbst, und der Lärm endete abrupt.

»Dick«, rief der Ritter, »seid kein Narr! Selbst die Sieben Schläfer wären jetzt wach. Wir wissen, daß sie bei Euch da drinnen ist. Öffnet die Tür, Mann!«

Dick schwieg.

»Also, dann nieder mit der Tür«, rief Sir Daniel, und sofort machten seine Gefolgsleute sich mit Füßen und Fäusten wild an der Tür zu schaffen. Wenn sie auch solide war und der Riegel stark, würde sie doch bald nachgegeben haben, hätte nicht erneut das Schicksal eingegriffen. Über das Donnern der Schläge hörten sie den Schrei einer Wache, gefolgt von einem weiteren. Rufe liefen an den Zinnen rundum, und Schreie antworteten aus dem Wald. Im ersten Moment hörte es sich an, als hätten die Waldleute einen Angriff auf das Wassergrabenhaus begonnen, so daß Sir Daniel und seine Männer von Dicks Zimmertür abließen und zur Verteidigung eilten.

»Wir sind gerettet!« rief Dick.

Er ergriff das große, alte Bettgestell mit beiden Händen und versuchte es mit äußerster Kraftanstrengung zu bewegen, jedoch vergebens.

»Helft mir, Joanna. Um Euer Leben willen, helft mir!« rief er.

Unter Aufbietung aller Kräfte gelang es den beiden schließlich, das große Eichengestell bis zur Tür zu ziehen und aufrecht dagegen zu stellen.

»Wir machen die Dinge nur noch schlimmer«, bemerkte Joanna traurig. »Denn nun wird er durch die Falltür hereinkommen.«

»Nein«, erwiderte Dick. »Er wird es nicht wagen, sein Geheimnis so vielen zu offenbaren. Durch diese Falltür werden *wir* fliehen. Horcht! Der Angriff ist vorbei. Nein, es war gar keiner!«

Es war in der Tat kein Angriff gewesen, sondern die Ankunft einer weiteren Gruppe von Nachzüglern aus der Niederlage von Risingham, die Sir Daniel so beunruhigt hatte. Die Männer hatten sich im Schutz der Dunkelheit durchgeschlagen und waren beim großen Tor eingelassen worden. Jetzt stiegen sie unter lautem Hufgestampfe und dem Klirren von Ausrüstung und Waffen im Hof von den Pferden.

»Er wird sogleich zurückkehren«, stieß Dick hervor. »Los, zur Falltür!«

Er zündete wieder eine Lampe an, und sie eilten gemeinsam zur entfernten Ecke des Zimmers. Der Spalt, durch den noch ein wenig Licht drang, war sogleich zu sehen. Dick nahm ein starkes Schwert aus seinem kleinen Arsenal, stieß es tief in den Spalt und stemmte sich mit aller Kraft auf den Griff. Die Klappe bewegte sich erst ein wenig und klaffte dann weit auf. Die jungen Leute ergriffen sie mit beiden Händen und warfen sie nach hinten. Stufen kamen zum Vorschein, die in die Tiefe führten und an deren Fuß der Möchtegern-Mörder offenbar eine brennende Lampe stehen gelassen hatte.

»Geht zuerst«, sagte Dick, »und nehmt die Lampe. Ich folge, nachdem ich die Falltür wieder geschlossen habe.«

So stieg Joanna zuerst hinunter. Gerade als Dick die Falltür wieder geschlossen hatte, donnerten Schläge an die Tür.

DER GEHEIMGANG

Jener Teil des geheimen Ganges, in dem Dick und Joanna sich nun befanden, war eng, schmutzig und kurz. Am anderen Ende sahen sie eine halboffene Tür – zweifellos die gleiche Tür, die sie den Mann hatten aufschließen hören. Dicke Spinnweben hingen von der Decke, und der Steinfußboden sandte beim leichtesten Tritt ein hohles Echo aus.

Hinter der Tür verliefen zwei andere Gänge im rechten

Winkel zueinander. Dick wählte aufs Geratewohl einen, und das Paar eilte mit widerhallenden Schritten die Aushöhlung am Kapellendach entlang. Der höchste Teil der gewölbten Decke stieg im schwachen Schein der Lampe wie der Rücken eines Wales vor ihnen an. Hier und da sahen sie Gucklöcher, die auf der anderen Seite durch Verzierungen des Gesimses verborgen waren. Als Dick durch eines von ihnen spähte, erblickte er den gefliesten Fußboden der Kapelle, den Altar mit seinen brennenden Kerzen – und, auf den Stufen davor liegend, die Gestalt von Sir Oliver, der mit erhobenen Händen betete.

Am anderen Ende stiegen sie ein paar Stufen hinunter. Dort wurde der Gang noch enger. Die eine Wand war jetzt aus Holz, durch dessen Ritzen raunende Stimmen und das schwache Flackern von Lichtern drangen. Schließlich kamen sie zu einem runden Loch, etwa von der Größe eines Menschenauges. Dick schaute hindurch und erblickte das Innere der Halle, wo etwa ein halbes Dutzend Männer in hohen Stiefeln um einen Tisch saßen, ausgiebig tranken und sich über eine Wildfleisch-Pastete hermachten. Die Männer gehörten gewiß zu den vor kurzem eingetroffenen Nachzüglern.

»Hier gibt es keine Hilfe«, sagte Dick. »Laßt uns zurückgehen.«

»Nein«, antwortete Joanna, »vielleicht geht der Gang noch weiter.«

Sie setzten die Flucht fort. Doch schon nach einigen Yards endete der Gang an einer kleinen Flucht nach unten führender Stufen, so daß ihnen klar wurde, daß ein Entfliehen auf dieser Seite unmöglich war, solange die Kriegsknechte noch in der Halle saßen.

So schnell sie konnten, eilten sie zurück und machten sich daran, die andere Gangabzweigung zu erforschen. Sie war äußerst eng – kaum breit genug für einen kräftigen

Mann – und führte ständig auf und ab über schmale, halsbrecherische Treppen, bis sogar Dick die Orientierung verloren hatte.

Schließlich wurde der Gang noch enger und niedriger. Die Stufen führten weiter nach unten. Die Wände auf beiden Seiten fühlten sich feucht und schleimig an, und weit voraus hörten sie das Quietschen und Trappeln von Ratten.

»Wir müssen im Kerker sein«, bemerkte Dick.

»Und noch immer haben wir keinen Ausgang gefunden«, fügte Joanna hinzu.

»Aber es muß einen geben!«

Schließlich erreichten sie eine Ecke. Dahinter endete der Gang an einer nach oben führenden Treppenflucht. An deren Ende befand sich eine Steinplatte – eine Falltür. Beide versuchten, die Tür mit dem Rücken hochzustemmen, doch sie rührte sich nicht.

»Jemand hält sie zu«, meinte Joanna.

»Nein«, entgegnete Dick. »Selbst wenn ein Mann sie zuhielte, der so stark ist wie zehn gewöhnliche Männer, müßte sie wenigstens ein bißchen nachgeben. Da liegt ein Gewicht drauf. Hier ist kein Durchkommen. Meiner Treu, Jack, wir sind hier so gefangen, als hätten wir Eisenfesseln um unsere Fußknöchel. Setzt Euch, und laßt uns reden. Nach einer Weile werden wir es noch einmal versuchen, wenn sie nicht mehr so wachsam sind, und wer weiß – wir könnten vielleicht ausbrechen und noch eine Chance haben. Aber wie's aussieht, sind wir so gut wie am Ende.«

»Dick«, jammerte sie, »verwünscht sei der Tag, an dem Ihr mich erblickt habt! Als unglücklichstes und undankbarstes Mädchen habe ich Euch hierher gebracht.«

»Welche Aufmunterung!« gab Dick zurück. »Das alles war vorherbestimmt. Und was vorherbestimmt ist, tritt ein, egal was man man dagegen unternimmt. Aber erzählt mir doch ein wenig, was für eine Maid Ihr seid, und wie Ihr in die Hände von Sir Daniel kamt. Das ist besser als das Gejammere.«

»Ich bin ein Waisenkind, wie Ihr, ohne Vater und Mutter«, erwiderte Joanna, »und zu meinem großen Unglück – und auch Eurem, Dick – bin ich eine reiche Erbin. Mein Lord Foxham hatte mich zum Mündel, doch es scheint, daß Sir Daniel meine Heirat vom König gekauft hat. Er hat einen sehr hohen Preis dafür bezahlt. So stand ich als bedauernswertes Geschöpf mit zwei mächtigen reichen Männern da, die sich darüber stritten, wer von ihnen mich heiraten würde – und ich war noch ein Kind! Dann änderten sich die Umstände. Es gab einen neuen Kanzler, und Sir Daniel kaufte die Vormundschaft für mich über Lord Foxhams Kopf hinweg. Danach gab es wieder Änderungen, und Lord Foxham kaufte meine Heirat über Sir Daniels Kopf hinweg. Von da an verschlimmerte sich ihr Verhältnis. Aber Lord Foxham behielt mich immer noch in Händen und war mir ein guter Gebieter. Schließlich sollte ich verheiratet werden – oder verkauft, was es wohl genauer treffen würde. Fünfhundert Pfund Sterling sollte Lord Foxham für mich bekommen. Hamley war der Name des Bräutigams, und morgen, Dick, schon morgen soll ich verlobt werden. Hätte nicht Sir Daniel mich entführt, wäre ich verheiratet worden, ohne Euch je gesehen zu haben, Dick, mein lieber Dick!«

Bei den letzten Worten nahm sie Dicks Hand und küßte sie mit reizender Anmut. Darauf zog Dick ihre Hand zu sich und tat es ihr gleich.

»Nun«, fuhr sie fort, »Sir Daniel entführte mich ganz überraschend, als ich im Garten war, und zwang mich, diese Männerkleidung anzulegen, was eine Todsünde für eine Frau ist – überdies passen die Sachen mir nicht. Er ritt mit mir zu Kettley, wie Ihr gesehen habt, und erzählte mir, ich sollte Euch heiraten, aber ich, in meinem Herzen, war entschlossen, ihm zum Trotz Hamley zu heiraten.«

»Ach?« rief Dick. »Also habt Ihr diesen Hamley geliebt?«

»Nein«, erwiderte Joanna, »das nicht, aber ich habe Sir Daniel gehaßt. Und dann, Dick, habt Ihr mir geholfen, und Ihr wart freundlich und tapfer, und mein Herz wandte sich gegen meinen Willen Euch zu. Und jetzt ... falls wir es auf irgendeine Weise bewerkstelligen können, würde ich Euch freudigen Herzens heiraten. Sollte das grausame Schicksal es aber nicht erlauben, werde ich Euch trotzdem zugetan sein. Solange mein Herz schlägt, ist es Euch treu.«

»Und ich«, entgegnete Dick, »der bisher nie den geringsten Wert auf irgendein Weibsbild legte, wandte mich Euch in Freundschaft zu, als ich dachte, Ihr wärt ein Knabe. Ich hatte Mitleid mit Euch – warum, weiß ich nicht. Als ich Euch mit dem Gürtel schlagen wollte, versagte mir die Hand. Aber als Ihr mir eröffnet habt, daß Ihr eine Maid seid, Jack – denn ich will Euch weiterhin Jack nennen –, da wußte ich, daß Ihr *die* Maid für mich seid. Aber horcht!« unterbrach er sich. »Da kommt jemand.«

Und in der Tat waren schwere Schritte in dem widerhallenden Gang zu hören, so daß die Ratten in Heerscharen flüchteten.

Dick erkundete blitzschnell die Lage. Der Knick im Gang verschaffte ihnen einen Vorteil: Ein Verteidiger konnte aus dem Schutz der Ecke schießen. Doch das Licht war Dick zu nahe. Also lief er ein kurzes Stück vor, setzte die Lampe in der Mitte des Gangs nieder und kehrte zurück, um zu beobachten.

Schließlich erschien Bennet am entfernten Ende des Gangs. Er war offenbar allein und trug eine brennende Fackel in der Hand, was ihn zu einem besseren Ziel machte.

»Bleibt stehen, Bennet!« rief Dick. »Noch einen Schritt weiter, und Ihr seid ein toter Mann.«

»Ah, hier seid Ihr!« entgegnete Hatch und lugte in die Dunkelheit. »Ich sehe Euch nicht. Ihr habt klug gehandelt, Dick, die Lampe vor Euch hin gestellt zu haben. Wahrlich, obgleich Ihr's getan habt, um auf mich zu schießen, freut es mich, daß Ihr von meinen Lektionen gelernt habt! Und nun – was macht Ihr eigentlich hier? Warum wollt Ihr auf einen guten alten Freund schießen? Ist das junge Edelfräulein bei Euch?«

»So nicht, Bennet – ich bin es, der hier die Fragen stellt, und Ihr habt zu antworten«, erwiderte Dick. »Warum befinde ich mich in der größten Gefahr meines Lebens? Warum schleichen heimtückische Männer zu mir, um mich in meinem Bett zu erschlagen? Warum muß ich jetzt fliehen in der Festung meines eigenen Vormunds und von den Freunden, mit denen ich lebte und denen ich nie etwas zuleide tat?«

»Master Dick, Master Dick«, sprach Bennet Hatch, »was sagte ich Euch denn? Ihr seit tapfer, aber List und Fintenreichtum gehen Euch völlig ab!«

»Nun«, gab Dick zurück, »ich sehe, daß Ihr alles wißt und daß in der Tat das Verhängnis auf mich wartet. So sei's denn. Wo ich bin, da bleib' ich. Soll Sir Daniel mich hier herausholen, wenn er kann!«

Hatch schwieg eine Zeitlang.

»Hört mal«, begann er dann. »Ich werde zu Sir Daniel zurückkehren und ihm erzählen, wo Ihr seid und in welcher Lage, denn das zu erkunden, hat er mich ausgeschickt. Und wenn Ihr kein Narr seid, solltet Ihr davongeeilt sein, bevor ich zurückkomme.«

»Davongeeilt?« wiederholte Dick. »Ich wäre längst schon fort von hier – wenn ich nur wüßte, wie! Ich kann die Falltür nicht bewegen.«

»Steckt die Hand in die Ecke dort und seht, was Ihr da findet«, erwiderte Bennet. »Throgmortons Seil ist noch in dem braunen Zimmer. Lebt wohl.«

Darauf drehte Hatch sich auf dem Absatz um und verschwand wieder in den Windungen des Gangs.

Dick holte sofort seine Lampe und machte sich daran, dem Rat zu folgen. An einer Ecke der Falltür war eine tiefe Aussparung in der Wand. Er steckte den Arm in diese Öffnung und fand eine Eisenstange, die er mit aller Kraft nach oben drückte. Ein schnappendes Geräusch erklang, und die Steinplatte erhob sich aus ihrem Bett.

Jetzt sahen sie den Weg in die Freiheit vor sich. Mit ein wenig Anstrengung konnten sie die Klappe ganz heben und gelangten in einen gewölbten Raum, der auf der einen Seite zum Hof hinausging, wo ein, zwei Kerle mit nackten Armen die Pferde der Neuankömmlinge striegelten. Zwei Fackeln, jede in einem Eisenring an der Wand steckend, warfen ein flackerndes Licht auf die Szene.

WIE DICK DIE SEITEN WECHSELTE

Dick blies die Lampe aus, um keine Aufmerksamkeit zu erregen, und ging als erster durch den anderen Ausgang des Gewölberaums nach oben und in einen Korridor hinein. Im sogenannten braunen Zimmer war das besagte Seil an einem äußerst massiven, alten Bettgestell festgemacht worden. Es war immer noch dort. Dick nahm das Ende zum Fenster und machte sich daran, es langsam und vorsichtig in die Dunkelheit der Nacht hinunter zu lassen. Joan schaute zu, doch als das Seilende nach einiger Zeit immer noch nicht unten angelangt war, weil das Seil noch nicht durchhing, stieg Furcht in beiden auf und brachte ihre Entschlossenheit ins Wanken.

»Dick«, sagte Joan schließlich, »ist es denn so tief? Daran kann ich mich nicht hinunterlassen. Ich würde unweigerlich fallen.«

Sie sprach die Worte in dem Moment, da es sich doch noch zum Guten wendete. Der Rest der Seilwicklung glitt aus Dicks Händen, und das Ende fiel klatschend in den Burggraben. Sofort hörte man von den Zinnen hoch droben die Stimme einer Wache: »Wer ist da?«

»Zum Henker!« zischte Dick. »Wir sind entdeckt. Hinunter mit Euch! Nehmt das Seil, rasch!«

»Ich kann nicht!« jammerte Joan und prallte zurück.

»Wenn Ihr nicht könnt, dann kann ich auch nicht«, entgegnete Dick. »Wie soll ich denn den Burggraben ohne Eure Hilfe durchschwimmen? Ihr wollt mich also im Stich lassen?«

»Dick«, keuchte sie, »ich schaffe es einfach nicht. Mich haben die Kräfte verlassen.«

»Bei allen Heiligen – dann sind wir verloren!« zischte er und stampfte vor Zorn mit dem Fuß auf. Als er dann Schritte hörte, lief er zur Zimmertür, um sie zu schließen.

Doch bevor er den Riegel vorschieben konnte, drückten starke Arme die Tür von der anderen Seite auf. Dick stemmte sich eine Sekunde lang dagegen, doch als er merkte, daß seine Kräfte nicht ausreichten, eilte er zum Fenster zurück. Das Mädchen war an den Fenstersims gefallen und halb bewußtlos. Als Dick versuchte, sie aufzurichten, war ihr Körper schlaff.

In diesem Moment drangen die Männer, welche die Tür aufgedrückt hatten, ins Zimmer ein und stürmten auf Dick los. Dem ersten Gegner versetzte er einen Dolchstich. Während die anderen verblüfft zurückwichen, nutzte Dick die Gelegenheit, sprang auf den Fenstersims, ergriff das Seil mit beiden Händen und ließ sich hinuntergleiten.

Das Seil war mit Kletterknoten versehen, was ihm den Abstieg erleichterte, aber seine Flucht war so überstürzt und seine Erfahrung in solcher Art von Leibesübungen so gering, daß er sich mitten in der Luft wie ein Gehängter am Galgenstrick drehte, einmal mit dem Kopf anschlug und sich die Hände am rauhen Mauerwerk der Wand aufscheuerte. Die Luft dröhnte in seinen Ohren. Er sah die Sterne über sich und ihr Spiegelbild unter sich im Burggraben wie tote Blätter im Sturmwind umherwirbeln. Dann verlor er den Halt und stürzte kopfüber ins eisige Wasser.

Als er wieder an die Oberfläche kam, fühlte seine Hand das Seil, das – nun seines Gewichts ledig – wild hin und her schwang. Über sich bemerkte er ein rotes Glühen, und als er hinaufschaute, sah er im Licht mehrerer Fackeln und eines eisernen Behälters voller brennender Kohlen die Zinnen, die voller Gesichter waren. Er erkannte, wie die Blicke der Männer auf der Suche nach ihm hin und her schweiften, doch er war zu tief unten, als daß das Licht ihn erreichen konnte, und so hielten die Männer vergebens Ausschau nach ihm.

Jetzt bemerkte er, daß das Seil beträchtlich weiter reichte als nur bis zur Wasseroberfläche. Dick ergriff es und schwamm so gut er konnte zur anderen Seite des Grabens. Er hatte schon mehr als die Hälfte der Strecke zurückgelegt, und das andere Ufer war fast schon in Reichweite, als das Seil ihn durch sein eigenes Gewicht wieder zurückzog. Da nahm Dick all seinen Mut in beide Hände, ließ das Seil los und warf sich mit einem verzweifelten Schwung auf die im Wasser schleifenden Weidenzweige, die am gleichen Abend schon Sir Daniels Boten geholfen hatten, ans Ufer zu kommen. Er ging unter, kam wieder hoch, versank ein zweites Mal – und dann ergriff seine Hand einen

Zweig. In Gedankenschnelle hatte er sich in das dichte Weidengestrüpp gezogen und hing dort, tropfend und keuchend und immer noch unsicher, ob ihm die Flucht gelungen war.

Dies alles war nicht ohne beträchtliches Platschen und andere Geräusche vor sich gegangen, was den Männern an den Zinnen Dicks Lage verraten hatte. Pfeile und Armbrustbolzen schwirrten und prasselten dicht wie ein Hagelschauer in der Dunkelheit um ihn herum. Plötzlich wurde eine Fackel nach unten geworfen. Sie zischte durch die Luft und blieb für einen Moment am Ufer stecken, wo sie aufflammte und ihre gesamte Umgebung wie ein Freudenfeuer erleuchtete. Dick drückte sich in die Schatten, bis die Fackel endlich umkippte, ins Wasser fiel und augenblicklich erlosch.

Doch sie hatte ihren Zweck erfüllt. Die Schützen oben hatten Zeit genug gehabt, die Weide und den in ihren herunterhängenden Zweigen verborgenen Dick zu erkennen. Obwohl der junge Mann sofort höher aufs Ufer hinauf sprang und um sein Leben lief, war er nicht schnell genug, einem Schuß auszuweichen. Ein Pfeil traf ihn an der Schulter, ein anderer streifte ihn am Kopf.

Doch die Schmerzen schienen Dick Flügel zu verleihen. Als er auf ebenerem Gelände war, rannte er geradewegs in die Dunkelheit, ohne sich an eine bestimmte Richtung zu halten.

Einige Schritte lang folgten ihm noch Geschosse, doch es hörte bald auf. Als Dick schließlich innehielt und sich umschaute, war er ein gutes Stück vom Wassergrabenhaus entfernt, obwohl er noch sehen konnte, wie die Fackeln sich auf den Zinnen hin und her bewegten.

Er lehnte sich an einen Baum. Wasser und Blut liefen ihm den Körper hinunter. Er war völlig erschöpft, verwundet und allein. Dennoch hatte er fürs erste sein Leben gerettet, und obgleich Joanna in den Händen Sir Daniels geblieben war, machte Dick sich weder Vorwürfe – denn er hätte den Lauf der Dinge nicht beeinflussen können –, noch fürchtete er daraus schlimme Folgen für das Mädchen. Sir Daniel war zwar grausam, aber er würde gewiß nicht grausam zu einem Edelfräulein sein, das andere mächtige Beschützer hatte, die in der Lage und willens waren, ihn zur Rechenschaft zu ziehen. Wahrscheinlicher war, daß er sich nun beeilen würde, Joanna mit einem seiner Freunde zu verheiraten.

Nun, dachte sich Dick, bis dahin werde ich Mittel und Wege finden, diesen Verräter in die Knie zu zwingen, denn nun bin ich von jeder Dankbarkeit und Verpflichtung frei. Und wenn ein Krieg erst offen ausgebrochen ist, hat jeder seine Chance.

Doch in der Zwischenzeit befand er sich in einer jämmerlichen Lage.

Er kämpfte sich ein Stück weiter durch den Wald, doch wegen der Schmerzen seiner Wunden, der nächtlichen Dunkelheit und der Aufregung und Verwirrung seines Geistes war er bald nicht mehr in der Lage, eine bestimmte Richtung einzuhalten. Er schaffte es nicht einmal mehr, sich weiter durchs dichte Unterholz zu kämpfen, so daß er sich schließlich niedersetzte und den Rücken an einen Baumstamm lehnte.

Als er aus einem Zustand zwischen Schlaf und Ohnmacht erwachte, zeigte sich bereits das erste Grau des Morgens am Himmel und verdrängte allmählich die Schwärze der Nacht. Eine leichte kalte Brise raschelte in den Bäumen, und als Dick so still dasaß und vor sich hin starrte, halb wach erst, bemerkte er, daß irgend etwas Dunkles etwa hundert Yards vor ihm in den Zweigen baumelte. Die fortschreitende Helligkeit und die Rückkehr seiner Sinne ließen ihn schließlich den Gegenstand erkennen. Es war ein Mann, der vom Ast einer hohen Eiche hing. Sein Kopf war auf die Brust gefallen, und bei jedem stärkeren Windstoß drehte sein Körper sich an dem Strick, und seine Arme und Beine bewegten sich haltlos wie bei einem Spielzeug.

Dick rappelte sich auf. Mit schwankenden Schritten näherte er sich der gräßlichen Gestalt.

Der Ast war vielleicht zwanzig Fuß über dem Boden, und der arme Kerl war von seinen Henkern so hoch gezogen worden, daß seine Stiefel außerhalb von Dicks Reichweite schwebten. Da dem Mann eine Kapuze übers Gesicht gezogen war, konnte Dick den Gehenkten nicht erkennen.

Er schaute sich um und bemerkte schließlich, daß das andere Ende des Stricks am Stamm eines kleinen Weißdornbaumes angebunden war, der voll von Blüten unter der luftigen Arkade der Eiche wuchs. Mit dem Dolch, der ihm von all seinen Waffen einzig geblieben war, durchschnitt der junge Shelton den Strick, worauf der Körper des Gehenkten mit einem dumpfen Laut auf den Boden prallte.

Dick hob die Kapuze des Toten an. Es war Throgmorton, Sir Daniels Bote. Er war auf seinem Botengang nicht weit gekommen. Ein Papier, das offensichtlich der Aufmerksamkeit der Leute vom Schwarzen Pfeil entgangen war, lugte aus der Vorderseite seine Wamses hervor. Dick zog es heraus und erkannte, daß es Sir Daniels Brief an Lord Wensleydale war.

Nun, sagte er sich, wenn die Welt sich wieder ändert, könnte ich hier das Mittel haben, Sir Daniel große Schwierigkeiten zu bereiten – vielleicht sogar, ihn auf den Henkersblock zu bringen.

Er steckte das Papier in den Ausschnitt seines Wamses, sprach ein Gebet über dem toten Mann und setzte seinen Weg durch den Wald fort.

Seine Müdigkeit und Schwäche nahmen zu. Seine Ohren summten, und seine Schritte wurden unsicher. Von Zeit zu Zeit verlor er mitten im Vorwärtstaumeln die Besinnung, so heftig setzte der Blutverlust ihm zu. Zweifellos wich er oft von der gewollten Richtung ab, aber schließlich erreichte er doch die Landstraße, nicht weit vom Dörfchen Tunstall entfernt.

Eine rauhe Stimme befahl ihm schroff: »Stillstehen!«

»Stillstehen?« wiederholte Dick. »Bei Gott, ich könnte eher umfallen.«

Er ließ den Worten die Tat folgen und fiel der Länge nach auf die Landstraße.

Zwei Männer brachen aus dem Dickicht hervor, beide in grüne Waldmannwamse gekleidet und mit Langbogen, Köcher und Kurzschwert bewaffnet.

»Schaut doch, Lawless«, sagte der Jüngere der beiden, »das ist der junge Shelton!«

»Ach, das wird so gut wie Brot sein für John den Rächer«, erwiderte der andere. »Obwohl der hier aus einem Kampf kommt. Da ist ein Riß an seiner Kopfhaut, der ihn so manche Unze Blut gekostet haben muß.«

»Und hier«, fügte Greensheve hinzu, denn so nannte sich der andere, »ist ein Loch in seiner Schulter, das ihm wohl nicht wenige Schmerzen bereitet. Wer, meint Ihr, hat das getan? War das einer von Unseren, kann er nur noch beten! Ellis wird kurzen Prozeß mit ihm machen und ihm einen langen Strick zu kosten geben.«

»Hoch mit dem Burschen«, sagte Lawless. »Legt ihn mir auf den Rücken.«

Als Lawless Dick auf die Schultern des Mannes gehoben hatte, fügte der ehemalige Franziskaner hinzu:

»Bleibt Ihr auf dem Posten, Bruder Greensheve. Ich werde ihn allein wegtragen.«

Greensheve ging wieder zu seinem Wachposten an der

Straße zurück. Lawless stapfte derweil pfeifend, den noch immer besinnungslosen Dick auf den Schultern, den Hügel hinunter.

Die Sonne ging auf, als er aus dem Wald herauskam, und schien auf Tunstall, das auf dem gegenüberliegenden Hügel ausgebreitet lag. Alles schien ruhig zu sein, doch ein starker Posten von etwa zehn Bogenschützen lag bei der Brücke zu beiden Straßenseiten. Sobald sie Lawless mit seiner Last erblickten, regten sie sich und legten Pfeile auf die Bogensehnen.

»Wer ist da?« rief der Anführer der Gruppe.

»Will Lawless, Schockschwerenot! Ihr kennt mich doch wie Eure eigene Hand«, gab der Gesetzlose verächtlich zurück.

»Sagt das Losungswort, Lawless«, beharrte der andere.

»Der Himmel möge Euch erschlagen, Ihr ungehobelter Narr«, erwiderte Lawless. »Habe *ich* es Euch nicht schon vorher gesagt? Seid Ihr denn alle verrückt geworden mit dieser Soldatenspielerei? Wenn ich im Wald bin, soll man mir mit Waldesmanieren begegnen! Zum Teufel mit all diesem soldatischen Getue!«

»Lawless, Ihr gebt ein schlechtes Beispiel ab. Sagt uns das Wort, Ihr närrischer Spaßmacher«, bestand der Anführer des Postens darauf, daß Lawless sich an die Regeln hielt.

»Und wenn ich es vergessen habe?« konterte Lawless.

»Falls dem so wäre – aber ich weiß, daß es nicht so ist –, würde ich einen Pfeil in Euren dicken Wanst jagen.«

»Wenn Ihr so wenig Spaß versteht«, meinte Lawless nun, »dann sollt Ihr das Wort haben: Es ist ›Duckworth und Shelton‹, und um es bildlich zu untermalen, trage ich hier Shelton auf meinen Schultern zu Duckworth hin.«

»Ihr dürft durch, Lawless«, sagte die Wache.

»Wo ist John?«

»Er hält hof und nimmt Pachtzins ein, als wäre er als hoher Herr geboren!« rief ein anderer der Gruppe.

Und so war es. Als Lawless den kleinen Dorfgasthof erreichte, fand er dort Ellis Duckworth umringt von Sir Daniels Pächtern vor, wie er mit dem zündenden Argument, über eine Truppe von Bogenschützen zu verfügen, kühl den Pachtzins forderte und dafür Quittungen ausstellte. An den Gesichtern der Pächter konnte man erkennen, wie wenig ihnen dieses Vorgehen gefiel, denn sie argumentierten vollkommen zutreffend, daß sie nun zweimal zahlen müßten.

Sobald Ellis erkannte, wen Lawless da heranschleppte, schickte er den Rest der Pächter fort und half, Dick mit allen Anzeichen des Interesses und der Achtung in ein Zimmer im Innern des Gasthofs zu tragen. Dort wurden die Verwundungen des Burschen untersucht, und man rief ihn mit einfachen Mitteln ins Bewußtsein zurück.

»Mein lieber Junge«, sagte Ellis und drückte Dicks Rechte, »Ihr seid hier in den Händen von Freunden, die Euren Vater geliebt haben und deshalb auch Euch lieben. Ruht Euch ein wenig aus, denn Ihr seid erschöpft. Dann werdet Ihr mir Eure Geschichte erzählen, und wir werden eine Lösung für alles finden.«

Später an diesem Tag erwachte Dick aus einem erholsamen Schlaf. Er fühlte sich noch sehr schwach, aber klarer im Kopf und körperlich frischer. Bald darauf kam Ellis zurück, setzte sich an Dicks Lager und bat ihn im Namen seines Vaters, über die Umstände seiner Flucht zu berichten. Da war etwas in Duckworths kräftigem Körperbau, in der Ehrlichkeit seines braunen Gesichts und in der Klarheit und Scharfsicht seiner Augen, das Dick veranlaßte, ihm Folge zu leisten, und vom Anfang bis zum Ende erzählte er ihm die Geschichte seiner Abenteuer der letzten beiden Tage.

»Na«, sagte Ellis, als Dick geendet hatte, »da seht Ihr, was die Heiligen für Euch getan haben, Dick Shelton! Nicht nur daß sie Euren Leib aus so zahlreichen und tödlichen Gefahren errettet haben – sie führten Euch überdies in meine Hände! Die Hände eines Mannes, der nichts sehnlicher wünscht, als Eures Vaters Sohn zu helfen. Seid aufrichtig zu mir – und ich sehe, daß Ihr es seid –, und wir werden diesem falschherzigen Verräter den Tod bringen.«

»Werdet Ihr das befestigte Haus angreifen?« wollte Dick wissen.

»Ich wäre verrückt, würde ich auch nur daran denken«, erwiderte Ellis. »Er hat noch viel zu große Macht. Seine Männer scharen sich um ihn – jedenfalls jene, die mir letzte Nacht entkamen, aber so günstig für Euch dort eintrafen. Also, Dick, wir – Ihr, ich und meine tapferen Bogenschützen – müssen im Gegenteil alle rasch aus diesem Wald hinaus und Sir Daniel unbehelligt lassen.«

»Ich sorge mich aber um Jack«, sagte Dick.

»Um Jack?« wiederholte Duckworth. »Oh, Ihr meint die Maid! Dick, ich verspreche Euch, wenn von irgendeiner Heirat die Rede sein wird, werden wir sofort handeln. Bis dahin – oder bis die Zeit reif ist – werden wir alle verschwinden wie die Schatten am Morgen. Sir Daniel soll nach Osten und Westen schauen und keine Feinde mehr sehen. Bei Gott, er soll glauben, er habe einige Zeit geschlafen und sei nun in seinem Bett erwacht! Aber unsere vier Augen, Dick, werden ihm genau folgen, und unsere vier Hände – hilf uns das Heer der Heiligen! – werden diesen Verräter zur Strecke bringen.«

Zwei Tage später war Sir Daniels Garnison so stark geworden, daß er einen Ausfall wagte und an der Spitze von vierzig Reitern ohne Gegenwehr bis zum Ort Tunstall vorstoßen konnte. Nicht ein einziger Pfeil flog, nicht ein Mann rührte sich im Dickicht. Die Brücke war nicht mehr bewacht, sondern stand allen offen, und als Sir Daniel sie überquerte, sah er die Dorfbewohner scheu in den Türen ihrer Hütten und Häuser stehen.

Dann nahm sich einer ein Herz und überreichte dem Ritter mit tiefen Verbeugungen einen Brief.

Dessen Züge verfinsterten sich, als er den Inhalt las:

›*An den falschesten und grauensamesten Etelmann, Sir Daniel Brackley, Riter:*

Ich finte, Ihr wart falsch und böse von Anfank an. Ihr habt das Blut von mein Vater an eure Hände. Versucht nicht es apzuwaschen denn es wirt sich nicht laßen. Eins Tages werdet ihr durch meine Rache umkomen, aber bis dahin sold ihr warten und Angst ferspüren. Wenn ihr das Etelfreulein Joan Sedley, das zu heiratten ich einen grossen Eit geschwohren hab, einem anderen zur Frau geben wollt, wirt mein Schlag führchterlich sein. Der erste Schrit dazu wird zukleich euer erster Schrit zum Grab sein.

Rich. Shelton

DRITTES BUCH
LORD FOXHAM

DAS HAUS AM STRAND

Monate waren vergangen, seit Richard Shelton aus den Händen seines Vormunds geflohen war. Diese Monate waren für England ereignisreich gewesen. Die Lancaster-Partei, die schon kurz vor dem Hinscheiden stand, hatte wieder einmal das Haupt erhoben. Die Yorkisten waren besiegt und versprengt, ihr Führer auf dem Feld erschlagen, und in dem Winter, der diesen Ereignissen folgte, schien es für eine kurze Zeit, als hätte das Haus von Lancaster schließlich über seine Feinde triumphiert.

Die kleine Stadt Shoreby-on-the-Till war voller Lancaster-Edler aus der Umgebung. Der Earl of Risingham hatte sich dort mit dreihundert Kriegsknechten eingefunden, Lord Horeby mit zweihundert. Sir Daniel, der hoch favorisiert war und durch Beschlagnahmungen wieder zum reichen Mann wurde, hielt sich in einem Haus an der Hauptstraße auf, das ihm gehörte. Er hatte sechzig Mann dabei. Die Welt hatte sich in der Tat geändert.

Es war ein schwarzer, bitterkalter Abend in der ersten Januarwoche, mit starkem Frost, beißendem Wind und der Wahrscheinlichkeit von Schneefall vor dem nächsten Tag.

In einem obskuren Bierhaus in einer Seitenstraße in der Nähe des Hafens saßen drei oder vier Männer bei Bier und hastig zubereiteten Rühreiern beisammen. Sie waren durchweg ansehnliche, muntere, wettergegerbte Kerle mit harten Händen und kühnen Augen, und obwohl sie einfache, grobe Mäntel trugen wie Ackerpflüger, würde sich sogar ein betrunkener Soldat sehr vorgesehen haben, mit diesen Männern einen Streit vom Zaun zu brechen.

Etwas abseits vor dem großen Feuer saß ein jüngerer Bursche, fast noch ein Knabe, auf ähnliche Art gekleidet, obgleich man an seinem Äußeren erkennen konnte, daß er von höherer Geburt war und unter anderen Umständen ein Schwert getragen hätte.

»Nein, wahrlich«, sagte einer der Männer am Tisch, »ich mag das nicht. Übles wird daraus entstehen. Das ist kein Ort für einen zünftigen Burschen. Ein zünftiger Kerl liebt offenes Gelände, gute Deckung und wenig Feinde. Hier aber sind wir in einer Stadt eingeschlossen, von Feinden umgeben, und – als ob das nicht genug der widrigen Umstände wären – mit reichlich Aussicht auf Schnee vor der Morgenzeit.«

»Das ist ja alles für Master Shelton dort«, sagte ein anderer und wies mit dem Kopf auf den Burschen vor dem Feuer.

»Ich würde ja vieles für Master Shelton tun«, entgegnete der erste Mann, »aber für irgend jemand zum Galgen zu gehen – nein, Brüder, das nicht!«

Die Tür der Schenke öffnete sich, und ein Mann trat ein und ging eilig auf den jungen Burschen vor dem Feuer zu.

»Master Shelton«, sagte er, »Sir Daniel geht mit zwei Fackelträgern und vier Bogenschützen fort.«

Dick (denn es war unser junger Freund) sprang sofort auf.

»Lawless«, rief er, »Ihr werdet John Cappers Wache übernehmen. Greensheve, folgt mir. Capper, Ihr geht voraus. Wir werden ihm diesmal folgen, und wenn er bis nach York wandert!«

Im nächsten Moment waren sie draußen auf der dunklen Straße, und Capper – der Mann, der gerade gekommen war –, zeigte auf zwei Fackeln, die in einiger Entfernung im Wind flackerten.

Die kleine Stadt lag bereits in tiefem Schlaf. Kein Mensch war mehr auf den Straßen, so daß es leicht war, der Gruppe zu folgen, ohne selbst bemerkt zu werden. Die beiden Fackelträger gingen voran. Ihnen folgte ein einzelner

Mann, dessen langer Mantel im Wind um seine Gestalt flatterte. Das Ende bildeten die vier Bogenschützen, jeder mit seinem Bogen auf dem Arm. Sie schritten forsch durch die verschlungenen Gassen und näherten sich der Küste.

»Ist er jede Nacht in diese Richtung gegangen?« fragte Dick flüsternd.

»Schon die dritte Nacht hintereinander, Master Shelton«, antwortete Capper, »und immer zur selben Zeit mit dem gleichen kleinen Gefolge, als wäre sein Ziel geheim.«

Sir Daniel und seine sechs Männer waren nun an den Stadtrand gelangt. Shoreby war eine offene Stadt, und obwohl die Lords der Lancaster-Partei, die darin lagen, starke Wachposten auf den Hauptstraßen aufgestellt hatten, war es noch möglich, durch eine der Nebenstraßen oder über das offene Feld hinein- oder herauszukommen.

Die Gasse, die Sir Daniel entlangzog, endete abrupt. Vor ihm lag ein Stück rauhe Dünenlandschaft, und von einer Seite hörte man das Rauschen der Brandung. Es waren keine Wachen in der Nähe und auch kein Licht in diesem Teil der Stadt.

Nick und die zwei Gesetzlosen näherten sich ein wenig mehr dem Ziel ihrer Jagd. Dann – als sie aus den Häusern kamen und ein Stück weiter sehen konnten – erblickten sie eine Fackel, die sich aus einer anderen Richtung näherte.

»He«, zischte Dick, »ich rieche Verrat.«

In der Zwischenzeit hatte Sir Daniel angehalten. Die Fackeln wurden in den Sand gesteckt, und die Männer legten sich nieder, als wollten sie die Ankunft der anderen Gruppe abwarten.

Die kam dann auch recht schnell heran. Sie bestand nur aus vier Männern: zwei Bogenschützen, einem Pagen mit einer Fackel und einem verhüllten Gentleman, der in ihrer Mitte einherschritt.

»Seid Ihr es, Mylord?« rief Sir Daniel.

»Ich bin es, in der Tat. Wenn jemals ein wahrer Ritter etwas bezeugte, dann bin ich's jetzt«, erwiderte der Anführer der zweiten Gruppe, »denn wer würde sich nicht lieber Riesen, Zauberern oder Wilden entgegenstellen als dieser beißenden Kälte?«

»Mylord«, entgegnete Sir Daniel, »um so mehr Freude werdet Ihr haben, zweifelt nicht daran. Aber sollten wir nicht sofort aufbrechen? Je eher Ihr meine Ware in Augenschein genommen habt, um so eher können wir beide uns wieder heim begeben.«

»Aber warum haltet Ihr sie hier, guter Ritter?« wollte der andere wissen. »Und wenn sie so jung, so schön und so wohlhabend ist, warum bringt Ihr sie nicht offen in die Gesellschaft, in die sie gehört? Ihr hättet bald eine gute Heirat arrangiert und bräuchtet Euch nicht die Finger abzufrieren und Euch der Gefahr von Pfeilschüssen auszusetzen, indem Ihr in so bitterer Kälte in der Dunkelheit umherzieht.«

»Ich erzählte Euch doch, Mylord«, erwiderte Sir Daniel, »daß der Grund dafür nur mich allein betrifft. Ich hab' auch nicht die Absicht, das hier weiter zu erläutern. Wenn Ihr aber des alten Schwätzers Daniel Brackley überdrüssig seid, dann laßt überall verkünden, daß Ihr Joanna Sedley ehelichen werdet, und ich gebe Euch mein Wort, daß Ihr ihn bald los seid, denn man wird ihn mit einem Pfeil im Rücken finden.«

Während sie redeten, schritten die beiden Edelmänner rasch über das Dünengelände. Die drei Fackelträger gingen vor ihnen, gegen den Wind gebeugt, wobei ihre Fackeln kleine Rauchwolken und Stichflammen ausstießen. Die Nachhut bestand aus den sechs Bogenschützen.

Dick war ihnen hart auf den Fersen. Er hatte natürlich kein Wort ihres Gesprächs verstanden, hatte aber in dem zweiten Sprecher den alten Lord Shoreby erkannt, einen

Mann von üblem Ruf, den sogar Sir Daniel in der Öffentlichkeit zu mißbilligen vorgab.

Schließlich kamen sie nahe an den Strand. Die Luft roch nach Salz, der Lärm der Brandung nahm zu, und hier, in einem mauerumfriedeten Garten, stand ein kleines Herrenhaus mit zwei Stockwerken, mit Ställen und anderen Nebengebäuden.

Der erste Fackelträger schloß die Tür in der Gartenmauer auf; nachdem die ganze Gesellschaft den Garten betreten hatte, schloß er von der anderen Seite wieder zu.

Dick und seine Männer waren somit an weiterer Verfolgung gehindert, wollten sie nicht über die Mauer steigen und sich dabei in höchste Gefahr begeben.

Sie setzten sich in einem Ginstergebüsch nieder und warteten. Das rote Glühen der Fackeln bewegte sich auf und ab, hin und her innerhalb der Einfriedung, als ob die Fackelträger ständig im Garten patrouillierten.

Zwanzig Minuten vergingen; dann kam die ganze Gesellschaft wieder zum Vorschein. Sir Daniel und der Lord trennten sich nach einer zeremoniellen Verbeugung, worauf jeder sich mit seinem Gefolge von Männern und Fackeln heimwärts wandte.

Sobald das Geräusch ihrer Schritte vom Wind verschluckt worden war, stellte Dick sich so schnell er konnte – denn er war steif geworden und fror – auf die Füße.

»Capper, helft mir hinüber«, sagte er.

Sie schritten alle drei zur Mauer. Capper beugte sich hinunter, und Dick stieg auf die Schultern des Mannes und kletterte auf die Mauer.

»Greensheve«, flüsterte er, »folgt mir jetzt hier herauf. Legt Euch flach auf die Mauer, damit Ihr nicht so schnell gesehen werden könnt, und haltet Euch bereit, mir zur Hand zu gehen, sollte ich auf der anderen Seite Hilfe brauchen.«

Damit ließ er sich in den Garten fallen.

Alles war stockdunkel. Im Haus brannte nicht das kleinste Licht. Der Wind pfiff in den kargen Büschen, und die Brandung donnerte an den Strand. Andere Geräusche waren nicht zu vernehmen. Dick schlich vorsichtig weiter, stolperte dabei in Büsche und Sträucher hinein und tastete mit den Händen. Schließlich ließ ihn das scharfe Geräusch von Kies unter seinen Schuhsohlen erkennen, daß er auf einen befestigten Weg geraten war.

Hier hielt er inne, nahm seine Armbrust unter dem langen Umhang hervor, spannte sie, um sofort schießen zu können, und schritt wieder vorwärts, diesmal mit größerer Entschlossenheit und Sicherheit. Der Weg führte ihn geradewegs zu einer Gruppe von Gebäuden.

Alles schien jämmerlich heruntergekommen zu sein. Die Fenster des Hauses waren mit behelfsmäßigen Abdeckungen verschlossen, die Ställe offen und leer. Es lag weder Heu auf dem Heuboden noch Korn in der Kornkiste. Jeder wäre zu der Ansicht gelangt, daß dieses Gehöft verlassen war, aber Dick hatte Grund, dies zu bezweifeln. Er setzte seine Prüfung fort, besichtigte andere Nebengebäude und rüttelte leicht an allen Fenstern. Schließlich gelangte er zur Seeseite des Herrenhauses – und dort war ein schwaches Licht in einem der oberen Fenster zu sehen.

Dick trat ein wenig zurück, bis er glaubte, die Bewegung eines Schattens an der Zimmerwand erkennen zu können. Dann fiel ihm ein, daß seine tastende Hand im Stall für einen Augenblick auf einer Leiter gelegen hatte, und er kehrte eilig dorthin zurück, um die Leiter zu holen. Sie war sehr kurz, doch als Dick auf die oberste Sprosse gestiegen war, konnte er bis zu den Eisenstangen vor dem Fenster langen. Er ergriff sie und zog sich mit größter Kraftanstrengung hoch, bis er ins Zimmer blicken konnte.

Es befanden sich zwei Personen darin. Die erste

erkannte Dick sofort als Mrs. Hatch. Die zweite war eine große, schöne und ernste junge Dame in einem langen Kleid. Konnte das etwa Joanna Sedley sein, sein alter Waldkumpan Jack, den er mit einem Gürtel hatte verprügeln wollen?

Dick ließ sich in einer Art Verwirrung wieder auf die oberste Sprosse der Leiter hinuntergleiten. Nie hatte er an seinen Liebling als so hochgestellte Person gedacht, so daß ihn sofort ein Gefühl der Schüchternheit überkam. Doch er hatte wenig Gelegenheit, irgendwelchen Gedanken nachzuhängen. Ein leises »Pssst!« ertönte aus der Nähe, so daß er eilig die Leiter hinunterkletterte.

»Wer ist da?« flüsterte er.

»Greensheve«, erklang die Antwort, gleichfalls im Flüsterton.

»Was gibt's?« fragte Dick.

»Das Haus wird beobachtet, Master Shelton«, erwiderte der Gesetzlose. »Wir sind nicht die einzigen, die es im Auge behalten, denn als ich bäuchlings auf der Mauer lag, sah ich Männer in der Dunkelheit herumstreifen und hörte, wie sie sich durch leise Pfiffe verständigt haben.«

»Hm«, machte Dick, »das ist seltsam. Gehören sie denn nicht zu Sir Daniels Männer?«

»Nein, Sir«, antwortete Greensheve, »denn so wahr ich Augen im Kopf habe – jeder dieser Männer hatte ein weißes Abzeichen an seiner Haube, mit schwarzen Karos drin.«

»Weiß mit Schwarz kariert?« wiederholte Dick. »Diese Kokarde ist mir nicht bekannt. Es ist keine aus dieser Gegend hier. Wie dem auch sei – wir müssen uns jetzt so leise wie möglich aus diesem Garten schleichen, denn hier sind wir in einer schlechten Lage, wenn wir uns verteidigen müssen. Es gibt keinen Zweifel, daß Männer von Sir Daniel in diesem Haus sind. Und wenn wir von zwei Seiten bedrängt werden, haben wir keine Chance mehr. Helft mir, die Leiter fortzutragen. Sie muß wieder an ihren alten Platz zurück.« Sie brachten die Leiter zum Stall und tasteten ihren Weg zu der Stelle, wo sie hineingekommen waren.

Capper hatte Greensheves Posten auf der Mauer eingenommen. Er reichte seine Hand hinunter und zog erst den einen, dann den anderen Gefährten hinauf.

Vorsichtig und so leise wie möglich ließen sie sich dann auf der anderen Seite hinunterfallen. Sie wagten nicht zu sprechen, bis sie zu ihrer Ausgangsstelle im Ginstergebüsch zurückgekehrt waren.

»Nun, John Capper«, sagte Dick, »zurück mit Euch nach Shoreby, als ob es um Eurer Leben ginge! Bringt mir sofort so viele Männer, wie Ihr auftreiben könnt. Der Treffpunkt ist hier. Sollten die Männer aber verstreut sein und der Tag nahe, bevor Ihr sie zusammen habt, sammelt Euch am Stadtrand. Greensheve und ich werden hier bleiben und beobachten. Beeilt Euch, John Capper, und die Heiligen werden Euch helfen! – Und nun, Greensheve«, fuhr er fort, als Capper losgezogen war, »werden Ihr und ich in einem weiten Kreis um den Garten gehen. Ich möchte gar zu gern sehen, ob Eure Augen Euch vielleicht doch getäuscht haben.«

Sie hielten sich in vorsichtigem Abstand von der Mauer, nutzten jede Anhöhe und Mulde aus und schlichen so um zwei Seiten des Gartens herum, bemerkten aber nichts. An der dritten Seite befand sich die Gartenmauer nahe am Strand; um den für Ihre Zwecke notwendigen Abstand halten zu können, mußten sie ein Stück Weg über den Sand des Strandes gehen. Wenngleich die Flut noch recht weit entfernt war, schlugen die Brecher der Brandung so hoch, daß jedesmal ein Schwall von Schaum und Wasser über den flachen Strand lief, so daß Dick und Greensheve diesen Teil ihres Erkundungsganges watend bewältigen mußten – manchmal knöcheltief, manchmal knietief im eisigen Salzwasser der Nordsee.

Plötzlich sahen sie gegen die verhältnismäßig helle Fläche der Gartenmauer die Gestalt eines Mannes, wie einen schwachen Schatten beim chinesischen Puppenspiel. Die Gestalt gab mit beiden Armen Zeichen. Als sie dann zu Boden sank, erhob sich eine andere Gestalt in einiger Entfernung und wiederholte, was die erste getan hatte. Wie eine stumme Losung machten die Gebärden die Runde um den belagerten Garten.

»Sie halten gut Ausschau«, flüsterte Dick.

»Laßt uns wieder zurück ans Land gehen, Master«, antwortete Greensheve. »Wir stehen hier zu offen. Wenn die See sich hinter uns schwer und weiß bricht, können sie uns gut sehen, weil wir uns vor der Gischt deutlich abzeichnen.«

»Das ist wahr«, pflichtete Dick ihm bei. »An Land, und zwar schnell!«

EIN SCHARMÜTZEL IM DUNKELN

Völlig durchnäßt und ausgekühlt kehrten die beiden Abenteurer zu ihrer Ausgangsstelle im Ginstergebüsch zurück.

»Ich bete zum Himmel, daß Capper bald mit Leuten zurückkommt!« sagte Dick. »Eine Kerze werde ich der heiligen Maria von Shoreby spenden, wenn er vor Ende der Stunde erscheint!«

»Habt Ihr es so eilig, Master Dick?« wollte Greensheve wissen.

»O ja, guter Mann«, antwortete Dick, »denn in diesem Haus da liegt meine Lady, die ich von Herzen liebe. Und wer sollten die wohl sein, die im geheimen und in der Nacht bei ihr sind? Bestimmt keine Freunde!«

»Nun«, entgegnete Greensheve, »wenn John schnell zurückkommt, werden wir uns ihrer annehmen. Es sind weniger als vierzig, nach den Abständen ihrer Wachen geschätzt – und weil sie so weit voneinander liegen – könnten zwanzig Mann sie wie Spatzen verscheuchen. Aber da die Lady doch schon in Sir Daniels Gewalt ist, würde es doch wenig bedeuten, daß sie in die Hände von anderen wechselt, Master Dick. Wer könnten diese anderen denn sein?«

»Ich habe den Lord von Shoreby in Verdacht«, antwortete Dick. »Wann kamen sie eigentlich?«

»Etwa zu der Zeit, Master Dick«, sagte Greensheve, »als Ihr über die Mauer gestiegen seid. Ich hatte noch nicht eine Minute auf der Mauer gelegen, als ich bemerkte, wie die ersten von diesen Kerlen um die Ecke krochen.«

Das Licht im Haus war bereits gelöscht worden, als sie noch im Wasser gewatet waren, und es war unmöglich zu sagen, wann die Männer, die um die Gartenmauer lauerten, einen Angriff führten. Von zwei Übeln wählte Dick das kleinere: daß Joanna unter der Vormundschaft von Sir Daniel blieb und nicht in die Klauen von Lord Shoreby fiel. Also entschloß er sich, den Belagerten sofort zu Hilfe zu kommen, sollte das Haus angegriffen werden.

Doch die Zeit verstrich, und noch immer war keine Bewegung zu sehen. Von Viertelstunde zu Viertelstunde ging das gleiche Zeichen an der Gartenmauer reihum, als wollte der Anführer sich der Wachsamkeit seiner Gefolgsleute versichern, aber sonst blieb die Gegend um das Haus völlig ruhig.

Schließlich trafen Dicks Verstärkungen ein. Die Nacht

war noch nicht alt, bevor fast zwanzig Mann neben ihm im Ginstergebüsch kauerten.

Er teilte sie in zwei Gruppen auf, übernahm das Kommando der kleineren und übergab die größere Greensheve.

»Nun, Kit«, sagte er zu letzterem, »bringt Eure Leute zu der näheren Ecke der Gartenmauer auf den Strand. Stellt sie in kurzen Abständen auf, und wartet, bis Ihr mich auf der anderen Seite angreifen hört. Es sind die Kerle an der Seeseite, die ich attackieren will, denn dort wird Ihr Anführer sein. Der Rest wird davonlaufen, aber laßt sie nur fliehen. Noch eines, Männer: Daß mir keiner von Euch einen Pfeil abschießt, denn Ihr könntet dabei Freunde treffen. Nehmt die Klinge, und bleibt dabei. Sollten wir den Gegner besiegen, verspreche ich jedem von Euch einen Goldnobel, sobald ich Herr des mir zustehenden Besitzes bin.«

Von dem zusammengewürfelten Haufe gebrochener Männer, Diebe, Mörder und ruinierter Bauern, die Duckworth um sich gesammelt hatte, um Rache zu nehmen, hatten sich einige der kühnsten und kampferfahrensten freiwillig gemeldet, Richard Shelton zu folgen. Die Aufgabe, Sir Daniels Bewegungen in der Stadt Shoreby zu beobachten, war für ihre Ungeduld von Anfang an lästig gewesen, so daß sie schon laut zu murren und zu drohen, ja, sich davonzumachen begonnen hatten. Doch die Aussicht auf ein wildes Handgemenge und mögliche Beute brachte sie wieder in gute Laune, so daß sie sich munter auf den Kampf vorbereiteten.

Nachdem sie ihre langen Umhänge abgelegt hatten, erschienen sie in schlichten grünen Wämsern oder in groben Lederjacken. Unter ihren Kapuzen trugen viele Männer Hauben, die mit Eisenplatten verstärkt waren. Als Angriffswaffen benutzten sie Schwerter, Dolche, ein paar wuchtige Wildschweinspieße und ein Dutzend glänzender Hellebarden – Waffen, mit denen sie sogar reguläre Truppen des Königs hätten angreifen können. Die Bogen, Pfeile und Umhänge wurden im Ginstergebüsch verborgen, und die beiden Gruppen schlichen wild entschlossen vorwärts.

Als Dick die andere Seite des Hauses erreicht hatte, stellte er seine sechs Männer etwa zwanzig Yards von der Gartenmauer in einer Reihe auf und trat einige Schritte vor seine Leute. Dann schrien alle mit einer Stimme und stürmten auf die Feinde los.

Die lagen weit verstreut, waren steif vor Kälte und hörten jetzt ganz unerwartet Angreifer aus dem Dunkeln heraus auf sie zukommen, so daß sie verblüfft aufsprangen und unentschlossen dastanden. Bevor sie Zeit hatten, all ihren Mut zusammenzuraffen oder sich auch nur eine ungefähre Vorstellung von der Anzahl und Art ihrer Angreifer zu machen, hallte auch schon ein ähnlicher Kriegsschrei von der anderen Seite der Einfriedung an ihre Ohren. Das gab ihnen den Rest. Sie hielten sich für verloren und rannten davon.

Auf diese Weise drangen die beiden kleinen Gruppen der Leute des Schwarzen Pfeils von zwei Seiten auf die Fremden an der Seeseite der Gartenmauer ein, während die anderen Feinde in allen Himmelsrichtungen um ihr Leben rannten und bald in der Dunkelheit verschwunden waren.

Dennoch, der Kampf begann gerade erst. Obwohl Dicks Geächtete den Vorteil der Überraschung besaßen, waren sie den Männern, die sie umzingelt hatten, zahlenmäßig immer noch weit unterlegen. Inzwischen war die Flut herangekommen, so daß der Strand zu einem schmalen Sandstreifen schrumpfte, und auf diesem nassen Feld zwischen der Brandung und der Gartenmauer begann in der

Schwärze der Nacht ein wildes und tödliches Handgemenge.

Die Fremden waren gut bewaffnet. Schweigend wehrten sie sich gegen die Angreifer, und das Gefecht verwandelte sich in eine Reihe von Einzelkämpfen. Dick, der vorangestürmt war, wurde von drei Gegnern bedrängt. Den ersten streckte er mit einem gewaltigen Hellebardenschlag nieder, die anderen beiden aber griffen ihn wütend an, so daß er zurückweichen mußte. Einer der beiden Gegner war ein sehr großer Kerl, fast ein Riese von Gestalt, und mit einem Zweihandschwert bewaffnet, das er wie eine Peitsche schwang. Gegen diesen Gegner mit seiner Reichweite, seinem Gewicht und der Länge seiner Waffe, hatte Dick mit seiner Hellebarde kaum Verteidigungsmöglichkeiten, und hätte der andere Mann seinen Angriff fortgesetzt, wäre Dick zweifellos niedergestreckt worden. Dieser zweite Mann jedoch war kleiner und langsamer in seinen Bewegungen als der erste und hielt einen Moment inne, um in die Dunkelheit zu spähen und auf die Geräusche des Scharmützels zu horchen.

Der Riese nutzte weiterhin seinen Vorteil, und Dick mußte immer mehr zurückweichen, wobei er jedoch nach einer Möglichkeit zum Gegenschlag Ausschau hielt. Wieder hob sich die riesige Klinge und sauste herunter, doch Dick sprang zur Seite, stürmte vor und führte mit seiner Hellebarde einen Hieb seitlich nach oben. Ein Gebrüll des Schmerzes und der Wut erklang, und bevor der Verwundete seine schreckliche Waffe wieder heben konnte, hatte Dick seinen Aufwärtshieb zweimal wiederholt, was den Riesen fällte.

Im nächsten Moment war Dick in den Kampf mit dem zweiten Gegner verwickelt, jedoch unter viel günstigeren Umständen. Hier gab es keinen nennenswerten Unterschied in der Größe, und obwohl der mit Schwert und

Dolch kämpfende Mann durch seine Umsicht und Fechtkunst gegen Dicks Hellebarde eine gewisse Überlegenheit besaß, glich Dick sie durch seine flinkeren Füße mehr als aus. Zuerst konnte keiner einen klaren Vorteil erringen, doch der ältere Mann nutzte das Ungestüm des jungen, um ihn dahin zu führen, wo er wollte, so daß Dick plötzlich feststellen mußte, daß sie die noch vorhandene Breite des Strandes voll ausgeschöpft hatten und nun bis zu den Knien im Schaum der Brecher kämpften. Hier wurde Dicks überlegene Wendigkeit nutzlos, so daß er sich mehr oder weniger dem Willen seines Gegners beugen mußte. Noch ein wenig mehr, und er hatte seinen eigenen Leuten den Rücken zugekehrt. Er erkannte, daß sein geschickter Gegner ihn immer weiter locken wollte.

Dick knirschte mit den Zähnen und beschloß, den Kampf auf der Stelle zu entscheiden. Als die letzte Welle zurückgeflutet war und die Gegner nicht mehr im Wasser standen, stürmte er vor, parierte mit der Hellebarde einen Schlag und sprang an die Kehle des Gegners. Der Mann fiel nach hinten, und Dick stürzte sich auf ihn. Die nächste Welle begrub beide unter einem eisigen Schwall.

Noch unter Wasser, entwand Dick den Dolch aus den Händen des anderen Mannes und sprang als Sieger auf die Füße.

»Ergebt Euch!« rief er. »Dann lasse ich Euch leben.«

»Ich ergebe mich«, antwortete der andere und richtete sich auf die Knie. »Ihr habt gekämpft wie ein junger Mann, unwissend und tollkühn, aber – bei allen Heiligen – Ihr kämpft wahrlich tapfer!«

Dick wandte sich dem Strand zu. Der Kampf wogte noch ungewiß in der Nacht. Durch das Dröhnen der Brecher hörte man Stahl auf Stahl klirren, Schmerzensschreie gellen und Schlachtrufe hallen.

»Führt mich zu Eurem Hauptmann, Jüngling«, sagte

der besiegte Ritter. »Es ist an der Zeit, daß dieses Gemetzel ein Ende hat.«

»Sir«, erwiderte Dick, »soweit diese braven Männer einen Hauptmann haben, ist es die unbedeutende Person, die vor Euch steht.«

»Dann pfeift Eure Hunde zurück, und auch ich werde meinen Kerlen befehlen, den Kampf einzustellen.«

Es war etwas Edles in der Stimme und der Haltung seines Gegners, daß Dick sofort alle Furcht vor Verrat verbannte.

»Legt Eure Waffen nieder, Männer!« rief der fremde Ritter. »Ich habe mich gegen Zusicherung des Lebens ergeben.«

Der Ton des Fremden war der eines Menschen, der keinen Widerspruch duldet, und der Lärm und die Verwirrung des Scharmützels verebbten beinahe augenblicklich.

»Lawless«, rief Dick, »seid Ihr in Sicherheit?«

»O ja«, rief Lawless zurück, »sicher und munter.«

»Zündet die Laterne an«, befahl Dick.

»Ist Sir Daniel nicht hier?« wollte der Ritter wissen.

»Sir Daniel?« wiederholte Dick. »Nein, beim Heiligen Kreuze, ich hoffe nicht, denn das wäre schlecht für mich.«

»Schlecht für *Euch*, tapferer Herr?« staunte der andere. »Aber ... wenn Ihr nicht auf Sir Daniels Seite steht, verstehe ich gar nichts mehr. Warum habt Ihr dann meinen Hinterhalt gestört? Zu welchem Zweck, junger Freund? Und um meine Fragen zu beenden – welchem vortrefflichen Herrn habe ich mich ergeben?«

Bevor Dick antworten konnte, ertönte eine Stimme in der Nähe aus der Dunkelheit. Dick konnte das schwarzweiße Abzeichen des Sprechers und die respektvolle Geste erkennen, mit der er sich seinem Vorgesetzten zuwandte.

»Mylord«, sagte er, »wenn diese Herren keine Freunde von Sir Daniel sind, ist es wirklich bedauerlich, daß es zum

Schlagabtausch mit ihnen kam. Aber es wäre wohl zehnmal schlimmer, würden wir jetzt noch länger hierbleiben. Die Bewacher dieses Hauses – wenn sie nicht alle tot oder taub sind – müssen das Getöse der letzten Viertelstunde vernommen und es in die Stadt signalisiert haben. Wenn wir uns also nicht geschwind in Marsch setzen, werden wir alle wohl bald von einem neuen Feind angegriffen.«

»Da hat Hawksley ein wahres Wort gesprochen«, stimmte der Lord zu. »Was meint Ihr, Sir? In welche Richtung sollen wir marschieren?«

»Geht, wohin Ihr wollt«, antwortete Dick. »Ich habe allmählich den Verdacht, daß wir einen bestimmten Grund zur Freundschaft haben, und wenn unsere Bekanntschaft auch ziemlich rauh begonnen hat, möchte ich sie nicht auf gleiche Weise fortführen. Laßt uns also unserer getrennten Wege gehen, Mylord. Legt Eure rechte Hand in die meine, und zu der Zeit und an dem Platz, die Ihr nennen werdet, laßt uns wieder zusammenfinden und Rat halten.«

»Ihr seid zu vertrauensvoll, Knabe«, sagte der andere, »aber diesmal ist Euer Vertrauen berechtigt. Ich werde Euch bei Tagesanbruch am Kreuz der Heiligen Jungfrau wieder treffen. – Kommt, Leute, folgt mir!«

Die Fremden verschwanden mit einer Schnelligkeit, die verdächtig erschien, und während die Geächteten sich an die ihnen genehme Tätigkeit des Ausplünderns der Leichen machten, schritt Dick noch einmal um die Gartenmauer herum, da er die Vorderseite des Hauses überprüfen wollte. In einer der oberen Dachluken erblickte er ein stetes Licht. Es war sicher auch in der Stadt zu sehen, von den Hinterfenstern von Sir Daniels Haus, und Dick zweifelte nicht, daß es das von Hawksley gefürchtete Signal war, so daß bald die Lanzenträger der Ritters von Tunstall auf der Bildfläche erscheinen würden.

Dick drückte das Ohr an den Erdboden, und er vermeinte ein hohles, ratterndes Geräusch von der Stadt her zu hören. Darauf eilte er zum Strand zurück. Dort war die Arbeit schon getan. Der letzte Tote war seiner Waffen entledigt und bis auf die Haut entkleidet worden. Vier Kerle wateten bereits ins Wasser, um den Toten der Barmherzigkeit der Fluten anzuvertrauen.

Ein paar Minuten später, als etwa vierzig hastig aufgebotene Reiter im Galopp auf dem nächsten Weg von Shoreby heranpreschten, lagen das Strandanwesen und die Umgegend wieder still und verlassen da.

Dick und seine Leute waren inzwischen zum Bierhaus ›Zur Ziege und den Dudelsäcken‹ zurückgekehrt, um vor dem Zusammentreffen am Morgen ein paar Stunden zu schlafen.

DAS KREUZ DER HEILIGEN JUNGFRAU

Das Kreuz der Heiligen Jungfrau stand ein kleines Wegstück von Shoreby entfernt am Rand des Waldes von Tunstall. Zwei Landstraßen kreuzten sich dort: die eine von Holywood, nachdem sie den Wald durchquert hatte, und die andere von Risingham, auf der wir die Reste der Lancaster-Armee in wilder Unordnung fliehen sahen. Hier also vereinten sich die beiden Straßen und führten zusammen den Hügel nach Shoreby hinunter. Ein Stückchen hinter dem Kreuzungspunkt wurde eine kleine Anhöhe von dem alten und verwitterten Kreuz der Heiligen Jungfrau gekrönt.

Hier also fand sich Dick gegen sieben Uhr am darauffolgenden Morgen ein. Es war so kalt wie zuvor. Der Boden war grau und silbern vom Rauhreif, und der Tag erwachte im Osten in ungezählten Schattierungen von Rot und Orange.

Dick setzte sich auf die unterste Stufe des Kreuzpodests, wickelte sich in seinen Umhang und hielt wachsam nach allen Seiten Ausschau. Er mußte nicht lange warten. Die Straße von Holywood herunter kam ein Edelmann in reicher, glänzender Rüstung, über der er einen Überwurf aus kostbaren Pelzen trug, auf einem prächtigen Streitroß geritten. Zwanzig Yards hinter ihm folgte eine Gruppe von Lanzenreitern, doch sie hielten, sobald sie in Sichtweite der verabredeten Stelle gelangten, während der Mann im Pelzüberwurf allein weiterritt.

Sein Helmvisier war hochgeklappt und ließ ein Gesicht von achtunggebietender Würde erkennen, das seiner Kleidung und Rüstung entsprach. Ein wenig verwirrt erhob sich Dick vom Kreuzpodest und schritt den leichten Abhang hinunter seinem ›Gefangenen‹ entgegen.

»Habt Dank, Mylord, für Eure Pünktlichkeit bei der Einhaltung Eures Versprechens«, sagte er, wobei er sich tief verbeugte.

»Seid Ihr allein hier, junger Mann?« erkundigte sich der andere.

»So dumm war ich nicht«, antwortete Dick. »Um ehrlich zu Eurer Lordschaft zu sein – die Wälder zu allen Seiten dieses Kreuzes sind voll von meinen Burschen, die ihre Waffen bereithalten.«

»Da habt Ihr klug gehandelt«, sagte der Lord. »Das gefällt mir schon eher, denn letzte Nacht habt Ihr tollkühn gefochten, nicht wie ein christlicher Krieger, sondern wie ein wilder, vor Fanatismus blinder Sarazene. Aber es steht dem Unterlegenen nicht an, irgend etwas zu bemängeln.«

»Ihr wart im wahrsten Sinne des Wortes *untergelegen*, Mylord, weil Ihr gestürzt seid«, gab Dick zurück, »aber hätten die Wellen mir nicht geholfen, wäre ich selbst zuunterst gewesen. Ihr habt mich schließlich auch mit mehreren Dolchmarkierungen gezeichnet, die ich noch trage. Mir scheint, Mylord, daß ich in diesem Gerangel am Strand alle Gefahren, aber auch alles Glück auf meiner Seite hatte.«

»Ihr seid klug genug, dies zu erkennen, wie ich sehe«, entgegnete der Fremde.

»Nein, Mylord, nicht wirklich klug«, erwiderte Dick. »Ich will das Lob nicht, das mir nicht gebührt. Wenn ich im Licht dieses neuen Tages sehe, welch mächtiger Ritter sich mir ergeben hat – und das nicht allein wegen meiner Waffen, sondern auch wegen des Kriegsglücks, der Dunkelheit und der Brandung –, und wie leicht der Kampf andersherum geendet haben könnte mit einem so unerfahrenen und bäuerischen Soldaten wie mir, müßt Ihr Euch nicht wundern, Mylord, daß ich wegen dieses Sieges ziemlich verlegen bin.«

»Ihr sprecht gut«, sagte der Fremde. »Wie ist denn Euer Name?«

»Shelton, mit Verlaub«, antwortete Dick.

»Mich nennen die Leute Lord Foxham«, erklärte der andere.

»Dann seid Ihr ja der Vormund der holdesten Maid in ganz England!« erwiderte Dick. »Und für Euer Lösegeld und das der anderen, die mit Euch am Strand gefangen wurden, kann es keine Ungewißheit der Bedingungen geben. Ich flehe Euch an, Mylord, bei Eurem guten Willen und Eurer Barmherzigkeit – gebt mir die Hand meiner geliebten Joan Sedley, wofür ich Euch und Euren Gefolgsleuten die Freiheit gewähren will. Und wenn Euch etwas daran liegt, könnt Ihr Euch meiner Dankbarkeit und meiner Dienste bis zu meinem Lebensende sicher sein.«

»Dann seid Ihr das Mündel von Sir Daniel? Harry Sheltons Sohn, nicht wahr?« meinte Lord Foxham.

»Würdet Ihr absitzen, Mylord? Ich würde Euch gern genau berichten, wer ich bin, wie meine Lage ist und warum ich so kühn in meinem Verlangen bin. Ich bitte Euch, Mylord, nehmt Platz auf diesen Stufen da, und hört mich bis zum Ende an. Dann, in voller Kenntnis der Umstände, mögt Ihr urteilen.«

Nach diesen Worten half Dick Lord Foxham, von seinem Roß zu steigen, führte ihn zu der Stelle, wo er selbst gesessen hatte, stellte sich respektvoll vor seinen edlen Gefangenen und erzählte die Geschichte seiner Erlebnisse bis zu den Ereignissen des Abends zuvor.

Lord Foxham hörte mit ernster Miene zu. Als Dick geendet hatte, sagte er:

»Master Shelton, Ihr seid ein sehr glücklicher und zugleich unglücklicher junger Herr. Was Euch an Glück zuteil geworden ist, habt Ihr reichlich verdient, aber nicht das Unglück. Seid guten Mutes, denn Ihr habt Euch einen Freund gewonnen, dem es weder an Macht noch an Gunst mangelt. Was Euch betrifft, so muß ich sagen, daß es sich für einen jungen Mann Eurer Geburt nicht geziemt, mit Geächteten gemeinsame Sache zu machen. Aber Ihr seid tapfer, ehrenhaft, gefährlich im Kampf und ausnehmend höflich im Frieden – ein Jüngling von ausgezeichneter Veranlagung und furchtloser Haltung. Euren Besitz werdet Ihr erst wiedersehen, wenn sich die Welt ändert. Solange das Haus Lancaster die starke Hand hat, so lange wird Sir Daniel ihn genießen. Für *mein* Mündel liegt die Sache jedoch anders. Ich versprach sie bereits einem Edelmann, einem gewissen Hamley, einem Verwandten meines Hauses. Dieses Versprechen ist schon alt …«

»Ach, Mylord, und nun hat Sir Daniel sie an Lord Shoreby versprochen«, unterbrach ihn Dick. »Und dieses Versprechen, obwohl es noch jung ist, hat mehr Wahrscheinlichkeit, ausgeführt zu werden.«

»Das ist wahr«, erwiderte der Lord. »Und in Anbetracht des Umstands, daß ich Euer Gefangener bin gegen keine bessere Bürgschaft als mein nacktes Leben, und da die Maid sich außerdem unglücklich in anderen Händen befindet, will ich Eurem Gesuch stattgeben. Helft mir mit Euren guten Burschen ...«

»Mylord«, rief Dick aus, »es sind die gleichen Geächteten, mit denen ich keinen Umgang pflegen soll, wie Ihr mir gesagt habt.«

»Laßt die Burschen sein, was sie sind – sie können kämpfen«, erwiderte Lord Foxham. »Helft mir also, und wenn wir das Mädchen gemeinsam wiedererlangt haben, wird sie Euch heiraten, auf meine ritterliche Ehre!«

Dick beugte das Knie vor seinem Gefangenen, aber der sprang leichtfüßig auf und umarmte den Jüngling wie einen Sohn.

»Kommt«, sagte er, »da Ihr Joan heiraten werdet, müssen wir beizeiten Freunde werden.«

DIE ›GOOD HOPE‹

Eine Stunde später war Dick wieder in der Gaststube ›Zur Ziege und den Dudelsäcken‹ beim Frühstück, während er die Berichte seiner Boten und Wachen empfing. Duckworth war immer noch von Shoreby fort, was häufig der Fall war, denn Duckworth spielte viele Rollen, hatte viele verschiedene Interessen und Geschäfte. Er hatte die Bruderschaft des Schwarzen Pfeils als ruinierter Mann gegründet, der sich nach Rache und Geld sehnte – und dennoch, unter denen, die ihn am besten kannten, hieß es, er sei der Agent und Abgesandte des großen Königsmachers von England, Richard, Earl of Warwick.

Jedenfalls fiel während seiner Abwesenheit an Richard Shelby die Aufgabe, die Angelegenheiten des Schwarzen Pfeils in Shoreby zu leiten, und wie er so beim Frühstück saß, war sein Kopf voller Sorgen und seine Miene ernst vom Nachdenken. Zwischen ihm und Lord Foxham war vereinbart worden, am kommenden Abend einen kühnen Schlag zu führen und Joanna mit Gewalt zu befreien. Doch gab es viele Hindernisse, und als einer seiner Späher nach dem anderen zurückkam, erhielt Dick immer besorgniserregendere Nachrichten.

Sir Daniel war vom Scharmützel der vorherigen Nacht in Alarm versetzt worden. Er hatte die Bewachung des Hauses im Garten verstärkt. Damit noch nicht zufrieden, hatte er zudem Reiter auf allen Straßen und Wegen in der Umgebung postiert, so daß er sofort von jeder Bewegung Kunde erhielt. Währenddessen standen im Hof seines Anwesens in Shoreby gesattelte Pferde mit Schwerbewaffneten in ihrer Nähe, die bereit waren, beim entsprechenden Signal sofort loszureiten.

Das für die kommende Nacht vorgesehene Abenteuer erschien immer schwieriger durchführbar, bis Dicks Miene sich plötzlich erhellte.

»Lawless!« rief er. »Ihr wart doch mal Seemann. Könnt Ihr mir ein Schiff stehlen?«

»Master Dick«, erwiderte Lawless, »mit Eurer Hilfe würde ich's wagen, das Münster von York zu stehlen.«

Darauf gingen die beiden sofort hinunter zum Hafen, der aus einer Bucht bestand, die zwischen Sandhügeln lag und von Dünengelände, altem Gerümpel und Elendshütten der Stadt umgeben war. Viele Schiffe und offene Boote lagen dort vor Anker oder waren auf den Strand gezogen worden. Lang anhaltendes schlechtes Wetter hatte sie vor den hohen Wellen der offenen See dort Schutz suchen lassen, und die große Prozession von dunklen Wolken, die einmal mit trockenem Schnee und einmal mit kalten Böen aufeinander folgten, versprach keine Verbesserung.

In Anbetracht der Kälte und des beißenden Windes hatten sich die meisten Schiffsbesatzungen an Land verzogen und saßen grölend und singend in den Küstenschänken. So ritten viele Schiffe unbewacht an ihren Ankern, und als der Tag fortschritt und das Wetter kein Anzeichen von Besserung zeigte, vergrößerte sich ihre Anzahl ständig. Auf diese verlassenen Schiffe – vor allem auf jene, die weit draußen lagen – richtete sich Lawless' Aufmerksamkeit, während Dick auf einem halb im Sand eingesunkenen Anker saß und einmal den kräftigen, ahnungsvollen Stimmen der Böen und einmal dem heiseren Gesang der Seeleute in einer benachbarten Taverne lauschte, wobei er seine unmittelbare Umgebung und seine Besorgnisse bei dem angenehmen Gedanken an Lord Foxhams Versprechen immer wieder vergaß.

Doch schließlich wurde er von einer Hand auf der Schulter aufgeschreckt. Es war Lawless, der auf ein kleines Schiff zeigte, das ein Stück abseits der anderen, aber dennoch nahe der Hafenmündung sanft in der Dünung schaukelte. Ein blasser Strahl der Wintersonne fiel in diesem Augenblick auf das Deck des Schiffes und hob es vor dem Hintergrund einer finsteren Wolkenbank ab. Überdies konnte Dick sehen, wie ein paar Männer das Beiboot längs holten.

»Dort, Sir«, sagte Lawless, »gebt genau acht! Dort ist unser Schiff für heute nacht.«

Bald darauf legte das Beiboot von der Schiffsseite ab, und die Männer ruderten kräftig zum Strand, wobei sie den Bug gut gegen den Wind hielten. Lawless wandte sich an einen Mann, der in der Nähe stand.

»Wie ist der Name von diesem Schiff da?« fragte er und deutete auf das von ihm auserkorene Wasserfahrzeug.

»Oh, es wird *Good Hope* genannt und ist aus Dartmouth«, antwortete der Mann. »Sein Kapitän heißt Arblaster. Er sitzt gerade am Bugriemen von dem Beiboot da.«

Mehr wollte Lawless nicht wissen. Eilig dankte er dem Mann und marschierte zum Strand und zu einer sandigen Bucht, auf die das Beiboot zusteuerte. Dort stellte er sich auf, und sobald das Boot in Hörweite war, brüllte er hinüber:

»Sieh da, der alte Arblaster! Ihr kommt gerade recht, wahrlich, gerade recht, auf meine Ehr'! Und das da hinten ist doch die *Good Hope*? Die würde ich unter zehntausend wiedererkennen – ein schmucker Kasten. Aber kommt nur, Gevatter, ich hätte gern einen Trunk mit Euch genommen! Ich bin nämlich in meinen Besitz gelangt, von dem ich Euch damals erzählte, wie Ihr Euch bestimmt noch entsinnen könnt. Jetzt bin ich reich und brauch' nicht mehr auf See zu segeln. Nun segle ich meist auf gewürztem Bier. Kommt, Kamerad, reicht mir die Hand, und trinkt mit einem alten Fahrensmann!«

Skipper Arblaster, ein langgesichtiger, älterer, wettergegerbter Mann, der ein Messer an einer geflochtenen Schnur um den Hals trug und den Gang und die Haltung besaß, die damals wie heute den Seeleuten eigen sind, zögerte vor offensichtlicher Überraschung und Mißtrauen. Doch die Erwähnung des vor kurzem erlangten Reichtums und die von Lawless so gut gespielte trunkene Kumpanei ließen seinen Argwohn schließlich schwinden. Seine Züge entspannten sich, und nach der Landung streckte er sofort die Hand aus und drückte die des Gesetzlosen in seiner mächtigen Pranke.

»Nun«, sagte er, »ich kann mich Eurer zwar nicht entsinnen, aber was macht das schon? Ich würde mit jedem Mann trinken, Gevatter, und auch mein Tom hier. – Tom«, fügte er an seinen Begleiter gewandt hinzu, »das ist ein Bekannter, dessen Name mir nicht mehr einfällt, aber der gewiß ein sehr guter Fahrensmann ist. Laß uns mit ihm und seinem Freund einen Trunk nehmen.«

Lawless ging voraus, und bald saßen sie in einem Bierhaus, das noch sehr neu war und deshalb nicht überfüllt, und das sich näher als die anderen Schänken an der Hafenmitte befand. Es war nicht mehr als ein Holzschuppen, ähnlich einem Blockhaus in unserer Zeit, und primitiv möbliert mit einem oder zwei Schränken, einer Anzahl nackter Bänke und über Tonnen gelegter Bretter anstelle von Tischen. In der Mitte des Bierhauses stieß ein Feuer aus Wrackholz dicken Rauch aus.

»Ach ja«, meinte Skipper Arblaster, »es ist wirklich gut, jetzt an Land zu sein, bei meiner Treu. Tom, was sagt Ihr dazu? Gevatter, Ihr sprecht wohl, obgleich ich nicht auf Euren Namen komme. Aber Eure Worte sind klug. Möge die *Good Hope* stets gute Fahrt machen! Amen und Prost!«

»Freund Dickon«, wandte Lawless sich nun an Dick, »Ihr habt wichtige Angelegenheiten zu erledigen, wenn ich mich nicht täusche. Nun, ich bitt' Euch, macht Euch daran. Hier bin ich in der besten Gesellschaft von zwei alten Seekameraden, und bis Ihr zurückkehrt, werden die beiden so manchen Humpen mit mir heben. Wir sind doch nicht wie diese Landratten, wir alten, zähen Teer-Johnnies, nicht wahr?«

»Das ist wohl gesprochen«, erwiderte der Schiffer. »Ihr könnt ruhig gehen, Knabe, denn ich werde Eurem guten Freund, meinem Gevatter, Gesellschaft leisten bis zur Sperrstunde – oder, bei der heiligen Mary, bis die Sonne wieder aufgeht! Wenn ein Mann lange genug auf See gewesen ist, müßt Ihr wissen, hat er so viel Salz in den Knochen, daß sein Durst nie mehr gelöscht werden kann.«

So von allen Seiten ermutigt stand Dick auf, verabschiedete sich von der Gesellschaft, ging hinaus in den windigen Nachmittag und begab sich so schnell wie möglich zur ›Ziege und den Dudelsäcken‹. Dort sandte er einen Boten zu Lord Foxham, daß sie bis zum Einbruch der Nacht ein tüchtiges Schiff haben würden. Dann kehrte er mit zwei Gesetzlosen, die einige seemännische Erfahrung hatten, zum Hafen und der kleinen Bucht zwischen den Sandhügeln zurück.

Das Beiboot der *Good Hope* lag zwischen vielen anderen, von denen es sich durch seine geringe Größe und offenbare Zerbrechlichkeit unterschied. Als Dick und seine beiden Begleiter darin Platz genommen hatten und aus der Bucht in den offenen Hafen hinausruderten, tanzte die Nußschale tatsächlich bei jeder Böe so heftig, daß man fürchten mußte, sie würde sinken.

Das Schiff der guten Hoffnung lag, wie schon gesagt, weit draußen vor Anker, wo die Dünung am stärksten war. Näher als mehrere Seillängen lag kein anderes Schiff, und die sich dort befanden, waren ebenfalls völlig verlassen. Als das Beiboot sich näherte, verbarg zusätzlich ein kurzes Schneegestöber die Gesetzlosen vor möglichen Beobachtern. Im Nu waren sie auf das schaukelnde Deck gesprungen, während das vertäute Beiboot am Heck tanzte. Die *Good Hope* war erobert.

Es war ein gutes, solides Schiff, am Bug und mittschiffs mit einem Deck versehen, am Heck jedoch offen. Die Takelage dieses Einmasters war eine Mischung zwischen der einer Feluke – ein Küstenfahrzeug des Mittelmeers – und eines Loggers. Es schien, daß Skipper Arblaster eine sehr gewinnbringende Fahrt gemacht hatte, denn der Frachtraum war voller Fässer französischen Weins, und in der kleinen Kabine neben der Jungfrau Maria im Schott, die von des Kapitäns Frömmigkeit zeugte, fanden sie etliche fest verschlossene Truhen und Schränke, welche bewiesen, daß er wohlhabend und umsichtig war.

Ein Hund, der Rest der Besatzung, bellte wütend und biß den Eindringlingen in die Fersen, wurde aber bald in die Kajüte gestoßen; dann wurde die Tür vor ihm und seinem gerechten Zorn geschlossen. Eine Lampe wurde angezündet und in der Takelage befestigt, um das Schiff vom Strand aus kenntlich zu machen. Eines der Weinfässer im Frachtraum wurde geöffnet, und jeder leerte einen Becher ausgezeichneten Rebensaft aus der Gascogne auf das Gelingen des bevorstehenden abendlichen Abenteuers. Während einer der Gesetzlosen sich dann mit Pfeil und Bogen fertigmachte, das Schiff gegen Neuankömmlinge zu verteidigen, zog der andere das Beiboot am Seil heran und stieg über Bord dort hinein, wo er auf Dick wartete.

»Nun, Jack, haltet mir gut Wache«, sagte der junge Kommandeur und schickte sich an, seinem Untergebenen zu folgen. »Ihr werdet es schon recht machen.«

»O ja«, entgegnete Jack, »ich werde es äußerst recht machen, solange wir hier liegen. Aber wenn wir erst mal den Bug dieses armen Schiffes aus der Hafenbucht gesegelt haben … seht doch, wie die ›Gute Hoffnung‹ zittert. Das arme Ding hat die Worte gehört, und jetzt pocht ihr das Herz vor Vorahnung in den Eichenholzrippen. Und das Wetter, Master Dick! Was sich da an schwarzen Wolken zusammenbraut!«

Die Dunkelheit draußen war in der Tat erschreckend. Große Wogen rollten aus der Düsternis heran, und eine nach der anderen kletterte die *Good Hope* auf der einen Seite wacker hinauf und stürzte auf der anderen wie trunken hinunter. Ein Schneeschauer, gemischt mit dünnen

Schaumflocken, überzog das Deck wie weißer Puder, und der Wind harfte unheimlich im Takelwerk.

»Meiner Treu, das sieht ja schrecklich aus«, bemerkte Dick. »Aber was soll's. Es ist nur eine Sturmbö, die gleich fort sein wird.« Aber trotz seiner Worte war er bestürzt über diesen bedrohlichen Tumult des Himmels und das Heulen des Windes. Als er über die Bordwand der *Good Hope* stieg und mit seinem Begleiter wieder so schnell wie möglich zur Landebucht ruderte, bekreuzigte er sich andächtig und vertraute dem Himmel all die Leben an, die sich auf dieses Abenteuer auf See begeben würden.

An der Landebucht hatten sich schon etwa ein Dutzend der Geächteten versammelt. Diesen überließ Dick das Beiboot mit dem Befehl, damit unverzüglich zum Schiff überzusetzen.

Ein Stück weiter den Strand hinauf fand Dick Lord Foxham auf der Suche nach ihm, das Gesicht unter einer dunklen Kapuze verborgen und die schimmernde Rüstung mit einem langen rostbraunen Mantel von bäuerischer Art bedeckt.

»Mein lieber junger Shelton«, sagte er, »Ihr habt Euch also wirklich für das Meer entschieden?«

»Mylord«, antwortete Richard, »das Haus wurde von Reitern eingekreist. Es kann von Land nicht erreicht werden, ohne daß Alarm geschlagen wird, und wenn Sir Daniel erst einmal von unserem Abenteuer Wind bekommt, können wir es nicht mehr zu einem guten Ende führen, als ob wir gegen einen übermächtigen Sturm ankämpfen müßten. Wenn wir von See herankommen, sind wir durch die Elemente gefährdet, aber die Vorteile überwiegen, denn wir haben die Möglichkeit, unser Ziel zu erreichen und die Maid zu befreien.«

»Gut«, erwiderte Lord Foxham, »dann führt Ihr. Ich will Euch diesmal meiner Niederlage im Kampf wegen folgen, aber ich kann nicht verschweigen, daß ich lieber in meinem Bett läge.«

»Also dann – vorwärts«, sagte Dick, »holen wir unseren Lotsen.«

Er ging voran auf dem Weg zum derben Bierhaus, wo er sich mit einem Teil seiner Männer verabredet hatte. Einige von ihnen standen vor der Tür, andere waren kühn hineingegangen und hatten sich so nahe wie möglich zusammen an den Platz gesetzt, wo sie ihren Kameraden Lawless mit den beiden Seeleuten sahen. Diese, nach der unbeherrschten Haltung und den trüben Augen zu urteilen, hatten längst die Grenzen der Mäßigkeit überschritten. Als Richard eintrat, gefolgt von Lord Foxham, stimmten alle drei gerade mit mißtönenden Stimmen ein altes Shanty an, das vom Heulen der Böen begleitet wurde.

Der junge Führer sah sich blitzschnell in dem Schuppen um. Es war gerade wieder Holz aufs Feuer gelegt worden, so daß schwarzer Rauch es schwierig machte, bis in die entfernten Ecken zu schauen, doch es war klar zu erkennen, daß die Gesetzlosen die anderen Gäste an Zahl weit übertrafen. Dick war zufrieden darüber für den Fall, daß Störungen beim Ablauf seines Planes eintreten sollten. Er ging zu dem Tisch und nahm dort wieder seinen Platz ein.

»He«, rief der Skipper trunken, »wer seid Ihr denn?«

»Ich möchte ein Wort mit Euch allein sprechen, Master Arblaster«, erwiderte Dick. »Über das hier werden wir reden.« Und er zeigte dem alten Seebären im Feuerschein einen Goldnobel.

Die Augen Arblasters glühten, obwohl er unseren Helden immer noch nicht erkannt hatte.

»Ay, Ay, Knabe«, sagte er. »Ich komme schon. – Gevatter, ich bin gleich zurück. Trinkt inzwischen schon mal weiter.« Dann nahm er Dicks Arm, denn seine Schritte waren unsicher, und schlurfte mit ihm zur Tür des Bierhauses.

Sobald er über die Schwelle gestolpert war, ergriffen und fesselten ihn zehn starke Arme. Zwei Minuten später wurde er mit aneinandergebundenen Gliedern und einem festen Knebel im Mund kopfüber in einen benachbarten Heuschober gestoßen. Arblasters Helfer Tom ereilte das gleiche Schicksal, so daß das Paar nebeneinander seinen Gedanken für die Nacht überlassen wurde.

Jetzt, da die Zeit des Verbergens vorüber war, wurden Lord Foxhams Gefolgsleute durch ein vereinbartes Signal herbeigerufen. Die Schar belegte kühn so viele Boote mit Beschlag, wie ihre Anzahl es erforderte, und ruderte als kleine Flotte auf das Licht in der Takelage zu. Lange bevor der letzte Mann an Deck der *Good Hope* geklettert war, ließ wütendes Geschrei vom Strand her erkennen, daß mindestens ein Teil der Seeleute den Verlust ihrer Boote entdeckt hatte.

Nun aber war es sowohl für die Wiederbeschaffung als auch für Rache zu spät. Von den etwa vierzig Kämpen, die sich auf dem gestohlenen Schiff drängten, waren acht schon einmal zur See gefahren und konnten seemännische Aufgaben übernehmen. Mit ihrer Hilfe wurde ein Segel gehißt und das Ankertau gekappt. Lawless, der auf den Füßen schwankte und noch den Chor von Seeballaden grölte, ergriff das lange Ruder, und die *Good Hope* stampfe in die Dunkelheit der Nacht und stellte sich den hohen Wogen jenseits der Hafeneinfahrt.

Richard nahm den Platz neben der Luvtakelung ein. Außer der Schiffslaterne und einigen Lichtern von Shoreby, die auf der Leeseite bereits schwächer wurden, war die Welt so schwarz wie Pech. Von Zeit zu Zeit, wenn die *Good Hope* trunken in ein Wellental taumelte, brach sich ein Wogenkamm und überschüttete die Gefährten mit einem

Katarakt schneeartigen Schaumes, der im nächsten Augenblick im Kielwasser verschwand.

Etliche der Männer hatten sich irgendwo festgeklammert und beteten laut; mehr noch fühlten sich übel und waren nach unten gekrochen, wo sie zwischen der Ladung lagen. Bei den äußerst heftigen Bewegungen und der ständigen trunkenen Prahlerei von Lawless, der am Ruder immer noch brüllte und sang, mußte wohl auch das mutigste Herz an Bord eine böse Ahnung vom Ausgang des Abenteuers bekommen.

Doch Lawless steuerte, als würde er von einem Instinkt geleitet, das Schiff durch die Brecher auf die Leeseite einer großen Sandbank, wo sie eine Zeitlang in ruhigem Wasser segelten, und legte es bald an einem groben Steinpier an, wo es hastig vertäut wurde und stampfend und schlingernd liegen blieb.

DIE ›GOOD HOPE‹

(FORTSETZUNG)

Das Pier war nicht weit von dem Haus entfernt, in dem sich Joanna befand. Es blieb nun also noch, die Männer an den Strand zu bringen, das Haus mit einer starken Gruppe zu umstellen, die Haustür einzuschlagen und die Gefangene herauszuholen. Die *Good Hope* würde dann ihre guten Dienste für sie geleistet haben. Sie hatte sie zur rückwärtigen Seite des Feindes gebracht, und der Rückzug – ob ihr Unternehmen nun gelang oder nicht – würde mit größerer Hoffnung zum Wald hin unternommen werden, wo Lord Foxhams Reserve lag.

Die Männer an den Strand zu bringen war jedoch kein

leichtes Unterfangen. Viele hatten sich übergeben müssen, und alle waren fast erstarrt vor Kälte. Das Durcheinander an Bord hatte die Disziplin erschüttert, und die Bewegungen des Schiffes und die Dunkelheit hatten den Geist der Männer entmutigt. Sie stürzten sich in einem wilden Haufe aufs Pier, so daß Lord Foxham seine eigenen Gefolgsleute mit gezücktem Schwert zur Ordnung rufen mußte.

Als wieder eine gewisse Ordnung hergestellt war, setzte Dick sich mit einigen ausgesuchten Männern an der Spitze der Schar in Marsch. Die Dunkelheit zur Landseite vor ihnen – im Kontrast zur schaumhellen Brandung – erschien wie eine feste Masse, und das Heulen und Pfeifen des Windes übertönte alle anderen Geräusche.

Doch kaum hatte Dick das Ende des Piers erreicht, legte sich der Wind, so daß es ihm vorkam, als würde er vom Strand her dumpfen Hufschlag und das Klirren von Waffen vernehmen. Er gebot denen, die ihm unmittelbar folgten, anzuhalten; dann trat er ein paar Schritte allein vor und stieg auf eine Düne. Von dort konnte er die Schatten sich bewegender Menschen und Pferde ausmachen. Ein Gefühl der Entmutigung überfiel ihn. Wenn ihre Feinde wirklich alarmiert waren und das Ende des Piers belagerten, würden er und Lord Foxham sich in einer sehr ungünstigen Lage befinden – die See hinter sich, und ihre Leute im Dunkeln auf einem engen Damm zusammengedrängt. Dick stieß ein leises Pfeifen aus, das verabredete Zeichen.

Dieses Pfeifen erwies sich jedoch als Signal für mehr, als Dick sich gewünscht hätte. Denn sofort sirrte ein Schauer von Pfeilen durch die schwarze Nacht heran, aufs Geratewohl abgeschossen. So eng zusammengedrängt waren die Männer auf dem Pier, daß mehr als einer getroffen wurde und der Pfeilhagel mit Schreien der Angst und des Schmerzes beantwortet wurde. Auch Lord Foxham wurde bei dieser ersten Salve niedergestreckt. Sofort trug Hawksley ihn an Bord zurück, und seine Leute kämpften dieses Scharmützel ohne Führung zu Ende, sofern sie überhaupt kämpften. Dies war vielleicht der Hauptgrund für das Verhängnis, das dann nicht auf sich warten ließ.

Am Strandende des Piers hielt Dick mit einer Handvoll seiner Leute vielleicht eine Minute stand. Links und rechts von ihm waren schon ein, zwei Männer verwundet. Stahl klirrte auf Stahl, und es zeichnete sich nicht der kleinste Vorteil für Dick und seine Gefährten ab, als sich das Glück plötzlich endgültig gegen sie wandte. Jemand schrie jäh auf, daß alles verloren sei. Die Männer waren ohnehin in der Stimmung, jeder schlechten Nachricht Glauben zu schenken, und so hatte der Schrei denn auch die entsprechende Wirkung. »An Bord, Jungs, es geht ums Leben!« rief ein zweiter Mann, und ein dritter erhob mit dem Instinkt des Feiglings den unvermeidlichen Ruf aller Rückzüge: »Wir sind verraten!« Und in einem Augenblick wandte der ganze Haufe dem Feind den schutzlosen Rücken zu und wogte, sich gegenseitig drängend und mit Schreien der Angst, auf dem Pier zum Schiff zurück.

Ein Feigling stieß das Schiff am Heck ab, während ein anderer es noch am Bug hielt. Die Flüchtigen sprangen schreiend an die Bordwand und wurden aufs Schiff gezogen oder fielen hinunter und ertranken in der aufgewühlten See. Andere wieder wurden auf dem Pier von den Verfolgern niedergemetzelt. Viele verletzten sich noch beim Aufprall auf dem Schiffsdeck in der blinden Hast und dem Schrecken des Augenblicks, wenn ein Mann auf den anderen sprang. Schließlich wurde auch der Bug der *Good Hope* vom Pier abgestoßen – ob nun absichtlich oder zufällig –, und der stets bereite Lawless, der in dem Wirrwarr durch schiere Körperkräfte und ausgiebige Anwendung seines kalten Stahls seinen Platz am Ruder behauptet hatte, brachte sie sofort auf den richtigen Kurs. Das Schiff begann wieder, sich durch die Wogen vorwärts zu bewegen. An seinen Speigatten lief Blut herunter, und das Deck war überhäuft mit Männern, die im Dunkeln zappelten und sich gegenseitig stießen.

Daraufhin steckte Lawless seinen Dolch in die Scheide und sprach zu seinem nächsten Nachbarn: »Ich habe ihnen damit einen Denkzettel verpaßt, Gevatter, diesen kläffenden feigen Hunden.«

Während sie alle um ihr Leben gerannt waren und gerungen hatten, schienen die Männer nicht auf die wuchtigen Stöße und Dolchhiebe achtgegeben zu haben, mit denen Lawless in dem Tumult seinen Posten behauptete. Nun jedoch erkannten sie es deutlicher, oder vielleicht hatte einer von ihnen die Worte des Steuermanns gehört.

Von Panik erfaßte Truppen erholen sich nur langsam, und Männer, die soeben durch Feigheit Schande auf sich geladen haben, fallen für gewöhnlich in das entgegengesetzte Extrem der Auflehnung, als wollten sie damit die Erinnerung an ihr Versagen auslöschen. So war es auch jetzt. Die gleichen Männer, die ihre Waffen weggeworfen hatten und mit den Füßen voran auf die *Good Hope* gezogen worden waren, verfluchten ihre Führer und verlangten, daß jemand bestraft würde.

Die wachsende Wut richtete sich gegen Lawless.

Um besser manövrieren zu können, hatte der alte Gesetzlose den Bug der *Good Hope* seewärts gerichtet.

»Was ist das?« brüllte einer der Unwilligen. »Er führt uns auf das Meer hinaus!«

»Wahrlich«, schrie ein anderer. »Man hat uns verraten.«

Und sie alle fingen an, im Chor zu brüllen, daß sie verraten worden seien, und verlangten von Lawless mit schrillen Lauten und fürchterlichen Flüchen, umzukehren und sie schnellstens an Land zu setzen. Lawless biß sich auf die Zähne und hielt den Kurs bei, wobei er achtgeben mußte, das Schiff zwischen den riesigen Wogen hindurchzusteuern. Verächtlich unterließ er es, auf ihre unverschämten Drohungen zwischen Trunk und Schrecken zu antworten. Die Unzufriedenen rotteten sich ein Stück hinter dem Mast zusammen. Offensichtlich wollten sie sich wie Hähne auf dem Hühnerhof ›Mut ankrähen‹. Bald schon würden sie zu jeder Schandtat, jeder Ungerechtigkeit und Undankbarkeit bereit sein. Dick stieg hastig die Leiter hinauf, um einzugreifen, doch einer der Gesetzlosen – auch so etwas wie ein Seemann – kam ihm zuvor.

»Burschen«, begann er mit dröhnender Stimme, »Ihr seid doch rechte Holzköpfe, wie mir scheint, denn um umzukehren, zum Henker noch mal, müssen wir doch Abstand vom Land haben, damit wir steuern können. Und der alte Lawless ...«

Weiter kam er nicht, denn jemand schlug ihm auf den Mund, und im nächsten Moment, wie ein Feuer in trockenem Stroh auflodert, wurde er niedergeschlagen, mit Fußtritten bearbeitet und von Dolchstößen seiner meuchelnden Gefährten getötet. Als Lawless dies sah, flammte auch in seinem Innern Zorn auf und brach sich Bahn.

»Dann steuert doch selbst!« rief er mit einem Fluch und ließ das Ruder ohne Rücksicht auf die Folgen los.

Die *Good Hope* schwankte in diesem Moment auf dem Gipfel eines Wellenbergs. Mit schwindelerregender Geschwindigkeit stürzte sie auf der anderen Seite hinunter. Eine Welle, die wie eine hohe, dunkle Wand war, türmte sich unmittelbar vor ihnen auf, und mit furchtbarem Schwung krachte das Schiff in diesen flüssigen Hügel hinein. Die grüne Flut bedeckte es knietief vom Bug bis zum Heck, und die Spritzer reichten höher als die Mastspitze. Auf der anderen Seite hob sich das Schiff mit erschreckender, zitternder Unentschlossenheit wie ein zu Tode verwundetes Tier.

Sechs oder sieben Aufsässige waren über Bord geschwemmt worden, und als der Rest die Stimme wiedergefunden hatte, riefen sie nach den Heiligen und flehten Lawless an, zurückzukommen und wieder das Ruder zu übernehmen.

Lawless ließ sich nicht zweimal bitten. Das schreckliche Ergebnis seines Ausbruchs von gerechtem Zorn hatte ihn völlig ernüchtert. Er wußte besser als irgend jemand sonst an Bord, wie nahe die *Good Hope* daran gewesen war, unter ihren Füßen zu sinken, und an der Trägheit, mit der das Schiff sich wieder dem Ansturm der See stellte, konnte er erkennen, daß die Gefahr noch keineswegs gebannt war.

Dick, der durch die Erschütterung auf die Planken geworfen wurde und beinahe ertrunken war, erhob sich und watete bis zu den Knien im überfluteten Heckschacht zum alten Steuermann.

»Lawless«, sagte er, »wir alle sind auf Euch angewiesen. Ihr seid ein tapferer und beständiger Mann und geschickt im Umgang mit Schiffen. Ich werde drei verläßliche Männer zu Eurer Sicherheit schicken.«

»Das ist nutzlos, Master«, sagte der Steuermann und spähte nach vorn in die Dunkelheit. »Wir kommen jeden Augenblick ein Stück weiter weg von diesen Sandbänken da, also packt uns die See auch jeden Augenblick härter an, so daß all diese kläglichen Gestalten da gleich auf dem Rücken liegen werden. Denkt einmal, Master, es ist wirklich ein Mysterium, aber es stimmt – noch nie war ein schlechter Mensch ein guter Seemann. Nur die Ehrlichen und Kühnen können dieses Stampfen und Schlingern eines Schiffes aushalten.«

»Aber, Lawless«, bemerkte Dick lachend, »das ist nun

wirklich Seemannsgarn und birgt nicht mehr an Wahrheit als das Heulen des Windes. Aber sagt, wohin segeln wir denn nun? Liegen wir gut im Wind?«

»Master Shelton«, antwortete Lawless, »ich bin Franziskanermönch gewesen – dafür dank' ich Gott – und Bogenschütze, Dieb und Seemann. Von allen Kitteln dieser Zünfte wünsch' ich mir am meisten, in dem des Grauen Bruders zu sterben, wie Ihr Euch wohl vorstellen könnt, und am wenigsten in der teerigen Jacke des Fahrensmanns, und das aus zwei guten Gründen. Erstens, weil der Tod einen Mann ganz plötzlich ereilen kann, und zweitens wegen des Schreckens dieses Brodelns und Wirbelns hier unter den Planken.« Lawless stampfte mit dem Fuß auf. »Wenn ich in dieser Nacht nicht eines Seemanns Tod sterbe, schulde ich unserer Lieben Frau eine ganz große Kerze.«

»Ist es wirklich so schlimm?« fragte Dick besorgt.

»Das könnt Ihr wohl annehmen«, erwiderte der Gesetzlose. »Habt Ihr nicht gespürt, wie schwerfällig und träge das Schiff sich auf den Wellen bewegt? Hört Ihr nicht das Wasser im Frachtraum schwappen? Schon jetzt folgt das Schiff kaum noch dem Ruder, und wenn es noch tiefer sinkt, wird es entweder unter Euren Füßen wegsinken wie ein Stein oder zu unserer Leeseite an die Küste treiben und dort zerschellen wie eine Eierschale.«

»Ihr sagt das mit so ruhigem Gemüt«, entgegnete Dick. »Habt Ihr denn keine Furcht davor?«

»Nun, Master«, meinte Lawless, »wenn je ein Mann eine schlechte Besatzung hatte, in einen Hafen einzulaufen, bin ich es jetzt – ein abtrünniger Mönch, ein einstiger Dieb und was weiß ich noch alles. Ihr mögt Euch darüber wundern, aber ich bewahre mir dennoch ein gutes Stück Hoffnung unter meinem Wams, und wenn ich ertrinken muß, werde ich mit wachem Auge untergehen, Master Shelton, und ruhiger Hand.«

Darauf sagte Dick nichts mehr, denn er war erstaunt, daß der alte Vagabund eine solche Seelenstärke besaß, und da er wieder aufflammende Gewalt und Verrat befürchtete, machte er sich sogleich auf die Suche nach drei vertrauenswürdigen Männern. Die meisten hatten jetzt das Deck verlassen, das ständig von den Sturzseen überspült wurde und keinen Schutz gegen den Wintersturm bot. Statt dessen waren sie in den Frachtraum hinuntergekrochen, zu den Weinfässern, wo zwei schaukelnde Laternen tanzendes Licht spendeten.

Hier versuchten einige Männer, ihre Angst bei einer Art Gelage zu vergessen, füllten die Becher immer wieder aus einem Faß von Arblasters Gascogne-Wein und prosteten sich zu. Doch als die *Good Hope* weiterhin mit den Wellen kämpfen mußte und abwechselnd den Bug und das Heck hoch in die Luft reckte und dann wieder tief in den weißen Schaum stieß, verringerte sich die Zahl der lustigen Zecher mit jedem Stampfen und Rollen.Etliche hielten sich abseits und versorgten ihre Wunden, die meisten aber lagen schon stöhnend in der Bilge, von der Übelkeit übermannt.

Greensheve, Cuckow und ein junger Mann aus Lord Foxhams Gefolge, der Dick wegen seiner Klugheit und seines Mutes aufgefallen war, vermochten jedoch noch klar zu denken und willig zu gehorchen. Dick schickte diese Männer als Leibwache zum Steuermann, und mit einem letzten Blick auf den schwarzen Himmel und die tobende See ging er hinunter in die Kabine, in die Lord Foxham von seinen Dienern getragen worden war.

DIE ›GOOD HOPE‹

(FORTSETZUNG UND SCHLUSS)

Das Stöhnen des verwundeten Edelmannes mischte sich mit dem Heulen des Schiffshundes. Das arme Tier – ob es nun deshalb litt, weil es von seinen Freunden getrennt war, oder weil es in den heftigen Bewegungen des Schiffes eine Gefahr witterte – erhob seine Klageschreie wie Notsignale über Wellen und Wind, so daß die abergläubischeren unter den Männern darin die Totenglocken der *Good Hope* zu hören glaubten.

Lord Foxham war auf seinen Pelzmantel in eine Koje gelegt worden. Eine kleine Lampe brannte schwach vor der Mutter Gottes im Schott, und in ihrem schwachen Licht konnte Dick die blassen Züge und hohlen Augen des verwundeten Mannes erkennen.

»Mich hat's schwer erwischt«, sprach er. »Kommt an meine Seite, junger Shelton, so daß wenigstens ein Wohlgeborener bei mir ist. Denn nachdem ich nobel und reich durchs Leben gegangen bin, ist es wahrlich eine traurige Angelegenheit, daß ich meine Todeswunde in einem kleinen Scharmützel empfing und mein irdisches Dasein in einem fauligen, kalten Schiff mitten auf See und unter gebrochenen Männern und Grobianen beschließen muß.«

»Nicht doch, Mylord«, beeilte sich Dick, ihn zu trösten, »ich bete ja zu den Heiligen, daß Ihr Euch erholen und bald sicher an Land kommen werdet.«

»Wie denn?« wollte Seine Lordschaft wissen. »Sicher an Land kommen – ist das denn auch in Frage gestellt?«

»Das Schiff kämpft tapfer, aber die See ist von rasender Wut erfüllt«, erwiderte der Jüngling, »und nach dem, was ich von meinem guten Steuermann erfahren habe, wird es ein großer Glücksfall sein, wenn wir trockenen Fußes an Land kommen sollten.«

»Ha!« rief der Lord finster. »So werden also alle Schrecken den Abschied meiner Seele begleiten! Sir, betet, Ihr mögt hart leben, auf daß Ihr leicht sterben könnt, und daß Ihr nicht Euer Leben lang geschmeichelt und bedienert werdet, um dann in der letzten Stunde ins Unglück gestürzt zu werden! Haben wir einen Priester an Bord?«

»Nein«, antwortete Dick.

»Also dann, was meine weltlichen Angelegenheiten angeht«, fuhr Lord Foxham fort, »so müßt eben *Ihr* mir ein so guter Freund sein, wenn ich tot bin, wie Ihr mir zum Ende meines Lebens ein ritterlicher Feind wart. Ich verlasse diese Welt in einer bösen Stunde für England und für jene, die mir vertraut haben. Meine Männer werden von Hamley – derjenige, der Euer Rivale war – zur Versammlung im langen Saal von Holywood geführt. Hier, dieser Ring von meinem Finger wird Euch als Überbringer meiner Befehle ausweisen. Außerdem werde ich ein paar Worte auf dieses Papier hier schreiben, mit denen ich Hamley anweise, Euch die kleine Dame zu überlassen. Werdet Ihr das tun?«

»Aber, Mylord, welche Befehle denn?« fragte Dick.

»O ja«, entgegnete Lord Foxham, »die Befehle«, und er schaute Dick zögernd an. »Seid Ihr für Lancaster oder für York?« fragte er schließlich.

»Zu meiner Schande muß ich sagen«, fühlte Dick sich bemüßigt zu antworten, »daß ich diese Frage nicht klar beantworten kann. Aber soviel ist wohl sicher: Da ich mich Ellis Duckworth unterstellte, diene ich ja dem Hause York. Nun, wenn dem so ist, erkläre ich mich für York.«

»Das ist gut«, meinte Lord Foxham. »Das ist sogar ausgezeichnet, denn um die Wahrheit zu sagen – hättet Ihr für Lancaster gestimmt, hätte ich nicht gewußt, was zu tun ist.

Aber da Ihr für York Partei ergriffen habt, so hört mir zu: Ich kam nur nach Shoreby, um diese Lords da zu beobachten, während mein exzellenter junger Gebieter, der Herzog Richard von Gloucester*, eine ausreichend große Truppe zusammenstellt, um über sie herzufallen und sie in alle Winde zu zerstreuen. Ich machte Aufzeichnungen über ihre Stärke, und welche Wachen sie ausstellen und wo sie ihre Stellungen haben. Diese sollte ich meinem jungen Gebieter am Sonntag, eine Stunde vor der Mittagszeit, beim Kreuz der Heiligen Jungfrau am Wald übergeben. Die Verabredung werde ich nun wohl nicht einhalten können, aber ich bitte Euch, mir den Gefallen zu erweisen, dies an meiner Stelle zu tun und Euch weder durch Vergnügen, Schmerz, Sturm, Wunden noch Pestilenz von Stunde und Ort abbringen zu lassen, denn das Wohlergehen Englands hängt davon ab.«

»Ich gelobe es«, sagte Dick. »Soweit es an mir liegt, soll Euer Wunsch erfüllt werden.«

»Oh, das ist gut«, sagte der verwundete Mann. »Mein Herzog wird Euch dann die weiteren Befehle erteilen, und wenn Ihr denen mit Geist und gutem Willen gehorcht, ist Euer Glück gemacht. Haltet diese Lampe doch ein wenig näher, so daß ich die Worte zu Eurer Einführung schreiben kann.«

Er schrieb eine Nachricht an ›Meinen würdigen Verwandten Sir John Hamley‹ und eine zweite, die er ohne Anrede ließ.

»Die ist für den Herzog«, erklärte er. »Das Losungswort ist ›England und Edward‹ und die Antwort ›England und York‹.«

* Zur Zeit dieser Geschichte konnte Richard Crookback noch nicht zum Herzog von Gloucester ernannt worden sein, aber der Klarheit wegen soll er hier so genannt werden, wobei ich mir erlaube, das Einverständnis des geschätzten Lesers vorauszusetzen.

»Und Joanna, Mylord?« fragte Dick.

»Nun, Ihr müßt Euch Joanna holen, wie Ihr eben könnt«, erwiderte Lord Foxham. »In beiden Briefen habe ich Euch als meine Wahl genannt, aber holen müßt Ihr sie Euch selbst, Junge. Ich habe versucht, Euch zu helfen, aber wie Ihr ja seht, habe ich dabei mein Leben verloren. Mehr kann ein Mann nicht tun.«

Der Verwundete wurde immer schwächer und erschöpfter, so daß Dick sich die kostbaren Papiere unter sein Wams schob, dem Lord von ganzem Herzen gute Besserung wünschte und ihn verließ, damit er sich ausruhen konnte.

Der Tag dämmerte herauf, kalt und blau, mit heftigen Schneeböen. Nahe an der Leeseite der *Good Hope* lag die Küste, die abwechselnd aus Felsen und Buchten bestand, die von Sandhügeln umstanden waren. Weiter im Binnenland zeichneten sich die bewaldeten Kuppen von Tunstall gegen den Himmel ab. Sowohl der Wind als auch der Seegang nahmen ab, doch das Schiff lag sehr tief im Wasser und erhob sich kaum über die Wellen.

Lawless hatte noch das Ruder umklammert. Zu diesem Zeitpunkt waren schon fast alle Männer an Deck gekrochen und starrten jetzt mit leeren Gesichtern auf die ungastliche Küste.

»Gehen wir nun an Land?« wollte Dick wissen.

»Ay, ay«, antwortete Lawless, »wenn wir nicht vorher untergehen.«

In dem Augenblick erhob sich das Schiff so unwillig, um sich einer Welle zu stellen, und das Wasser platschte so laut im Laderaum, daß Dick den Steuermann unwillkürlich am Arm packte.

»Um Himmels willen, Lawless!« rief er, als der Bug der *Good Hope* wieder aus dem Schaum auftauchte. »Ich dachte, wir würden sinken. Das Herz schlug mir bis zur Kehle.«

Mittschiffs waren Greensheve, Hawksley und die besseren Männer beider Gruppen emsig dabei, die Decksplanken abzureißen, um ein Floß zu bauen, und Dick gesellte sich zu ihnen, um mit anstrengender Arbeit die Gedanken an ihre schlimme Lage zu vertreiben. Doch immer noch erinnerte ihn jede Woge, die an das arme Schiff krachte, und sein schwerfälliges Schlingern mit einem schmerzhaften Stich an die unmittelbare Nähe des Todes.

Als Dick einmal von seiner Arbeit aufschaute, sah er, daß sie sich dicht unter einem vorspringenden Felsen befanden. Eine drohende Klippe, an deren Fuß sich die See weiß schäumend und tosend brach, ragte fast über das Deck, und darüber tauchte ein Haus auf einem Hügel auf.

In der Bucht nahmen die Wogen die *Good Hope* auf ihre schaumbedeckten Schultern, hoben sie hoch, so daß sie aus der Kontrolle des Steuermanns geriet, und ließen sie mit fürchterlicher Wucht aufschlagen, daß die Wellen sie bis auf halbe Masthöhe überspülten und das ganze Schiff hin und her geschüttelt wurde. Eine weitere riesige Wellenformation riß die *Good Hope* wieder empor und trug sie noch weiter hinauf. Eine dritte folgte und keilte das Schiff in ziemlicher Entfernung von den gefährlichsten Brechern auf einer anderen Sandbank ein.

»Endlich, Jungs«, brüllte Lawless, »die Heiligen haben uns beigestanden! Die Ebbe setzt ein. Würden wir uns noch einmal niederhocken und einen Becher Wein nehmen, können wir alle so sicher wie auf einer Brücke an Land gehen, bevor eine halbe Stunde vergangen ist.«

Ein weiteres Faß wurde angezapft, und die Schiffbrüchigen setzten sich nieder, wo sie ein wenig Schutz vor den Schneeböen und der Gischt finden konnten, und ließen einen Becher herumgehen, um sich ein wenig den Körper zu erwärmen und den Geist aufzuheitern.

Dick war inzwischen zu Lord Foxham zurückgekehrt, der in großer Ungewißheit und Furcht auf seiner Koje lag, während das Wasser knietief um ihn herum schwappte. Die Lampe, die einzige Quelle spärlichen Lichts, war von der Wucht des Aufpralls zerbrochen und erloschen.

»Mylord«, sagte der junge Shelton, »habt keine Furcht. Die Heiligen haben sich für uns entschieden. Die Wellen haben uns hoch auf eine Sandbank geworfen, und sobald die Ebbe weiter fortgeschritten ist, können wir zu Fuß an den Strand gehen.«

Es dauerte jedoch fast eine Stunde, bis das Schiff von der abebbenden See genügend freigegeben wurde, daß sie sich zum Festland aufmachen konnten, das durch einen Schneeschleier verschwommen zu erkennen war.

Auf einer Anhöhe etwas seitlich von ihrer Marschrichtung lag eine Schar von Männern zusammengedrängt und beobachtete die Bewegungen der Neuankömmlinge mißtrauisch.

»Sie könnten näherkommen und uns Hilfe anbieten«, meinte Dick dazu.

»Nun, wenn sie nicht zu *uns* kommen, wollen wir zu *ihnen* gehen«, sagte Hawksley. »Je eher wir zu einem guten Feuer und einem trockenen Bett kommen, um so besser für meinen armen Lord.«

Doch sie waren noch nicht weit in der neuen Richtung auf die Anhöhe zu gegangen, als die Fremden alle zugleich aufsprangen und einen Hagel wohlgezielter Pfeile auf die Schiffbrüchigen abschossen.

»Nicht schießen!« rief der Lord. »Schießt um Himmels willen nicht zurück!«

»Aber nein!« entgegnete Greensheve und zog dabei einen Pfeil aus seiner Lederjacke. »Wir sind ohnehin nicht in der Lage, uns zum Kampf zu stellen, so durchnäßt, hundemüde und steifgefroren wie wir sind. Aber bei der Liebe zum alten England – was bewegt sie nur dazu, so grausam auf ihre armen Landsleute in Not zu schießen?«

»Sie halten uns für französische Piraten«, meinte Lord Foxham. »In diesen wirren Zeiten können wir die Strände unseres geliebten Heimatlandes nicht mehr angemessen verteidigen, so daß unsere alten Feinde, die wir einst zu See und zu Land jagten, jetzt raubend, mordend und brennend umherziehen können, wie es ihnen gefällt. Es ist eine Schande für unser armes Land.«

Die Männer auf der Anhöhe hatten sich derweil wieder hingelegt und beobachteten, wie die Schiffbrüchigen sich rasch von ihnen abwandten und sich zwischen trostlosen Sandhügeln dahinschleppten. Etwa eine Meile folgten sie ihnen dann sogar, stets bereit, auf ein Zeichen eine weitere Salve auf die erschöpften und entmutigten Flüchtlinge abzuschießen. Erst als sie endlich eine feste Landstraße erreicht hatten und Dick sich daranmachte, seine Männer zu mehr kriegerischer Ordnung zu rufen, verschwanden diese eifrigen Wächter der Küste still im Schneetreiben. Sie hatten getan, was sie beabsichtigt hatten: ihre eigenen Häuser und Höfe, ihre eigenen Familien und Rinder geschützt. Da ihre Interessen nun gewahrt waren, kümmerte es sie keinen Deut mehr, ob die vermeintlichen Franzosen Blut und Feuer in andere Gemeinden Englands trugen.

VIERTES BUCH
DIE VERKLEIDUNG

DIE HÖHLE

Die Stelle, an der sie auf eine Landstraße stießen, war nicht weit von Holywood und neun bis zehn Meilen von Shoreby-on-the-Till entfernt. Hier trennten sich die beiden Gruppen, nachdem sie sich vergewissert hatten, daß sie nicht mehr verfolgt wurden. Lord Foxhams Gefolgsleute trugen ihren verwundeten Gebieter in die Sicherheit und den Trost der großen Abtei, und Dick, der ihnen nachblickte, wie sie davonmarschierten und hinter dem dichten Vorhang aus Schneeflocken verschwanden, war nun allein mit etwa einem Dutzend Gesetzlosen, dem Rest seiner Freiwilligentruppe. Einige waren verwundet, doch alle waren wütend über ihren Mißerfolg und die vielen Gefahren und Unbilden, denen sie sinnlos ausgesetzt gewesen waren. Die Männer froren jämmerlich, waren hungrig, murrten und warfen bitterböse Blicke auf ihre Anführer. Dick teilte den Inhalt seiner Geldbörse unter ihnen auf, bis keine Münze übrig war, dankte ihnen für den Mut, den sie gezeigt hatten – obgleich er sie lieber wegen Feigheit beschimpft hätte –, und entließ sie, einzeln oder zu zweit, sich auf den Weg nach Shoreby und der Schänke zu der ›Ziege und den Dudelsäcken‹ zu machen.

Dick – selbst noch unter dem Einfluß seiner Erlebnisse an Bord der *Good Hope* – wählte Lawless als seinen Wegbegleiter. Der Schnee fiel weiterhin ohne Unterlaß wie ein blendender Vorhang. Der Wind hatte sich gelegt; die ganze Welt war wie ausgelöscht und bedeckt von dieser stillen Flut. Es bestand die große Gefahr, von der Straße zu geraten und in Schneeverwehungen ums Leben zu kommen. Lawless ging einen halben Schritt voraus, den Kopf nach vorn gebeugt wie ein Spürhund auf der Fährte. Er orientierte sich an jedem Baum und schätzte die Strecke vor sich ab, als müßte er ein Schiff durch gefährliche Gewässer steuern.

Als sie etwa eine Meile weit in den Wald eingedrungen waren, kamen sie an eine Stelle, wo sich in einem Hain von hohen, knorrigen Eichen mehrere Wege trafen. Auch bei der vom Schneefall stark begrenzten Sicht war dies eine Stelle, die nicht zu verfehlen war, und Lawless erkannte sie offenbar mit besonderer Freude.

»Jetzt, Master Richard«, sagte er, »wenn Ihr nicht zu stolz seid, der Gast eines Mannes zu sein, der weder hochwohlgeboren noch ein guter Christ ist, kann ich Euch einen Becher Wein und ein warmes Feuer anbieten, um das Mark in Euren gefrorenen Knochen zu tauen.«

»Na, dann zeigt den Weg, Will«, antwortete Dick. »Ein Becher Wein und ein gutes Feuer! Dafür würde ich sehr weit gehen, fürwahr.«

Lawless wandte sich unter den kahlen Ästen des Hains zur Seite, marschierte eine Zeitlang zielstrebig durch den Schnee und kam dann zu einer steilen, abschüssigen Einsenkung oder Höhle, die jetzt zu einem Viertel voller Schnee war. Darüber hing bedrohlich schief eine große Buche. Hier schob der alte Vagabund einiges Unterholz beiseite und verschwand in der Erde.

Die Buche war in einem heftigen Sturm halb entwurzelt worden und hatte einen beträchtlichen Teil des Grasbodens aufgerissen. Darunter hatte der alte Lawless sein Waldversteck gegraben. Die Wurzeln dienten ihm als Sparren, der Grasboden war sein Dach. Als Wände und Fußboden hatte er die Mutter Erde. So primitiv dieser Unterschlupf auch war, erkannte man ihn auf einen Blick als die Behausung eines Menschen und nicht als den Bau eines Tieres. Es gab einen Herd in einer Ecke, vom Feuer geschwärzt, und eine große eichene Truhe, verstärkt mit Eisenbändern.

Obwohl der Schnee vor den Eingang geweht und teilweise auf den Boden dieser Erdhöhle gefallen war, war es hier drinnen viel wärmer als draußen, und als Lawless einen Funken geschlagen hatte und die trockenen Ginsterzweige auf dem Herd aufzuflammen und zu knistern begannen, nahm dieser unterirdische Raum auch für das Auge den Anschein häuslicher Behaglichkeit an.

Mit einem Seufzer der Erleichterung spreizte Lawless seine breiten Hände vor dem Feuer und schien den Rauch zufrieden einzusaugen.

»Hier also«, bemerkte er, »ist der Kaninchenbau vom alten Lawless. Möge der Himmel verhüten, daß ein Terrier hier eindringt! Seit meinem vierzehnten Lebensjahr, als ich mit des Sakristans Goldkette und einem Meßbuch, das ich für vier Münzen verkaufte, von meiner Abtei weglief, bin ich hier und da umhergewandert, bin überall in England, Frankreich und Burgund gewesen, auch in Spanien auf einer Wallfahrt für meine arme Seele und auf dem Meer, das niemandes Land ist. Aber hier ist meine Zuflucht, Master Shelton. Hier ist *mein* Heimatland, dieser Kaninchenbau in der Erde. Ob Regen oder Wind – ob es April ist, wenn alle Vögel singen und die Blüten um mein Bett herum fallen, oder ob Winter herrscht und ich allein mit meinem guten Gevatter, dem Feuer, dasitze und Robin Rotkehlchen in den Wäldern zwitschert –, hier ist meine Kirche und mein Markt, meine Ehefrau und mein Kind. Hierher komme ich immer wieder zurück, und hier, mögen die Heiligen es so fügen, möchte ich auch sterben.«

»Es ist wirklich ein warmes Eckchen«, erwiderte Dick, »und ein angenehmes und gut verborgenes noch dazu.«

»Das muß es auch sein«, entgegnete Lawless, »wenn man's finden würde, bräche es mir das Herz. Aber hier«, fügte er hinzu und grub dabei mit seinen kräftigen Fingern im sandigen Boden, »ist mein Weinkeller, und Ihr sollt eine Flasche vom besten Rebensaft haben.«

Und tatsächlich brachte er nach etwas Wühlen eine große lederne Flasche von ungefähr einer Gallone zum Vorschein, die zu drei Vierteln mit schwerem, süßem Wein gefüllt war. Als sie sich kameradschaftlich zugeprostet hatten und das Feuer nach erneutem Auflegen von Zweigen wieder aufflammte, lagen die Gefährten lang ausgestreckt da und genossen die köstliche Wärme.

»Master Shelton«, bemerkte der Gesetzlose, »Ihr hattet in letzter Zeit zweimal Pech und lauft nun Gefahr, die Maid zu verlieren – sehe ich das richtig?«

»Allerdings«, entgegnete Dick und nickte traurig.

»Nun«, fuhr Lawless fort, »dann hört mal einem alten Toren zu, der schon fast alles gewesen ist und gesehen hat. Ihr macht zu viel in anderer Leute Auftrag, Master Dick, mag es Ellis sein oder Lord Foxham – der Himmel möge ihn bewahren – oder sonstwer. Aber Ihr solltet in eigener Sache gehen, guter Dick, geradewegs an die Seite der Maid. Werbt um sie, und sorgt dafür, daß sie Euch nicht vergißt. Seid bereit, und wenn sich eine Möglichkeit ergibt – in den Sattel mit ihr, und auf und davon.«

»Aber, guter Lawless, ohne Zweifel ist sie jetzt in Sir Daniels Herrenhaus«, antwortete Dick.

»Dann werden wir ebenfalls dorthin gehen«, entgegnete der Geächtete.

Dick starrte ihn an.

»Das ist mein Ernst«, bekräftigte Lawless nickend. »Und wenn Ihr so wenig Vertrauen habt und über ein Wort stolpert – seht hier!«

Und damit nahm der Gesetzlose einen Schlüssel, den er um den Hals hängen hatte, öffnete die eichene Truhe, wühlte darin herum und zog zuerst eine Mönchskutte hervor, dann einen aus Hanf geflochtenen Gürtel und einen riesigen hölzernen Rosenkranz, der schwer genug war, als Waffe benutzt zu werden.

»Hier«, sagte er, »das ist für Euch. Legt es an!«

Als Dick sich diese geistliche Verkleidung übergestreift hatte, holte Lawless Farben und einen Pinsel hervor und machte sich mit großem Geschick daran, Dicks Gesicht unkenntlich zu machen. Er verdickte die Augenbrauen und leistete auch dem Schnurrbart, der kaum erst sichtbar war, den gleichen Dienst. Mit ein paar Linien um die Augen herum veränderte er den Gesichtsausdruck und erhöhte das scheinbare Alter dieses jungen Mönches.

»Also«, erklärte er schließlich, »wenn ich das gleiche an mir selbst vorgenommen habe, werden wir ein so gutes Paar von Brüdern sein, wie das Auge es sich nur wünschen kann. Kühn werden wir vor Sir Daniel treten und aus Liebe zu Mutter Kirche gastfreundlich aufgenommen werden.«

»Aber wie, lieber Lawless«, rief der junge Mann, »soll ich Euch dafür entlohnen?«

»Ach was, Bruder«, entgegnete der andere, »ich tue das zu meinem Vergnügen. Macht Euch um mich keine Sorgen. Ich bin einer, der sich um sich selbst zu kümmern versteht, bei Gott! Und wenn es damit nicht gut steht, habe ich eine lange Zunge und eine Stimme wie die Klosterglocke und bitte die Leute, mein Sohn. Und wenn das Bitten seinen Zweck verfehlt, nehm' ich ihnen weg, was ich brauche.«

Der alte Spitzbube schnitt eine lustige Grimasse, und obwohl Dick nicht davon angetan war, sich in die Schuld eines so zwielichtigen Mannes wie Lawless begeben zu müssen, konnte er seine Belustigung nicht verbergen.

Lawless war inzwischen zu der großen Truhe zurückgekehrt und bald ähnlich verkleidet, doch Dick sah mit Erstaunen, daß Lawless unter seiner Kutte ein Bündel schwarzer Pfeile verbarg.

»Was soll das?« wollte der Jüngling wissen. »Wozu die Pfeile, wenn Ihr keinen Bogen nehmt?«

»Dazu müßt Ihr wissen«, kam die Antwort, »daß so mancher Schädel zerschlagen werden wird – und auch so manch unteres Körperteil –, bevor wir zu unserem Ziel gelangen. Und wenn durch uns irgendwelche Burschen ihrer gerechten Strafe zugeführt werden, soll unserer Bruderschaft die Ehre dafür zuerkannt werden. Ein schwarzer Pfeil, Master Dick, ist das Siegel unserer Abtei. Es zeigt, wer die Rechnung schrieb.«

»Da Ihr hier alles so sorgsam aufbewahrt«, sagte Dick, »möchte ich einige Papiere zurücklassen – meine eigenen und diejenigen, die man mir anvertraute und die von so großer Wichtigkeit sind, daß sie besser nicht an meinem Körper gefunden werden. Wo kann ich sie wohl verbergen, Will?«

»Nun«, erwiderte Lawless, »ich will mal in den Wald gehen und drei Verse eines Liedchens pfeifen. In der Zwischenzeit könnt Ihr sie vergraben, wo es Euch gefällt, und den Sand darüber glätten.«

»Niemals!« rief Richard. »Ich traue Euch. Andernfalls wäre ich von niederer Gesinnung.«

»Bruder, Ihr seid ja kaum älter als ein Kind«, antwortete der Gesetzlose, hielt inne und wandte Dick vom Eingang der Höhle das Gesicht zu. »Ich bin ein freundlicher alter Christenmensch und kein Verräter am Blut meiner Freunde, und ich scheue mich auch nicht, mein eigenes Blut für sie zu vergießen. Aber, törichter Knabe, ich bin auch ein Dieb von Berufung, Geburt und Gewohnheit. Wäre meine Flasche leer und mein Mund trocken, würde ich *Euch* berauben, mein Junge, so wahr ich Euch liebe, ehre und bewundere für Erscheinung und Geist! Kann man es noch deutlicher sagen? Nein.«

Und darauf stapfte er mit einem Schnippen seiner großen Finger durch die Büsche davon.

Dick, so plötzlich allein gelassen, wunderte sich kurz über die charakterlichen Ungereimtheiten seines Gefährten, zog dann aber hastig die besagten Papiere hervor, überprüfte sie noch einmal und vergrub sie dann. Nur eines behielt er am Körper, da es seine Freunde in keiner Weise belastete, ihm selbst aber nützen konnte, falls er in eine Notlage gegen Sir Daniel geriet: Es war der Brief Sir Daniels an Lord Wensleydale, den er am Morgen nach der Niederlage von Risingham durch Throgmorton überbringen lassen wollte und den Dick tags darauf am Körper des Boten gefunden hatte.

Dann verließ Dick die Höhle, nachdem er die glühende Asche des Feuers ausgetreten hatte, und gesellte sich zu dem alten Gesetzlosen, der – bereits vom fallenden Schnee bedeckt – unter den blattlosen Eichen stand und auf Dick wartete. Sie schauten einander an und lachten beide, so drollig war die Verkleidung.

»Ich wollt', es wäre Sommer und ein heiterer Tag«, sagte Lawless, »so daß ich mich im Spiegel eines Teiches anschauen könnte. Wo wir hingehen, werden wohl viele von Sir Daniels Männern sein, die mich kennen. Und wenn wir erkannt werden, wird's für Euch wohl nur Schelte geben, Bruder – aber ich werde am Ende eines Strickes baumeln.«

Sie machten sich auf den Weg und gingen über die Landstraße in Richtung Shoreby. Die Straße führte in dieser Gegend den Waldrand entlang, verlief von Zeit zu Zeit aber auch durch freies Gelände und an den Häusern armer Leute und kleinen Bauernhöfen vorbei.

Beim Anblick eines solchen Hofes blieb Lawless stehen.

»Bruder Martin«, sagte er mit völlig verstellter Stimme, die zu seinem mönchischen Aufzug paßte, »laßt uns dort klopfen und um Almosen für die armen Sünder bitten. *Pax vobiscum!* – Nun«, fügte er dann mit normaler Stimme hinzu, »hatte ich es nicht befürchtet? Ich habe das Jammern ziemlich verlernt. Deshalb, guter Master Shelton, müßt Ihr hinnehmen, daß ich an solchen ländlichen Häusern ein wenig übe, bevor ich meinen fetten Hals bei Sir Daniel riskiere. Aber ist es nicht wunderbar, ein Hansdampf in allen Gassen zu sein? Wäre ich nicht einst Seemann gewesen, wärt Ihr unweigerlich mit der *Good Hope* versunken. Wäre ich nicht einst Dieb gewesen, hätte ich Euer Antlitz nicht so bepinseln können, und wäre ich nicht einst ein Grauer Bruder gewesen, der laut im Chor gesungen und herzlich getafelt hat, hätte ich diese Verkleidung nicht tragen können, denn selbst die Hunde würden uns als Betrüger erkannt und verbellt haben.«

Inzwischen waren sie nahe an ein Fenster des Bauernhofs gekommen, und Lawless stellte sich auf die Zehenspitzen und lugte ins Innere.

»O fein«, flüsterte er, »das trifft sich gut hier. Wir können unsere falschen Gesichter ausgiebig ausprobieren und noch dazu dem Gevatter Capper einen Mordsstreich spielen.«

Dann öffnete er die Tür und betrat das Haus.

Drei ihrer eigenen Gefährten von dem Abenteuer auf See saßen an einem Tisch und aßen gierig. Ihre neben sich in den Holztisch gesteckten Dolche und die finsteren Blicke, mit denen sie die Bewohner des Hauses ständig musterten, ließen erkennen, daß sie ihre Bewirtung eher der Gewalt als der Gastfreundschaft verdankten. Den beiden Mönchen, die nun mit demütiger Würde die Küche des Bauernhofs betraten, schienen die Galgenvögel sich mit besonderem Unwillen zuzuwenden. Einer – es war John Capper, der hier den Anführer zu spielen schien –

erhob sich sofort und befahl ihnen mit groben Worten, zu verschwinden.

»Wir wollen hier keine Bettler!« rief er.

Ein anderer jedoch – obwohl auch dieser Mann weit davon entfernt war, Dick und Lawless zu erkennen – zeigte sich milder.

»Aber nicht doch«, sagte er. »*Wir* sind die Starken. Die da sind schwach und betteln. Am Ende aber werden sie zuoberst sein und wir zuunterst. – Seht es meinem Freund nach, Pater, und kommt, aus meinem Becher zu trinken und mir Euren Segen zu spenden.«

»Ihr seid Männer von leichfertigem Geist, der Fleischeslust zugetan und verworfen«, sprach der angebliche Mönch. »Mögen die Heiligen verhindern, daß ich jemals mit solchen Gesellen einen Trunk nehme! Hier aber – aus Barmherzigkeit, die ich Sündern gegenüber hege – lasse ich Euch eine gesegnete Reliquie, die Ihr für Euer Seelenheil küssen und anbeten sollt.«

Bislang hatte Lawless wie ein predigender Mönch auf sie eingeredet, doch bei den letzten Worten zog er unter seiner Kutte einen schwarzen Pfeil hervor, warf ihn vor den drei verblüfften Gesetzlosen auf den Tisch, drehte sich auf dem Absatz um, zog Dick mit sich und war mit ihm sofort im Schneegestöber verschwunden, bevor die anderen Zeit hatten, ein Wort herauszubringen oder einen Finger zu rühren.

»So«, sagte Lawless. »Nun haben wir erfahren, daß man unseren falschen Gesichtern Glauben schenkt, Master Shelton. Jetzt werde ich meinen alten Kopf riskieren, wo immer Ihr wünscht.«

»Gut«, entgegnete Richard. »Ich kaue schon an der Kandare vor Ungeduld. Auf nach Shoreby!«

IN MEINER FEINDE HAUS

Sir Daniels Aufenthaltsort in Shoreby war ein großes, behagliches, weißgetünchtes Herrenhaus mit einem Fachwerkgerüst aus Eichenholz und einem tief heruntergezogenen Reetdach. Hinter dem Haus erstreckte sich ein großer Garten voller Obstbäume, Gehwege und dichter Lauben; an der rückwärtigen Seite wurde der Garten vom Turm der Abteikirche überragt.

Dieses Haus hätte notfalls auch das Gefolge einer höheren Persönlichkeit als Sir Daniel beherbergen können, aber auch so war es schon von reichlich Lärm erfüllt. Der Hof hallte von Waffenklirren und Pferdehufen wider. In der Küche summte es vor Geschäftigkeit wie in einem Bienenkorb, und aus der Halle drang der Gesang von Minnesängern, Musik von Instrumenten und die Rufe von Gauklern. Im Überschwang der Freude und Freigebigkeit seines Hofstaats wetteiferte Sir Daniel mit Lord Shoreby und stach Lord Risingham aus.

Alle Gäste wurden willkommen geheißen: Fahrende Sänger, Gaukler, Schachspieler, Reliquienhändler, Verkäufer von Arzneien, Duftwässerchen, Zaubertränken und ähnlichem und alle Arten von Priestern, Mönchen und Wallfahrern fanden stets einen Platz an der unteren Tafel und schliefen in den geräumigen Dachkammern oder auf den blanken Dielen des langen Speisesaals.

Am Nachmittag des Schiffbruchs der *Good Hope* waren die Speisekammern, die Küchen, die Viehställe und der Wagenschuppen, die den Hof auf zwei Seiten säumten, voller Müßiggänger – zum Teil Bedienstete Sir Daniels in Livreen aus braunroten und blauen Stoffen, zum Teil die verschiedensten Fremden, die aus Gewinnstreben in die Stadt gekommen waren oder die der Ritter aus politischen

Gründen oder schlicht deshalb eingeladen hatte, weil es zur Sitte der damaligen Zeit gehörte.

Der Schnee, der immer noch ohne Unterlaß fiel, die außergewöhnliche Kälte und die hereinbrechende Nacht ließen alle diese Leute Schutz in der Geborgenheit des Anwesens suchen. Wein, Bier und Geld gab es reichlich. Viele Gäste lagen ausgestreckt auf dem Stroh der Scheune beim Karten- und Würfelspiel; etliche waren noch vom Mittagsmahl betrunken. Für das Auge eines Menschen aus heutiger Zeit hätten die Szenen wie die Plünderung einer Stadt gewirkt; für den Blick des Zeitgenossen war es wie jeder andere Haushalt eines reichen Adligen zu festlicher Jahreszeit.

Vor kurzem waren zwei Mönche eingetroffen, ein junger und ein alter, und wärmten sich jetzt an einem Feuer in einer Ecke des Schuppens. Eine buntgemischte Menge umgab sie – Spielleute, Quacksalber und Landsknechte. Mit diesen hatte der ältere der beiden Mönche bereits eine lebhafte Unterhaltung begonnen und so viel schallendes Gelächter und derbe Witze ausgetauscht, daß die Schar ständig wuchs.

Der jüngere der beiden Mönche, in dem der Leser schon Dick Shelton erkannt haben wird, saß ein kleines Stück hinter dem älteren und zog sich allmählich ganz zurück. Er hörte aufmerksam zu, öffnete jedoch den Mund nicht, und seiner ernsten Miene nach zu urteilen, konnte er den Scherzen seines Gefährten wenig Gefallen abgewinnen.

Schließlich blieb sein Blick, der ständig umherschweifte und sämtliche Eingänge des Hauses überwachte, auf einer kleinen Prozession ruhen, die beim Haupttor hereintrat und den Hof überquerte. Zwei in dicke Pelze vermummte Damen gingen voran; ihnen folgten zwei Kammerfräulein und vier stämmige Kriegsknechte. Im nächsten Augenblick waren sie im Haus verschwunden, und Dick, der sich durch die Menge der Herumstehenden im Schuppen gedrängt hatte, war ihnen schon eilig auf den Fersen.

Die größere der beiden Frauen war Lady Brackley, wie Dick erkannt hatte – und wo Lady Brackley war, konnte Joan auch nicht weit sein.

An der Tür des Hauses blieben die vier Kriegsknechte zurück, und die Damen stiegen nun die Treppe aus poliertem Eichenholz hinauf, nur noch von den zwei Kammerfräulein begleitet. Dick folgte in geringem Abstand. Es war bereits dämmerig draußen, so daß im Haus fast schon die Dunkelheit der Nacht angebrochen war. An den Treppenabsätzen flackerten Fackeln in eisernen Haltern, und in den langen, mit Wandteppichen behängten Gängen brannte an jeder Tür eine Lampe. Wo die Türen offen standen, konnte Dick einen Blick auf Wände werfen, die mit Gobelins verziert waren, und er sah binsenbestreute Fußböden im Schein von Holzfeuern.

Schon waren sie zwei Stockwerke hinaufgestiegen, und auf jedem Treppenabsatz hatte die jüngere und kleinere der beiden Damen den Mönch, der ihnen folgte, scharf angeschaut. Dieser – da er den Blick gesenkt hielt und jene demütige Haltung vorgab, die seiner Verkleidung geziemte – hatte die junge Frau nur einmal angesehen und war sich gewiß nicht bewußt, daß er ihre Aufmerksamkeit erregt hatte. Nun aber, auf dem dritten Stockwerk, trennte sich die Gruppe. Die jüngere Dame stieg allein weiter die Treppe hinauf, während die andere, gefolgt von den Kammerfräulein, den Gang zur Rechten betrat.

Dick schritt geschwind hinterher, stellte sich an eine Ecke und folgte von dort den drei Frauen mit Blicken. Sie schritten weiter den Gang entlang, ohne sich umzuschauen.

Sehr gut, sagte sich Dick. Wenn ich weiß, wo Lady Brackleys Zimmer ist, wird's nicht lange dauern, bis ich Mrs. Hatch bei einer Besorgung aufspüre.

In diesem Moment legte sich eine Hand auf seine Schulter, und mit einem erstickten Schrei fuhr Dick herum und packte den vermeintlichen Angreifer.

Er fühlte sich beschämt, als er in der Person, die er so rauh gepackt hatte, die kleine junge Dame in den Pelzen erkannte. Sie war ihrerseits über alle Maßen erschrocken und hing zitternd in Dicks Griff.

»Madam«, sagte Dick und ließ sie frei, »ich bitte Euch tausendmal um Verzeihung, aber ich habe ja keine Augen im Hinterkopf. Bei Gott, und ich konnte nicht wissen, daß Ihr eine Frau seid.«

Das Mädchen starrte ihn weiter an, doch ihre Angst wich Erstaunen, und diesem folgte Mißtrauen. Dick, der diese Veränderungen in den Zügen des Mädchens lesen konnte, wurde um seine eigene Sicherheit in diesem feindlichen Haus besorgt.

»Holde Maid«, sprach er und täuschte dabei Ruhe vor, »erlaubt mir, Eure Hand zu küssen als Zeichen, daß Ihr mir meine Grobheit vergebt, und dann will ich von Euch gehen.«

»Ihr seid wahrlich ein eigenartiger Mönch, junger Herr«, entgegnete die Dame und schaute ihm dabei kühn und zugleich listig ins Gesicht, »und nun, da meine erste Überraschung ein wenig verflogen ist, kann ich den Laien in jedem Eurer Worte heraushören. Was tut Ihr denn hier? Warum habt Ihr Euch so frevlerisch verkleidet? Und warum späht Ihr hinter Lady Brackley her wie ein Dieb?«

»Madam«, sprach Dick, »ich bitt' Euch, seid einer Sache ganz sicher – ich bin kein Dieb. Und wenn ich auch unter Kriegsumständen herkäme, wie es in gewissem Maße der Fall ist, so führe ich doch keinen Krieg gegen holde Damen, so daß ich Euch anflehe, mich gehen zu lassen. Denn wenn Ihr ausruft, was Ihr gesehen habt – falls dies Euer Begehren ist –, wird der arme Mann vor Euch bald ein toter Mann sein«, fügte Dick hinzu, wobei er sanft des Mädchens Hand nahm und ihr mit höflicher Bewunderung ins Gesicht schaute.

»So seid Ihr ein Spion? Ein Yorkist?« fragte die Maid.

»Madam«, erwiderte er, »ich bin in der Tat ein Yorkist, und in gewisser Weise auch ein Spion. Aber was mich in dieses Haus bringt – das gleiche, das mir das Erbarmen und Interesse Eures gütigen Herzens erringen wird –, ist weder York noch Lancaster. Ich will mein Leben gänzlich in Eure Hände legen. Ich bin ein Liebender, und mein Name ist …«

Doch hier legte die junge Dame plötzlich die Hand auf Dicks Mund und schaute hastig nach allen Seiten, und als sie niemanden erblickte, zog sie den jungen Mann mit unvermuteter Kraft und Heftigkeit die Treppe hinauf.

»Pst! Kommt erst einmal mit! Reden könnt Ihr nachher.«

Verblüfft ließ Dick sich die Stufen hinauf und einen Gang entlang ziehen und schließlich in ein Zimmer schieben, das wie viele andere von einem brennenden Holzscheit im Kamin beleuchtet wurde.

»Nun«, sagte die junge Dame und drückte Dick auf einen Schemel, »setzt Euch hierher, und wartet, wie ich entscheiden werde. Ich habe jetzt die Macht über Euer Leben oder Euren Tod, und werde mich nicht scheuen, diese Macht auszuüben. Gebt nur acht, Ihr habt grausam meinen Arm gequetscht. – Er wußte nicht, daß ich eine Frau bin, sagte er! Hätte er es gewußt, hätte er mich gewiß mit seinem Gürtel geschlagen!«

Und mit diesen Worten huschte sie aus dem Zimmer und ließ Dick mit vor Staunen offenem Mund zurück. Er wußte nicht mehr, ob er träumte oder wachte.

»Sie mit meinem Gürtel geschlagen!« wiederholte er. »Sie mit meinem Gürtel geschlagen!« Und ihm kam die Erinnerung an jenen Abend im Wald, und er sah wieder

Matchams Körper, der sich vor Angst krümmte, und seine flehenden Augen.

Dann wurde er zu den Gefahren der Gegenwart zurückgerufen. Im Nebenzimmer hörte er ein Geräusch, als würde sich dort jemand bewegen. Dann folgte ein Seufzer, der seltsam nahe klang; darauf begann wieder das Rascheln von Röcken und das Tappen von Schritten. Als Dick lauschend dastand, bemerkte er, wie der Gobelin an der Wand sich bewegte. Er hörte, wie eine Tür geöffnet wurde; der Gobelin teilte sich, und mit einer Lampe in der Hand trat Joanna Sedley ein.

Sie war in kostbaren Stoff in satten, warmen Farben gekleidet, wie es für den Winter und den Schnee paßte. Das Haar trug sie über dem Kopf zusammengesteckt, so daß es wie eine Krone aussah. Sie, die in der Kleidung des Matcham so klein und unbeholfen ausgesehen hatte, war jetzt groß wie eine junge Weide und bewegte sich voller Anmut.

Ohne Erstaunen oder Furcht hob sie die Lampe und schaute den jungen Mönch an.

»Was treibt Ihr denn hier, guter Bruder?« erkundigte sie sich. »Zweifellos seid Ihr falsch beraten. Wen wollt Ihr denn treffen?« Damit setzte sie die Lampe auf einen Halter.

»Joan ...«, stieß Dick hervor, aber dann versagte ihm die Stimme. »Joanna«, begann er wieder, »Ihr sagtet, Ihr liebt mich, und ich armer Narr hab' es geglaubt!«

»Dick!« rief Joanna aus. »Dick!«

Und dann, zur größten Verblüffung des Jünglings, kam die schöne, hochgewachsene junge Dame einen Schritt auf ihn zu, schlang die Arme um seinen Hals und gab ihm hundert Küsse.

»Oh, Ihr närrischer junger Mann!« rief sie aus. »Oh, lieber Dick! Wenn Ihr Euch doch selbst sehen könntet!« Sie musterte ihn schweigend. »O je. Jetzt habe ich Eure Maskerade verdorben, Dick. Ein Teil der Farbe ist verwischt. Aber dem kann Abhilfe geschaffen werden. Was jedoch nicht vermieden werden kann, Dick – jedenfalls fürchte ich's –, ist meine Heirat mit Lord Shoreby.«

»So ist es also entschieden?« wollte der junge Mann wissen.

»Morgen, noch vor der Mittagszeit, Dick, in der Abteikirche«, erwiderte sie. »John Matcham und Joanna Sedley werden beide ein ziemlich jämmerliches Ende finden. Und Tränen helfen nicht, sonst würde ich mir die Augen ausweinen. Ich habe ohne Unterlaß gebetet, doch der Himmel hat meine flehentlichen Bitten nicht erhört. Also, lieber Dick, guter Dick, wenn Ihr mich nicht vor dem Morgen aus diesem Haus bringen könnt, müssen wir uns Lebewohl sagen.«

»O nein«, entgegnete Dick. »Niemals werde ich dieses Wort aussprechen. Das wäre so, wie der Verzweiflung nachzugeben. Solange es noch Leben in uns gibt, Joanna, so lange gibt es Hoffnung. Und hoffen will ich. Und – bei allen Heiligen! – triumphieren. Als Ihr nicht mehr als eine Erinnerung für mich wart, bin ich Euch da nicht gefolgt? Trieb ich nicht gute Männer dafür auf, und setze ich nicht mein Leben für Eure Befreiung aufs Spiel? Und jetzt, da ich Euch gesehen und erkannt habe, was Ihr wirklich seid – die holdeste und stattlichste Maid von ganz England –, meint Ihr, daß ich da unverrichteter Dinge abziehen würde? Selbst wenn das tiefe Meer zwischen uns läge, würde ich's geradewegs überqueren. Wäre der Weg zu Euch voller Löwen, würde ich sie verjagen wie Mäuse.«

»Ach«, sagte sie, »Ihr laßt Euch von einer himmelblauen Robe beeindrucken!«

»Aber nein, Joan«, widersprach Dick, »es ist nicht die Robe allein. Ihr, mein Mädchen, wart damals verkleidet, und jetzt bin *ich* es – und sehe ich nicht wahrlich wie ein Narr aus?«

»Allerdings, Dick«, antwortete sie lächelnd.

»Seht Ihr?« gab er triumphierend zurück. »So war es auch mit Euch, armer Matcham, damals im Wald. Im Vertrauen, Ihr wart eine seltsame Maid. Aber jetzt ...«

So plauderten sie weiter, hielten sich dabei mit beiden Händen, lächelten sich an und tauschten zärtliche Blicke. Die Minuten verstrichen schnell wie Sekunden, und sie hätten die ganze Nacht scherzen und erzählen können, wäre nicht plötzlich ein Geräusch hinter ihnen ertönt, und wären sie nicht der kleinen jungen Dame gewahr geworden, die den Zeigefinger auf die Lippen legte.

»Heiliger Himmel«, zischte sie. »Was für einen Lärm Ihr macht! Könnt Ihr denn nicht gemäßigter sprechen? – Und nun, Joanna, holde Maid der Wälder, was gebt Ihr denn Eurer Gevatterin dafür, daß sie Euch Euren Liebsten gebracht hat?«

Joanna lief statt einer Antwort zu der Frau hin und umarmte sie innig.

»Und Ihr, Sir«, fügte die junge Dame hinzu, »was gebt *Ihr* mir?«

»Madam«, erwiderte Dick, »ich hätte nicht übel Lust, Euch mit der gleichen Münze zu bezahlen.«

»Nun denn«, meinte die Lady, »kommt, es sei Euch gestattet.«

Aber Dick, der rot wie Klatschmohn wurde, küßte nur ihre Hand.

»Was hindert Euch daran, meinen Mund zu küssen, edler Herr?« wollte sie wissen, wobei sie einen tiefen Knicks vollführte. Nachdem Dick sie schließlich umarmt und geküßt hatte – aber nur ganz sanft und zurückhaltend –, fügte sie hinzu: »Joanna, Euer Liebster ist sehr zaghaft, wenn Ihr zugegen seid, aber ich versichere Euch, daß er ganz anders war, als wir zuerst zusammentrafen. So manchen blauen Fleck hab' ich davongetragen. Ich kann es Euch beweisen. Und jetzt«, fuhr sie fort, »habt Ihr geredet, was zu reden war? Denn ich muß Euren Paladin geschwind davonschicken.«

Darauf jedoch protestierten beide, daß sie noch nichts gesagt hätten, daß die Nacht doch noch sehr jung sei und daß sie nicht schon so früh getrennt werden wollten.

»Und das Abendbrot?« fragte die junge Dame. »Müssen wir nicht zum Abendessen hinuntergehen?«

»Ach ja, gewiß!« rief Joanna aus. »Das hatte ich ganz vergessen.«

»So verbergt mich«, schlug Dick vor. »Stellt mich hinter den Gobelin, sperrt mich in eine Truhe oder was Ihr wollt, so daß ich bei Eurer Rückkehr noch hier sein kann. Denkt daran, holde Dame«, fügte er hinzu, »daß es schlimm um uns bestellt ist und daß wir nach dieser Nacht nie mehr das Antlitz des anderen erblicken können bis zu unserem Tod.«

Darauf schmolz die Strenge der jungen Dame, und als wenig später die Glocke Sir Daniels Haushalt zur Tafel rief, wurde Dick angewiesen, sich an die Wand zu stellen – an einer Stelle, wo ein Spalt im Gobelin es ihm erlaubte, ins Zimmer zu spähen.

Er hatte noch nicht lange da gestanden, als er recht eigenartig gestört wurde. Die Stille in diesem oberen Stockwerk des Hauses wurde nur durch das Knistern der Flammen und das Zischen eines grünen Holzscheits im Kamin gestört, doch bald konnte Dicks angespanntes Ohr jemandes Geräusch vernehmen, der mit äußerster Vorsicht dahinschlich. Kurz darauf wurde die Tür auch schon geöffnet, und ein zwergenhafter, dunkelgesichtiger Bursche in Lord Shorebys Farben schob zuerst den Kopf und dann seinen krummen Körper ins Zimmer. Sein Mund stand offen, als ob er dadurch besser zu hören hoffte, und seine Augen, die sehr glänzten, schweiften rastlos hin und her. Er ging immer wieder ringsherum und stieß hier und dort mit der Faust an die Wandbehänge, doch wie durch ein Wunder entging Dick seiner Aufmerksamkeit. Dann schaute er unter die Möbel, musterte die Lampe und schickte sich schließlich mit einer Miene schmerzlicher Enttäuschung an, so still zu verschwinden, wie er gekommen war. Plötzlich aber ließ er sich auf die Knie fallen, hob etwas auf, das zwischen den Binsen am Fußboden lag, betrachtete es eingehend und steckte es mit allen Anzeichen des Entzückens in die Geldbörse an seinem Gürtel.

Dicks Mut sank, denn es handelte sich bei diesem Gegenstand um eine Quaste von seinem eigenen Gürtel, und er erkannte sofort, daß dieser zwergenhafte Spion, der offenbar eine hinterhältige Freude an seinem Tun hatte, keine Zeit verlieren würde, seinen Fund zu seinem Gebieter zu bringen, dem Baron. Dick war nahe daran, den Gobelin zur Seite zu schieben, über den kleinen Schurken herzufallen und ihm unter Gefahr des eigenen Lebens das verräterische Objekt zu entreißen. Während er noch zögerte, kam eine neue Quelle der Besorgnis hinzu. Eine heisere, vom Trunk schwankende Stimme schallte von der Treppe herauf und näherte sich schließlich nach unsicherem Herumwandern schwerer Schritte auf dem Gang.

»Was treibt Ihr hier im grünen Wald, meine lustigen Burschen?« sang die Stimme. »Sagt, was treibt Ihr hier? He, Ihr Tölpel, was treibt Ihr hier?« fügte die Stimme mit einem Rasseln trunkenen Gelächters hinzu, bevor sie wieder in das Lied einfiel:

»Wie schätzt du doch den roten Wein,
Fetter Mönch John, o Bruder mein!
Doch wenn du säufst und ich hier esse,
Wer singt dann die Messe?«

Das war doch die Stimme von Lawless! Stockbetrunken wanderte er im Haus umher und suchte nach einer Ecke, in der er die Wirkung seiner berauschenden Ausschweifungen ausschlafen konnte. Dick kochte innerlich. Der Spion, der zuerst vor Schreck erstarrt war, beruhigte sich, als er erkannte, daß es sich um einen Betrunkenen handelte, glitt mit katzenhafter Geschmeidigkeit aus dem Zimmer und entschwand Richards Blicken.

Was war nun zu tun? Wenn er die Verbindung mit Lawless für die Nacht verlor, würde er nicht in der Lage sein, Joannas Rettung zu planen und auszuführen. Wenn er es andererseits wagte, den betrunkenen Gesetzlosen anzusprechen, könnte der Spion noch in der Nähe sein, so daß sich daraus die fatalsten Folgen ergeben könnten.

Dennoch war es letztere Möglichkeit, zu der Dick sich entschloß. Er schlich hinter dem Gobelin hervor und stellte sich mit warnend erhobener Hand in die geöffnete Zimmertür. Lawless, mit rot angelaufenem Gesicht und trüben Augen, kam mit schwankenden Schritten näher. Endlich wurde er nebelhaft seines Vorgesetzten gewahr und begrüßte ihn – trotz Dicks heftiger Warnzeichen – laut mit Namen.

Dick sprang auf den Betrunkenen zu und schüttelte ihn wütend.

»Biest!« zischte er. »Ein Biest seid Ihr und kein Mensch! Es ist schlimmer als Verrat, so töricht zu sein. Wegen Eurer sträflichen Dummheit können wir alle zu Tode kommen.«

Aber Lawless lachte nur, taumelte und versuchte, dem jungen Shelton kameradschaftlich auf den Rücken zu klopfen.

In diesem Moment vernahm Dicks waches Ohr ein leichtes Streifen am Gobelin. Er sprang auf das Geräusch zu, und im nächsten Moment war auch schon ein Stück des

Wandbehangs heruntergerissen, und Dick und der Spion rangen miteinander in den Falten des Stoffes. Sie rollten hin und her, versuchten sich gegenseitig an die Kehle zu greifen, wurden aber durch den Gobelin behindert. Da Dick jedoch viel stärker war, lag der Spion bald hingestreckt unter seinem Knie und hauchte nach einem einzigen Stich mit dem langen Dolch den Atem aus.

DER TOTE SPION

Während dieses kurzen und heftigen Kampfes hatte Lawless hilflos zugeschaut, und auch als alles vorüber war und Dick schon wieder auf den Füßen stand und besorgt auf das ferne Stimmengewirr in den unteren Stockwerken des Hauses horchte, schwankte der alte Geächtete immer noch auf seinen Beinen wie ein Strauch in einem Windstoß und starrte dabei stumpfsinnig auf das Gesicht des Toten.

»Es ist gutgegangen«, flüsterte Dick schließlich. »Dankt dem Herrn, sie haben uns nicht gehört! Aber jetzt – was soll ich nur mit diesem armen Spitzel tun? Auf jeden Fall werde ich meine Quaste aus seiner Geldtasche nehmen.«

Mit diesen Worten öffnete Dick die Geldbörse. Er fand einige Münzen darin, die Quaste und einen an Lord Wensleydale gerichteten Brief mit Lord Shorebys Siegel. Der Name weckte eine Erinnerung in Dick. Sofort brach er das Siegel und las den Inhalt des Schreibens. Es war kurz, lieferte zu Dicks Entzücken jedoch ausreichende Beweise dafür, daß Lord Shoreby in verräterischer Korrespondenz mit dem Hause York stand.

Dick trug wie gewöhnlich sein Tintenhorn und die

anderen Schreibutensilien bei sich, und so beugte er nun ein Knie neben der Leiche des Spions und schrieb auf eine Ecke des Papiers:

»Mein Lort von Shoreby – Ihr, die Ihr diesen Brif geschriehben habt, wißt Ir warum Euer Mann tod is? Last mich Euch raten: heirattet nicht!«

Jon der Rächer

Dick legte das Papier auf die Brust der Leiche. Darauf zog Lawless, der das Geschehen mit wieder erwachender Vernunft beobachtet hatte, plötzlich einen schwarzen Pfeil aus seiner Kutte und heftete das Papier damit an die Brust der Leiche. Der Anblick dieser Unehrerbietigkeit oder, wie es ihm erschien, beinahe schon Grausamkeit dem Toten gegenüber ließ Dick einen gedämpften Entsetzensschrei ausstoßen, doch der alte Gesetzlose lachte nur darüber.

»O ja, ich will … daß mein Orden … dafür die Anerkennung erhält«, stotterte er, vom Trinkerschluckauf unterbrochen. »Meinen wackeren … Brüdern … soll dafür der Verdienst … zugeschrieben werden.« Dann schloß er fest die Augen, öffnete den Mund wie ein Kantor und begann mit Stentorstimme zu singen:

»Wie sch …schätzest du doch den roten Wein …«

»Still, Ihr Narr!« rief Dick und stieß ihn grob gegen die Wand. »Gebt gut acht – sofern ein Mann, der mehr Wein als Verstand im Leib hat, überhaupt achtgeben kann. Verlaßt dieses Haus auf dem schnellsten Weg! Denn wenn Ihr weiterhin hier bleibt, werdet nicht nur Ihr hängen, sondern auch ich! Also geschwind, Trunkenbold! Fort mit Euch, rasch, rasch!«

Der falsche Mönch erlangte durch diese unsanften Taten

und Worte einen Teil seines Verstandes wieder, denn der drohende Klang in Dicks Stimme und das wütende Funkeln in den Augen ließen Lawless selbst in seinem Zustand den Ernst und die Bedeutung der Lage erkennen.

»Bei allen Heiligen«, rief er, »wenn ich nicht erwünscht bin, gehe ich eben«, worauf er sich anschickte, den Gang und die Treppen hinunter zu schwanken, wobei er einige Male gegen die Wände stieß.

Sobald er nicht mehr zu sehen war, ging Dick zu seinem Versteck zurück, entschlossen, die Angelegenheit zu einem Ende zu bringen. Die Vernunft riet ihm, sich schleunigst davonzumachen, aber Liebe und Neugier waren stärker.

Die Zeit verging schleppend für den jungen Mann, der hinter dem Gobelin an die Wand gepreßt stand. Das Feuer im Zimmer erstarb allmählich; die Lampe brannte schon niedrig und rauchte, und es gab immer noch keinen Laut, der darauf hingedeutet hätte, daß irgend jemand zu den oberen Stockwerken des Hauses zurückkehrte. Das ferne Stimmengewirr und Geschirrklappern der Gesellschaft, die zum Abendbrot beisammen saß, drang undeutlich herauf, und unter dem dichten Schneefall lag still und friedlich die Stadt Shoreby.

Schließlich aber nahten Schritte und Stimmen auf der Treppe, und bald darauf waren mehrere von Sir Daniels Gästen auf dem Treppenabsatz angelangt, betraten den Gang – und bemerkten den heruntergerissenen Wandbehang und den leblosen Körper des Spions.

Einige rannten nach vorn, andere nach hinten, und alle begannen laut zu schreien.

Durch diesen Lärm angelockt, kamen andere Gäste – Kriegsknechte, Damen, Diener – kurz, alle Bewohner des geräumigen Hauses aus jeder Richtung die Treppe heraufgestürzt und stimmten in den Tumult ein.

Bald wurde eine Gasse freigemacht, und Sir Daniel höchstpersönlich kam herbeigeeilt, gefolgt von Shoreby, dem Bräutigam des morgigen Tages.

»Mylord«, sagte Sir Daniel, »habe ich Euch nicht von diesem schändlichen Bund des Schwarzen Pfeiles erzählt? Schaut, hier ist der Beweis! Bei Gott, da steckt einer dieser greulichen Pfeile in einem Eurer Männer oder in einem, der Eure Farben stahl!«

»Fürwahr, es ist einer meiner Männer«, erwiderte Lord Shoreby, der sich zurückgehalten hatte. »Ich wünschte, ich hätte mehr solch tüchtige Burschen. Er war eifrig wie ein Spürhund und verschwiegen wie ein Maulwurf.«

»Tatsächlich?« fragte Sir Daniel scharf. »Und warum kam er dann so viele Treppen herauf, um in meinem armen Haus zu spüren? Nun ist es für ihn aus damit.«

»Mit Verlaub, Sir Daniel«, rief ein anderer, »hier ist ein Papier an seine Brust gesteckt – es steht etwas darauf geschrieben.«

»Gib es mir, den Pfeil und das Schreiben«, befahl der Ritter. Als er dann den Pfeil in der Hand hatte, starrte er eine Zeitlang mit finsterer Miene darauf. »Wahrlich«, bemerkte er dann zu Lord Shoreby gewandt, »das hier ist von jemand, der mich zutiefst haßt. Dieser schwarze Schaft wird mich noch zur Strecke bringen. Laßt einen einfachen Ritter Euch raten, Mylord: Wenn diese Bluthunde Euch wittern, dann flieht! Es ist wie eine Krankheit, die sich der Glieder bemächtigt. Aber laßt uns sehen, was sie geschrieben haben. Ja, es ist so, wie ich dachte, Mylord. Ihr seid markiert wie eine alte Eiche vom Holzfäller. Morgen oder übermorgen wird er mit der Axt kommen. Aber was habt Ihr denn in dem eigentlichen Brief geschrieben?«

Lord Shoreby zog das Blatt Papier vom Pfeil ab, las es, zerknüllte es, überwand den Widerwillen, der ihn bisher daran gehindert hatte näherzukommen, kniete sich neben der Leiche nieder und wühlte hastig in deren Geldtasche.

Sichtlich beunruhigt erhob er sich wieder.

»Gevatter«, sprach er, »ich habe hier in der Tat einen Brief verloren, der von großer Wichtigkeit war. Wüßte ich den Schurken, der ihn genommen hat, würde er schnurstracks mit dem Strick Bekanntschaft machen. Aber laßt uns doch zuerst alle Ausgänge des Hauses sichern. Es ist genug Unheil angerichtet worden, beim heiligen Georg!«

In kurzen Abständen wurden Wachen um das Haus und den Garten herum aufgestellt, dazu ein Posten auf jedem Treppenabsatz, eine ganze Gruppe in der Haupteingangshalle und schließlich noch einer am Lagerfeuer im Schuppen. Dabei wurden Sir Daniels Gefolgsleute durch die Lord Shorebys verstärkt, so daß kein Mangel an Männern und Waffen herrschte, um das Haus sicher zu machen oder einen darin lauernden Feind zu fassen, sollte es einen geben.

In der Zwischenzeit war die Leiche des Spions durch das Schneetreiben zur Abteikirche getragen worden.

Erst als diese Vorkehrungen abgeschlossen und alle in geziemendes Schweigen verfallen waren, zogen die beiden Mädchen Richard Shelton aus seinem Versteck und berichteten ihm eingehend, was sich inzwischen ereignet hatte. Er seinerseits erzählte vom Besuch des Spions, der gefährlichen Entdeckung und dem jähen Ende.

Der Ohnmacht nahe, lehnte Joanna sich an die behangene Wand.

»Also wird alles kaum etwas nützen«, sagte sie. »Ich werde morgen früh *doch* heiraten müssen!«

»Was?« rief ihre Freundin aus. »Und Euer Paladin hier treibt Löwen aus, als wären es Mäuse! Ihr habt gewiß wenig Vertrauen. – Aber kommt, Freund Löwentreiber, spendet uns ein wenig Trost. Sprecht, und laßt uns kühne Pläne hören!«

Dick war verwirrt, nun so mit seinen eigenen übertriebenen Ausdrücken konfrontiert zu werden. Aber obgleich er errötete, sagte er mit fester Stimme:

»Es ist wahr, wir sind in einer sehr mißlichen Lage. Doch könnte ich für eine halbe Stunde aus diesem Haus schleichen – ich wäre sicher, daß sich doch noch alles zum Guten wendet. Und was die Heirat betrifft, die würde verhindert.«

»Und was die Löwen betrifft«, äffte das Mädchen ihn nach, »die würden vertrieben.«

»Ich bitt' Euch«, entgegnete Dick, »ich spreche hier nicht in prahlerischer Laune, sondern als ein Mann, der Rat und Hilfe sucht! Denn finde ich nicht die Möglichkeit, an den vielen Wachen vorbei aus dem Haus zu kommen, werde ich weniger als nichts tun können. Deshalb versteht mich recht.«

»Warum habt Ihr eigentlich gesagt, der Bursche sei schlichten Gemüts, Joan?« wandte das Mädchen sich an ihre Freundin. »Er hat doch eine flinke Zunge. Und je nach Stimmung kann seine Rede weich oder kühn sein, und um Antwort ist er nicht verlegen. Was wollt Ihr mehr?«

»O ja«, seufzte Joanna mit einem Lächeln, »sie haben meinen Freund Dick verändert, das ist gewiß. Als ich damals mit ihm zusammentraf, war er ein ziemlich grober Klotz. Aber das tut jetzt wenig zur Sache. Wie es aussieht, muß ich morgen Lady Shoreby werden!«

»Aber nein!« sagte Dick. »Ich werde mich dem Abenteuer stellen. Ein Mönch wird nicht verdächtigt, und wenn ich eine gute Fee finden könnte, die mich hinaufführt, so könnte ich doch auch eine finden, die mich wieder hinunterbringt. Wie hieß dieser Spion?«

»Rutter«, antwortete die junge Dame. »Aber was meint Ihr, Löwentreiber? Was wollt Ihr tun?«

»Mich kühn davonmachen«, erwiderte Dick. »Und

wenn jemand mich aufhalten will, werde ich mit gleichmütiger Miene erklären, daß ich für Rutter beten möchte. Ich nehme an, daß sie gerade jetzt für den armen Kerl Gebete sprechen.«

»Diese List ist reichlich simpel«, entgegnete das Mädchen, »aber es könnte gelingen.«

»Nicht doch«, sagte Dick, »es gehört keineswegs zu den Listen, sondern es ist Kühnheit, die in Notfällen oft am besten ist.«

»Das sprecht Ihr wohl wahr«, meinte sie. »Dann geht, in der Heiligen Jungfrau Namen, und mag der Himmel Euch Erfolg bescheren! Ihr laßt hier eine arme Maid zurück, die Euch von Herzen liebt, und eine andere, die Euch herzlich als Freundin zugetan ist. Also gebt acht und laßt Eure Sicherheit nicht auch noch Schiffbruch erleiden.«

»Gebt auf Euch acht«, sagte auch Joanna. »Mein Herz ist bei Euch. Die Heiligen mögen Euch schützen!«

Dick ging mit einer so selbstsicheren Haltung an der ersten Wache vorbei, daß der Kerl sich nur umwandte und starrte, doch auf dem zweiten Treppenabsatz hielt der Posten seine Lanze quer und fragte Dick, wohin er wolle.

»*Pax vobiscum*«, antwortete Dick, »ich will zum Leichnam dieses armen Rutter und für seine Seele beten.«

»Das mag wohl sein«, gab der Wachposten zurück, »aber allein zu gehen, ist Euch nicht erlaubt.« Er beugte sich über das Geländer und pfiff gellend. »Da kommt einer!« rief er und ließ Dick mit einer Handbewegung passieren.

Am Fuß der Treppe wartete bereits ein weiterer Posten, und nachdem Dick seine Geschichte wiederholt hatte, wies der Wachführer vier Mann an, ihn zur Kirche zu begleiten.

»Laßt ihn nicht entschlüpfen, Burschen«, ermahnte er sie. »Bringt ihn zu Sir Oliver. Ihr bürgt mir mit Eurem Leben dafür!«

Danach wurde die Haustür geöffnet. Je ein Kriegsknecht packte Dick beim Arm, ein anderer ging mit einer Fackel voraus, und der vierte kam mit schußbereitem Bogen hinterher. So marschierten sie in der Dunkelheit der Nacht durch den Garten und den rieselnden Schnee in Richtung der Fenster der Abteikirche, durch die trübes Licht schien.

Am westlichen Portal stand eine Wachgruppe von Bogenschützen, die Schutz in den Höhlen der gewölbten Torwege suchten. Alle waren schneebedeckt. Erst als Dicks Begleiter ein Wort mit den Männern gewechselt hatte, durften sie ins Schiff des heiligen Gebäudes eintreten.

Das Innere der Kirche wurde vom Licht der Kerzen auf dem großen Altar und einer oder zwei Lampen, die von der Gewölbedecke vor den Privatkapellen der vornehmen Familien hingen, in Zwielicht getaucht. In der Mitte des Chors lag der tote Spion mit fromm gefalteten Händen auf einer Bahre.

Ein hastiges Murmeln von Gebeten hallte durch die Gewölbe. Gestalten mit Kapuzen über den Köpfen knieten in den Chorstühlen, und auf den Stufen des Hochaltars zelebrierte ein Priester in feierlichem Gewand die Messe.

Als man Dick hereinführte, stand einer der Kapuzenträger auf, stieg die Stufen hinunter, die den Chor über das Kirchenschiff erhoben, und fragte den Anführer der vier Soldaten, aus welchem Grund sie in die Kirche kämen. Aus Achtung vor dem Gottesdienst und dem Toten sprachen sie mit gedämpfter Stimme, die in diesem riesigen Gebäude jedoch mehrere Male entlang der Seitenschiffe widerhallte.

»Ein Mönch!« entgegnete Sir Oliver – denn um den handelte es sich –, als er den Bericht des Bogenschützen gehört hatte. »Mein Bruder, ich habe Euer Kommen nicht erwartet«, fügte er an Dick gewandt hinzu. »Mit Verlaub, wer seid Ihr, und auf wessen Geheiß wollt Ihr in unsere Gebete einstimmen?«

Dick, der seine Kapuze über dem Kopf behalten hatte, machte Sir Oliver ein Zeichen, ein paar Schritte von den Begleitleuten weg zu treten. Als der Priester dieser Aufforderung Folge geleistet hatte, fuhr Dick fort: »Ich kann nicht hoffen, Euch täuschen zu können, Sir. Mein Leben liegt nun in Euren Händen.«

Sir Oliver fuhr heftig zusammen. Seine dicken Wangen wurden blaß, und er brachte einige Zeit lang kein Wort hervor.

»Richard«, sagte er dann, »was Euch herführt, weiß ich nicht, aber ich ahne Schlimmes. Dennoch, Eurer damaligen Freundlichkeit wegen, möchte ich Euch nicht zu Eurem Schaden ausliefern. Ihr werdet die ganze Nacht bei mir in den Chorstühlen sitzen, bis Mylord Shoreby verheiratet und die Hochzeitsgesellschaft sicher heimgekehrt ist. Wenn alles gut verläuft und Ihr nichts Böses im Schilde geführt habt, könnt auch Ihr gehen, wohin Ihr wollt. Aber solltet Ihr blutige Pläne verfolgen, ist Euer Leben verwirkt. Amen!«

Der Priester bekreuzigte sich demütig, wandte sich um und verneigte sich zum Altar hin. Anschließend sprach er ein paar Worte zu den Kriegsknechten, nahm Dick bei der Hand, führte ihn zum Chor und wies ihn an, in einem Chorstuhl neben dem seinen Platz zu nehmen, wo der Jüngling sich aus Pietät sofort niederkniete und sich ins Gebet zu versenken schien.

Seine Gedanken und seine Augen jedoch wanderten ständig umher. Er beobachtete, daß drei Soldaten, statt ins Haus zurückzukehren, schweigend einen guten Beobachtungsposten im Kirchenschiff eingenommen hatten, und er zweifelte nicht daran, daß dies auf Sir Olivers Geheiß geschehen war. Also saß er, Dick, in einer Falle! Hier würde er nun die Nacht im geisterhaften Schimmer und Schatten der Kirche verbringen und das bleiche Antlitz desjenigen anstarren müssen, den er selbst getötet hatte. Und hier würde er am nächsten Morgen mit ansehen müssen, wie seine Liebste mit einem anderen Mann verheiratet wurde.

Trotz allem behielt er die Herrschaft über seinen Verstand und wartete geduldig auf eine günstige Gelegenheit.

IN DER ABTEIKIRCHE

In der Abteikirche von Shoreby wurden die Gebete die ganze Nacht ohne Unterlaß fortgesetzt, einmal mit Singen von Psalmen, einmal mit ein, zwei Noten von der Glocke.

Rutter, dem Spion, wurde eine würdige Totenwache zuteil. Er lag dort, wie sie ihn aufgebahrt hatten, die toten Hände über der Brust gekreuzt, mit toten Augen an die Decke starrend – und ganz in der Nähe, im Chorgestühl, wartete der Bursche, der ihn getötet hatte, in quälender Unruhe auf den Morgen. Nur einmal im Verlauf der Stunden beugte Sir Oliver sich zu seinem Gefangenen hinüber.

»Richard«, flüsterte er, »mein Sohn, wenn Ihr Böses im Schilde führt, so erkläre ich auf mein Seelenheil, daß Ihr einen unschuldigen Mann treffen würdet. In den Augen des Himmels bin ich sehr wohl ein Sünder, aber nicht Euch gegenüber – und ich bin es auch nie gewesen.«

»Vertraut mir«, antwortete Dick im gleichen Tonfall, »ich habe nichts Böses im Sinn. Aber was Eure Unschuld betrifft, so kann ich nicht vergessen, daß Ihr Euch seinerzeit sehr fragwürdig als frei von Schuld erklärt habt.«

»Ein Mensch kann unschuldig schuldig sein«, erwiderte der Priester. »Er kann gewissermaßen blind auf einen Auftrag geschickt worden sein, ohne die wahren Umstände zu kennen. So war es in meinem Fall. Ich lockte Euren Vater in den Tod, aber ich schwöre hier an diesem geheiligten Ort, daß ich nicht wußte, was ich tat.«

»Das mag wohl sein«, entgegnete Dick, »aber seht doch, welch seltsames Netz Ihr gewebt habt, so daß ich zu dieser Stunde gleichzeitig Euer Gefangener und Euer Richter bin, daß Ihr mir einerseits droht und auf der anderen Seite meinen Zorn mildern wollt. Mir scheint, wenn Ihr Euer Leben lang ein wahrhafter Mensch und guter Priester gewesen wärt, würdet Ihr mich weder so fürchten noch so verabscheuen. Und nun zu Euren Gebeten: Es bleibt mir nichts anderes übrig, als Euch zu gehorchen, aber ich bin nicht gewillt, mit Eurer Gesellschaft belastet zu werden.«

Der Priester stieß einen so tiefen Seufzer aus, daß er den jungen Mann beinahe zu Mitleid gerührt hätte, und er neigte das Haupt in die Hände wie ein Mensch, der von Kummer erdrückt wird. Er nahm nicht mehr am Deklamieren der Psalmen teil, aber Dick konnte die Perlen seines Rosenkranzes unter seinen Fingern rasseln und die Gebete zwischen seinen Zähnen dahinrattern hören.

Es dauerte nicht mehr lange, und das erste Grau des Morgens erhellte die bemalten Fensterflügel und übertraf den trüben Schein der Kerzen, bis schließlich ein Strahl rosigen Sonnenlichts durch die südöstlichen Lichtgaden des Mittelschiffs drang und an den Wänden flackerte. Der Sturm war vorüber. Die großen Wolken hatten sich ihrer Schneelast entledigt und waren weitergezogen. Der neue Tag brach über einer heiteren, weiß glitzernden Winterlandschaft an.

Es folgte das Geräusch von geschäftigen Kirchendienern. Die Bahre wurde zum Totenhaus getragen und die Blutflecke von den Fliesen abgewischt, auf daß kein solch böses Omen die Hochzeit von Lord Shoreby störte. Zur gleichen Zeit begannen die Geistlichen, die die ganze Nacht aus so traurigem Anlaß beschäftigt gewesen waren, Morgengesichter aufzusetzen, um der bevorstehenden frohen Festlichkeit Ehre zu tun. Als weitere Ankündigung, daß ein neuer Tag heraufzog, versammelten sich die frommen Leute der Stadt, knieten vor den von ihnen bevorzugten Schreinen nieder und beteten oder warteten an den Beichtstühlen, bis sie an der Reihe waren.

Durch die daraus entstehenden Bewegungen war es natürlich nicht schwer, sich der Beobachtung durch Sir Daniels Wachen am Tor zu entziehen, und plötzlich traf Dicks Blick den keines Geringeren als Will Lawless, der ebenfalls noch in seiner Mönchskutte steckte. Auch der Gesetzlose hatte seinen Anführer erkannt und gab ihm dies so unauffällig wie möglich durch Zeichen mit Hand und den Augen zu verstehen.

Nun war Dick zwar noch weit davon entfernt, dem alten Spitzbuben seine Trunkenheit zu verzeihen, aber er wollte ihn auch nicht in seine eigene mißliche Lage hineinziehen. So versuchte er, ihm durch Zeichen verständlich zu machen, er solle verschwinden.

Lawless schien begriffen zu haben, denn er verschwand sofort hinter einer Säule, so daß Dick vor Erleichterung aufatmete.

Um so größer war sein Entsetzen, als er sich am Ärmel gezupft fühlte und den alten Gauner neben sich auf dem nächsten Chorstuhl fand, allem Anschein nach in tiefe Andacht versunken.

Sofort erhob sich Sir Oliver und schritt hinter die Chorstühle in Richtung auf die Soldaten im Kirchenschiff. Wenn des Priesters Verdacht so leicht geweckt werden konnte, war der Schaden schon angerichtet und Lawless nun ein Gefangener in der Kirche.

»Bewegt Euch nicht«, zischte Dick. »Wir befinden uns in

einer schlimmen Klemme – vor allem dank Eurer Zügellosigkeit von gestern! Als Ihr mich hier so ungewöhnlich sitzen saht, wozu ich weder ein Recht noch Interesse habe, konntet Ihr da nicht Unheil riechen und Euch davonmachen?«

»Nein«, gab Lawless zurück, »denn mir schien, Ihr hättet von Ellis gehört und wärt hier auf Posten.«

»Ellis?« wiederholte Dick. »Ist Ellis denn zurückgekehrt?«

»Gewiß! Er kam in der letzten Nacht und schlug mich, weil ich im Rausch war – also seid Ihr gerächt, Master. Ein wilder Mann, dieser Ellis Duckworth! Da kommt dieser Heißsporn doch den ganzen Weg von Craven her geritten, um diese Heirat zu verhindern. Und, Master Dick, Ihr kennt doch seine Art – er *wird* sie auch verhindern!«

»Dennoch«, entgegnete Dick gefaßt, »Ihr und ich, mein armer Bruder, sind jetzt dem Tod geweiht, denn ich sitze hier als Gefangener auf Verdacht, und mein Hals ist die Garantie, daß die Hochzeit stattfindet, die Duckworth verhindern will. Die Chancen, meine Liebste oder mein Leben zu verlieren, waren etwa gleich groß. Nun, die Würfel sind gefallen – es wird mein Leben sein!«

»Potzblitz«, zischte Lawless und war bereits halb auf den Füßen, »ich bin schon weg!« Doch Dick legte ihm sofort die Hand auf die Schulter. »Freund Lawless, sitzt still!« beschwor er ihn. »Wenn Ihr Augen habt, dann schaut doch einmal dort hinüber, zur Ecke des Altarraumbogens. Habt Ihr nicht gesehen, daß die Bewaffneten dort sich bereitmachten, Euch aufzuhalten, kaum daß Ihr Euch erhoben hattet? Fügt Euch, Freund. Ihr wart kühn an Bord des Schiffes, als Ihr dem Seemannstod ins Auge geschaut habt. Nun seid wieder kühn, da Ihr dem Tod am Galgen ins Gesicht schauen müßt.«

»Master Dick«, stieß Lawless hervor, »dieses Ding überfällt mich ein wenig plötzlich. Gebt mir einen Moment, meinen Atem wieder zu gewinnen und – Schockschwerenot! – ich werde so tapfer sein wie Ihr.«

»Ah, jetzt erkenne ich den alten Kämpen wieder!« ermutigte ihn Dick. »Es geht auch mir hart gegen den Strich, bald sterben zu müssen. Aber wo jammern nichts ausrichtet – *wozu* dann jammern?«

»Das ist wohl wahr«, pflichtete Lawless ihm bei. »Dann heißt es eben, dem Knochenmann die Zähne zeigen, wenn es hart auf hart kommt. Früher oder später muß es ja doch sein – und das Hängen nach einem guten Streit ist wohl so schlimm nicht, obgleich ich noch keinen zurückkommen hörte, der mir das bestätigen konnte.«

Nach diesen Worten lehnte der alte Spitzbube sich in seinem Chorstuhl zurück, verschränkte die Arme vor der Brust und begann, mit einer Miene größter Unverschämtheit und Gleichgültigkeit in die Gegend zu schauen.

»Außerdem«, fügte Dick hinzu, »ist es immerhin noch unsere beste Gelegenheit, uns ruhig zu verhalten. Wir wissen ja nicht, was Duckworth vorhat – und wenn alles gesagt ist und uns das Schlimmste droht, können wir vielleicht doch noch einen Ausweg finden.«

Als sie darauf schwiegen, vernahmen sie von weit her ein paar Takte fröhlicher Musik, die allmählich lauter und lustiger wurde. Die Glocken im Turm brachen in munteres Läuten aus, und immer mehr Menschen strömten in die Kirche, wo sie den Schnee von ihren Füßen stampften und in die Hände klatschten und sie anhauchten, um sie zu wärmen. Das Westtor wurde weit geöffnet, so daß man einen Blick auf das Sonnenlicht und die schneebedeckte Straße hatte und die scharfe, klare Morgenluft spürte. Kurz gesagt, es wurde immer deutlicher, daß Lord Shoreby wünschte, früh am Tag vermählt zu werden und daß der Hochzeitszug sich näherte.

Einige von Lord Shorebys Männern machten jetzt eine Gasse im Mittelgang frei, indem sie die Leute mit den Lanzenschäften zurückdrängten. In diesem Moment konnte man auch schon hören, wie draußen die weltlichen Musikanten auf dem gefrorenen Schnee heranschritten – die Pfeifer und Trompeter, rotgesichtig von kräftigem Blasen, die Trommler und Zymbalisten, die schlugen, was das Zeug hielt, als würde es sich um einen Wettkampf handeln.

Als sie schließlich in die Nähe des Kirchentores gelangt waren, verteilten sie sich zu beiden Seiten und stampften den Takt zu ihren lebhaften Weisen im Schnee. Jetzt war der Blick frei auf die Spitze des edlen Hochzeitszuges. Es war eine Zurschaustellung vornehmer Roben in mannigfaltigen Ausführungen, von Seide und Samt, Pelz und Satin, Stickereien und Spitzen, so daß die Prozession sich auf dem Schnee ausnahm wie ein Blumenbeet oder wie ein Glasmalereifenster in einer weißen Wand.

Zuerst kam die Braut – kein fröhlicher Anblick, so totenbleich hing sie an Sir Daniels Arm. Es folgte ihre Brautjungfer, die kleine junge Dame, mit der Dick sich in der Nacht zuvor angefreundet hatte. Dicht dahinter kam der Bräutigam, auf das vornehmste ausstaffiert. Er ruhte seinen Gichtfuß kurz aus, als er die Schwelle des Gotteshauses passierte, und lüftete seinen Hut, so daß man seine vor Aufregung rosig schimmernde Glatze erkennen konnte.

Und nun kam die Stunde von Ellis Duckworth.

Dick, der überwältigt von den widerstreitendsten Gefühlen dasaß und sich am Auflagebrett festhielt, das sich vor ihm befand, bemerkte plötzlich eine Bewegung in der Menge und sah, wie einige Leute mit empor gewandten Gesichtern und Armen rückwärts drängten und stolperten. Als er der Blickrichtung folgte, erkannte er drei oder vier Männer, die sich mit schußbereiten Bögen vom Geländer der Empore herunterbeugten. In diesem Augenblick schossen sie auch schon, und noch bevor das Geschrei der erschreckten Menge in voller Stärke an Dicks Ohr drang, hatten die Schützen ihren Hochsitz auch schon verlassen.

Das Kirchenschiff wimmelte von hin und her schwingenden Köpfen und war erfüllt von brüllenden Stimmen. Die Geistlichen flohen voller Entsetzen aus ihren Andachtsplätzen, die Musiker hörten zu spielen auf, und wenngleich die Glocken über ihnen noch ein paar Sekunden weiter dröhnten, schien die Kunde von dem Unheil ihren Weg sogar zu dem Raum gefunden zu haben, in dem die Glockenläuter an ihren Stricken sprangen, so daß auch sie von ihrer festlichen Mühsal abließen.

Mitten im Hauptgang des Kirchenschiffs lag der Bräutigam hingestreckt, von zwei schwarzen Pfeilen tödlich getroffen. Die Braut war in Ohnmacht gefallen. Aus der Menge ragte Sir Daniel hervor, von Verblüffung und Wut erfüllt. In seinem linken Unterarm steckte zitternd ein Pfeilschaft; ein anderer Pfeil hatte ihn an der Stirn gestreift, so daß ihm das Blut übers Gesicht strömte.

Lange bevor eine Suche nach den Tätern eingeleitet werden konnte, waren die Verursacher dieser tragischen Unterbrechung auch schon eine Wendeltreppe hinuntergesprungen und durch eine Hintertür verschwunden.

Aber Dick und Lawless blieben immer noch als Faustpfand zurück. In der ersten Aufregung waren sie zwar aufgesprungen und hatten versucht, in Richtung der Tür vorzudringen, doch wegen der Enge der Kirchenstühle und der quirlenden Menge entsetzter Priester und Choristen war dieser Versuch vergebens, so daß sie ihre Plätze stoisch wieder aufsuchten.

Jetzt sprang Sir Oliver auf, bleich vor Schrecken, und rief zu Sir Daniel hinüber, wobei er mit einer Hand auf Dick zeigte.

»Der da«, meinte er, »ist Richard Shelton – Gott sei's geklagt zu dieser Stund' –, beladen mit Blutschuld! Ergreift ihn! Laßt ihn nicht entkommen! Um unser aller Leben, überwältigt ihn! Fesselt ihn! Er hat unseren Untergang geschworen.«

Sir Daniel wurde von seiner Wut – aber auch vom heißen Blut, das über sein Gesicht strömte – schier geblendet.

»Wo?« brüllte er. »Haltet ihn! Beim Kreuz von Holywood, er soll diese Stunde bereuen!«

Die Menge wich zurück, und ein Schwarm Bogenschützen stürmte in den Chor, packte Dick mit groben Händen, zog ihn mit dem Kopf voran aus dem Chorstuhl und warf ihn an den Schultern die Hochchorstufen hinunter. Lawless blieb still wie eine Maus in seinem Chorstuhl sitzen.

Sir Daniel wischte sich das Blut aus den Augen und starrte blinzelnd auf seinen Gefangenen.

»Hab' ich dich, Verräter«, brüllte er. »Jetzt hab' ich dich! Bei allen heiligen Eiden, für jeden Tropfen Blut, der jetzt über meine Augen rinnt, werde ich dich leiden lassen. Schafft ihn weg von hier!« fügte er hinzu. »Hier ist nicht der Ort dafür. Fort mit ihm in mein Haus! Ich will jedem seiner Gelenke eine besondere Folter zuteil werden lassen.«

Dick aber, der seine Häscher abschüttelte, erhob die Stimme:

»Freistätte, Kirchenasyl!« rief er. »Kirchenasyl! He dort, meine Väter! Sie wollen mich aus der Kirche schleppen!«

»Aus der Kirche, die du mit deinem Mord besudelt hast«, entgegnete ein hochgewachsener, prächtig gekleideter Mann.

»Gibt es Beweise dafür?« rief Dick. »Man beschuldigt mich einer Komplizenschaft, kann mir aber nicht das Geringste beweisen. Ich war Anwärter auf die Hand dieser jungen Dame, und sie – ich bin so kühn, dies zu behaupten – nahm mein Werben huldvoll an. Was aber steht dem entgegen? Es ist doch keine Missetat, eine Maid zu lieben, und gewiß auch nicht, ihre Gunst zu erringen. In alldem stehe ich hier frei von jeder Schuld.«

Zustimmendes Murmeln erhob sich unter den Umstehenden, so überzeugend hatte Dick seine Unschuld beteuert, doch zugleich erhoben sich auf der anderen Seite anklagende Stimmen und berichteten lautstark, daß Dick in der Nacht zuvor in Sir Daniels Haus gefunden worden sei und daß er auf gotteslästerliche Weise eine Mönchsverkleidung trage. Inmitten dieses Stimmenbabels wies dann auch noch Sir Oliver mit Wort und Geste auf Lawless als Mitschuldigen hin. Auch dieser wurde aus seinem Chorstuhl gezerrt und neben Dick zu Boden geschleudert. Die Gefühle der Menge schlugen hoch wie Meereswogen, und während einige die Gefangenen nach hier und dort zogen, um ihre Flucht zu begünstigen, beschimpften sie andere und schlugen sie mit den Fäusten. Dick rauschte es in den Ohren, und sein Hirn war umnebelt, als hätten die Wirbel eines reißenden Flusses ihn erfaßt.

Doch der große Mann, der Dick schon geantwortet hatte, stellte durch seine erstaunlich kraftvolle und achtunggebietende Stimme die Stille und Ordnung in der Kirche wieder her.

»Durchsucht sie nach Waffen!« befahl er. »Daran können wir ihre Absichten erkennen.«

Bei Dick fand man außer seinem Dolch keine weiteren Waffen, was schon zu seinen Gunsten sprach – bis einer der Umstehenden diesen Dolch aus der Scheide zog und Blut daran fand. Darauf erhob sich lautes Geschrei unter den Anhängern Sir Daniels, das der große Mann aber sofort mit einer Geste und einem gebieterischen Blick unterdrückte. Als aber Lawless an die Reihe kam, entdeckte man bei ihm das Bündel von Pfeilen, die denen glichen, die kurz zuvor von der Empore abgeschossen worden waren.

»Was sagt Ihr dazu?« herrschte der große Mann Dick an, wobei er die Brauen furchte.

»Sir«, antwortete Dick, »ich bin doch hier an einer Freistätte, nicht wahr? Nun, Sir, ich sehe an Eurer Erscheinung, daß Ihr von hoher Stellung seid, und lese in Eurem Antlitz die Zeichen der Frömmigkeit und Gerechtigkeit. *Euch* will ich mich hoffnungsvoll als Gefangener in die Hände geben, im Verzicht auf das Recht dieses heiligen Ortes. Ehe Ihr mich aber der Gewalt dieses Mannes da überantwortet – den ich vor allen Anwesenden hier als Mörder meines Vaters beschuldige, der mir widerrechtlich meine Ländereien und Einkünfte vorenthält –, flehe ich Euch an, mich mit Eurer edlen Hand auf der Stelle zu töten. Ihr habt doch vernommen, wie dieser Mann mir mit Folter drohte, noch bevor mir irgendeine Schuld bewiesen werden konnte! Es steht Eurer Ehre nicht an, mich meinem geschworenen Feind und Unterdrücker auszuliefern, sondern mich vor dem Gesetz gerecht behandeln zu lassen und mich barmherzig hinzurichten, sollte ich doch für schuldig befunden werden.«

»Mylord«, rief Sir Daniel, »Ihr werdet doch nicht auf die Worte dieses Wolfes hören? Sein blutiger Dolch beweist, daß er lügt!«

»Nun ja – aber erlaubt mir, guter Ritter«, entgegnete der große Fremde, »Euch darauf aufmerksam zu machen, daß Eure Heftigkeit doch ziemlich gegen Euch spricht.«

In diesem Augenblick riß sich die Braut, die einige Minuten zuvor wieder zu sich gekommen war und sich mit wirrem Blick umgeschaut hatte, von denen los, die sie festhielten, und warf sich dem Fremden vor die Füße.

»Earl of Risingham«, rief sie inbrünstig, »hört mich an! Ich bin hier im Gewahrsam des Mannes, der mich mit Gewalt meinen eigenen Leuten geraubt hat. Seit jenem Tag habe ich von niemandem Mitleid oder Trost erfahren – nur von Richard Shelton, den man jetzt beschuldigt. Mylord, wenn Richard letzte Nacht in Sir Daniels Haus war, liegt es daran, daß *ich* ihn dorthin brachte. Er kam nur auf mein Flehen und hatte nicht die Absicht, Unschuldigen ein Leid zu tun. Solange Sir Daniel ihm ein guter Gebieter war, focht Richard treu in dessen Gefolge gegen den Schwarzen Pfeil, doch als ihm sein schändlicher Vormund mit List nach dem Leben trachtete, flüchtete er bei Nacht, um seiner Seele willen, hilflos und mittellos aus dem blutigen Haus. Wohin sollte er sich wenden? Sollte er in schlechte Gesellschaft geraten sein – wen wollt Ihr dafür tadeln? Richard, der so ungerechte Behandlung erfuhr? Oder den Vormund, der das in ihn gesetzte Vertrauen so schändlich mißbrauchte?«

Dann fiel auch die kleine junge Dame an Joannas Seite auf die Knie.

»Und ich, mein guter Herr und Oheim«, fügte sie hinzu, »schwöre auf mein Gewissen, daß es wahr ist, was Joanna erzählt hat. Ich Unwürdige war es, die diesen jungen Mann ins Haus führte.«

Der Earl of Risingham hatte still zugehört, und als die Stimmen schwiegen, stand er immer noch stumm da. Dann reichte er Joanna die Hand und half ihr auf, obgleich zu bemerken war, daß er diese Höflichkeit nicht der anbot, die sich als seine Nichte bezeichnet hatte.

»Sir Daniel«, sagte er schließlich, »hier handelt es sich um eine sehr verwickelte Affäre, die ich – mit Verlaub – untersuchen und beurteilen werde. Seid gewiß, daß Eure Angelegenheit in guten Händen ist. Die Gerechtigkeit wird ihren Lauf nehmen. In der Zwischenzeit begebt Euch nach Hause und laßt Eure Wunden behandeln. Obendrein ist es beißend kalt, und ich möchte nicht, daß Ihr Euch zu diesen Wunden auch noch eine Erkältung holt.«

Er machte eine Handbewegung, die von eilfertigen Dienern, die auch die kleinste seiner Gesten beobachteten, das Kirchenschiff hinunter weitergegeben wurde. Sofort erschallte ein gellendes Trompetensignal außerhalb der Kirche, und durch das offene Tor begannen Bogenschützen und andere Waffenträger in den Farben und mit der Kokarde des Earl of Risingham in die Kirche zu strömen, nahmen Dick und Lawless aus den Händen derjenigen, die sie immer noch hielten, schlossen ihre Reihen um die Gefangenen und marschierten mit ihnen hinaus.

Als sie an Joanna vorbeikamen, streckte das Mädchen Dick beide Hände hin und wünschte ihm von Herzen Glück. Die Brautjungfer, die durch das offensichtliche Mißfallen ihres Onkels nicht im mindesten niedergeschlagen wirkte, warf ihm einen Kuß zu mit den Worten: »Nur Mut, Löwentreiber!« was zum erstenmal seit dem Mordanschlag ein Lächeln auf den Gesichtern der Menge erscheinen ließ.

EARL OF RISINGHAM

Der Earl of Risingham, obgleich zu der Zeit die wichtigste in Shoreby anwesende Persönlichkeit, war im Haus eines örtlichen Edelmannes am äußersten Stadtrand nicht gerade standesgemäß untergebracht. Nur die bewaffneten Wachen an den Türen und die berittenen Boten, die kamen und gingen, ließen erkennen, daß es sich um den vorübergehenden Aufenthaltsort eines mächtigen Adeligen handelte.

So kam es, daß Dick und Lawless aus Mangel an Räumlichkeiten zusammen in ein Zimmer geworfen wurden.

»Ihr habt gut gesprochen, Master Richard«, zollte Lawless ihm Anerkennung. »Sehr gut gesprochen, wofür ich

Euch von Herzen danken möchte! Hier sind wir in guten Händen. Es wird gerecht über uns entschieden werden, so daß man uns irgendwann heute abend anständig an den gleichen Baum hängt.«

»In der Tat, mein armer Freund, der Meinung bin ich auch«, antwortete Dick.

»Jedoch haben wir noch eine Sehne für unseren Bogen«, fuhr Lawless fort. »Ellis Duckworth ist ein Mann, wie es unter zehntausend nur einen gibt. Er hat Euch gewiß ins Herz geschlossen, auch um Eures Vaters wegen. Und weil er weiß, daß das Recht auf Eurer Seite ist, wird er Himmel und Hölle in Bewegung setzen, um Euch zu helfen.«

»Er könnte nichts bewirken«, meinte Dick. »Was soll er denn tun? Er hat doch nur eine Handvoll Männer. Ach, wäre der morgige Tag doch schon angebrochen! Könnte ich eine gewisse Verabredung eine Stunde vor morgen mittag einhalten – ich glaube, dann wäre alles anders. Aber so gibt es wohl keine Hilfe mehr für uns.«

»Nun«, meinte Lawless, »wenn Ihr für meine Unschuld einsteht, werde ich für Eure einstehen – mit unerschütterlichem Sinn! Es mag nichts nützen, aber wenn ich schon hängen muß, soll es wenigstens nicht aus Mangel an Schwüren geschehen!«

Während Dick sich seinen Gedanken hingab, kauerte der alte Spitzbube sich in eine Ecke, zog seine Mönchskapuze übers Gesicht und gab sich dem Schlaf hin. Bald schnarchte er, was das Zeug hielt. Ein langes Leben der Entbehrungen und Abenteuer hatte ihn stumpf für Sorgen und Ängste gemacht.

Es war lange nach der Mittagszeit, und das Tageslicht nahm schon ab, als endlich die Tür geöffnet und Dick die Treppe hinaufgeführt wurde, wo er den Earl of Risingham vorfand, der in einem warmen Studierzimmer nachdenklich vor dem Kaminfeuer saß.

Beim Eintritt seines Gefangenen schaute der Earl auf.

»Junger Mann«, sagte er, »ich kannte Euren Vater, der ein Ehrenmann war, so daß ich zu größerer Milde Euch gegenüber geneigt bin. Aber ich kann ja nicht leugnen, daß schwerwiegende Beweise gegen Euch vorliegen. Ihr macht gemeinsame Sache mit Mördern und Räubern. Es ist klar bewiesen, daß Ihr des Königs Frieden verletzt habt. Überdies steht Ihr im Verdacht, als Seeräuber von einem Schiff Besitz ergriffen zu haben. Ihr wurdet in Verkleidung lauernd im Haus Eures Feindes gefunden. An eben diesem Abend wurde ein Mann getötet ...«

»Mit Verlaub, Mylord«, unterbrach ihn Dick, »ich will sofort meine Schuld gestehen, soweit ich schuldig bin. Ich habe diesen Rutter getötet, das geb' ich zu, und was die Beweise betrifft«, er suchte in seinem Wams, »so ist hier ein Brief aus seiner Geldbörse.«

Der Earl of Risingham nahm den Brief, öffnete ihn und las ihn zweimal.

»Habt Ihr ihn gelesen?« wollte der Earl wissen.

»Ja«, antwortete Dick.

»Seid Ihr für York oder für Lancaster?«

»Mylord, es ist erst kurze Zeit her, daß man mir dieselbe Frage stellte, und ich wußte nicht, wie ich sie beantworten sollte«, erklärte Dick, »aber da ich mich zu einer Antwort entschlossen hatte, so will ich nun auch dabei bleiben: Mylord, ich bin für York.«

Der Earl nickte anerkennend.

»Das ist ehrlich gesprochen«, sagte er. »Aber warum habt Ihr mir dann diesen Brief ausgehändigt?«

»Wie – verachten denn nicht alle einen Verräter, Mylord?« rief Dick.

»Ich wünschte, es wäre so, junger Herr«, entgegnete der Earl, »und ich pflichte Euch darin auch bei. Es ist mehr jugendliche Unerfahrenheit als Arglist in Euch, wie ich erkenne, und wäre nicht Sir Daniel ein mächtiger Mann auf unserer Seite, so wäre ich jetzt schon geneigt, Euch recht zu geben. Ich habe nämlich Erkundigungen eingezogen, so daß es mir scheint, Ihr habt viel erleiden müssen und viel zu Eurer Entschuldigung vorzubringen. Aber bedenkt, junger Mann – ich bin vor allem ein Führer für die Sache der Königin, und obgleich ich von Natur aus ein gerechter Mann bin und sogar zu einem Übermaß an Barmherzigkeit neige, so muß ich doch mein Handeln nach dem Interesse meiner Partei richten, und dazu gehört, daß ich zu Sir Daniel stehe.«

»Mylord«, entgegnete Dick, »verzeiht, daß ich *Euch* einen Rat zu geben wage, aber meint Ihr, daß Ihr auf Sir Daniels Treue vertrauen könnt? Mir scheint, er hat die Seiten unerträglich oft gewechselt.«

»Nun, so ist es eben in England, was will man dagegen machen?« meinte der Earl. »Aber was die Treue in dieser treulosen Generation betrifft, so kann ich Euch sagen, daß Ihr ungerecht zum Ritter von Tunstall seid, denn er ist in letzter Zeit dem Hause Lancaster ehrenvoll treu gewesen. Trotz einiger Mißgeschicke in letzter Zeit hat er fest zu uns gehalten.«

»Dann bitte ich Euch«, entgegnete Dick, »einen Blick auf diesen Brief zu werfen. Dann werdet Ihr Eure Meinung über ihn wohl ändern.« Er reichte dem Earl den Brief Sir Daniels an Lord Wensleydale.

Die Wirkung zeigte sich jäh auf dem Gesicht des Earl. Er blickte drohend wie ein wütender Löwe, und seine Rechte ergriff mit einer heftigen Bewegung den Knauf seines Dolchs.

»Ihr habt es auch gelesen?« fragte er Dick.

»So ist es. Und ich las darin, daß Sir Daniel Euren Besitz dem Lord Wensleydale anbietet.«

»Meinen *eigenen* Besitz!« fauchte der Earl. »Ich bin Euch

für diesen Brief sehr zu Dank verpflichtet, zeigt er mir doch die List und Tücke von Sir Daniel. Verfügt über mich, Master Shelton. Ich will mit Dankbarkeit nicht geizen, und um damit einen Anfang zu machen – ob nun York oder Lancaster, ob ehrlicher Mann oder Dieb – ich lasse Euch hiermit frei. Geht in der Mutter Gottes Namen! Aber nehmt es als gerechte Strafe hin, daß ich Euren Gefährten Lawless hängen lasse. Das Verbrechen war zu offensichtlich, so daß eine ebenso offensichtliche Vergeltung geübt werden muß.«

»Mylord, meine erste Bitte als freier Mann an Euch lautet, auch meinen Gefährten freizulassen«, flehte Dick.

»Er ist ein alter, schon manches Mal verurteilter Gauner, Dieb und Vagabund, Master Shelton«, entgegnete der Earl. »Seit langem schon ist er reif für den Galgen. Und ob nun für dieses oder ein anderes Verbrechen, ob nun heute oder morgen – was macht es schon für einen Unterschied?«

»Aber, Mylord, er ist aus Anhänglichkeit zu mir hierher gekommen«, antwortete Dick, »so daß ich schurkisch und undankbar wäre, ihn im Stich zu lassen.«

»Master Shelton, Ihr seid wahrlich unbequem«, entgegnete der hohe Mann streng. »Das ist gewiß ein schlechter Weg, auf dieser Welt Erfolg zu haben. Aber gut. Um nicht mehr mit dieser Sache behelligt zu werden, will ich Eurer Bitte stattgeben. So geht denn beide, aber geht wachsam und geschwind aus der Shoreby-Stadt, denn dieser Sir Daniel – der Teufel möge ihn holen – dürstet nach Eurem Blut.«

»Ich danke Euch von Herzen, Mylord, und hoffe, Euch bald einen Teil meiner Schuld in Diensten zu vergelten«, erwiderte Dick und schickte sich an, das Zimmer zu verlassen.

NOCH EINMAL ARBLASTER

Als Dick und Lawless gestattet wurde, sich durch eine Hintertür aus dem Haus zu schleichen, in dem der Earl of Risingham seine behelfsmäßige Residenz aufgeschlagen hatte, war der Abend gekommen.

Sie hielten im Schutz der Gartenmauer, um zu beratschlagen, was nun zu tun sei. Die Gefahr war groß. Wenn einer von Sir Daniels Leuten sie erblickte und Alarm schlug, würden sie auf der Stelle niedergemacht. Zum einen war die Stadt Shoreby ein Gefahrennest für ihr Leben, zum anderen jedoch bestand in freiem Gelände die Gefahr für sie, von Streifen aufgegriffen zu werden.

In einiger Entfernung, auf offenem Feld, erblickten sie eine Windmühle und ganz in der Nähe einen großen Kornspeicher mit geöffneten Toren.

»Wie wär's, wenn wir dort bis zum Einbruch der Nacht abwarten?« schlug Dick vor.

Da Lawless keinen besseren Vorschlag hatte, eilten sie geradewegs zu dem Kornspeicher und versteckten sich im Heu, das hinter der Tür lag. Das Tageslicht nahm schnell ab, und der Mond versilberte den gefrorenen Schnee. Jetzt oder nie war die Gelegenheit für sie gekommen, unbemerkt die ›Ziege und die Dudelsäcke‹ zu erreichen und ihre nun gefährliche Verkleidung abzulegen. Doch auch zu dieser abendlichen Stunde war es ratsam, einen Umweg um die Stadt zu machen, um nicht den Marktplatz überqueren zu müssen, wo sie angesichts der Menschenansammlung Gefahr liefen, erkannt und niedergemetzelt zu werden.

Der Umweg war sehr lang. Er führte die Gefährten nicht weit an dem Haus beim Strand vorbei, das jetzt dunkel und still dalag, und brachte sie schließlich zum Rand des

Hafens. Im hellen Mondlicht konnten sie erkennen, daß viele Schiffe den Anker gelichtet hatten und das ruhige Wetter nutzten, um auf Fahrt zu gehen. Entsprechend waren die primitiven Bierhäuser am Strand – obwohl unter Verletzung der Sperrstunde immer noch von Kerzen und Kaminfeuern erleuchtet – nicht mehr mit Gästen vollgestopft und hallten nicht länger von Seemannsliedern wider.

Die Mönchskutten bis zum Knie hochgezogen, stapften sie durch den tiefen Schnee und schlängelten sich durch das Labyrinth aus Wrackholz. Sie waren schon mehr als halb um den Hafen herum und kamen an einem Bierhaus vorbei, als dessen Tür plötzlich aufging und sich ein Lichtschwall auf ihre flüchtenden Gestalten ergoß.

Sie hielten sofort an und gaben vor, in ein ernstes Gespräch vertieft zu sein.

Drei Männer kamen einer nach dem anderen aus dem Bierhaus; der letzte schloß die Tür hinter sich. Alle waren unsicher auf den Füßen, als hätten sie den Tag mit Trinkgelagen verbracht, und standen nun schwankend im Mondlicht wie Männer, die nicht wußten, was sie tun sollten. Der größte von ihnen sprach mit lauter, klagender Stimme:

»Sieben Fässer vom besten Gascogny-Wein, der jemals angestochen wurde ... das beste Schiff von Darmouth-Hafen mit vergoldeter Marienfigur ... dreizehn Goldpfund Sterling ...«

»Auch ich hatte schlimme Verluste, Gevatter Arblaster«, unterbrach ihn einer der anderen. »Zur Martinsmesse raubten sie mir fünf Shilling und eine Geldbörse aus Leder, die neun Pennies und Farthing wert war.«

Dick schlug das Herz bis zum Hals, als er das hörte. Bis zu diesem Moment hatte er gar nicht mehr an den armen Seemann gedacht, der durch die Zerstörung der *Good Hope* ruiniert worden war. Diese plötzliche Begegnung erinnerte Dick an die rücksichtslose Durchführung dieses völlig mißglückten Unternehmens, so daß er – und auch Lawless – das Gesicht nach der anderen Seite wandten, um nicht erkannt zu werden.

Der Schiffshund jedoch war aus dem Wrack entflohen und hatte seinen Weg zurück nach Shoreby gefunden. Er folgte auf Arblasters Fersen, schnüffelte plötzlich, spitzte die Ohren und flitzte nach vorn, um sich vor den beiden falschen Mönchen hinzustellen und wütend zu kläffen.

Sein Herr folgte ihm mit unsicheren Schritten.

»He, Fahrensleute«, rief er, »habt Ihr vielleicht einen Penny für einen alten Skipper übrig, der von Piraten in den Ruin getrieben wurde? Ich bin ein Mann, der Euch beide noch am Donnerstag morgen eingeladen hätte – und bettle nun am Samstag abend um einen Humpen Bier! Fragt meinen Freund Tom hier, wenn Ihr mir nicht glaubt. Sieben Fässer guten Gascogny-Wein, ein Schiff, das mein eigen war und zuvor meinem Vater gehörte, eine gesegnete Marienfigur aus vergoldetem Platanenholz und dreizehn Pfund Sterling in Gold und Silber. Nun, was sagt Ihr dazu? Und das einem Mann, der gegen die Franzosen gekämpft hat – jawohl, das hab' ich! Ich hab' auf hoher See mehr Franzosenkehlen durchgeschnitten als jede andere Teerjacke, die von Dartmouth lossegelte. Also kommt, ein Penny!«

Weder Dick noch Lawless wagten, Arblaster zu antworten, aus Furcht, er könnte ihre Stimmen erkennen. So standen sie hilflos da wie winzige gestrandete Schiffe und wußten nicht, wohin sie sich wenden und was sie hoffen sollten.

»Seid Ihr stumm, Kerle?« wollte der Skipper schließlich grob wissen. »Freunde«, fügte er mit einem Schluckauf und trunkener Zunge hinzu, »ich mag diese Art von

Unhöflichkeit gar nicht, denn wenn ein Mann stumm ist, kann er dennoch höflich sein und sprechen, wenn er angeredet wird, wie mir scheint.«

Zu diesem Zeitpunkt schien sein Matrose Tom, ein Mann von gewaltigen Körperkräften, bereits Verdacht geschöpft zu haben, was die beiden sprachlosen Gestalten betraf. Da er nicht so betrunken war wie sein Kapitän, trat er plötzlich an Lawless heran, packte ihn grob bei der Schulter und fragte ihn fluchend, was es denn bedeuten solle, daß er keine Antwort gab. Darauf reagierte der Gesetzlose – der alles schon verloren glaubte – mit einer Ringerfinte, daß der Seemann in den Sand geschleudert wurde. Dann rief er Dick zu, ihm zu folgen, und rannte zwischen den Wrackteilen davon.

Das alles geschah binnen einer Sekunde. Doch bevor Dick loslaufen konnte, hatte Arblaster schon seine Arme um ihn geschlungen, und Tom, der herbeigekrochen war, ergriff ihn an einem Fuß. Der dritte Mann schwang ein Entermesser über seinem Kopf.

Es war nicht so sehr die Gefahr oder der Zorn, die den Mut des jungen Shelton sinken ließen – es war die tiefe Demütigung, Sir Daniel entflohen zu sein, den Earl of Risingham überzeugt zu haben und nun hilflos in die Hände dieses alten betrunkenen Seemanns zu fallen. Und nicht nur hilflos, sondern – wie sein Gewissen ihm nun, da es zu spät war, laut zurief – tatsächlich schuldig: als zahlungsunfähiger Schuldner jenes Mannes, dessen Schiff er gestohlen und zum Wrack gemacht hatte.

»Bringen wir ihn ins Bierhaus, damit ich sein Gesicht richtig sehen kann«, sagte Arblaster.

»Nicht doch so eilig«, entgegnete Tom. »Laßt uns zuerst seine Geldbörse leeren, bevor die anderen da drinnen auch einen Anteil davon wollen.«

Obgleich sie Dick von Kopf bis Fuß durchsuchten, fanden sie nicht einen Penny bei ihm – nichts als Lord Foxhams Siegelring, den sie ihm gierig vom Finger rissen.

»Wollen wir doch mal sein Gesicht ins Mondlicht rücken«, sagte der Skipper, ergriff Dick beim Kinn und drückte dessen Kopf grob nach hinten. »Heilige Mutter Gottes!« rief er dann, »das ist ja der Pirat!«

»Potzblitz, der kommt gerade recht!« meinte Tom.

»Ja, bei der Jungfrau von Bordeaux, das ist der Mann!« wiederholte Arblaster. »Seeräuber, hab' ich dich endlich! Wo ist mein Schiff, wo ist mein Wein? Jetzt bist du endlich in meinen Händen. – Tom, gib mir ein Ende von dem Strick dort. Ich will diesen Piraten so zusammenschnüren wie einen Truthahn vor dem Braten. Und dann werde ich ihn nach allen Regeln der Kunst verprügeln!«

Gesagt, getan. Arblaster wand den Strick mit der Seeleuten eigenen Geschicklichkeit um Dicks Arme und Beine. Nach jeder Windung, bei jeder Kreuzung sicherte er das Seil mit einem Knoten und zog es mit roher Kraft straff.

Als er aufhörte, war Dick bloß noch ein Bündel in seinen Händen, schlaff wie eine Leiche. Der Skipper hielt ihn auf Armeslänge von sich und lachte laut. Dann versetzte er ihm eine schallende Ohrfeige, drehte ihn um und stieß ihn immer wieder mit den Füßen. In Dicks Brust stieg die Wut wie ein Sturm auf und raubte ihm schier den Atem, daß er glaubte, sterben zu müssen, doch als der Schiffer seines grausamen Spiels müde wurde, Dick der Länge nach in den Sand fallen ließ und sich seinen Gefährten zuwandte, erlangte er sofort wieder die Beherrschung. Er hatte einen kurzen Aufschub. Bis die drei sich wieder daranmachen würden, ihn zu schinden, hatte er vielleicht einen Fluchtweg aus dieser demütigenden und fatalen Lage gefunden.

Während seine Bezwinger sich noch besprachen, was sie mit ihm anstellen sollten, nahm Dick all seinen Mut zusammen und sprach sie mit ziemlich fester Stimme an:

»Ihr Herren«, begann er, »habt Ihr denn völlig den Verstand verloren? Hier hat Euch der Himmel eine Gelegenheit in die Hände gespielt, wie sie einem Fahrensmann selten zuteil wird, ja, wie Ihr sie bei dreißig Übersee-Abenteuern nicht finden mögt – und, bei allen Heiligen, was tut Ihr? Ihr schlagt mich wie zornige Kinder. Erfahrene Seebären, die weder Feuer noch Wasser fürchten und die Gold so lieben wie saftigen Rinderbraten, würden klüger handeln als Ihr.«

»Ah«, bemerkte Tom, »jetzt, wo du wie ein Paket verschnürt bist, willst du uns mit List täuschen.«

»Euch täuschen?« wiederholte Dick. »Nun, wenn Ihr Narren seid, wäre das leicht. Aber wenn Ihr kluge Köpfe seid, wie ich wohl meine, werdet Ihr erkennen, wo Eure Vorteile liegen. Als ich Euer Schiff nahm, da waren wir viele. Wir waren gut gekleidet und bewaffnet. Denkt doch ein wenig nach – wer hatte wohl ein solches Aufgebot erstellt? Zweifellos jemand, der viel Gold besitzt. Und wenn dieser Jemand, wo er doch schon so reich ist, weiterhin nach Gold jagt, sogar bei Sturm und Unwetter – könnte da nicht irgendwo ein Schatz verborgen sein?«

»Was meint er damit?« fragte einer der anderen.

»Nun, wenn Ihr ein altes Skiff mit ein paar Krügen sauren Wein verloren habt«, fuhr Dick fort, »dann vergeßt es, und begebt Euch statt dessen auf ein Abenteuer, das diesen Namen verdient und das Euch binnen zwölf Stunden für immer reich machen kann. Aber zuvor nehmt mich von diesem kalten Boden hier auf und laßt uns zu einem Ort gehen, wo wir bei einer Flasche reden können, denn ich bin gar wund und steif gefroren, und mein Mund liegt halb im Schnee.«

»Der versucht nur, uns zu täuschen«, sagte Tom verächtlich.

»Täuschen?« rief der dritte Mann. »Ich möchte den

sehen, der *mich* täuschen kann! Potzblitz, ich bin doch nicht von gestern und kann eine Kirche erkennen, wenn sie einen Glockenturm hat! Also, Gevatter Arblaster – mir scheint, es ist Vernunft in den Worten dieses jungen Burschen. Sollten wir ihn nicht anhören und erst dann urteilen?«

»Ich würde sehr gern einen Humpen starkes Bier kippen, mein guter Master Pirret«, entgegnete Arblaster. »Was meint Ihr, Tom? Aber die Geldbörse ist leer.«

»Ich werde zahlen«, meinte der andere, »denn ich will die ganze Geschichte hören. Auf mein Gewissen, ich glaube, da steckt Gold für uns drin.«

»Bewahre, wenn Ihr abermals in den Trunk verfallt, ist sowieso alles verloren!« warnte Tom.

»Gevatter Arblaster, Ihr erlaubt Eurem Matrosen zu viel Freiheit«, entgegnete Master Pirret. »Wollt Ihr Euch denn von einem Lohnhelfer leiten lassen? Das hätt' ich nicht von Euch gedacht.«

»Hast du gehört? Sei ruhig, Mann!« sagte Arblaster darauf zu Tom. »Es ist wahrlich weit gekommen, wenn die Mannschaft dem Kapitän Vorschriften macht!«

»Potzblitz, dann handelt doch nach Eurem Belieben«, entgegnete Tom. »Ich wasche meine Hände in Unschuld.«

»Also stellt ihn auf die Füße«, riet Master Pirret. »Ich kenne ein verschwiegenes Plätzchen, wo wir trinken und reden können.«

»Wenn ich gehen soll, meine Freunde, müßt Ihr meinen Füßen die Freiheit geben«, sagte Dick, als er aufrecht wie ein Zaunpfahl hingestellt worden war.

»Da hat er recht!« Pirret lachte. »So kann er wirklich nicht gehen – zusammengeschnürt wie er ist. Heraus mit Eurem Messer, Gevatter, und die Fußfesseln aufgeschnitten!«

Arblaster zögerte, der Aufforderung nachzukommen,

doch als sein Gefährte ihn weiterhin drängte und Dick klugerweise Gleichgültigkeit vorgab und auf die Verzögerung mit einem Achselzucken reagierte, gab der Skipper endlich nach und schnitt die Stricke durch, mit denen des Gefangenen Füße und Beine gebunden waren. Nun konnte Dick nicht nur gehen – das ganze Netzwerk seiner Einschnürung wurde gelockert, so daß er fühlte, wie sein Arm auf dem Rücken sich schon ein wenig bewegen ließ, was in ihm die Hoffnung weckte, ihn mit Zeit und Mühe gänzlich freizubekommen. Und das alles hatte er nur der Dummheit und Gier des Master Pirret zu verdanken.

Dieser würdige Kumpan des Kapitäns übernahm nun die Führung zu dem gleichen primitiven Bierhaus, wohin Lawless Arblaster am Tag des Sturmes gebracht hatte. Es war jetzt fast leer. Das Feuer war ein Haufen glühender Asche, die gewaltige Hitze ausstrahlte. Nachdem sie sich gesetzt hatten, stellte der Wirt einen Krug Warmbier vor sie hin, und sowohl Pirret als auch Arblaster streckten die Beine aus und winkelten die Arme an wie Männer, die sich auf eine angenehme Stunde vorbereiteten.

Der Tisch, an dem sie saßen, bestand wie alle anderen in dieser Schänke aus einer schweren, quadratischen Holzplatte, die auf zwei Fässern ruhte. Jeder der vier Zecher, die so wenig zueinander paßten, saß an einer Seite dieses Quadrats – Pirret gegenüber Arblaster und Dick im Angesicht des einfachen Matrosen.

»Und nun, junger Freund«, sagte Pirret, »zu Eurer Geschichte. Es scheint wirklich so, daß Ihr unserem Gevatter Arblaster großen Schaden zugefügt habt, also macht es wieder gut! Zeigt ihm die Möglichkeit, ein reicher Mann zu werden, und ich lege meine Hand ins Feuer, daß er Euch vergeben wird.«

Bis jetzt hatte Dick ziemlich aufs Geratewohl gesprochen, aber nun wurde es unter drei mißtrauischen Augenpaaren unumgänglich, eine phantastische Geschichte zu erfinden, sie an den Mann zu bringen und – wenn irgend möglich – den so wichtigen Siegelring wieder in die Hände zu bekommen. Das erste Gebot jedoch war, Zeit zu gewinnen. Je länger sie in dieser Spelunke blieben, um so mehr würden seine Bewacher trinken, und um so erfolgversprechender würde ein Fluchtversuch sein.

Nun, Dick hatte nicht viel Phantasie, und was er erzählte, ähnelte sehr der Geschichte von Ali Baba, wobei Shoreby und der Wald von Tunstall die Stelle des Orients einnehmen mußten und die Schätze eher aufgebauscht als herabgesetzt wurden. Wie der Leser ja wohl weiß, ist es eine ausgezeichnete Geschichte, die nur einen Fehler hat – sie ist nicht wahr. Doch als die drei einfältigen Seeleute sie nun zum erstenmal hörten, quollen ihnen die Augen hervor, und ihre Münder standen offen wie die eines Kabeljaus im Fischladen.

Bald wurde nach einer zweiten Runde Warmbier gerufen, und während Dick sein Garn kunstvoll weiterspann, folgte eine dritte.

Danach sah die Lage so aus:

Arblaster, zu drei Vierteln betrunken und zur Hälfte eingeschlafen, hing hilflos auf seinem Schemel. Sogar Tom war entzückt von Dicks Erzählung, und seine Wachsamkeit hatte entsprechend nachgelassen. In der Zwischenzeit hatte Dick unbemerkt den rechten Arm aus den Fesseln gewunden und war bereit, alles zu wagen.

»Also«, meinte Pirret gebannt, »seid Ihr einer von denen?«

»Man hat mich dazu gemacht«, erwiderte Dick, »eigentlich gegen meinen Willen, aber ich könnte einen Sack Goldmünzen oder zwei von meinem Anteil herausholen, wenn ich töricht genug bin, meinen Posten als Bewacher in dieser dunklen, schmutzigen Höhle wieder aufzunehmen und erneut die Gefahr einzugehen, dabei umgebracht zu werden. Wir sind nun aber zu viert, und das ist schon viel besser! Laßt uns also morgen in der Früh, wenn die Sonne noch nicht aufgestiegen ist, in den Wald gehen. Falls wir einen Esel auftreiben können, wäre das noch besser – aber wenn nicht, haben wir ja unsere vier starken Schultern, und ich verspreche Euch, daß wir vor Goldlasten schwankend zurückkommen.«

Pirret leckte sich die Lippen.

»Und dieses magische Losungswort«, wollte er wissen, »womit die Höhle geöffnet wird, wie ist denn das?«

»Ach, keiner kennt es außer den drei Räuberhäuptlingen«, antwortete Dick, »aber es ist Euer großes Glück, daß gerade ich einen Zauber kenne, die Höhle zu öffnen. Dieser Zauber wird einmal nur im Jahr zuteil.«

»Ein Zauber!« wiederholte Arblaster, der Dick mit einem trüben Auge anschielte. »Nichts da, keinen Zauber! Ich bin ein guter Christ, da soll mein alter Tom Zeuge sein.«

»Aber nein, es ist weiße Magie«, entgegnete Dick, »und hat keineswegs mit dem Teufel zu tun, sondern ist nur die Macht von Zahlen und Kräutern und Planeten.«

»Da seht Ihr, Gevatter«, warf Pirret ein, »es ist weiße Magie und keine Sünde. Aber fahrt fort, guter Jüngling. Dieser Zauber, worin besteht er denn?«

»Das will ich Euch zeigen«, erwiderte Dick. »Habt Ihr den Siegelring, den Ihr vom Finger gezogen habt? Ja, den da. Nun haltet ihn mit der Fingerspitze auf Armlänge von Euch, zum Licht der glühenden Kohlen dort. Ja, so. Das wird den Zauber erwecken.«

Mit einem raschen Blick sah Dick, daß der Weg zur Tür frei war. Nach einem stummen Stoßgebet riß er den Arm aus der Fessel am Rücken, packte zielsicher den Ring und kippte gleichzeitig die Tischplatte auf den Matrosen Tom, daß dieser, die arme Seele, jammernd darunter lag. Bevor Arblaster begriff, daß etwas nicht in Ordnung war und Pirret die Kontrolle über seine vom Trunk berauschten Sinne erlangen konnte, war Dick schon durch die Tür und hinaus in die Mondnacht geflüchtet. Der Mond, der jetzt seinen höchsten Punkt am Himmel erreicht hatte, erleuchtete gemeinsam mit dem Schnee das freie Gelände und den Hafen fast so hell wie am lichten Tag, so daß die Gestalt des jungen Shelton, wie er mit geraffter Kutte zwischen den Wrackstücken dahinsprang, weithin sichtbar war.

Tom und Pirret folgten ihm mit Gebrüll, und aus allen Spelunken schlossen sich ihnen andere Seeleute an, die vom Getöse aufgescheucht worden waren. So wurde Dick bald von einer stattlichen Schar von Matrosen verfolgt. Doch Seebeine an Land waren auch im fünfzehnten Jahrhundert nicht sonderlich gut zu Wettläufen geeignet, so daß Dick, der ja einen guten Vorsprung hatte, diesen schnell vergrößern konnte, was ihn sogar in die Lage versetzte, am Anfang einer engen Gasse anzuhalten und lachend nach hinten zu schauen.

Auf dem schneebedeckten Boden wogten all die Fahrensleute von Shoreby wie eine dunkle Masse heran, die sich in ihrem rückwärtigen Teil in einzelne Klumpen aufteilte. Jeder von ihnen rief oder schrie, und jeder gestikulierte mit beiden Armen in der Luft. Einige fielen immer wieder hin, und andere stürzten über sie.

Das ohrenbetäubende Stimmengewirr war teils komisch, teils erschreckend für den Flüchtling, den sie ja schließlich jagten. An sich war es ungefährlich für Dick; schließlich wußte er, daß keiner dieser Männer ihn einholen konnte. Aber der Lärm war dermaßen gewaltig, daß er sämtliche Schläfer in Shoreby aufwecken und die dösenden Wachen auf die Straße treiben mußte – und *das* war wirklich eine Bedrohung. Als Dick einen dunklen Torweg in einer Ecke erspähte, stürmte er dort hinein, so daß die wilde Jagd an ihm vorbeiraste, immer noch rufend und gestikulierend, alle rot vor Eile und Anstrengung und weiß von den Stürzen in den Schnee.

Es dauerte eine ganze Weile, bis diese Invasion der Stadt vom Hafen her vorüber war, denn lange hörte man noch das Brüllen und Stampfen verirrter Seeleute, die in allen Richtungen und in jedem Stadtviertel durch die Straßen zogen. Darauf folgten Auseinandersetzungen, manchmal unter den Seeleuten selbst, manchmal mit den Männern der Streifen. Messer wurden gezogen, Stiche und Schläge ausgeteilt und empfangen, und mehr als eine Leiche blieb auf dem Schnee zurück.

Als eine volle Stunde später die letzten Seemänner murrend zum Hafen und ihren jeweiligen Tavernen zurückgekehrt waren, konnte man sich wohl die Frage stellen, ob auch nur einer von ihnen gewußt hatte, wen oder was er überhaupt verfolgt hatte. Doch selbst wenn dem so war, konnte sich zu diesem Zeitpunkt schon keiner mehr daran erinnern, denn am nächsten Morgen gingen viele seltsame Geschichten um, und wenig später glaubten alle Bewohner Shorebys fest an einen nächtlichen Besuch des Teufels in der Stadt.

Die Rückkehr der letzten Seemänner in die Spelunken befreite Dick aber noch nicht aus seiner Gefangenschaft im Torweg.

Noch lange Zeit darauf zogen die aufgescheuchten Ordnungsstreifen durch die Straßen, dazu Trupps von Soldaten, die ihrem jeweiligen Lord, dessen Schlaf so unsanft unterbrochen worden war, berichten mußten, was vor sich ging.

Die Nacht war schon ziemlich alt geworden, als Dick sich endlich aus seinem Versteck wagte und sicher, aber vor Kälte schlotternd und von den Schmerzen seiner Beulen und Blutergüsse geplagt, die ›Ziege und die Dudelsäcke‹ erreichte. Wie das Gesetz es befahl, war zu der Zeit weder ein Feuer noch eine brennende Kerze in diesem Haus, so daß Dick sich in den eisigen Gastraum tastete, eine dort liegende Decke ergriff, sie sich um die Schultern legte, zu dem nächsten Schläfer kroch und bald in den tiefen Schlaf der Erschöpfung fiel.

FÜNFTES BUCH
DER BUCKLIGE

DIE SCHRILLE TROMPETE

Sehr früh am nächsten Morgen, noch bevor der Tag heraufdämmerte, stand Dick auf, legte die Verkleidung ab, bewaffnete sich wieder wie ein Edelmann und machte sich auf den Weg zu Lawless' Höhle im Wald. Die Leser werden sich erinnern, daß Dick die Papiere Lord Foxhams in dieser Höhle gelassen hatte. Diese Papiere zu holen und rechtzeitig zu einem Treffen mit dem jungen Herzog von Gloucester zurückzukehren, konnte nur durch zeitigen Aufbruch und hurtiges Ausschreiten bewerkstelligt werden.

Der Frost war schärfer als zuvor, die Luft windstill und trocken und beißend in den Nasenlöchern. Der Mond war verschwunden, aber die Sterne standen noch hell und zahlreich am Himmel, und der Widerschein des Schnees war klar und ermunternd. Dick brauchte keine Lampe, um sich zurechtzufinden, und die ruhige, aber vor Kälte klirrende Luft ließ gar nicht erst die Versuchung aufkommen, langsam dahin zu wandern.

Dick hatte bereits den größten Teil des offenen Geländes zwischen Shoreby und dem Wald überquert und den Fuß des kleinen Hügels einige hundert Meter vorm Kreuz der Heiligen Jungfrau erreicht, als in der Stille des Morgens ein Trompetenstoß erschallte, so schrill und durchdringend, daß es Dick erschien, als hätte er nie zuvor etwas so Gellendes gehört. An den ersten Trompetenstoß schloß sich sogleich ein zweiter an, der von Waffenklirren gefolgt wurde.

Dick spitzte die Ohren, zog sein Schwert und lief den Hügel hinauf.

Als er in Sichtweite des Kreuzes gelangt war, sah er, daß auf der Straße vor dem Kreuz ein erbitterter Kampf tobte.

Sieben oder acht Bewaffnete drangen auf einen einzigen Mann ein, der aber behende genug war, seinerseits in wilder Verzweiflung auf seine Angreifer einzudringen und der das Gleichgewicht auf dem eisigen Boden so geschickt wahrte, daß er einen der Feinde getötet, einen anderen verwundet und den Rest abgewehrt und in Schach gehalten hatte, noch bevor Dick eingreifen konnte.

Es mutete wie ein Wunder an, daß der Fremde seine tapfere Verteidigung aufrechtzuerhalten vermochte, denn jeden Moment konnte ein Ausgleiten oder ein Fehlschlag mit der Waffe seinem Leben ein Ende bereiten.

»Haltet aus, Sir! Hier kommt Hilfe!« rief Richard. Er vergaß, daß er allein war, und stürmte mit dem reichlich unangebrachten Schlachtruf »Auf den Feind! Auf den Feind!« den Angreifern in den Rücken.

Die aber waren starke Kerle, die angesichts dieser Überraschung keinen Zoll zurückwichen, sondern sich umdrehten und mit erstaunlicher Wildheit über Dick herfielen. Vier gegen einen! Die Stahlklingen blitzten im Sternenlicht um Dick herum, Funken flogen, und einer der Gegner fiel zu Boden. Dann verspürte Dick einen heftigen Schlag auf den Kopf, und wenngleich die stählerne Kappe unter seiner Haube ihn schützte, sank er doch auf ein Knie, während ihm schwarz vor Augen wurde.

Inzwischen war der Mann, dem Dick zu Hilfe geeilt war, beim ersten Zeichen dieses Eingreifens zurückgesprungen, statt weiter am Kampf teilzunehmen, und hatte seine schrille Trompete, mit der er den Alarm gegeben hatte, noch einmal und heftiger geblasen. Doch im nächsten Moment drangen seine Feinde wieder auf ihn ein, so daß er ein weiteres Mal vorstieß, zurückwich, sprang, stach, auf ein Knie fiel und abwechselnd Schwert und Dolch, Fuß und Hand mit der gleichen unerschütterlichen Tapferkeit, fiebrigen Energie und Geschwindigkeit schwang.

Das trommelfellzerreißende Warnsignal aber war endlich gehört worden. Ein dumpfes Trampeln auf dem Schnee war zu vernehmen, und gerade noch rechtzeitig für Dick, der schon Schwertspitzen vor seiner Kehle blinken sah, ergoß sich von zwei Seiten ein Strom von Reitern in Eisenrüstungen mit heruntergeklappten Visieren und vorgehaltenen Lanzen auf den Kampfplatz. Von jedem Pferd sprang dann noch ein Bogenschütze oder Page herunter, so daß die Schar sich noch verdoppelte.

Die ursprünglichen Angreifer, die sich in der Minderzahl und eingekreist sahen, warfen ihre Waffen ohne ein Wort zu Boden.

»Ergreift mir diese Kerle!« befahl der Mann mit der Trompete. Als sein Befehl ausgeführt war, ging er zu Dick und schaute ihm ins Gesicht.

Dick, der den forschenden Blick erwiderte, war überrascht, in einem Kämpfer, der solche Stärke, Geschick und Energie gezeigt hatte, einen Burschen zu erkennen, der nicht älter war als er selbst und dazu ein wenig mißgestalt, denn eine Schulter war höher als die andere. Die Züge des Burschen waren blaß und schmerzverzerrt*, doch seine Augen blickten klar und kühn.

»Sir«, sagte der Bucklige schließlich, »Ihr seid gerade noch rechtzeitig gekommen.«

»Mylord«, erwiderte Dick – denn er hatte das Gefühl, es mit einer bedeutende Persönlichkeit zu tun zu haben –, »Ihr seid selbst ein so bewundernswürdiger Degenkämpfer, daß mir scheint, Ihr hättet Euch auch allein behaupten können. Für *mich* allerdings war es die Rettung, daß Eure Leute endlich eintrafen.«

* Richard Crookback (A.d.Ü.: ›Richard der Bucklige‹) müßte zu der Zeit weitaus jünger gewesen sein.

»Woher habt Ihr denn gewußt, wer ich bin?« fragte der Fremde.

»Auch jetzt, Mylord«, antwortete Dick, »weiß ich nicht, wer hier vor mir steht.«

»Ach, wirklich?« meinte der andere. »Und doch habt Ihr Euch kopfüber in diesen ungleichen Kampf gestürzt?«

«Ich sah, wie ein einziger Mann sich gegen viele verteidigte«, erwiderte Dick, »so daß ich mich entehrt gefühlt hätte, wäre ich ihm nicht zu Hilfe geeilt.«

Ein eigenartig spöttisches Lächeln spielte um die Lippen des jungen Edelmannes, als er darauf antwortete:

»Das sind hehre Worte! Aber nun zu wichtigeren Dingen. Seid Ihr für Lancaster oder für York?«

»Mylord, ich will kein Geheimnis daraus machen. Ich bin für York«, gab Dick zur Antwort.

»Bei allen Heiligen!« sprach der andere. »Das ist wahrlich gut für Euch.«

Darauf wandte er sich an einen seiner Gefolgsleute:

»Laßt mich«, fuhr er in dem gleichen ironischen und zugleich grausamen Tonfall fort, »ein sauberes Ende dieser kämpferischen Herren hier sehen. Fesselt sie!«

Es gab nur noch fünf überlebende Angreifer. Bogenschützen packten sie bei den Armen und zerrten sie zum Waldrand, wo jeder unter einen Baum angemessener Größe gestellt wurde. Ein Strick wurde auf die jeweils entsprechende Länge zugeschnitten, mit dessen Ende ein Kriegsknecht dann auf den Baum kletterte, um das Seil dort zu befestigen. Noch bevor eine Minute vergangen oder ein weiteres Wort gesprochen war, schwangen die fünf Männer an den Hälsen von den Bäumen.

»Und nun«, rief der verkrüppelte Anführer, »zurück auf Eure Posten! Wenn ich Euch das nächste Mal Zeichen gebe, dann kommt schneller!«

»Edler Herzog«, sagte darauf einer der Kämpfer zu dem

buckligen jungen Mann, »ich bitt' Euch, bleibt nicht allein hier zurück. Laßt wenigstens eine Handvoll Lanzenreiter zu Eurem Schutz hier.«

»Kerl«, antwortete der Herzog, »ich habe mich enthalten, Euch für Eure Saumseligkeit zu schelten. Deshalb wagt es nicht, mir jetzt auch noch zu widersprechen! Ich vertraue auf meine Hand und meinen Arm, obgleich ich einen Buckel trage. Ihr wart zu langsam, als die Trompete erklang, seid dafür jetzt aber zu schnell mit Euren Ratschlägen bei der Hand. Aber das ist ja immer so! Mit der Lanze als letzter und mit der Zunge als erster. Andersherum muß es sein!«

Und mit einer Geste, in der eine gefährliche herrische Vornehmheit lag, entließ der Herzog seine Männer.

Die Fußsoldaten kletterten wieder auf ihre Plätze hinter den Reitern, und die gesamte Truppe verstreute sich in wohl zwanzig verschiedenen Richtungen in die Deckung des Waldes.

Inzwischen dämmerte der Tag herauf, so daß die Sterne blasser wurden. Der erste graue Schimmer lag auf den Gesichtern der beiden jungen Männer, die sich wieder einander zuwandten.

»Nun habt Ihr meine Rache gesehen«, sagte der Herzog, »die wie meine Klinge ist, scharf und geschwind. Aber für alle Schätze der Welt möchte ich in Euren Augen nicht als undankbar gelten. Ihr, der mir mit einem guten Schwert und noch besserem Mut zu Hilfe geeilt seid – kommt an mein Herz, wenn Euch meine Mißgestalt nicht abstößt.«

Der junge Herzog breitete die Arme aus. In der Tiefe seines Inneren fühlte Dick großes Erschrecken und auch ein wenig Zorn auf den Mann, den er gerettet hatte, doch die Einladung war so herzlich ausgesprochen, daß es nicht nur unhöflich, sondern auch grausam gewesen wäre, sie auszuschlagen oder auch nur zu zögern. Also beeilte sich Dick, ihr Folge zu leisten.

»Und nun, Mylord«, sagte Dick, als er sich aus der der Umarmung des Herzogs löste, »möchte ich Euch fragen, ob ich richtig vermute, daß Ihr der Herzog von Gloucester seid?«

»Ja, ich bin Richard von Gloucester«, antwortete der andere. »Und Ihr? Wie nennt Ihr Euch?«

Dick sagte ihm seinen Namen und zeigte Lord Foxhams Siegelring, den der Herzog sofort erkannte.

»Ihr kommt zu rasch«, sagte er. »Aber warum sollte ich mich darüber beschweren? Ich seid wie ich, der zwei Stunden vor Tagesanbruch hier war, um Wache zu halten. Dies ist der erste Feldzug meiner Truppen, so daß bei diesem Abenteuer mein Ruf auf dem Spiel steht, Master Shelton. Dort hinten liegen meine Feinde, die von den beiden alten, erfahrenen Soldaten und Edelleuten Risingham und Brackley geführt werden, die beide mit großer Truppenstärke angetreten sind. Doch auf zwei Seiten sind sie ohne Rückzugsmöglichkeiten, eingeschlossen zwischen dem Meer, dem Hafen und dem Fluß. Mir scheint, Master Shelton, hier kann ein großer Schlag geführt werden – und zwar still und jäh.«

»Das glaube ich auch, Mylord«, pflichtete Dick dem Herzog bei.

»Habt Ihr die Auskünfte Lord Foxhams?« wollte der Herzog dann wissen.

Nachdem Dick erklärt hatte, daß er sie zur Zeit nicht bei sich trug, erkühnte er sich, Neuigkeiten zu berichten, die er selbst in Erfahrung gebracht hatte, die aber in jeder Hinsicht so wertvoll waren wie die Mitteilungen Foxhams.

»Wenn ich an Eurer Stelle wäre, Mylord«, fügte er schließlich hinzu, »und genug Leute hätte, würde ich jetzt schon angreifen, denn bedenkt, im Morgengrauen ist der Dienst der Nachtwachen vorbei, aber bei Tag werden keine Wachen aufgestellt – sie streifen nur mit Reitern durch die Umgebung der Stadt. Wenn also die Nachtwachen schon die Waffen abgelegt haben und die anderen beim Frühstück sind, wäre es doch die günstigste Zeit, die Feinde zu zerschmettern.«

»Wie viele habt Ihr denn gezählt?« fragte Gloucester.

»Ihre Anzahl ist geringer als zweitausend«, antwortete Dick.

»Ich habe siebenhundert Mann in den Wäldern hinter uns«, erklärte der Herzog. »Weitere siebenhundert folgen aus Kettley und werden bald hier sein. Hinter diesen kommen noch einmal vierhundert, und Lord Foxham hat fünfhundert weitere, die einen halben Tag von hier bei Holywood liegen. Sollen wir ihr Kommen abwarten oder gleich angreifen?«

»Mylord«, meinte Dick, »als Ihr diese armen Schurken hängen ließet, habt Ihr die Frage damit doch schon entschieden. Obgleich diese Kerle meuchlerische Halunken waren, wird man sie in diesen unsicheren Zeiten doch vermissen, nach ihnen suchen und Alarm geben. Deshalb, Mylord, wenn Ihr den Vorteil der Überraschung nutzen wollt, so habt Ihr – nach meiner unmaßgeblichen Meinung – nur noch eine Stunde vor Euch.«

»Das ist auch meine Meinung«, erwiderte der Bucklige. »Nun denn, bevor eine Stunde verstrichen ist, werden wir im dichtesten Handgemenge sein und uns Sporen verdienen. Ein schneller Mann muß mit Lord Foxhams Siegelring nach Holywood, ein anderer auf die Straße, unsere Saumseligen anstacheln. Bei allen Heiligen, Shelton, es ist zu schaffen!«

Darauf setzte der Herzog wieder seine Trompete an den Mund und blies.

Diesmal brauchte er nicht lange zu warten. Augenblicke später war das offene Gelände um das Kreuz voller Männer zu Pferde und Fuß. Richard von Gloucester stellte sich auf die Stufen des Kreuzpodests und sandte Boten über Boten aus, um das Sammeln der siebenhundert Mann, die in den umliegenden Wäldern versteckt lagen, zu beschleunigen. Bevor noch eine Viertelstunde verstrichen war, und nachdem alle vorbereitenden Maßnahmen durchgeführt waren, setzte er sich an die Spitze seiner Truppe und zog den Abhang nach Shoreby hinunter.

Der Plan war einfach. Der Herzog wollte erst einmal ein Viertel der Stadt Shoreby einnehmen, das auf der rechten Seite der Landstraße lag, und sich dort in den engen Gassen festsetzen, bis seine Verstärkungen eintrafen.

Falls der Earl of Risingham sich zum Rückzug entschloß, würde Richard ihm in seinem Rücken folgen und ihn in die Zange nehmen. Würde der Earl jedoch vorziehen, die Stadt zu halten, wäre er in einer Falle eingeschlossen, in der er allmählich durch die zahlenmäßige Übermacht zermalmt werden konnte.

Doch es gab eine Gefahr, die so unmittelbar wie beängstigend war: Gloucesters siebenhundert Mann könnten bei dem ersten Angriff überrannt und in Stücke gehauen werden. Um dies zu verhindern, war es notwendig, das Überraschungsmoment bestmöglich auszunutzen.

Deshalb mußten die Fußsoldaten wieder einmal hinter den Reitern auf die Pferde steigen. Dabei fiel die große Ehre auf Dick, hinter Gloucester selbst sitzen zu dürfen. Solange es Deckung gab, bewegten sich die Truppen verhältnismäßig langsam. Als sie das Ende der Baumreihe erreicht hatten, welche die Landstraße säumte, hielten sie an, um Atem zu schöpfen und zu erkunden.

Die Sonne stand nun schon hoch am Himmel und schien mit frostigem Glanz auf Shoreby, ein Feld aus schneebedeckten Dächern und rötlichen Giebeln, von dem Säulen aus morgendlichem Rauch aufstiegen.

Gloucester wandte sich an Dick.

»In dieser armseligen Ansammlung von Behausungen«, sagte er, »wo die Leute jetzt das Frühstück kochen, werdet Ihr Eure Sporen verdienen und ich ein Leben voller Ruhm und Glanz in den Augen der Welt beginnen – oder wir beide lassen dort unser Leben, und niemand wird mehr über uns reden. Zwei Richards sind wir. Nun denn, Richard Shelton, soll die Welt von uns beiden zu hören bekommen! Unsere Schwerter werden so laut auf den Helmen der Feinde klingen wie unsere Namen in der Leute Ohren!«

Dick war erstaunt über einen so großen Hunger auf Ruhm, der mit solcher Heftigkeit von Stimme und Wort ausgedrückt wurde. Er antwortete darauf in vernünftigem und ruhigem Tonfall, daß er auf jeden Fall seine Pflicht tun würde und keinen Zweifel daran hätte, daß der Sieg der ihre sei.

Bis zu diesem Zeitpunkt hatten die Pferde verschnauft, so daß der Herzog nun seinen Degen hob und seinem Tier die Zügel schießen ließ, worauf die gesamte Schwadron von Kampfrossen in Galopp ausbrach und mit ihrer doppelten Last von Bewaffneten den Rest des Abhangs hinunter und über die schneebedeckte Ebene stob, die sie noch von Shoreby trennte.

DIE SCHLACHT VON SHOREBY

Die gesamte Strecke, die noch zurückgelegt werden mußte, war nicht länger als eine Viertelmeile, doch kaum waren sie aus dem Schutz der Bäume hervorgedonnert, als sie auch schon auf den Wiesen und Weiden zu jeder Seite fliehende und schreiende Landbewohner bemerkten. Fast zur gleichen Zeit erhob sich gewaltiger Lärm in der Stadt, der sich ausweitete und lauter wurde. Als sie noch nicht auf halbem Weg zu dem nächsten Haus waren, begannen schon die Glocken im Kirchturm zu läuten.

Der junge Herzog knirschte mit den Zähnen. Er fürchtete, seine Feinde bei so frühen Alarmsignalen gut vorbereitet anzutreffen, und er wußte, daß seine kleine Truppe bald zerteilt und im offenen Gelände aufgerieben wurde, falls es ihm nicht gelang, sich in der Stadt festzusetzen.

Die Parteigänger der Lancasters in der Stadt waren jedoch bei weitem nicht in einer so guten Lage. Es war tatsächlich so, wie Dick vorausgesagt hatte. Die Nachtwachen hatten schon die Harnische abgelegt, und die Rüstungen der anderen hingen noch aufgeschnürt um die Quartiere herum, so daß es in ganz Shoreby vielleicht nur fünfzig voll gerüstete Kämpfer und dieselbe Anzahl von Streitrossen gab, die zum Aufsitzen bereit waren.

Das ständige aufgeregte Läuten der Glocken, das schreckenerregende Brüllen der Männer auf den Straßen und das Hämmern an Türen, alarmierte in unglaublich kurzer Zeit mindestens vierzig Mann. Diese sprangen auf ihre Pferde und galoppierten in dem Wirrwarr in verschiedene Richtungen davon.

So kam es, daß sich Richard von Gloucester an der Straßenmündung nur eine Handvoll Lanzenträger entgegenstellte, als er das erste Haus von Shoreby erreichte. Der junge Herzog trieb die Feinde vor sich her wie der Sturm die Herbstblätter.

Als sie hundert Schritte in die Stadt eingedrungen waren, ergriff Dick den Herzog am Arm, worauf dieser die Zügel anzog, die schrille Trompete an die Lippen setzte, ein bestimmtes Signal blies und nach rechts von der bisherigen Angriffsrichtung abschwenkte. Die ganze Truppe folgte ihm wie eine kompakte Masse und donnerte in vollem Galopp die enge Nebenstraße hinauf. Nur die letzten zwanzig Reiter zogen die Zügel an, wendeten und stellten sich in umgekehrter Richtung in der Straßenmündung auf. Zur gleichen Zeit sprangen die hinter ihnen sitzenden Fußsoldaten ab. Einige von ihnen spannten ihre Bogen, andere brachen in die Häuser zu beiden Seiten ein und besetzten sie.

Überrascht ob dieser plötzlichen Richtungsänderung der eingebrochenen Feinde und von der festen Verteidigungsstellung der Nachhut abgeschreckt, wandten die wenigen Lancaster-Soldaten sich nach kurzer Beratung ab und ritten weiter in die Stadt hinein, um Verstärkung zu holen.

Das Stadtviertel, das Richard von Gloucester nun besetzt hatte, bestand aus vier kleinen Straßen mit ärmlichen Häusern auf einer nach hinten offenen, sanften Anhöhe.

Da diese fünf Straßen von jeweils einer guten Wache gesichert wurden, war die Reserve imstande, das Zentrum zu besetzen, wo sie sich zwar außerhalb der Schußweite befand, aber jederzeit Hilfe leisten konnte, wo es notwendig war.

Das Viertel war so armselig, daß keiner der Lancaster-Lords und wenige ihrer Gefolgsleute darin einquartiert worden waren. Die Einwohner hatten wie auf ein Kommando ihre Häuser verlassen und waren schreiend über die Straßen und über Gartenmauern geflohen.

In der Ortsmitte, wo die fünf Straßen zusammenliefen, stand ein ziemlich häßliches Bierhaus mit einem Schachbrett als Aushängeschild. Hier schlug der Herzog von Gloucester für diesen Tag sein Hauptquartier auf.

Dick übertrug er das Kommando über die Wachmannschaft auf einer der fünf Straßen.

»Geht«, sagte er, »gewinnt Euch Eure Sporen. Schafft Macht und Glanz für mich – ein Richard für einen anderen. Ich verspreche Euch, wenn ich aufsteige, so werdet Ihr auf der gleichen Leiter emporsteigen. Also geht«, fügte er hinzu, wobei er Dick die Hand schüttelte.

Doch kaum war Dick fort, wandte der Herzog sich an einen kleinen schäbigen Bogenschützen in seiner Nähe.

»Dutton, folgt diesem Burschen geschwind«, flüsterte er ihm zu. »Wenn du ihn für treu erkennst, achtest du auf seine Sicherheit – eine Liebe ist der anderen wert. Weh dir, wenn du dann ohne ihn zurückkommst! Ist er aber nicht treu, oder hast du auch nur einen Augenblick deine Zweifel daran, erstich ihn von hinten!«

In der Zwischenzeit beeilte sich Dick, seinen Posten zu sichern. Die Straße – eher eine Gasse – die er zu bewachen hatte, war sehr eng und dicht mit Häusern gesäumt, die zum Teil vorstanden oder mit dem Oberteil über die Fahrbahn ragten. Aber so eng und dunkel die Gasse auch war: Da sie zum Marktplatz der Stadt führte, wurde wahrscheinlich der Hauptteil der Schlacht an dieser Stelle gefochten.

Auf dem Marktplatz drängten sich Stadtbewohner, die eilig geflohen waren. Noch war kein Anzeichen eines zum Angriff bereiten Feindes zu sehen, so daß Dick vermeinte, noch Zeit zu haben, seine Verteidigung mit Bedacht vorzubereiten.

Die beiden Häuser am Ende waren leer. Die Türen standen offen, so wie die Bewohner sie in der Eile gelassen hatten. Dick ließ die Möbel aus diesen Häusern auf die Straße werfen und zu einer Barrikade am Straßeneingang aufstapeln. Hundert Mann waren ihm zur Verfügung gestellt worden, und von diesen ließ er den größten Teil die Häuser besetzen, wo sie geschützt waren und ihre Pfeile aus den Fenstern abschießen konnten. Mit dem

Rest, den er unmittelbar im Blick hatte, besetzte er die Barrikade.

Währenddessen hatten sich der Lärm und die Verwirrung in der Stadt fortgesetzt. Die Glocken läuteten weiterhin Sturm, Trompeten schmetterten, Reiter stoben hierhin und dorthin, Kommandeure brüllten Befehle, Frauen schrien. Der Lärm war ohrenbetäubend. Dann verebbte der Tumult allmählich, und bald darauf versammelten sich Gruppen von Männern in Rüstung und Trupps von Bogenschützen, um sich in Schlachtformation aufzustellen.

Ein großer Teil dieser Truppe war in Braunrot und Blau gekleidet. In dem Ritter zu Pferde, der die Aufstellung beaufsichtigte, erkannte Dick Sir Daniel Brackley.

Dann trat eine lange Pause ein, auf die das beinah gleichzeitige Schmettern von vier Trompeten aus vier verschiedenen Teilen der Stadt folgte. Eine fünfte erschallte als Antwort vom Marktplatz. Im gleichen Moment setzten die Reihen sich in Bewegung, und ein Pfeilhagel prasselte auf die Barrikade nieder und klopfte wie Schläge an die beiden flankierenden Häuser.

Der Angriff der Lancastertruppen hatte auf ein gemeinsames Zeichen an allen fünf Eingängen des Stadtviertels begonnen. Der Herzog von Gloucester war auf jeder Seite belagert, und Dick erkannte, daß er sich nur auf die hundert Mann zur Verteidigung seiner Stellung verlassen konnte.

Sieben Pfeilsalven schwirrten eine nach der anderen heran. Im dichtesten Regen dieser Todesboten wurde Dick von hinten am Arm gefaßt. Als er herumfuhr, erblickte er einen Pagen, der ihm ein Lederwams hinhielt, das mit glänzenden Eisenplatten verstärkt war.

»Das ist von meinem Lord, dem Herzog von Gloucester«, sagte der Page. »Er hat bemerkt, Sir Richard, daß Ihr Euch ohne Rüstung zum Kampf stellt.«

Dick, dessen Herz sich bei diesen fürsorglichen Worten erwärmte, sprang aus seiner Deckung und legte mit Hilfe des Pagen die Panzerung an. Noch während dies geschah, prallten zwei Pfeile harmlos von den Eisenplatten ab, doch ein dritter traf den Pagen, der tödlich verwundet zu Dicks Füßen zusammensank.

Inzwischen war das Gros des Feindes ständig über den Marktplatz herangerückt und jetzt so nahe, daß Dick den Befehl zum Zurückschießen erteilte. Sofort schwirrte eine Gegensalve von todbringenden Pfeilen von der Barrikade hervor und aus den Fenstern der Häuser. Doch die Lancasterschen – als hätten sie nur auf ein solches Signal gewartet – brüllten zur Antwort laut und stürmten auf die Barrikade zu, während ihre Reiter sich mit heruntergeklappten Visieren zurückhielten.

Dann folgte ein erbitterter und tödlicher Kampf Mann gegen Mann. Die Angreifer schwangen die Krummsäbel in einer Hand und versuchten, mit der anderen die Barrikade niederzureißen. Auf der anderen Seite mußten die Verteidiger sich sehr exponieren, um ihre Wehr zu schützen. Einige Minuten lang wütete ein wilder Kampf. Doch es ist stets einfacher zu zerstören, als aufzubauen, und als ein einziger Laut aus der Trompete die Angreifer von dieser verzweifelten Aktion zurückrief, war schon viel von der Barrikade heruntergerissen worden, Stück für Stück, so daß das gesamte Gefüge nur noch halb so hoch war wie zuvor und schwankend ganz zusammenzufallen drohte.

Die Fußsoldaten auf dem Marktplatz waren nun auf jeder Seite im Laufschritt zurückgefallen, und die Reiter, die in Zweierreihen bereitgestanden hatten, schwenkten plötzlich herum, und so schnell wie eine zustoßende Natter stürmte die lange stählerne Front auf die arg ramponierte Barrikade zu.

Von den beiden ersten Reitern wurde einer zusammen

mit seinem Pferd niedergeschossen und von den Hufen der nachfolgenden Tiere zertrampelt. Der zweite sprang über den Schutzwall hinweg und durchbohrte einen Bogenschützen mit seiner Lanze. Fast im gleichen Augenblick wurde er vom Sattel gerissen und sein Pferd abgestochen.

Dann aber krachte die kompakte Masse der stählernen Reiter mit voller Wucht auf die Barrikade und brach in die Verteidigungslinie ein. Vor dieser unwiderstehlichen Kraft zurückweichend, sprangen Dicks Männer über ihre gefallenen Kameraden und strömten auf die Straße, so wie das Wasser aus einem gebrochenen Damm schießt.

Doch der Kampf war noch nicht vorüber. An den Flanken des engen Straßeneingangs benutzten Dick und einige Überlebende ihre Piken wie Waldleute. An diesem Eingang hatte sich schon ein weiterer, höherer und wirkungsvollerer Wall aus gefallenen Männern und Pferden gebildet; letztere stießen mit heraushängenden Eingeweiden im Todeskampf wild mit den Beinen.

Von diesem neuen Hindernis verunsichert, fiel der Rest der Kavallerie zurück, und der Rückzug artete einen Augenblick lang fast in eine Flucht aus, als sich der Pfeilregen aus den Häusern zu beiden Seiten verdoppelte.

Fast zur gleichen Zeit prallten die Lancaster-Soldaten, welche die Barrikade bezwungen und die Straße hinaufgestürmt waren, vor dem furchtbaren Buckligen und der gesamten Yorkistenreserve in Auflösung und Entsetzen zurück.

Dick und seine Männer wandten sich nun nach der anderen Seite. Frische Kämpfer strömten aus den Häusern, und ein grausamer Schwall von gefiederten Geschossen traf die Flüchtenden voll von vorn, während Gloucester schon mit seinen Leuten die Nachzügler überrannte. In einer Zeitspanne von vielleicht anderthalb Minuten war kein lebender Lancaster-Soldat mehr auf der Straße zu sehen.

Dann, und erst dann, reckte Dick seine bluttriefende Klinge in die Höhe und stieß einen Jubelschrei aus, was ein Zeichen für die anderen war, es ihm gleichzutun.

Derweil stieg Gloucester von seinem Streitroß und kam herbei, um den Zustand des Postens zu erkunden. Sein Gesicht war weiß wie ein Laken, doch seine Augen glühten wie fremdartige Juwelen, und seine Stimme war heiser und gebrochen von der Erregung der Schlacht und des Sieges. Er schaute auf den fürchterlichen Wall, dem sich weder Freund noch Feind ohne größte Vorsicht nähern konnte, weil die Pferde im Todeskampf noch immer heftig um sich stießen. Beim Anblick dieses Gemetzels verzog der Herzog den Mundwinkel zu einem schiefen Lächeln.

»Tötet diese Pferde«, befahl er. »Sie berauben Euch des Vorteils Eurer Lage. – Richard Shelton«, fügte er hinzu, »Ihr habt mir gefallen. Kniet nieder.«

Die Lancasterschen hatten wieder zu schießen begonnen, so daß die Pfeile dicht an dicht in die Straßenmündung zischten, doch der Herzog kümmerte sich nicht darum, zog bedächtig sein Schwert und schlug Richard auf der Stelle zum Ritter.

»Und nun, Sir Richard«, fuhr er fort, »wenn Ihr den Earl of Risingham seht, schickt mir sogleich einen Boten, und wenn es Euer letzter Mann ist. Ich muß es unbedingt erfahren. Lieber setze ich diesen Posten hier aufs Spiel, als daß ich meinen Schlag gegen Risingham verfehle. Denn merkt Euch – alle, die Ihr hier steht«, fuhr er mit erhobener Stimme fort, »wenn Risingham durch eine andere Hand als die meine fällt, werde ich diesen Sieg als eine Niederlage betrachten.«

»Mylord«, sagte darauf einer der Gefolgsleute des Herzogs, »ist Eure Hoheit es denn nicht leid, Ihr kostbares

Leben weiterhin aufs Spiel zu setzen, wo es nicht unbedingt erforderlich ist? Warum verweilen wir hier noch länger?«

»Catesby«, entgegnete der Herzog, »*hier* ist die Schlacht, nicht anderswo. Alles andere sind nur Ablenkungsangriffe. *Hier* ist es, wo wir siegen müssen. Und was das ›aufs Spiel setzen‹ betrifft, so sagte ich Euch: Wenn Ihr ein häßlicher Buckliger wärt, dem die Kinder auf der Straße hinter dem Rücken eine lange Nase ziehen, so würdet auch Ihr Euren Körper als gering und eine Stunde des Ruhmes als Eures Lebens wert ansehen. Doch wenn Ihr mögt, dann laßt uns zu den anderen Posten weiterreiten und sie inspizieren. Sir Richard hier, mein Namensvetter, wird diesen Eingang hier halten, und wenn er bis zu den Knöcheln in heißem Blut waten muß. Ihm können wir trauen. Aber hört, Sir Richard, Ihr habt noch nicht alles hinter Euch. Das Schlimmste steht noch bevor. Schlaft deshalb nicht!«

Er trat dicht an den jungen Shelton heran, schaute ihm eindringlich in die Augen, ergriff seine Rechte mit beiden Händen und drückte sie so fest, daß beinahe das Blut hervorgespritzt wäre. Dick fühlte Eiseskälte bei diesem Blick. Die wahnsinnige Erregung, der unglaubliche Mut und die schreckliche Grausamkeit, die Dick in diesen Augen las, erfüllten ihn mit Entsetzen beim Gedanken an die Zukunft. Dieser junge Herzog war zwar ein äußerst tapferer Mann, der sich stets vor seinen Truppen zum Kampf stellte, aber nach der Schlacht, in den Tagen des Friedens und im Kreise seiner vertrauten Freunde war zu befürchten, daß sein Geist weiterhin Früchte des Todes hervorbrachte.

DIE SCHLACHT VON SHOREBY
(FORTSETZUNG UND SCHLUSS)

Dick, der nun wieder seinem eigenen Rat überlassen war, schaute sich um. Der Pfeilbeschuß hatte ein wenig nachgelassen. Auf allen Seiten fiel der Feind zurück. Der größte Teil des Marktplatzes war nun von lebenden Kämpfern frei. Der Schnee war zu einem gelben und roten Matsch zertrampelt worden, mit Blut bespritzt, in dem tote Männer und Pferde lagen, deren Körper von gefiederten Pfeilschäften starrten.

Auch Dicks Verluste waren schrecklich. Die Seiten der kleinen Straßenmündung und die Ruinen der Barrikade lagen voller Leichen und Sterbender. Von den hundert Mann, mit denen er die Schlacht begonnen hatte, waren keine siebzig mehr übrig, die noch eine Waffe führen konnten.

Währenddessen war der Morgen verstrichen. Die ersten Verstärkungen konnten jeden Moment eintreffen, und die Lancasterschen – bereits vom Ergebnis ihres verzweifelten, aber erfolglosen Ansturms erschüttert – waren kaum in der Lage, sich erfolgreich frischer Feindeskräfte zu erwehren.

An der Mauer eines der beiden flankierenden Häuser befand sich eine Sonnenuhr, die in der frostigen Wintersonne zehn Uhr vormittags anzeigte.

Dick wandte sich an den kleinen, unbedeutend aussehenden Bogenschützen an seiner Seite, der sich eine Schnittwunde am Arm verband.

»Das war gut gefochten«, sagte er, »und bei meiner Treu, sie werden uns kein zweites Mal so angreifen.«

»Sir«, erwiderte der kleinwüchsige Bogenschütze, »Ihr

habt Euch gewiß tapfer für die Sache Yorks und noch besser für Euch selbst geschlagen. Nie zuvor hat ein Mann in so kurzer Zeit die Zuneigung des Herzogs errungen. Daß er einen Posten wie diesen einem Fremden anvertraut, ist wie ein Wunder. Aber gebt acht, Sir Richard! Solltet Ihr besiegt werden oder auch nur einen Fußbreit zurückweichen, wird die Axt oder der Strick Eure Strafe sein – und ich sage Euch hier ehrlich, daß ich den Auftrag habe, Euch von hinten zu erstechen, wenn ich Zweifel an Euch hegen sollte.«

Dick schaute den kleinen Mann verblüfft an.

»Ihr?« rief er aus. »Von hinten?«

»So ist es«, erwiderte der Bogenschütze. »Und weil ich das ganz und gar nicht mag, sag' ich es Euch. Ihr müßt diesen Posten gut befehligen, Sir Richard, denn es geht um Euer Leben! O ja, unser Buckliger führt eine kühne Klinge und ist ein guter Kämpfer, doch ob in kaltem oder heißem Blut – er will, daß alles genau nach seinen Befehlen ausgeführt wird. Tut jemand das nicht oder stört er, muß er sterben.«

»Bei allen Heiligen«, empörte sich Richard, »ist das wirklich so? Und die Männer folgen solch einem Anführer?«

»O ja, sie folgen ihm begeistert«, antwortete der andere, »denn wenn er auch schnell mit Strafen zur Hand ist, so ist diese Hand äußerst freigebig mit Belohnungen. Und wenn er mit Blut und Schweiß der anderen nicht geizt, so tut er es auch mit seinen eigenen nicht – immer vorneweg im Kampf und der letzte beim Schlafen. Er wird es sehr weit bringen, der bucklige Dick von Gloucester!«

Wenn Dick zuvor schon tapfer und wachsam gewesen war, so war er es jetzt um so mehr. Die plötzliche Gunst des Herzogs, das erkannte er nun, hatte ihm auch Gefahren gebracht. Er wandte sich von dem Bogenschützen ab und beobachtete wieder aufmerksam den Marktplatz. Er lag so leer von Lebenden da wie zuvor.

»Mir gefällt diese Ruhe nicht«, sagte er. »Der Feind bereitet gewiß eine Überraschung vor.«

Wie als Antwort auf diese Bemerkung rückten die feindlichen Bogenschützen wieder gegen die Barrikade vor und ließen einen Hagel von Pfeilen niedergehen. Aber da war etwas Zögerndes in ihrem Angriff. Sie rückten nicht zügig vor, sondern schienen auf ein weiteres Signal zu warten.

Dick schaute sich unbehaglich um, ob da nicht irgendwo eine verborgene Gefahr lauerte. Und wirklich, etwa auf halbem Weg die kleine Straße hinauf wurde plötzlich eine Tür von innen geöffnet, und ein paar Sekunden lang quoll ein Strom von Lancaster-Bogenschützen aus dieser Tür und einem Fenster im Untergeschoß. Die Männer formierten sich, spannten die Bogen und ließen von hinten einen Pfeilhagel auf Dicks Leute prasseln.

Zur gleichen Zeit verdoppelten die Angreifer vorn ihre Schüsse und drangen auf die Barrikade ein.

Dick rief alle seine Leute aus den Häusern, stellte sie zur Verteidigung vorn und hinten auf, ermutigte sie mit Worten und Gesten und ließ die Pfeilsalven, die auf seine Stellung niedergingen, so heftig wie möglich erwidern.

Währenddessen öffnete sich Haus auf Haus in der Straße, und aus den Türen und unteren Fenstern strömten und sprangen weitere Lancaster-Soldaten, bis die Anzahl der Feinde an Dicks rückwärtiger Front fast so groß war wie die vorn. Nun war nicht mehr zu verkennen, daß Dick diese Stellung nicht halten konnte. Und was noch schlimmer war – selbst *wenn* er sie hätte halten können, wäre es jetzt nutzlos gewesen, denn die gesamte Yorkisten-Truppe befand sich in hilfloser Lage am Rande des Untergangs.

Die Feinde hinter ihm waren der entscheidende Schwachpunkt in der Verteidigung der Yorkisten, und diese griff Dick nun an der Spitze seiner Kämpfer an. Der Ansturm war so heftig, daß die Lancaster-Bogenschützen zurückwichen und in die Häuser zurückfluteten, aus denen sie erst vor kurzem so siegesgewiß herausgestürmt waren.

In der Zwischenzeit waren die Lancasterkrieger auf dem Marktplatz über die unverteidigte Barrikade geschwärmt und fielen ungestüm über Dicks Leute auf dieser Seite her, so daß Dick wieder kehrtmachen mußte, um die Feinde zurückzutreiben. Und wieder einmal siegte der Kampfesgeist seiner Männer. Sie fegten die Straße mit triumphierendem Elan frei – aber schon stürmten die anderen Feinde wieder aus den Häusern und griffen sie ein drittes Mal von hinten an.

Diesmal wurden die Yorkisten zerstreut. Mehrmals fand Dick sich allein unter seinen Feinden wieder und mußte sein blitzendes Schwert verzweifelt schwingen, um sein Leben zu schützen. Mehrere Male spürte er, daß er verwundet wurde. So wogte der Kampf in der Straße ohne entscheidendes Ergebnis hin und her.

Plötzlich vernahm Dick lauten Trompetenschall vom Stadtrand her. Der Kriegsruf der Yorkisten stieg aus vielen triumphierenden Kehlen zum Himmel empor, und zur gleichen Zeit begannen die Feinde vor ihm, rasch Boden preiszugeben und aus der Straße heraus zum Marktplatz zurückzuweichen. Jemand stieß den Ruf zur Flucht aus. Man hörte widersprüchliche Trompetensignale – einige riefen zum Sammeln, andere zum Angriff. Es wurde deutlich, daß ein gewaltiger Schlag geführt worden war, so daß die Lancasterschen in wildem Durcheinander und beginnender Panik zurückgeworfen wurden.

Und dann folgte wie im Theater der letzte Akt der Schlacht von Shoreby. Die Feinde vor Richard drehten sich um wie Hunde, die man zurückpfiff, und flüchteten schnell wie der Wind. Im gleichen Moment fegte ein Sturm von Reitern über den Marktplatz – fliehende Reiter, die von anderen verfolgt wurden. Die Lancasterschen wandten sich, wollten sich mit dem Schwert verteidigen, doch die Yorkisten ritten sie mit vorgestreckten Lanzen nieder.

Dick sah, daß der bucklige Herzog sich in dem Getümmel als Kämpfer hervortat. Hier gab er einen Vorgeschmack von der wilden Tapferkeit und Geschicklichkeit, seinen Weg durch Kriegsgefilde zu schlagen, die Jahre später auf dem Feld von Bosworth, als des Herzogs Seele schon mit Verbrechen befleckt war, beinahe den Ausschlag gab, das Schlachtenglück zu wenden und die Zukunft des englischen Thrones zu seinen Gunsten zu bestimmen. Ausweichend, Schwertschläge austeilend und Gegner niederreitend lenkte er sein starkes Pferd so hervorragend, verteidigte sich so geschickt und teilte den Tod so reichlich unter der Feindesschar aus, daß er nun schon dem vordersten seiner Ritter weit voraus war. Mit einem blutigen Schwertstumpf hackte er seinen Weg zu der Stelle, wo der Earl of Risingham sich mit seinen Tapfersten verteidigte. Noch einen Moment, und sie standen voreinander: der große, prächtige und berühmte Krieger und der verwachsene, kränkliche Knabe.

Dick jedoch hatte nie Zweifel am Ausgang des Kampfes, und als das Getümmel sich für einen Augenblick lichtete, war die Gestalt des Earl verschwunden, doch Dick der Bucklige trieb sein mächtiges Roß immer noch in das schlimmste Gewimmel des Kampfes und teilte links und rechts wuchtige Schläge mit seiner spitzenlosen Klinge aus.

So hatte dieser Jüngling, der unter dem Namen Richard III. berühmt und berüchtigt werden sollte, durch Dick Sheltons Tapferkeit beim Halten der Straßenmündung gegen den ersten Angriff und durch die rechtzeitige Ankunft seiner siebenhundert Mann Verstärkung seine erste bedeutende Schlacht gewonnen.

DIE PLÜNDERUNG VON SHOREBY

Es gab keinen Feind mehr in Bogenschußweite, und Dick machte sich daran, die Kosten seines Sieges abzuschätzen, als er einen prüfenden Blick auf den Rest seiner tapferen Schar warf. Er selbst war jetzt, da die Gefahr vorüber war, so steif und wund, so zerschlagen, zerschnitten und gebrochen – und vor allem so völlig erschöpft von den verzweifelten und unablässigen Anstrengungen dieses erbitterten Kampfes –, daß er sich nicht fähig glaubte, weitere Mühen auf sich nehmen zu können.

Die Zeit zur Erholung war aber noch nicht gekommen. Shoreby war im Sturm erobert worden, und obwohl es eine offene Stadt war und in keiner Weise des Widerstands bezichtigt werden konnte, so war doch klar, daß diese derben Kämpfer jetzt, wo der Kampf vorüber war und der abscheulichere Teil des Krieges bevorstand, nicht weniger derb sein würden. Richard von Gloucester war nicht der Heerführer, der die Bürger vor seiner wütenden Soldateska schützte – und selbst wenn er es gewollt hätte, wäre es fraglich gewesen, ob er auch die Macht dazu besaß.

So war es nun Dicks vornehmliche Aufgabe, Joanna zu finden und zu beschützen. Mit diesem Gedanken schaute er seinen Männern forschend ins Gesicht. Die drei oder vier, die am ehesten geeignet schienen, gehorsam und einigermaßen nüchtern zu bleiben, nahm er beiseite, versprach ihnen reiche Belohnung sowie besondere Empfehlung an den Herzog und führte sie über den jetzt von Reitern leeren Marktplatz und durch die Straßen auf der anderen Seite.

Hier und da wüteten noch einzelne Kämpfe zwischen zwei, drei oder vier Gegnern auf dem offenen Fahrweg, und hin und wieder wurde ein Haus belagert, aus dem die Verteidiger Stühle und Tische auf die Köpfe der Angreifer schleuderten. Auf dem Schnee lagen Waffen und Körper verstreut, doch von diesen Einzelkämpfen abgesehen waren die Straßen verlassen, und aus den Schornsteinen der Häuser – von denen manche mit offenen Türen dastanden und bei manchen die Fensterläden vorgelegt und verbarrikadiert waren – quoll kein Rauch mehr.

Dick wand sich an den Scharmützeln vorbei und führte seine Leute rasch in Richtung der Abteikirche, doch als sie in die Hauptstraße einbogen, brach ein Entsetzensschrei über seine Lippen. Sir Daniels großes Haus war im Sturm genommen worden. Die Torflügel hingen in Splittern von den Angeln, und ein Strom von Kriegsknechten flutete zum Plündern ins Haus und mit Beute beladen wieder heraus. In den oberen Stockwerken wurde den Plünderern offenbar noch Widerstand geleistet, denn gerade als Dick in Sichtweite des Gebäudes kam, wurde ein Fensterflügel von innen aufgestoßen, und ein sich heftig wehrender und schreiender armer Wicht in braunroter und blauer Kleidung wurde auf die Straße geschleudert.

Dick überfiel eine ungeheure Angst. Wie ein Besessener rannte er los, brach mit roher Gewalt in die Soldatenschlange ein und stürmte die Treppen zum Zimmer im dritten Stock hinauf, wo er sich zuletzt von Joanna verabschiedet hatte. Der Raum war völlig zertrümmert. Die Möbel waren umgeworfen, die Schränke aufgebrochen worden, und eine Ecke des halb von der Wand gerissenen

Gobelins lag qualmend in der heißen Asche des Kamins. Ohne zu überlegen, trat Dick den beginnenden Brand aus und schaute sich bestürzt um. Es war keine Spur von Sir Daniel, Sir Oliver und Joanna zu sehen – aber wer konnte schon sagen, ob sie bei dem Ansturm niedergemetzelt worden waren? Vielleicht hatten sie sicher aus Shoreby fliehen können.

Dick hielt einen vorbeikommenden Bogenschützen beim Wappenrock fest.

»Kamerad«, rief er ihn an, »wo wart Ihr, als dieses Haus genommen wurde?«

»Laßt mich!« sträubte sich der Schütze. »Der Teufel soll Euch holen! Laßt mich los, oder ich schlag' zu.«

»Gebt acht«, fuhr Richard ihn an, »dazu gehören zwei. Bleibt stehen, und erklärt Euch!«

Aber der Mann, rot angelaufen von Trunk und Kampfeseifer, schlug Dick mit einer Faust auf die Schulter, während er mit der anderen Hand seinen Rock aus Dicks Griff riß. Da brach der Zorn des jungen Mannes die Schranken seiner Selbstbeherrschung nieder. Er umfaßte den Kerl mit seinen starken Armen und preßte ihn wie ein Kind an die Eisenplatten vor seiner Brust. Dann hielt er ihn auf Armlänge von sich und herrschte ihn an zu sprechen, wenn ihm sein Leben liebe wäre.

»Gnade!« keuchte der Bogenschütze. »Hätte ich gewußt, welcher Zorn in Euch tobt, hätte ich Euch nicht so gereizt! – Ja, ich war hier an diesem Haus.«

»Kennt Ihr Sir Daniel?« fuhr Dick fort.

»Ja, den kenne ich«, entgegnete der Mann.

»War er zu der Zeit in dem Haus?«

»Ja, Herr«, antwortete der Schütze, »doch in dem Moment, als wir durchs Hoftor kamen, ritt er durch den Garten davon.«

»Allein?« rief Dick.

»Er kann ein paar Lanzen bei sich gehabt haben«, erwiderte der Mann.

»Lanzen! Keine Frauen?« wollte Shelton wissen.

»Meiner Treu, ich sah dergleichen nicht. Aber es waren auch keine in dem Haus, wenn es das ist, was Ihr wissen wollt.«

»Ich danke Euch«, sagte Dick. »Hier ist eine Münze für Eure Mühe.« Doch als er in seinem Geldbeutel wühlte, fand er nichts darin. »Fragt morgen nach mir«, fügte er dann hinzu, »nach Richard ... *Sir* Richard Shelton«, verbesserte er sich, »und ich werde Euch reichlich belohnen.«

Und dann kam Dick ein Einfall. Er stürmte zum Hof hinunter, lief so schnell er konnte durch den Garten und gelangte zum großen Tor der Kirche. Es stand weit offen. Innen war jedes Fleckchen Fußboden gedrängt voller Bürger mit ihren Familien und beladen mit der Habe, die sie am meisten schätzten, während am Hochaltar Priester in vollem Ornat die Gnade Gottes erflehten.

Dick drängte sich durch die Flüchtlingsgruppen bis zu der Tür, hinter der die Turmtreppe lag. Hier stellte sich ihm ein großer Geistlicher in den Weg.

»Wohin, mein Sohn?« fragte er streng.

»Nun, Vater«, antwortete Dick, »ich bin in einem Auftrag hier. Haltet mich nicht auf. Ich befehle hier für meinen Gebieter, den Herzog von Gloucester.«

»Herzog von Gloucester?« wiederholte der Priester. »Dann hat die Schlacht also einen solch ungünstigen Ausgang genommen?«

»Die Schlacht ist zu Ende, Vater. Lancaster ist niedergeschmettert, und der Earl of Risingham – Gott schenke ihm den ewigen Frieden – ist auf der Walstatt geblieben. Aber erlaubt, daß ich mich jetzt meinen Angelegenheiten zuwende.« Dick stieß den Priester, der verblüfft über diese Nachricht zu sein schien, zur Seite, öffnete die Tür und rasselte in seiner Rüstung ohne innezuhalten oder zu stolpern die Treppe hinauf, nahm immer vier Stufen auf einmal, bis er oben auf der offenen Plattform stand.

Vom Turm der Kirche von Shoreby hatte man einen Blick auf die Stadt, als würde man auf eine Landkarte schauen. Überdies konnte man auf jeder Seite weit über See und Land blicken. Es war kurz vor zwölf am Mittag. Die Sonne schien hell, und der Schnee glänzte blendend. Als Dick in die Runde blickte, konnte er die Ausmaße der Schlacht erkennen.

Ein wirrer, grollender Lärm hallte von den Straßen herauf, und ab und zu, doch nur noch sehr selten, hörte Dick das Klingen von Stahl auf Stahl. Im Hafen war kein Schiff mehr, nicht einmal mehr ein Skiff, aber das Meer war gesprenkelt mit Segeln und Ruderbooten voller Flüchtlinge. An Land wurde die weiße Oberfläche der Wiesen durch Gruppen von Reitern unterbrochen, von denen einige zu den Waldrändern galoppierten, während andere – zweifellos von der Yorkistenpartei – ihnen den Weg abschnitten und sie zur Stadt zurücktrieben. Überall auf dem offenen Gelände lag eine Vielzahl gefallener Menschen und toter Tiere, die sich deutlich vom Schnee abhoben.

Als Abschluß des Bildes hielten jene Fußsoldaten der Lancasterpartei, die noch keinen Platz auf einem Schiff gefunden hatten, einen Bogenschützenkampf am Hafenrand und von den Strandtavernen aus aufrecht. In diesem Stadtviertel brannten auch noch ein, zwei Häuser, so daß der Rauch hoch ins frostige Sonnenlicht stieg und in großen dunklen Fetzen zum Meer getrieben wurde.

Eine Gruppe fliehender Reiter, die schon nahe dem Waldrand in Richtung Holywood war, erregte besonders die Aufmerksamkeit des jungen Beobachters auf dem Kirchturm. Sie waren recht zahlreich. An keiner anderen

Stelle des Feldes waren so viele Lancastersche zusammengeblieben, so daß sie eine weite graue Spur auf dem Schnee hinterlassen hatten, aus der Dick genau ersehen konnte, wo sie die Stadt verlassen hatten.

Während er noch schaute, hatten die Reiter ohne Widerstand den Rand des blattlosen Waldes erreicht. Als sie ein wenig von der Richtung abwichen, fiel der Sonnenschein für einen Moment voll auf sie, so daß sie sich deutlich gegen die dunklen Baumstämme abzeichneten.

»Braunrot und blau!« rief Dick. »Nicht zu verkennen, braunrot und blau!«

Im nächsten Augenblick stürmte er die Treppe wieder hinunter.

Jetzt hieß es für ihn, den Herzog von Gloucester zu suchen, der angesichts der Unordnung der Truppen als einziger in der Lage war, ihm genügend Männer zu stellen. Der Kampf im Hauptteil der Stadt war praktisch beendet, und als Dick nun auf der Suche nach dem Befehlshaber hierhin und dorthin lief, waren die Straßen gepackt voller umherstreifender Soldaten, einige mit so viel Beute beladen, daß sie unter der Last schwankten, andere im Suff grölend. Keiner konnte Dicks Frage beantworten, wo sich der Herzog befand. Durch einen puren Zufall fand Dick ihn schließlich im Sattel sitzend; er leitete einen Angriff gegen die feindlichen Bogenschützen am Hafenrand.

»Sir Richard Shelton, Euch sehe ich gern wieder!« sagte er. »Ich schulde Euch etwas, das ich wenig schätze: mein Leben. Und noch etwas anderes, für das ich Euch nie angemessen belohnen kann: diesen Sieg. Catesby, wenn ich zehn solche Hauptleute wie Sir Richard hätte, wäre ich jetzt schon auf dem Marsch nach London. Aber nun, Sir Richard, beansprucht Eure Belohnung.«

»Das will ich entschlossen und deutlich tun, Mylord«, antwortete Dick. »Da ist ein Mann entflohen, gegen den ich tiefen Groll hege. Und er hat eine Maid mitgenommen, für die ich Liebe und den heißen Wunsch zur Hilfe hege. Gebt mir deshalb fünfzig Lanzenreiter, damit ich den Kerl verfolgen kann. Dann ist jede Verpflichtung, die Euer Gnaden mir gegenüber empfinden, auf immer abgegolten.«

»Wie ist denn der Name des Mannes?« wollte der Herzog wissen.

»Sir Daniel Brackley«, erwiderte Richard.

»Nun, dann jagt diesen doppelgesichtigen Schurken!« rief Gloucester. »Das ist keine Belohnung, Sir Richard, es ist ein neuerlicher Beweis Eurer Dienstbeflissenheit, und wenn Ihr mir seinen Kopf bringt, stehe ich einmal mehr in Eurer Schuld. – Catesby, verschafft ihm diese Lanzenreiter, und Ihr, Sir Richard, bedenkt in der Zwischenzeit, mit welcher Freude, Ehre oder welchem Gewinne ich Euch *wirklich* belohnen kann.«

In diesem Augenblick umschwärmten die Yorkisten-Scharmützeler gerade von drei Seiten eine der noch vom Feind gehaltenen Strandtavernen und trieben die Verteidiger hinaus oder nahmen sie gefangen. Der bucklige Richard spendete den Siegern lautes Lob und ritt näher heran, um sich die Gefangenen anzusehen.

Es waren vier oder fünf – zwei von Lord Shorebys und einer von Risinghams Leuten sowie als letzter, aber in Dicks Augen nicht als unbedeutendster, ein grauhaariger, halb betrunkener alter Seemann, an dessen Beinen ein Hund hochsprang und winselte.

Der junge Herzog musterte die Männer einen Augenblick mit strenger Miene.

»Wohlan denn«, sagte er schließlich, »hängt sie!«

Dann wandte er sich ab, um den Fortgang des Kampfes an anderer Stelle zu beobachten.

»Mylord«, sprach Dick darauf, »mit Verlaub, ich habe

meine Belohnung gefunden. Gewährt mir das Leben und die Freiheit jenes alten Seemannes dort.«

Gloucester drehte sich wieder zu Dick um und schaute ihm ins Gesicht.

»Sir Richard«, entgegnete er. »Ich mache nicht Krieg mit Pfauenfedern, sondern mit Stahlpfeilen. Wer mein Feind ist, den töte ich ohne Entschuldigung und Ausnahme. Denn bedenkt – in diesem Reich, in England, das so in Stücke gerissen ist, gibt es keinen meiner Leute, der nicht einen Bruder oder Freund bei der anderen Seite hat. Wenn ich da anfangen würde, Gnade zu gewähren, könnte ich mein Schwert für immer in die Scheide stecken.«

»Das mag ja sein, aber auf die Gefahr hin, Eure Gunst zu verlieren und das Gegenteil zu ernten, erinnere ich an Euer Lordschaft Versprechen«, erwiderte Dick hartnäckig.

Richard von Gloucester lief rot an.

»Merkt es Euch gut«, fauchte er. »Ich liebe Gnade nicht und auch nicht die, welche sie für andere begehren. Ihr habt am heutigen Tag die Grundlagen für großen Wohlstand und Aufstieg gelegt. Wenn Ihr nun auf meinem Wort besteht, das ich Euch gab, will ich den Mann freilassen. Aber, bei der Herrlichkeit des Himmels, hier endet meine Gunst für Euch!«

»Was ich schmerzlich bedauere«, sagte Dick.

»Gebt ihm diesen Seemann«, stieß der Herzog hervor, wendete sein Pferd und kehrte Dick den Rücken zu.

Dick war weder froh noch reumütig. Er hatte schon zu viel von dem jungen Herzog gesehen, als daß er großen Wert auf dessen Zuneigung gelegt hätte, und die Ursache für des Herzogs Gunst war Dicks Meinung nach nicht fundiert genug gewesen, um viel Vertrauen einzuflößen. Aber hier beurteilte er weder die Ehre des jungen Gloucester gerecht, wie immer die auch sein mochte, noch dessen Beständigkeit in einmal gefaßten Entscheidungen. Wenn der Herzog es erst einmal für richtig befunden hatte, daß Dick der rechte Mann zur Verfolgung Sir Daniels war, wich er nie wieder von dieser Meinung ab.

Währenddessen wandte Dick sich dem alten Seemann zu, dem seine Verurteilung so gleichgültig zu sein schien wie die darauffolgende Begnadigung.

»Arblaster«, sprach Dick ihn an. »Ich habe Euch Unrecht zugefügt, aber jetzt glaube ich, die Rechnung beglichen zu haben, bei Gott.«

Doch der alte Fahrensmann schaute ihn nur stumpf an und schwieg.

»Nun hört mal«, fuhr Dick fort, »ein Leben ist doch immerhin ein Leben, alter Dickschädel – und das ist doch mehr wert als Schiffe und Weinfässer! Sagt, daß Ihr mir vergebt, denn wenn Euch Euer Leben nichts bedeuten mag, so hat es mich eben großen Wohlstand und Ruhm gekostet. Ich habe so teuer für Euer Leben bezahlt, daß Ihr nicht so unerbittlich sein solltet.«

»Hätte ich mein Schiff noch«, gab Arblaster zurück, »wäre ich jetzt weit fort und sicher auf der hohen See – ich und mein Tom. Aber Ihr habt mein Schiff genommen, Gevatter, so daß ich jetzt ein Bettler bin. Und was meinen Tom betrifft, den schoß ein in Rotbraun Gekleideter nieder. ›Potzblitz!‹ sprach Tom und dann niemals wieder. ›Potzblitz‹ war das letzte seiner Worte auf Erden, worauf sein armer Geist den Körper verließ. Jetzt wird er nie mehr auf Fahrt mit mir gehen, mein guter Tom.«

Dick wurde von Reue und Mitleid ergriffen. Er versuchte, des Skippers Hand zu ergreifen, doch Arblaster vermied seine Berührung.

»Nein«, brummte er, »laßt es. Ihr habt den Teufel mit mir gespielt! Begnügt Euch damit.«

Die Worte blieben Richard in der Kehle stecken. Er sah durch Tränen hindurch, wie der alte Mann benommen von

Alkohol und Kummer und mit gebeugtem Kopf durch den Schnee taumelte, während der Schiffshund ihm winselnd folgte – und zum erstenmal begriff Dick, wie rücksichtslos wir oft handeln und daß ein einmal zugefügtes Unrecht auch durch Reue nicht ungeschehen gemacht werden kann.

Aber er hatte keine Zeit für nutzloses Bedauern. Catesby hatte die gewünschte Anzahl von Reitern gesammelt, ritt vor Dick hin, stieg ab und bot ihm sein eigenes Pferd an.

»Heute morgen«, erklärte er, »war ich eifersüchtig auf die Gunst, die der Herzog Euch zuteil werden ließ. Die Eifersucht war aber nur von kurzer Dauer. Deshalb, Sir Richard, biete ich Euch nun mit ehrlichem Herzen dieses Pferd an.«

»Gewährt mir noch einen Augenblick«, bat Dick. »Diese Gunst, die mir zuteil geworden ist – worauf gründete sie sich zu Anfang?«

»Zu Anfang? Auf Euren Namen«, erwiderte Catesby. »Das ist nämlich meines Herrn größter Aberglaube. Wäre mein Name Richard, wäre ich morgen ein Earl.«

»Ich danke Euch«, entgegnete Dick. »Und da es nicht sehr wahrscheinlich ist, daß ich meinen steilen Aufstieg fortsetze, will ich Euch auch Lebewohl sagen. Ich war erfreut über die Aussicht auf großen Wohlstand und höchste Ehren, aber ich will nicht vortäuschen, daß ich furchtbar traurig bin, diese Aussicht jetzt nicht mehr zu haben. Befehlsgewalt und Reichtümer sind gewiß erstrebenswerte Dinge – aber ein Wort in Euer Ohr: Euer Herzog ist ein furchterregender Jüngling.«

Catesby lachte.

»In der Tat«, pflichtete er Richard bei. »Wer mit dem buckligen Dick reitet, muß höllisch auf der Hut sein. Nun ja, Gott behüte uns vor dem Unheil! Möge es Euch in Eurem weiteren Leben wohl ergehen!«

Darauf setzte Dick sich an die Spitze seines neuen Trupps, gab den Befehl, ihm zu folgen, und trabte an.

Er ritt geradewegs durch die Stadt, wobei er der Route folgte, von der er annahm, daß Sir Daniel sie genommen hatte, und hielt dabei nach Anzeichen Ausschau, die diese Annahme bestätigen konnten.

Die Straßen waren voller Toter und Verwundeter, wobei die letzteren in dem klirrenden Frost mehr zu bedauern waren. Horden siegreicher Soldaten zogen von Haus zu Haus, plünderten, mordeten und grölten auf ihrem Weg.

Als Dick weiterritt, drangen aus verschiedenen Richtungen die Geräusche von Gewalt und Abscheulichkeiten an seine Ohren – einmal die Schläge von Vorschlaghämmern an eine verbarrikadierte Tür, ein andermal die kläglichen Schreie von Frauen.

In Dick war das Gewissen geweckt worden. Er hatte soeben gesehen, welch grausame Folgen seine eigenen Taten gezeitigt hatten, so daß der Gedanke an die Häufung von menschlichem Leid, die jetzt in Shoreby vor sich ging, ihn mit Verzweiflung erfüllte.

Schließlich erreichte er den Stadtrand, und dort sah er wie erwartet die gleiche breite Spur deutlich im Schnee vor sich, die er schon vom Kirchturm aus erblickt hatte. Nun ritt er schneller weiter, aber auch jetzt ließ er seine Blicke immer wieder über die gefallenen Männer und Pferde schweifen, die neben der Fährte lagen. Er war erleichtert zu sehen, daß viele dieser Männer die Farben Sir Daniels trugen; einige, die auf dem Rücken lagen, erkannte er auch an den Gesichtern wieder.

Etwa auf halbem Weg zwischen der Stadt und dem Wald waren diejenigen, die Dick verfolgte, offensichtlich von Bogenschützen beschossen worden, denn die Leichen lagen ziemlich dicht beieinander, und in allen steckten Pfeile. Und hier entdeckte Dick auch den reglosen Körper eines jungen Burschen, dessen Gesicht ihm auf unheimliche Weise bekannt vorkam.

Er ließ seinen Trupp halten, stieg ab und hob den Kopf des Burschen. Dabei fiel die Kapuze ganz nach hinten, und eine Fülle von langem braunem Haar quoll darunter hervor. Zur gleichen Zeit öffneten sich die Augen.

»Ach, der Löwentreiber!« hauchte eine schwache Stimme. »Sie ist schon weiter voraus. Reitet – reitet schnell!«

Dann versank die arme junge Dame wieder in Ohnmacht.

Einer von Dicks Männern brachte eine Feldflasche, in der sich ein starkes Getränk befand, mit dessen Hilfe es Dick gelang, die junge Dame wieder ins Bewußtsein zurückzurufen. Darauf hob er Joannas Freundin vor sich auf den Sattel und galoppierte weiter auf den Wald zu.

»Warum nehmt Ihr mich mit?« fragte das Mädchen. »Ihr verringert dadurch nur Eure Geschwindigkeit.«

»Ach, Miss Risingham«, erwiderte Dick. »Shoreby ist voller Blut, Trunkenheit und Tumult. Hier seid Ihr sicher – begnügt Euch damit.«

»Ich will keinem von Euch zu Dank verpflichtet sein«, rief sie. »Setzt mich sofort nieder!«

»Gnädiges Fräulein, Ihr wißt nicht, was Ihr da sagt«, gab Dick zurück. »Ihr seid verwundet ...«

»Bin ich nicht. Mein Pferd wurde getötet.«

»Das alles spielt nicht die geringste Rolle für mich«, sagte Richard. »Ihr seid hier auf Schneefeldern und umgeben von Feinden. Ob es Euch gefällt oder nicht, ich werde Euch mit mir nehmen. Es ist mir eine Freude, die Gelegenheit zu haben, denn dadurch kann ich meine Schuld Euch gegenüber ein wenig begleichen.«

Eine Zeitlang schwieg das Mädchen. Dann fragte es plötzlich:

»Und mein Onkel?«

»Der Earl of Risingham?« fragte Dick zurück. »Ich wünschte, ich hätte gute Nachricht für Euch, gnädiges Fräulein – aber dem ist nicht so. Ich sah ihn nur einmal in der Schlacht, ein einziges Mal. Wollen wir hoffen, daß mit ihm alles zum Besten steht.«

DIE NACHT IN DEN WÄLDERN – ALICIA RISINGHAM

Es war fast sicher, daß Sir Daniel in Richtung Wassergrabenhaus geflohen war, doch in Anbetracht des hohen Schnees, der späten Stunde und des Umstands, daß er die Straßen meiden und quer durch die Wälder reiten mußte, war es ebenso wahrscheinlich, daß er nicht hoffen konnte, dort vor dem Morgen einzutreffen.

Es gab also zwei Möglichkeiten für Dick: entweder die Spur Sir Daniels weiter zu verfolgen und zu versuchen, ihn in seinem Nachtlager zu überfallen, oder einen anderen Weg einzuschlagen mit der Absicht, seinem Feind vor dessen Ziel den Weg abzuschneiden.

Es sprach manches gegen jede dieser Möglichkeiten, so daß Dick, der sich davor fürchtete, Joanna den Gefahren eines Kampfes auszusetzen, sich noch nicht entschieden hatte, als sie den Waldrand erreichten.

An diesem Punkt war Sir Daniel ein wenig nach links geschwenkt und dann geradewegs bei einer Gruppe hoher Bäume in den Wald eingedrungen. Seine Leute waren von dort aus einer hinter dem anderen geritten, um besser zwischen den Bäumen hindurchzukommen, so daß die Spur tiefer in den Schnee eingetreten war. Das Auge konnte sie unter den blattlosen Eichen noch deutlich erkennen; sie verlief weitgehend gerade und schmal. Über ihnen ragten die knorrigen Äste auf, und wenn Dick dann und wann anhielt, war kein Geräusch von Mensch oder Tier zu hören, nicht einmal das Rascheln eines Vogels in den Zweigen, und auf dem Schneeboden lag der Wintersonnenschein mit netzähnlichen Schatten.

»Was meint Ihr?« fragte Dick einen seiner Männer. »Sollen wir weiter der Spur nachreiten oder eine Abkürzung nach Tunstall einschlagen?«

»Sir Richard«, erwiderte der Kämpe, »ich würde der Spur folgen, solange wir sie deutlich erkennen können.«

»Ihr habt gewiß recht«, stimmte Dick zu, »aber wir sind bisher unter dem Druck der Zeit hastig vorgegangen. Es gibt hier keine Häuser, die Nahrung und Schutz bieten, und bis zum Morgengrauen werden wir kalte Glieder und einen leeren Magen kennenlernen. Was meint Ihr, Kameraden? Wollt Ihr der Sache wegen solche Anstrengungen in Kauf nehmen, oder sollen wir erst einmal nach Holywood reiten und bei Mutter Kirche zu Abend speisen? Da es in beiden Dingen ein Für und Wider gibt, möchte ich keinen von Euch drängen. Wenn Ihr mich aber weiterhin als Anführer haben wollt, würde ich Euch raten, die erste Möglichkeit zu wählen.«

Die Männer antworteten fast einstimmig, daß sie Sir Richard folgen würden, wohin er wollte.

Darauf gab Dick seinem Pferd die Sporen und setzte seinen Weg fort.

Der Schnee war auf der Spur festgetreten worden, so daß die Verfolger einen großen Vorteil gegenüber den Verfolgten hatten. Sie stießen in scharfem Trab vor, wobei zweihundert Hufe das Schneepflaster noch fester stampften und das Klirren der Waffen und Schnauben der Pferde einen kriegerischen Lärm zu den Gewölben des schweigenden Waldes emporsteigen ließen.

Dann traf die Spur der Verfolgten auf die Landstraße nach Holywood, wo sie für einen Moment nicht mehr zu erkennen war. Als die Fährte dann auf der anderen Seite wieder im unberührten Schnee erschien, stellte Dick verwundert fest, daß sie schmaler und weniger fest war. Es war offenbar, daß Sir Daniel einen Teil seiner Truppe auf der Landstraße hatte weiterziehen lassen.

Da die eine Möglichkeit so gut wie die andere war, verfolgte Dick die quer durch den Wald führende Spur weiter. Nachdem er mit seinen Leuten eine Stunde so geritten war, wobei die Spur in die Tiefe des Waldes führte, brach sie plötzlich wie ein vom Pfeil getroffener, reifer Kürbis in zwei Dutzend kleinere, in alle Himmelsrichtungen führende Fährten auseinander.

Dick zog verzweifelt den Zügel an. Der kurze Wintertag neigte sich schon seinem Ende zu, und die Sonne schwamm wie eine dunkelrote Orange, ihrer Strahlkraft weitgehend beraubt, zwischen den blattlosen Bäumen. Die Schatten waren nun unendlich lang auf dem Schnee, der Frost biß grausam in die Fingerspitzen, und der Atem und die Ausdünstungen der Pferde stiegen in weißen Wolken empor.

»Man hat uns überlistet«, gab Dick zu. »Wollen wir uns also doch nach Holywood aufmachen. Das ist immer noch näher als Tunstall – oder sollte es jedenfalls dem Stand der Sonne nach sein.«

Also schwenkten sie nach links, drehten der roten Sonnenscheibe den Rücken zu und trabten querfeldein in Richtung Abtei. Aber nun waren die Gegebenheiten anders. Sie konnten nicht mehr geschwind auf einem von ihren Feinden festgestampften Pfad zu einem Ziel reiten, zu dem der Pfad selbst sie führte. Jetzt mußten sie sich in trägem Trott durch den hinderlichen Schnee pflügen und immer wieder anhalten, um die Richtung zu bestimmen oder Schneewehen zu überwinden. Die Sonne verließ sie bald. Das Glühen im Westen schwand, und kurz darauf stolperten sie in schwarzen Schatten unter eisigen Sternen dahin.

Bald jedoch würde der Mond über die Hügelkuppen steigen, so daß sie besser vorankommen könnten. Bis dahin aber könnte jeder Schritt sie weiter von ihrem Marschziel abbringen. Es blieb nichts anderes übrig, als ein Lager aufzuschlagen und zu warten.

Wachen wurden aufgestellt, eine Fläche von Schnee befreit, und nach einigen Fehlschlägen brannte ein wärmendes Feuer in der Mitte des Lagerplatzes. Die Soldaten saßen dichtgedrängt um diesen Waldherd, teilten sich die vorhandenen Lebensmittel und ließen Flaschen kreisen. Dick, der sich der schmackhaftesten Teile der derben und kargen Mahlzeit bemächtigt hatte, brachte sie zu der Stelle, wo die Nichte des Earl of Risingham abseits von den Soldaten an einen Baum gelehnt saß.

Unter ihr lag eine Pferdedecke; eine andere trug sie um den Leib gewickelt. Sie starrte vor sich hin auf die von den flackernden Flammen beleuchtete Szene. Als Dick ihr das Essen anbot, schreckte sie auf wie jemand, der aus einem Traum erwacht, und lehnte dann schweigend mit einer Geste ab.

»Gnädiges Fräulein«, sagte Dick, »ich bitte Euch, straft mich nicht so grausam. Ich weiß gar nicht, womit ich Euch beleidigt haben könnte. Sicher, ich habe Euch davongetragen, aber mit freundlicher Gewalt. Und ja, ich habe Euch den Unbilden der Nacht ausgesetzt, aber die Eile, in der ich mich befinde, hat doch die Rettung eines anderen Menschen zum Ziel, der nicht weniger zart ist und sich in nicht weniger unfreundlicher Umgebung befindet als Ihr. Zumindest, Miss, straft Euch nicht selbst und eßt – wenn nicht aus Hunger, dann um zu Kräften zu kommen.«

»Aus den Händen, die meinen Verwandten getötet haben, will ich nichts essen«, entgegnete sie.

»Liebes Fräulein«, rief Dick aus, »ich schwöre Euch beim Kreuze, daß ich ihn nicht angerührt habe.«

»Dann schwört mir, daß er noch lebt«, gab sie zurück.

»Ich will doch hier nicht mit Euch feilschen!« Dick schüttelte den Kopf. »Das Mitleid gebietet mir, Euch zu schonen, aber in meinem Herzen glaube ich, daß er tot ist.«

»Und da fordert Ihr mich auf zu essen?« jammerte sie. »Und Euch nennen sie ›Sir‹! So habt Ihr wohl Eure Sporen durch den Mord an meinem guten Onkel verdient. Wäre ich nicht eine solche Närrin und Verräterin gewesen und hätte Euch nicht in Eures Feindes Haus gerettet, wärt *Ihr* es gewesen, der den Tod erlitten hätte, und mein Onkel – der zwölf von Eurer Sorte wert war – wäre noch am Leben.«

»Ich tat nur mein Bestes als Kämpfer, wie Euer Oheim für die andere Seite«, erwiderte Dick. »Wäre er noch am Leben – und ich schwöre bei Gott, daß ich es wünsche –, würde er mich loben und nicht tadeln.«

»Sir Daniel erzählte mir alles«, antwortete sie. »Er erkannte Euch an der Barrikade. Durch *Euch*, so sagte er, geriet er in Nachteil. *Ihr* wart es, der die Schlacht entschieden hat. Also wart Ihr es auch, der den guten Risingham getötet hat, als hättet Ihr ihn mit eigenen Händen erwürgt. Und *Ihr* habt das Ansinnen, daß ich mit Euch esse, wo Eure Hände noch rot vom Blut der Erschlagenen sind? Aber Sir Daniel hat sich Euren Untergang geschworen. *Er* wird es sein, der mich rächt!«

Durch diese Worte wurde der unglückliche Dick in Trübnis gestürzt. Der alte Arblaster kam ihm wieder in den Sinn, und er stöhnte laut auf.

»Haltet Ihr mich denn für so schuldig?« sprach er. »Ihr, die mich verteidigt hat? Die Joannas Freundin ist?«

»Was habt Ihr denn in der Schlacht getan?« gab sie

zurück. »Ihr steht doch auf keiner Seite. Ihr seid nur ein junger Bursche mit Armen und Beinen und Leib, aber ohne Verstand und Umsicht. Wofür habt Ihr denn gekämpft? Sagt es mir. Auf der Stelle!«

»Das kann ich nicht sagen«, rief Dick. »Aber wie es in England jetzt so ist – wenn ein armer Mann nicht auf der einen Seite kämpft, muß er es eben auf der anderen tun. Er will nicht allein dastehen. Das liegt in der menschlichen Natur.«

»Wer nicht das Vermögen besitzt, Unterscheidungen zu machen, sollte das Schwert nicht ziehen«, entgegnete die junge Dame. »Ihr, der Ihr nur aufs Geratewohl kämpft – was seid Ihr denn anderes als ein Schlächter? Ein Krieg kann nur durch den Grund für sein Entstehen gerechtfertigt werden – und Ihr habt keinen Grund, so daß Ihr den Kampf entehrt.«

»Oh, gnädiges Fräulein«, entgegnete Dick, der sich immer elender fühlte, »ich sehe meinen Fehler ja ein. Ich hatte es eilig und habe vorschnell gehandelt. Ich habe sogar ein Schiff gestohlen. Ich wollte das Richtige tun, ich schwör's, aber ich habe dadurch den Tod vieler Unschuldiger herbeigeführt – und den Kummer und Ruin eines armen alten Mannes, dessen Anblick mich am heutigen Tag wie ein Dolch ins Herz getroffen hat. Was meine Taten an diesem Vormittag angeht, wollte ich mich hervortun und Ruhm ernten, bevor ich heirate, aber – welch Unglück – ich habe damit den Tod Eures lieben Oheims verursacht, der so gut zu mir gewesen ist! Was sich sonst noch für Folgen daraus ergeben haben, kann ich gar nicht überblicken. Denn, Gott sei's geklagt, ich habe dazu beigetragen, daß die Yorkisten den Thron erobern – das kann das Schlimmste sein und England selbst Schaden zufügen. Oh, Fräulein, ich erkenne meine Sünde. Aus Buße, und um noch mehr Unheil zu vermeiden, werde ich ins Kloster gehen, wenn ich dieses Abenteuer beendet habe. Ich werde auf Joanna und das Waffenhandwerk verzichten, ein Mönch werden und den Rest meiner Tage für Euren guten Oheim beten.«

In seinem regelrechten Rausch der Demütigung und Reue erschien es Dick, als hätte die junge Dame gelacht.

Er hob das Gesicht und sah, wie sie im Licht des Feuers mit einem eigenartigen, aber nicht unfreundlichen Ausdruck auf ihn schaute.

»Gnädiges Fräulein«, rief er wieder aus und dachte dabei, daß dieses Lachen wohl eine Täuschung seines Gehörs war, aber ihrer veränderten Miene wegen hoffte er zugleich, ihr Herz berührt zu haben, »das wird Euch doch zufriedenstellen? Ich werde alles aufgeben, um zu büßen, was ich an Unrecht getan habe. Dadurch werde ich bewirken, daß der Earl of Risingham gewiß in den Himmel kommt. Und dies genau an dem Tag, da ich meine Sporen gewonnen habe und mich für den glücklichsten jungen Edelmann auf Gottes weiter Welt hielt!«

»Oh, Knabe«, rief sie aus, »guter Knabe!«

Und dann, zu Dicks außerordentlicher Überraschung, wischte sie ihm zärtlich die Tränen von den Wangen und schlang beide Arme um seinen Hals, zog sein Gesicht zu sich empor und küßte ihn. Eine geradezu mitleiderregende Verblüffung überfiel den in Gefühlsdingen unerfahrenen Dick.

»Kommt«, sagte sie dann und schien auf einmal sehr munter, »*Ihr* seid ein Hauptmann, so daß *Ihr* essen müßt. Warum tut Ihr es dann nicht?«

»Liebes Fräulein Risingham«, antwortete Dick, »ich wollte erst meine Gefangene bedienen, doch um die Wahrheit zu sagen – meine Reue läßt mich den Anblick von Nahrung nicht mehr ertragen. Ich werde lieber fasten, teure Dame, und beten.«

»Ach, nennt mich doch Alicia«, sagte sie, »denn sind wir nicht alte Freunde? Aber nun kommt, ich will mit Euch essen und trinken – Bissen für Bissen und Schluck für Schluck. Wenn *Ihr* also keine Nahrung zu Euch nehmt, so will ich es auch nicht tun – aber wenn *Ihr* herzhaft speist, dann werde *ich* so viel verschlingen wie ein Pflüger.«

Sie machte sich auch sogleich daran, und Dick, der einen robusten Magen hatte, leistete ihr Gesellschaft, zuerst mit gelindem Widerwillen, dann aber, als er auf den Geschmack kam, mit zunehmendem Appetit, bis er schließlich vergaß, seine Mahlzeitgenossin – da *Tisch*genossin hier ja fehl am Platze wäre – zu beobachten, um sich ein Beispiel an ihr zu nehmen und sich von allein herzhaft daran machte, den Kräfteverbrauch dieses anstrengenden und aufregenden Tages wieder wettzumachen.

»Löwentreiber«, sagte sie schließlich, »mögt Ihr nicht ein Mädchen in Männerkleidung?«

Der Mond war nun über den Hügel aufgestiegen, und sie warteten jetzt nur noch, bis die erschöpften Pferde sich ein wenig erholt hatten. In diesem Mondlicht bemerkte der zwar noch reumütige, nun aber satte Richard, wie sie ziemlich kokett auf ihn hinunterschaute.

»Gnädiges Fräulein …«, stammelte er, erstaunt über den neuerlichen Wechsel in ihrem Benehmen.

»Ach«, unterbrach sie ihn, »es hat doch keinen Zweck zu leugnen. Joanna hat es mir erzählt. Aber kommt, Sir Löwentreiber, schaut mich an. Bin ich denn so häßlich?«

Und sie blickte ihn mit einem reizenden Augenaufschlag an.

»Nun ja, Ihr seid ziemlich klein …«, begann Dick.

Hier unterbrach sie ihn aber wieder, diesmal mit einem hellen Lachen, das seine Verwirrung und sein Erstaunen noch steigerte

»Ziemlich klein!« prustete sie. »Ihr seid so ehrlich wie kühn. Ich bin eine Zwergin, gewiß, oder nur wenig größer, aber trotzdem doch recht angenehm anzuschauen, nicht wahr?«

»O ja, Miss, äußerst angenehm«, antwortete der verlegene Ritter, der sich kläglich bemühte, ungezwungen zu erscheinen.

»Und ein Mann wäre sehr froh, mich zu ehelichen?« bohrte sie weiter.

»O ja, mein Fräulein, sehr, sehr froh!« pflichtete Dick bei.

»Nennt mich doch endlich Alicia.«

»Alicia«, verbesserte sich Richard.

»Also dann, Löwentreiber«, fuhr sie fort, »da Ihr am Tod meines Verwandten schuld seid und mich heimatlos gemacht habt, schuldet Ihr mir jede Wiedergutmachung, nicht wahr?«

»So ist es, mein Fräulein … Alicia«, bestätigte Dick, »obwohl ich mir mit ehrlichem Herzen nur zum Teil die Schuld am Tod dieses tapferen Ritters gebe.«

»Wollt Ihr Ausflüchte vorbringen?« rief sie wieder, offenbar leicht verärgert.

»Mitnichten, gnädiges Fräulein. Ich sagte doch, daß ich sogar zum Mönch werde, wenn Ihr darauf besteht«, entgegnete Richard.

»Demnach gehört Ihr mir doch auf Eure Ehre, nicht wahr?« folgerte sie.

»Ja, edles Fräulein, auf meine Ehre glaube ich schon – immerhin …«, begann Dick.

»Ach, erklärt Euch endlich klar und deutlich!« unterbrach sie ihn. »Ihr wollt immer ausweichen. Auf Ehre, seid Ihr mein Eigentum, bis Ihr für das Übel bezahlt habt?«

»Auf Ehre, ich bin es«, bestätigte Dick.

»Dann hört«, fuhr sie fort. »Ihr würdet ein sehr kläglicher Mönch werden, wie mir scheint. Und da ich die

Absicht habe, auf angenehmste Weise von Euch Gebrauch zu machen, würde ich Euch sogar als meinen Ehemann nehmen. Nein, keine Widerworte!« rief sie. »Sie werden Euch nichts nützen. Denn die Angelegenheit ist doch so, daß Ihr, der mich eines Heims beraubt habt, mir ein neues beschaffen müßt. Und was Joanna betrifft, so wird sie die erste sein, die diesem Wechsel zustimmt. Denn schließlich – da wir ja enge Freundinnen sind – was macht es für einen Unterschied, wen Ihr ehelicht? Überhaupt keinen!«

»Gnädiges Fräulein«, entgegnete Dick. »Ich will gern in ein Kloster gehen, wenn es Euch gefällt, aber irgendeine andere auf der weiten Welt zu heiraten als Joan Sedley – niemals! Nicht wegen eines Mannes Gewalt, noch um den Willen einer Dame zu erfüllen. Verzeiht mir, daß ich meine schlichten Gedanken hier so einfach zu Gehör bringe, aber wenn eine Maid sich kühn zeigt, muß ein armes Manneswesen sich noch kühner zeigen.«

»Dick«, sprach sie darauf, »Ihr müßt jetzt zu mir kommen und mich für diesen Ausspruch küssen. Oh, fürchtet nichts – Ihr werdet mich für Joanna küssen, und wenn ich wieder mit ihr zusammentreffe, werde ich ihr den Kuß zurückgeben und ihr sagen, daß ich ihn gestohlen habe. Und was Eure Schuld mir gegenüber angeht – ach, mein armer Einfaltspinsel, Ihr wart doch wirklich nicht allein in dieser großen Schlacht, und auch wenn ein Yorkist auf den Thron kommen sollte, so seid Ihr es nicht, der ihn darauf gesetzt hat. Wenn es aber um ein gutes, süßes, ehrliches Herz geht, lieber Dick, so habt Ihr es, und wenn ich in meiner Seele etwas finden könnte, das ich Eurer Joanna neide, dann ist es Eure Liebe.«

DIE NACHT IN DEN WÄLDERN – DICK UND JOAN

Inzwischen hatten die Pferde den kleinen Vorrat an Futter gefressen und sich vollends von den Anstrengungen erholt. Auf Dicks Befehl wurde das Feuer mit Schnee gelöscht. Während seine Männer müde in den Sattel stiegen, wählte er eine hohe Eiche aus und kletterte gewandt bis zur obersten Astgabel hinauf, als er sich – wenn auch recht spät – an die Vorsicht des zünftigen Waldmannes erinnerte. Von dort oben konnte er den mondbeschienenen und schneebedeckten Wald weit überblicken. Im Südwesten ragte die höhergelegene Heide, wo er und Joanna das unheimliche Erlebnis mit dem vermeintlichen Aussätzigen gehabt hatten, dunkel gegen den Horizont auf. Und dort fiel sein Blick auf einen Punkt rötlicher Helle, nicht größer als ein Nadelöhr.

Dick schalt sich streng wegen seiner Nachlässigkeit. Wenn dies, wie es aussah, Sir Daniels Lagerfeuer war, hätte er es lange zuvor entdeckt haben und darauf zu getrabt sein müssen. Vor allem hätte er unter keinen Umständen seine Anwesenheit durch ein eigenes Feuer anzeigen dürfen. Aber jetzt durfte er keine wertvolle Zeit mehr verschwenden. Der direkte Weg zur Hochlandheide betrug etwa zwei Meilen, aber er führte durch eine sehr steile, enge Schlucht, die für aufgesessene Reiter unpassierbar war. Um Zeit zu gewinnen, erschien es Dick ratsam, die Pferde zurückzulassen und das Abenteuer zu Fuß zu versuchen.

Zehn Männer wurden zur Bewachung der Pferde abgestellt, Signale wurden vereinbart, mit denen sie sich im Notfall verständigen konnten, und dann zog Dick an der

Spitze seines Trupps zu Fuß weiter, Alicia Risingham mit mutigem Schritt an seiner Seite.

Die Männer hatten sich von ihren schweren Rüstungen befreit und auch ihre Lanzen zurückgelassen; nun marschierten sie guten Mutes auf dem gefrorenen Schnee unter dem tröstlichen Schein des Mondes dahin. Der Abstieg in die enge Schlucht, in der sich ein Bach leise raunend seinen Weg durch Schnee und Eis bahnte, erfolgte schweigend und geordnet. Auf der anderen Seite, kaum eine halbe Meile von der Stelle entfernt, an der Dick das ferne Schimmern eines Feuers gesehen hatte, hielt die Gruppe, um vor dem Angriff Atem zu schöpfen.

In der tiefen Stille des Waldes waren die leisesten Geräusche schon von weitem zu vernehmen und Alicia, die ein sehr scharfes Gehör hatte, hielt warnend einen Finger in die Höhe, beugte sich nieder und lauschte angestrengt. Alle folgten ihrem Beispiel, doch abgesehen vom Gurgeln des in der engen Schlucht hinter ihnen eingezwängten Baches und dem Bellen eine Fuchses aus einer Entfernung von vielen Meilen durch den Wald konnte Dick auch bei angestrengtestem Horchen nichts vernehmen.

»Ganz sicher, ich habe das Klappern von Pferdegeschirr gehört«, flüsterte Alicia.

»Miss«, entgegnete Dick, der mehr Furcht vor dieser jungen Dame als vor zehn kräftigen Kriegern hatte, »ich möchte hier beileibe nicht andeuten, daß Ihr Euch irrt, aber das Geräusch könnte von den Lagern hinter uns gekommen sein.«

»Von daher kam es nicht, sondern aus westlicher Richtung«, widersprach sie.

»Mag es gewesen sein, was es will«, meinte Dick. »Wie es dem Himmel gefällt. Kümmern wir uns nicht darum, sondern stoßen wir um so schneller vor, um uns Gewißheit zu verschaffen. – Auf, Freunde, genug Atem geschöpft!«

Als sie weiterschlichen, fanden sie den Schnee von immer mehr Hufen zertrampelt, und es wurde unverkennbar, daß sie sich dem Lager einer beträchtlichen Gruppe Berittener näherten. Schließlich konnten sie Rauch zwischen den Bäumen emporsteigen sehen, im unteren Teil rötlich gefärbt und mit hellem Funkenflug.

Nun begannen die Männer auf Dicks Befehl hin auszuschwärmen, wobei sie jede Deckung nutzten. So kreisten sie das Lager ihrer Feinde ein. Dick wies Alicia an, hinter einem mächtigen Eichenstamm zu bleiben, und schlich dann geradewegs auf das Feuer zu.

Dann lichtete sich der Wald vor ihm, so daß er endlich das Lager überblicken konnte. Das Feuer war auf einer mit Heidekraut bewachsenen kleinen Anhöhe errichtet worden, die auf drei Seiten von Dickicht umschlossen war, und brannte mit lodernden Flammen und lautem Prasseln. Darum herum saßen weniger als ein Dutzend Leute, alle warm vermummt. Doch obgleich der Schnee in der Umgebung zertrampelt war wie von einem Kavallerieregiment, hielt Dick vergebens nach einem Pferd Ausschau. Plötzlich stieg der schreckliche Verdacht in ihm auf, daß er überlistet worden war. Zur gleichen Zeit erkannte er in einem hochgewachsenen Mann mit einer Stahlhaube, der sich die Hände an den Flammen wärmte, seinen alten Freund und auch als Gegner noch gütigen Bennet Hatch; in zwei anderen Männern, die etwas weiter entfernt saßen, erblickte er trotz ihrer Verkleidung Joanna Sedley und Sir Daniels Ehefrau.

Nun, dachte er sich, auch wenn ich meine Pferde verliere, werde ich mir doch meine Joanna nehmen – und warum sollte ich mich da beklagen?

Und dann kam von der anderen Seite des Lagers ein leises Pfeifen, das anzeigte, daß seine Männer den Kreis geschlossen hatten.

Bei diesem Geräusch sprang Bennet auf, doch bevor er zu seine Waffen greifen konnte, rief Dick ihn an:

»Bennet, alter Freund, ergebt Euch! Es wird nur unnütz Blut vergossen, wenn Ihr Widerstand leistet.«

»Bei der heiligen Barbara, es ist Master Shelton!« rief Hatch zutiefst überrascht. »Mich ergeben? Da verlangt Ihr aber viel. Wie viele Leute habt Ihr denn?«

»Ich sage Euch nur, Bennet, daß Ihr in der Unterzahl und umzingelt seid«, antwortete Dick. »Selbst Cäsar und Karl der Große würden jetzt um Gnade winseln. Ich habe vierzig Mann auf Rufweite, und mit einer Pfeilsalve könnte ich Euch alle niederstrecken lassen.«

»Master Dick«, entgegnete Bennet, »es geht mir gegen das Herz, aber ich muß meiner Pflicht Genüge tun. Mögen die Heiligen Euch beistehen!« Und damit hielt er eine kleine Trompete an die Lippen und blies ein schmetterndes Signal.

Es folgte ein Augenblick des Wirrwarrs, denn Dick, der um die Frauen fürchtete, zögerte noch, das Zeichen zum Schießen zu geben, so daß Hatchs kleiner Haufe die Waffen ergreifen und Rücken gegen Rücken eine Stellung für erbitterten Widerstand bilden konnte. In der Hast dieser Bewegungen sprang Joanna auf und eilte an die Seite ihres Liebsten.

»Hier bin ich, Dick!« rief sie und ergriff seine Hand.

Dick aber stand unentschlossen da. Er war noch zu jung für die beklagenswerteren Notwendigkeiten des Krieges, so daß der Gedanke an die alte Lady Brackley den Befehl auf seiner Zunge lähmte. Seine eigenen Leute wurden unruhig; einige schossen schließlich, ohne den Befehl erhalten zu haben. Bei der ersten Salve fiel der arme Bennet zu Boden. Da erwachte Dick aus seinem Bann.

»Auf sie!« rief er. »Schießt, Burschen, für England und York!«

In diesem Moment erklang plötzlich der dumpfe Rhythmus vieler Pferdehufe im hohlen Ohr der Nacht, schwoll mit unglaublicher Geschwindigkeit an und kam immer näher. Gleichzeitig antworteten Trompeten immer wieder auf das Signal von Hatch.

»Sammeln, sammeln!« brüllte Dick. »Alle zu mir! Sammelt Euch, um Euer Leben willen!«

Doch seine Männer – zu Fuß, verstreut, überrumpelt in dem Augenblick, als sie mit einem leichten Sieg gerechnet hatten – begannen statt dessen, einzeln zurückzuweichen oder standen unschlüssig da oder verstreuten sich im Dickicht. Und als die ersten Reiter auf den breiten Wegen heranpreschten und ihre Streitrösser rachedurstig in das krachende Unterholz lenkten, wurden einige Nachzügler zwischen den Büschen niedergetrampelt oder aufgespießt, doch das Gros von Dicks Truppe hatte sich beim Lärm des heranstürmenden Feindes regelrecht im Dickicht aufgelöst.

Dick stand einen Augenblick tatenlos da in der bitteren Erkenntnis der Folgen seines voreiligen und unklugen Draufgängertums. Sir Daniel hatte sein Lagerfeuer gesehen und war mit seinem Trupp losgezogen, entweder um die Verfolger anzugreifen oder sie von hinten zu packen, wenn sie einen Angriff wagen sollten. Seine Rolle in dem ganzen Abenteuer war die eines umsichtigen Anführers gewesen, Dicks Rolle die eines eifrigen, unvorsichtigen Knaben. Und jetzt stand der junge Ritter da – nun zwar mit seiner Liebsten, die ihn innig bei der Hand hielt, ansonsten aber allein, während seine gesamte Truppe von Männern und Pferden in der Nacht und dem weiten Wald verstreut war wie eine Handvoll Stecknadeln, die man in einen Heuschober schüttet.

Die Heiligen mögen mich erleuchten! betete Dick stumm. Was nützt es nun, daß ich für meine Taten zum

Ritter geschlagen wurde? Das hier bringt mir wenig Ehre!

Darauf begann er zu rennen, Joanna immer noch an der Hand.

Die Stille der Nacht wurde jetzt durch die Rufe der Tunstall-Krieger zerrissen, wie sie hin und her galoppierten und Flüchtige jagten. Dick brach kühn durchs Unterholz und stürmte voran. Der silberne Schein des Mondes auf dem Schnee nahm zu, je dunkler es im Dickicht wurde. Da die Besiegten so weit verstreut waren, mußten die Verfolger die verschiedensten Richtungen einschlagen. So konnten Dick und Joanna bald ein dichtes Gestrüpp erreichen, wo sie anhielten und auf die Geräusche der Verfolger lauschten, die aus allen Richtungen an ihre Ohren drangen, aber mit zunehmender Entfernung allmählich abnahmen.

»Wenn ich doch nur eine Reserve zurückbehalten hätte!« rief Dick voller Bitterkeit aus. »Dann hätte ich das Blatt noch wenden können! Ja, wir müssen immer wieder durch Schaden lernen. Das nächste Mal wird's besser, bei Gott!«

»Ach, Dick«, meinte Joanna, »was macht das schon aus? Die Hauptsache ist doch, daß wir wieder vereint sind.«

Er schaute sie an, und da war sie wieder – John Matcham, wie damals, in Männerhosen und Wams. Aber nun wußte er ja, wer sie in Wirklichkeit war, auch in dieser unvorteilhaften Kleidung. Sie lächelte ihn an, voller Liebe, und sein Herz strahlte vor Freude.

»Meine Liebste«, sprach er, »wenn *Ihr* diesem Stümper vergebt, was soll es mich dann kümmern? Machen wir uns geradewegs auf nach Holywood, wo sich Euer guter Vormund und mein noch besserer Freund, Lord Foxham, befinden. Dort werden wir getraut – und ob wir wohlhabend oder arm, berühmt oder unbekannt sind, was macht uns das aus? Am heutigen Tag, meine Geliebte, habe ich meine Rittersporen gewonnen. Ich wurde von großen Männern für meine Tapferkeit gelobt und hielt mich für den besten Krieger von ganz England. Dann verlor ich zuerst die Gunst des Herzogs, und jetzt bin ich vernichtend geschlagen worden und habe meine Soldaten schmählich verloren. Ein schrecklicher Fall von Hochmut! Aber es kümmert mich nicht. Wenn Ihr mich noch liebt und mich ehelichen wollt, werde ich auf meinen Rittertitel verzichten und es kein bißchen bedauern.«

»Mein lieber Dick!« rief sie aus. »Man hat Euch also zum Ritter geschlagen?«

»Ja, Liebes, und Ihr seid jetzt meine Ritterdame«, antwortete er innig, »oder Ihr werdet es vor morgen mittag sein. Wollt Ihr?«

»Oh, das will ich, Dick, mit frohem Herzen«, jubelte sie.

»So, so, Sir! Und ich dachte, Ihr wolltet Mönch werden«, ertönte eine Stimme hinter ihnen.

»Alicia!« rief Joanna aus.

»Dieselbe«, erwiderte die junge Dame und kam näher. »Die Alicia, die Ihr für tot habt liegen lassen und die Euer Löwentreiber fand, wieder zum Leben erweckte und der er – bei meiner Treu – den Hof machte, falls Ihr es wissen wollt.«

»Oh, das glaube ich nicht!« rief Joanna. »Dick!«

»Dick!« ahmte Alicia sie nach. »Dick, in der Tat! Ei, holder Ritter, Ihr verlaßt junge Damen in Not«, fuhr sie an Dick gewandt fort. »Ihr laßt sie hinter Eichenstämmen stehen. So ist es also wahr, was man erzählt – das Zeitalter der Ritterlichkeit ist tot.«

»Gnädiges Fräulein«, rief Dick verzweifelt aus, »bei meiner Seel', ich hatte Euch doch tatsächlich vergessen. Ich flehe Euch an, verzeiht mir. Ihr seht ja, ich habe Joanna wiedergefunden!«

»Ich habe nicht angenommen, daß Ihr es absichtlich

getan habt«, entgegnete Alicia, »aber meine Rache wird furchtbar sein, denn ich will meiner lieben Lady Shelton – oder die, die es werden soll«, fügte sie mit einem Knicks hinzu, »ein Geheimnis verraten. Also, Joanna, ich glaube auf meine Ehre, daß Euer Liebster ein kühner Bursche im Kampf ist, aber laßt es mich Euch ganz ungeschönt sagen: Er ist auch der weichherzigste Einfaltspinsel in ganz England. Nehmt ihn nur – habt Freude mit ihm! Und nun, Ihr törichten Kinder, küßt mich zuerst, jeder von Euch, auf Glück und Freundlichkeit, und dann küßt Euch, aber nur eine einzige Minute nach dem Stundenglas, nicht eine Sekunde länger. Dann wollen wir alle drei, so schnell wir können, nach Holywood marschieren, denn mir scheint, daß diese Wälder voller Gefahren sind – und furchtbar kalt.«

»Aber hat mein Dick Euch wirklich den Hof gemacht?« wollte Joanna wissen, während sie sich an ihren Liebsten hängte.

»Aber nein, dummes Mädchen«, beruhigte Alicia sie, »*ich* war es, die ihm Avancen machte. Ich ging sogar so weit, ihm anzubieten, mich zur Frau zu nehmen, aber er sagte mir nur, ich solle meinesgleichen heiraten. Genau das waren seine Worte. Ich möchte nur noch sagen, daß er sehr anständig ist, aber wenig amüsant. Und nun, um Himmels willen, laßt uns aufbrechen. Wollen wir wieder durch die Schlucht oder auf geradem Weg nach Holywood?«

»Nun ja«, meinte Dick, »ich würde gern wieder auf einem Pferd sitzen, denn ich bin in den letzten Tagen weidlich herumgestoßen und gebeutelt worden, so daß mein armer Leib eine einzige Beule ist. Aber was meint Ihr – wenn die Männer bei den Pferden auf den Kampflärm hin geflohen sind, würden wir umsonst einen Umweg machen. Es sind etwa drei kurze Meilen auf geradem Weg nach Holywood. Die Glocke hat noch nicht die neunte Stunde geschlagen. Der Schnee ist hart genug. Man kann recht gut darauf gehen, und der Mond scheint hell. Wie wär's also, wenn wir uns gleich zu Fuß auf den Weg machen?«

»Einverstanden«, rief Alicia, doch Joanna drückte nur Dicks Arm.

Also marschierten sie davon, durch offene, blattlose Haine, über schneebedeckte Lichtungen – alles unter dem blassen Gesicht des Wintermondes. Dick und Joanna gingen Hand in Hand in einer unsichtbaren Wolke von Glück, und ihre leichtherzige Begleiterin, die ihre eigenen Kümmernisse schon aus ihrem Inneren verbannt hatte, folgte einen oder zwei Schritte hinter ihnen, wobei sie sich einmal ihrem Schweigen anschloß, ein andermal wieder fröhliche Bilder ihrer Zukunft und des kommenden vereinten Lebens in anschaulichen Worten malte.

Noch waren allerdings in der Ferne des Waldes die Reiter von Tunstall zu hören, wie sie ihre Verfolgung fortsetzten, und von Zeit zu Zeit zeugten Schreie oder das Klirren von Stahl vom Zusammenstoß der Feinde. Aber bei diesen jungen Leuten, die in den Wirren des Krieges aufgewachsen und gerade erst einer Vielzahl von Gefahren entwichen waren, konnten Furcht und Anteilnahme nicht so leicht erweckt werden. Damit zufrieden, daß die Geräusche immer schwächer wurden, gaben sie sich in ihren Herzen der Freude des Wiederbeisammenseins hin und schritten, wie Alicia es ausdrückte, bereits wie in einem Hochzeitszug. Weder die rauhe Einsamkeit des Waldes noch die Kälte der Winternacht konnten sie aus ihrem Glück herausreißen oder es auch nur schmälern.

Endlich konnten sie von einem überragenden Hügel auf das kleine Tal von Holywood hinunterblicken. Die hohen Fenster der Waldabtei waren von Fackeln und Kerzen beleuchtet, die hohen Zinnen und Türmchen ragten deutlich in den Nachthimmel, und das goldene Kreuz auf der höchsten Spitze strahlte hell im Mondlicht. Überall auf der umliegenden Lichtung brannten Lagerfeuer und standen Hütten. Mitten durch dieses Bild zog sich der gefrorene Fluß.

»Beim Kreuze«, sagte Richard, »dort lagern immer noch Lord Foxhams Leute. Der Bote hat sie wohl nicht erreicht. Aber um so besser, dann haben wir mehr Macht gegen Sir Daniel zur Hand.«

Der Umstand jedoch, daß Lord Foxhams Leute noch auf dem langen Werder bei Holywood lagerten, hatte einen anderen Grund, als Dick vermutete. Sie waren in der Tat in Richtung Shoreby marschiert, doch ehe sie auf halbem Weg dorthin waren, wies ein zweiter Bote sie an, zu ihrem letzten Lagerplatz zurückzukehren, um die Landstraße gegen Flüchtlinge der Lancasterschen zu sperren und somit näher bei der Hauptarmee der Yorkisten zu bleiben. Denn nachdem er die Schlacht beendet und seine Feinde in diesem Gebiet vernichtet hatte, war Richard von Gloucester schon auf dem Marsch, um sich mit seinem Bruder zu vereinigen, und nicht lange nachdem Lord Foxhams Gefolgsleute zurückgekehrt waren, zog der Bucklige seinem Pferd auch schon die Zügel vor dem Abteitor an. Zu Ehren dieses hohen Besuchs strahlten die Fenster in hellem Glanz. Als Dick und seine Begleiterinnen eintrafen, wurde gerade der ganze herzogliche Hofstaat im Speisesaal dieses mächtigen und prachtvollen Klosters bewirtet.

Dick wurde ihnen vorgeführt – nicht ganz aus freiem Willen. Richard von Gloucester saß da, von den furchtbaren Anstrengungen des Tages erschöpft, das weiße, bedrohliche Antlitz auf eine Hand gestützt. Lord Foxham, der sich von seiner Wunde halbwegs erholt hatte, nahm den Ehrenplatz zu seiner Linken ein.

»Nun, Sir?« fragte der eine Richard den anderen. »Habt Ihr mir den Kopf Sir Daniels gebracht?«

»Mylord«, erwiderte Dick, nach außen fest, doch mit Besorgnis im Herzen, »ich habe noch nicht einmal Glück genug gehabt, mit meinen Leuten zurückzukommen. Um es ohne Umschweife zu sagen – ich bin vernichtend geschlagen worden.«

Gloucester schaute ihn mit finsterer Miene an.

»Ich gab Euch doch fünfzig Lanzen*, Sir«, sprach er grollend.

»Mylord, ich hatte im ganzen ja nur fünfzig Reiter«, erwiderte der junge Ritter.

»Wie verhält es sich damit?« wollte Gloucester wissen. »Er hatte mich doch um fünfzig *Lanzen* gebeten!«

»Mit Verlaub, Euer Gnaden«, antwortete Catesby beflissen, »für eine Verfolgung gaben wir ihm nur die Reiter.«

»Nun, so sei's eben«, meinte der schreckliche Richard und fügte hinzu: »Shelton, Ihr könnt gehen.«

»Bleibt!« warf Lord Foxham ein. Dann wandte er sich an den Herzog. »Dieser junge Mann hatte auch einen Auftrag von *mir* erhalten, den er vielleicht besser ausführen konnte. – Sagt, Master Shelton, habt Ihr die Maid gefunden?«

»Die Heiligen seien gepriesen, Mylord«, erwiderte Dick. »Sie ist bereits in diesem Haus.«

»Ach, wirklich? Nun dann, Mylord«, wandte Lord Foxham sich an Richard von Glouchester, »mit Eurer Einwilligung schlage ich für morgen, vor dem Abmarsch der Armee, eine Hochzeit vor. Dieser junge Edelmann ...«

»Junge Ritter«, unterbrach ihn Catesby.

* Im Sprachgebrauch der damaligen Zeit schloß der Ausdruck ›Lanze‹ eine nicht genau bestimmte Anzahl von Fußsoldaten ein, die einem schweren Reiter beigegeben waren.

»Was sagt Ihr da, Sir William?« rief Lord Foxham aus.

»Ich schlug ihn mit eigener Hand und aus gutem Grund zum Ritter«, bemerkte Gloucester dazu. »Er hat mir zweimal tapfer gedient, denn er ist ein Bursche, der sich mutig in einem Handgemenge schlägt. Aber er hat das Herz eines Kapauns. Es ist nicht die Kraft des Armes und der Mut der Taten, sondern der eiserne Wille eines Mannes, der ihm fehlt. Wie dem auch sei, Lord Foxham – wenn er heiraten soll, so verheiratet ihn halt im Namen der Heiligen Jungfrau – und Schluß damit!«

»Ich kann nur bezeugen, daß er ein guter, tapferer Bursche ist«, entgegnete Lord Foxham und wandte sich an Dick. »Seid also guten Mutes, Sir Richard. Ich habe die Angelegenheit mit Master Hamley geregelt, so daß Ihr morgen verehelicht werdet.«

Dick erachtete es daraufhin für klüger, sich zurückzuziehen, doch er hatte den klösterlichen Speisesaal noch nicht verlassen, als ein Mann, der soeben vor dem Tor vom Pferd gesprungen war, vier Stufen auf einmal nehmend die Treppe heraufgeeilt kam, die Abteidiener zur Seite drängte und das Knie vor dem Herzog beugte.

»Sieg, Mylord!« rief er.

Bevor Dick noch das Zimmer erreichte, das man ihm als Lord Foxhams Gast bereitgestellt hatte, begannen die im Werder lagernden Truppen laut an ihren Feuern zu jubeln, denn am gleichen Tag war der Macht von Lancaster keine zwanzig Meilen entfernt ein zweiter vernichtender Schlag zugefügt worden.

DICKS RACHE

Am nächsten Morgen war Dick schon vor Tagesanbruch auf den Beinen. Nachdem er sich mit Hilfe des Gepäcks von Lord Foxham so vorteilhaft wie möglich gekleidet und gute Nachrichten über Joans Befinden erhalten hatte, machte er sich zu einem Morgenspaziergang auf, um seine Ungeduld zu zügeln.

Einige Zeit ging er zwischen den Soldaten umher, die sich in der winterlichen Morgendämmerung und beim roten Schein von Fackeln Rüstungen und Waffen anlegten, aber allmählich spazierte er ganz allein weiter aufs Feld hinaus, am Außenposten vorbei und in den gefrorenen Wald hinein, in Erwartung des Sonnenaufgangs.

Sein Inneres war ruhig und zufrieden. Daß er nur so kurze Zeit die Gunst des Herzogs besessen hatte, bedauerte er nicht sehr, denn mit Joan als Gemahlin und Lord Foxham als verläßlichem Schutzherrn konnte er froh in die Zukunft blicken – und in der Vergangenheit fand er nur weniges zu bedauern.

Wie er so in Gedanken versunken dahinwanderte, wurde das feierliche Morgenlicht klarer, der Himmel im Osten färbte sich rötlich, und ein leichter schneidender Wind wirbelte den gefrorenen Schnee ein wenig auf. In dem Moment, als Dick sich umwandte, um sich auf den Rückweg zu machen, fiel sein Blick auf eine Gestalt hinter einem Baum.

»Halt!« rief er. »Wer da?«

Die Gestalt trat hervor und winkte mit der Hand wie ein Stummer. Sie war wie ein Pilger gekleidet und hatte eine Kapuze bis übers Gesicht gezogen, doch Dick erkannte sofort Sir Daniel.

Er ging auf ihn zu und zog dabei sein Schwert. Sir

Daniel, der die Hand auf die Brust gelegt hatte, als wollte er nach einer verborgenen Waffe greifen, erwartete ihn standhaft.

»Nun, Dicky«, sagte Sir Daniel, »wie soll es denn sein? Wollt Ihr noch Krieg gegen die Geschlagenen führen?«

»Ich habe keinen Krieg gegen Euer Leben geführt«, erwiderte Richard. »Ich war Euer wahrer Freund, bis Ihr mir nach dem Leben getrachtet habt – und Ihr habt gierig danach getrachtet!«

»O nein, das war Selbstverteidigung«, entgegnete der Ritter. »Und jetzt, mein Junge, hat mich die Nachricht von dieser Schlacht erreicht und daß dieser bucklige Teufel hier in meinem Wald ist. Ich komme nach Holywood, um Asyl zu erbitten. Dann möchte ich übers Meer auswandern mit dem, was ich tragen kann, um ein Leben in Burgund oder dem Frankenreich zu beginnen.«

»Ihr dürft nicht nach Holywood gehen«, warnte ihn Dick.

»So? Und warum nicht?« fragte der Ritter.

»Wißt Ihr, Sir Daniel, heute ist der Morgen meiner Hochzeit«, erklärte Dick, »und die Sonne, die gleich aufgeht, wird die glänzendste sein, die jemals für mich schien. Euer Leben ist verwirkt – doppelt verwirkt durch meines Vaters Tod und Eure Handlungsweise mir gegenüber. Aber ich selbst habe auch unrecht getan und trage die Schuld am Tod unschuldiger Menschen, so daß ich an diesem schönen Tag weder Richter noch Henker sein möchte. Selbst wenn Ihr der Teufel wärt, würde ich heute auch nicht Hand an Euch legen, und der Teufel könnte von mir aus gehen, wohin er will. Sucht Gottes Vergebung – die meine habt Ihr. Aber nach Holywood zu gehen, ist eine andere Sache. Ich trage die Waffen für York und werde deshalb keinen Spion hinter unseren Linien dulden. Also laßt Euch gesagt sein, wenn Ihr noch einen Fuß vor den anderen setzt, werde ich meine Stimme erheben und die nächste Wache rufen, um Euch ergreifen zu lassen.«

»Ihr verhöhnt mich«, sagte Sir Daniel, »denn außerhalb von Holywood gibt's keine Sicherheit für mich.«

»Das schert mich nicht«, entgegnete Richard. »Ich lasse Euch nach Osten, Westen oder Süden gehen – aber nicht nach Norden! Holywood ist Euch verschlossen. Geht und kehrt nie wieder. Wenn Ihr aus meinem Blick entschwunden seid, werde ich jede Wache in dieser Armee warnen, auf Euer Erscheinen achtzugeben. Auch werden sie alle Pilger so genau überprüfen, daß Ihr bereuen würdet, auch nur den Versuch zu wagen – und wenn Ihr der Teufel selbst wärt!«

»Damit verurteilt Ihr mich zum Untergang«, sprach Sir Daniel verzweifelt.

»Ich verurteile Euch keineswegs«, entgegnete Richard. »Wenn es Euch gefällt, Eure Kampfeskraft mit meiner zu messen, dann kommt! Obgleich ich fürchte, dadurch treulos gegen meine Partei zu handeln, will ich die Herausforderung offen annehmen und allein mit Euch kämpfen, ohne jemand zu Hilfe zu rufen. So werde ich meinen Vater reinen Gewissens rächen können.«

»Nun«, wandte Sir Daniel ein, »Ihr habt ein langes Schwert und ich nur einen Dolch.«

»Ich vertraue allein auf den Himmel«, antwortete Dick und warf sein Schwert ein Stück hinter sich in den Schnee. »Also, wenn Euer böser Wille es Euch einflößt, dann kommt – und zur Freude des Allmächtigen werde ich Eure Knochen den Füchsen zum Fraß liegen lassen.«

»Ich wollte Euch doch nur auf die Probe stellen«, entgegnete der Ältere mit einem unsicheren, gespielten Lachen. »Es will Euer Blut nicht vergießen.«

»Dann geht, bevor es zu spät ist«, beharrte Dick. »In fünf

Minuten werde ich die Wachen rufen. Ich bin wahrlich zu geduldig. Wärt Ihr an meiner Stelle, wäre ich jetzt schon einige Minuten an Hand und Fuß gebunden.«

»Nun, dann werde ich gehen, Dickie«, entgegnete Sir Daniel. »Wenn wir uns wieder begegnen, werdet Ihr bereuen, daß Ihr so unerbittlich wart.«

Mit diesen Worten drehte der Ritter sich um und entschwand unter den Bäumen Dicks Blicken. Mit seltsam gemischten Gefühlen schaute Dick ihm nach, wie er da so eilig und unruhig dahinschritt, sich immer wieder umwandte und ein argwöhnisches Auge auf den jungen Mann warf, der ihn geschont hatte, dem er aber immer noch mißtraute.

Zur einen Seite von Sir Daniels Weg befand sich ein stark mit Efeu überwachsenes Dickicht, das auch in seinem winterlichen Zustand undurchdringlich für das Auge war. Darin ertönte plötzlich das Summen einer Bogensehne wie eine Musiknote. Ein Pfeil schwirrte heraus, und der Ritter von Tunstall warf mit einem erstickten Schrei des Schmerzes und der Wut die Arme in die Höhe und fiel mit dem Gesicht nach vorn in den Schnee.

Dick sprang an Sir Daniels Seite und hob dessen Oberkörper an. Im Gesicht des Getroffenen arbeitete es, und sein ganzer Körper wurde von Krämpfen geschüttelt.

»Ist der Pfeil schwarz?« hauchte er.

»Ja, schwarz«, erwiderte Dick ernst.

Bevor er noch ein Wort hinzufügen konnte, wurde der Körper des Verwundeten vom Kopf bis zu den Füßen von einem furchtbaren Schmerzanfall ergriffen, so daß Sir Daniel sich in Dicks stützenden Armen aufbäumte und sein Geist ihn stumm verließ.

Der junge Mann legte den Toten behutsam in den Schnee und betete für dessen unvorbereitete, schuldige Seele. Währenddessen ging die Sonne beinahe mit einem

Sprung auf, und die Rotkehlchen begannen im Efeu zu zwitschern.

Als Dick sich wieder erhob, bemerkte er, daß jemand anders ein paar Schritte hinter ihm kniete. Er wartete, immer noch mit entblößtem Haupt, bis der Fremde seine Gebete beendet hatte. Es dauerte lange. Der Mann hatte den Kopf gebeugt, das Gesicht in den Händen verborgen und betete wie jemand, der sich in großer Verwirrung und Seelennot befindet. Anhand des Bogens, der neben dem Fremden lag, folgerte Dick, daß es sich um keinen anderen handelte als um den Schützen, der Sir Daniel niedergestreckt hatte.

Endlich stand der Fremde auf, und Dick erkannte das Gesicht von Ellis Duckworth.

»Richard«, sagte er feierlich, »ich hörte Eure Worte. Ihr habt den besseren Teil gewählt und vergeben – ich dagegen wählte den schlechteren Teil, und da liegt nun die sterbliche Hülle meine Feindes. Betet für mich.«

Und er nahm Dicks Hand.

»Sir«, erwiderte Dick, »ich werde für Euch beten, bin mir aber nicht sicher, ob meine Gebete Gehör finden. Wenn Ihr so lange nach Rache gedürstet habt und nun feststellt, daß sie einen solch bitteren Geschmack hinterläßt, meint Ihr da nicht auch, daß es besser wäre, anderen zu vergeben? Hatch ist nun auch tot, der arme Kerl. Ich hätte einen Schlimmeren als ihn geschont. An Sir Daniel habt Ihr Euch nun gerächt, doch was den Priester betrifft, so wäre es mir lieber, Ihr würdet ihn gehen lassen – sofern meine Meinung darüber überhaupt von Belang für Euch ist.«

Da leuchtete ein Blitz in Ellis Duckworths Augen auf.

»Das fällt mir schwer«, entgegnete er, »denn der Teufel ist immer noch stark in mir. Aber seid unbesorgt, der schwarze Pfeil wird nimmermehr fliegen. Die Bruderschaft hat sich aufgelöst. Diejenigen, die noch am Leben sind, werden ihr Dasein ruhig bis zum Ende verbringen, wie auch ich mit Gottes Hilfe. Und Ihr – geht dorthin, wohin Euer Glück Euch ruft, und denkt nicht mehr an mich.«

SCHLUSS

Gegen neun Uhr morgens führte Lord Foxham sein Mündel, das wieder seinem Geschlecht entsprechend gekleidet war und von Alicia Risingham gefolgt wurde, zur Kirche von Holywood, als Richard der Bucklige, die Stirn sorgenvoll gerunzelt, ihren Weg kreuzte und hielt.

»Ist das die Maid?« fragte er. Als Lord Foxham bejahte, rief er aus: »Holdes Fräulein, erhebt Euer Antlitz, damit ich seinen Leibreiz beurteilen kann.«

Dann schaute er sie eine Weile mürrisch an.

»Ihr seid wahrhaftig schön«, bemerkte er schließlich, »und habt, wie man mir erzählte, auch eine ansehnliche Mitgift. Wie wäre es, wenn ich Euch eine Ehe mit mir anbiete, geziemend Eurer Erscheinung und Herkunft?«

»Mylord«, antwortete Joanna, »mit Verlaub, Euer Gnaden, ich möchte doch lieber Sir Richard ehelichen.«

»Tatsächlich?« stieß der Bucklige barsch hervor. »So heiratet denn – aber den Mann, den *ich* Euch bestimme. Noch vor dem Abend wird er Lord sein und Ihr Lady. Denn laßt es mich ohne Umschweife aussprechen: Sir Richard wird als Sir Richard sterben – als nicht mehr und als nicht weniger.«

»Ich wünsche nichts mehr vom Himmel, Mylord, als dereinst als Sir Richards Eheweib sterben zu dürfen«, gab Joanna zurück.

»So schaue man sich das doch einmal an!« sagte Richard von Gloucester, an Lord Foxham gewandt. »Was für ein seltsames Paar, dieses Fräulein und der Bursche, für dessen gute Dienste ich ihm die Wahl anbot zwischen meiner Gunst und der Begnadigung eines alten, betrunkenen Seemannes, und der sich für den Trunkenbold entschied. Ich habe ihn unmißverständlich gewarnt, aber er beharrte auf seiner Torheit. ›Damit endet meine Gunst für Euch‹, sagte ich, worauf er mit der ruhigsten Unverschämtheit antwortete: ›Was ich schmerzlich bedauere.‹ Und so soll es denn auch sein, Potztausend!«

»Hat er das gesagt?« warf Alicia ein. »Oh, wohl gesprochen, Löwentreiber!«

»Wer ist denn diese Frauensperson?« wollte der Herzog wissen.

»Eine Gefangene von Sir Richard«, antwortete Lord Foxham, »das Edelfräulein Alicia Risingham.«

»Seht zu, daß sie mit einem resoluten Mann verheiratet wird«, sagte darauf der Herzog.

»Ich denke da an meinen Verwandten Hamley, mit Verlaub«, entgegnete Lord Foxham. »Er hat unserer Sache wohl gedient.«

»Hamley sagt mir zu«, meinte Richard von Gloucester. »Verheiratet sie also geschwind. – Sagt, holde Maid, wollt Ihr ihn heiraten?«

»Mylord«, antwortete Alicia, »wenn der Mann ehrlich und aufrecht ist ...«, und dann erstarben ihr die Worte wie unter großem Kummer auf der Zunge.

»Das ist er, gnädiges Fräulein«, erwiderte Richard von Gloucester gelassen. »*Ich* bin es ja, welcher der einzig Bucklige auf meiner Seite ist. Alle anderen sind von leidlich gutem Aussehen. – Meine Damen und Ihr, Mylord«, fügte er mit einem plötzlichen Wechsel zu feierlicher Höflichkeit hinzu, »betrachtet mich bitte nicht als ungehobelt, wenn ich Euch nun verlasse. Ein Mann wie ich kann im Krieg nicht frei über seine Zeit verfügen.«

Und nach einer perfekten Verbeugung schritt er davon, gefolgt von seinen Offizieren.

»O weh!« rief Alicia aus. »Ich bin verloren!«

»Ihr kennt ihn nicht«, entgegnete Lord Foxham. »Das ist doch nur eine Lappalie. Ich denke, er hat Eure Worte jetzt schon vergessen.«

»Er ist ja wohl die Blüte der Ritterschaft?« wollte Alicia dann wissen.

»Ach, er hat ganz andere Sorgen«, meinte Lord Foxham. »Aber laßt uns nicht länger säumig sein.«

Im Chorgestühl der Kirche fanden sie Dick in Begleitung einiger junger Männer wartend vor; dann wurden er und Joan getraut. Als sie glücklich und doch in feierlichem Ernst wieder in die frostklare Luft und das Sonnenlicht hinaustraten, wanden sich die langen Schlangen der Armee bereits die Straße hinauf. Das Banner des Herzogs von Gloucester war schon entfaltet und flatterte vor der Abtei inmitten einer Gruppe von Lanzen. Dahinter, umgeben von Rittern in Stahlrüstung, ritt der kühne, schwarzherzige und ehrgeizige Bucklige zu seinem kurzen Königtum und ewiger Schande. Doch die Hochzeitsgesellschaft wandte sich nach der anderen Seite und setzte sich mit feierlicher Fröhlichkeit an die Frühstückstafel. Der Pater Kellermeister umsorgte sie und setzte sich dann mit ihnen zu Tisch. Hamley, der alle Eifersucht vergessen hatte, machte der keineswegs abgeneigten Alicia den Hof. Dort saßen nun inmitten von Trompetenstößen, dem Klirren von gerüsteten Soldaten, Rufen und trommelnden Hufschlägen Joan und Dick Seite an Seite. Sie hielten sich bei den Händen und schauten sich mit ständig wachsender Liebe in die Augen.

Von nun an lebten sie abseits vom Staub und Blut jener

unruhigen Epoche und verschont von allen Unruhen, umgeben von dem grünen Wald, in dem ihre Liebe begonnen hatte.

Währenddessen erfreuten sich zwei alte Männer reichlicher Ruhegelder und gaben sich im Dorf Tunstall fröhlich dem übermäßigen Genuß von Bier und Wein hin. Der eine war sein Leben lang Seemann gewesen und wollte nicht aufhören, den Verlust seines lieben Matrosen Tom zu beklagen. Der andere, der von allem etwas gewesen war, wandte sich schließlich der Frömmigkeit zu und starb einen höchst gottgefälligen Tod unter dem Namen Bruder Honestus in der benachbarten Abtei. So wurde Lawless' Wunsch erfüllt, als Mönch zu sterben.

Die Wrackräuber

ERSTES BUCH

DAS TRIO

Die Nacht am Strand

In der gesamten Inselwelt des Pazifik leben viele verstreute Abkömmlinge europäischer Rassen auf den verschiedensten Sprossen der gesellschaftlichen Leiter und verbreiten dort Leben und Krankheiten. Einige werden reich, andere vegetieren nur dahin. Einige haben die Stufen zu Thronen erklommen und besitzen Inseln und Flotten. Andere müssen heiraten, um sich den Lebensunterhalt zu verdienen, und eine knackige, fröhliche schokoladenfarbene Dame unterstützt sie in ihrer Faulenzerei. Sie gehen gekleidet wie die Eingeborenen, behalten aber ein fremdartiges Element in Haltung und Gesten, vielleicht verbunden mit einem Relikt wie dem Monokel des Offiziers und Herrenreiters, doch fläzen sie sich auf palmblattgedeckten Veranden und unterhalten das Inselpublikum mit ihren Erinnerungen an Tanzpaläste. Und dann gibt es noch wiederum andere, die weniger anpaßbar, weniger fähig sind, weniger glücklich und vielleicht weniger gemein, denen es selbst auf diesen Inseln des Überflusses an Brot mangelt.

Am Rande der Stadt Papeete saßen drei derartige Männer am Strand unter einem Puraobaum.

Es war schon spät. Schon vor längerer Zeit hatten die Musiker eingepackt und waren unter Gesang heimgegangen, und ein bunter Haufen von Männern und Frauen, Angestellte der Kaufleute und Marineoffiziere, tanzte hinter ihnen her, die Arme umeinandergeschlungen und mit Girlanden bekränzt. Schon vor längerer Zeit war Dunkelheit und Stille von Haus zu Haus gewandert in dieser winzigen, heidnischen Stadt. Nur die Straßenlaternen brannten noch und bildeten in schattigen Gäßchen einen Glühwürmchenschein oder warfen zitterndes Licht auf die Wasser des Hafens. Vom Regierungskai drang lautes Schnarchen zwischen den dort aufgeschichteten Holzstapeln herein. Es kam von den schnittigen, steilkieligen Schonern, die wie Dinghis angekettet lagen. Die Mannschaften lagen unter freiem Himmel auf Deck oder kauerten sich unter einer Plane inmitten der unordentlich aufgetürmten Waren zusammen.

Aber die Männer unter dem Puraobaum vergeudeten keinen Gedanken an Schlaf. Die gleiche Temperatur hätte man im Sommer in England ohne eine Bemerkung hingenommen, aber für die Südsee war es bitterkalt. Die unbelebte Natur wußte es, und in jedem Vogelkäfig auf der Insel war die Flasche mit dem Kokosöl eingefroren. Die drei Menschen wußten es auch und zitterten. Sie trugen dünne Baumwollkleidung, die gleiche, in der sie während des Tages geschwitzt und den Angriff der tropischen Schauer ertragen hatten, und um ihre Lage vollends schlimm zu machen, hatten sie kein erwähnenswertes Frühstück genossen, noch weniger Mittag- und überhaupt kein Abendessen.

Diese Männer waren, um eine treffende Bezeichnung der Südsee zu gebrauchen, gestrandet. Das gemeinsame Unglück hatte sie miteinander bekannt gemacht als die unglücklichsten englischsprechenden Geschöpfe in Tahiti. Abgesehen von ihrem Unglück wußten sie fast nichts übereinander, nicht einmal ihre wirklichen Namen. Denn jeder hatte eine lange Lehrzeit des Abstiegs hinter sich, und jeder war auf irgendeiner Stufe des Niedergangs zu der Schande gezwungen gewesen, ein Alias anzunehmen. Aber noch keiner von ihnen hatte einen Gerichtssaal von innen gesehen; zwei waren Männer von freundlichen Eigenschaften, und einer, der nun zitternd unter dem Puraobaum saß, hatte einen zerfledderten Virgil in der Tasche.

Robert Herrick hätte gewiß, wenn er nur einen Pfennig für dieses Buch bekommen hätte, seinen letzten Besitz schon vor langer Zeit geopfert. Aber die Nachfrage nach Literatur, die in einigen Teilen der Südsee ein so ausgeprägtes Kennzeichen darstellt, erstreckt sich nicht auf die toten Sprachen, und der Virgil, den er nicht gegen eine Mahlzeit eintauschen konnte, hatte ihn oft im Hunger getröstet. Er studierte ihn, wenn er mit eng geschnalltem Gürtel auf dem Boden des alten Kittchens lag, suchte die ihm liebsten Stellen heraus und fand neue, die nur weniger schön waren, weil sie die Weihe der Erinnerung nicht besaßen. Oder er blieb bei gelegentlichen Spaziergängen stehen, setzte sich an den Wegrand, starrte über das Meer zu den Bergen von Eimeo, vertiefte sich in die *Äneis* und suchte *sortes* heraus.

Und wenn das Orakel, wie es mit Orakeln immer der Fall ist, eine Antwort gab, die nicht sehr ermutigend oder gewiß klang, dann drängten sich zumindest Erinnerungen an England in das Gehirn des Exilierten: der vollgestopfte Klassenraum, die grünen Sportplätze, Ferien zu Hause und der ewige Lärm von London, der Kamin und der weißhaarige Kopf des Vaters. Denn es ist das Schicksal jener ernsten, maßvollen klassischen Schriftsteller, mit denen wir in der Schule gezwungenermaßen und oft schmerzhaft Bekanntschaft schließen, ins Blut überzugehen und sich im Gedächtnis einzunisten, so daß ein Satz von Vergil weniger über Mantua und Augustus Auskunft gibt, sondern über englische Orte und die unwiederbringliche Jugend des Schülers.

Robert Herrick war der Sohn eines intelligenten, aktiven und ehrgeizigen Mannes, seines Zeichens Juniorpartner in einem angesehenen Londoner Geschäft. Man setzte Hoffnungen in den Jungen, schickte ihn auf eine gute Schule, wo er ein Stipendium für Oxford erlangte, um dann die westeuropäischen Universitäten zu besuchen. Trotz all seiner Talente und seines Geschmacks – von beidem hatte er viel – mangelte es Robert doch an Beständigkeit und intellektueller Mannhaftigkeit; er beschäftigte sich mit Nebengebieten der Wissenschaften, mit Musik oder der Metaphysik, wenn er Griechisch lernen sollte, und legte endlich ein mäßiges Examen ab. Fast zum gleichen Zeitpunkt geriet das Londoner Geschäft in eine katastrophale Lage. Der alte Herrick mußte als Angestellter in einem fremden Büro wieder neu beginnen und Robert seinen Ehrgeiz aufgeben und einen Beruf ergreifen, den er verachtete und haßte. Er besaß keinen Kopf für Zahlen, kein Interesse am Geschäft, verachtete die strengen Bürostunden und die Ziele und den Erfolg der Kaufleute. Reich zu werden gehörte nicht zu seinen Zielen, eher, es gut zu haben. Ein schlechterer oder kühnerer junger Mann hätte dieses Schicksal ausgeschlagen und vielleicht seine Zukunft mit der Feder gesucht, wäre vielleicht auch in die Armee eingetreten. Robert, der klüger, möglicherweise aber auch nur furchtsamer war, willigte ein, jenes Leben zu beginnen, mit welchem er seine Familie am besten unterstützen konnte. Aber das geschah mit geteilter Aufmerksamkeit; er floh die Nachbarschaft der ehemaligen Kameraden und suchte sich unter mehreren Stellen, die ihm offenstanden, eine Anstellung in einem Büro in New York aus.

Von da an war seine Karriere eine Kette ununterbrochener Schande. Er trank nicht, er war aufrichtig und niemals unhöflich zu seinen Vorgesetzten, aber überall wurde er entlassen. Er brachte seinen Pflichten kein Interesse entgegen, schenkte ihnen keine Aufmerksamkeit; sein Tag war angefüllt mit vernachlässigten und fehlerhaften Dingen, und von Stelle zu Stelle und von Ort zu Ort trug er den Charakter eines völlig Unfähigen mit sich. Kein Mensch kann es ohne rot zu werden ertragen, wenn man ihn mit diesem Wort bezeichnet, und es gibt auch in der Tat kein anderes, daß einem so nachdrücklich die Tür der Selbstachtung ins Gesicht schlägt. Und für Herrick, der sich seiner Talente und seines Wissens bewußt war und verächtlich auf die niederen Tätigkeiten hinabblickte, die er nicht ausüben konnte, war der Schmerz noch schlimmer. Zu Beginn seines Abstiegs schon hatte er aufgehört, Zugeständnisse zu machen, und kurz darauf, als er nichts weiter zu berichten wußte als sein Scheitern, hörte er auf, nach Hause zu schreiben, und etwa ein Jahr ehe diese Geschichte beginnt, als er plötzlich von einem vulgären, wütenden deutschen Juden in San Francisco auf die Straße geworfen wurde, hatte er die letzten Bande der Selbstachtung zerrissen, auf eine plötzliche Eingebung hin seinen Namen geändert und seine letzten Dollars in eine Schiffspassage auf dem Postklipper *City of Papeete* investiert. Mit welcher Erwartung er seine Flucht in die Südsee gelenkt hatte, wußte Herrick wohl selbst kaum. Zweifelsohne konnte man dort ein Vermögen in Kopra und Perlen erlangen, zweifelsohne waren andere, nicht mehr begabt als er, in der Inselwelt zum Prinzgemahl oder königlichen Berater emporgestiegen. Aber wenn Herrick mit hohen Zielen dort hingegangen wäre, dann hätte er den Namen seines Vaters beibehalten. Das Alias verriet seinen moralischen Bankrott. Er hatte Flagge gezeigt. Er unterhielt keinerlei Hoffnungen mehr, sich wieder zu fangen oder seiner Familie in ihrer Zwangslage zu helfen, und er kam auf die Inseln (von denen er wußte, daß das Klima dort sanft, das Brot billig und das Leben leicht war) als ein Deserteur von der Schlacht des Lebens und seinen unmittelbaren Pflichten. Das Scheitern, so sagte er, sei nun einmal sein Los; sollte es doch ein angenehmes Scheitern sein.

Glücklicherweise reicht es nicht aus, zu sagen: ›Ich will

mich erniedrigen‹. Herrick setzte auf den Inseln seine Karriere des Scheiterns fort, aber in der neuen Umgebung und unter einem anderen Namen litt er nicht weniger drastisch als zuvor. Er fand eine Stellung und verlor sie auf altbekannte Weise. Von den geduldigen Gastwirten verlegte er sich auf offenere Mildtätigkeit am Wegrand, aber als die Zeit verging, erschöpfte sich die Gutmütigkeit, und nach der einen oder anderen Zurückweisung wurde Herrick scheu. Es gab genügend Frauen, die schlechtere und viel häßlichere Männer ausgehalten hätten. Herrick traf sie nur nie oder lernte niemals eine kennen; oder wenn ihm beides doch widerfuhr, so rebellierte ein männlicheres Gefühl in ihm, und er zog das Verhungern vor. Durchweicht von Regen, gebraten während des Tages, zitternd bei Nacht, ein unbenutztes und verfallenes Gefängnis als Schlafstatt, das Essen erbettelt oder aus Müllhaufen zusammengesucht, zwei ebensolche Außenseiter wie er selbst als Genossen, trank er schon seit Monaten den Kelch der Reue. Er hatte gewußt, was es hieß, zu resignieren, was es hieß, in kindischer Wut gegen das Schicksal zu rebellieren, und was es hieß, in das Koma der Verzweiflung zu sinken. Die Zeiten hatten ihn verändert. Er machte sich nichts mehr über einen leichten und vielleicht angenehmen Niedergang vor; er deutete seinen Werdegang anders. Er hatte sich als unfähig zum Aufstieg erwiesen und lernte nun aus der Erfahrung, daß ihn auch sein Fall nicht beugen konnte. Etwas, was man kaum als Stolz oder Kraft bezeichnen konnte, was vielleicht nur Erziehung war, hielt ihn vor der letzten Kapitulation zurück, aber er betrachtete sein Unglück mit wachsendem Grimm und wunderte sich zuweilen über seine Geduld.

Nun war der vierte Monat vergangen, und immer noch gab es keine Veränderung oder auch nur ein Zeichen für einen Wechsel. Der Mond, der durch eine Welt fliegender

Wolken jeglicher Größe, Gestalt und Dichte jagte, von denen einige dunkel wie Tintenflecke waren, andere fein wie Batist, warf die Wunder seiner südlichen Helligkeit über die zugleich wunderschöne und verabscheute Szene: Die Inselberge, gekrönt von der unbeweglichen Inselwolke, die überlaubte Stadt, besetzt mit spärlichen Lampen, die Masten im Hafen, der glatte Spiegel der Lagune und die Mole des großen Riffs, auf dem weiß die Brecher schäumten. Der Mond beleuchtete auch wie ein Scheinwerfer seine Kumpane: die ausgemergelte Gestalt eines Amerikaners, der sich Brown nannte und von dem bekannt war, daß er ein Kapitän mit irgendeinem dunklen Punkt in seiner Vergangenheit war, und auf die zwergwüchsige Person, die hellen Augen und das zahnlose Lächeln eines vulgären und kaltherzigen Buchhalters, eines Kanzleischreibers aus London. Das war die Gesellschaft von Robert Herrick! Der Yankee-Skipper war immerhin ein Mann. Er hatte die hervorragenden Eigenschaften des Zartgefühls und der Entschlußkraft, war einer, dessen Hand man ohne zu Erröten ergreifen konnte. Aber der andere hatte keine ausgleichenden positiven Eigenschaften. Er nannte sich zuweilen Hay und manchmal Tomkins und lachte über die Ungereimtheit. Er hatte in jedem Laden in Papeete gearbeitet, denn auf seine eigene Weise war der Mann recht fähig, war aber aus jedem wieder hinausgeworfen worden, denn er war durch und durch verderbt. Er hatte seine alten Brotgeber so verärgert, daß sie ihn auf der Straße nicht mehr grüßten und ihn behandelten, als sei er ein Hund, und all seine alten Kollegen mieden ihn ebenso wie einen Gläubiger.

Vor nicht allzu langer Zeit hatte ein Schiff aus Peru eine Grippe eingeschleppt, die nun auf den Inseln, besonders aber in Papeete, wütete. Überall um den Puraobaum hörte man die üblen Geräusche von Husten und Würgen. Die kranken Insulaner waren in der den Eingeborenen eigenen Ungeduld bei nur geringstem Fieber aus den Häusern gekrochen, um es kühler zu haben, und sie hockten am Strand oder in den angelandeten Kanus und warteten unter Schmerzen auf den neuen Tag. Wie das Krähen der Hähne sich auf dem Land in der Nacht von einem Bauernhof zum nächsten fortsetzt, so breitete sich das Husten aus, erstarb in der Ferne und begann dann erneut. Jeder elende Zitterer übernahm es von seinem Nachbarn, wurde ein paar Minuten in jener grausamen Ekstase zerrissen und blieb ausgepumpt und ohne Mut oder Stimme zurück, wenn es vorbei war. Wenn ein Mensch Mitleid zu vergeben hatte, dann war der Strand von Papeete in jener kalten Nacht während dieser kranken Jahreszeit der beste Platz dafür. Und von allen Leidenden war der vielleicht bemitleidenswerteste, der es aber gleichzeitig am wenigsten verdiente, der Schreiber aus London. Er war ein anderes Leben gewöhnt, zu dem Häuser, Betten, Pflege und die Nettigkeiten eines Krankenzimmers gehörten. Hier lag er nun draußen in der Kälte, dem frischen Wind ausgesetzt und mit leerem Magen. Er war außerdem ohnehin kränklich; die Grippe hatte ihn bis ins Mark getroffen, und seine Kumpane beobachteten überrascht seine Ausdauer. Sie erfüllte ein tiefes Mitleid, das ihre Abscheu überwand. Der Ekel, der eine so häßliche Krankheit begleitete, vergrößerte noch die Abneigung, aber zugleich band mit mehr als nur ausgleichender Kraft die Scham wegen eines so unmenschlichen Gefühls sie noch enger an ihn, und selbst das Böse, das sie von ihm wußten, vergrößerte noch ihr Mitgefühl; denn der Gedanke an den Tod ist immer am unerträglichsten, wenn er sich den bloß Sinnlichen und Selbstsüchtigen nähert. Zuweilen richteten sie ihn auf, manchmal schlugen sie ihn in mehr oder weniger wohlgemeinter Hilfeleistung zwischen die Schulterblätter, und wenn sich der arme Wicht geisterbleich zurücklehnte und nach einem Hustenkrampf völlig ausgelaugt war, spähten sie manchmal in sein Gesicht und suchten zweifelnd nach einem Lebenszeichen. Es gibt niemanden ohne eine einzige Tugend, und die des Schreibers war Mut. Er beeilte sich immer, ihnen in einer Nettigkeit, die nicht immer ganz angenehm war, zu versichern, daß er noch lebte.

»Is' schon gut, Jungs«, keuchte er einmal. »Das stärkt die Kehlmuskeln.«

»Nun, dann noch mal!« rief der Seemann.

»Oh, ich hab' schon tüchtig geübt«, stotterte der Leidende dann heraus. »Aber mir scheint's verdammt hart, daß ich der einzige hier bin, der von dieser Art Laster befallen ist, und der einzige, der sich mit so komischen Sachen abgibt. Vielleicht werden die anderen davon wach. Du kannst mir was erzählen.«

»Das Problem ist nur, daß wir nichts zu erzählen haben«, erwiderte der andere.

»Ich erzähle dir, wenn du willst, was ich gedacht habe«, meinte Herrick.

»Erzähl uns irgendwas«, sagte der Schreiber. »Ich möchte nur erinnert werden, daß ich noch nich' tot bin.«

Herrick begann. Er lag auf dem Bauch und sprach langsam und sehr leise, nicht wie ein Mensch, der irgend etwas zu sagen hat, sondern, als rede er gegen die Zeit an.

»Ich habe gerade dies gedacht«, fing er an. »Ich dachte, ich läge eines Nachts am Strand von Papeete – Mond und Elend und Husten ringsum –, und mir war kalt, und ich hatte Hunger. Ich war ungefähr neunzig Jahre alt und hatte zweihundertzwanzig davon am Strand von Papeete zugebracht. Und ich dachte, ich hätte gern einen Ring, den ich reiben könnte oder eine Fee als Patin, oder ich könnte Beelzebub heraufbeschwören. Und ich versuchte mich zu erinnern, wie man das macht. Ich wußte, daß man einen Ring aus Schädeln baut, denn das hatte ich im ›Freischütz‹ gesehen, und daß man seinen Mantel auszieht und die Ärmel nach außen wendet, denn das hatte ich bei Formes gesehen, als er den Kaspar spielte, und man konnte erkennen, so wie er es anfing, daß er es gut studiert hatte. Und dann braucht man noch etwas, das Rauch und einen üblen Gestank aussendet. Vielleicht erfüllt sogar eine Zigarre diesen Zweck, und dann muß man noch das Vaterunser rückwärts aufsagen. Nun, ich habe mich so gefragt, ob ich das wohl könnte. Es schien mir recht verlockend. Und dann fragte ich mich, ob ich es auch vorwärts aufsagen konnte, und das habe ich, glaube ich, auch getan. Und sobald ich die Worte ›die Macht und die Herrlichkeit‹ ausgesprochen hatte, sah ich einen Mann in einem Pareo mit einer Matte unter dem Arm aus der Stadt an den Strand kommen. Er war schlecht weggekommen im Leben und humpelte und war verkrüppelt, und die ganze Zeit über hustete er. Zuerst kümmerte ich mich nicht um sein Aussehen, glaube ich, aber dann tat mir die arme Seele leid, weil er so schwer hustete. Ich erinnerte mich an den Hustensaft, den der amerikanische Konsul dem Käptn für Hay gegeben hatte. Hat Hay überhaupt nichts genützt, aber ich dachte, dem alten Herrn könnte es guttun und stand auf. *Yorana!* sage ich. *Yorana!* antwortete er. Sieh mal, fuhr ich fort. Ich habe hier erstklassiges Zeugs in dieser Flasche. Das bringt deinen Husten in die Reihe, ja? Komm her, und ich gebe dir ungefähr einen Teelöffel in die hohle Hand, denn unser ganzes Tafelsilber liegt im Safe. Und da dachte ich, der Alte käme herbei, und je näher er kam, um so weniger gefiel er mir. Aber ich hatte es ja versprochen.«

»Was soll dieses blöde Geseiber?« unterbrach ihn der Schreiber. »Es ist wie der Rotz in der Nase.«

»Das ist eine Geschichte. Zu Hause habe ich sie immer

den Kindern erzählt«, antwortete Herrick. »Wenn es dich langweilt, hör' ich auf.«

»Oh, mach schon weiter«, erwiderte der Kranke. »Ist besser als nichts.«

»Nun«, fuhr Herrick fort, »sobald ich ihm den Hustensaft gegeben hatte, da schien es ihm besserzugehen, und er richtete sich auf. Ich erkannte, daß er gar kein Tahitianer war, sondern irgendein Araber, und er hatte einen langen Bart am Kinn. ›Eine gute Tat verdient eine andere‹ sagte er. ›Ich bin ein Zauberer aus Tausendundeiner Nacht, und diese Matte unter dem Arm ist der Originalteppich von Mohammed-Ben-Gottweißwer. Wenn man das Zauberwort sagt, kann man auf dem Teppich fliegen.‹ ›Du meinst wirklich, das ist ein fliegender Teppich?‹ rief ich. ›Wetten?‹ sagte er. ›Du bist wohl in Amerika gewesen, seit ich das letzte Mal Tausendundeine Nacht gelesen habe‹, antwortete er. ›Bin überall gewesen. Ein Mann mit einem solchen Teppich verschimmelt doch nicht einfach in einem Reihenhaus.‹ Nun, das klang vernünftig. ›Gut‹, sagte ich, ›willst du mir etwa auch sagen, ich könnte auf diesem Teppich direkt nach London in England fliegen?‹ fragte ich. Ich sagte: ›London, England‹, Käptn, weil er so lange in deinem Teil der Welt gewesen zu sein schien. ›Im Handumdrehen‹, antwortete er. Ich dachte an den Zeitunterschied. Wieviel macht das aus zwischen Papeete und London, Käptn?«

»Wenn wir Greenwich und Point Venus vergleichen, neun Stunden und ein paar Minuten und Sekunden«, antwortete der alte Seebär.

»Genau das hatte ich mir auch gedacht«, überlegte Herrick. »Ungefähr neun Stunden. Wenn wir nun drei Uhr morgens haben, dann würde ich ungefähr um die Mittagszeit in London einfliegen, und der Gedanke gefiel mir ungeheuer. ›Es gibt nur ein Problem‹, sagte ich. ›Ich habe keinen Cent in der Tasche. Es wäre schon schade, nach London zu fahren und nicht einmal eine Morgenzeitung kaufen zu können.‹ ›Oh‹, meinte er, ›du kennst noch nicht die Geheimnisse dieses Teppichs. Siehst du diese Tasche? Man braucht nur seine Hand hineinzustecken, und man zieht sie voller Sovereigns wieder heraus.‹«

»Waren es nicht Doppeladler?« wollte der Kapitän wissen.

»Genau!« rief Herrick. »Ich fand sie schon ungewöhnlich groß, und ich erinnere mich nun, daß ich zu den Geldwechslern am Charing Cross gehen und sie gegen englisches Silber tauschen mußte.«

»Oh, du bist da gewesen?« fragte der Schreiber. »Was hast du gemacht? Ich wette, du hast ordentlich was gegessen!«

»Nun, es ging genau, wie der alte Knabe sagte – im Handumdrehen«, antwortete Herrick. »In der einen Minute lag ich noch um drei Uhr morgens hier am Strand, und in der nächsten stand ich mittags vor dem *Golden Cross*. Zuerst war ich geblendet und hielt mir die Hand vor die Augen, und es schien sich nichts verändert zu haben. Der Tumult auf dem *Strand* und das Donnern des Riffs waren das gleiche. Hört euch es an, und man hört die Taxis und Busse vorbeirollen und die Straßen widerhallen. Und dann endlich konnte ich mich umsehen, und da war die alte Stadt, da gab es gar kein Vertun. Mit den Statuen und *St. Martin in the Fields*, den Bobbies und den Spatzen und den Taxis. Mir war zum Weinen zumute, glaube ich, oder zum Tanzen. Dann wollte ich hoch über die Nelsonsäule springen. Mir war wie einem Burschen, den man aus der Hölle geholt hat und in den schönsten Teil des Himmels wirft. Dann erblickte ich eine Mietkutsche mit einem frischen Pferd. ›Einen Schilling für dich, wenn wir in zwanzig Minuten dort sind‹, sagte ich zu dem Kutscher. Er legte ein hübsches Tempo voraus, wenn es auch lächerlich war im Vergleich zu dem Teppich, und nach neunzehneinhalb Minuten stand ich vor der Tür.«

»Welcher Tür?« fragte der Käptn.

»Oh, der Tür eines Hauses, das ich kannte«, erwiderte Herrick.

»Das war bestimmt eine *Kneipe*!« rief der Schreiber – aber das war nicht das Wort, das er gebrauchte. »Und warum bist du nicht auf dem Teppich dorthin geflogen, anstatt dich in ein Taxi zu setzen?«

»Ich wollte auf der ruhigen Straße kein Aufsehen erregen«, erwiderte der Erzähler. »Schlechte Manieren. Außerdem war es eine Droschke.«

»Und was hast du als nächstes getan?« fragte der Käptn.

»Nun ich bin hineingegangen«, antwortete Herrick.

»Die gleichen Leute?« fragte der Käptn.

»Genau«, meinte der andere und kaute an einem Grashalm.

»Also, ich glaube, du bist wirklich der schlechteste Erzähler der Welt«, rief der Schreiber. »Herrje, es hört sich an wie in der Bibelstunde. Ich kann dir sagen, in meiner Erzählung, da wäre mehr los. Ich würde erst mal frühstücken. Dann würde ich mir einen dicken Ulster mit Astrachanpelzbesatz kaufen, meinen Spazierstock nehmen und auf einen Bummel über den Piccadilly gehen. Dann in ein feines Restaurant, und da würde ich grüne Erbsen und eine Flasche Schampus und ein riesiges Schnitzel zu mir nehmen. Oh, ich vergaß, zuerst würde ich eingelegten Hering essen und zum Nachtisch Stachelbeertörtchen und heißen Kaffee und einen aus der grünen Flasche mit dem Siegel – Benedictine – das ist der verdammte Name. Und dann rein in ein Theater und Spaß mit ein paar Kumpels haben, dann die Tanzhallen und Bars, und vor dem Morgengrauen würde ich nicht heimgehen, nein, nicht vor Tageslicht. Und am nächsten Tag würd's zum Frühstück Eier und Speck und Brötchen und frische Butter geben. O ja!«

Der Schreiber wurde von einem neuen Hustenanfall unterbrochen.

»Und jetzt erzähle ich euch, was ich tun würde«, meinte der Käptn. »Ich würde keins von euren komischen Fuhrwerken nehmen, wo der Kutscher auf der Besandwarssaling hockt, sondern einen schlichten vierspännigen Schoner der höchstzulässigen Tonnage. Zuerst würde ich auf den Markt fahren und einen Truthahn und ein Spanferkel kaufen. Dann zu einem Weinhändler und ein Dutzend Flaschen Champagner gekauft, ein Dutzend Süßwein und Port und Madeira, das beste im ganzen Laden. Dann würde ich zu einem Spielzeugladen fahren und zwanzig Dollar für Spielzeug für die Piccaninnies ausgeben, dann zu einem Süßwarenhändler und Kuchen und Pasteten und Teilchen und das Zeug mit den Pflaumen drin kaufen. Dann zu einem Zeitschriftenstand und alle Zeitungen einpacken, die mit Bildern für die Kinder und die mit den Geschichten für die alten Damen, wo der Earl sich Anna-Maria zu erkennen gibt, und wie Lady Maude aus dem privaten Irrenhaus entkommt. Und dann würde ich dem Burschen befehlen, mich nach Hause zu fahren.«

»Du solltest noch etwas Saft für die Kinder besorgen«, warf Herrick ein. »Kinder mögen Saft.«

»Ja, Saft für die Kinder, roten Saft«, meinte der Käptn. »Und solche Dinger, an denen man zieht, und dann macht es *pop*, und man bekommt einen schlechten Vers heraus. Und dann sag' ich euch, hätten wir ein Fest wie Erntedank und Weihnachten zusammen. Großer Gott, wie gern sähe ich die Kinder wieder. Sie würden wohl geradewegs verrückt, wenn Daddy vor dem Haus vorfährt. Meine kleine Adar ...«

Der Käptn brach unvermittelt ab.

»Was, weiter«, ermunterte ihn der Schreiber.

»Das Verdammte ist nur, daß ich nicht weiß, ob sie nicht verhungern«, rief der Käptn.

»Es kann ihnen nicht schlechter gehen als uns, und das ist ein Trost«, gab der Schreiber zurück. »Selbst der Teufel kann's uns nicht mehr schlimmer kommen lassen.«

Es schien, als habe der Teufel ihn gehört. Das Licht des Mondes war einige Zeit schon verdeckt gewesen, und sie hatten im Dunkeln erzählt. Jetzt hörte man ein Dröhnen, das sich ungeduldig näherte. Der Spiegel der Lagune wurde weiß, und ehe sie noch taumelnd auf die Füße gekommen waren, brach ein Regenschauer über die Ausgestoßenen herein. Man muß in den Tropen gelebt haben, um sich Wut und Ausmaß eines solchen Gusses vorstellen zu können; ein Mensch keuchte unter diesem Ansturm, wie er unter einer kalten Dusche gekeucht hätte, und die Welt schien in Nacht und Wasser unterzugehen.

Sie flohen und tasteten sich zu ihrer gewohnten Unterkunft – fast konnte man es ihr Zuhause nennen – in dem alten Kittchen zurück. Durchgeweicht gelangten sie in die alten Zellen und legten sich, drei nasse, menschliche Lappen, auf den kalten Korallenboden, und bald darauf, als der Schauer vorüber war, hörte man im Dunkeln die Zähne des Schreibers klappern.

»Verdammt, Jungs«, jammerte er, »um Gottes Liebe, rückt näher und wärmt mich. Ich will verflucht sein, wenn ich sonst nicht sterbe.«

Da rückten die drei zu einem einzigen nassen Haufen zusammen und blieben liegen, bis der neue Tag kam, und sie zitterten und nickten ein, um ständig wieder durch den schrecklichen Husten des Schreibers geweckt zu werden.

Morgen am Strand – Die drei Briefe

Die Wolken waren alle geflohen; die Schönheit eines Tropentages breitete sich über Papeete aus, und die schäumende Wand der Brecher am Riff und die Palmen an den Flußmündungen zitterten bereits in der Hitze. Ein französisches Kriegsschiff lief aus auf dem Weg nach Hause; es lag im Mittelteil des Hafens, ein Ameisenhaufen an Betriebsamkeit. In der Nacht war ein Schoner hereingekommen und lag nun weit draußen dicht beim Hafeneingang, und die gelbe Flagge, das Zeichen für die Pest, flatterte am Mast. Von der Küste her bewegte sich eine lange Reihe von Kanus um die Landspitze auf den Markt zu, bunt wie ein Kopftuch von den vielfarbigen Kleidern der Eingeborenen und den Haufen von Früchten. Aber nicht einmal die Schönheit und die willkommene Wärme des Morgens, nicht einmal die maritimen Aktivitäten, die für Seeleute und Faulenzer so interessant sind, konnten die Aufmerksamkeit der Ausgestoßenen erregen. Ihre Herzen waren immer noch kalt, ihre Münder sauer vom Schlafmangel, die Schritte unsicher vom wenigen Essen, und sie tapsten in entmutigtem Schweigen wie lahme Gänse über den Strand. Sie bewegten sich auf die Stadt zu, auf die Stadt, wo glücklichere Menschen beim Frühstück saßen. Ihre hungrigen Blicke gingen nach allen Seiten, aber sie hielten nur nach Essen Ausschau.

Ein kleiner, heruntergekommener Schoner lag dicht am Kai, durch eine Planke mit ihm verbunden. Auf Deck hockten unter einer Plane fünf Kanaken, die Mannschaft, um einen Topf mit gebratenen Süßbananen und tranken Kaffee aus Blechbechern.

»Acht Glasen, Frühstück!« rief der Käptn mit gespielter Herzlichkeit. »Habe dieses Gefährt noch nie ausprobiert;

ist mein erster Auftritt. Schätze, ich werde ein volles Haus haben.« Er trat dicht an die Stelle, wo die Planke auf dem begrasten Kai ruhte, wandte dem Schoner den Rücken zu und begann eine lebhafte Melodie zu flöten: ›The Irish Washerwoman‹. Das wirkte auf die eingeborenen Seeleute wie ein verabredetes Signal. Zugleich blickten sie von ihrer Mahlzeit auf und drängten sich an die Schiffsseite, kauend und mit den Bananen in der Hand. Genau wie ein brauner Pyrenäenbär in den Straßen englischer Städte unter dem Stock seines Herrn tanzt, aber mit viel mehr Temperament, steppte der Kapitän im Takt zu seinem eigenen Gepfeife, und sein langer Morgenschatten hüpfte hinter ihm über das Gras. Die Kanaken lächelten über die Vorstellung. Herrick blickte mit schweren Augen hoch, und der Hunger überwand in diesem Augenblick alle Scham. Ein wenig abseits, aber immer noch in der Nähe, wurde der Schreiber von den sieben Teufeln der Influenza zerrissen.

Der Käptn hörte unvermittelt auf, schien sein Publikum zum ersten Mal wahrzunehmen und spielte den Mann, den man in einem Privatvergnügen stört.

»Hallo!« sagte er

Die Kanaken klatschten in die Hände und riefen ihm zu, weiterzumachen.

»Nein, *Sir*!« antwortete der Käptn. »Kein Essen, keinen Tanz. *Savvy?*«

»Armer alter Mann«, erwiderte einer aus der Mannschaft. »Du kein Essen?«

»Himmel, nein!« sagte der Käptn. »Nix da.«

»Gut. Ich haben«, sagte der Matrose. »Du kommen her. Viel Kaffee. Viel *Fei*. Anderer Mann auch.«

»Ich denke, da hängen wir uns rein«, meinte der Käptn, und er und seine Begleiter hasteten über die Planke. An Bord wurden sie mit Handschlag begrüßt; man machte ihnen Platz vor der Schüssel und fügte dem Festmahl zu Ehren der Gäste eine Gallone klebrige Melasse zu. Vom Vordeck brachte man ein Akkordeon und legte es bedeutsam neben den Tänzer.

»*Ariana*«, sagte dieser leichthin und strich dabei über das Instrument. Dann machte er sich ausgiebig über eine lange, klebrige Banane her, und nachdem er sie verzehrt hatte, hob er seinen Kaffeebecher und nickte dem Sprecher der Mannschaft zu. »Auf deine Gesundheit, alter Knabe. Du machst dem Südpazifik Ehre«, sagte er.

Mit der Gier von Bluthunden stopften sie sich mit dem heißen Essen und Kaffee voll, und selbst der Schreiber erholte sich, und die Farbe in seinen Wangen wurde weniger blaß. Der Kessel wurde geleert und die Schüssel gesäubert, und ihre Gastgeber, die sie derweil mit der glücklichen Gastfreundschaft der Polynesier bedient hatten, beeilten sich, den Nachtisch in Form von Inseltabak und Rollen von Pandanusblättern zu bringen, die als Papier dienten. Bald darauf saßen alle um die leeren Schüsseln und rauchten wie indianische Häuptlinge.

»Wenn man jeden Tag frühstückt, weiß man gar nicht mehr, wie gut es schmeckt«, bemerkte der Schreiber.

»Das nächste ist das Mittagessen«, meinte Herrick, und dann mit leidenschaftlicher Inbrunst: »Bei Gott, ich wünschte, ich wäre ein Kanake.«

»Eines ist sicher«, sagte der Käptn. »Mir reicht's. Lieber würde ich hängen, als hier weiter hinzudümpeln.« Und mit diesen Worten ergriff der das Akkordeon und spielte ›Home, sweet home‹.

»Oh, nicht das!« rief Herrick. »Das halte ich nicht aus!«

»Ich auch nicht«, entgegnete der Käptn. »Aber irgend etwas muß ich schon spielen. Wir müssen bezahlen, mein Sohn.« Und er spielte. ›John Browns Body‹ und sang mit einem schönen hellen Bariton dazu. Als nächstes folgte ›Dandy Jim of Carolina‹, danach ›Rorin' the Bold‹, ›Swing Low, Sweet Chariot‹, und ›The Beautiful Land‹ folgte. Der Käptn bezahlte sein Mahl mit Wucherzins zurück, wie er es viele Male zuvor getan hatte; manch eine Mahlzeit hatte er mit der gleichen Münze bezahlt, und die musikfreudigen Eingeborenen waren immer entzückt.

Er sang gerade mit letzter Energie ›Fifteen Dollars in the Inside Pocket‹, weil ihm das Singen allmählich etwas gegen den Strich ging, als man plötzlich etwas bei der Mannschaft bemerken konnte.

»Tapena Tom harry my«,* sagte der Vormann.

Und die drei Strandläufer folgten seinem Fingerzeig und sahen die Gestalt eines Mannes in Pyjamahose und einem weißen Pullover rasch aus Richtung der Stadt herankommen.

»Das ist Tapena Tom?« fragte der Käptn und brach die Musik ab. »Sollte ich den Burschen kennen?«

»Wir sollten besser Schluß machen«, schlug der Schreiber vor. »Dem trau' ich nicht.«

»Nun«, meinte der Musikant zögernd, »man kann das nicht so allgemein sagen. Ich versuche es einfach. Musik besitzt einen Zauber, der auch die wildesten Tapenas beruhigt, Junge. Vielleicht haben wir heute Glück. Vielleicht bekommen wir sogar Eispunsch in der Kabine.«

»Eispunsch? Oh, du meine Güte«, gab der Schreiber zurück. »Dann spiel was Heißes, Käptn. vielleicht ›Way down the Swanee River‹?«

»Nein, *Sir*, der sieht schottisch aus«, gab der Käptn zurück, und er begann ›Auld Lang Syne‹.

Kapitän Tom schien mit der gleichen geschäftsmäßigen Tüchtigkeit weiterzugehen; in seinem bärtigen Gesicht

* »Kapitän Tom kommt.«

konnte man keine Veränderung ausmachen, als er die Planke heraufkam. Er richtete nicht einmal einen Blick auf den Musikanten.

We twa hae paidled in the burn
Frae morning tide till dine

ging das Lied.

Kapitän Tom hielt ein Paket unter dem Arm, das er auf das Kabinendach legte, und dann wandte er sich unvermittelt an die Fremden und brüllte: »Ihr da! Macht, daß ihr wegkommt!«

Der Schreiber und Herrick zögerten nicht lange und flüchteten eilig über die Planke. Der Musikant jedoch warf das Instrument hin und erhob sich langsam zu voller Höhe.

»Was hast du da gesagt?« fragte er. »Mir ist wirklich danach zumute, dir eine Lektion in Sachen Höflichkeit zu erteilen.«

»Wenn du weiter so das Maul aufreißt«, erwiderte der Schotte, »dann kannst du dir bald die Gitterstäbe von innen ansehen. Ich hab' von euch dreien gehört. Lang seid ihr nicht mehr hier, das kann ich dir sagen. Die Regierung hat bereits eine Auge auf euch geworfen. Sie machen mit Strandräubern kurzen Prozeß. Und besonders die Franzosen.«

»Warte nur, bis du mir außerhalb deines Schiffes in die Finger kommst!« rief der Käptn, und dann sagte er zu der Mannschaft: »Adieu, Jungs. Ihr seid zumindest richtige Gentlemen. Der schlimmste Nigger von euch sähe auf einem Vordeck immer noch besser aus als dieser lausige Schotte.«

Der Kapitän machte sich nicht die Mühe einer Antwort; er sah seinen Gästen mit hartem Lächeln nach, und sobald der letzte Fuß die Planke verlassen hatte, richtete er sich an die Schauerleute, um Fracht aufzunehmen.

Die Strandläufer zogen sich unrühmlich über den Strand zurück. Herrick ging zuerst; sein Gesicht war dunkelrot, und die Knie zitterten ihm vor Wut. Bald darauf warf er sich unter dem gleichen Puraobaum nieder, unter dem sie die letzte Nacht zitternd verbracht hatten, stöhnte laut und vergrub das Gesicht im Sand.

»Sprecht mich nicht an, sprecht mich ja nicht an. Ich kann's nicht mehr ertragen«, brach es aus ihm heraus.

Die anderen beiden blieben verdutzt neben ihm stehen.

»Was kann er denn nich' aushalten?« fragte der Schreiber. »Hat er denn nich' zu essen bekommen? *Ich* leck' mir jetzt noch die Lippen.«

Herrick starrte ihn mit wildem Blick und brennendem Gesicht an. »Ich kann nicht betteln!« schrie er und warf sich wieder hin.

»Das geht nicht so weiter«, sagte der Käptn und holte tief Luft.

»So macht der auch keinen Schritt mehr, wie's aussieht«, spottete der Schreiber.

»Er ist wohl wirklich am Ende, und mach dir nichts vor«, erwiderte der Käptn. »Also«, fügte er lebhafter hinzu, »bleibt ihr man hier, und ich spreche mit meinem Repräsentanten.«

Und er drehte sich auf dem Absatz um und machte sich in schwingendem Seemannsgang auf nach Papeete.

Etwa eine halbe Stunde später kehrte er zurück. Der Schreiber döste mit dem Rücken gegen den Baum gelehnt. Herrick lag immer noch an der gleichen Stelle, wo er sich niedergeworfen hatte, und kein Zeichen verriet, ob er schlief oder nicht.

»Seht mal, Jungs!« rief der Käptn mit jener künstlichen Herzlichkeit, die er an sich hatte und die zuweilen so schmerzhaft wirkte. »Ich hab' was Neues«. Und er zog Schreibpapier, frankierte Umschläge und Bleistifte hervor, von jedem drei. »Wir alle können mit dem Postschiff Briefe nach Hause schicken. Der Konsul meint, ich könne zu ihm kommen und die Adressen dort in Tinte schreiben.«

»Nun, das ist wenigstens ein Anfang«, meinte der Schreiber. »Daran hab' ich überhaupt noch nich' gedacht.«

»Es war das Gespinne gestern abend über das Nachhausefahren, das mir die Idee gegeben hat«, sagte der Käptn.

»Gib schon her«, sagte der Schreiber. »Ich versuch's mal«, und er zog sich ein wenig von ihnen in den Schatten eines Kanus zurück.

Die anderen blieben unter dem Puraobaum. Sie schrieben ein paar Worte, kauten dann an den Bleistiftenden und starrten aufs Meer; dann wieder ruhten ihre Blicke auf dem Schreiber, der gegen das Kanu gelehnt saß, wie er hustete und grinste und sein Bleistift hurtig über das Blatt eilte.

»Ich kann es nicht«, sagte Herrick unvermittelt. »Ich habe nicht den Mut.«

»Komm«, sagte der Käptn und sprach mit ungewohntem Ernst. »Es ist vielleicht schwer zu schreiben, weil es ja Lügen sind, und Gott weiß das, aber es ist das Richtige. Es kostet nichts, zu sagen, es ginge dir gut und du wärest glücklich und es täte dir leid, und daß du dieses Mal nichts überweisen könntest. Und wenn du das nicht kannst, dann sage ich dir warum – ich glaube, es hängt mit der Hochwassermarkierung zusammen, die dich noch davon trennt, alle Rücksicht über Bord zu werfen.«

»Reden ist leicht«, sagte Herrick. »Du scheinst aber selbst noch nicht viel geschrieben zu haben, wie ich sehe.«

»Was willst du?« brach es aus dem Käptn heraus. Seine Stimme klang kaum lauter als ein Flüstern, aber sie schwang voller Gefühle. »Was weißt du denn schon von mir? Wenn du die feinste Bark kommandiert hättest, die je von Portland losgesegelt ist, wenn du betrunken in deiner Kabine gelegen hättest, als sie zwischen die Brecher vor den Vierzehn Inseln geriet, und hättest auch nicht die Klugheit besessen, unten zu bleiben und zu ertrinken, sondern wärest auf Deck gekommen und hättest betrunken Befehle gegeben und sechs Leben verloren – dann könnte ich dich verstehen! So«, fuhr er ruhiger fort, »das ist meine Geschichte, und jetzt kennst du sie. Ganz schön für einen Familienvater. Fünf Männer und eine Frau umgebracht zu haben. Ja, eine Frau war auch an Bord, und sie hatte dort eigentlich nichts zu suchen. Schätze, ich hab' sie nun in die Hölle geschickt, wenn es so was gibt. Ich habe es nicht gewagt, wieder nach Hause zu gehen, und meine Frau und die Kleinen gingen nach England zu ihrem Vater. Ich weiß nicht, was aus ihnen geworden ist«, fügte er mit einem bitteren Achselzucken hinzu.

»Danke, Käptn«, sagte Herrick. »Ich habe dich noch nie besser leiden können.«

Sie schüttelten einander die Hände, kurz und fest und mit abgewandtem Blick, und in ihrem Busen quoll Mitgefühl auf.

»Und jetzt, Jungs, wieder ans Lügenschmieden!« rief der Käptn.

»Ich geb's auf mit meinem Vater«, gab Herrick mit schiefen Lächeln zurück. »Ich versuche es mit meinem Schatz.«

Und das folgende schrieb er:

»Emma, ich habe die ersten Zeilen an meinen Vater ausgestrichen, denn ich glaube, an Dich kann ich leichter schreiben. Dies ist mein letztes Lebwohl an alle, das letzte, was Du jemals von einem unwürdigen Freund und Sohn im Leben sehen und hören

wirst. Ich bin im Leben gescheitert. Ich bin unter die Räder gekommen. Ich lebe unter einem falschen Namen. Du wirst das Vater alles mit Deiner ganzen Freundlichkeit beibringen müssen. Es ist alles meine Schuld. Ich weiß, wenn ich es richtig angefangen hätte, hätte ich es geschafft, im Leben voranzukommen, aber ich schwöre Dir, ich habe es versucht. Ich kann den Gedanken nicht ertragen, daß Du vielleicht glaubst, ich hätte es nicht versucht. Denn ich habe Euch alle geliebt, daran darfst Du niemals zweifeln, Du am allerwenigsten. Ich habe niemals aufgehört, Euch zu lieben, aber was war meine Liebe schon wert? Und was war ich wert? Ich hatte nicht einmal den Stolz eines einfachen Schreibers. Ich konnte nicht arbeiten, um Dich zu verdienen. Jetzt habe ich Dich verloren, und um Deinetwillen bin ich froh darum. Als Du zuerst ins Hause meines Vaters kamst – erinnerst du Dich noch an jene Tage? –, wollte ich, daß Du mich von meiner besten Seite siehst, alles, was gut an mir war. Erinnerst Du Dich noch an den Tag, an dem ich Deine Hand ergriff und sie nicht mehr loslassen wollte – am Tag auf der Battersea Bridge, als wir einen Lastkahn betrachteten und ich Dir eine meiner albernen Geschichten erzählte und dann abbrach, um Dir zu sagen, daß ich Dich liebte? Das war der Anfang, und dies hier ist das Ende. Wenn Du diesen Brief gelesen hast, geh zu allen und gib ihnen einen Abschiedskuß von mir, meinem Vater und meiner Mutter und den Kindern, einen nach dem anderen, und dem armen Onkel. Sag ihnen allen, sie sollen mich vergessen, und dann vergiß auch Du mich. Dreh den Schlüssel im Schloß herum, laß keinen Gedanken an mich zurückkehren. Schließ ab mit dem armen Geist, der tat, als sei er ein Mann, und Deine Liebe stahl. Die Verachtung über mich selbst wütet in mir, während ich dies schreibe. Ich sollte Dir noch sagen, daß es mir gutgeht und ich glücklich bin und es mir an nichts fehlt. Ich verdiene nicht viel Geld, andernfalls hätte ich Dir etwas geschickt, aber man kümmert sich um mich, ich habe Freunde und lebe in einem schönen Haus und einem Klima, wie wir es immer zusammen erträumt hatten, und man braucht kein Mitleid an mich zu verschwenden. Du verstehst, an solchen Orten ist es leicht zu leben, und zwar gut, aber zuweilen ist es schwer, auch nur einen Pfennig zu verdienen. Erkläre dies meinem Vater, er wird es verstehen. Ich habe nun nichts weiter zu sagen, verweile nur noch wie ein Gast, der nur ungern geht. Gott im Himmel möge Dich segnen. Stell Dir mich vor an einem schönen Strand; der Himmel und das Meer sind von unbeschreiblichem Blau, und die hohen Wellen donnern draußen gegen das Riff, wo eine kleine mit Palmen bestandene Insel liegt. Es geht mir gut, und ich fühle mich stark. Es ist eine angenehmere Art zu sterben, als wenn Ihr um ein Krankenbett stehen müßtet. Und dennoch sterbe ich. Dies ist mein letzter Gruß. Vergib mir, und vergiß einen Unwürdigen.«

So weit war er gekommen mit seinem Brief, und seine Bögen waren voll, da kehrte die Erinnerung an einen Abend am Klavier zurück und an jenes Lied, das Meisterwerk der Liebe, in dem so viele Menschen den Ausdruck ihrer liebsten Gedanken gefunden haben: »Einst, o Wunder!« fügte er hinzu. Mehr war nicht nötig. Er wußte, daß im Herzen seiner Liebsten der Kontext von selbst erstehen würde, begleitet von schönen Bildern und Harmonie, wie das ganze Leben lang ihr Name in seinen Ohren widerhallen würde, ihr Name sich überall in den Lauten der Natur wiederholte; und wenn der Tod kam und er sich auflöste, würde die Erinnerung an sie bleiben und seine Elemente noch in Erregung versetzen.

Einst, o Wunder aus der Asche meines Herzens,
Erblühte eine Blume …

Herrick und der Käptn beendeten ihre Briefe fast gleichzeitig; beide atmeten schwer, und ihre Blicke trafen sich und mieden einander wieder, als sie die Umschläge zuklebten.

»Tut mit leid, daß ich eine so große Schrift habe«, sagte der Käptn grimmig. »Brach alles so aus mir heraus, wo ich einmal anfing.«

»Das gleiche bei mir«, meinte Herrick. »Ich hätte einen ganzen Wald verschreiben können, als ich einmal anfing, aber es reichte für alles, was ich sagen wollte.«

Sie schrieben noch die Adressen, als der Schreiber herbeischlenderte, grinste und seinen Umschlag zwischen den Fingern hin- und herzwirbelte, als sei er sehr mit sich zufrieden. Er blickte Herrick über die Schulter.

»Hallo«, sagte er. »Du schreibst ja gar nicht nach Hause.«

»Doch«, antwortete Herrick. »Sie wohnt bei meinem Vater. Oh, ich sehe, was du meinst«, fügte er hinzu. »Mein wirklicher Name lautet Herrick. Nicht Hay ...« Sie trugen beide den gleichen Namen als Alias. »Nicht mehr Hay als du, möchte ich meinen.«

»Scharf in die Mitte getroffen«, lachte der Schreiber. »Mein Name lautet 'Uish, wenn du es wissen willst. In der Inselwelt hier hat jeder einen falschen Namen. Wette fünf zu drei, daß auch der Käptn einen anderen trägt.«

»Stimmt«, antwortete der Käptn, »und ich habe meinen richtigen Namen keinem mehr erzählt, seit ich die Titelseite aus meinem Seemannsbuch riß und ins Meer warf. Aber euch werde ich ihn sagen, Jungs. John Davis ist mein Name. Ich bin der Davis von der *Sea Ranger*.«

»Ach, wirklich?« sagte Huish. »Und was war das? Ein Piratensegler oder ein Seelenverkäufer?«

»Das war die schnellste Bark aus Portland, Maine«, antwortete der Käptn, »und so, wie ich sie verloren habe, hätte ich ihr ebensogut ein Loch in die Seite bohren können.«

»Oh, du hast sie verloren?« fragte der Schreiber. »Sie war hoffentlich versichert?«

Keine Antwort erfolgte auf diesen Scherz. Huish sprudelte immer noch über vor Eitelkeit und nahm ein neues Thema auf.

»Ich hätte gute Lust, euch meinen Brief vorzulesen«, sagte er. »Ich bin geschickt mit der Feder, wenn ich in Form bin, und das war ein Meisterstück. Die Frau war ein Barmädchen in Northampton, ein knackiges Ding. Immer Stil, un' uns traf's auf den ersten Blick. Ich glaube, ich hab' ihr einen Fünfer Trinkgeld gegeben. Und jetzt fiel mir zufällig ihr Name wieder ein, un' so hab ich ihr geschrieben un' ihr erzählt, daß ich reich geworden wär' und eine Königin von den Inseln geheiratet hätte und in einem tollen Palast wohnte. So ein Blödsinn! Ich muß euch was davon vorlesen, wie ich das Niggerparlament im Zylinder eröffne. Das ist wirklich stark!«

Der Käptn sprang auf die Füße. »Das hast du also mit dem Papier gemacht, für das ich gebettelt habe?« brüllte er.

Es war vielleicht Huishs Glück – sicher war es letztendlich für alle ein Unglück –, daß er gerade in diesem Augenblick einen Hustenanfall bekam; andernfalls hätten seine Kameraden ihn im Stich gelassen, so bitter war ihre Verärgerung. Als der Anfall vorbei war, streckte der Schreiber die Hand aus, nahm den Brief, der auf die Erde gefallen war, wieder auf und riß ihn mitsamt der Briefmarke in tausend Fetzen.

»Seid ihr nun zufrieden?« fragte er mürrisch.

»Wir werden nicht mehr davon reden«, versicherte ihm Davis.

Das alte Kittchen

Das alte Kittchen, in dem unsere Vagabunden so lange schon vor Anker gegangen waren, war ein niedriges, rechteckiges Gebäude an der Ecke einer schattigen Straße nach Westen, ein wenig stadteinwärts vom britischen Konsulat gelegen. Innen befand sich ein grasbewachsener Hof, der von Müll und den Spuren der dort nächtigenden Vagabunden übersät war. Sechs oder sieben Zellen gingen auf diesen Hof – die Türen, die einst meuternde Walfänger zurückgehalten hatten, waren nun verrottet. Kein Zeichen war vom alten Zweck des Gebäudes übrig geblieben, abgesehen von den rostigen Gittern vor den Fenstern.

Man hatte den Boden einer der Zellen ein wenig gesäubert; ein Eimer, das letzte Möbelstück unserer drei Halunken, stand voll Wasser neben der Tür, daneben lag eine Kokosnußschale als Trinkbecher. Auf einer ausgefransten Matte schlief Huish ausgestreckt, der Mund offen, das Gesicht totenbleich. Die Glut des Tropennachmittags und das Grün der sonnendurchfluteten Blätter drangen durch Tür und Fenster an diesen dämmrigen Ort. Herrick, der hin und her über den Korallenboden schritt, blieb manchmal stehen und benetzte sich Gesicht und Hals mit dem lauwarmen Wasser aus dem Eimer. Sein langer Leidensweg, die Wache der letzten Nacht, die Beleidigungen vom Morgen und die peinigende Sache mit dem Brief hatten ihn bis zu jenem Punkt getrieben, wo Schmerz fast eine Lust wird, die Zeit auf einen bloßen Punkt zusammenschrumpft und Tod und Leben gleich erscheinen. Hin und her schritt er wie ein eingekerkertes Tier, und seine Gedanken wirbelten durch das Universum seiner Erinnerung. Die Augen überflogen beim Gehen die Inschriften an den Wänden. Der bröckelige Verputz war von ihnen übersät.

Tahitische Namen, französische und englische, und grobe Zeichnungen von Schiffen unter voller Takelage und mit Männern beim Faustkampf.

Da kam ihm plötzlich in den Sinn, daß auch er an diesen Wänden eine Erinnerung hinterlassen müsse. Er blieb vor einer freien Stelle stehen, nahm den Bleistift heraus und überlegte. Eitelkeit, die so schwer zu vertreiben ist, erwachte in ihm. Wir nennen es zumindest Eitelkeit, ungerechterweise vielleicht. Es war eher das nackte Gefühl seiner Existenz, das ihn trieb, das Gefühl für sein Leben, das einzig Wunderbare, an das er sich nur noch mit einem Finger klammerte. Seinen gereizten Nerven entsprang eine starke Vorahnung künftiger Veränderungen, ob zum Guten oder Schlechten, konnte er nicht sagen: ein Wandel, mehr wußte er nicht, die Veränderung mit dem undurchdringlich verschleierten Antlitz, die sich lautlos näherte. Zusammen mit diesem Gefühl tauchte die Vision von einer Konzerthalle auf, der prächtige Glanz von Instrumenten, das stumme Publikum und der laute Klang einer Symphonie. »Das Schicksal klopft an die Tür«, dachte er, malte eine Notenlinie auf den Verputz und schrieb das berühmte Motiv der Fünften Symphonie an die Wand. »So«, dachte er, »jetzt werden sie wissen, daß ich die Musik liebte und für die Klassik schwärmte. Sie? He, vermutlich denke ich an einen unbekannten verwandten Geist, der eines Tages hierherkommt und meine *memor querela* liest. »Ha, Latein soll er auch haben!« Und er fügte hinzu: *terque quaterque beati queis ante ora patrum.*

Er begann wieder sein unruhiges Hin und Her, aber nun mit einem unbegründeten, aber bestätigenden Gefühl, er habe seine Pflicht getan. Er hatte an diesem Morgen sein Grab geschaufelt, jetzt meißelte er seinen Epitaph. Die Falten seiner Toga waren gerichtet; warum sollte er die unbedeutende Kleinigkeit aufschieben, die noch zu tun war? Er blieb stehen und blickte lange ins Gesicht des schlafenden Huish, trank sich voll an Enttäuschung und Abscheu über das Leben. Er brachte sich durch den Anblick der gemeinen Visage zu einer Übelkeit. Konnte dies so weitergehen? Was band ihn denn noch? Hatte er denn keine Rechte? Nur die Verpflichtung, weiterzumachen ohne Entlassung oder Urlaub, das Unerträgliche weiterzutragen? *Ich trage Unerträgliches* – dieses Zitat kam ihm in den Sinn. Er wiederholte das ganze Gedicht, eines der vollkommensten des vollkommensten Dichters. *Du, stolzes Herz, du hast es ja gewollt.* Wo war der Stolz seines Herzens geblieben? Und er wütete gegen sich selbst, wie ein Mann an einem schmerzenden Zahn saugt, in dem sinnlichen Taumel der Selbstverachtung. »Ich habe keinen Stolz, kein Herz, keine Männlichkeit«, dachte er, »oder warum verlängere ich sonst ein Leben, das schändlicher ist als der Galgen? Warum wäre ich sonst so weit gekommen? Kein Stolz, kein Talent, keine Kraft. Nicht einmal ein Bandit. Und soll hier verhungern mit schlimmeren Kreaturen als Banditen. Mit diesem trivialen Höllenhund!« Wut gegen den Kumpanen stieg in ihm auf und überflutete ihn, und er schüttelte eine zitternde Faust gegen den Schlafenden.

Dann hörte man rasche Schritte. Auf der Schwelle zur Zelle erschien der Käptn, keuchend und errötet und mit einem dümmlichen, glücklichen Ausdruck auf dem Gesicht. In den Armen trug er einen Laib Brot und Bierflaschen; die Taschen seines Rockes beulten sich aus von vielen Zigarren. Er warf seine Schätze auf den Boden, umklammerte Herrick mit beiden Händen und krähte vor Vergnügen.

»Schnapp dir ein Bier!« rief er. »Schnapp dir ein Bier, und Glory Hallelujah!«

»Bier?« wiederholte Huish und mühte sich auf die Beine.

»Es ist wirklich Bier!« schrie Davis. »Bier, und zwar jede Menge. Alle können es benutzen (wie Lyons Zahnreiniger) mit absolutem Anstand und Sauberkeit. Wer macht den Anfang?«

»Laß mich das machen«, meinte der Schreiber. Er schlug mit einem Korallenstück die Flaschenhälse ab, und alle tranken der Reihe nach aus der Nußschale.

»Nimm 'ne Fluppe«, meinte Davis. »Ist alles bezahlt.«

»Was ist passiert?« fragte Herrick.

Unvermittelt wurde der Käptn erst. »Darauf komme ich schon«, sagte er. »Ich möchte mit Herrick allein sprechen. Du, Hay oder Huish, oder wie immer du heißt – nimm eine Zigarre und noch eine Flasche, und sieh zu, wie der Wind unten am Puraobaum steht. Ich werde dich rufen, wenn du wieder erwünscht bist.«

»He, Geheimnisse? Das läuft aber nicht«, meinte Huish.

»Sieh mal, mein Sohn«, antwortete der Käptn, »das hier dreht sich um Geschäfte, und versteh mich recht gut. Wenn du uns Theater machen willst, dann bitte, bleib hier. Versteh mich aber nur richtig: wenn Herrick und ich dann gehen, nehmen wir das Bier mit. Okay?«

»Och, ich will mich da nicht einmischen«, meinte Huish. »Ich hau' schon ab. Gib mir die Flasche. Ihr könnt saufen, bis ihr blau werdet. Ich finde das nur einfach nicht freundschaftlich, das ist alles.« Und er stolperte knurrend aus der Zelle in die brennende Sonne.

Der Käptn sah ihm nach, bis er aus dem Hof war. Dann wandte er sich an Herrick.

»Was ist denn los?« fragte Herrick mit belegter Stimme.

»Ich werd's dir sagen«, erwiderte Davis. »Ich möchte dich um Rat fragen. Wir haben da eine Chance. Was ist das denn?« fragte er plötzlich und deutete auf die Noten an der Wand.

»Was?« fragte der andere. »Oh, das. Das ist Musik. Ein

Motiv von Beethoven. Es bedeutet, das Schicksal klopft an die Tür.«

»Wirklich?« fragte der Käptn sehr leise, und dann trat er näher heran und studierte die Inschrift. »Und dies ist französisch?« fragte er und zeigte auf das Latein.

»Oh, das heißt einfach, ich wäre glücklicher gewesen, wenn ich zu Hause gestorben wäre«, gab Herrick ungeduldig zurück. »Was ist das für ein Geschäft?«

»Schicksal, das an die Tür klopft?« wiederholte der Käptn, und dann warf er einen Blick über die Schulter. »Nun, Mister Herrick, so kann man es auch ausdrücken«, sagte er dann.

»Was meinst du? Erklär doch«, drängte ihn Herrick.

Aber der Käptn starrte wieder auf die Noten. »Wie lange ist es her, seit du diesen Quatsch aufgeschrieben hast?« fragte er.

»Wieso?« rief Herrick. »Vielleicht eine halbe Stunde.«

»Mein Gott, das ist schon seltsam!« rief Davis. »Es gibt Menschen, die das einen Zufall nennen würden, aber nicht ich. Das ...«, und er zeigte mit seinem dicken Finger auf die Noten, »das nenne ich Vorsehung.«

»Du sagtest, wir hätten eine Chance«, sagte Herrick.

»Ja, *Sir*« antwortete der Käptn und drehte sich plötzlich um, daß er seinem Kumpanen ins Gesicht sah. »Das habe ich gesagt. Wenn du der Mann bist, für den ich dich halte, dann haben wir eine Chance.«

»Ich weiß nicht, für was du mich hältst«, lautete die Antwort. »Du kannst mich kaum zu niedrig einstufen.«

»Gib mir die Hand, Mister Herrick«, sagte der Käptn.

»Ich kenne dich. Du bist ein Gentleman und ein Mann der Tat. Ich wollte nicht vor diesem anderen Vagabunden da reden, du wirst schon verstehen, warum. Aber dir werde ich es brühwarm erzählen. Ich habe ein Schiff.«

»Ein Schiff?« rief Herrick. »Was für ein Schiff?«

»Diesen Schoner, den wir heute morgen neben dem Hafenausgang gesehen haben.«

»Der mit der Krankenfahne?«

»Das ist der Haken«, erwiderte Davis. »Es ist die *Farallone,* hundertundsechzig Bruttoregistertonnen, von Frisco auf dem Weg nach Sidney, mit Champagner aus Kalifornien. Der Kapitän, der Maat und ein Mann starben an den Pocken, denselben nehme ich an, die sie auch drüben auf den Paumotus hatten. Kapitän und Maat waren die einzigen Weißen, alle anderen sind Kanaken. Scheint mit eine sonderbare Ausstattung aus einem christlichen Hafen. Drei sind noch übrig, und ein Koch. Wußten nicht, wo sie gewesen sind. Ich weiß auch nicht, wo sie gewesen sind, wenn man's so nimmt. Wiseman muß gesoffen haben, wenn er diesen Kurs gesegelt ist. Aber er war jedenfalls da, tot, und die Kanaken sind so gut wie verloren. Sie sind über das Meer geschaukelt wie die Kindlein im Walde und schließlich auf Tahiti gelandet. Der Konsul hier hat die Sache übernommen. Er hat Williams das Schiff angeboten. Williams hat aber noch nie die Pocken gehabt und dankend abgelehnt. Da kam ich gerade wegen dem Briefpapier herein. Ich dachte schon, etwas liegt in der Luft, als mich der Konsul bat, wieder hereinzuschauen, aber das habe ich euch Jungs nicht erzählt, damit ihr nicht enttäuscht seid. Der Konsul versuchte es mit McNeil, aber auch der hatte Angst vor den Pocken. Er versuchte es mit Capirati, diesem Korsen, und Leblue oder wie immer der heißt, aber die wollten auch keinen Finger rühren. Waren alle zu besorgt um ihr süßes Leben. Als letztem, als es keinen anderen mehr gab, hat er mir den Pott angeboten. ›Brown, übernehmen Sie als Kapitän und fahren das Schiff nach Sidney?‹ fragte er. ›Wenn ich mir meinen Maat und einen weiteren Weißen aussuchen kann‹, sage ich, ›denn ich halte nichts von dieser Kanakencrew. Gebt uns zwei Monatslöhne Vorschuß, damit wir unsere Sachen und Instrumente vom Pfandleiher zurückholen können, und ich übernehme noch heute abend, lade morgen Proviant und bin morgen abend auf See.‹ Das habe ich gesagt. ›Das reicht‹, hat der Konsul geantwortet. ›Sie können sich verdammt glücklich schätzen, Brown‹, sagte er noch. Und das hat er recht bedeutsam ausgesprochen. Aber das ist jetzt alles egal. Ich werde Huish vor dem Mast anheuern – natürlich wird er hinten schlafen – und dich als Maat, und das zu fünfundsiebzig Dollar und zwei Monatslöhnen Vorschuß.«

»Ich als Maat? Aber ich bin eine Landratte!« rief Herrick.

»Dann wirst du's lernen müssen«, antwortete der Käptn. »Du denkst doch nicht etwa, ich gehe wieder zur See und lasse dich hier am Strand verrotten, oder? So einer bin ich nicht, alter Knabe. Und du bist recht geschickt. Ich hatte schon schlechtere Maate.«

»Weiß Gott, das kann ich nicht ablehnen«, sagte Herrick. »Weiß Gott, ich danke dir aus vollem Herzen.«

»Ist schon gut«, meinte der Käptn. »Aber das ist noch nicht alles.« Er wandte sich ab und zündete sich eine Zigarre an.

»Was denn noch?« fragte der andere mit einem unerklärlichen Gefühl von Beunruhigung.

»Darauf komme ich noch«, meinte Davis und machte dann eine kleine Pause. »Sieh mal«, sagte er dann und hielt die Zigarre zwischen Zeigefinger und Daumen ausgestreckt. »Wenn du dir nun ausrechnest, worauf das alles hinausläuft. Verstehst du nicht? Wir bekommen zwei Monate Vorschuß. Aber wir brauchen das, um aus Papeete fortzukommen, weil unsere Gläubiger uns für weniger nicht gehen lassen werden. Es wird an die zwei Monate dauern, um nach Sidney zu gelangen, und wenn wir dort ankommen – ich möchte, daß du es klar verstehst: Wieviel besser sind wir dann dran?«

»Wir sind endlich vom Strand herunter«, antwortete Herrick.

»Vermutlich gibt es in Sidney auch einen«, erwiderte der Käptn, »und ich sage dir noch eines, Mister Herrick, ich werde es gar nicht erst versuchen. Nein, Sir! Sidney wird mich nie zu sehen kriegen.«

»Erklär mir das«, meinte Herrick.

»Ganz deutlich«, entgegnete der Käptn. »Ich werde mir diesen Schoner unter den Nagel reißen. Er ist nicht neu. Und so was kommt jedes Jahr im Pazifik vor. Stephens hat einen Schoner gestohlen, weiß du noch? Hayes und Pease haben die ganze Zeit Schiffe geklaut. Und damit sind wir gemachte Leute. Sieh mal – denk doch an die Fracht. Champagner! Als hätte alles für uns so sein sollen. Wir werden das Zeugs in Peru vom Kai weg verkaufen, und danach den Schoner, wenn wir einen Narren finden, der ihn kauft. Und dann: ab die Post. Wenn du mitmachst, wette ich mein Leben, daß wir's schaffen.«

»Käptn«, sagte Herrick mit zitternder Stimme, »tu das nicht!«

»Ich bin am Ende«, entgegnete Davis. »Jetzt bekomme ich eine Chance. Vielleicht bekomme ich nie wieder eine. Herrick, sag, daß du mitmachst! Ich finde, wir haben lange genug zusammen gehungert.«

»Ich kann das nicht. Tut mir leid. Ich kann es nicht. So tief bin ich noch nicht gesunken«, sagte Herrick totenbleich.

»Was hast du noch heute morgen gesagt?« fragte Davis. »Daß du nicht betteln kannst? Es ist entweder das eine oder das andere, mein Sohn.«

»Aber das bedeutet Gefängnis!« rief Herrick. »Führe mich nicht in Versuchung. Das bedeutet Gefängnis.«

»Hast du gehört, was der Skipper an Bord jenes Schoners gesagt hat?« drängte der Käptn. »Ich sage dir, er hat deutlich geredet. Die Franzosen haben uns verdammt lange in Ruhe gelassen. Lange kann das nicht weitergehen. Sie haben uns schon auf dem Kieker, und so sicher du am Leben bist, wirst du in drei Wochen im Knast sitzen, was immer du auch tust. Das habe ich dem Gesicht des Konsuls abgelesen.«

»Du vergißt, Käptn«, antwortete der junge Mann, »es gibt noch einen anderen Weg. Ich kann sterben, und, um die Wahrheit zu sagen, ich finde, ich hätte schon vor drei Jahren sterben sollen.«

Der Kapitän verschränkte die Arme und blickte dem anderen direkt ins Gesicht. »Ja,« sagte er, »ja, du kannst dir die Kehle durchschneiden, das ist Tatsache. Und was würde es dir nützen? Und wo komme ich da hinein?«

In Herricks Gesicht leuchtete sonderbare Erregung auf. »Wir beide«, sagte er. »Wir beide zusammen. Es ist doch nicht möglich, daß dir dieses Geschäft gefällt. Komm«, sagte er und streckte furchtsam die Hand aus, »hinaus in die Lagune, und dann Ruhe.«

»Ich sag' dir, Herrick, ich fühle mich versucht, dir zu antworten wie der Mann in der Bibel: Hebe dich hinweg von mir, Satan!« sagte der Käptn. »Denkst du vielleicht, ich würde mich ertränken, wo meine Kinder verhungern? Gefallen? Nein, bei Gott, gefallen tut mir das nicht, aber das ist der Strohhalm, den ich packen muß, und ich packe ihn, so gut es geht. Ich habe drei Kinder, weißt du, zwei Jungen und ein Mädchen, Adar. Das Problem ist, daß du keine Kinder hast. Ich sage dir, Herrick, ich liebe dich«, brach es aus dem Mann heraus. »Zuerst gefielst du mir nicht, weil du so englisch und arrogant bist, aber jetzt liebe ich dich. Hier steht ein Mann voller Liebe, der mit dir ringt. Ich kann nicht mit dem Vagabunden da allein auf See gehen, das ist unmöglich. Geh und ersäuf dich, und die letzte Chance eines armen, elenden Tiers, das sich Mühe gibt, eine Brotkruste für seine Familie zu verdienen, ist dahin. Ich kann nichts anderes als Schiffe lenken, und ich habe keine Papiere. Und hier bekomme ich meine Chance, und du läßt mich im Stich! Ach, du hast keine Familie, das ist das Problem.«

»Doch«, erwiderte Herrick.

»Ja, ich weiß«, meinte der Käptn. »Das meinst du so. Aber ein Mann hat keine Familie, wenn er keine Kinder hat. Nur die Kinders sind's, die zählen. Diese kleinen Bestien haben etwas an sich ... Ich kann nicht von ihnen sprechen. Und wenn du auch nur ein bißchen an diesen Vater denken tätest, von dem du immer redest, oder diesen Schatz, an den du geschrieben hast, dann würdest du genau so denken wie ich. Du würdest ebenso sagen: Was kümmern mich Gesetze und so weiter? Meinen Leuten geht es schlecht, und ich gehöre zu ihnen. Ich werde ihnen Brot schaffen, bei Gott, ich schenke ihnen Wohlstand, und wenn ich ganz London dafür niederbrennen muß. Das würdest du sagen. Und ich erzähl' dir noch etwas: Dein Herz sagt das gleiche in genau dieser Minute. Ich kann es deinem Gesicht ansehen. Du denkst: Das ist mir eine schöne Freundschaft für einen Mann, der am Verhungern ist, und was das Mädchen angeht, dem ich mächtig Liebe vorgegaukelt habe, das ist eine schöne Liebe, die mich nicht so weit bringt, wie manche Männer für eine Gallone Whiskey laufen würden. Aber was hat es für einen Sinn, daß ich weiterrede, wenn alles in dir so deutlich geschrieben steht? Ich stelle dir noch ein einziges Mal die Frage. Wirst du mich in meiner Stunde der Not im Stich lassen? Du weißt, ich habe dich nie im Stich gelassen! Oder stehst du mir bei und versuchst es noch mal und gehst womöglich als Millionär heim? Sag nein, und Gott habe Mitleid mit mir! Sag ja, und ich sorge dafür, daß meine Kleinen jeden Abend auf den Knien für dich beten. ›Gott schütze

Mister Herrick!‹ werden sie sagen, einer nach dem anderen, und das alte Mädchen hält am Fußende des Bettes die Wacht, und die versammelten kleinen unschuldigen …« Hier brach er ab. »Ich spreche nicht oft über die Kinder«, sagte er dann. »Aber wenn ich es tue, knackt irgend etwas in mir.«

»Käptn«, fragte Herrick leise, »gibt es denn keinen anderen Weg?«

»Ich werde ihn dir prophezeien«, sagte der Kapitän mit verstärkter Dringlichkeit. »Weigere dich, weil du dich für zu ehrenhaft hältst, und noch ehe ein Monat verstrichen ist, wirst du als kleiner Dieb im Knast sitzen. Darauf geb' ich dir mein Wort. Ich kann es voraussehen, Herrick, wenn du's nicht kannst. Du bist schon auf dem Wege dazu. Glaub' nicht, du könntest diese Chance ausschlagen und weiterhin nach dem Evangelium leben. Du bist fertig, und noch ehe du merkst, wo du bist, stehst du schon auf der anderen Seite. Nein, entweder dies oder Kaledonien. Ich wette, da bist du noch nie gewesen und hast jene weißen, kahl rasierten Männer in ihren staubigen Kleidern und Strohhüten gesehen, die im Lampenschein in Moumea herumspazieren. Sie sehen aus wie Wölfe, und sie sehen aus wie Prediger, und sie sehen krank aus. Huish wirkt gegen den Besten von ihnen wie ein frisches Gänseblümchen. Die warten nur auf dich, Herrick, und da gehst du hin. Das ist eine Prophezeiung.«

Wie der Mann dort stand und mit dem ganzen Körper zitterte, erschien er wirklich wie jemand, in dem der göttliche Geist wirkte und Orakel stammelte. Herrick blickte ihn an und dann wieder fort; es schien ihm nicht anständig, eine solche Erregung mit anzusehen. Dem jungen Mann sank das Herz.

»Du redest von Nachhausegehen«, wandte er ein. »Aber das könnten wir dann nicht mehr.«

»Wir wohl«, entgegnete der andere. »Kapitän Brown könnte es nicht, noch Mister Hay, sein Schiffsmaat. Aber was haben die beiden mit Mister Davis oder Mister Herrick zu tun, frage ich dich?«

»Aber Hayes hatte diese wilden Inseln, die er immer aufsuchte«, folgte der nächste, schwächere Einwand.

»Und wir haben die wilden Inseln von Peru«, entgegnete Davis. »Sie waren gerade wild genug für Stephens, und das erst vor einem Jahr. Vermutlich werden sie auch für uns wild genug sein.«

»Und die Mannschaft?«

»Sind alles Kanaken. Komm, ich durchschaue dich, alter Knabe. Ich sehe schon, du läßt mich nicht im Stich.« Und wieder bot der Kapitän seine Hand an.

»Dann soll's so sein, wie du sagst«, sprach Herrick. »Ich schlage ein. Eine seltsame Sache für den Sohn meines Vaters. Aber ich mache mit. Ich halte zu dir, alter Knabe, im Glück und im Unglück.«

»Gott schütze dich!« rief der Käptn und verstummte. »Herrick«, fügte er dann mit einem Lächeln hinzu, »ich glaube, ich wäre stehenden Fußes gestorben, wenn du abgelehnt hättest.«

Herrick sah den anderen an und glaubte es fast. »Und jetzt werden wir dem Schreiber die Sache erzählen«, sagte Davis.

»Ich frage mich, wie er es aufnimmt«, meinte Herrick.

»Der? Der stürzt sich sofort darauf«, lautete die Antwort.

Die gelbe Flagge

Der Schoner *Farallone* lag weit draußen zwischen den Fängen des Hafeneingangs, wo der entsetzte Lotse sich beeilt hatte, ihn zu verankern, um sich schnell aus dem Staub zu machen. Wenn man vom Strand aus durch die Reihe der anderen Schiffe blickte, fielen zwei Objekte auf der Meerseite auf: auf der einen Seite die kleine Insel mit ihren Palmen und den Kanonen und Batterien, die man vor vierzig Jahren zur Verteidigung von Königin Pomares Hauptstadt errichtet hatte; auf der anderen Seite die ausgesetzte *Farallone*, verbannt auf die Schwelle des Hafens, wie sie mit den Wellen rollte und die Pestfahne im Winde wehen ließ. Ein paar Seevögel umschwirrten das Schiff und kreischten, und in der Nähe glitt ein bewaffnetes Wachboot hin und her und glitzerte vor Marinewaffen. Das überschwengliche Tageslicht und der blendende Himmel der Tropen ließen die Bilder scharf abgezeichnet hervortreten und rahmten sie ein.

Ein adrettes Boot, besetzt mit Eingeborenen in Uniform und vom Hafenarzt gesteuert, legte um drei Uhr am Nachmittag vom Ufer ab und glitt schnell auf den Schoner zu. Im Bug lagen Säcke mit Mehl, Zwiebeln und Kartoffeln, und darauf hockte Huish in der Kleidung eines Matrosen. Ein Haufen Kisten und Kästen behinderte die Ruderer. Im Heck, zur Linken des Doktors saß Herrick in neuen Kleidern, den braunen Bart spitz beschnitten, mit einem Stapel Bücher auf dem Schoß. Zwischen den Füßen hielt er einen Chronometer, den sie gegen den der *Farallone* austauschen wollten, weil er schon lange falsch anzeigte.

Sie passierten das Wachboot und tauschten mit dem Maat Grüße aus; dann näherten sie sich dem verbotenen Schiff. Keine Katze regte sich an Bord; nichts war zu hören.

Und da das Meer draußen recht hoch stand und das Riff nahe war, umgab sie der Lärm der Brecher wie Kampfgeräusch.

»*Ohé la goëlette!*« rief der Doktor in höchster Tonlage.

Sogleich tauchten aus der Kajüte, in der sie bereits Proviant verstaut hatten, zuerst Davis und dann eine zerlumpte, dunkelhäutige Mannschaft auf.

»Hallo, Hay, bist du's?« fragte der Käptn über die Reling gelehnt. »Sag dem Alten, er soll so vorsichtig anlegen, als sei es ein Ei. Die See schlägt höllisch dagegen, und sein Boot ist nicht das stärkste.«

Die Bewegungen des Schoners waren zu diesem Zeitpunkt noch heftiger als gewöhnlich. Jetzt wälzte er sich auf die Seite wie ein Dampfer und zeigte das blitzende Kupfer am Kiel, dann schwang er rasch auf das kleine Boot zu, bis das Speigatt gurgelte.

»Ich hoffe, Sie haben Seemannsbeine«, meinte der Doktor. »Die brauchen Sie hier.«

Es bedurfte in der Tat recht großer Geschicklichkeit, die *Farallone* in dieser Position zu betreten. Man stemmte die weniger kostbaren Waren herüber, aber der Chronometer wurde nach mehreren Versuchen sanft und erfolgreich von Hand zu Hand weitergereicht, und dann gab es nur noch das schwierige Problem, Huish an Bord zu hieven. Selbst dieses Stück totes Gewicht (eingetragen als Vollmatrose für achtzehn Dollar und dem Konsul vom Käptn als unersetzlicher Mann beschrieben) wurde endlich ohne Unglück an Bord gezogen, und der Doktor verabschiedete sich mit höflichen Worten.

Die drei Abenteurer sahen einander an, und Davis stieß einen Seufzer der Erleichterung aus.

»Laßt uns den Chronometer anbringen«, sagte er und ging ihnen voran in die Kajüte. Es war ein geräumiger Raum; zwei Kabinen und eine Küche von einigen Ausmaßen gingen von der Hauptkabine. ab. Die Balken waren weiß gestrichen, und den Boden bedeckte Wachstuch. Kein Müll, kein Lebenszeichen war geblieben; denn wegen der Toten hatte man alles desinfiziert und an Land gebracht. Nur auf dem Tisch brannte in einer Untertasse Schwefel, und die Dünste ließen sie gleich beim Eintreten husten. Der Kapitän spähte in die Kabine leewärts, wo die Laken immer noch zerknüllt auf den Bettgestellen lagen, die Decken so zerwühlt, wie sie von den entstellten Leichen vor dem Begräbnis zurückgeschlagen worden waren.

»Ich habe diesen Niggern doch gesagt, sie sollten den Müll über Bord werfen«, grollte Davis. »Sie hatten wohl Angst, es anzufassen. Nun, man hat hier alles ausgespritzt, das konnte man ja wohl auch erwarten. Huish, räum mal die Decken beiseite.«

»Das wirst du man schön selbst machen«, erwiderte Huish und wich zurück.

»Was soll denn das?« schnappte der Käptn. »Ich werde es dir schon beibringen, mein junger Freund. Da hast du gerade einen Fehler begangen. Ich bin hier der Kapitän.«

»Das kümmert mich aber überhaupt nicht«, entgegnete der Schreiber.

»Ja?« fragte Davis zurück. »Dann schläfst du im Vordeck bei den Niggern. Geh sofort aus dieser Kabine!«

»Oh, du meine Güte«, meinte Huish. »Siehst du mein Auge blitzen? Was Spaß ist, muß Spaß bleiben.«

»Also, ich erklär' dir die Sache jetzt, damit du ein für allemal siehst, wieviel Spaß wir hier haben«, antwortete Davis. »Ich bin hier der Kapitän. Entweder du nimmst hier als Kabinensteward meine Befehle entgegen, und da hast du nur mit uns zu tun. Oder, wenn du dich weigerst, schick' ich dich nach vorn – und da gelangst du so schnell hin, wie ich es ausspreche. Oder drittens und letztens, ich gebe diesem Wachboot ein Zeichen, und die bringen dich an Land und verhaften dich wegen Meuterei.«

»Und natürlich würde ich dann nichts ausplaudern«, erwiderte Huish spöttisch.

»Und wer soll dir das glauben, mein Sohn?« fragte der Käptn. »Nein, *Sir*! Unter meinem Befehl gibt es keine Späße. Genug der Worte. Pack die Decken.«

Huish war kein Narr; er wußte, wann er geschlagen war, und er war auch kein Feigling, denn er trat zu den Bettgestellen, nahm die verseuchten Decken auf den Arm und trug sie hinaus, ohne auch nur zu zucken oder zu zittern.

»Ich habe auf die Gelegenheit gewartet«, sagte Davis zu Herrick. »Das brauche ich bei dir ja nicht zu machen, weil du es von selbst begreifst.«

»Wirst du hier schlafen?« fragte Herrick, als er dem Käptn in die Kabine folgte, wo dieser den Chronometer an seinem Platz über dem Bett anbrachte.

»Möglichst selten«, erwiderte dieser. »Vermutlich werde ich auf Deck nächtigen. Ich wüßte nicht, daß ich Angst habe, aber im Augenblick habe ich für Pocken keinen Bedarf.«

»Ich kann auch nicht sagen, daß ich Angst hätte«, meinte Herrick. »Aber der Gedanke an diese beiden Männer geht mir an die Nieren, wie der Kapitän und der Maat hier Aug' in Aug' gegenüber starben. So was ist schlimm. Ich frag' mich, was sie zuletzt gesagt haben?«

»Wiseman und Wishart?« fragte der Käptn. »Vermutlich ganz kleine Kartoffeln. Das ist eine Sache, die man mit sich selbst abmacht, und die Wirklichkeit geht einen anderen Weg. Vielleicht hat Wiseman gesagt: Hier, alter Knabe, nimm den Gin. Ich bin wunderbar besoffen. Und vielleicht antwortete Wishart: Oh, zur Hölle!«

»Nun, das ist schlimm genug«, meinte Herrick.

»Das ist es auch«, entgegnete Davis. »Hier, der Chronometer hängt. Und jetzt ist es auch schon Zeit, den Anker zu lichten und loszusegeln.«

Er zündete sich eine Zigarre an und trat auf Deck.

»He, du! Wie heißt du?« rief er einem der Matrosen zu, einem sehnigen, gutgebauten Burschen von einer Insel weit im Westen und mit einer dunklen Haut, die fast afrikanisch wirkte.

»Sally Day«, erwiderte der Mann.

»Teufel auch«, sagte der Käptn. »Wußte gar nicht, daß wir Damen an Bord haben. Nun, Sally, tu mir den Gefallen, und hol den Lumpen da oben runter. Ich tue irgendwann das gleiche für dich.« Er betrachtete die gelbe Fahne, als sie über die Querbalken hinab auf Deck gereicht wurde. »Du wehst auf diesem Schiff nicht mehr«, bemerkte er.

»Mustern Sie die Leute hinten, Mister Hay«, fügte er hinzu, wobei er unnötig laut sprach. »Ich habe ein Wörtchen zu ihnen zu sagen.«

Mit einem einzigartigen Gefühl machte sich Herrick bereit, zum ersten Mal einer Mannschaft gegenüberzutreten. Er dankte seinen Sternen, daß es Eingeborene waren. Aber selbst Eingeborene, dachte er, könnten einem solchen Neuling wie ihm gegenüber schnell kritisch werden; sie merkten vielleicht schon, wenn er von dem präzisen, knochentrockenen Englisch abwich, das an Bord von Schiffen vorherrscht; es war sogar möglich, daß sie nichts anderes verstanden, und er suchte in seiner Erinnerung nach den passenden Ausdrücken, wie er sie in Seeromanen gelesen hatte.

»He, Männer, aufs Achterdeck!« sagte er. »«Los, alle Mann nach achtern.«

Sie drängten sich auf der Reep wie eine Schafherde.

»Hier sind sie, Sir« sagte Herrick.

Eine Weile blickte der Käptn zum Heck. Dann drehte er sich mit einer wilden, unvermittelten Bewegung zur

Mannschaft um und schien zu genießen, wie sie zusammenzuckten.

»Also«, sagte er, drehte die Zigarre im Mund herum und spielte mit den Speichen des Steuers. »Ich bin Kapitän Brown. Ich befehlige dieses Schiff. Das ist Mister Hay, mein Erster Offizier. Der andere Weiße ist der Kabinensteward, aber er wird auch Wache schieben. Meinen Befehlen wird unverzüglich gehorcht. *Savvy?* Unverzüglich! Ich will kein Gemecker über das *Kaikai*, das überdurchschnittlich sein wird. Den Maat redet ihr höflich an, und auf jeden Befehl von mir möchte ich ein *Sir* hören. Wenn ihr klug und geschickt seid, mache ich dieses Schiff für alle zu einem netten Ort.« Er nahm die Zigarre aus dem Mund. »Wenn nicht«, fügte er mit donnernder Stimme hinzu, »mache ich es zu einer schwimmenden Hölle. Und jetzt, Mister Hay, stellen wir die Wachen auf, bitte.«

»Okay«, antwortete Herrick.

»Würden Sie mich bitte mit ›Sir‹ anreden, wenn Sie mir antworten, Mister Hay«, sagte der Käptn. »Ich übernehme die Dame. Nach Lee, Sally.« Und dann flüsterte er in Herricks Ohr: »Nimm den Alten.«

»Ich nehme dich«, sagte Herrick.

»Wie heißt du«, fragte der Käptn. »Wie heißt das? Oh, das ist kein Englisch. Ich will kein solches Gebrabbel auf meinem Schiff. Wir werden dich Uncle Ned nennen, weil du keine Wolle auf dem Kopf hast, wo eigentlich Wolle wachsen sollte. Geh nach Luv, Uncle. Hörst du, daß Mister Hay dich ausgesucht hat? Dann nehme ich den Weißen. Weißer Mann, nach Lee. Und wer von euch beiden ist der Koch? Du? Dann nimmt Mister Hay den Freund da mit der blauen Latzhose. Und jetzt wissen wir alle, wo wir stehen: Latzhose, Uncle Ned, Sally Day, Weißer Mann und Koch. Alles First-Class-Männer. Und jetzt Mister Hay, bitte den Anker lichten.«

»Um Himmels willen, sag mir die richtigen Befehle«, flüsterte Herrick.

Eine Stunde später fuhr die *Farallone* unter vollen Segeln, das Steuer hart Luv, und die fröhlich rasselnde Winde hatte den Anker gelichtet.

»Alles klar, Sir«, rief Herrick vom Bug.

Der Käptn stellte sich gegen das Steuer, als das Schiff wie ein Hirsch aus der Ruhestellung sprang und der Rumpf zitterte und sich aufbäumte. Das Wachboot stieß ein Abschiedsgeheul aus; der Kiel wurde weiß. Die *Farallone* war wieder auf See.

Ihr Ankerplatz hatte dicht am Hafeneingang gelegen. Als das Schiff nach vorn schoß, richtete es Davis auf den Kanal zwischen den beiden Kaienden des Riffs aus, und auf beiden Seiten dröhnten und schäumten die Brecher. Es schoß direkt durch das schmale blaue Band aufs offene Meer zu, und dem Käptn stieg das Herz in die Brust, als er das Zittern unter den Füßen spürte. Als er über das Taffsegel zurückblickte, sah er, wie die Dächer Papeetes kleiner wurden und die Inselberge darüber größer.

Aber sie hatten das Ufer und den Schrecken der gelben Flagge noch nicht hinter sich gelassen. Etwa mitten in der Hafeneinfahrt ertönte ein Schrei, und es erfolgte ein Tumult. Ein Mann sprang auf die Reling, hob die Arme über den Kopf und stürzte sich ins Meer.

»Weiter voraus«, rief der Käptn und übergab das Steuer Huish.

Im nächsten Augenblick stand er unter den Kanaken, ein Enterbeil in der Hand.

»Sonst noch jemand ans Ufer?« fragte er, und das wilde Trompeten seiner Stimme wie auch die tödliche Waffe in seinen Händen löste bei allen Furcht aus. Starr blickten sie hinter dem geflohenen Kameraden her, dessen schwarzer Kopf über dem Wasser in Richtung aufs Ufer zu sehen war.

Und währenddessen glitt der Schoner wie ein Rennsegler durch den Kanal und traf in einem Gischtschleier auf die langen Wellen der offenen See.

»Ich Narr, ich hatte keine Pistole bereit!« rief Davis. »Jetzt gehen wir unterbesetzt aufs Meer und können nichts dagegen tun. Jetzt hast du eine geschwächte Wache, Mister Hay.«

»Ich habe keine Ahnung, wie wir das schaffen sollen«, sagte Herrick.

»Wir müssen aber«, sagte der Käptn. »Nie wieder Tahiti!«

Beide drehten sich instinktiv um und blickten über das Heck. Die schöne Insel gab eine Bergspitze nach der anderen frei. Eimeo auf der Luvseite erhob seine zerklüfteten Zinnen, und immer noch strebte der Schoner aufs offene Meer hinaus.

»Denk doch mal!« rief der Käptn mit großartiger Handbewegung, »gestern morgen noch habe ich wie ein Pudel für mein Frühstück getanzt!«

Eine Ladung Champagner

Der Schiffsbug drehte sich, um Eimeo nördlich zu umsegeln, und der Käptn setzte sich in die Kabine und nahm Karte, Lineal und einen Reiseplan zur Hand.

»Ostnordost«, sagte er und hob den Kopf von seiner Arbeit. »Mister Hay, Sie müssen schwer aufpassen. Ich will jeden Yard wissen, den der Kahn bei jedem Haaresbreit Kurs unternimmt. Ich will direkt durch die Paumotus, und das ist immer knifflig. Wenn dieser Südost immer aus Südosten bliese, was er nicht tut, können wir hoffen, nur einen halben Grad von unserem Kurs abzuweichen. Sagen wir, einen Grad Schwankung. Das wird gerade für Fakarava reichen. Ja, *Sir,* das werden wir tun. Das bringt uns am schnellsten durch diesen Grieß von Inselchen. Siehst du?« Und er zeigte auf die Stelle, wo sein Lineal das weit verstreute Labyrinth des gefährlichen Archipels durchschnitt. »Ich wünschte, wir hätten Nacht, und ich könnte das Schiff ausrichten. Jetzt verlieren wir Zeit und treiben nach Osten. Nun, wir tun unser Bestes. Und wenn wir nicht in Peru landen, schaffen wir es bestimmt bis nach Equador. Bleibt sich alles eins. Entwertete Dollars auf den Tisch und keine Fragen stellen. Eine bemerkenswerte Institution, diese südamerikanischen Dons.«

Tahiti lag bereits ein gutes Stück hinter dem Kiel, und der Diadem erhob sich aus den zerklüfteten Bergen. Eimeo lag dicht bei ihnen und wirkte dunkel und fremd vor der goldenen Pracht des Westens – als der Käptn seinen Abschied von den beiden Inseln nahm und die Patentlogge gerichtet wurde.

Zwanzig Minuten später verkündete Sally Day, der immer wieder das Steuer verließ, um auf die Kabinenuhr zu spähen, mit schrillem Schrei: »Vier Glasen«, und der Koch brachte die Suppe in die Kabine.

»Ich glaube, ich setze mich zu dir und esse einen Happen«, sagte Davis zu Herrick. »Wenn wir das hinter uns haben, wird es dunkel sein, und dann bringen wir den alten Kahn vor den Wind nach Südamerika.«

In der Kabine saß an einer Tischecke unmittelbar unter der Lampe und auf der Leeseite einer Flasche Champagner – Huish.

»Was ist das denn? Wo kommt das denn her?« fragte der Käptn.

»Das ist Schampus und kommt aus dem Achterraum, wenn du's wissen willst«, erwiderte Huish und leerte seinen Becher.

»Das geht nicht!« schrie Davis, und der Schrecken eines jeden Handelsschiffers, daß man ihm seine Ladung angreift, brach widersinnigerweise an Bord des gestohlenen Schiffes aus ihm heraus. »Daraus ist noch nie etwas Gutes gekommen.«

»Du Kindskopf«, sagte Huish. »Man könnt' meinen, wir säßen direkt vor der Polizeiwache. Du hast mir doch diesen schönen Job beschert, oder? Ich soll auf Deck und steuern, während ihr beide hier sitzt und einen kippt, und ich soll einen Spitznamen tragen und euch ›*Sir*‹ nennen und ›*Mister*‹. Sieh mal, mein Junge, ich saufe entweder diesen Schampus *ad lib*, oder es läuft nichts. Das sage ich dir. Und du weißt haarscharf, daß du hier kein Kriegsschiff mehr in Sichtweite hast, dem du Zeichen geben kannst.«

Davis war völlig perplex. »Ich würd' fünfzig Dollar geben, wenn das nicht passiert wäre«, sagte er.

»Aber es is' passiert, wie du siehst«, entgegnete Huish. »Versuch's mal. Schmeckt teuflisch gut.«

Ohne weiteren Kampf wurde der Rubikon überschritten. Der Kapitän füllte sich einen Becher und trank.

»Wenn es doch Bier wäre«, sagte er mit einem Seufzer. »Aber man kann es nicht leugnen, es ist der echte Stoff und, so gesehen, eigentlich recht preiswert. Und jetzt mach dich aus dem Staub, Huish, und geh ans Ruder.«

Der kleine Gauner hatte einen Punkt gewonnen und war fröhlich. »Aye, aye, Sir«, sagte er und überließ die anderen ihrem Mahl.

»Erbsensuppe!« rief der Käptn. »Hätt' nie gedacht, daß ich noch mal Erbsensuppe zu essen bekäme!«

Herrick saß in sich gekehrt und ruhig. Es war eigentlich unmöglich, nach diesen Monaten hoffnungslosen Begehrens die rauhen, scharf gewürzten Schiffsmahlzeiten ohne Lust zu genießen, und das Wasser lief ihm im Mund zusammen, als er an den Champagner dachte. Es war nicht weniger unmöglich gewesen, bei der Szene mit Huish dabeigewesen zu sein und nicht mit plötzlicher Klarheit zu erkennen, in welchen Abgrund sie gefallen waren. Er war nur ein Dieb unter vielen. Er konnte die Suppe nicht essen. Wenn er sich überhaupt bewegt hätte, dann nur, um den Tisch zu verlassen, sich über Bord zu werfen und zu ertrinken – als ehrenwerter Mann.

»He«, meinte der Käptn, »du siehst schlecht aus, alter Knabe. Trink einen Tropfen mit.«

Der Champagner sprudelte und perlte im Becher. Seine helle Farbe, sein lebhaftes Schäumen fingen Herricks Blick ein. »Es ist zu spät, um noch zu zögern«, dachte er, und instinktiv streckte er die Hand nach dem Becher aus. Er trank mit unstillbarem Vergnügen und der Begierde nach mehr, leerte den Becher und setzte ihn mit funkelndem Blick auf den Tisch.

»Das Leben hat doch etwas zu bieten«, rief er aus. »Ich hatte es ganz vergessen! Ja, selbst das hier ist es wert. Wein, Essen, trockene Kleider – die sind es wert zu sterben, auch gehängt zu werden! Käptn, sag mir eines, warum sind nicht alle armen Leute Abenteurer wie wir?«

»Hör auf damit«, meinte der Käptn.

»Sie müssen verdammt gut sein«, rief Herrick weiter. »Das geht über meinen Verstand hinaus. Denk doch an das alte Kittchen! Wenn man uns nun plötzlich dorthin zurückschickte?« Er schauderte, als habe ein Krampf von ihm Besitz ergriffen, und vergrub das Gesicht in den gefalteten Händen.

»He, was ist denn mit dir los?« rief der Käptn. Er bekam keine Antwort, nur Herricks Schultern zuckten, so daß der Tisch zitterte. »Trink noch einen. He, das ist ein Befehl. Fang doch nicht an zu weinen, wo du jetzt aus dem Wald heraus bist.«

»Ich weine doch gar nicht«, sagte Herrick, hob den Kopf und zeigte seine trockenen Augen. »Es ist schlimmer als Weinen. Es ist der Schrecken vor dem Grab, dem wir entkommen sind.«

»Komm, iß jetzt deine Suppe, das wird dich wieder in die Reihe bringen«, sagte Davis freundlich. »Ich sagte dir doch, du standest kurz vor dem Zusammenbruch. Du hättest keine Woche mehr durchgehalten.«

»Das ist ja das Schreckliche!« rief Herrick. »Noch eine Woche, und ich hätte jemanden für einen Dollar umgebracht. Gott, und ich wußte es! Und lebe immer noch. Das ist ein schrecklicher Traum.«

»Ruhig, ruhig. Ruhig, mein Sohn. Iß deine Erbsensuppe. Essen brauchst du«, sagte Davis.

Die Suppe stärkte und beruhigte Herricks Nerven, ein weiteres Glas Wein und ein Stück gesalzenes Schweinefleisch und eine gebratene Banane setzten fort, was die Suppe begonnen hatte, und dann konnte er dem Kapitän wieder ins Gesicht sehen.

»Ich wußte nicht, wie heruntergekommen ich war«, sagte er.

»Nun, du standst den ganzen Tag über fest wie ein Fels in der Brandung, und jetzt, nach einem kleinen Imbiß, wirst du wieder ebenso fest stehen.«

»Ja«, lautete die Antwort. »Ich fühle mich jetzt besser, aber ich bin schon ein komischer Erster Offizier.«

»Quatsch!« rief der Käptn. »Du brauchst dich nur um den Kurs zu kümmern und deine Berechnungen auf ein halbes Grad genau zu halten. Das könnte jedes Baby, ganz zu schweigen von einem Studierten wie dir. Die Segelei ist wirklich keine Kunst, wenn wir sie genau betrachten. Und jetzt richten wir den Kahn aus. Bring die Tafel, und wir fangen gleich an.«

Die zurückgelegte Distanz des Tages wurde beim Laternenschein am Log abgelesen und auf der Schiefertafel eingetragen.

»Fertig«, sagte der Käptn. »Gib mir das Steuer, Weißer Mann, und stell dich mittschiffs. Bring die Takelage am Ausleger hoch, bitte, Mister Hay, und dann kannst du nach vorn springen und dich um das Vorsegel kümmern.«

»Aye-aye, Sir«, antwortete Herrick.

»Alles klar vorn?« fragte Davis.

»Alles klar, Sir.«

»Hart Steuerbord!« rief der Käptn. »Bring das Zeug ein, wenn es runterkommt«, rief er Huish zu. »Stell dich mit dem Rücken dagegen, und halt die Füße aus den Tauen.« Ein plötzlicher Schlag schickte Huish flach aufs Deck, und der Kapitän stand an seiner Stelle. »Hoch mit dir und halt das Steuer hart lee«, brüllte er. »Du Holzkopf! Du wolltest dich wohl umbringen, was? Hol den Klüver!« rief er einen Moment später, und dann zu Huish gewandt: »Gib mir das Steuer, und sieh zu, daß du das Tau aufrollst.«

Aber Huish blieb stehen und sah Davis mit böser Miene an. »Weißt du, daß du mich geschlagen hast?« fragte er.

»Weißt du, daß ich dein Leben gerettet habe!« entgegnete der andere, ohne auch nur den Versuch, ihn anzublicken. Seine Augen wanderten statt dessen zwischen dem Kompaß und den Segeln hin und her. »Wo wärst du denn, wenn der Balken herumgeschwungen wäre und du darunter gesessen hättest? Nein, *Sir*, dich wollen wir am Hauptsegel nicht mehr haben. Die Häfen sind voller Hauptsegelleute. Sie hüpfen auf einem Bein, mein Sohn, wenn was von ihnen übrig geblieben ist, und die anderen sind tot. (Auslegersegel setzen, Mister Hay.) Geschlagen hab' ich dich? Von Glück kannst du reden.«

»Nun«, meinte Huish langsam, »vielleicht ist da was dran. Hoffentlich.« Er wandte umständlich dem Käptn den Rücken zu und betrat die Kabine, wo die rasch darauf folgende Explosion eines Champagnerkorkens andeutete, wie er sich Trost suchte.

Herrick trat hinter den Käptn. »Wie steht's jetzt?« fragte er.

»Ost und weiter um anderthalb Grad«, sagte Davis. »Etwa wie ich erwartet habe.«

»Was werden die Leute von unserem Manöver denken?« fragte Herrick.

»Och, die denken nicht. Dafür werden sie nicht bezahlt«, erwiderte der Käptn.

»Da war doch etwas zwischen dir und ...« Herrick machte eine Pause.

»Das ist ein unangenehmer kleiner Bursche, ein Beißer«, antwortete der Käptn kopfschüttelnd. »Aber solange du und ich zusammenhalten, ist es egal.«

Herrick legte sich auf Deck nieder. Die Nacht war wolkenlos, und die Bewegungen des Schiffes wiegten ihn. Er fühlte sich schwer von dem ersten großzügigen Mahl nach so langer Zeit des Hungerns; und Davis' Stimme riß ihn aus tiefstem Schlaf, als sie rief: »Acht Glasen.«

Er erhob sich benommen und stolperte nach hinten, wo der Käptn das Ruder übergab.

»Halt sie am Wind«, sagte der Kapitän, »es ist ein bißchen stürmisch. Wenn du eine feste Brise fängst, dreh alles, was du kannst, nach Lee, aber halt die Segel voll.«

Er ging auf die Kajüte zu, blieb aber dann stehen und rief etwas nach vorn.

»Habt ihr so was wie eine Konzertina?« fragte er. »Das ist für dich, Onkel Ned. Bring sie nach achtern, ja?

Der Schoner glitt leicht dahin, und Herrick betrachtete die Segel im Mondschein und wurde von Schläfrigkeit überwältigt. Ein lauter Ruf aus der Kajüte weckte ihn; eine dritte Flasche wurde geöffnet, und Herrick fiel die *Sea Ran-*

ger und die Gruppe der vierzehn Inseln wieder ein. Bald darauf erklangen die Töne eines Akkordeons und die Stimme des Käptns.

Oh, honey, with our pockets full of money
We will trip, trip, trip, we will trip on the quay,
And I will dance with Kate, and Tom will dance with Sall
When we're all back from South Amerikee.

So ging es lustig weiter, und die Wache unten blieb eine Weile stehen und lauschte zur Tür geneigt, und man sah, wie Onkel Ned im Takt nickte. Herrick am Ruder lächelte und vergaß für eine Weile seine Ängste. Lied auf Lied folgte, ein weiterer Korken explodierte, die Stimmen klangen lauter, als habe das Paar in der Kabine Streit, und bald darauf schien es, als sei der Zwist wieder geheilt; denn nun ertönte die Stimme von Huish und begleitete die des Kapitäns:

Up in a balloon, boys,
Up in a balloon,
All among the little stars
And round about the moon.

Herrick am Steuer überkam eine Welle von Übelkeit. Er fragte sich, warum die Luft, die Worte (obzwar sie mit einer gewissen Fröhlichkeit erklangen) und Stimme und Akzent der Sänger seine Laune derart beeinträchtigten, als feile ihm jemand an einem Zahn herum. Ihm wurde übel bei dem Gedanken, wie sich seine beiden Genossen mit gestohlenem Wein um den Verstand soffen, stritten und rülpsten und wieder aufwachten, während die Tore eines Gefängnisses bereits weit für sie offenstanden. »Soll ich denn meine Ehre um nichts verkauft haben?« fragte er sich, und eine heiße Welle aus Wut und Entschlußkraft glühte in seinem Herzen auf – Wut gegen die Kumpane und der Entschluß, diese Sache durchzustehen, wie es eben nur ging, Profit aus der Schande zu schlagen, da zumindest die Schande nun unvermeidlich geworden war – und dann heimzukehren, heim aus Südamerika. Wie ging das Lied noch? ›Mit den Taschen voller Geld‹.

Oh, honey, with our pockets full of money
We will trip, trip, trip, we will trip on the quay.

So klangen die Worte durch seine Gedanken, und sein ›honey‹, sein Liebchen, nahm sichtbare Gestalt an. Der Kai erstand vor seinen Augen, und er erkannte das Embankment im Schein der Laternen, sah die Lichter von der Battersea-Bridge über dem trüben Fluß. Die ganze Weile während dieser Illusion verharrte er reglos und dachte an die Vergangenheit. Er war seiner Liebsten immer treu geblieben, aber nicht immer in Stimmung gewesen, sich an sie zu erinnern. Im wachsenden Unglück seines Lebens war sie in der Ferne verschwommen wie ein Mond im Nebel. Der Abschiedsbrief, die unehrenhafte Hoffnung, die ihn in seinem Unglück überrascht und korrumpiert hatte, der veränderte Schauplatz, das Meer, die Nacht und die Musik – all das erregte ihn bis an die Wurzeln seiner Männlichkeit. »Ich werde sie zurückgewinnen«, dachte er und knirschte mit den Zähnen. »Ob auf gute oder schlechte Weise, was spielt es für eine Rolle, wenn ich sie nur zurückbekomme.«

»Vier Glasen, Maat. Ich glaube, es sind vier Glasen«, rief ihn plötzlich die Stimme des alten Ned in die Wirklichkeit zurück.

»Sieh mal auf der Uhr nach, Ned«, sagte er. Er selbst wollte nicht nachsehen, weil er Abscheu vor den Saufbrüdern empfand.

»Schon vorbei«, wiederholte der Hawaiianer.

»Um so besser für dich, Uncle«, erwiderte er. Und er übergab das Steuer mit den gleichen Anweisungen, die er selbst erhalten hatte.

Er ging zwei Schritte, und dann fiel ihm die Kursberechnung ein. »Wie bin ich wohl gefahren?« fragte er sich und errötete von Kopf bis Fuß. Er hatte es nicht beachtet oder vergessen; hier war wieder die alte Unfähigkeit: er mußte eine Eintragung machen, die nur auf Vermutung beruhte.

»Nie wieder!« schwor er sich insgeheim. »Es soll nicht an mir liegen, wenn die Sache schiefgeht.« Und für den Rest der Wache blieb er dicht neben dem alten Ned stehen und las den Kompaß ab, wie er nicht einmal einen Brief seiner Liebsten verschlungen hätte.

Die ganze Zeit über drangen Gesang, lautes Gerede, Witze, Lachen und gelegentlich das Knallen eines Korkens an seine Ohren und spornten ihn zu noch mehr Aufmerksamkeit an. Als die Leewache um Mitternacht abgelöst wurde, erschienen Huish und der Käptn mit geröteten Gesichtern und unkontrollierten Schritten auf Deck, der erstere mit Flaschen beladen, der letztere mit zwei Metallbechern.

Herrick ging stumm an ihnen vorbei. Sie grüßten ihn lallend, aber er gab keine Antwort, und sie verfluchten ihn als einen Neider. Aber er schenkte ihnen immer noch keine Aufmerksamkeit, wenn es auch in seinem Magen zitterte vor Abscheu und Wut. Er schloß die Kajütentür hinter sich und warf sich auf ein Bettgestell in der Kabine – nicht um zu schlafen, dachte er, eher um nachzudenken und zu verzweifeln. Aber er hatte sich kaum zweimal unruhig auf dem Bett umgedreht, als ihm eine betrunkene Stimme im Ohr dröhnte und er wieder auf Deck zur Morgenwache mußte.

Der erste Abend stand Modell für die anderen, die folgen sollten. Zwei Kisten Champagner hielten kaum vierundzwanzig Stunden, und fast das Ganze wurde von Huish und dem Käptn getrunken. Huish schien bei diesem Überfluß aufzublühen; niemals war er nüchtern, aber niemals richtig besoffen. Essen und Seeluft hatten seine Krankheit bald geheilt, und er begann Fleisch anzusetzen. Aber bei Davis lief die Sache nicht so gut. Es wäre schwer gewesen, in der gebückten, unordentlichen Gestalt, die den ganzen Tag auf dem Bett herumlag, soff und Romane las, in dem Narren, der aus der Abendwache ein öffentliches Gelage auf dem Achterdeck machte, den kräftigen Seemann wiederzuerkennen, der durch die Straßen Papeetes ging. Er behielt sich einigermaßen unter Kontrolle, bis er den Sonnenstand genommen hatte und gähnend und rülpsend seine Berechnungen durchgegangen war, aber vom Augenblick an, in dem er seine Karte zusammenrollte, verbrachte er die Stunden in sklavischer Genußsucht oder schweinischem Schlaf. Alles andere seiner Pflichten vernachlässigte er, abgesehen davon, daß er um den Tisch bei Mahlzeiten strenge Disziplin einhielt. Wieder und wieder hörte Herrick, wie der Koch gerufen wurde, und dieser nach frischen Konserven losrannte oder ein Mahl fortbrachte, das keine Gnade vor den Augen des Käptns gefunden hatte. Und je weiter der Käptn in seine Trunksucht verfiel, desto feiner schien sich sein Gaumen zu entwickeln. Einmal an einem Vormittag ließ er einen Hängestuhl über die Reling, zog sich bis auf die Hosen aus und ging mit einem Topf Farbe über Bord. »Mir gefällt die Farbe dieses Schoners nicht«, sagte er, »und der Name schon gar nicht.« Aber er wurde es nach einer halben Stunde leid, und der Schoner setzte seinen Weg mit einem komischen Farbfleck am Heck und dem teilweise überpinselten Wort *Farallone* seinen Weg fort. Er weigerte sich, die Morgen- und die mittlere Wache zu übernehmen. Es sei schönes Wetter, sagte er und fragte lachend: »Wer hat jemals davon gehört, daß der Alte selbst Wache steht!« Den Kursberechnungen, die Herrick nun immer machte, schenkte er absolut keine Aufmerksamkeit, noch leistete er ihm auch nur die geringste Hilfe dabei.

»Was sollen diese Berechnungen?« fragte er. »Wir haben doch die Sonne, oder?«

»Vielleicht aber nicht immer«, wandte Herrick ein. »Und du selbst hast mir gesagt, du seiest dir nicht sicher mit dem Chronometer.«

»Oh, der Chronometer ist okay«, rief Davis.

»Tu mir den Gefallen, Käptn«, sagte Herrick steif. »Ich geb' mir Mühe mit diesen Daten, was Teil meiner Pflicht ist. Ich weiß nicht, was man für die Strömung berechnen muß. Ich bin zu unerfahren, und ich bitte dich, mir zu helfen.«

»Verlier nicht den Mut, eifriger Offizier«, sagte der Käptn und entrollte die Karte wieder, denn Herrick hatte ihn bei seiner Tagesarbeit angesprochen, während er noch nüchtern war. »Hier: Sieh selbst. Alles von West nach Westnordwest, und zwischen fünf und fünfundzwanzig Meilen. Das sagt die Admiralskarte. Vermutlich willst du auch nicht besser sein als die?«

»Ich versuche nur, meine Pflicht zu tun, Käptn Brown«, sagte Herrick und errötete tief, »und ich habe die Ehre, Sie davon zu informieren, daß ich nicht mit mir spaßen lasse.«

»Was zum Teufel willst du denn?« dröhnte Davis. »Geh und sieh dir das Kielwasser an. Wenn du versuchst, deine Pflicht zu tun, warum tust du sie dann nicht? Es ist doch nicht meine Sache, meinen Kopf über den Schiffsrumpf hinauszustecken. Das ist deine. Und ich sag' dir noch etwas, mein feiner Junge. Ich warne dich, komm mir nicht so. Du bist unverschämt, das ist dein Fehler. Werd mir nicht lästig, Mister Herrick.«

Herrick zerriß seine Papiere, warf sie auf den Boden und verließ die Kajüte.

»Der is' ja 'n richtiger Streber geworden«, spottete Huish.

»Er hält sich für zu gut für unsere Gesellschaft, das ist sein Problem«, wütete der Käptn. »Er denkt, ich kapier' das nicht, wenn er den feinen Mann rauskehrt. Will sich nicht zu uns setzen, oder? Sagt kein einziges höfliches Wort. Ich gebe es dem Hundesohn schon, wie er's verdient. Bei Gott, Huish, ich zeig's ihm, ob er zu gut für John Davis ist.«

»Sei vorsichtig mit dem Namen, Cap«, sagte Huish, der immer der Nüchternere von den beiden blieb. »Ganz, ganz vorsichtig.«

»Gut, du hast recht. Bist ein guter Junge, Huish. Zuerst mochte ich dich nicht so, aber jetzt finde ich dich in Ordnung. Mach noch 'ne Flasche auf«, sagte der Käptn. Und an diesem Tag trank er vielleicht noch unbedachter, vielleicht, weil er wütend war, und um vier Uhr lag er besinnungslos auf seinem Bett.

Herrick und Huish aßen allein zu Abend, einer nach dem anderen, vor seinem aufgedunsenen, schnarchenden Körper. Und wenn dieser Anblick Herrick den Appetit verdarb, so lastete die Einsamkeit so schwer auf der Laune des Schreibers, daß er kaum vom Tisch aufgestanden war, als er auch schon um seinen ehemaligen Kameraden herumscharwenzelte.

Herrick stand am Ruder, als er sich näherte, und dann lehnte sich Huish vertraulich über die Pinne.

»Hallo, alter Junge«, begann er, »du und ich, wir scheinen nicht mehr so gut miteinander auszukommen.«

Herrick machte stumm ein paar Drehungen, und sein Blick wanderte auf dem Weg von der Nadel zum Vorsegel teilnahmslos über das Gesicht des Mannes. Aber Huish war wirklich dickhäutig, ein Zustand, den er nur mit Schwierigkeiten aufrechterhalten konnte, weil er keine innere Kraft hatte. Der Gedanke an eine private Unterhaltung mit Herrick an diesem Punkt ihrer Beziehung enthielt für eine Person seines Charakters eine besondere Anziehungskraft. Außerdem machte das Trinken, wie es einige Menschen überempfindlich macht, Huish unempfindlich. Und es hätte fast eines Hiebes bedurft, um ihn von seinem Ziel abzubringen.

»Schöne Scheiße«, fuhr er fort. »Davis hat's wieder gepackt. Muß sagen, ich finde, du hasses ihm heute eins a gegeben. Hat ihm gar nich' gefallen. Hat sich furch'bar aufgeregt, als du gegangen wars'. He, hab' ich gesagt, nich' so heftig mit dem Zeug. Herrick hatte recht, un' du weißes. Gib ihm 'ne Chance, sagte ich. ›Huish‹, sagte er, ›laß mich mit diesem Quatsch in Ruhe, sonst schlag' ich dir den Schädel ein.‹ Was konnte ich also tun, Herrick? Aber ich sage dir, es hat mir nich' gefallen. Sieht mir aus wie die Sache mit der *Sea Ranger*.«

Immer noch blieb Herrick stumm.

»Hörs' du mir eigentlich zu?« fragte Huish scharf. »Du bist ja sehr freundlich.«

»Weg von der Pinne«, sagte Herrick.

Der Schreiber blickte ihn an, lange und direkt und finster; seine Gestalt schien sich zu winden wie eine Schlange vor dem Zustoßen; dann drehte er sich auf dem Absatz um, ging zurück in die Kabine und öffnete eine Flasche Champagner. Als man acht Glasen ausrief, schlief er auf dem Boden neben dem Bett des Kapitäns, und von der gesamten Luvwache erschien nur Sally Day auf den Ruf. Der Maat schlug vor, die Wache mit ihm zu teilen und Uncle Ned schlafen zu schicken; dann würde er zwölf Stunden auf Deck verbracht haben, vielleicht auch sechzehn, aber bei diesem schönen Wetter konnte er locker zwischen den einzelnen Abstimmungen des Ruders schlafen und den Befehl hinterlassen, bei jedem Anzeichen von Wolken geweckt zu werden. Soweit konnte er den Männern vertrauen, denn zwischen ihnen und ihm hatte sich eine enge Verbindung hergestellt. Mit Uncle Ned unterhielt er sich des Nachts lange, und der alte Mann hatte ihm die einfache und schwere Geschichte seines Exils erzählt, von Leiden und Ungerechtigkeit, verursacht durch grausame Weiße. Der Koch produzierte für Herrick, als er herausfand, daß dieser allein speiste, unerwartete und manchmal ungenießbare Spezialitäten, die zu essen Herrick sich zwang. Und eines Tages auf dem Vorderdeck wurde er von einer zärtlichen Hand auf seiner Schulter überrascht, und Sally Day flüsterte ihm ins Ohr: »Du guter Mann.« Er drehte sich um, unterdrückte einen Schluchzer und schüttelte dem Negrito die Hand. Es waren freundliche, fröhliche, kindliche Seelen. Sonntags brachte jeder seine eigene Bibel an – denn selbst untereinander konnten sie sich kaum verständigen, und Sally Day verständigte sich mit seinen Kumpanen nur auf englisch, aber jeder las sein Kapitel oder tat zumindest so: Uncle Ned mit einer Brille auf der Nase, und sie alle sangen gemeinsam ein paar Lieder. Die Weißen schnitten ziemlich schlecht ab, wenn man sie mit den Insulanern verglich. Scham durchrann Herricks Blut, wenn er sich erinnerte, in wessen Diensten er stand, und wenn er diese armen Seelen sah. Und selbst Sally Day, ein Nachkomme von Kannibalen, vermutlich sogar selbst ein Kannibale, war dem treu, was er als gut erkannte. Die Tatsache, daß er von diesen Unschuldigen gemocht wurde, diente seinem Gewissen als Scheuklappe, und es gab Zeiten, in denen er sich wie Sally Day für einen guten Menschen hielt. Aber die wahre Gunst, in der er stand, wurde nun erst sichtbar. Mit einer einzigen Stimme protestierte die Mannschaft, und noch ehe Herrick erkannte, was sie vorhatten, holte man den Koch, der gern mithalf. Mit Händen und Füßen unter Ausrufen und Streicheleien bat man ihn, sich niederzulegen und seine gewohnte Ruhe zu halten und sich nicht zu beunruhigen.

»Wir sagen Wahrheit«, sagte Uncle Ned, »du schlafen. Jedel hiel okay. Alle dich lieben.«

Herrick zögerte und gab dann nach; er murmelte ein paar erstickte Worte der Dankbarkeit und ging zur Kajüte. Dort lehnte er sich gegen die Wand und kämpfte mit seiner Erregung.

Uncle Ned folgte ihm bald und bat ihn, sich hinzulegen.

»Es hat keinen Sinn, Ned«, sagte Herrick, »ich könnte jetzt nicht schlafen. Mich hat eure Güte umgehauen.«

»Ach, mich nicht mehr Uncle Ned nennen«, rief der Alte. »Kein Name. Mein Name Taveeta – wie Taveeta König von Islael. Wie er nennen Hawaii? Nicht gut. Ist wie Wisemanna.«

Es war das erste Mal, daß der Name des verstorbenen Kapitäns erwähnt wurde, und Herrick ergriff die Gelegenheit beim Schopf. Wir werden dem Leser Uncle Neds unverständlichen Dialekt ersparen und in weniger peinlichem Englisch darstellen, was er nun mitteilte. Das Schiff hatte kaum die Golden-Gate-Brücke hinter sich gelassen, als der Kapitän und der Maat sich auf ein ausgedehntes Saufgelage einließen, das kaum von ihrer Krankheit unterbrochen und erst durch den Tod beendet wurde. Tage und Wochen waren sie weder auf Land noch ein Schiff gestoßen, und als die Eingeborenen sich auf der unendlichen Tiefe mit ihren wahnsinnigen Verführern verloren sahen, waren sie in Angst und Schrecken gefallen.

Schließlich erreichten sie eine kleine Insel und legten an, und Wiseman und Wishart gingen in einem Boot an Land.

Auf der Insel gab es ein großes Dorf, ein sehr schönes Dorf und viele Kanaken, aber alle waren sie sehr ernst, und von hier und dort auf der Insel hörte Taveeta Klagerufe. »Habe nicht *leden* gehört auf Insel«, sagte er, »habe nur hölen *weinen*. Ich denken: Hmm, zu viele Leute hier stelben.« Aber Wiseman und Wishart entging die Bedeutung dieser barbarischen Klagelieder. Sie waren voller Brot und Wein und schlenderten sorglos umher, umarmten Mädchen, die kaum genug Kraft hatten, sie zurückzuweisen, stimmten (mit betrunkenen Stimmen) in die Todesklagen ein und betraten schließlich (weil sie sich eingeladen fühlten) eine Hütte, in der eine größere Versammlung schweigend saß. Sie bückten sich unter dem Türbalken, errötet und lachend, aber nach einer Minute kamen sie mit veränderten Gesichtern wieder heraus und schwiegen fortan. Und als man sich Mühe gab, ihnen einen Weg freizumachen, nahm Taveeta in den tiefen Schatten an der Rückwand des Hauses wahr, wie sich ein Kranker von seiner Matte aufrichtete, dessen Gesicht bereits schwer durch die Krankheit gezeichnet war. Die beiden tragischen Trunkenbolde flohen, ohne zu zögern, ins Boot und schrien Taveeta zu, sich zu beeilen. Sie gelangten, so schnell sie die Ruder führen, wieder aufs Schiff, lichteten den Anker, setzten unter Flüchen und Hieben die Segel und waren wieder auf See – und wieder betrunken, noch ehe die Sonne unterging. Eine Woche später wurden die Leichen der beiden in die Tiefe versenkt. Herrick fragte Taveeta, wo die Insel läge, und er erwiderte, nach dem, was er von den Leuten dort erfahren habe, müsse es eine der Paumotus sein. Das klang recht wahrscheinlich, denn der gefährliche Archipel war in diesem Jahr von Ost nach West von einer schrecklichen Pockenplage überzogen worden. Herrick jedoch dachte, es sei ein sonderbarer Kurs auf dem Weg nach Sidney. Dann fiel ihm die Trinkerei wieder ein.

»Waren sie nicht überrascht, als sie die Insel fanden?« fragte er.

»Wisemanna sagen, ›veldammt, was ist das?‹« lautete die Antwort.

»Oh, so war das«, meinte Herrick. »Ich glaube, sie wußten gar nicht, wo sie waren.«

»Das ich auch denken«, sagte Uncle Ned. »Ich glaube, nicht wissen. Diesel bessel«, fügte er hinzu und deutete auf die Kajüte, in der der betrunkene Kapitän schlief. »Diesel sehen immer nach Sonne.«

Dieser letzte Hinweis vervollständigte Herricks Bild vom Leben und Tod seiner beiden Vorgänger, von ihrer langen, herabgekommenen, feuchtfröhlichen Sinnlichkeit auf ihrer letzten Fahrt ohne genaues Ziel. Er selber hatte wenige und ungewisse Vorstellungen von einem Leben nach dem Tode; den Gedanken an Strafe verwarf er. Aber für ihn, wie für alle, stellte das Ende dieser Männer ein Schreckensbild dar. Übelkeit überkam ihn, als er sich die Bilder vor Augen rief, und als er es mit den Szenen verglich, an denen er teilhatte, und über das Schicksal nachdachte, das ein solches Verhalten für den Schoner heraufbeschwor, überkam ihn ein Entsetzen, das fast schon an Aberglauben grenzte. Er, der auf so vielen Gebieten seine Unfähigkeit bewiesen hatte, und nun am falschen Platz stand mit Pflichten, die er nicht verstand, ohne Hilfe und, man kann sagen, ohne Autorität, hatte bisher alle Erwartungen weit übertroffen. Aber selbst das schockierende Fehlverhalten und die Enthüllungen der Nacht schienen ihn nur anzustacheln und zu stärken. Er hatte seine Ehre verkauft; er schwor sich, es sollte nicht vergebens sein. »Es soll nicht mein Fehler sein, wenn das hier schiefgeht«, wiederholte er. Und im Herzen staunte er über sich. Brennende Wut stützte ihn zweifelsohne und zweifellos auch das Gefühl einer letzten Chance, wenn alle Brücken verbrannt und alle Türen bis auf eine verschlossen sind, das dem Schwachen als Stärkungsmittel dient, den bloß Feigen aber nur niederdrückt.

Eine Zeitlang verlief die Reise in jeder anderen Hinsicht sehr gut. Sie sahen Fakarava auf der einen Seite, und der Wind blies weiterhin stetig aus Südwest. Sie fuhren zwischen Ranaka und Ratiu hindurch, segelten ein paar Tage in nordöstlicher bis nordnordöstlicher Richtung und kamen im Windschatten an Takume und Honden vorbei, wo sie aber nicht anlegten. Auf etwa 14° Süd und zwischen 134° und 135° West setzte eine Windstille mit recht schwerer See ein. Der Käptn weigerte sich, die Segel einzuholen; man band das Ruder fest, stellte keine Wache mehr auf, und die *Farallone* rollte und wiegte sich allem Anschein nach drei Tage lang auf der gleichen Stelle. Am vierten Morgen, kurz vor Tagesanbruch, tat sich eine Brise auf und frischte schnell auf. Der Käptn hatte in der Nacht zuvor schwer getrunken; er war weit entfernt davon, nüchtern zu sein, als man ihn weckte, und als er um halb neun zum ersten Mal an Deck kam, war offensichtlich, daß er bereits zum Frühstück viel getrunken hatte. Herrick mied seinen Blick und gab das Deck resigniert einem Mann frei, der bereits halb hinüber war.

Aufgrund der lauten Kommandos des Käptns und der singenden Rufe der Mannschaft an den Seilen konnte er von der Kajüte aus ausmachen, daß man alle Segel beisetzte; er ließ sein halbbeendetes Frühstück stehen und trat wieder auf Deck, um zu sehen, daß das Haupt- und Klüversegel gesetzt waren und beide Wachen und der Koch Hand an das Stagsegel legten. Die *Farallone* lag bereits weit auf der Seite; den Himmel überzog milchiger Nebel, und von der Windseite tat sich ein ominöser Schauer auf. Die Wolken breiteten sich aus und wurden dunkler.

In Herricks Magen regte sich Furcht. Er sah den Tod vor sich, und wenn nicht den Tod, dann das sichere Verderben. Denn wenn die *Farallone* das kommende Unwetter überlebte, würde sie doch gewiß den Mast verlieren. Damit wäre ihr Unternehmen am Ende und sie selbst Gefangene, weil ihr Verbrechen zu offensichtlich war. Die Größe der Gefahr und seine eigene Unruhe reichten aus, ihn zum Schweigen zu bringen. Stolz, Zorn und Scham wüteten in seinen Gedanken, und er biß die Zähne aufeinander und verschränkte die Arme.

Der Käptn saß im Beiboot auf der Leeseite und brüllte Befehle und Beleidigungen, die Augen glasig und das Gesicht verzerrt. Zwischen seinen Knien steckte eine Flasche; das Glas in seiner Hand war halb leer. Er hatte dem Unwetter den Rücken zugekehrt und konzentrierte sich zuerst noch auf das Segelsetzen. Als das beendet war und das große Leinentrapez sich aufblähte und die Reling an der Leeseite der *Farallone* durch die Gischt schleifen ließ, lachte er hohl auf, leerte sein Glas, legte sich auf die Planen im Boot zurück und holte einen zerknitterten Roman heraus.

Herrick beobachtete ihn, und sein Zorn glühte brennend heiß. Er blickte nach Lee, wo der Sturm bereits die Wellen aufwühlte und sein Herannahen mit einem einzigartig bedrohlichen Laut verkündete. Er blickte auf den Steuermann und sah, wie dieser sich mit kränklichblauem Gesicht an die Speichen klammerte. Er sah, daß die Mannschaft ohne Befehle auf Position rannte, und da schien es, als würde etwas in seinem Gehirn knacken; die Leidenschaft seiner Wut, die er so lange zurückgehalten, so lange heimlich in sich hineingefressen hatte, brach plötzlich heraus und schüttelte ihn wie ein Segel. Er trat zum Kapitän und schlug fest auf die Schulter des Betrunkenen.

»Du Vieh!« sagte er stammelnd. »Sieh dich um!«

»Was soll das?« rief Davis und verschüttete den Champagner.

»Du hast die *Sea Ranger* verloren, weil du ein versoffenes Schwein bist«, sagte Herrick. »Und jetzt wirst du die

Farallone verlieren. Du wirst sie auf gleiche Weise versenken wie andere Schiffe, und verdammt sein. Und deine Tochter wird zur Straßenhure werden und deine Söhne zu Dieben wie der Vater.«

Einen Moment lang ließen diese Worte alles Blut aus dem Gesicht des Käptns weichen. »Mein Gott!« schrie er und blickte zu Herrick hoch wie zu einem Geist. »Mein Gott, Herrick!«

»Sieh dich um!« wiederholte dieser.

Der Unglückliche war bereits wieder teilweise nüchtern, tat, wie ihm geheißen, und sprang im gleichen Atemzug auf die Beine. »Stagsegel runter« trompetete er. Alle Hände hatten zitternd auf diesen Befehl gewartet, und das große Segel kam donnernd herab und fiel fast in die tobende Gischt. »Topp runter, laßt das Vordersegel derweil«, sagte er dann.

Aber noch ehe es herauskam, schrie der Sturm laut auf und fiel in einer einzigen Masse aus Wind und Regen auf die *Farallone* herab, und sie duckte sich unter dem Hieb und blieb wie tot liegen. Herrick verließ aller Verstand. Er klammerte sich an die Reling in dem Glauben, sein Leben sei vertan, und er frohlockte über die Befreiung. Er freute sich an den wilden Lauten des Windes und dem erstickten Angriff des Regens. Er freute sich, so zu sterben, in diesem Toben der Elemente. Und derweil hackte der Kapitän, bis zu den Knien im Wasser, denn so tief lag der Schoner bereits, mit einem Taschenmesser auf das Vordersegel ein. Es war eine Frage der Sekunden, denn die *Farallone* trank tiefe Züge von der eindringenden See. Aber die Hand des Käptns was schneller; endlich riß das Vorsegel und peitschte nach Lee. Die *Farallone* sprang hoch in den Wind und richtete sich auf, und die Falleinen an der Spitze und vorn, die schon lange fahrengelassen worden waren, schnellten im gleichen Moment los.

An die zehn Minuten lang tanzte das Schiff unter dem starken Wind, aber der Käptn hatte sich nun wieder in der Gewalt und bekam das Schiff unter Kontrolle. Und dann, so plötzlich wie bei einem Trick auf der Bühne, flaute der Wind zu einer leichten Brise ab; die Sonne blitzte wieder auf den gebeutelten Schoner, und der Käptn, der den Vormast gesetzt hatte, ging nach achtern, nüchtern, ein wenig blaß, ein durchweichtes Zigarrenende zwischen den Zähnen, wie ihn der Sturm zuerst erwischt hatte. Herrick folgte ihm; er konnte sich kaum die Heftigkeit seiner vorigen Gefühle ins Gedächtnis rufen, aber er wußte, es würde eine Szene folgen, und er drängte darauf, sie hinter sich zu bringen.

Der Käptn dreht sich an der Ecke der Kajüte um, sah ihm direkt ins Gesicht, senkte aber den Blick. »Wir haben zwei Toppsegel und das Stagsegel verloren«, brabbelte er. »Gut, daß wir keine Masten drangeben mußten. Du denkst jetzt bestimmt, wir sind ohne die oberen Segel ohnehin besser dran.«

»Nein, das denke ich nicht«, sagte Herrick mit sonderbar ruhiger Stimme, die aber dennoch die Verwirrung im Kopf des Käptns wiederzugeben schien.

»Ich weiß«, schrie dieser und hielt die Hand hoch. »Ich weiß, was du denkst. Nützt aber nichts, es jetzt zu sagen. Ich bin nüchtern.«

»Ich muß es aber sagen«, erwiderte Herrick.

»Still, Herrick, du hast genug gesagt«, gab Davis zurück. »Du hast etwas gesagt, was ich von keinem Menschen außer dir angenommen hätte, weil ich weiß, es ist wahr.«

»Ich muß Ihnen mitteilen, Kapitän Brown«, fuhr Herrick fort, »daß ich meine Position als Maat niederlege. Sie können mich in Eisen legen oder erschießen, wie Sie wollen. Ich werde keinen Widerstand leisten, aber ich weigere mich, Ihnen in irgendeiner Weise zu helfen oder zu gehorchen, und ich schlage vor, Mister Huish auf meinen Posten zu setzen. Er wird einen anständigen Ersten Offizier für einen Kapitän wie Sie abgeben. Sir.« Er verbeugte sich lächelnd und wandte sich zum Gehen.

»Wo gehst du hin, Herrick?« rief der Käptn und hielt ihn bei der Schulter zurück.

»Aufs Vorschiff, um bei der Mannschaft zu schlafen, Sir«, erwiderte Herrick mit dem gleichen Haßlächeln. »Ich war lange genug hier hinten – bei den Gentlemen.«

»Du hast unrecht«, sagte Davis. »Sei nicht vorschnell mit mir. Es ist alles in Ordnung mit mir, außer dem Saufen – das ist doch die alte Geschichte, Mann! Laß mich erst einmal nüchtern werden, und dann wirst du schon sehen«, flehte er.

»Entschuldigen Sie, Sir, aber ich wünsche Sie nicht mehr zu sehen«, antwortete Herrick.

Der Käptn stöhnte laut auf. »Weiß du noch, was du über meine Kinder gesagt hast?« brach es aus ihm heraus.

»Jawohl. Wünschen Sie, daß ich es wiederhole?« fragte Herrick.

»Nein!« schrie der Käptn und schlug die Hände vor die Ohren. »Bring mich nicht dazu, den Mann umzubringen, an dem mir liegt. Herrick, wenn du noch einmal siehst, wie ich ein Glas an die Lippen setze, ehe wir landen, gebe ich dir die Erlaubnis, mir eine Kugel durch den Kopf zu jagen. Ich flehe dich an! Du bist der einzige Mann an Bord, der es wert ist zu überleben. Denkst du vielleicht, ich wüßte das nicht? Glaubst du, ich würde dich jemals im Stich lassen? Ich wußte immer, daß du recht hast – ob betrunken oder nüchtern, ich wußte es. Was willst du denn? Einen Eid? Mann, du bist doch clever genug, um zu sehen, daß ich das todernst meine.«

»Willst du sagen, es wird nicht mehr getrunken?« fragte

Herrick. »Weder von dir noch von Huish? Daß du nicht fortfährst, meinen Profit zu stehlen und den Champagner zu saufen, für den ich meine Ehre gab? Daß du dich um deine Pflichten kümmern und Wache stehen und deinen Teil an der Arbeit ableisten wirst, anstatt alles auf die Schultern einer Landratte zu bürden und dich zum Gespött der Eingeborenen zu machen? Meinst du das? Wenn das zutrifft, dann sei so gut, und sage es frei heraus.«

»Du formulierst die Dinge so, daß es für einen Gentleman schwer zu schlucken ist«, erwiderte der Käptn. »Du willst doch nicht etwa, daß ich sage, ich schämte mich? Vertrau mir noch ein einziges Mal. Ich packe es nun richtig an, und hier hast du meine Hand darauf.«

»Ich will es noch einmal versuchen«, sagte Herrick. »Aber wenn noch irgend etwas passiert ...«

»Nichts weiter jetzt!« unterbrach ihn Davis. »Nichts weiter, alter Knabe. Genug der Worte. Du hast eine schmeichelnde Zunge, wenn du dich einmal aufraffst, Herrick. Sei nur froh, daß wir wieder Freunde sind, wie ich es auch bin, und sei nicht zu hart gegen mich. Wir waren heute dem Tod sehr nahe – sag nicht, wessen Fehler es war – und auch der Hölle. Wir beide befinden uns in einer recht schlechten Phase und sollten nachsichtig miteinander umgehen.«

Er jammerte vor sich hin, aber es schien, als jammere er mit einem Zweck, rede um ein Bekenntnis herum, vor dem er sich fürchtete, aber vielleicht redete er auch nur, um Zeit herauszuschinden, aus Angst vor dem, was Herrick als nächstes sagen würde. Aber Herrick hatte nun all sein Gift verspritzt; er war eigentlich ein freundlicher Mensch und zufrieden mit seinem Triumph und konnte nun wieder Mitleid spüren. Er wollte mit ein paar besänftigenden Worten die Unterhaltung beenden und schlug vor, sich umzuziehen.

»Noch nicht«, antwortete Davis jedoch. »Ich muß dir

zuerst noch etwas anderes beichten. Weißt du noch, was du über meine Kinder gesagt hast? Ich will dir verraten, warum mich das so schwer getroffen hat. Ich habe das Gefühl, daß dir das auch leid tut. Es geht um meine kleine Adar. Das hättest du nicht sagen dürfen – aber ich weiß natürlich, daß du das nicht wissen konntest. Sie – sie ist tot, weiß du.«

»Aber Davis«, rief Herrick. »Du hast mit ein dutzendmal erzählt, sie sei am Leben! Denk nach, Mann! Du bist noch betrunken!«

»Nein, Sir!« gab Davis zurück. »Sie ist tot. War eine Bauchsache. Das war, als ich auf der Brigg *Oregon* fuhr. Sie liegt in Portland, Maine. ›Adar, die einzige Tochter von Kapitän John Davis und seiner Frau Maria, im Alter von fünf Jahren‹. Ich hatte eine Puppe für sie an Bord. Die ging genau so unter wie die *Sea Ranger*, an dem Tag, als ich verdammt wurde.«

Der Blick des Käptns war auf den Horizont geheftet; er sprach ungewöhnlich leise, aber vollkommen beherrscht. Und Herrick sah ihn mit einem Gefühl an, das beinahe Entsetzen gleichkam.

»Nicht daß du meinst, ich sei verrückt«, fuhr Davis fort. »Ich bin so vernünftig, daß ich weiß, was ich tue. Aber wenn ein Mann unglücklich ist wie ein Kind, spielt er dieses Kinderspiel. Ich konnte mich nie durchringen, die Wahrheit zu erzählen, daher habe ich immer gelogen. Und ich warne dich: Sobald wir dieses Gespräch beendet haben, werde ich weiterlügen. Es ist nur, eine Straßenhure kann sie nicht sein«, fügte er hinzu. »Sie konnte nicht einmal so lange leben, daß sie die Puppe bekam.«

Herrick legte eine zitternde Hand auf die Schulter des Käptns.

»Laß das sein!« rief Davis und wich vor der Berührung zurück. »Siehst du denn nicht, daß ich schon kaputt genug bin? Komm mit, komm mit, Alter, jetzt kannst du mir vertrauen. Komm und zieh trockene Sachen an.«

Sie betraten die Kabine, wo Huish auf den Knien lag und eine weitere Kiste Champagner aufstemmte.

»Schluß da!« rief der Käptn. »Nichts mehr! Auf diesem Schiff wird nicht mehr getrunken.«

»Bis' wohl Antialkoholiker geworden, oder?« fragte Huish. »Is' mir recht. Wurde auch Zeit, eh? Has' wohl fast noch ein Schiff verloren, eh?« Er nahm eine Flasche heraus und drehte ruhig mit der Spitze eines Korkenziehers an dem Drahtverschluß.

»Hast du mich nicht verstanden?« schrie Davis.

»Denke doch. Du sprichst laut genug«, erwiderte Huish. »Bloß es ist mir egal.«

Herrick zupfte den Käptn am Ärmel. »Laß ihn jetzt«, sagte er. »Wir alle hatten genug heute morgen.«

»Dann soll er sie haben«, sagte der Käptn. »Wird seine letzte sein.«

Jetzt war der Draht geöffnet, das Goldpapier abgezogen, und Huish wartete mit dem Becher in der Hand auf den Knall. Dieser erfolgte jedoch nicht. Er lockerte den Korken mit dem Daumen, aber immer noch ohne Ergebnis. Schließlich nahm er den Korkenzieher und drehte ihn hinein. Der Korken glitt leicht und lautlos heraus.

»He«, meinte Huish. »Diese Flasche ist schlecht.«

Er goß den Wein in seinen Becher. Er war farblos und still. Er roch daran und probierte.

»Was ist das denn?« fragte er. »Das ist Wasser.«

Wenn ein Trompetenschall plötzlich mitten auf dem Meer das Schiff umtost hätte, die drei Männer hätten kaum verdutzter sein können als bei diesem Vorfall. Der Becher nahm die Runde, ein jeder nahm einen Schluck und kostete; jeder starrte auf die Flasche mit dem prächtigen Goldpapier, wie Crusoe auf den Fußabdruck gestarrt haben mag, und rasch nahmen ihre Gedanken die gleiche Richtung. Der Unterschied zwischen einer Flasche Champagner und einer Flasche Wasser ist vielleicht nicht groß; zwischen einer Schiffsladung des einen oder anderen aber lag die ganze Skala zwischen Reichtum und Ruin.

Man öffnete eine zweite Flasche. In der Kabine standen zwei Kisten bereit. Man brach sie auf und probierte. Das gleiche Ergebnis. Der Inhalt war farb- und geschmacklos und so still wie Regen in einem Fischerboot.

»Verdammich!« sagte Huish.

»Sehen wir nach dem Rest«, sagte der Käptn und wischte sich mit dem Handrücken über die Stirn. Die drei stakten aus der Kajüte, mit grimmigen Gesichtern und schwerem Schritt.

Man holte jeden Mann herbei. Zwei Kanaken wurden nach unten geschickt, ein weiterer an der Luke aufgestellt, und Davis, die Axt in der Hand, nahm seinen Platz an der Lukenkimming ein.

»Wirst du es den Männern sagen?« flüsterte Herrick.

»Verdammt!« sagte Davis. »Das ist egal. Wir selbst müssen es wissen.«

Man schickte drei Kisten auf Deck und nahm Teststücke daraus; aus allen Flaschen rann, als der Käptn sie mit der Axt zertrümmerte, sprudelnder, köstlicher Champagner.

»Geht tiefer, ja!« rief Davis den Kanaken im Laderaum zu.

Dieser Befehl gab das Zeichen für einen katastrophalen Wechsel. Kiste auf Kiste kam heraus. Flasche um Flasche wurde aufgeschlagen und gab Wasser frei. Noch tiefer, und sie drangen auf eine Schicht, wo es nicht einmal mehr den Anschein einer Täuschung gab. Die Kisten trugen keine Aufschrift mehr, die Flaschen waren weder verkorkt noch papierumhüllt, und der Betrug wurde so offensichtlich, daß er ihnen ins Gesicht starrte.

»Genug mit diesem Blödsinn«, sagte Davis. »Verstaut die Kisten wieder, Onkel, und schafft die Scherben von Bord. Kommt mit«, zu seinen Mitabenteurern gewandt, und ging ihnen in die Kajüte voran.

Die Partner

Sie setzten sich an drei Seiten des festgeschraubten Tisches nieder, es war das erste Mal, daß sie gemeinsam hier saßen, aber nun waren jedes Gefühl von Ungleichheit und die Erinnerungen an alle Differenzen durch den drohenden gemeinsamen Ruin verschwunden.

»Meine Herren«, begann der Käptn nach einer Pause und wie ein Vorsitzender, der eine Aufsichtsratssitzung eröffnet. »Man hat uns verkauft.«

Huish brach in Gelächter aus. »Also, wenn das nicht die größte Schiebung aller Zeiten ist!« rief er. »Und Davis hier dachte, er sei so früh aufgestanden! Wir haben eine Schiffsladung Quellwasser geklaut! Ach, du liebe Güte!« Und er wand sich vor Vergnügen.

Dem Käptn gelang es, sich ein Lächeln abzuquälen.

»Und wieder schlägt das Schicksal zu«, sagte er zu Herrick gewandt, »aber dieses Mal hat es uns richtig die Tür eingetreten.«

Herrick konnte nur den Kopf schütteln.

»O mein Gott, das ist toll!« lachte Huish. »Es wäre wirklich ein toller Witz gewesen, wenn das einem anderen passiert wäre. Und was machen wir nun? Du meine Güte! Was fangen wir nur mit dem verdammten Schiff an?«

»Das ist das Problem«, meinte Davis. »Es gibt nur einen sicheren Ausweg. Es hat keinen Zweck, diesen alten Kahn mitsamt seiner Fracht nach Peru zu schippern. Nein, Sir, wir stecken in der Falle.«

»Und der Reeder«, rief Huish, »der Mann, der diese Ladung auf dem Kontor hat! Der bekommt die Nachricht sicher mit dem Postschiff und denkt natürlich, wir sind auf dem schnellsten Weg nach Sidney!«

»Ja, dem wird es sicher auch schlechtgehen«, meinte der Käptn. »Das ist auch die Erklärung für die Kanakencrew. Wenn man ein Schiff verlieren will, kann man nichts besser gebrauchen als eine Kanakencrew. Aber eines kann ich mir nicht erklären: Ich verstehe nicht, warum sie runter nach Tahiti segelten.«

»Um den Kahn loszuwerden, du Kindskopf«, meinte Huish.

»Was weißt du schon!« erwiderte der Käptn. »Niemand will, daß ein Schoner verschollen geht; sie wollen ihn auf dem *richtigen Kurs* verlieren, du Affe. Du scheinst wirklich zu denken, Versicherungsagenten hätten nur Stroh im Kopf.«

»Nun«, warf Herrick ein, »ich kann euch sagen – wie ich fürchte –, warum die *Farallone* so weit nach Osten abtrieb. Ich habe es von Uncle Ned erfahren. Es scheint, diese beiden unglücklichen Teufel, Wiseman und Wishart, haben von Anfang an Champagner gesoffen und sind betrunken verreckt.« Der Käptn blickte auf den Tisch.

»Sie lagen auf ihren Betten oder saßen in dieser verdammten Kajüte«, fuhr Herrick lauter fort, »und haben sich die Bäuche mit dem verfluchten Stoff vollgeschlagen, bis sie die Krankheit überkam. Als sie kränker wurden und das Fieber stieg, haben sie um so mehr getrunken. Sie lagen hier heulend und stöhnend, betrunken und sterbend, alles zugleich. Sie wußten nicht, wo sie waren, und es war ihnen auch egal. Sie haben nicht einmal den Sonnenstand aufgezeichnet.«

»Nicht mal das?« rief der Käptn und blickte auf. »Heiliger Jakob, was für ein Volk!«

»Nun, mir ist das egal«, sagte Huish. »Was kümmern uns Wiseman und der andere Halunke?«

»Eine ganze Menge«, erwiderte der Käptn. »Wir sind sozusagen ihre Erben.«

»Das ist aber kein schönes Erbe«, meinte Herrick.

»Also, das würde ich nicht mal so sagen«, entgegnete der Käptn. »Mir scheint, es könnte schlimmer sein. Das Schiff ist nicht soviel wert, wie es die Fracht gewesen wäre, aber ich sage euch, was mir in den Sinn kommt. Scheint mir, der Junge in Frisco hat seinen letzten Dollar darauf gesetzt.«

»Alter«, sagte Huish. »Gib mir Zeit. Was soll das?«

»Nun, mein Sohn«, fuhr der Käptn fort, der seine Selbstsicherheit wiedererlangt zu haben schien, »Wiseman und Wishart sollten dafür bezahlt werden, diesen alten Schoner mitsamt seiner Fracht loszuwerden. Wir werden das schon für sie erledigen, und ich mache es zu meiner Privatsache, dafür zu sorgen, daß wir auch bezahlt werden. Was sollten W. und W. wohl bekommen? Das kann ich nicht sagen. Aber W. und W. hingen selbst in dem Geschäft mit drin. Und jetzt kommen wir einfach so hineingestolpert, und dieser Reeder muß bloß einen Ton von sich geben. Und ich sorge schon dafür, daß er was von sicht gibt. *Yes, Sir*, dieser Fall *Farallone* hat schließlich doch noch seinen Ertrag.«

»Jawohl, Chef!« rief Huish. »Verdammt! Vorwärts! Das nenne ich stilvoll Geld verdienen. Ich möcht' verrecken, wenn mir das nich' viel besser gefällt.«

»Ich verstehe nicht«, sagte Herrick. »Ich muß um Entschuldigung bitten. Ich verstehe es nicht.«

»Sieh mal, Herrick«, sagte Davis, »ich muß ohnehin noch über eine andere Sache mit dir reden, und es ist gut, wenn Huish dabei ist. Wir lassen die Sauferei jetzt, und wir bitten dich hier und jetzt um Entschuldigung. Wir müssen dir für alles danken, was du für uns getan hast, als wir uns wie Schweine benommen haben. Du wirst sehen, in Zukunft wird alles gut, und was den Wein angeht, den wir dir geklaut haben, da mache ich eine Bestandsaufnahme und zahle dich aus. Das wird reichen, denke ich. Aber eines will ich dir noch sagen: Das alte Spiel war riskant. Das neue ist so sicher wie das Amen in der Kirche. Wir setzen die *Farallone* einfach vor den Wind, bis wir weit weg von unserem Abfahrtshafen sind und an einem Ort, wo es einen amerikanischen Konsul gibt. Dann geht die *Farallone* unter, und lebe sie wohl! Einen Tag oder zwei in einem Boot, und der Konsul schickt uns auf Onkel Sams Kosten heim nach Frisco, und wenn dieser Reeder dort nicht die blanken Dollars auf den Tisch legt, dann sprechen wir uns wieder.«

»Aber ich dachte«, begann Herrick, brach dann aber heraus: »Oh, laßt uns weiter nach Peru fahren.«

»Wenn du wegen deiner Gesundheit nach Peru willst, dann habe ich nichts dagegen«, erwiderte der Käptn. »Aber was für einen anderen Grund könntest du sonst noch haben, dorthin zu fahren? Das geht mir nicht in den Kopf. Wir können da mit dieser Ladung nichts anfangen. Ich kenne keinen Ort, an dem man leere Flaschen gut verscherbeln kann, und wenn ich mir das Pfand holen will, dann nicht in Peru. Ich hatte immer schon meine Zweifel, ob wir den Schoner dort verkaufen können, und jetzt bin ich mir sicher, er ist nicht einmal einen Sack Bohnen wert. Ich hab' keine Ahnung, was für Mängel er hat. Ich weiß nur, er hat welche, sonst hätte er nicht diese Ladung im Bauch. Und wenn wir ihn aufgeben und in Peru landen, was sollen wir da? Wir können weder den Verlust melden, noch, was wir eigentlich in Peru wollten. In dem Fall kann der Eigner auch nichts der Versicherung erzählen; vermutlich wird er bankrott gehen, und was, glaubst du, machen die mit uns drei auf dem Strand von Callao?«

»Dort gibt es keine Auslieferung«, sagte Herrick.

»Aber mein Sohn, wir *wollen* doch ausgeliefert werden«, entgegnete der Käptn. »Wie ist denn unsere Lage? Wir wollen, daß uns ein Konsul nach San Francisco ausliefert, direkt vor die Tür jenes Schiffseigners. Ich denke, daß Samoa ein geeigneter Platz ist. Er liegt direkt vor dem Wind, die Staaten haben ein Konsulat, und die Dampfer aus Frisco kommen regelmäßig vorbei. Daher können wir sofort zurückdampfen und diesen Typen interviewen.«

»Samoa?« fragte Herrick. »Das dauert doch ewig, dorthin zu kommen.«

»Oh, bei einem schönen Wind«, meinte der Käptn.

»Keine Probleme mit dem Logbuch?« fragte Huish.

»Nein, Sir«, entgegnete der Käptn. »*Leichte Brise und Wind aus wechselnden Richtungen. Schauer und Windstille. D. R. Fünf Meilen. Keine bes. Vork. Pumpen unter Wache.* Und die Barometer- und Thermometerdaten vom letzten Jahr abkopieren. ›Noch nie eine solche Fahrt gehabt‹, sagen wir zum Konsul. ›Dachte, es wurde nicht ...‹« Er blieb mitten im Satz stecken. »Sag mal«, begann er und hielt wieder inne. »'tschuldige, Herrick«, fügte er dann mit unverhüllter Demut hinzu, »hast du den Proviant nachgehalten?«

»Hätte ich getan mit meinen bescheidenen Fähigkeiten, wenn man es mir gesagt hätte«, erwiderte Herrick. »So hat der Koch genommen, was er wollte.«

Davis blickte auf den Tisch.

»Ich hab's knapp bemessen«, sagte er endlich. »Das wichtige war, aus Papeete herauszukommen, ehe sich's der Konsul anders überlegen konnte. Ich sag' euch was, ich mache eine Bestandsaufnahme.«

Und er stand auf und verschwand mit einer Lampe in der Kombüse.

»Da is' noch was im Busch«, bemerkte Huish.

»Mein Bester«, sagte Herrick mit plötzlich aufflammender Feindseligkeit, »es ist immer noch deine Wache, und sicher bist du auch am Steuer dran.«

»Jetzt kommt's aber dicke, eh?« sagte Huish. »Bleib ja von der Pinne weg! Ich dacht', es wäre dein Steuer. Eh?«

Ostentativ zündete er sich eine Zigarre an und spazierte, die Hände in den Taschen vergraben, auf Deck.

Nach erstaunlich kurzer Zeit tauchte der Käptn wieder auf; er blickte Herrick nicht an, sondern rief Huish zurück und setzte sich.

»Nun ...«, begann er. »Ich habe eine Bestandsaufnahme gemacht, aber nur ungefähr.« Er hielt inne, als solle ihm jemand weiterhelfen, und da dies nicht geschah und beide ihn offensichtlich ängstlich anstarrten, resümierte er schwerfällig: »Es wird nicht reichen. Wir schaffen es nicht, das ist totensicher. Es tut mir ebenso leid wie euch, und vielleicht mehr. Aber das Spiel ist aus. Wir können nicht nach Samoa. Ich weiß nicht einmal, ob wir bis nach Peru kommen.«

»Was heißt das?« fragte Huish brutal.

»Ich weiß es selbst nicht genau«, erwiderte der Käptn. »Alles sah gut aus. Aber was hier vor sich geht, haut mich um. Scheint, als sei der Teufel an Bord gewesen. Dieser Koch muß ein Betrüger sein. Und das in nur zwölf Tagen! Klingt verrückt. Ich weiß nur eines genau: Beim Mehl habe ich gut kalkuliert. Aber der Rest – meine Güte! Auf diesem Schiff wird mehr vergeudet als auf einem Atlantikliner.« Er warf einen verstohlenen Blick auf seine Kumpane; in deren dunklen Gesichtern war nichts Gutes zu erkennen. »Wartet, bis ich mit dem Koch geredet habe!« brüllte er und schlug mit der Faust auf den Tisch. »Ich werde mich mit diesem Hundesohn unterhalten, wie er es noch nicht erlebt hat. Ich werde ...!«

»Du wirst den Mann nicht anrühren«, sagte Herrick. »Es ist dein Fehler, und das weißt du ganz genau. Wenn du einen Wilden in die Kombüse läßt, weißt du, was du zu erwarten hast. Ich lasse nicht zu, daß dem Mann etwas passiert.«

Es ist schwer zu sagen, wie Davis diese Reaktion hinnahm, denn er sah sich gleich einem neuen Angriff ausgesetzt.

»Nun«, nölte Huish, »du bist mir ja ein feiner Käptn. Du bist mir ein doller Käptn! Fang mir ja kein' Stunk an, John Davis. Jetzt habe ich dich erkannt! Du bist zu nichts besser imstande als eine verdammte Landratte. Oh, rede nur! Oh, mach nur so weiter. Hast du nicht jeden Tag nach frischen Konserven geschrien? Wie oft hast du das ganze verdammte Essen zurückgeschickt und dem Mann gesagt, er soll es ins Meer schmeißen? Und Frühstück? Oh, du meine Güte! Frühstück für zehn, und immer noch hast du nach mehr gebrüllt. Und jetzt weißt du von nichts. Ich will verdammt sein, wenn das nicht reicht, um einen Beschwerdebrief an Gott zu kritzeln. Du hast es noch gut, John Davis. Faß mich ja nicht an. Ich werde gefährlich.«

Davis saß da wie vor den Kopf geschlagen; man mag sogar bezweifeln, ob er die Worte hörte, aber die Stimme des Schreibers dröhnte durch die Kabine wie die eines Kormorans von den Klippen.

»Das reicht«, warf Herrick ein.

»Oh, jetzt springst du ihm auch noch bei. Du verdammtes arrogantes Aas. Mach schon. Ihr beiden seid mir ein schönes Gespann. Aber John Davis soll nur aufpassen. Er hat mich in der ersten Nacht an Bord geschlagen, aber ich habe noch nie was hingenommen, ohne zurückzuzahlen. Soll er doch auf den Knien kriechen und mich um Verzeihung bitten. Das ist mein letztes Wort!«

»Ich stehe zum Käptn«, sagte Herrick. »Das heißt, wir

sind zwei gegen einen und beide gute Männer. Die Mannschaft steht außerdem auf meiner Seite. Ich hoffe, ich werde sehr bald sterben, aber ich habe nicht das Geringste dagegen, dich vorher umzubringen. Das wäre mir sogar lieber; ich würde vor Reue nicht einmal mit dem Auge zwinkern. Paß auf, paß nur auf, du kleine Wanze!«

Die Feindseligkeit, mit der diese Worte herausgestoßen wurden, war so deutlich, daß Huish ihn anstarrte. Selbst der gedemütigte Davis reckte den Kopf und blickte seinen Verteidiger an. Herrick hingegen hatten die Aufregungen und Enttäuschungen des Tages alle Hemmungen genommen; er war sich eines angenehmen Glühens, einer warmen Erregung in seinem Innern bewußt. Sein Kopf schien leer, seine Augäpfel brannten, wenn er sie bewegte; seine Kehle war so trocken wie ein Schiffszwieback: von Natur aus war er ungefährlich, außer insoweit, als die Sanften immer gefährlich sind, aber in diesem Augenblick war er bereit, ohne Nachdenken zu töten oder getötet zu werden.

Hier endlich war der Fehdehandschuh hingeworfen worden und die Schlacht eröffnet. Der nächste, der das Wort ergriff, würde die Kluft vertiefen, und alle wußten dies und hielten sich zurück, und viele Sekunden lang tickte die Schiffsuhr, während das Trio reglos und stumm dasaß.

Dann kam eine Unterbrechung, so willkommen wie die Blumen im Mai.

»Land ahoi!« sang eine Stimme auf Deck. »Land auf der Wetterseite.«

»Land?« rief Davis und sprang auf die Beine. »Was soll das? Hier gibt es doch kein Land.«

Und wie Menschen aus dem Zimmer eines Gemordeten rennen, so rannten die drei aus der Kajüte und ließen ihren Streit unentschieden zurück.

Der Himmel wurde auf Seehöhe opalweiß; das Meer

selbst, unruhig und tintenblau, zog auf allen Seiten den großen Kreis des Horizonts um sie. Sie mochten suchen, wie sie wollten – selbst das geübte Auge von Käptn Davis konnte nicht die kleinste Unterbrechung ausmachen. Über ihnen schmolzen ein paar schmierige Wolken, und um den Schoner kreiste, wie um das einzig interessante Objekt, ein tropischer Vogel und zeigte dabei die lange Schwanzfeder. Abgesehen von Himmel und Meer war das alles.

»Wer hat Land ausgerufen?« fragte Davis. »Wenn einer der Jungs mich verarschen will, dann werde ich es ihm schon beibringen.«

Aber Uncle Ned zeigte selbstzufrieden auf eine Stelle des Horizonts, wo man einen grünlichen, verschleierten Schimmer wie Rauch über den fahlen Himmel schweben sah.

Davis setzte das Fernglas an und blickte dann auf den Kanaken. »Nennst du das Land?« fragte er. »Nun, es ist mehr als ich dachte.«

»Vor langer Zeit«, erwiderte Uncle Ned, »ich sehen Anaa vier oder fünf Stunden, bevor es da. Kaptain sagen, Sonne untergehen und Sonne wieder da, Lagune wie Piegel ...«

»Was?« fragte Davis.

»Piegel, ah«, antwortete Uncle Ned.

»Ach, Spiegel«, sagte Davis. »Ich verstehe. Reflektionen von der Lagune. Weißt du, möglich ist es, aber schon komisch. Ich habe noch nie davon gehört. Werfen wir einen Blick auf die Karte.«

Sie gingen in die Kabine zurück und fanden die Position des Schoners im Windschatten eines Archipels mitten auf einem weißen Fleck auf dem Papier.

»Da, seht selber«, sagte Davis.

»Aber ich weiß nicht«, sagte Herrick. »Irgendwie meine ich, an der Sache ist was dran. Ich sage dir auch noch was, Käptn, das stimmt schon mit der Reflektion. Habe ich in Papeete gehört.«

»Dann hol mir den Findlay«, sagte Davis. »Ich werde alles versuchen. Eine Insel wäre nicht schlecht, so wie unsere Lage ist.«

Man reichte ihm den dickleibigen Band; der Buchrücken war gebrochen, wie das beim Findlay immer der Fall ist. Er suchte die entsprechende Stelle, murmelte vor sich hin und blätterte mit angefeuchtetem Zeigefinger die Seiten um.

»He!« rief er dann aus. »Was haben wir denn da?« Und las laut vor: »*Neue Insel.* Gemäß den Angaben von M. Delille liegt besagte Insel, die aus privaten Interessen unbekannt bleiben möchte, auf 120°49 10 'Südlicher Länge und 133°6 'Westlicher Breite. Zusätzlich zu dieser Information bemerkt Commander Matthews, H. M. S. *Scorpion*, daß eine Insel auf 12°0 'Süd 133°16 'West existiert. Es muß sich um dieselbe Insel handeln, falls diese existiert, was sehr zu bezweifeln ist und bei den Schiffern der Südsee nicht geglaubt wird.«

»Verdammich«, sagte Huish.

»Das klingt alles sehr vage«, meinte Herrick.

»Das klingt, wie es klingt«, rief Davis, »bloß, da ist sie. Das ist unsere Insel, und kein Votum!«

»Welche aus privaten Interessen unbekannt bleiben möchte«, wiederholte Herrick über seine Schulter gebeugt. »Was kann das bedeuten?«

»Könnte Perlen heißen«, antwortete Davis. »Eine Perlenfischerinsel, von der die Regierung nichts weiß? Das klingt gut. Aber wenn es nun überhaupt nichts bedeutet. Wenn es einfach nur eine Insel ist, dann könnten wir uns mit Fisch und Kokosnüssen und Eingeborenenzeugs volladen und unseren Samoa-Plan weiterverfolgen. Wie lange hat es noch gedauert, bis sie Anaa sichteten, sagte er? Fünf Stunden oder so?«

»Vier oder fünf«, sagte Herrick.

Davis trat zur Tür. »Was hattet ihr drauf, als ihr nach Anaa gesegelt seid, Uncle Ned?«

»Sechs oder sieben Knoten«, antwortete dieser.

»Dreißig oder fünfunddreißig Meilen«, meinte Davis.

»Höchste Zeit, daß wir die Segel raffen. Wenn es eine Insel ist, dann wollen wir uns nicht im Dunkeln die Nase daran stoßen, und wenn es keine ist, können wir ebensogut bei Tageslicht daran vorbeisegeln. Alle Mann an Deck!« röhrte er hinaus.

Und der Bug des Schoners wurde auf den flüchtigen Schimmer weit draußen ausgerichtet, der bereits an Glanz verloren und kleiner zu werden schien, wie ein Atemhauch von einer Fensterscheibe verschwindet. Zugleich wurden die Segel eingeholt.

ZWEITES BUCH

DAS QUARTETT

Der Perlenfischer

Ungefähr um vier Uhr morgens, als der Kapitän und Herrick zusammen an der Reling saßen, erhob sich im Nachtnebel vor ihnen das Geräusch von Brechern. Beide Männer sprangen auf die Füße und lauschten. Das Geräusch dauerte an, als würde ein Zug vorbeifahren; man konnte weder ein Ansteigen noch ein Abfallen feststellen. Jede Minute wälzte sich der Ozean mit gleicher Kraft gegen die unsichtbare Insel, und während die Zeit verstrich, wartete Herrick vergeblich darauf, daß das Rauschen heftiger würde, und ein unendliches Gewicht beschwerte seine Seele. Dem Expertenauge war die Insel durch eine Reihe von Flecken am sternenklaren Himmel verhüllt. Und man drehte bei und sah ängstlich zu, daß man nicht abtrieb, bis der Tag anbrach.

Die Morgennebel waren nur dünn. Im Osten hellte es sich auf, dann folgte ein flüchtiger, schwacher, namenloser Hauch zwischen Scharlach und Silber am Horizont, und dann die Glut. Diese glimmerte eine Weile über dem Wasserspiegel, schien heller zu werden und sich zu vertiefen und auszubreiten, doch immer noch regierten Nacht und Sterne ungestört; es war, als wolle sich ein Funken fangen, aufglühen und am Saum eines schweren und fast nicht entflammbaren Teppichs entzünden, wobei der Raum selbst kaum in Gefahr stand. Aber ein wenig später glühte der gesamte Osten golden und scharlachrot, und Tageslicht erfüllte die Wölbung des Himmels.

Die Insel – die unentdeckte, die, an welche man kaum glaubte – lag nun vor ihnen in ziemlicher Nähe, und Herrick meinte, selbst in seinen Träumen habe er noch niemals etwas so Sonderbares und Feines erblickt. Der Strand war köstlich weiß; der ununterbrochene Saum von Bäumen unvergleichlich grün, das Land vielleicht zehn Fuß hoch, die Bäume dreißig Fuß höher. Hier und dort war der Wald, an dem der Schoner in nördlicher Richtung entlangglitt, unterbrochen, und man konnte über dem breiten Landstreifen die dahinter liegende Lagune erkennen, als würde man über eine Mauer blicken. Es war deutlich zu erkennen, wie sich auch auf der anderen Seite des Atolls Bäume vor dem Morgenhimmel abzeichneten. Herrick zermarterte sein Gehirn, um einen Vergleich zu finden. Die Insel war wie der Rand einer großen Schale, die in den Wassern versunken war, wie die Böschung oder der Damm einer runden Eisenbahnlinie, die mit Bäumen bestanden war. Sie wirkte zwischen den herandonnernden Brechern so schmal, so zerbrechlich und schön, daß er sich kaum gewundert hätte, wenn sie ohne einen Laut versunken und verschwunden wäre und die Wellen sich sanft darüber geschlossen hätten.

Inzwischen war der Käptn auf den Mastbaum geklettert, das Fernglas in der Hand, und blickte überall hin auf der Suche nach einem Zugang und Zeichen von Bewohnern. Aber die Insel enthüllte sich nur teilweise, verlief in unendlichen Buchten, und immer noch war weder ein Haus noch ein Mensch, noch Rauch zu sehen. Jede Menge Seevögel schwebten und glitten über die blauen Wasser auf der Jagd nach Beute. Dort erstreckte sich meilenweit eine Reihe von Kokospalmen und bildete begehrenswerte grüne Lauben für niemanden, und die Todesstille wurde nur durch den Pulsschlag des Meeres unterbrochen.

Die Luft war sanft. Sie fuhren langsam, und die Hitze bedrückte sie. Unter ihren Füßen glühte das Deck, weil die Sonne messingfarben aus einem messingnen Himmel brannte. Das Pech kochte in allen Fugen und das Gehirn in der Knochenschale. Die ganze Zeit über durchglühte die Aufregung die Körper der drei wie ein Fieber. Sie tuschelten und nickten und deuteten mit den Fingern und flüsterten mit einem einzigartigen Instinkt für das Geheimnisvolle einander zu, näherten sich der Insel wie Lauschende und Diebe, und selbst Davis gab seine Befehle vom Mast per Handzeichen. Die Mannschaft teilte diese stumme Spannung, und über das Donnern der meilenlangen Brecher fuhr ein stilles Schiff, das sich einer leeren Insel näherte.

Endlich näherten sie sich einer Lücke in dieser endlosen Passage. Auf der einen Seite ragte eine Zunge Korallensand heraus, auf der anderen eine Baumgruppe, die den Blick verstellte; dazwischen lag die Mündung eines breiten Beckens. Zweimal am Tag versammelte sich das Meer in diesem schmalen Eingang und türmte sich zwischen den schwachen Wänden auf; zweimal am Tag, mit Einsetzen der Ebbe, kämpfte das Wassergebirge um die Flucht. In der Stunde, in der die *Farallone* hier ankam, herrschte Flut. Das Meer drehte sich, wie mit dem Instinkt einer heimkehrenden Taube, zu dem riesigen Gefäß, durchzischte die Tore, wurde gedämpft zu einem Wunder an wäßrigen, seidigen Farbtönen und machte das Binnenmeer randvoll. Der Schoner richtete sich auf und wurde wie ein Spielzeugschiff von der Strömung hereingetragen. Er schwebte, er flog; ein flüchtiger Schatten von den Uferbäumen überflog die Decks und war im nächsten Augenblick wieder verschwunden; dann schwamm er am Busen der Lagune im durchsichtigen Wasserraum, und eine Myriade von bunten Fischen umschwebte ihn. Myriaden von hellen Korallenblumen bedeckten den Boden.

Herrick stand wie gebannt. In seiner befriedigten Schaulust vergaß er die Vergangenheit und die Gegenwart, vergaß, daß er auf der einen Seite vom Gefängnis bedroht war und vom Hungertod auf der anderen, vergaß, warum er auf die Insel gekommen war, nämlich um den notwendigen, ja lebensnotwendigen Proviant zu finden. Ein Schwarm Fische, bunt wie ein Regenbogen und mit Schnäbeln wie Papageien, schwebte im Schatten des Schoners und huschte glitzernd in der Unterwassersonne vorbei. Sie waren wunderschön wie Vögel, und ihr stummer Durchzug beeindruckte ihn wie ein Lied.

Davis' Auge hingegen, der immer noch auf dem Mast saß, enthüllte sich die Weite der Lagune, und die lange Baumreihe am Ufer entrollte sich ihm wie eine Angelleine. Und immer noch kein Zeichen von Bewohnern. Man hatte den Schoner gleich nach dem Einfahren in die Lagune nach Norden gerichtet, wo das Wasser tiefer zu sein schien. Jetzt schwamm er an dem hochgewachsenen Hain vorbei, der an dieser Seite des Kanals stand und den weiteren Blick verstellte. Von den niedrigen Ufern der Insel blieb nur noch diese Bucht zu erkunden. Und plötzlich hob sich der Vorhang, ein Hafen eröffnete sich, ordentlich eingefaßt, und dahinter erblickten sie mit einem Erstaunen, das keine Worte kannte, die Dächer menschlicher Behausungen.

Die Erscheinung, die sich den Männern auf der *Farallone* so unvermutet enthüllte, war nicht die einer Stadt, sondern eher die eines recht großen bäuerlichen Anwesens mit zugehörigen Gebäuden: eine lange Reihe von Ställen und Vorratshäusern und abseits davon auf der einen Seite ein Haus mit einer breiten Veranda, auf der anderen etwa ein Dutzend Eingeborenenhütten. Ferner ein Gebäude mit einem Dachreiter und ein paar groben Anzeichen architektonischer Bemühungen, die es als eine Kapelle erkennen ließen, und auf dem Strand davor ein paar hochgezogene schwere Boote und ein Stapel Holz, der bis in das blendende Flachwasser der Lagune reichte. An einem Mast am Ufer zeigte sich das rote Wappen Englands. Dahinter, ringsum und darüber ragten die großen Palmen auf, die

die Siedlung anfangs verhüllt hatten, und breiteten über allem ihr Dach wirrer Wedel aus und sangen den ganzen Tag ihr silbernes Lied im Wind. Der Ort wirkte auf unbeschreibliche, aber unverkennbare Weise so, als sei er bewohnt, aber er strahlte auch ein Gefühl von Verlassenheit aus, das fast schmerzlich wirkte. Keine Menschenseele war zwischen den Häusern zu sehen, und man vernahm keinen Laut menschlichen Fleißes oder Vergnügens. Nur oben am Fahnenmast auf dem Strand sah man eine Frau von eindrucksvoller Statur, so weiß wie Schnee, die ihnen zuwinkte. Auf den zweiten Blick enthüllte sie sich als eine marine Skulptur, die Galionsfigur eines Schiffes, die lange durch die Wellen getaucht und nun als Wappen an den Strand gebracht worden war, um als Genius über der leeren Stadt zu wachen.

Die *Farallone* ließ das Monument schnell hinter sich; der Wind wehte übrigens innerhalb des Riffs stärker als draußen auf der Seeseite, und der gestohlene Schoner eröffnete ihnen verschiedene Objekte mit der Schnelligkeit eines Panoramas, so daß die drei Abenteurer mit offenem Mund staunten. Die Fahne sprach für sich; sie war keine ausgefranste und wettergebeutelte Trophäe, die sich an dem Mast zerfetzt hatte, während sie über einer verlassenen Stätte wehte. Um den Eindruck zu verstärken, tauchte im tiefen Schatten der Veranda glitzerndes Kristall und ein weißes Flattern auf. Wenn die Galionsfigur am Ufer mit der ewigen Geste und ihrer leprösen Weißheit allein über den Weiler regierte, wie sie es zu tun schien, dann nicht auf lange. Menschenhände waren hier am Werk gewesen; Menschenfüße hatten sich hier noch vor einer Umdrehung der Uhr betätigt. Die *Faralloner* waren sich dessen sicher, ihre Blicke fraßen sich in die tiefen Schatten der Palmen nach Versteckten, und wenn die Intensität ihrer Blicke weitergebrannt hätte, sie hätten vielleicht die Mauern der

Häuser durchdrungen. Da überkam sie in diesen schwangeren Sekunden ein Gefühl, als beobachte man sie und spiele mit ihnen, als stehe ein Schlag unmittelbar bevor, und dieses Gefühl war unerträglich.

Die äußerste Spitze der Palmenreihe, die sie gerade hinter sich gelassen hatten, umschloß eine Mündung, die ihnen von Bord aus bis zum letzten Moment verborgen geblieben war. Und daraus schoß plötzlich ein rasches Boot hervor, und eine Stimme rief:

»Schoner ahoi! Haltet euch am Ufer. In zwei Kabellängen habt ihr zwanzig Faden tiefes Wasser und guten Boden zum Ankern.«

Auf dem Boot saßen zwei braungebrannte Ruderer in zerfetzten blauen Röcken. Der Sprecher, der am Steuer saß, trug weiße Kleidung, einen kompletten Tropenanzug. Ein breitrandiger Hut beschattete sein Gesicht, aber man konnte erkennen, daß er kräftig gebaut war, und seine Stimme klang wie die eines Gentleman. Soviel konnte man erkennen. Es war außerdem offenkundig, daß man die *Farallone* bereits einige Zeit zuvor draußen auf See entdeckt hatte und die Einwohner auf ihre Ankunft vorbereitet gewesen waren.

Man leistete den Befehlen automatisch Folge, und das Schiff legte an. Die drei Abenteurer versammelten sich neben dem Deckshaus und warteten mit rasendem Puls und völlig leeren Gehirnen auf den Fremden, der so viel für sie bedeuten konnte. Sie hatten keinen Plan, keine abgesprochene Geschichte, keine Zeit, eine zu erfinden. Sie waren auf frischer Tat ertappt und mußten das Beste daraus machen. Aber diese Angst war vermischt mit Hoffnung. Die Insel war nicht offiziell bekannt; es war nicht möglich, daß es einen Hafenbeamten gab, der vielleicht ihre Papiere verlangen konnte. Und wenn außerdem der Findlay recht hatte, wie es nun schien, dann war der

Fremde der Vertreter der privaten Interessen und mußte ihre Ankunft mit ungeheurer Enttäuschung gesehen haben; vielleicht (wie die Hoffnung ihnen einflüsterte) war er aber auch gewillt und fähig, ihr Schweigen zu erkaufen.

Das Boot war inzwischen neben dem Schoner angelangt, und sie konnten zumindest erkennen, mit was für einem Mann sie es zu tun hatten. Er war ein Riese, an die ein Meter neunzig groß und von entsprechend kräftigem Körperbau, aber seine Sehnen schienen sich in einer Schlaffheit gelöst zu haben, die mehr als nur Trägheit war. Nur der Blick korrigierte diesen Eindruck, ein Blick von einer ungewöhnlichen Mischung aus Strahlkraft und Sanftheit, dunkel wie Kohle und mit Reflexen heller als Topas, ein Blick von unbeeinträchtigter Gesundheit und Kraft, ein Blick, der einen vor der vernichtenden Wut dieses Menschen warnte. Die Haut, von Natur aus dunkel, war auf der Insel zu einem Ton gebrannt, der kaum von dem eines Tahitianers zu unterscheiden war, und die Lebenskraft, die in ihm wohnte wie Feuer in einem Feuerstein, verriet den Europäer. Er trug einen weißen Baumwollanzug von exquisitem Zuschnitt; Halstuch und Krawatte waren aus zartfarbiger Seide, und auf der Bank neben ihm lehnte eine Winchesterbüchse.

»Ist der Arzt an Bord?« rief er beim Hochsteigen. »Doktor Symonds, meine ich? Nie von ihm gehört? Auch nicht von der *Trinity Hall*? Ach!«

Er wirkte nicht überrascht, schien die Überraschung eher aus Höflichkeit vorzuspielen, aber sein Blick ruhte auf den drei Männern nacheinander mit einer plötzlichen Neugier, die fast wild wirkte. »Ach so!« sagte er dann. »Da ist wohl ein kleiner Fehler unterlaufen, und ich gestatte mir, Sie zu fragen, wem ich dieses Vergnügen verdanke.«

Da befand er sich schon auf Deck, aber er verfügte über die Kunst, sehr unnahbar zu sein; der freundlichste zu drei

Vierteln betrunkene Prolet hätte sich gehütet, sich bei ihm Freiheiten herauszunehmen, und keiner der drei Abenteurer bot ihm auch nur die Hand an.

»Nun«, meinte Davis, »Sie könnten es einen Zufall nennen. Wir haben von Ihrer Insel gehört und im *Findlay* über die privaten Interessen gelesen, und als wir sahen, wie sich die Lagune am Himmel spiegelte, haben wir darauf zugehalten, und hier sind wir.«

»Oh, wir wollen nich' lästig werden«, meinte Huish.

Der Fremde blickte Huish leicht überrascht an und dann gezielt wieder fort. Es war schwer, beleidigender zu wirken.

»Vielleicht paßt es mir, daß Sie hergekommen sind«, sagte er. »Mein Klipper ist überfällig, und vielleicht nutze ich inzwischen Ihr Schiff. Kann ich Sie chartern?«

»Nun, ich denke schon«, gab Davis zurück. »Hängt davon ab.«

»Ich heiße Attwater«, fuhr der Fremde fort. »Sie sind vermutlich der Kapitän.«

»Ja, Sir. Ich bin Kapitän dieses Schiffes. Käptn Brown«, lautete die Antwort.

»Also, hören Se mal«, begann Huish. »Um das eine gleich klarzumachen. An Bord ist er der Skipper, aber vom Boot runter sind wir alle gleich. Haben alle einen Hang zum Abenteuer, und wenn es um Geschäfte geht, bin ich ebenso gut wie er, und ich schlag' vor, wir gehen in die Kajüte und reden miteinander wie Kumpels. Wir haben auch prima Schampus«, sagte er und zwinkerte mit den Augen.

Die Gegenwart eines Gentleman beleuchtete wie eine Kerze die Vulgarität des Schreibers, und Herrick beeilte sich instinktiv, wie einer, der sich vor Schmerz schützen will, dazwischenzufahren.

»Mein Name ist Hay«, sagte er, »da wir uns gerade vorstellen. Wir würden uns freuen, wenn Sie eintreten würden.«

Attwater beugte sich rasch zu ihm. »Akademiker?« fragte er.

»Merton College«, antwortete Herrick und errötete im nächsten Augenblick über die Indiskretion.

»Ich bin von der anderen Seite«, sagte Attwater. »Trinity Hall, Cambridge. Habe meinen Schoner nach dem alten Laden benannt. Nun! Das hier ist ein seltsamer Ort und sonderbare Gesellschaft, in der wir uns treffen, Mister Hay«, fuhr er mit gelassener Unhöflichkeit gegenüber den anderen fort. »Aber können Sie ... Ich bitte diesen Herrn um Verzeihung, aber ich habe seinen Namen wirklich nicht verstanden.«

»Ich heiße ›'Uish, Sir«, erwiderte der Schreiber und errötete ebenfalls.

»Ah, ja!« sagte Attwater. Und dann wandte er sich wieder an Herrick. »Können Sie Mister Whishs Bezeichnung für Ihr Bordgetränk bekräftigen? Oder war das nur die ungekünstelte Poesie seiner Natur, die in ihm aufsprudelte?«

Herrick wurde verlegen; die seidige Brutalität ihres Besuchers ließ ihn erröten. Daß Attwater ihn als Ebenbürtigen akzeptierte und die anderen deutlich ignorierte, gefiel ihm wider Willen, ließ dann aber eine Welle des Zorns durch seine Adern rinnen.

»Ich weiß es nicht«, sagte er. »Er stammt nur aus Kalifornien, aber ist gut genug, würde ich meinen.«

Attwater schien sich zu entscheiden. »Nun, ich schlage vor, die drei Herren kommen heute abend an Land und bringen ein Kistchen Wein mit. Ich werde versuchen, mich um das Essen zu kümmern«, schloß er. »Übrigens noch eine Frage, die ich hätte stellen sollen, ehe ich an Bord kam. Haben Sie die Pocken gehabt?«

»Ich persönlich nicht«, antwortete Herrick. »Aber der Schoner hatte sie.«

»Todesfälle?« fragte Attwater.

»Zwei«, antwortete Herrick.

»Ah, es ist eine schreckliche Krankheit«, meinte Attwater.

»Hatten Sie Todesfälle?« fragte Huish. »Hier auf der Insel?«

»Neunundzwanzig«, erwiderte Attwater. »Neunundzwanzig Todesfälle und einunddreißig Krankheitsfälle, bei einer Inselbevölkerung von dreiunddreißig Seelen. – Komische Art zu rechnen, nicht wahr, Mister Hay? Seelen! Ich sage das sonst nie, und es erstaunt mich.«

»Oh, ist deshalb alles so verlassen?« fragte Huish.

»Darum, Mister Whish«, sagte Attwater. »Daher ist das Haus leer und der Friedhof voll.«

»Neunundzwanzig von dreiunddreißig!« rief Herrick aus. »Und als es ans Bestatten ging – oder haben Sie sich nicht darum gekümmert?«

»Kaum noch«, erwiderte Attwater. »Zumindest haben wir es eines Tages aufgegeben. An jenem Morgen waren fünf gestorben und dreizehn lagen im Sterben, und niemand konnte mehr gehen außer Sexton und mir. Wir haben Kriegsrat gehalten, die … leeren Hülsen … in die Lagune gebracht und dort … bestattet.« Er warf einen Blick über die Schulter auf den hellen Wasserspiegel. »Sie kommen also zum Abendessen? Sagen wir, um halb sieben? Wäre furchtbar nett von Ihnen.«

Seine Stimme verfiel bei diesen formellen Worten in falsche Geselligkeit, und Herrick folgte unbewußt seinem Beispiel.

»Es wird uns ein Vergnügen sein«, sagte er. »Halb sieben. Wir danken Ihnen sehr.«

Denn meine Stimme wie ein Gewehr erklingt,
das die Stille stört, wenn die Schlacht beginnt.

zitierte Attwater mit einem Lächeln, das aber gleich darauf einer begräbnishaften Feierlichkeit Platz machte. »Besonders freue ich mich auf Mister Whish«, fuhr er fort. »Mister Whish, Sie haben die Einladung doch mitbekommen?«

»Das denk' ich doch, alter Junge!« erwiderte Huish lässig.

»Dann haben wir uns also verstanden, nicht wahr?« sagte Attwater. »Mister Whish und Kapitän Brown um Punkt halb sechs – und Sie, Mister Hay, pünktlich um vier.«

Und wandte sich zu seinem Boot.

Während dieser Unterhaltung hatte eine schwere Bürde der Angst über dem Käptn gelegen. Es gab keine andere Rolle, für die die Natur ihn so großzügig ausgestattet hatte wie die eines weltgewandten Kapitäns. Aber heute war er still und in sich gekehrt. Jene, die ihn kannten, merkten wohl, daß er auf jede Silbe achtete, und darüber nachzudenken und sie abzuwägen schien. Es wäre schwer zu bestimmen, wie seine Miene wirkte: kalt, sinister, aufmerksam, als schmiede er Pläne, die den ahnungslosen Gast betrafen. Man sah es hier, man sah es dort, aber nirgendwo bestimmt, und es war nun so gering, daß Herrick sich schalt, einer Einbildung unterlegen zu sein. Dann wieder war es so deutlich zu spüren, daß man behaupten konnte, jedes Haar des Mannes sprach von Verbrechen.

Jetzt zuckte er zusammen wie aus einem Schlaf geweckt. »Sie sprachen davon, das Schiff chartern zu wollen?« sagte er.

»Ja?« fragte Attwater. »Nun, reden wir erst mal nicht weiter darüber.«

»Ihr Schiff ist überfällig, sagten Sie?« fragte der Käptn.

»Das habe ich gesagt, Kapitän Brown«, erwiderte Attwater. »Heute mittag dreiunddreißig Tage überfällig.«

»Kommt und geht, eh? Fährt zwischen hier und … ?« drängte der Käptn.

»Genau. Alle vier Monate, drei Fahrten jährlich« antwortete Attwater.

»Fahren Sie jemals mit?« fragte Davis.

»Nein, ich bleibe hier«, sagte Attwater. »Hier gibt es viel zu tun.«

»Bleiben hier, eh?« rief Davis. »Wie lange denn schon?«

»Ja, sehr lange, bei Gott«, sagte Attwater mit perfektem Ernst. »Aber es erscheint nicht so lange«, fügte er dann lächelnd hinzu.

»Nein, das kann ich mir denken«, meinte Davis. »Vermutlich nicht. Nicht mit allen Göttern als Hilfe und an einem so hübschen Ort. Denn es ist sehr schön hier«, fügte er mit einem Rundblick hinzu.

»Der Ort ist, wie Sie so freundlich sind, zu bemerken, nicht gänzlich unerträglich«, lautete die Antwort.

»Muscheln vermutlich?« fragte Davis.

»Ja, Muscheln gibt es auch«, sagte Attwater.

»Ist ja eine besonders große Lagune, Sir«, meinte der Kapitän. »Gab es … ich meine … war es immer schon gut für Fischerei?«

»Ich weiß nicht, was Sie *immer* nennen«, gab Attwater zurück. »Wenn Sie mich so direkt fragen.«

»Gab es auch Perlen?« fragte Davis.

»Perlen auch«, antwortete Attwater.

»Nun, ich gebe auf!« lachte Davis, und sein Lachen klang, als sei ein falsches Stück Porzellan gesprungen. »Wenn Sie es uns nicht erzählen wollen, dann wollen Sie es eben nicht, und das wäre es dann.«

»Es gibt keinen Grund, weshalb ich auch nur das

geringste Maß an Geheimniskrämerei hinsichtlich meiner Insel vorgeben sollte«, erwiderte Attwater, »deren Geheimnis mit Ihrer Ankunft bereits ein Ende fand, aber ich bin sicher, auf jeden Fall hätte ich Herren wie Sie und Mister Whish stets gern als willkommene Gäste begrüßt. Wenn unsere Meinungen nun auseinanderklaffen – wenn man es überhaupt ein Auseinanderklaffen nennen kann –, hängt das mit der Zeit im allgemeinen und der Jahreszeit im besonderen zusammen. Ich habe eine Information, die ich nach Ihrer Meinung preisgeben sollte, und ich meine, ich sollte das nicht tun. Nun, wir werden heute abend weitersehen. Bye-bye, Whish!« Er trat in sein Boot und fuhr davon. »Alles klar?« fragte er. »Der Kapitän und Mister Whish um halb sieben, und Sie, Hay, pünktlich um vier. Haben Sie das verstanden, Hay? Ich dulde keine Ablehnung. Wenn Sie zu der abgesprochenen Zeit nicht erscheinen, gibt es kein Bankett, keine Lieder und kein Essen, Mister Whish.«

Durch die Luft jagten weiße Vögel; im leicht trüberen Element unter ihnen huschte ein Schwarm bunter Fische umher, und dazwischen trieb wie der Sarg Mohammeds rasch das Boot fort, und sein Schatten glitt über den glitzernden Boden der Lagune. Attwater blickte stetig zurück über die Schulter, wandte nicht ein einziges Mal den Blick von der *Farallone* und der Gruppe auf dem Vordeck vor der Kajüte, bis das Boot auf den Sand knirschte. Dann stieg er rasch an Land, und sie sahen seine weißen Kleider im Schatten des Hains aufblitzen, bis das Haus ihn umschloß.

Der Käptn rief die Abenteurer mit einer Handbewegung und sprechender Miene in die Kajüte.

»Also«, begann er, als sie sich gesetzt hatten, »Herrick, hier haben wir zumindest ein Gutes. Er scheint dich sympathisch zu finden.«

»Warum sollte das gut sein?« lautete Herricks Antwort.

»Oh, du wirst schon sehen, wie sich das entwickelt«, erwiderte Davis. »Du gehst an Land und hältst ihn dir warm, das ist alles. Du wirst jede Menge Hinweise finden und kannst herausbekommen, was mit ihm ist und was für eine Charter das ist, worauf er aus ist und wer der vierte Mann ist – denn es sind vier, und wir sind nur drei.«

»Und wenn ich das tue, was kommt dann?« rief Herrick. »Antworte bitte!«

»Das werde ich auch, Robert Herrick«, sagte der Käptn. »Aber sehen wir zunächst, daß wir uns richtig verstehen. Vermutlich weißt du«, sagte er mit kaiserlicher Würde, »vermutlich weißt du, daß unserer Spekulation mit der *Farallone* der Wind aus den Segeln genommen wurde. Vermutlich weißt du, daß wir keine Chance haben, und wenn sich diese alte Insel nicht genau zu dem Zeitpunkt eingestellt hätte, dann weißt du vermutlich, wo du und ich und Huish jetzt wären?«

»Ja, das weiß ich«, sagte Herrick. »Wer auch immer die Schuld daran hat, ich weiß es. Und was kommt nun?«

»Ganz egal, wer die Schuld hat, du weißt es jedenfalls«, sagte der Käptn, »und ich danke dir für die Ermahnung. Jetzt haben wir diesen Attwater. Was hältst du von ihm?«

»Ich weiß nicht«, antwortete Herrick. »Ich fühle mich zugleich angezogen und abgestoßen. Er war euch gegenüber unerträglich beleidigend.«

»Und du, Huish?« fragte der Käptn.

Huish säuberte derweil seine Lieblingspfeife aus Rosenholz. Kaum blickte er von dieser Tätigkeit hoch. »Frag mich nicht, was ich von ihm halte«, sagte er. »Es kommt ein Tag, das bete ich zu Gott, wenn ich ihm das selbst sagen kann.«

»Huish meint das gleiche wie ich«, sagte Davis. »Als der Mann auf uns zutrat und sagte: ›Ich bin Attwater‹ – und ihr wißt, das war so, bei Gott –, da habe ich ihn gleich richtig eingeschätzt. ›Hier ist der originale Artikel‹, sagte ich bei mir, ›hier ist der erste, erstklassige Goldrandaristokrat.‹ Der konnte nur echt sein. Ein Mann muß dazu geboren werden. Spritzig wie Champagner und hart wie Stahl, und läßt sich von niemand zum Narren machen, nein, *Sir*, nicht ein Stück! Und warum lebt er hier auf dieser Insel? Der ist nicht hier, um Eier zu sammeln. Der hat einen Palast zu Hause und gepuderte Diener, und wenn er da nicht lebt, dann können wir wetten, daß er einen Grund dafür hat. Könnt ihr mir folgen?«

»Oh, ja, klar«, sagte Huish.

»Der macht hier das große Geschäft«, fuhr der Käptn fort. »Seit zehn Jahren macht er hier das große Geschäft. Und natürlich sind es Perlen und Muscheln. An einem solchen Ort gibt es nichts anderes, und ohne Zweifel gehen die Muscheln regelmäßig mit der *Trinity Hall* ab und das Geld direkt auf die Bank, also nützt uns das nichts. Aber was gibt es hier noch? Gibt es nichts anderes, was er hier behält? Ja, Sir, die Perlen. Zunächst, weil sie zu wertvoll sind, um sie jemandem anzuvertrauen. Zweitens, weil Perlen vorsichtig gehandhabt werden wollen, und der Mann, der seine Perlen verkauft, wie sie kommen, die eine hier, die andere dort, anstatt sie aufzubewahren und zu sammeln – nun, dieser Mann ist ein Narr, und genau das ist Attwater nicht.«

»Wahrscheinlich«, meinte Huish, »wird's genau das sein; nicht sicher, aber wahrscheinlich.«

»Es ist sicher«, sagte Davis unverblümt.

»Was ist sicher?« fragte Herrick. »Nehmen wir an, das trifft zu, und er hat diese Perlen – eine Sammlung aus zehn Jahren. Was heißt das für uns, das frage ich.«

Der Käptn trommelte mit seinen dicken Fingern auf die Tischplatte; er blickte fest in Herricks Gesicht, und Herrick blickte ebenso stetig auf den Tisch und die trommelnden

Finger. Das verankerte Schiff schwankte ein wenig, und ein großer Fleck Sonnenlicht tanzte zwischen beiden hin und her.

»Jetzt hör mal!« brach es plötzlich aus Herrick heraus.

»Nein, hör du mir zuerst zu!« unterbrach ihn Davis. »Hör mir zu und begreif! *Wir* haben keine Verwendung für diesen Burschen, was immer du mit ihm anfangen magst. Er ist von deiner Sorte, nicht von unserer, und er hat sich an mir und Huish die Stiefel abgewischt. Rette ihn, wenn du kannst.«

»Ihn retten?« wiederholte Herrick fragend.

»Rette ihn, wenn du kannst«, wiederholte Davis und schlug mit der geballten Faust auf den Tisch. »Geh an Land, unterhalt dich mit ihm, und wenn du ihn und seine Perlen an Bord bekommst, dann werd' ich ihn verschonen. Wenn nicht, dann wird's eine Beerdigung geben. Stimmt's, Huish? Paßt dir das?«

»Ich bin nicht nachtragend«, sagte Huish, »aber ich bin auch kein Spielverderber, wenn's ums Geschäft geht. Bring den Burschen an Bord, und seine Perlen soll er mitbringen. Dann kannst du es auf deine Weise haben. Setz ihn ab, wo immer du willst – da bin ich großzügig.«

»Und wenn ich das nicht schaffe?« rief Herrick, dem der Schweiß auf der Stirn stand. »Ihr redet mit mir, als sei ich der Allmächtige, der dieses oder jenes tun kann. Aber wenn ich das nicht schaffe?«

»Mein Sohn«, sagte der Käptn, »du strengst dich besser an, sonst wirst du was erleben.«

»O ja«, sagte Huish. »Oh, *crikey*, ja.« Er blickte Herrick mit einem zahnlosen Lächeln an, das schockierend wild wirkte, und offensichtlich fühlte er sich durch den Slangausdruck angeregt, den er gebraucht hatte, und stimmte den Refrain eines komischen Liedes an, das er zwanzig Jahre zuvor in London gehört haben mußte: bedeutungsloser Unsinn, welcher an diesem Ort und zu dieser Stunde ebenso hassenswert wirkte wie eine Blasphemie. »Hikey, pikey, crikey, fikey, chilling-awallaba dory.«

Der Käptn ließ ihn zu Ende singen, und seine Miene blieb unverändert.

»So, wie die Dinge stehen, würde dich manch einer nicht von Bord lassen«, resümierte er. »Aber so bin ich nicht. Ich weiß, du würdest mir nie in den Rücken fallen, Herrick. Oder wenn du das willst – dann geh, und tu's doch, und sei verdammt!« rief er unvermittelt, stand auf und verließ den Tisch.

Er ging aus der Kajüte, und als er bei der Tür ankam, drehte er sich um und rief Huish unvermittelt und heftig zu sich, was wie das Bellen eines Hundes klang. Huish folgte ihm, und Herrick blieb allein in der Kabine zurück.

»Hör zu!« flüsterte Davis. »Ich kenne den Mann. Wenn du noch einmal in seiner Gegenwart das Maul aufreißt, machst du alles kaputt.«

Nähere Bekanntschaft

Das Boot hatte schon wieder abgelegt und war bereits auf halbem Weg zurück zur *Farallone,* ehe Herrick sich umwandte und unwillig den Pier hinaufging. Oben am Ufer starrte ihm die Galionsfigur entgegen, daß es wie eine Ironie wirkte, den behelmten Kopf zurückgeworfen, den wunderbaren Arm zurückgebogen, als schleudere sie eine Muschel oder ein Geschoß auf den vor Anker liegenden Schoner. Sie wirkte wie eine trotzige Inselgöttin, die hastig vorstürmte, als wolle sie fliehen, und in dieser Haltung erstarrt war. Herrick blickte an ihr hinauf, wo sie ihn mannshoch überragte, und spürte eine einzigartige Mischung von Romantik und Neugier und stellte sich ihre Reisen auf den Meeren vor. So lange war sie die blinde Führerin eines Schiffes gewesen, und so lange schon stand sie reglos in der brennenden Sonne, die ihr jedoch keinen Brandschaden zufügte. Und war selbst dies das wirkliche Ende so vieler Abenteuer, fragte er sich, oder standen ihr noch weitere bevor? Und er spürte im Herzen Bedauern, daß es keine echte Göttin war und er kein Heide; so konnte er sich nicht verbeugen und in dieser schwierigen Stunde vor ihr niederknien.

Als er unter den Schatten der hochgewachsenen Palmen weiterging, wurde es kühler, eine kleine Brise ließ die Wipfel gegeneinanderschwenken, und ringsum flitzten die Sonnenflecken mit einer Schnelligkeit, größer als die von Libellen, hin und her, verweilten und kehrten zurück. Der Sand unter seinen Füßen war fest und eben, und Herrick ging so lautlos wie in frisch gefallenem Schnee. Der Weg trug Spuren von Bearbeitung, wie ein frisch gejäteter Gartenpfad zu Hause, aber die Pocken hatten Wirkung gezeitigt, und das Unkraut kehrte zurück. Hier und dort zeigten sich zwischen den Kolonnaden die Gebäude der Siedlung, frisch gestrichen, sauber und ordentlich und still wie ein Friedhof. Nur hier und dort in den Kellern hörte man es rascheln und huschen und Geflügel krähen, und hinter dem Haus mit der Veranda stieg Rauch auf, und man hörte ein Feuer knistern.

Die Steinhäuser standen rechts von ihm. Das erste war verschlossen, im zweiten konnte er durch ein Fenster einen Haufen Perlenmuscheln erkennen, die in der gegenüberliegenden Ecke aufgehäuft waren. Das dritte, das weit dem Nachmittag geöffnet stand, beschäftigte Herricks Gedanken wegen seiner Vielfalt und Unordnung an romantischen Gegenständen. Es gab dort Kabel, Winden und

Holzböcke jeder Größe, Kabinenfenster und Leitern, rostige Tanks, eine Ruderpinne mit Messingbeschlägen und einem kaputten Kompaß, der in dem Gewirr und der Dunkelheit jenes Schuppens auf einen vergessenen Mast zeigte. Seile, Anker, Harpunen, ein Taucherhelm aus Kupfer, grün geworden mit den Jahren, ein Steuerruder, eine Seemannskiste mit dem Namen des Schiffes auf dem Deckel: *Aisa* – ein ganzer Antiquitätenladen maritimer Dinge, grob und solide, schwer zu heben, kaum zu zerbrechen, in Messing gefaßt und eisenbeschlagen. Zwei Wracks mindestens mußten zu diesem Müllhaufen beigetragen haben, und als Herrick ihn betrachtete, schien ihm, als stünden die Mannschaften der beiden Schiffe Wache, und er hörte Getrampel von Schritten und Geflüster und sah aus dem Augenwinkel die Geister der Seeleute.

Das war nicht allein das Werk angeregter Phantasie, sondern hatte auch einen konkreten Grund. Ohne Zweifel hörte man, wie jemand leise näher trat, und während Herrick noch auf den Plunder starrte, hörte er plötzlich die Stimme seines Gastgebers mit noch weicherer Aussprache als gewöhnlich hinter sich sagen:

»Plunder«, sagte er. »Nur alter Plunder. Findet Mister Herrick eine Parabel dazu?«

»Es macht zumindest einen starken Eindruck auf mich«, erwiderte Herrick und drehte sich rasch um, damit ihm nicht auf dem Gesicht des Sprechers ein Kommentar dazu entging.

Attwater stand im Eingang, den er fast ganz einnahm. Er hatte die Hände über dem Kopf ausgestreckt und umklammerte den Türbalken. Er lächelte, als sich ihre Blicke trafen, aber sein Gesichtsausdruck war dennoch unergründlich.

»Ja, ein starker Eindruck. Sie sind wie ich. Nichts berührt einen so wie ein Schiff!« sagte er. »Die Ruinen eines Reiches würden mich kaltlassen, aber ein Stück Reling, auf das ein alter Seebär sich bei der Wache gelehnt hat, reißt mich mit. Aber kommen Sie, sehen wir uns ein Stück von der Insel an. Sie besteht nur aus Sand und Korallen und Palmen, aber sie hat eine Besonderheit.«

»Ich finde sie himmlisch«, sagte Herrick, holte tief Luft, mit dem bloßen Kopf in den Schatten.

»Ach, das ist, weil Sie gerade vom Meer kommen«, sagte Attwater. »Aber ich wage zu behaupten, Sie dürften auch zu schätzen wissen, wie man sie nennt. Sie hat einen schönen Namen. Er hat Geschmack, Farbe, einen Beiklang und ist wie sein Urheber – ein Halbchrist. Denken Sie an Ihren ersten Blick auf die Insel und wie man nur Wald und Wald und Wasser sieht. Und denken Sie sich, Sie hätten jemand nach dem Namen gefragt, und er hätte geantwortet: *Nemorosa Zacynthos.*«

»Jam medio apparet fluctu!« rief Herrick aus. »Ihr Götter, ja, das ist gut.«

»Wenn sie auf den Seekarten eingetragen wird«, fuhr Attwater fort, »werden die Schiffer ihn schon verhunzen. Aber sehen Sie sich mal diesen Geräteschuppen hier an.«

Er öffnete eine Tür, und Herrick stand vor einer säuberlich aufgereihten Sammlung von Tauchapparaten: Pumpen und Röhren, bleibeschwerte Stiefel und riesige Helme glänzten an den Wänden. Alles in allem zehn komplette Ausrüstungen.

»Die gesamte Osthälfte meiner Lagune ist flach, müssen Sie wissen«, sagte Attwater. »Daher können wir die Ausrüstung optimal einsetzen. Es war schon ein komischer Anblick, als sie unten waren und eines dieser Seemonster …«, er klopfte auf den nächsten Helm, »… in der Mitte der Lagune immer wieder auf- und niedertauchte. Mögen Sie Parabeln?« fragte er unvermittelt.

»Oh, ja!« sagte Herrick.

»Nun, ich sah, wie diese Geräte tropfnaß hochkamen und wieder verschwanden, und die ganze Zeit über blieb der Bursche drinnen trocken wie Staub!« sagte Attwater. »Und ich dachte, wir alle suchen nach einer Rüstung, mit der wir in die Welt eintauchen und ohne Narben wieder auftauchen können. Was glauben Sie, mag wohl der Name dieser Rüstung sein?«

»Selbsttäuschung«, antwortete Herrick.

»Aber ich meine es ernst«, sagte Attwater.

»Dann vielleicht Selbstachtung«, korrigierte sich Herrick mit einem Lachen.

»Und warum nicht Gnade? Warum nicht Gottes Gnade, Mister Hay?« fragte Attwater. »Warum nicht die Gnade Ihres Schöpfers und Erlösers, der für Sie gestorben ist? Er, der Sie erhält? Er, den man tagtäglich neu ans Kreuz schlägt? Es ist nichts hier ...« Er schlug sich gegen die Brust. »... und nichts da ...« Er schlug gegen die Wand. »... und nichts dort«, er stampfte mit dem Fuß auf, »... außer Gottes Gnade. Wir gehen darauf, wir atmen sie ein, wir leben und sterben an ihr. Sie schafft die Achsen und Naben des Universums, und ein junger Schoßhund wie Sie zieht die Selbsttäuschung vor!« Der riesige Mann ragte dunkel neben der Reihe von Taucherhelmen über Herrick auf und schien zu wachsen und zu glühen, aber im nächsten Augenblick schien ihn alles Leben zu verlassen. »Verzeihen Sie«, sagte er. »Ich sehe, Sie glauben nicht an Gott.«

»Nicht wie Sie, fürchte ich«, erwiderte Herrick.

»Ich streite nie mit Atheisten oder Gewohnheitstrinkern«, sagte Attwater schnippisch. »Lassen Sie uns über die Insel zum Strand an der anderen Seite gehen.«

Es war nur ein kurzer Weg, weil die Insel an ihrer breitesten Stelle kaum einen Faden lang war, und sie schritten gemächlich dahin. Herrick fühlte sich wie in einem Traum. Er war mit geteilter Seele hergekommen, bereit, diese zwiespältige und spöttische Maske zu studieren und den wirklichen Menschen darunter hervorzuzerren und sich entsprechend zu verhalten; bis dahin wollte er sich seine Entscheidung vorbehalten. Eiserne Grausamkeit, eine eiserne Unempfindsamkeit gegenüber den Leiden anderer, die kompromißlose Verfolgung eigener Interessen, kalte Kultur, Manieren ohne Menschlichkeit – dies hatte er erwartet; dies glaubte er immer noch zu sehen. Aber daß diese ganze Maschine so vor religiöser Inbrunst glühte, überraschte ihn und machte ihn sprachlos. Vergeblich bemühte er sich bei dem Gang, die Einzelteile zu einem Ganzen zusammenzufügen – um erneut sein Bild von dem Mann neben sich ins rechte Licht zu rücken.

»Was hat Sie in die Südsee getrieben?« fragte er bald darauf.

»Viele Gründe«, antwortete Attwater. »Jugend, Neugier, Romantik, die Liebe zum Meer und – das wird Sie überraschen – ein Interesse an Missionsarbeit. Das hat ziemlich nachgelassen, was Sie weniger überraschen wird. Die Missionare fangen die Arbeit falsch an, sind zu gemeindebezogen, zu sehr wie alte Weibsen. Kleider, Kleider, das ist ihr Gedanke, aber Kleider machen noch kein Christentum, und sie sind auch nicht die Sonne am Himmel, noch können sie deren Stelle einnehmen. Sie denken, ein Pfarrhaus mit Rosen und Kirchenglocken und nette alte Frauen, die durch die Straßen spazieren, sind fester Bestandteil der Religion. Aber die Religion ist etwas Wildes, wie das Universum, welches sie erhellt: wild, kalt, kahl, aber unendlich stark.«

»Und Sie haben diese Insel zufällig gefunden?« fragte Herrick.

»Wie Sie auch«, antwortete Attwater. »Und seitdem habe ich mein eigenes Geschäft, meine eigene Kolonie und meine eigene Mission. Ehe ich Christ wurde, war ich ein

Mann der Welt. Ein Mann der Welt bin ich immer noch, und meine Mission zahlt sich aus. Aus Pfuscherei ist noch nie etwas Gutes entstanden. Ein Mann muß vor Gottes Angesicht bestehen können und seinem Gewicht entsprechend arbeiten; dann werde ich mit ihm reden, aber nicht vorher. Ich habe diesen Bettlern gegeben, was sie wollten. Einen Richter aus Israel, den Träger von Schwert und Geißel. Ich wollte hier den neuen Menschen schaffen, und siehe, der Engel des Herrn schlug sie, und sie waren nicht mehr.«

Als er diese Worte hervorstieß, die von einer Geste begleitet wurden, traten sie von der Palmenhainveranda ans Meeresufer und sahen vor sich die untergehende Sonne. Vor ihnen brachen sich leise die Wellen. Ringsum huschten und schürften die Krebse mit der Haltung unbeholfener hölzerner Wesen in ihre Löcher. Rechts lag der Friedhof der Siedlung, auf den Attwater mit einer unvermittelten Bewegung deutete – ein Feld gebrochener Steine von der Größe einer Kinderhand bis zu Kopfgröße, unterbrochen von Hügeln aus dem gleichen Material, die rechteckig umschlossen waren. Nichts wuchs dort, außer ein paar Büschen und weißen Blumen; und außer den Hügeln und ihrer beunruhigenden Form ließ nichts auf die Gegenwart von Toten deuten.

Die Ahnen dieser Siedlung liegen hier,

zitierte Attwater, als er durch den offenen Eingang den unheiligen Hof betrat. »Koralle zu Koralle, Kies zu Kies«, sagte er »das war meine Haupttätigkeit im Südpazifik. Einige waren gut, andere schlecht, und die Mehrzahl, wie immer, durchschnittlich. Hier liegt ein Bursche, der bettelte wie ein Hund: wenn man ihn rief, kam er herbeigeschossen wie ein abgeschnellter Pfeil; wenn man ihn aber nicht gerufen hatte und er ungebeten kam, hätten Sie sein tadelndes Auge und das Tänzeln seiner Füße sehen müssen. Nun, seine Sorgen sind nun vorbei, er liegt bei Königen und Räten, und der Rest seiner Taten, ist er nicht im Buch der Chroniken aufgezeichnet? Dieser Bursche stammte aus Penrhyn, und wie alle von den Penrhyn-Inseln war er schwer zu gängeln: Stiernackig, eifersüchtig, gewalttätig. Der Mann mit der Nase. Hier liegt er nun still. Wie alle anderen.

Und Dunkelheit begrub die Toten.

Er hielt in der sengenden Sonne den Kopf gesenkt. Er sprach mal leise, mal bitter, entsprechend dem Sinn seiner Worte.

»Haben Sie diese Menschen geliebt?« fragte Herrick, der sonderbar gerührt war.

»Ich?« fragte Attwater. »Liebe Güte, nein! Denken Sie nicht, ich sei ein Menschenfreund! Ich mag Männer nicht und verabscheue Frauen. Wenn ich die Inseln überhaupt mag, dann weil man sie hier ohne die Häuser, die toten Vögel, die spitzen Hüte, die steifen Röcke und die bunten Hosen sieht. Aber hier liegt einer, den ich mochte.« Und er stellte den Fuß auf einen Grabhügel. »Das war ein feiner, wilder Bursche; er hatte eine dunkle Seele, ja, den mochte ich. Ich habe manchmal einen seltsamen Geschmack«, fügte er mit einem scharfen Blick zu Herrick hinzu, »und gelegentliche Anwandlungen. Sie mag ich auch.«

Herrick wandte sich rasch um und blickte dann in die Ferne, wo die Wolken sich um die Reste des Tages zusammenballten. »Niemand kann mich mögen«, sagte er.

»Da haben Sie aber unrecht«, erwiderte der andere. »Wie es jedermann ist, wenn es um ihn selbst geht. Sie sind ein interessanter – und sehr attraktiver – Mensch.«

»Das bin ich nicht«, sagte Herrick. »Mich mag niemand. Wenn Sie wüßten, wie ich mich verachte – und warum!« Seine Stimme klang über den stillen Friedhof.

»Ich wußte, daß Sie sich selbst verachten«, sagte Attwater. »Ich sah, wie Sie heute erröteten, als Sie sich an Oxford erinnerten. Und ich hätte selbst für Sie erröten können, einen Mann, einen Gentleman, mit diesen beiden vulgären Wölfen zu sehen.«

Herrick blickte ihn erregt an. »Wölfe?« fragte er.

»Ich sagte Wölfe, vulgäre Wölfe«, erwiderte Attwater. »Wissen Sie, daß ich zitterte, als ich heute an Bord kam?«

»Das haben Sie aber gut überspielt«, stammelte Herrick.

»Reine Gewohnheit«, meinte Attwater. »Aber ich hatte Angst. Ich hatte Angst vor den beiden Wölfen.« Langsam hob er die Hand. »Und nun, Hay, mein armer, verlorener junger Hund, was fangen wir mit den beiden Wölfen an?«

»Anfangen? Nichts«, sagte Herrick. »Alles ist in Ordnung. Alles klar an Bord. Käptn Brown ist eine gute Seele, er ist ... er ist ...« Ihm klang die Geisterstimme von Davis ans Ohr. ›Dann wird's ein Begräbnis geben.‹ Und der Schweiß brach ihm aus und lief über seine Stirn. »Er hat Familie«, begann er erneut und schluckte. »Er hat Kinder zu Hause und eine Frau.«

»Ein netter Mann?« fragte Attwater. »Und zweifelsohne ist das Mister Whish auch?«

»So weit möchte ich nicht gehen«, antwortete Herrick. »Ich mag Huish nicht. Aber dennoch ... auch er hat seine Vorzüge.«

»Kurz gesagt, sie sind eine so nette Gesellschaft auf dem Schiff, wie man sie sich nur wünschen kann?« fragte Attwater.

»O ja«, antwortete Herrick. »Ganz genau.«

»Dann kommen wir also zu dem anderen Grund, warum Sie sich verachten«, sagte Attwater.

»Verachten wir uns nicht alle?« rief Herrick aus. »Sie etwa nicht?«

»Oh, ja, ich denke schon. Aber tu ich es wirklich?« fragte Attwater. »Ich weiß zumindest eines. Ich habe noch niemals einen solchen Schrei wie Sie ausgestoßen. Hay, der rührte von schlechtem Gewissen her. Ach, Mensch, dieser armselige Taucheranzug namens Selbsttäuschung ist ziemlich durchlöchert. Hier und jetzt, während die Sonne sinkt, hier auf diesem Friedhof brauner Unschuldiger, fallen Sie auf die Knie und beichten Ihre Sünden und Sorgen dem Erlöser. Hay ...«

»Nicht Hay«, unterbrach ihn der andere erstickt. »Nennen Sie mich nicht so! Ich meine ... um Gottes willen, sehen Sie denn nicht, wie ich in der Klemme sitze?«

»Ich sehe es, ich weiß es. Ich halte Sie dort und lege meine Finger auf Ihre Wunden!« sagte Attwater. »So Gott will, bringe ich noch heute abend einen Sünder vor seinen Thron. Komm, komm zum Sitz der Gnade. Er wartet darauf, gnädig zu sein – gnädig.«

Er breitete die Arme aus wie am Kreuz; sein Gesicht leuchtete wie das eines Engels. In seiner Stimme, die sich bei den letzten Worten erhob, schwangen Tränen mit.

Herrick rief sich energisch zur Ordnung. »Attwater«, sagte er, »Sie drängen mich auf unerträgliche Weise. Aber was soll ich tun? Ich glaube nicht an Gott. Für Sie ist er eine lebendige Wahrheit, für mich, bei meinem Gewissen, nur ein Märchen. Ich glaube nicht, daß es irgendeine Art von Worten unter dem Himmel gibt, die die Last von meinen Schultern nehmen kann. Ich muß bis zum Ende mit der Bürde meiner Verantwortung weiterstolpern. Ich kann sie niemandem übertragen. Glauben Sie denn nicht, daß ich das täte, wenn ich es für möglich hielte? Ich kann nicht, kann nicht, kann nicht – und das muß genügen.«

Aus Attwaters Miene wich alles Entzücken. Der dunkle

Apostel war verschwunden, und an seiner Stelle stand ein lässiger, belustigter Herr, der seinen Hut abnahm und sich verbeugte. Es geschah spöttisch, und in Herricks Gesicht flammte das Blut auf.

»Was meinen Sie damit?« rief er.

»Gehen wir zurück zum Haus?« fragte Attwater. »Unsere Gäste werden bald da sein.«

Herrick blieb einen Moment mit geballten Fäusten und zusammengebissenen Zähnen stehen, und währenddessen schob sich sein Auftrag langsam in seine Gedanken, wie sich ein Mond aus Wolken schiebt. Er war gekommen, den Mann an Bord zu locken. Er war gescheitert, auch wenn man hätte sagen können, er habe sein Bestes getan. Er würde es jetzt ganz gewiß nicht mehr schaffen, und das wußte er; wußte auch, daß es so besser war. Und was würde als nächstes folgen?

Seufzend drehte er sich um und folgte seinem Gastgeber, der mit höflichem Lächeln stehengeblieben war und bald etwas unsicher durch die dunklen Säulen der Palmen voranging. Sie gingen schweigend, und der Boden strahlte seinen üppigen Duft aus. Die Luft schmeckte warm und aromatisch. Aus der Ferne schienen durch den Wald helle Lichter und Feuer und ließen das Haus Attwaters erkennen.

Herrick entschloß sich derweil, der ungeheuren Versuchung zu widerstehen, zu ihm zu treten, ihn am Arm zu berühren und die Worte zu murmeln: »Vorsicht! Man will Sie ermorden«. Er würde ein Leben retten, aber was war mit den beiden anderen? Die drei Leben zogen vor seinen Augen auf und ab wie Eimer aus einem Brunnen oder die Schalen einer Waage. Er mußte seine Wahl treffen und sich rasch entscheiden. Unschätzbare Minuten lang drehte sich das Rad des Lebens vor seinen Augen, und er konnte es immer noch mit einer Berührung zur einen oder anderen

Seite lenken, immer noch entscheiden, wer leben sollte und wer sterben. Er dachte über die Männer nach. Attwater reizte, verwirrte, blendete, bezauberte ihn und ekelte ihn an; lebendig schien er nur ein zweifelhaft guter Mensch zu sein, aber der Gedanke, er würde tot daliegen, war so unwillkommen, daß er ihn wie eine Vision verfolgte, mit allen Einzelheiten an Farben und Lauten. Andauernd sah er vor sich das Bild dieser großen Masse Mensch in den verschiedensten Haltungen und mit verschiedenen Wunden, gefallen auf den Bauch, den Rücken, auf die Seite, oder sich mit verändertem Gesichtsausdruck an einen Türpfosten klammernd, die Finger im Todeskampf entspannend. Er hörte das Klicken eines Abzugshahns, den Knall der Kugel, den Schrei des Opfers, sah das Blut fließen. Und dieses Ausmalen von Umständen war wie eine Opferung, bis er wie ein Opfertier bekränzt zu wandeln schien.

Als nächstes dachte er an Davis mit seinen dicken Fingern, der grobkörnigen, trockenen Gewöhnlichkeit seines Charakters, seinem unverwüstlichen Humor und seiner Fröhlichkeit in den alten Tagen ihrer Hungerzeit; an die rührende Mischung aus Fehlern und Tugenden, das plötzliche Aufleuchten einer Zartheit, die zu tief für Tränen reichte, seine Kinder, Adar und ihre »Bauchsache« und Adars Puppe. Nein, man konnte sich nicht einmal in der Phantasie vorstellen, wie sich der Tod diesem Kopf näherte. Unter einer Hitzewelle und einer allgemeinen Muskelanspannung kam es Herrick in den Sinn, daß Adars Vater in ihm einen Sohn bis zum Tode finden würde. Und selbst Huish hatte ein wenig von dieser Heiligkeit; durch die stillschweigende Adoption des täglichen Lebens waren sie zu Brüdern geworden; in ihrem Zusammensein auf dem Schiff und durch das gemeinsam durchstandene Unglück gab es ein unsichtbares Band von Loyalität, zu dem sich Herrick bekennen mußte, oder er würde sich als absolut unehrenhaft erweisen. Der Schrecken vor plötzlichem Tod stand gegen Schrecken vor plötzlichem Tod, und hier gab es kein Zögern. Attwater mußte es sein. Und sobald sich dieser Gedanke herausgebildet hatte, rannte seine gesamte menschliche Seele in Panik auf die andere Seite, und als er in sich hineinlauschte, war er sich nur einer Turbulenz und eines unartikulierten Aufschreis bewußt.

Bei all diesem gab es keinen Gedanken an Robert Herrick. Er hatte sich der Ebbe seines menschlichen Daseins ergeben, und sie hatte ihn davongetragen; er hörte bereits das Donnern das Mahlstroms, der ihn hinabreißen würde. Und in seiner teufelsbesessenen und entehrten Seele gab es keinen Gedanken an das eigene Ich.

Wie lange er stumm neben seinem Begleiter herging, konnte Herrick nur raten. Plötzlich rollten die Wolken fort; das Schlimmste war vorbei. Er merkte, wie er still wurde. Dann kehrte die Kraft gewöhnlicher Sprache zurück, und er hörte sich überrascht sagen: »Was für ein wunderbarer Abend!«

»Nicht wahr?« entgegnete Attwater. »Ja, die Abende hier wären sehr schön, wenn man etwas zu tun hätte. Am Tag kann man natürlich jagen.«

»Jagen?« fragte Herrick.

»Ja, man hält mich für einen guten Schützen«, sagte Attwater. »Es trifft auch zu. Meine Kugeln treffen alle. Ich glaube, ich wäre neun Monate übelgelaunt, wenn ich einmal etwas verfehlte.«

»Sie verfehlen also nie?« fragte Herrick.

»Außer, wenn ich es will«, gab Attwater zurück. »Aber gut zu fehlen ist eine Kunst. Es gab einmal einen alten König auf den westlichen Inseln, der eine Winchester um einen Menschen herum leerte und manchmal sein Haar auffliegen ließ oder einen Zipfel seines Gewandes berührte, aber niemals mit der letzten Kugel. Die ging immer direkt zwischen die Augen. Das nenne ich Kunst.«

»Könnten Sie so etwas tun?« fragte Herrick, dem ein Schauder über den Rücken rann.

»Oh, ich kann alles«, erwiderte der andere. »Verstehen Sie richtig, was sein muß, muß sein.«

Sie waren nun in die Nähe des hinteren Eingangs zum Haus gelangt. Einer der Männer war mit dem Feuer für das Essen beschäftigt, das mit der klaren, heftigen, ursprünglichen Flamme von Kokosnußschalen brannte. In der Luft hing der Duft unbekannten Fleisches. Um die Veranda hingen Lampen, so daß das Haus aus dem Dämmerlicht der Bäume hell aufstrahlte und viele komplexe Schattenmuster warf.

»Kommen Sie, und waschen Sie sich die Hände«, sagte Attwater und führte seinen Gast in einen sauberen, mit Matten ausgelegten Raum mit einer Pritsche, einem Safe, ein paar Regalen, die von Glastüren verschlossen waren, und einem eisernen Waschstand. Bald rief er einen Eingeborenen herein, und im Eingang erschien eine kräftige, hübsche junge Frau mit einem sauberen Handtuch.

»Hallo!« sagte Herrick, als er zum ersten Mal die vierte Überlebende der Seuche erblickte, und er zuckte in Erinnerung an die Befehle des Kapitäns zusammen.

»Ja«, sagte Attwater. »Die gesamte Kolonie, oder was davon übrig blieb, lebt hier beim Haus. Wir alle haben Angst vor dem Teufel, wenn Sie so wollen, und Taniera und sie schlafen im Vorderzimmer, der andere Junge auf der Veranda.«

»Sie ist hübsch«, sagte Herrick.

»Zu hübsch«, erwiderte Attwater. »Daher habe ich sie verheiratet. Ein Mann weiß nie, wann er bei einer Frau zum Narren wird. Und als wir allein zurückblieben, brachte ich die beiden in die Kapelle und habe die Zeremonie vollzogen. Sie hat eine Menge Theater gemacht. Ich halte nichts von der romantischen Sicht der Ehe«, erklärte er.

»Und das halten Sie für eine Sicherheitsvorkehrung?« fragte Herrick erstaunt.

»Aber gewiß. Ich bin ein einfacher Mann und sehr bibeltreu. *Wen Gott verbindet,* so lauten, glaube ich, die Worte. So habe ich sie verheiratet und respektiere die Ehe«, sagte Attwater.

»Ach!« erwiderte Herrick nur.

»Sehen Sie, ich schließe vielleicht eine ausgezeichnete Verbindung, wenn ich zurückgehe«, begann Attwater vertraulich. »Ich bin reich. Dieser Safe allein ...« Und er legte eine Hand darauf. »... bedeutet ein bescheidenes Vermögen, wenn ich die Zeit finde, die Perlen auf den Markt zu bringen. Hier liegen zehn Jahre Ertrag aus der Lagune, wo den ganzen Tag lang zehn Taucher beschäftigt waren, und ich bin weiter gegangen, als die Leute in diesen Wassern gewöhnlich zu tun pflegen, denn ich ließ eine Menge Muscheln forträumen und hatte großartigen Erfolg damit. Möchten Sie sie sehen?«

Diese Bestätigung von Davis' Vermutung traf Herrick schwer, und er hielt sich nur mühsam zurück. »Nein, danke, ich glaube nicht«, sagte er. »Mir liegt nichts an Perlen. Ich mache mir nichts aus solchen ...«

»Kinkerlitzchen?« fragte Attwater. »Aber ich denke doch, Sie sollten sich meine Sammlung einmal ansehen, denn sie ist wirklich einzigartig: und – oh! das ist ja der Fall bei uns allen und allem ringsumher – sie hängt am seidenen Faden. Heute wächst es und gedeihet, und morgen wird es geschnitten und ins Feuer geworfen. Heute liegt es hier vollständig im Safe, morgen – heute nacht noch – wird es vielleicht verstreut. Du Narr, noch heute nacht wird deine Seele von dir verlangt werden!«

»Ich verstehe Sie nicht«, sagte Herrick

»Nein?« fragte Attwater.

»Sie scheinen in Rätseln zu sprechen«, sagte Herrick unsicher. »Ich verstehe nicht, was für ein Mensch Sie sind, noch, worauf Sie hinauswollen.«

Attwater stemmte die Hände in die Hüften und beugte den Kopf vor. »Ich bin ein Fatalist«, erwiderte er, »und eben jetzt (wenn Sie darauf bestehen) ein Experimentalist. Wo wir gerade davon sprechen, wer hat den Namen Ihres Schoners überpinselt?« sagte er mit spöttischer Sanftheit. »Weil, wissen Sie, ich denke, er sollte noch einmal übermalt werden. Man kann ihn immer noch teilweise lesen, und was immer es wert ist, getan zu werden, lohnt sich, es gut zu tun. Können Sie mir folgen? Das ist furchtbar nett! Treten wir hinaus auf die Veranda. Ich habe einen trockenen Sherry, über den ich gern Ihre Meinung hören möchte.«

Herrick folgte ihm hinaus, wo unter dem Licht einer Hängelampe der Tisch von Leinen und Kristall strahlte, folgte ihm, wie ein Verbrecher seinem Henker folgt oder das Schaf dem Metzger, nahm automatisch den Sherry entgegen, trank ihn und sprach automatische Worte des Lobes. Das Objekt seines Schreckens hatte sich plötzlich verkehrt; bis dahin hatte er Attwater gebunden und geknebelt und als hilfloses Opfer gesehen, und er hatte sich danach gesehnt, dazwischenzutreten und ihn zu retten. Jetzt sah er ihn bedrohlich und geheimnisvoll aufragen, der Engel des Zorns Gottes, bewaffnet mit Wissen und bedrohlichem Urteil. Er setzte sein Glas ab und war überrascht, es leer zu sehen.

»Gehen Sie immer bewaffnet?« fragte er und hätte sich im nächsten Augenblick die Zunge abbeißen mögen.

»Immer«, gab Attwater zur Antwort. »Ich habe hier eine Meuterei erlebt; das war nur ein Abenteuer in meinem Leben als Missionar.«

Und genau dann hörten sie Stimmen, warfen einen Blick von der Veranda und sahen Huish und den Käptn auf sich zukommen.

Die Abendgesellschaft

Man ließ sich zu einem Inseldiner nieder, das bemerkenswert war ob seiner Vielfalt und Köstlichkeit. Schildkrötensuppe und Steak, Fisch, Geflügel, ein Spanferkel, Kokosnußsalat und gebratene Kokosnußsprossen als Dessert. Keine einzige Konserve war geöffnet worden, und abgesehen von Öl und Essig im Salat und einigen grünen Zwiebelspitzen, die Attwater mit eigener Hand kultiviert und gepflückt hatte, waren nicht einmal die Zutaten europäisch. Sherry, Weißwein und Rotwein folgten aufeinander, und der Champagner von der *Farallone* wurde zum Dessert gereicht.

Es war offenkundig, daß Attwater, wie so viele extrem religiöse Menschen in den Tagen vor der Antialkoholikerbewegung, den Hang zum Epikureer hatte. Auf derartige Charaktere wirkt es besänftigend, gut zu speisen, doppelt besänftigend aber, ein ausgezeichnetes Mahl für andere zu planen und zuzubereiten. Die Manieren des Gastgebers waren auch entsprechend angenehm gemildert. Auf seiner Schulter saß eine Katze von riesigen Ausmaßen, die schnurrte und gelegentlich mit geschickter Pfote einen Bissen aus der Luft auffing. Man konnte ihn selbst mit einer Katze vergleichen, wie er sich am Kopf des Tisches rekelte, seine Komplimente und Anzüglichkeiten austeilte, Samt und Krallen abwechselnd einsetzte. Und sowohl Huish als auch der Käptn ergaben sich allmählich seinem Charme und der großzügigen Gastfreundschaft.

Was den dritten Gast betraf, so könnte man sagen, daß die Vorgänge während dieses Mahls lange Zeit von ihm unbeachtet vor sich gingen. Herrick nahm alles, was man ihm anbot, aß und trank, ohne etwas zu schmecken, und hörte zu, ohne etwas zu verstehen. Seine Gedanken waren auf einzigartige Weise mit den schrecklichen Umständen beschäftigt, unter denen er sich befand. Was Attwater wohl wissen mochte, was der Käptn vorhatte, von welcher Seite zuerst Verrat zu erwarten war – das war der Kern seiner Gedanken. Es gab Momente, in denen er sich danach sehnte, den Tisch umzukippen und in die Nacht hinauszufliehen. Und selbst das war ihm verstellt. Etwas zu tun, etwas zu sagen, sich überhaupt zu bewegen würde die barbarische Tragödie nur beschleunigen. Er saß wie gebannt, aß mit blassen Lippen. Zwei seiner Tischgenossen beäugten ihn aus den Augenwinkeln, Attwater mit schrägen Blicken von der Seite her, wobei er das Gespräch nicht unterbrach, und der Käptn ängstlich und nachdenklich.

»Ich muß schon sagen, dieser Sherry is' ein Bombenstoff«, sagte Huish. »Wie teuer kommt er Ihnen, wenn man das mal fragen darf.«

»Hundertundzwölf Schilling in London, dann die Fracht nach Valparaiso und weiter«, antwortete Attwater. »Kommt einem wirklich nicht schlecht vor.«

»Hundertundzwölf«, murmelte Huish und genoß Wein und Zahl gemeinsam in Ekstase. »Oh, du liebe Güte!«

»Freut mich, daß er Ihnen schmeckt«, sagte Attwater. »Greifen Sie nur zu, Mister Whish, und behalten Sie die Flasche bei sich.«

»Der Name meines Freundes lautet Huish und nicht Whish«, unterbrach der Käptn mit rotem Gesicht.

»Ich bitte um Verzeihung, gewiß, Huish und nicht Whish«, sagte Attwater. »Ich wollte gerade sagen, ich habe immer noch acht Dutzend«, fügte er hinzu.

»Acht Dutzend wovon?« fragte Davis.

»Sherry«, lautete die Antwort. »Acht Dutzend Flaschen ausgezeichneten Sherrys. Das allein scheint es einem Mann, der Wein liebt, wert zu sein.«

Die zweideutigen Worte trafen auf schuldbewußte Gewissen, und Huish und der Käptn richteten sich auf und sahen ihn erschreckt an.

»Was wert?« fragte Davis.

»Hundertundzwölf Schilling«, erwiderte Attwater.

Der Käptn atmete schwer aus. Er suchte nach einem Zusammenhang zwischen den Bemerkungen und wechselte unter großer Anstrengung das Thema.

»Ich vermute, wir sind die ersten Weißen auf dieser Insel«, sagte er.

Attwater folgte seinem Kurswechsel und antwortete in völligem Ernst: »Abgesehen von mir und Doktor Symonds ja«, erwiderte er. »Aber wer weiß das schon sicher? Im Verlauf der Jahrhunderte hat hier vielleicht so mancher gewohnt, und manchmal denken wir, daß dies sicher der Fall war. Die Kokospalmen wachsen um die ganze Insel herum, was kaum auf natürliche Weise entstanden sein dürfte. Außerdem haben wir bei der ersten Landung einen unverkennbaren Steinhaufen am Strand gefunden, dessen Zweck uns unbekannt ist, der aber vermutlich in der Hoffnung errichtet wurde, irgendeinem Mumbo-Jumbo zu danken, dessen Name vergessen ist, und zwar von irgendwelchen begriffstutzigen Leuten, deren Knochen verlorengingen. Dann wurde die Insel zweimal gesichtet (siehe Findlay), und seit ich hier wohne, wurden zwei Wracks angetrieben, beide verlassen. Der Rest ist Vermutung.«

»Und Doktor Symonds ist Ihr Partner?« fragte Davis.

»Ach, ein netter Kerl, dieser Symonds! Wie sehr wird er bedauern, nicht hier zu sein, wo Sie meine Gäste sind!« rief Attwater.

»Aber der ist auf der *Trinity Hall*, eh?« fragte Huish.

»Und wenn Sie mir sagen könnten, wo die *Trinity Hall* ist, würden Sie mir einen großen Gefallen tun, Mister Whish!« lautete die Antwort.

»Vermutlich besteht ihre Mannschaft aus Eingeborenen?« fragte Davis.

»Da das Geheimnis über zehn Jahre lang gehütet wurde, ist das eine zutreffende Vermutung«, antwortete Attwater.

»Aber wissen Sie«, begann Huish, »Sie ha'm ja vielleicht alles hier, und das in großem Stil, aber ich sage Ihnen, mir würde das nich' reichen. Is' mir zuviel ›Landleben‹, zu einsam. Ich brauch' Kirchenglocken.«

»Denken Sie nicht, daß das immer so ist«, erwiderte Attwater. »Das war einmal – ein geschäftiger Ort, wenn man auch jetzt die Einsamkeit geradezu hören kann. Ich finde das anregend. Wo wir aber gerade von Glocken sprachen, folgen Sie bitte schweigend einem kleinen Experiment.«

Zu seiner Rechten befand sich eine kleine silberne Glocke, mit der er die Diener herbeirief. Dann machte er das Zeichen zu schweigen, schlug heftig die Glocke und beugte sich dabei lauschend vor. Der Ton stieg auf, klar und kräftig, läutete hell und weit in die Nacht und über die einsame Insel und erstarb in der Ferne, bis im Ohr nur noch das Vibrieren blieb, das keinen Laut mehr trug. »Leere Häuser, ein leeres Meer, einsame Strände!« sagte Attwater. »Und dennoch hört Gott die Glocke. Und dennoch sitzen wir hier auf dieser Veranda wie auf einer beleuchteten Bühne und haben den ganzen Himmel als Publikum. Nennen Sie das Einsamkeit?«

Es folgte Stille, während derer der Käptn wie gebannt vor sich hin starrte.

Dann lachte Attwater leise auf. »Das sind so die Vergnügungen eines einsamen Menschen«, bemerkte er, »und vermutlich entspricht es nicht dem guten Geschmack. Man erzählt sich zuweilen diese kleinen Märchen zur Unterhaltung. Wenn nun aber in den Märchen irgendeine Wahrheit liegt, Mister Hay? Aber da kommt der Rotwein. Man bietet Ihnen keinen Lafitte, Kapitän, weil ich glaube, man hat ihn in Ihrem großartigen Land an die Speisewagen der Eisenbahnen verkauft, aber dieser Brâne-Mouton stammt aus einem guten Jahr, und Mister Whish wird mir sein Urteil darüber abgeben.«

»Das ist aber eine komische Idee«, rief der Käptn und brach mit einem Seufzer den Bann, der ihn gefesselt hatte. »Sie wollen uns also erzählen, daß Sie manchmal hier abends sitzen und ... nun, die Engel selbst anläuten?«

»Um es direkt zu sagen, da Sie mir eine so direkte Frage stellen, nein«, erwiderte Attwater. »Warum eine Glocke läuten, wenn von einem selbst und aus allem ringsum eine so gewaltige Stille ausstrahlt? Noch mein letzter Herzschlag und der letzte Gedanke meines Gehirns werden auf immer und ewig durch die Ewigkeit hallen.«

»Oh, komm«, sagte Huish. »Drehen Sie das Licht runter, und lassen Sie die Band spielen. Is' doch keine Geistersitzung hier.«

»Keine Märchen für Mister Whish – verzeihen Sie, Kapitän, Huish, und nicht Whish natürlich«, sagte Attwater.

Als der Diener Huishs Glas füllte, rutschte ihm die Flasche aus der Hand und zerbrach, Wein ergoß sich auf den Verandaboden. Sofort tauchte tödliche Wut auf Attwaters Gesicht auf, gebieterisch läutete er die Glocke, und die beiden Eingeborenendiener nahmen eine Habachthaltung an und zitterten stumm. Es herrschte nur ein kurzer Augenblick der Stille, dann folgten ein paar wütende Worte in ihrer Sprache, und nach einer entlassenden Geste wurde das Einschenken fortgesetzt.

Keiner der Männer hatte bislang das ausgezeichnete Benehmen der beiden Männer bemerkt. Sie waren dunkelhäutig, von mittlerer Größe und gut gebaut; sie gingen lautlos, bedienten geschickt und brachten Wein und Speisen auf einen Blick herbei, und ihre Augen ruhten suchend auf ihrem Herrn.

»Wo bekommen Sie übrigens Ihre Diener her?« fragte Davis.

»Ach, woher nicht«, erwiderte Attwater.

»Ist kein leichter Job, was?« fragte der Käptn.

»Wenn Sie mir sagen wollen, wo man gute Arbeiter findet«, sagte Attwater achselzuckend. »Wir konnten natürlich in unserem Fall nicht das Ziel preisgeben, und wir mußten weit suchen, bis nach Kingsmill und Rapatii. Schade, daß Symonds nicht hier ist. Er kennt jede Menge Seemannsgarn. Es war seine Aufgabe, sie zu finden. Dann begann meine, der erzieherische Teil.«

»Sie meinen, sie auszubilden«, fragte Davis.

»Aye, sie auszubilden«, sagte Attwater.

»Warten Sie«, sagte Davis, »jetzt bin ich aber platt. Wie ging das? Wollen Sie sagen, das haben Sie allein fertiggebracht?«

»Man schafft es allein«, sagte Attwater. »Wenn es niemanden gibt, der einem hilft.«

»Bei Gott, Sie müssen aber ein heiliger Schrecken gewesen sein!« rief der Käptn glühend vor Bewunderung.

»Man tut sein Bestes«, antwortete der andere.

»Nun, nun«, sagte Davis, »ich bin schon lange auf See und wurde immer als guter Skipper angesehen; ich habe meinen Weg als dritter Maat um Kap Horn erkämpft und hatte eine Bande Ratten dabei, die den Teufel aus der Hölle gejagt und die Tür hinter ihm zugeschlagen hätte, und ich sage Ihnen, Mister, diese Methode von Mister Attwater übertrifft alles. Auf einem Schiff ist das kein Vergleich. Man hat das Gesetz hinter sich, das verändert alles. Aber setz mich auf diesem verdammten Strand mit nur einer Peitsche und einer Handvoll grober Worte und sag, ich soll ... nein, Sir! Das reicht nicht. Dafür habe ich nicht die Muffe!« rief Davis. »Nur das Gesetz macht es«, fügte er hinzu. »Das Gesetz läßt es allemal funktionieren.«

»Der Schnabel is' nicht immer so schwarz, wie man ihn angemalt hat«, bemerkte Huish belustigt.

»Nun, man hat auf gewisse Weise auch das Gesetz hier«, sagte Attwater. »Man muß so manches zugleich sein auf einmal. Manchmal war es recht langweilig.«

»Da kann ich nur lächeln«, sagte Davis. »Ich würde meinen, es ging mitunter ganz schön lebendig zu!«

»Ich glaube, wir meinen das gleiche«, sagte Attwater. »Wie auch immer, man muß es ihnen in den Kopf hämmern, daß sie arbeiten *müssen* ... und gearbeitet haben sie ... bis der Herr sie heimholte.«

»Sie haben ihnen sicher tüchtig auf die Sprünge geholfen«, sagte Huish.

»Wenn es nötig war, Mister Whish, habe ich ihnen auch auf die Sprünge geholfen«, erklärte Attwater.

»Das möchte ich wetten«, rief Davis. Er war ziemlich errötet, aber nicht so sehr vom Wein, sondern vor Bewunderung, und seine Augen hingen gebannt an der mächtigen Gestalt des anderen. »Das möcht' ich wetten, und ich kann Sie mir gut dabei vorstellen! Bei Gott, Sie sind ein Mann, und das können Sie mit Stolz von sich behaupten.«

»Zu nett von Ihnen«, sagte Attwater.

»Hatten ... hatten Sie jemals kriminelle Delikte hier?« fragte Herrick und durchbrach die Stille mit stechender Stimme.

»Ja«, sagte Attwater, »das hatten wir auch.«

»Und wie sind Sie damit fertig geworden, Sir?« rief der Käptn neugierig.

»Nun, das war ein komischer Fall«, antwortete Attwater. »Ein Fall, der selbst Salomon verwirrt hätte. Soll ich Ihnen erzählen? ja?«

Der Käptn stimmte hingerissen zu.

»Nun«, nölte Attwater, »es war folgendermaßen. Vermutlich wissen Sie, daß es zwei Typen von Eingeborenen gibt, den Kriecher und den Griesgram, wie man sie nennen könnte. Man erkennt die beiden Typen an ihrem Verhalten, und wir hatten beide auf einen Schlag. Aus dem ersten rann die Speichelleckerei wie Wein aus einer Flasche, und der Griesgram war in dem zweiten konzentriert. Der Kriecher lächelte immer; er rannte, um meinen Blick zu erhaschen, liebte zu plaudern, kannte etwa ein Dutzend Wörter in Pidgin-Englisch und hatte einen dünnen Zuckerguß von Christentum. Griesgram war fleißig, eine große Biene, die immer nach unten blickte. Wenn man mit ihm sprach, antwortete er nur mit einem dunklen Blick und zuckte mit einer Achsel, aber die Sache wurde erledigt. Er war vielleicht nicht das beste Modell für gute Manieren; Griesgram war nicht sehr galant, aber er war stark und beständig und unangenehm gehorsam. Und Griesgram kam in Schwierigkeiten, wie auch immer, die Gesetze der Insel wurden gebrochen, und er wurde entsprechend bestraft – ohne Wirkung. So wurde also am nächsten Tag und dann wieder am nächsten und am nächsten die Prozedur wiederholt, bis ich der Sache überdrüssig wurde und, wie ich fürchte, Griesgram selbst auch. Dann kam ein Tag, als er wieder im Unrecht war, vielleicht zum dreizehnten Mal, und er rollte mir einen trüben Blick zu, in dem es aufblitzte, und wollte sprechen. Die Gesetze der Insel sind die üblichen, abgesehen von einem Punkt: Wir erlauben keine Erklärungen, es werden keine angenommen und keine zugelassen. Man gebot ihm also sofort Einhalt, aber er machte sich die Umstände zunutze. Am nächsten Tag war er aus der Siedlung verschwunden. Man kann sich nichts Ärgerlicheres vorstellen; wenn die Arbeiter sich angewöhnten, fortzurennen, war die Fischerei ruiniert. Diese Insel ist sechzig Meilen lang; der Gedanke an eine Verfolgung war schlichtweg kindisch und wurde nicht erwogen. Zwei Tage später machte ich eine Entdeckung, und es wurde mir dabei blitzartig klar, daß Griesgram von Anbeginn an zu Unrecht bestraft worden war; der wahre Schuldige war immer Kriecher gewesen. Der Eingeborene, der redet, ist ebenso verloren wie eine Frau, die zögert. Man läßt ihn reden und lügen, und er redet und lügt und beobachtet dein Gesicht, um zu sehen, ob er gefällt, bis schließlich irgendwann die Wahrheit herauskommt. Aus Kriecher kam sie irgendwann ganz nebenher heraus. Ich sagte nichts zu ihm. Ich entließ ihn, und so spät es auch war, denn die Nacht brach schon an, machte ich mich auf die Suche nach Griesgram. Ich brauchte nicht weit zu gehen. Etwa zweihundert Meter die Insel entlang gab ihn mir der Mond preis. Er hing in einer Kokospalme – ich bin nicht genügend Botaniker, um Ihnen zu erklären, wie er es gemacht hatte – aber in neun von zehn Fällen begehen die Eingeborenen auf diese Weise Selbstmord. Die Zunge hing dem armen Teufel aus dem Mund, und die Vögel hatten sich über ihn hergemacht. Ich erspare Ihnen die Einzelheiten; es war ein häßlicher Anblick. Ich dachte sechs gute Stunden auf dieser Veranda über die Geschichte nach. Meine Rechtsprechung war zum Teufel; vermutlich war ich nie im Leben wütender. Am nächsten Tag ließ ich die Conchas blasen und alle vor Sonnenaufgang wecken. Ich nahm mein Gewehr und ging mit Kriecher voran. Er war sehr redselig; der Bettler vermutete, alles sei nun in Ordnung, weil er gestanden hatte. Wie in dem alten Schuljungenausdruck versuchte er mich anzuschmieren, voller Erklärungen seines guten Willens und guten Betragens, und was ich antwortete, weiß ich nicht mehr. Bald kam der Baum mit dem Erhängten in Sichtweite. Alle brachen in Klagen um den Kameraden aus, wie sie es auf den Inseln machen, und Kriecher trauerte am lautesten. Er wirkte sehr echt, ein verderbtes Geschöpf ohne jegliches Schuldgefühl. Nun, bald darauf, um die Geschichte nicht zu lang werden zu lassen, forderte man ihn auf, auf den Baum zu steigen. Er starrte einen etwas beunruhigt an und lächelte schief, aber er ging. Er war bis zum letzten gehorsam, hatte alle netten Eigenschaften, aber er kannte keine Wahrheit. Sobald er oben war, blickte er hinab, und das Gewehr wurde auf ihn gerichtet. Er jammerte auf wie ein Hund. Dann hätte man eine Nadel fallen hören können, kein Wimmern mehr. Dann duckten sie sich alle mit hervortretenden Augen auf dem Boden; der andere hockte noch im Baum, mit bleifarbenem Gesicht, und dazwischen hing der Tote und baumelte in der Luft. Er war gehorsam bis zum letzten, beichtete sein Verbrechen und empfahl seine Seele Gott. Und dann …«

Attwater hielt inne, und Herrick, der aufmerksam gelauscht hatte, machte eine verkrampfte Handbewegung, die sein Glas umkippen ließ.

»Und dann?« fragte der Käptn atemlos.

»Erschossen«, sagte Attwater. »Sie trafen zusammen auf dem Boden auf.«

Herrick sprang mit einem Schrei auf die Beine.

»Das war Mord!« schrie er. »Kaltblütiger Mord. Sie Monster! Sie Mörder und Heuchler – Mörder und Heuchler – Mörder und Heuchler …«, wiederholte er, und seine Zunge stolperte über die Worte.

Der Käptn stand im nächsten Augenblick neben ihm. »Herrick!« schrie er, »nimm dich zusammen! Mach dich nicht lächerlich!«

Herrick wand sich in seiner Umarmung wie ein panikerfülltes Kind, und plötzlich senkte er das Gesicht in die Hände und schluchzte erstickt auf, der erste Schluchzer von vielen, die seinen Körper lautlos erschütterten und hin und wieder unerkennbare, bedeutungslose Laute aus ihm herauspreßten.

»Ihr Freund scheint übererregt zu sein«, bemerkte Attwater, der reglos, aber aufmerksam am Kopf der Tafel saß.

»Das muß der Wein sein«, erwiderte der Käptn. »Er trinkt sonst nicht, wissen Sie, ich … ich bringe ihn fort. Ein Spaziergang wird ihn wieder ausnüchtern.«

Er führte Herrick ohne Widerstand von der Veranda in die Nacht, mit der sie bald verschmolzen, aber man hörte noch eine Weile seine beruhigende Stimme und wie Herrick mit den automatischen Lauten der Hysterie antwortete.

»Wie auf einem verdammten Hühnerhof!« bemerkte Huish und verhalf sich schwungvoll zu weiterem Wein (wobei er einen Teil vergoß). »Man muß lernen, sich bei Tisch zu benehmen«, fügte er hinzu.

»Schlechte Form, nicht wahr?« sagte Attwater. »Nun, da sind wir beiden *tête-à-tête* übriggeblieben. Auf Ihr Wohl, Mister Whish!«

Die offene Tür

Der Käptn und Herrick kehrten derweil den Lichtern auf Attwaters Veranda den Rücken zu und gingen in Richtung auf den Hafen und den Strand der Lagune.

Die Insel hatte zu dieser Stunde mit ihrem glatten Boden aus Sand, dem säulengetragenen Palmdach und der festlichen Beleuchtung einen Hauch von Unwirklichkeit, wie ein verlassenes Theater oder ein öffentlicher Park um Mitternacht. Man sah sich unwillkürlich nach Statuen und Tischen um. Es regte sich nicht das leiseste Lüftchen unter den Palmen, und die Stille wurde vom stetigen Donnern der Brandung am Strand betont wie von dem Verkehrslärm auf einer fernen Straße.

Der Käptn redete immer noch besänftigend auf seinen Patienten ein, brachte ihn endlich an den Rand der Lagune, führte ihn zum Wasser und wusch ihm Kopf und Gesicht mit dem lauwarmen Wasser. Langsam ließ der Krampf nach; die Schluchzer erfolgten weniger stoßweise und hörten dann ganz auf; durch einen sonderbaren, aber nicht ganz unnatürlichen Zufall ebbte der sanfte Wortschwall des Kapitäns zur gleichen Zeit ab, und allmählich versank das Paar in Schweigen. Die Lagune brach sich in kleinen Wellen zu ihren Füßen und verursachte dabei ein Geräusch wie ein leises Flüstern; Sterne aller Größenordnungen blickten auf ihre Ebenbilder in diesem riesigen Spiegel, und die zornige Farbe der Bordlampe der *Farallone* brannte in der mittleren Entfernung. Lange starrten sie auf die vor ihnen liegende Szene und lauschten ängstlich auf das Rascheln und Plätschern der kleinen Gischt zu ihren Füßen oder den fernen lauteren Hall von der Außenküste. Als ihnen endlich wieder die Sprache zurückkam, begannen sie gleichzeitig.

»Sag mal, Herrick ...«, begann der Käptn.

Aber Herrick drehte sich rasch zu seinem Gefährten um und beugte sich mit einem drängenden Ruf zu ihm: »Lichten wir den Anker, Käptn, und legen ab!«

»Wohin denn, mein Sohn?« fragte der Käptn. »Den Anker lichten ist leicht. Aber wohin?«

»Aufs Meer«, war Herricks Antwort. »Das Meer ist groß genug. Aufs Meer – fort von dieser schrecklichen Insel und diesem unheimlichen Menschen!«

»Oh, wir werden schon sehen«, sagte Davis. »Nimm dich nur zusammen, und wir werden schon sehen. Du bist einfach überfordert, das ist alles. Du bist ein Nervenbündel, so wie Jemimar; du mußt dich einfach zusammenreißen und wieder du selbst sein, und dann reden wir.«

»Aufs Meer«, wiederholte Herrick, »heute nacht noch … in dieser Minute.«

»Das geht nicht, mein Sohn«, erwiderte der Käptn fest. »Kein Schiff unter meiner Leitung sticht ohne Proviant in See, darauf kannst du dich verlassen.«

»Du scheinst das nicht zu begreifen«, sagte Herrick. »Die Sache ist gelaufen, sag' ich dir. Hier gibt es nichts zu holen, weil er alles weiß. Der Mann mit der Katze weiß alles, begreifst du das nicht?«

»Alles?« fragte der Käptn sichtlich erschüttert. »Aber er hat uns wie ein Gentleman empfangen und uns wirklich gut behandelt, bis du mit dieser Albernheit anfingst – und ich muß schon sagen, ich habe gesehen, wie Menschen für weniger erschossen wurden, ohne daß es irgend jemandem leid tat! Was hattest du denn erwartet?«

Herrick wiegte sich auf dem Sand hin und her und schüttelte den Kopf.

»Er hat sich über uns lustig gemacht«, sagte er. »Nur über uns lustig gemacht. Dafür sind wir gut.«

»Da war eine komische Sache«, gab der Käptn mit Böses ahnender Stimme zu. »Das mit dem Sherry. Verdammt, warum habe ich mich darauf eingelassen. Herrick, du hast mich doch nicht verraten?«

»Ach, verraten!« wiederholte Herrick mit erschöpfter, verdrossener Verachtung. »Was gab es denn schon zu verraten? Wir sind durchschaut, wir haben das Wort Schurke als Brandzeichen: entdeckter Schurke, entdeckter Schurke! Noch ehe er an Bord kam, sah er, daß der Name des Schiffes überpinselt war, und er durchschaute alles. Er war sicher, wir würden ihn an Ort und Stelle umbringen, und machte sich einfach über dich und Huish lustig. Das nennt er Angst haben! Als nächstes holte er mich an Land, und es war großartig. *Die beiden Wölfe*, so nennt er euch. *Was macht denn der junge Hund mit den beiden Wölfen?* fragte er. Er hat mir seine Perlen gezeigt, meinte, sie wären noch vor dem Morgengrauen verstreut, und alles hinge an einem seidenen Faden – und dabei lächelte er, ein solches Lächeln! Oh, es hat keinen Sinn, das sage ich dir. Er weiß alles, er hat alles durchschaut. Wir bringen ihn mit unserem Getue nur zum Lachen. Er sieht uns an und lacht dann wie ein Gott!«

Schweigen. Davis hatte die Brauen gefurcht und starrte in die Nacht.

»Die Perlen?« fragte er unvermittelt. »Er hat sie dir gezeigt? Er hat also welche?«

»Nein, er hat sie mir nicht gezeigt, das vergaß ich. Nur den Safe, in dem sie lagen«, antwortete Herrick. »Aber die wirst du nie bekommen.«

»Dazu habe ich auch noch ein Wort oder zwei zu sagen«, meinte der Käptn.

»Glaubst du, er hätte sich beim Essen so lässig benommen, wenn er nicht etwas ausgeheckt hätte?« rief Herrick. »Die Diener waren beide bewaffnet. Er selbst ist bewaffnet, das hat er mir selbst erzählt. Seine Wachsamkeit wirst du nie übertölpeln. Davis, ich weiß es! Alles ist aus, das sage ich dir, und ich sage es immer wieder und kann es beweisen. Alles aus, alles aus. Es wird nichts, und wir können nichts machen. Alles aus: Das Leben, die Ehre, die Liebe. Oh, mein Gott, warum bin ich nur geboren worden?«

Eine weitere Pause folgte auf diesen Ausbruch.

Der Käptn legte die Hand auf die Stirn.

»Noch was!« brach es aus ihm heraus. »Warum hat er das alles erzählt? Scheint mir verrückt!«

Herrick schüttelte finster und stetig den Kopf. »Das

würdest du nicht verstehen, selbst wenn ich es dir erzählte«, sagte er.

»Vermutlich kann ich verdammt noch mal überhaupt nichts von dem verstehen, was du mir erzählst«, entgegnete Davis.

»Nun, er ist ein Fatalist«, sagte Herrick.

»Was ist das, ein Fatalist?«

»Oh, das ist ein Bursche, der eine Menge glaubt«, erklärte Herrick. »Glaubt, daß seine Kugel immer trifft, daß alles so ausgeht, wie Gott es bestimmt, was immer man dagegen unternehmen mag, und so weiter.«

»Aber das glaube ich doch selbst«, meinte Davis.

»Wirklich?« fragte Herrick.

»Das möchte ich aber wetten«, sagte Davis.

Herrick zuckte die Achseln. »Nun, dann mußt du ein Narr sein«, sagte er und legte den Kopf auf die Knie.

Der Käptn biß sich auf die Finger.

»Eines ist nur sicher«, sagte er schließlich. »Ich muß Huish da rausbekommen. Er ist nicht in der Lage, es mit einem Mann aufzunehmen, wie du ihn beschreibst.«

Und er wandte sich zum Gehen. Die Worte waren recht einfach gewesen, aber nicht der Tonfall, und der andere begriff das rasch.

»Davis!« schrie er. »Nein! Tu das nicht! Verschone mich, und tu es nicht, verschone dich, und laß es bleiben – um Gottes, um deiner Kinder willen!«

Seine Stimme klang nun leidenschaftlich schrill, im nächsten Augenblick würde ihn das nicht sehr ferne Opfer hören. Und Davis wandte sich mit einem wilden Fluch und einer Handbewegung zu ihm, und der unglückliche junge Mann rollte mit dem Gesicht auf den Sand und blieb wortlos und hilflos liegen.

Der Käptn machte sich inzwischen mit raschen Schritten auf den Weg zu Attwaters Haus. Im Gehen überlegte er eifrig, und seine Gedanken rasten nur so. Der Mann hatte alles begriffen; er hatte sie von Anfang an verspottet. Dem wollte er es schon beibringen, John Davis zu verspotten! Herrick hielt ihn für einen Gott. Wenn man ihm, Davis, aber nur eine Sekunde zum Zielen gab, würde er den Gott vom Thron stoßen. Er kicherte, als er nach dem Revolvergriff tastete. Er müßte es genau jetzt tun, wenn er hineinging. Von hinten? Es war schwierig, hineinzugelangen. Über den Tisch? Nein, der Käptn zog es vor, im Stehen zu schießen, damit man auch sicher die Hand an den Revolver bekam. Das beste wäre, Huish herbeizurufen, und wenn Attwater aufstand und sich umdrehte ... ja, das wäre der richtige Augenblick. Der Käptn fühlte sich völlig sicher in dieser kühnen Vorstellung und stampfte mit gesenktem Kopf auf das Haus zu.

»Halt! Hände hoch!« rief die Stimme Attwaters.

Und der Käptn hatte, noch ehe er merkte, was er tat, gehorcht. Die Überraschung war gelungen und vollständig. Er war auf dem Gipfelpunkt seiner mörderischen Absicht hergekommen und direkt in einen Hinterhalt gelaufen, und jetzt hielt er machtlos die Hände erhoben und starrte auf die Veranda.

Die Gesellschaft hatte sich aufgelöst. Attwater lehnte an einem Pfosten, und hielt Davis mit seiner Winchester in Schach. Einer der Diener stand ein wenig vorgebeugt mit einem zweiten Gewehr daneben, und die runden Augen blickten voller freudiger Erwartung. Auf der freien Fläche am Kopfende des Tisches wurde Huish teilweise von dem anderen Eingeborenen gestützt; sein Gesicht verzerrte sich in bedeutungslosem Lächeln, und seine Gedanken schienen mit der Betrachtung einer unangezündeten Zigarre beschäftigt zu sein.

»Nun«, sagte Attwater, »Sie scheinen mir aber ein ziemlich billiger Pirat zu sein!«

Der Käptn gab einen kehligen Laut von sich, für den wir keine Bezeichnung haben; Wut erstickte ihn.

»Ich werde Ihnen Mister Whish übergeben – oder den Weinschwamm, der von ihm übrig geblieben ist«, fuhr Attwater fort. »Er redet eine Menge, wenn er getrunken hat, Kapitän Davis von der *Sea Ranger*. Aber mit ihm bin ich fertig – und gebe das Exemplar mit vielem Dank zurück. Und nun«, rief er scharf, »eine einzige falsche Bewegung, und Ihre Familie wird den Verlust eines unersetzlichen Vaters zu beklagen haben. Halten Sie sich absolut still, Davis.«

Attwater sagte ein Wort in Eingeborenensprache, den Blick fest auf Davis geheftet, und der Diener stieß Huish vom Treppenabsatz hinunter. Mit ungewöhnlich gleichzeitigem Ausstrecken aller Gliedmaßen fiel jener Herr nach vorn in den leeren Raum, schlug auf dem Boden auf, prallte wieder hoch und landete, die Hände um eine Palme geklammert. Seine Gedanken fanden diesen Vorgang recht befremdlich; der Ausdruck von Wut, der seine Miene entstellte, erfolgte im Augenblick des Falls vielleicht automatisch, und er erlitt diesen Krampf schweigend, klammerte sich wie ein Kind an den Baum und schien, wie er so mit dem Kopf wackelte, sich bei jenem Spiel zu wähnen, wo man nach einem Apfel in der Schüssel tauchen muß. Eine mitleidigere Seele oder ein schärferes Auge hätte vielleicht kurz vor ihm auf dem Sand, aber außerhalb seiner Reichweite, die unangezündete Zigarre entdeckt.

»Hier ist Ihre Kutsche durch London!« sagte Attwater. »Und Sie werden mich vielleicht fragen, warum ich Ihnen nicht sofort eine Salve verabreiche, wie Sie es verdienen. Ich werde Ihnen den Grund nennen, Davis. Weil ich nichts mit der *Sea Ranger* und den Leuten, die Sie ertränkt haben, oder mit der *Farallone* und dem gestohlenen Champagner zu tun habe. Das steht auf Ihrer Rechnung mit Gott; er weiß dies, und er wird mit Ihnen abrechnen, wenn Ihre

Stunde schlägt. In meinem Fall habe ich nur einen Verdacht, und ich töte nicht auf Verdacht, nicht einmal Ungeziefer wie Sie. Aber versteht mich recht! Wenn ich einen von euch wiedersehe, ist das eine andere Sache, und ihr werdet eine Kugel fressen. Und jetzt macht euch fort. Marsch! Und wenn euch das, was ihr Leben nennt, lieb ist, dann haltet die Hände oben.«

Der Käptn verharrte in der gleichen Stellung, die Hände erhoben, den Mund geöffnet, gebannt von Wut.

»Marsch!« sagte Attwater. »Eins – zwei – drei!«

Und Davis drehte sich um und ging langsam fort. Aber bereits im Weggehen galt sein Gedanke einem geeigneten Gegenangriff. Blitzschnell sprang er hinter einen Baum, hockte sich nieder, die Pistole in der Hand, und spähte mit gebleckten Zähnen an beiden Seiten seiner Deckung vorbei: Eine Schlange, die sich zum Angriff aufgerichtet hat. Aber es war bereits zu spät. Attwater und seine Diener waren verschwunden; nur die Lampen beschienen noch den verlassenen Tisch und den hellen Sand ums Haus und warfen in alle Richtungen der Nacht die kräftigen, langen Schatten der Palmen.

Davis knirschte mit den Zähnen. Wo waren sie verschwunden, die Feiglinge? In welches unerreichbare Loch hatten sie sich verzogen? Es hatte keinen Zweck, daß er irgend etwas versuchte, er, allein mit einem gebrauchten Revolver gegen drei mit Winchestern Bewaffnete, die nicht einmal einen kleinen Finger aus den Öffnungen des beleuchteten, stillen Hauses hielten. Vielleicht hatten sich ein paar bereits hinter dem Haus in Stellung begeben und zielten in diesem Augenblick aus dem tiefen Kellergewölbe, dem Sammelort für leere Flaschen und zerbrochenes Geschirr, auf ihn. Nein, er konnte nichts tun, nur seine zerstreuten und demoralisierten Truppen zurückziehen, falls das noch möglich war.

»Huish«, sagte er. »Komm mit.«

»Hameine Ssigarre verlorn«, sagte Huish und tastete vor sich auf dem Boden umher.

Der Käptn fluchte schneidend. »Komm sofort her!« sagte er.

»Schon gut. Schlaf hier bei Attwar. Geh morng wie'er aufs Boot«, erwiderte der Besäuselte.

»Wenn du nicht augenblicklich kommst, beim lebendigen Gott, werde ich dich erschießen!« rief der Käptn.

Man kann kaum vermuten, daß die Bedeutung dieser Worte auf auch nur irgendeine Weise zum Gehirn Huishs durchdrang; er bemühte sich eher erneut um seine Zigarre, kam aus dem Gleichgewicht und flog unbestimmt nach vorn, auf einen Kurs, der ihn in Davis' Reichweite brachte.

»Und jetzt geh gerade«, sagte der Käptn, als er ihn schnappte. »Oder ich vergesse mich.«

»Hab' die Ssigarre verlorn«, antwortete Huish.

Die aufgestaute Wut des Käptns flammte für einen Moment hell auf. Er wirbelte Huish herum, packte ihn beim Kragen und stieß ihn vor sich her zur Hafenmauer, wo er ihn heftig aufs Gesicht schleuderte.

»Dann such deine Zigarre, du Schwein!« schrie er und pfiff auf seiner Bootspfeife, bis die Erbse darin zu rasseln begann.

An Bord der *Farallone* bewirkte der Pfiff sofortige Aktivität; ferne Stimmen, bald darauf das Geräusch von Rudern, die über die Lagune auf sie zu kamen; zugleich erhob sich Herrick und trat langsam auf sie zu. Er beugte sich über die undeutlich erkennbare Gestalt von Huish, die reglos zu Füßen der Galionsfigur am Boden lag.

»Tot?« fragte er.

»Nein, tot ist er nicht«, antwortete Davis.

»Und Attwater?« fragte Herrick.

»Halt doch die Klappe!« entgegnete der Käptn. »Das

kannst du, und bei Gott, ich bringe dir bei, wie. Ich kann dein Gesabbere nicht mehr ertragen!«

Sie warteten stumm, bis das Boot an den ersten Poller stieß, hoben dann Huish an Kopf und Füßen auf, trugen ihn über die Planke und warfen ihn ins Boot. Auf dem Weg dorthin murmelte er noch klagend etwas über den Verlust seiner Zigarre, und als man ihn wie ein Gepäckstück an die Seite geräumt hatte, wo er weiterschlummerte, war sein letzter vernehmbarer Laut: »Phantassischer 'sche, dieser Attwa'er.« Dem Experten erschloß sich das als ›Phantastischer Bursche, dieser Attwater‹, und das klang mit solcher Unschuld, wie sie sein großartiger Geist aus diesem abenteuerlichen Abend nur ziehen konnte.

Der Käptn schritt mit kurzen, zornigen Schritten auf dem Schiff auf und ab; Herrick stützte sich auf die Reling; die Mannschaft hatte sich zurückgezogen. Der Schoner bewegte sich sanft und wiegend; zuweilen pfiff es durch eine Rolle wie ein Vogel. Am Ufer war Attwaters Haus mit seinen vielen Lichtern durch den Säulengang aus Palmstämmen zu sehen. Nichts anderes war sichtbar, weder am Himmel noch in der Lagune darunter, außer den Sternen und ihren Spiegelbildern. Es mochten Minuten oder Stunden sein, in denen Herrick dort lehnte und in das klare Wasser blickte und den Frieden in sich aufsog. »Ein Bad von Sternen«, dachte er, und dann endlich legte sich eine Hand auf seine Schulter.

»Herrick«, sagte der Käptn, »ich habe mir meine Wut aus dem Leib gestampft.«

Den jungen Mann durchzuckte es heftig, aber er gab weder eine Antwort, noch drehte er auch nur den Kopf.

»Ich habe vielleicht zu grobe Worte am Strand benutzt«, sagte der Käptn. »Tatsache ist aber, daß ich wohl ein bißchen durchgedreht bin. Aber das ist jetzt vorbei, und du und ich müssen uns etwas ausdenken.«

»Ich will aber nicht denken«, sagte Herrick.

»Komm, Alter«, erwiderte Davis freundlich, »das geht aber nicht. Du mußt dich zusammenreißen und mir helfen, die Dinge ins reine zu bringen. Du wirst doch einen Freund nicht im Stich lassen? Das sähe dir nicht ähnlich, Herrick.«

»Doch«, antwortete Herrick.

»Ach, komm«, meinte der Käptn und hielt inne, als wisse er nicht weiter. »Hör zu«, rief er dann. »Trink ein Glas Champagner. Ich rühre keinen Tropfen an, um dir zu beweisen, wie ernst ich es meine. Aber du mußt mir jetzt einfach beistehen, und das bringt dich wieder auf die Beine.«

»Ach, laß mich in Ruhe«, antwortete Herrick und wandte sich ab.

Der Käptn schnappte seinen Ärmel, doch Herrick schüttelte ihn ab und kehrte sich einen Moment lang wie ein Dämon zu dem anderen.

»Geh doch auf deine Art zur Hölle!« rief er.

Dann wandte er sich wieder ab, dieses Mal, ohne aufgehalten zu werden, und trat an die Stelle, wo das Boot angetäut war und leise gegen den Schoner stieß. Er sah sich um.

Zwischen ihm und dem Käptn sprang eine Ecke der Kajüte vor; alles war in Ordnung; niemand würde ihn bei seiner letzten Tat sehen. Lautlos glitt er ins Boot, dann ebenso lautlos ins sternenbestückte Wasser. Instinktiv schwamm er ein paar Züge; es war genug Zeit, allmählich aufzuhören.

Der Schock des Wassers hellte seine Gedanken unvermittelt auf. Die Ereignisse dieses unwürdigen Tages zogen an seinen Augen vorbei in einem Fries von Bildern, und er dankte den ›Göttern, die da sein mögen‹, für jene offene Tür des Selbstmordes. In solch kurzer Zeit würde es mit ihm vorüber sein, die Zufälligkeiten zu einem Ende gebracht, der verlorene Sohn würde heimkommen. Vor ihm schien ein sehr heller Planet und zog eine leuchtende Spur über das Wasser. Das hielt er für seine Richtung und folgte ihr. Dies war das letzte Irdische, auf das sein Blick fallen würde, dieser helle Fleck, den er bald zu einer Stadt Laputa vergrößerte, über deren Terrassen Männer und Frauen mit ehrfurchtgebietenden und gütigen Zügen wandelten und ihn mit entferntem Mitleid betrachteten. Diese imaginären Zuschauer trösteten ihn; er malte sich ihre Gespräche untereinander aus; sie sprachen über ihn und sein trauriges Schicksal.

Aus diesen Abschweifungen seiner Phantasie wurde er durch die zunehmende Kälte des Wassers aufgestört. Warum sollte er weiter zögern? Hier, an dieser Stelle, wollte er den Vorhang fallen lassen, die ungreifbare Zuflucht aufsuchen, sich mit allen Rassen und Generationen der Menschheit im Haus des Schlafs niederlegen. Es war leicht zu sagen, leicht in die Tat umzusetzen. Aufhören zu schwimmen; darin lag kein Geheimnis, wenn er es schaffte. Konnte er es? Und er konnte es nicht. Er wußte es sofort. Er war sich seines Widerstands in seinen Gliedmaßen bewußt, leblos und unbesiegbar, und sie klammerten sich mit einem einzigen und festen Entschluß ans Leben, Finger um Finger, Sehne um Sehne, etwas, was zugleich er war und dennoch nicht er selbst – zugleich in ihm und außerhalb von ihm. Irgendein winziges Ventil in seinem Gehirn hatte sich geschlossen, welches ein einziger männlicher Gedanke öffnen könnte – und der Zugriff eines äußeren Schicksals, dem man ebensowenig ausweichen konnte wie der Schwerkraft. Jedem Menschen kommt zuweilen das Bewußtsein, daß durch all die Äußerungen seines Körpers der Hauch eines Geistes bläst, der nicht gänzlich der seine ist, daß seine Seele rebelliert, daß etwas anderes ihn hält und ihn dorthin trägt, wohin er nicht wollte. Herrick kam dies nun mit der ganzen Kraft einer Erleuchtung in den Sinn. Kein Ausweg war möglich. Die offene Tür war ihm ins erwartungsvolle Gesicht geschlagen worden. Er mußte ohne Illusionen wieder in die Welt und unter die Menschen zurückkehren. Er mußte bis zum Ende mit seiner Bürde der Verantwortung und seiner Schande weiterstolpern, bis eine Kälte, ein Hieb, eine gnädig zufällige Kugel oder der gnädigere Henker ihn von seiner Schande befreien würde. Es gab Menschen, die Selbstmord begehen konnten; es gab Menschen, die es nicht fertigbrachten; und er gehörte zu den letzteren.

Vielleicht eine Minute lang tobte in ihm die Wut über diese Erkenntnis, und dann folgte eine freudlose Gewißheit, und mit unglaublicher Einfachheit unterwarf er sich dieser sicheren Erkenntnis, drehte um und schwamm auf das Ufer zu. Hierin lag ein Mut, den er nicht schätzte; die Unwürdigkeit seiner Feigheit bedrückte ihn. Eine starke Strömung stand ihm entgegen wie ein Wind, der einem ins Gesicht bläst; er kämpfte schwerfällig, erschöpft und ohne Begeisterung, aber mit gehöriger Kraft dagegen an, bemerkte ohne Freude, wie er vorwärtskam, indem er sich an den Umrissen der Bäume orientierte. Einmal erlebte er einen Moment der Hoffnung. Er hörte südlich von sich, von der Mitte der Lagune her, wie ein großer Fisch auftauchte, zweifellos ein Hai, und er hielt einen Moment auf dem Rücken liegend inne. Vielleicht war das sein Henker? Aber die Wellen erstarben; Stille herrschte wieder, und Herrick schwamm wieder auf das Ufer zu, wobei er gegen seine eigene Natur wütete. Ja, er würde auf den Hai warten, aber wenn er ihn kommen hörte? Sein Lächeln war tragisch. Er hätte sich selbst ins Gesicht spucken können.

Ungefähr um drei Uhr morgens entschieden der Zufall, die Strömung und seine rechtshändig ausgerichtete

Geschicklichkeit, daß er am Ufer vor Attwaters Haus ankam. Dort setzte er sich nieder und blickte hinfort in eine Welt, die nicht mehr von den Lichtern der Hoffnung erhellt war. Der armselige Taucheranzug der Selbsttäuschung war böse zugerichtet. Mit diesem Märchen vom Selbstmord, einer Zuflucht, die ihm immer offenstünde, hatte er sich bislang im Leben betrogen und gestützt, und siehe, auch das war nur ein Märchen! Er sah sich für den Rest des Lebens mit den Konsequenzen dieser Handlung konfrontiert: Auf ein Kreuz gestreckt und mit den Eisennägeln seiner eigenen Feigheit angenagelt. Er fand keine Tränen, er erzählte sich keine Geschichten. Sein Ekel über sich selbst war so vollständig, daß selbst der Prozeß entschuldigender Mythenbildung versiegte. Er war wie ein Mensch, den man vom Sockel gestürzt und der sich jeden Knochen gebrochen hat. Er lag dort und gestand sich all dies ein und versuchte nicht einmal aufzustehen.

Die Dämmerung zog über der anderen Seite des Atolls auf; der Himmel hellte sich auf, die Wolken trugen wunderbare Farben, die Schatten der Nacht hoben sich. Und plötzlich wurde sich Herrick bewußt, daß die Lagune und die Bäume wieder ihr Tageskleid trugen, und er sah, wie Davis an Bord der *Farallone* die Laterne auslöschte und wie Rauch aus der Kombüse aufstieg.

Davis bemerkte und erkannte ohne Zweifel die Gestalt am Strand; vielleicht zögerte er, sie zu erkennen, denn nachdem er längere Zeit unter dem Handrücken dorthin gespäht hatte, ging er in die Kajüte und holte sein Fernglas. Es war ein starkes Glas. Herrick hatte es oft benutzt. Mit instinktiver Scham verbarg er das Gesicht in den Händen.

»Und was bringt Sie hierher, Mister Herrick-Hay oder Mister Hay-Herrick?« fragte die Stimme von Attwater. »Aus meiner gegenwärtigen Position ist der Blick auf Ihren Rücken hervorragend, und ich würde Ihn gern weiter betrachten. Wir kommen gut zurecht in dieser Lage, aber wenn Sie sich umdrehten, wissen Sie, das könnte sehr unangenehm werden.«

Herrick stand langsam auf; sein Herz pochte laut, und eine gräßliche Aufregung ließ ihn zittern, aber er hatte sich in der Gewalt. Langsam drehte er sich um und sah auf Attwater und in die Mündung eines Gewehrs. »Warum konnte ich das gestern abend nicht?« dachte er.

»Warum schießen Sie denn nicht?« fragte er laut mit zitternder Stimme.

Attwater steckte langsam das Gewehr unter den Arm und dann die Hände in die Taschen.

»Was bringt Sie her?« wiederholte er.

»Ich weiß es nicht«, erwiderte Herrick, aber dann mit einem Schrei: »Können Sie etwas mit mir anfangen?«

»Sind Sie bewaffnet?« fragte Attwater. »Ich frage nur der Form halber.«

»Bewaffnet? Nein!« antwortete Herrick. »Das heißt, doch!«

Und er warf eine tropfnasse Pistole auf den Sand.

»Sie sind naß«, meinte Attwater.

»Ja, ich bin naß«, gab Herrick zurück. »Können Sie etwas mit mir anfangen?«

Attwater studierte aufmerksam sein Gesicht.

»Hängt einen Gutteil davon ab, was Sie sind«, entgegnete er.

»Was ich bin? Ein Feigling!« rief Herrick.

»Das ist sehr wenig«, gab Attwater zurück. »Aber die Beschreibung kommt mir nicht gerade vollständig vor.«

»Oh, was soll es?« fragte Herrick. »Hier stehe ich. Ich bin wie zerbrochenes Geschirr, eine geplatzte Trommel; mein Leben ist im Wasser versunken, mir ist nichts geblieben, an das ich glaube, abgesehen von einem ungeheuren Ekel vor mir selbst. Warum ich zu Ihnen komme? Ich weiß es nicht; Sie sind kalt, grausam und hassenswert, und ich hasse Sie, oder ich glaube, Sie zu hassen. Aber Sie sind auch ein aufrichtiger Mensch, ein echter Gentleman. Ich gebe mich hilflos, wie ich bin, in Ihre Hände. Was muß ich tun? Wenn ich nichts tun kann, seien Sie gnädig und jagen mir eine Kugel in den Kopf; ich bin nur ein junger Hund mit einem gebrochenen Bein.«

»Wenn ich Sie wäre, würde ich die Pistole aufheben, zum Haus kommen und mir etwas Trockenes anziehen«, sagte Attwater.

»Wenn Sie das wirklich meinen?« fragte Herrick. »Sie wissen, daß sie ... wir .... aber Sie wissen ja alles.«

»Ich weiß genug«, erwiderte Attwater. »Kommen Sie zum Haus.«

Und der Käptn sah vom Deck der *Farallone* aus zu, wie die beiden Männer in den Schatten des Hains verschwanden.

David und Goliath

Huish hatte sich von der Glut des Tages abgewendet und lag zusammengerollt, das Gesicht zur Kajüte gerichtet, mit angezogenen Knien auf dem Deck. Seine zarten Knochen in der dünnen tropischen Kleidung wirkten kaum weniger jämmerlich als Hühnerknochen, und Davis, der mit dem Arm um einen Pfosten auf der Reling saß, betrachtete ihn finster und fragte sich, welchen Rat ihm diese bedeutungslose Gestalt wohl erteilen könnte. Denn seit Herrick ihn verlassen hatte und zum Feind übergelaufen war, blieb ihm Huish allein von der ganzen Menschheit als Helfer und Orakel.

Er dachte mit schwerem Herzen über ihre Lage nach. Das Schiff war gestohlen. Die Vorräte waren entweder aufgrund anfänglicher Achtlosigkeit oder schlechter Verwaltung während der Reise so erschöpft, daß sie sie zu keinem anderen Hafen als zurück nach Papeete bringen würden, und da wartete die Belohnung in Gestalt eines Gendarms, eines Richters mit einem seltsam geformten Hut und des Schreckens des fernen Noumea auf sie. Auf dieser Seite gab es nicht einmal einen Hoffnungsschimmer. Hier auf der Insel war der Drache geweckt. Attwater mit seinen Männern und Gewehren bewachte das Haus und ging Patrouille. Wer würde es wagen, sich ihnen zu nähern? Was gab es also anderes, als hier zu sitzen oder untätig über das Deck zu schlendern – bis die *Trinity Hall* ankam und sie in Eisen geworfen würden oder der Hunger sie umbrachte? Auf die *Trinity Hall* war Davis vorbereitet; er würde die Kajüte verbarrikadieren und dort sterben, indem er sich verteidigte wie eine Ratte in ihrem Loch. Aber die anderen? Die Kreuzfahrt der *Farallone*, in die er sich erst vor zwei Wochen mit so hochgesteckter Erwartung gestürzt hatte – war dies das alptraumhafte Ende der Reise? Das Schiff würde vor Anker verfaulen, die Mannschaft auf Deck taumelnd verrecken? Es schien, als müsse man jedes Risiko einer so grauenhaften Gewißheit vorziehen, als müsse man dennoch die Anker lichten, sich aufs offene Meer wagen und vielleicht durch die Hand von Kannibalen auf einer der obskureren Paumotus umkommen. Sein Blick fuhr rasch über die offene See und den Himmel auf der Suche nach einem Wind, aber die Quellen des Passats waren versiegt. Wo er gestern und in den letzten Wochen getobt hatte, ein wütender blauer Fluß, der die Wolken jagte, herrschte nun Stille, und die gesamte Atmosphäre schien im Gleichgewicht. Auf dem endlosen Band der Insel, die zu beiden Seiten ihren Saum gold-grüner und silbriger Palmen erstreckte, war nicht die kleinste flüchtige Kräuselung zu entdecken; sie senkten sich zu ihren starren Ebenbildern in der Lagune wie in Metall gehauen, und die lange Reihe begann bereits in der Hitze zu erzittern. An diesem Tag war keine Flucht möglich, morgen vermutlich ebenfalls nicht. Und die Vorräte gingen zu Ende!

Dann überkam Davis aus den tiefsten Wurzeln seines Wesens, oder zumindest aus der fernen Erinnerung an die Kindheit und deren Unschuld, eine Welle des Aberglaubens. Diese Pechsträhne war irgendwie unnatürlich; es schien, als habe der Teufel seine Hand im Spiel. Der Teufel? Er hörte wieder den klaren Ton von Attwaters Glocke in die Nacht hinausläuten und abebben. Und Gott ...?

Rasch und entschlossen lenkte er seine Gedanken in eine andere Richtung. Attwater, das war der springende Punkt. Attwater hatte Lebensmittel und einen Schatz von Perlen: Sie mußten mit Attwater fertig werden. Der Mann mußte sterben. Über sein Gesicht fuhr eine rauchige Hitze, als er sich an die hilflose Person erinnerte, die er gestern abend abgegeben hatte, und die verächtlichen Worte, die er stumm hatte erdulden müssen. Wut, Scham und die Liebe zum Leben wiesen alle in die gleiche Richtung, und nur die Erfindungsgabe konnte dies aufhalten: Wie konnte er zu ihm gelangen? Hatte er genügend Kraft? Ließ sich irgendeine Hilfe von dem Haufen von Haut und Knochen erlangen, der am Bootshaus seinen Rausch ausschlief?

Sein Blick ruhte mit sonderbarer Gier auf Huishs Körper, als wolle er in seine Seele dringen; bald darauf regte sich der Schlafende, bewegte sich unruhig und zwinkerte ihn an. Davis starrte weiterhin düster auf ihn hinab, und Huish wandte den Blick ab und richtete sich auf.

»Mann, hab' ich Kopfschmerzen!« sagte er. »War wohl ein bißchen beschwipst gestern abend. Wo ist denn dieser Hering Herrick?«

»Weg«, antwortete der Käptn.

»An Land?« rief Huish. »Oh, verdammt, da wäre ich auch gerne.«

»Ja?« fragte der Käptn.

»Ja, gerne«, erwiderte Huish. »Mir gefällt dieser Attwater. Ist schon in Ordnung; wir sind prima miteinander ausgekommen, als du fort warst. Und sein Sherry erst mal! Richtiger Amontillado! Davon hätte ich jetz' gern ein Schlückchen.« Er seufzte.

»Nun, davon bekommst du nie mehr im Leben was, das steht fest«, sagte der Käptn ernst.

»He, was issen los? Hassen Affen sitzen? Sieh mich nur an! Ich bin auch nicht knurrig«, sagte Huish. »Ich bin munter wie ein Kanarienvogel, jawohl.«

»Ja«, antwortete Davis. »Das bist du, das muß ich zugestehen, und gestern abend hast du auch munter gesungen, glaube ich, und da hast du dir etwas verdammt Feines geleistet.«

»He«, meinte Huish. »Was soll das? Was habe ich geleistet?«

»Ich werd's dir sagen«, sagte der Käptn und ließ langsam die Reling los.

Und das tat er auch: In voller Breite, mit jeder verletzenden Beleidigung und jedem absurden Detail wiederholte er alles. Er suhlte sich in seiner eigenen Eitelkeit und der Huishs und erlitt beim Reden eine Agonie der Demütigung, die er genau so an den anderen weitergab. Es war eines einfachen Mannes Meisterstück in Sachen Sarkasmus.

»Was sagst du, nun?« fragte er, als er fertig war und auf Huish hinabblickte, der errötet und ernst aussah und dennoch spöttisch wirkte.

»Ich werd's dir sagen«, erwiderte dieser. »Du und ich, wir haben eine verdammt schlechte Figur abgegeben.«

»Genau«, sagte Davis, »eine verdammt schlechte Figur,

bei Gott. Und bei Gott, diesen Mann will ich auf den Knien vor mir sehen.«

»Ach!« meinte Huish. »Und wie willst du ihn dahin kriegen?«

»Das ist der Punkt!« rief Davis. »Wie können wir ihn schnappen? Sie sind vier gegen zwei, wenn auch nur einer richtig zählt, nämlich Attwater. Gib Attwater eine Kugel, und die anderen werden schreien und wie erschreckte Hühner davonlaufen. Und der gute alte Herrick wird mit dem Hut in der Hand erscheinen und um seinen Anteil an den Perlen betteln. Nein, Sir! Wir müssen uns Attwater schnappen. Und wir können es nicht einmal wagen, an Land zu gehen. Er würde uns schon im Boot abknallen wie wilde Hunde.«

»Ist es dir egal, ob du ihn lebendig bekommst oder tot?« fragte Huish.

»Ich will ihn tot«, antwortete der Käptn.

»Gut«, meinte Huish. »Dann finde ich, wir brauchen erst einmal ein Frühstück.«

Und wandte sich in die Kombüse.

Der Käptn folgte ihm ohne Widerrede.

»Was ist?« fragt er. »Hast du einen Plan?«

»Oh, laß mich doch in Frieden«, erwiderte Huish, indem er eine Flasche Champagner öffnete. »Das wirst du schon früh genug erfahren. Warte, bis ich mir ein Glas auf meinen Brand geschüttet habe.« Er trank sein Glas aus und tat, als ob er lausche. »Hör mal«, sagte er. »Hör, wie es zischt! Als würde ich braten. Trink auch ein Glas, und sei wieder nett.«

»Nein«, antwortete der Käptn mit Nachdruck. »Nein, das werde ich nicht tun. Es gibt etwas zu tun.«

»Du zählst dein Geld und triffst deine Wahl, Kleiner«, antwortete Huish. »Scheint mir eine Schande, dir für diese alte Geschichte das Frühstück zu verderben.«

Er trank die Flasche Champagner dreiviertel leer und knabberte an einem Schiffszwieback, als sei er etwas sehr Köstliches, während der Kapitän ihm gegenübersaß und wie ein ungeduldiges Pferd auf der Trense kaute. Dann stützte Huish seine Arme auf den Tisch und sah Davis ins Gesicht.

»Wenn du bereit bis'?« sagte er.

»Also, was hast du für einen Plan?« fragte Davis seufzend.

»Erst du«, antwortete Huish. »Wie lautet deiner?«

»Das Problem ist, daß ich keinen Plan habe«, antwortete Davis und wanderte eine Weile hin und her, während er ziellos über die bevorstehenden Schwierigkeiten räsonierte und sein eigenes Fiasko vergeblich zu erklären versuchte.

»Bis' du fertig?« fragte Huish.

»Ich hör' schon auf«, antwortete Davis.

»Also«, meinte Huish, »gib mir deine Hand über den Tisch, und sage: ›Gott soll mich strafen, wenn ich dir nicht helfe‹.«

Er hatte die Stimme kaum erhoben, aber sie durchfuhr den anderen wie ein Schock. Sein Gesicht wirkte wie der Inbegriff von Verschlagenheit, und der Kapitän wich zurück, wie unter einem Schlag.

»Wozu?« fragte er.

»Glück«, antwortete Huish. »Ich brauch' 'ne gute Garantie.«

Und streckte weiterhin seine Hand aus.

»Ich seh' nicht ein, was dieser Unsinn soll«, entgegnete der andere.

»Ich aber«, erwiderte Huish. »Gib mit deine Hand, und sag diese Worte; dann wirst du meine Meinung hören. Tu's, oder laß es bleiben.«

Der Käptn leistete den erwünschten Eid und starrte den

Schreiber schwer atmend und mit schmerzvollem Blick an. Er wußte nicht, was er fürchtete, aber er hatte sklavische Angst vor dem, was von den fahlen Lippen zu hören sein würde.

»Und wenn du mich jetz' 'ne halbe Sekunde en'schuldigst?« sagte Huish. »Ich hol' jetz' das Baby.«

»Das Baby?« fragte Davis. »Wer ist das denn?«

»Vorsichtig. Ganz sanft. Und gerade halten«, antwortete der andere augenzwinkernd und verschwand.

Er kehrte vor sich hin lächelnd zurück und trug in der Hand ein seidenes Tuch. Lange, fragende Falten fuhren über Davis' Stirn, als er es sah. Was konnte es enthalten? Er konnte an nichts anderes denken als an einen Revolver.

Huish nahm seinen Platz wieder ein.

»He«, sagte er. »Bis' Manns genug, um dich um Herrick un' die Nigger zu kümmern? Weil ich mir diesen Attwater vornehme.«

»Wie denn?« rief Davis. »Das kannst du nicht.«

»Haha!« antwortete der Schreiber. »Gib mir nur Zeit. Was is' zuerst wichtig? Das erste is', daß wir an Land kommen, und das is' in der Tat ein harter Brocken. Wie wär's mit einer weißen Fahne? Würde das was nützen? Oder würde uns Attwater einfach im Boot abknallen wie tolle Hunde?«

»Nein«, antwortete Davis. »Ich glaube nicht.«

»Ich auch nich'«, meinte Huish. »Das glaube ich auch nich', und ich hoff' es auch nich'! Nehmen wir also an, wir sin' an Land. Als nächstes müssen wir an die richtige Stelle. Un' dazu schreibe ich dir einen Brief, in dem steht, daß du dich schämst, ihm unter die Augen zu treten, und daß der Überbringer, Mister J. L. Huish dich vertritt. Bewaffnet mit diesem scheinbar einfachen Mittel, wird Mister Huish dann zur Sache kommen.«

Er hielt inne, als sei er fertig, aber er blickte Davis immer noch aus dem Augenwinkel an.

»Wie denn?« fragte Davis. »Warum?«

»Nun, sieh doch, du bis' groß«, gab Huish zurück. »Un' er weiß, daß du eine Knarre hast, und jeder mit auch nur einem halben Auge erkennt, daß du nich' zögerst, sie zu gebrauchen. Daher hat es mit dir keinen Zweck, und den hatte es noch nie. Du bis' aus dem Rennen, Davis. Aber vor mir hat er keine Angst, weil ich so klein bin. Ich bin auch unbewaffnet – das ist kein Scherz –, und ich halte auch die Hände hoch.« Er hielt inne. »Wenn es mir gelingt, mich beim Reden näher an ihn ranzuschleichen«, fuhr er fort, »paßt du auf und gibst mir Rückendeckung. Wenn ich es nich' schaffe, gehen wir wieder, und das schadet uns nich'. Verstehs'du?«

Das Gesicht des Käptns war geradezu verzerrt vor Anstrengung, es zu begreifen.

»Nein, das verstehe ich nicht!« rief er. »Ich verstehe überhaupt nichts. Was meinst du?«

»Ich will an die Bestie ran!« rief Huish mit einem Ausbruch giftigen Triumphes. »Ich werde den Riesen aufs Gras zwingen. Der hat mit mir seine Scherze getrieben, und jetz' werde ich mit ihm meine Scherze treiben, und das kann ich gut!«

»Was soll das?« fragte der Käptn fast flüsternd.

»Wills'su das bestimmt wissen?« entgegnete Huish.

Davis stand auf und machte eine Runde durch den Raum.

»Ja, ich will es wissen«, sagte er schließlich unter Mühe.

»Wenn du mit dem Rücken zur Wand stehst, kämpfst du doch mit allen Mitteln, oder?« begann der Schreiber. »Ich sage das, weil man allgemein dagegen ein Vorurteil hat; es wird als gewöhnlich angesehen, schrecklich gewöhnlich.« Er entrollte das Seidentuch und brachte ein größeres Glas zum Vorschein. »Das hier is' Vitriol«, sagte er.

Der Käptn sah ihn erbleichend an.

»Das ist das Zeugs«, fuhr der andere fort, indem er das Glas hochhielt. »Das wird ihn bis auf die Knochen verbrennen, und du siehst, wie er in Rauch aufgeht. Ein Tropfen auf seine verfluchten Augen, und du kanns' den Attwater vergessen.«

»Nein, nein, bei Gott!« rief der Käptn.

»Sieh doch mal, Süßer«, sagte Huish, »das is' doch mein Festtagsbraten, oder? Ich gehe mit der linken Hand auf den Mann los, nur mit der Linken. Er is' an die zwei Meter groß, ich nur eins sechzig. Er hat eine Knarre in der Hand, und paßt auf. Der is' doch nich' von gestern. Das ist das Spiel von David und Goliath, das sage ich dir! Wenn ich sagen würde, du sollst gehen und die Puppen tanzen lassen, könnte ich dich verstehen. Aber das tue ich nich'. Ich bitte dich nur, mir zu helfen und mir die Nigger vom Leib zu halten. Das kommt alles ganz natürlich, das wirs' du schon sehen. Das erste, was du siehs', wird sein, wie er herumrennt und heult wie ein Schloßhund ...«

»Nein!« rief Davis. »Rede nicht davon!«

»Na, du bis' mir ja einer!« rief Huish. »Was wills' du denn? Du wills' ihn umbringen und has' das gestern abend auch schon versucht. Du wills' sie alle umbringen und has' es versucht, und jetz' zeige ich dir, wie man das macht, und nur weil in der Flasche Medizin is', machs' du so ein Theater.«

»Vermutlich stimmt das«, sagte Davis. »Mir erscheint das einfach nicht vernünftig. Das ist alles.«

»Is' doch nur die praktische Anwendung der Wissenschaft«, spottete Huish.

»Ich weiß es nicht«, rief Davis und schritt auf und ab. »Ich weiß nicht. Ich ziehe irgendwo eine Grenze. Ich kann bei einer solchen Schweinerei nicht helfen. Ist mir zu abscheulich.«

»Aber das is' doch nur deine Phantasie«, meinte Huish. »Wenn du eine Pistole nimms' und ein bißchen Blei und dem Mann das Gehirn verspritzt? Ist das geschmackvoll?«

»Ich streite das nicht ab«, entgegnete Davis. »Aber es ist irgend etwas in mir. Dummheit, möchte ich meinen, bloß verdammte Dummheit. Ich sag' ja gar nichts, ziehe nur eine gewisse Grenze. Gibt es keine andere Möglichkeit?«

»Überleg doch selbst«, sagte Huish. »Ich bin mit dieser Sache nicht verheiratet, wenn du das denken solltest. Ich bin auch nich' ehrgeizig. Ich will mich gar nich' hier in die Nesseln setzen. Ich mache nur ein Angebot, das is' alles, und wenn du mir keinen besseren Weg zeigst, dann, bei Gott, tue ich's.«

»Aber das Risiko!« rief Davis.

»Wenn du mich direkt fragst; möchte ich meinen, es steht sieben zu eins«, antwortete Huish. »Aber das ist meine Einschätzung, Süßer, un' ich bin ein Spieler. Sieh mich an, Davis. Ich hab' nix Pingeliges. Bin ein Spieler, das ist alles. Bis auf die Knochen.«

Der Käptn sah ihn an. Huish sonnte sich in seiner sinistren Eitelkeit, rühmte sich im voraus seiner Bösartigkeit, und der schurkische Mut und die Bereitwilligkeit der Kreatur leuchteten aus ihm heraus wie eine Kerze aus einer Laterne. Ekel und eine Art Bewunderung ergriffen Davis unfreiwillig. Bis zu diesem Augenblick hatte er den Schreiber als jemanden eingeschätzt, der sich immer in Deckung hielt, immer träge, desinteressiert und offen mürrisch über jeden Vorschlag war, etwas zu tun, und jetzt sah er ihn, wie von einem Zauberstab berührt, entschlossen und bereit, das Gesicht strahlend. Er hatte den Teufel geweckt, dachte er und fragte sich, wie er ihn wieder unter Kontrolle bekommen könnte. Sein Mut sank.

»Sich mich an, solange du wills'«, fuhr Huish fort. »Du finds' kein Grün in meinen Augen. Ich hab' keine Angst vor diesem Attwater. Ich habe auch keine Angst vor dir. Und vor Worten habe ich auch keine Angst. Du wills' Leute umbringen, das wills' du, aber du wills' es mit Samthandschuhen tun, und so geht das nich'. Ein Mord ist nichts Schönes, nicht leicht und nicht edel und nich' sicher, und es braucht einen ganzen Mann. Hier steht dieser Mann.«

»Huish«, begann der Käptn fest, hielt dann aber inne und starrte ihn weiter mit gefurchter Stirn an.

»Zur Hölle, heraus damit!« sagte Huish. »Hast du was anderes auf der Pfanne? Gibt es 'ne andere Chance?«

Der Käptn schwieg.

»Dann haben wir es also!« sagte Huish achselzuckend.

Davis schritt weiter auf und ab.

»Oh, du kanns' hier auf- un' abmarschieren, bis du schwarz wirs', du findest nichts anderes«, sagte Huish.

Es folgte eine kurze Stille, und der Kapitän schwang wie auf einer Schaukel benommen zwischen den Extremen von Zustimmung und Ablehnung hin und her.

»Aber«, begann er, plötzlich stehenbleibend, »kannst du das denn? Kann das überhaupt gutgehen? Das kann doch nicht leicht sein?«

»Wenn ich auch nur zwanzig Schritt in seine Nähe komme, schaffe ich es«, sagte Huish, und er klang absolut überzeugt.

»Wie kannst du das wissen?« brach es erstickt aus dem Käptn heraus. »Du Bestie, ich glaube, du hast das schon einmal gemacht!«

»Oh, das ist meine Privatsache«, erwiderte Huish. »Ich red' nich' gern.«

Eine Welle des Ekels erschütterte den Käptn; fast drängte sich ein Schrei auf seine Lippen, und wenn er ihn ausgestoßen hätte, er hätte sich im gleichen Augenblick auf Huish geworfen, ihn aufgehoben und zu Boden geschleudert und den Boden der Kabine mit ihm aufgewischt – in einer wahnsinnigen Grausamkeit, die nur halb moralisch gerechtfertigt erschienen wäre. Aber der Moment verstrich, und die nicht wahrgenommene Krise machte den Mann schwächer. Es ging um so viel – die Perlen auf der einen Seite – Hunger und Schande auf der anderen. Zehn Jahre Perlenfang! Davis' Phantasie übersetzte dies in eine neue, wunderbare Existenz für ihn und seine Familie. Der Ort seines neuen Lebens mußte London sein, es gab tödliche Gründe gegen Portland, Maine, und ihm drängten sich Bilder von englischen Gebräuchen vor Augen. Er sah, wie Jungen in Reih und Glied auf eine Schule zumarschierten; sie trugen Talare, und ein Bediensteter führte sie und las dabei in einem großen Buch. Er lebte in einer Villa, und der Name, *Rosemore*, stand auf den Torpfosten. Er schien auf einem Sessel auf der kiesbestreuten Auffahrt zu sitzen und eine Zigarre zu rauchen, eine blaue Rosette im Knopfloch, Sieger über sich selbst und die Umstände und die Böswilligkeit aller Bankiers. Er sah das Wohnzimmer mit roten Vorhängen und Muscheln auf dem Kaminsims – und wie er sich mit der subtilen Widersprüchlichkeit von Visionen einen Grog einschenkte, ehe er sich zu Bett legte. Dabei tat die *Farallone* eine ihrer ziellosen und namenlosen Bewegungen, die auch bei einem verankerten Schiff und bei völliger Windstille geschehen, und das erinnerte ihn an die Beweglichkeit von Flüssigkeiten, und wieder befand er sich in der Kabine, in der sie das grelle Tageslicht von allen Seiten belagerte, durch die Ritzen schien und der Schreiber in einer eher sorglosen Haltung wartete.

Er ging wieder auf und ab. Er hoffte auf eine weitere Realisierung seiner Träume; wie ein Pferd nach Wasser drängt, brannte die Lust darauf in seinem Bauch. Das einzige Hindernis auf dem Weg dorthin war Attwater, der ihn von Anfang an beleidigt hatte. Er würde Herrick den vollen Anteil an den Perlen geben; darauf würde er bestehen. Huish würde sich ihm widersetzen, aber er würde den Widerstand zerschlagen und sich überaus dafür loben. Er würde das Vitriol nicht selbst anwenden; war er vielleicht Aufpasser Huishs? Es war schade, daß er ihn gefragt hatte, aber immerhin! ... Er sah wieder die Prozession der Jungen mit den Talaren, die er schon so lange für elegant hielt ... Und zugleich brannte die unvergleichliche Schande des gestrigen Abends in seinen Gedanken.

»Mach, was du willst«, sagte er heiser.

»Oh, ich wußte, du würdest klein beigeben«, sagte Huish. »Und jetz' zu dem Brief. Hier is' Papier, Tinte un' eine Feder. Setz dich, ich werd' 'n dir diktier'n.«

Der Käptn setzte sich, nahm die Feder und blickte eine Weile hilflos auf das Papier. Vor seinen Augen verschwamm alles. »Ist eine fürchterliche Sache«, sagte er und zuckte mit den Schultern.

»Der Anfang is' schwer; kein Zweifel«, sagte Huish. »Tauch nur ein. Genau. *William John Attwater, Sir*«, diktierte er.

»Woher weißt du denn, daß er William John heißt?« fragte Davis.

»Habe ich auf seinem Koffer gesehen«, sagte Huish. »Has' du's?«

»Nein«, antwortete Davis. »Aber da wäre noch was. Was schreiben wir denn eigentlich?«

»Ach, du liebe Güte!« rief der entgeisterte Huish. »Wie findest du das denn selbst? Ich werde dir schon sagen, was wir schreiben. Das ist meine Spezialität. Wenn du dich nur bitte dazu bequemen würdest, es zu schreiben! *William John Attwater, Sir*«, wiederholte er. Und der Käptn begann endlich halb mechanisch die Feder in Bewegung zu setzen, während ihm die Worte diktiert wurden:

»Mit einem Gefühl von Scham und tief empfundener Reue wende ich mich an Sie nach den demütigenden Ereignissen des gessrigen Aben's. Unser Mister Herrick hat das Schiff verlassen und Ihnen sicherlich die Natur unserer Absichten mitgeteilt. Wir brauchen nich' zu erwähnen, daß das nich' mehr möglich is'. Das Schicksal hat sich gegen uns gewendet, und wir beugen die Köpfe. Ich bin mir sehr wohl bewußt, daß wir zu Recht mit Mißtrauen betrachtet werden, und wage nich', die Gunst eines Gesprächs zu erbitten, aber um der Situation ein Ende zu bereiten, die für alle recht unangenehm is', habe ich meinen Freund und Partner, Mister J. L. Huish, beauftragt, Ihnen meine Vorschläge zu unterbreiten, die aufgrund ihrer Bescheidenheit sicher ihre Aufmerksamkeit finden werden. Mister J. L. Huish ist unbewaffnet, das schwöre ich bei Gott! Und er wird von dem Moment an die Hände über dem Kopf halten, wenn er sich Ihnen nähert. Ihr ergebenster Diener John Davis.«

Huish las den Brief mit der unschuldigen Freude von Amateuren, kicherte sich genüßlich zu und öffnete ihn noch mehrere Male, nachdem er bereits zusammengefaltet war, um das Vergnügen daran zu wiederholen. Davis saß derweil in sich gekehrt und mit gefurchter Stirn da.

Plötzlich aber erhob er sich; er schien völlig wach. »Nein!« schrie er. »Nein, das kann nicht sein! Es ist zuviel! Das bedeutet Verdammung! Gott würde das niemals vergeben!«

»Wer will das auch schon?« erwiderte Huish mit einer vor Wut schrillen Stimme. »Du bis' doch schon vor Jahren wegen der *Sea Ranger* verdammt worden und has' das selbs' gesagt. Werd' doch wenigstens für etwas verdammt, was sich lohnt, und halt den Mund!«

Der Käptn blickte ihn verschwommen an. »Nein!« flehte er. »Nein, alter Junge! Tu's nicht!«

»Also hör mal«, entgegnete Huish. »Jetz' kommt mein

Ultimatum. Geh oder bleib, wo du bis'. Wenn du bleibst, geh' ich allein. Die Nigger werden mir eins über den Kopf geben, und dann bis' du ja schön dran! Aber eines is' sicher: Ich will dein Gesabbere nich' mehr hören, und merk dir das.«

Der Käptn schluckte und zwinkerte mit den Augen. In seiner Erinnerung wiederholte eine Geisterstimme etwas Ähnliches, was er einst zu Herrick gesagt hatte – vor Jahren, wie es schien.

»Und jetz' gib mir deine Pistole«, sagte Huish. »Ich muß alles vorbereiten. Sechs Schüsse, und daß du mir ja keinen vergeudest.«

Der Käptn legte wie in einem Alptraum den Revolver auf den Tisch, und Huish wischte die Patronen sauber und ölte das Getriebe.

Es war kurz vor Mittag; es herrschte nicht der leiseste Hauch eines Windes, und die Hitze war kaum erträglich, als die beiden Männer an Deck traten, das Boot hinabsenkten und einer nach dem anderen hinabstiegen. Ein weißes Hemd am Ende eines Ruders diente als Fahne. Die Matrosen waren angewiesen, besonders langsam zu rudern, um den Beobachtern eine bessere Gelegenheit zu geben, sie zu sehen. Vor ihnen zitterte die Insel wie ein durchsichtiges Bild; auf der Oberfläche der Lagune tanzten blendende Kupfersonnen, kaum größer als Pfennigstücke, und stachen ihnen in die Augen. Von Sand und Meer, selbst vom Boot, stieg grelle, beißende Hitze auf, und da sie nur mit halbgeschlossenen Lidern hinausblinzeln konnten, schien sich der Überfluß an Licht zu einer sinistren Dunkelheit zu wandeln, die nur mit einer Gewitterwolke vor dem Ausbruch zu vergleichen war.

Der Käptn hatte sich aus einem Dutzend Gründen auf diese Fahrt begeben, und der letzte war eigentlich die Hoffnung auf Erfolg. Aberglauben beherrscht jeden Menschen; halbwissende und grobe Naturen wie Davis beherrscht er vollständig. Auf Mord war er vorbereitet gewesen, aber die Drohung dieser Medizin in der Flasche überstieg seine Kräfte, und es schien ihm, als zerreiße dies die letzten Bande, die ihn noch mit Gott verbanden. Das Boot trug ihn zur Verurteilung, zur Verdammnis, und er duldete es, daß es ihn in passiver Einwilligung dorthin trug, während er stumm seinem besseren Selbst und seiner Hoffnung Lebewohl sagte.

Huish saß in bester Laune neben ihm, die nicht ganz echt war. Er war vielleicht mutiger als mancher andere, mutig wie ein Wiesel, aber er mußte sich immer noch selbst aufmuntern, seine Rolle bis zur Übertreibung spielen, alles, was achtenswert war, zerstören und in einer Art verzweifeltem Kampf gegen sich selbst alles wagen, was wagenswert war.

»Mann, is' das heiß!« sagte er. »Grausam heiß nenne ich das. Schöner Tag, so was zu tun. Muß schon komisch für einen sein, an einem solchen Tag umgelegt zu wer'n. Ich hätt's lieber an einem kalten, frostigen Morgen, du nich' auch?« Er sang: »›*Ere we go round the mulberry bush on an cowld an' frosty morning*‹. Ich sag' dir, daran habe ich seit zehn Jahren nich' mehr gedacht; hab' es immer im Kindergarten in Hackney gesungen.« Er sang wieder: »›*This is the way the tyler does, the tyler does*‹. Was für'n Blödsinn. Wie geht's dir jetz', wenn du an die Zeit danach denkst? Glaubst du, es wird eine Teegesellschaft oder ein Tanz auf heißen Kohlen mit kleinen Teufelchen?«

»Oh, halt die Klappe«, erwiderte der Käptn.

»Ich will nur eines wissen«, sagte Huish. »Das liegt durchaus im Bereich des Möglichen für dich und mich, mein Junge. Wir beide können in den nächsten zehn Minuten erledigt sein. Wär 'n ganz schöner Scherz, wenn wir rüberschippern, lächelnd auf die andere Seite kämen, und ein Engel käm' uns entgegen mit der Rechnung unterm Flügel. ›Hallo‹, würdest du sagen. ›Das gefällt mir aber‹.«

Der Käptn stöhnte. Während Huish so seinen Mut unter Beweis zu stellen suchte, war der Mann neben ihm wirklich ins Gebet vertieft. Beten, wozu? Gott weiß es. Aber aus seiner inkonsequenten, unlogischen und erregten Seele ergoß sich ein Strom der Reue und Ergebung, so unartikuliert wie er selbst, ernst wie der Tod und das letzte Gericht.

»Und Gott sieht mich!« fuhr Huish fort. »Das stand in meiner Bibel. Auch an die Bibel erinnere ich mich, an Abinadab und so weiter. Also, lieber Gott«, sagte er zum Mittag hinauf, »du siehst bald was ganz Tolles, das kann ich dir versprechen!«

Der Käptn sprang auf.

»Ich dulde keine Blasphemie!« rief er. »Auf meinem Schiff dulde ich keine Gotteslästerung!«

»Ist schon gut, Käptn«, antwortete Huish. »Is' ja schon gut. Has' du irgendein anderes Thema vorzuschlagen? Vielleicht Blitzableiter? Oder Shakespeare? Oder Musik? Stets gern zu Diensten. Wirf nur einen Penny ein, und … Hallo, da sind sie ja!« rief er. »Jetzt oder nie! Wird er schießen?«

Und der kleine Mann richtete sich zu einer mutigen und kecken Positur auf und blickte dem Feind fest ins Auge.

Aber der Käptn fuhr hoch, und die Augen traten ihm schier aus dem Kopf.

»Was ist das?« fragte er.

»Was?« erwiderte Huish.

»Diese … verdammten Dinger?« sagte der Kapitän.

Und in der Tat sahen sie etwas Sonderbares. Herrick und Attwater trugen beide Winchesterbüchsen und waren aus dem Hain hinter der Galionsfigur aufgetaucht. Auf beiden Seiten von ihnen glänzte die Sonne auf zwei metallischen Objekten, die sich wie Menschen bewegten, mit kopfähnlichen Gebilden – aber die Köpfe waren gesichtslos. Für Davis schien zwischen Wind und Wasser die Mythologie zu Leben erweckt worden zu sein und Tophet Dämonen auszuspeien. Aber Huish zeigte sich keinen Moment beeindruckt.

»Taucherhelme, du Angsthase. Siehst du das nicht?« sagte er.

»Ach ja«, gab Davis aufseufzend zurück. »Und warum? Ach, so, sie dienen als Rüstung.«

»Was habe ich dir gesagt?« sagte Huish. »David und Goliath von hinten bis vorn.«

Die beiden Eingeborenen (denn es handelte sich um diese, die die ungewöhnliche Kriegsrüstung trugen) schlugen nach rechts und links einen Bogen und ließen sich an den äußersten Flanken im Schatten nieder. Auch jetzt, wo das Rätsel gelöst war, fühlte sich Davis noch schrecklich benommen, starrte auf den Sonnenglanz auf den Helmen und vergaß die Erklärung, die ihm aber unter einem Lächeln bald wieder einfiel.

Attwater zog sich wieder zwischen die Bäume zurück, und Herrick trat, das Gewehr unter dem Arm, allein auf den Pier.

Etwa halbwegs blieb er stehen und grüßte das Boot.

»Was wollt ihr?« rief er.

»Das werd' ich Mister Attwater erzählen«, erwiderte Huish und trat entschlossen auf die Gangway. »Dir werde ich es nich' verraten, weil du eine verräterische Schlange bis'. Hier is' ein Brief für ihn: Nimm ihn, und bring ihn 'rüber, und dann solls' du verdammt sein.«

»Davis, ist das in Ordnung?« rief Herrick.

Davis reckte sein Kinn vor, warf einen raschen Blick zu Herrick, sah dann wieder fort und blieb stumm. In dem Blick lag tiefes Gefühl, aber ob aus Haß oder Furcht, das konnte Herrick nicht enthüllen.

»Gut«, antwortete er. »Ich werde den Brief überbringen.« Er malte mit dem Fuß eine Linie auf die Bretter der Gangway. »Aber bis ich die Antwort bringe, bewegt euch keinen Schritt über diese Linie hinaus.«

Er kehrte zurück zu Attwater, der gegen einen Baum lehnte, und gab ihm den Brief. Attwater überflog ihn.

»Was bedeutet das?« fragte er und reichte ihn Herrick. »Eine Falle?«

»Das denke ich schon«, meinte Herrick.

»Bestellen Sie ihnen, herzukommen, sagte Attwater. »Man ist ja nicht umsonst Fatalist. Er soll kommen, aber er soll sich vorsehen.«

Herrick kehrte zu der Galionsfigur zurück. Auf halbem Weg wartete der Schreiber, Davis neben sich.

»Du sollst kommen, Huish«, sagte Herrick. »Er sagt, du sollst dich vorsehen und keine Tricks versuchen.«

Huish ging mit raschem Schritt auf den Pier und blieb vor dem jungen Mann stehen.

»Wo isser?« fragte er, und zu Herricks Überraschung wurde das grobe, unbedeutende Gesicht vor ihm abwechselnd scharlachrot und totenfahl.

»Da vorn«, antwortete Herrick und deutete mit der Hand. »Und jetzt die Hände über den Kopf.«

Der Schreiber wandte sich ab und ging auf die Galionsfigur zu, als wolle er ihr seine Ehrerbietung erweisen; man sah, wie er tief Luft holte und die Arme über den Kopf hob.

Huish hatte, wie viele Menschen, die seine unglückliche körperliche Erscheinung teilten, unproportional große, breite und lange Hände; besonders die Handflächen waren ungeheuer. In dieser riesigen Faust war ein Fläschchen unbedeutend. Im nächsten Augenblick schlenderte er mit seinem Auftrag davon.

Herrick folgte ihm zunächst. Dann erschreckte ihn ein Geräusch hinter ihm, und er drehte sich um. Davis war bereits bis zur Galionsfigur vorgeschritten. Er ging geduckt und mit offenem Mund, wie ein Gebannter seinem Führer folgte. Alle menschlichen Überlegungen und selbst die Sorge um das eigene Leben waren von einer einzigen, abscheulichen, brennenden Neugier aufgesogen.

»Halt!« schrie Herrick und richtete das Gewehr auf ihn. »Davis, was machst du, Mann? Du sollst nicht kommen.«

Davis hielt instinktiv inne und betrachtete ihn mit schrecklich abwesendem Blick.

»Stell dich mit dem Rücken zur Galionsfigur. Hörst du mich? Und bleib da stehen!« sagte Herrick.

Der Käptn holte Luft, trat zurück zur Galionsfigur und richtete instinktiv seinen Blick auf Huish.

An jener Stelle war im Sand eine kleine Senke, die wie eine Lichtung zwischen den Kokospalmen wirkte und in welche die Mittagssonne unbarmherzig hinabprallte. Auf der anderen Seite konnte man im Schatten die hochgewachsene Gestalt Attwaters erblicken, der an einem Stamm lehnte; der Schreiber ging mühsam mit den Händen über dem Kopf weiter, wobei der Sand seine Schritte behinderte. Die Helligkeit ringsum schien die geringe Größe des Mannes hervorzuheben; sein Unterfangen schien nicht weniger gefährlich, als wenn ein Hundejunges eine Zitadelle belagert.

»Aha, Mister Whish. Das reicht«, rief Attwater. »Aus dieser Entfernung können Sie mir mit erhobenen Händen, wie ein artiger Junge, die Ansichten des Skippers mitteilen.«

Die Entfernung zwischen ihnen betrug etwa vierzig Fuß, und Huish schätzte sie mit den Augen ab und murmelte einen Fluch. Er war bereits vom mühsamen Gehen im lockeren Sand angefressen, und seine Arme schmerzten bitterlich wegen der ungewohnten Haltung. Das Glas lag in seiner rechten Hand bereit. Sein Herz pochte, und seine Stimme klang erstickt, als er zu reden begann.

»Mister Attwater«, sagte er. »Ich weiß nicht, ob Sie jemals eine Mutter hatten ...«

»Da kann ich Sie beruhigen. Ich hatte eine«, erwiderte dieser. »Außerdem möchte ich mir bitte ab sofort ausbedingen, daß ihr Name in unserer Unterhaltung nicht weiter vorkommt. Vielleicht sollte ich Ihnen mitteilen, daß ich für Theatralik nicht empfänglich bin.«

»Das tut mir leid, Sir, wenn ich Ihre privaten Gefühle verletzt haben sollte«, gab der Schreiber zurück, wobei er verstohlen einen Schritt vortrat. »Aber wenigstens können Sie mich niemals davon überzeugen, daß Sie kein Gentleman wär'n. Ich erkenne einen Gentleman auf den ersten Blick, und daher zögere ich nich', mich Ihrem gnädigen Urteil zu stellen. Is' schlimm, das muß ich sagen. Is' schlimm, wenn man sich geschlagen geben muß. Schlimm, wenn man kommen und um Milde bitten muß.«

»Weil, wenn alles geklappt hätte, diese Insel nun Ihnen gehören würde?« meinte Attwater. »Dieses Gefühl kann ich gut verstehen.«

»Sie sprechen ein Urteil über mich, Mister Attwater«, sagte der Schreiber, »und Gott weiß, wie ungerecht es ist. ›Gott sieht dich‹, lautet der Spruch in meiner Bibel, den mein Vater mit eigener Hand auf das Vorsatzblatt schrieb.«

»Es tut mir leid, wenn ich Sie schon wieder unterbrechen muß«, erwiderte Attwater, »aber Sie scheinen mir ein wenig näher gerückt zu sein, und das entspricht nicht unserer Abmachung. Ich möchte daher vorschlagen, daß Sie einen, zwei, nein, drei Schritte zurückgehen und dort bleiben.«

Aus Huishs Gesicht blickte bei dieser Zurückweisung der reine Teufel, und Attwater wurde rasch mißtrauisch. Er runzelte die Stirn, starrte auf den kleinen Mann und dachte nach. Warum wollte er wohl näher schleichen? Im nächsten Augenblick lag das Gewehr auf seiner Schulter.

»Würden Sie bitte die Hände öffnen. Spreizen Sie die Finger … ich will die Finger sehen, du Hund … und wirf das Ding weg!« brüllte er, und Wut und Gewißheit nahmen gemeinsam zu.

Und genau in diesem Augenblick beschloß der nicht unterzukriegende Huish, das Glas zu werfen, und Attwater drückte ab. Zwischen den beiden Explosionen verstrich kaum eine Sekunde, aber es gereichte zum Vorteil des Mannes mit dem Gewehr, und das Glas hatte noch nicht die Hand des Schreibers verlassen, als die Kugel beide durchdrang. Für einen winzigen Augenblick stand der Schurke in Höllenqualen, badete in flüssigen Flammen, ein schreiender Irrer, und dann streckte ihn eine zweite, gnädigere Kugel nieder. Das Ganze war innerhalb eines Atemzuges geschehen. Ehe sich Herrick umdrehen konnte, ehe Davis seinen Entsetzensschrei ausstoßen konnte, lag der Schreiber ausgestreckt und verkrampft im Sand.

Attwater rannte zu der Leiche, bückte sich und betrachtete sie; er streckte seinen Finger in das Vitriol, und sein Gesicht wurde blaß und hart vor Wut.

Davis hatte sich noch nicht geregt; er stand starr vor Erstaunen, den Rücken zur Galionsfigur gewandt, die Hände auf dem Rücken zusammengeballt, der Körper von der Hüfte an vorgebeugt.

Attwater drehte sich langsam um und richtete das Gewehr auf ihn.

»Davis!« schrie er mit einer Stimme wie eine Trompete. »Ich gebe Ihnen sechzig Sekunden, Ihren Frieden mit Gott zu machen!«

Davis sah auf und begriff. Er träumte nicht einmal von Verteidigung, griff nicht nach der Pistole. Er richtete sich auf, um dem Tod ins Auge zu blicken, und seine Nasenflügel zitterten.

»Ich werde dem alten Herrn nicht lästig fallen«, sagte er. »Wenn ich daran denke, was ich vorhatte, ist es wohl besser, den Mund zu halten.«

Attwater schoß; das Opfer zuckte krampfhaft zusammen, und sofort tauchte mitten über seiner Stirn ein Loch in der weißen Galionsfigur auf. Eine schreckliche Pause folgte; dann wieder ein Knall und das harte Geräusch, als die Kugel ins Holz fuhr; dieses Mal hatte der Käptn den Luftzug an seiner Wange gespürt. Ein dritter Schuß, und er blutete am Ohr. An dem gerade ausgerichteten Gewehr entlang lächelte Attwater wie ein Indianer. Das grausame Spiel, dessen Zielscheibe er war, wurde Davis nun bewußt; dreimal hatte er den Tod gerochen, und er mußte sich darauf vorbereiten, noch siebenmal das gleiche Gefühl zu kosten, ehe man sich seiner entledigte. Er hielt die Hand hoch.

»Halt!« rief er. »Ich nehme doch Ihre sechzig Sekunden!«

»Gut!« sagte Attwater.

Der Käptn schloß die Augen wie ein kleines Kind: Schließlich streckte er mit einer tragischen, lächerlichen Geste die Hände hoch.

»Mein Gott, um Christi willen, sorge für meine beiden Kinder«, sagte er, und dann nach einer Pause mit versagender Stimme: »Um Christi willen. Amen.«

Und dann öffnete er wieder die Augen und blickte mit zitterndem Mund auf das Gewehr.

»Treiben Sie Ihr Spiel nicht zu lange mit mir«, flehte er.

»Ist das Ihr ganzes Gebet?« fragte Attwater mit eigenartig klingender Stimme.

»Ich denke schon«, erwiderte Davis.

»So?« fragte Attwater und stellte den Gewehrkolben auf den Boden. »Ist das alles? Haben Sie mit dem Himmel Frieden geschlossen? Denn mit mir haben Sie es! Geh, und sündige nicht mehr, sündiger Vater. Und denke daran, was immer du anderen antust, Gott wird es tausendfach an deinen Unschuldigen heimsuchen.«

Der unglückliche Davis stolperte von der Galionsfigur, fiel auf die Knie, hob die Hände und fiel in Ohnmacht.

Als er wieder zu sich kam, ruhte sein Kopf auf dem Arm Attwaters; dicht daneben stand einer der Männer mit den Taucherhelmen und hielt einen Eimer Wasser, aus dem sein früherer Henker sein Gesicht benetzte. Die Erinnerung an den schrecklichen Vorfall traf ihn wie ein Hieb; wieder sah er Huish tot, wieder sah er sich am Rand einer unendlichen Ewigkeit taumeln. Mit zitternden Händen griff er nach dem Mann, den er umbringen wollte, und seine Stimme brach aus ihm heraus wie bei einem Kind, das einen fiebrigen Alptraum erlebt: »Gibt es denn keine Gnade? Was kann ich tun, um gerettet zu werden?«

»Aha!« sagte Attwater. »Hier steht ein wahrer Büßer.«

Schluß

An einem sehr hellen, heißen, frischen Mittag mit heftigem Wind, zwei Wochen nach den aufgezeichneten Ereignissen und einen Monat, nachdem sich der Vorhang dieser Episode gehoben hatte, konnte man einen Mann erblicken, der auf dem Sandstrand der Lagune kniete und betete. Die Spitze des Palmenhains verbarg ihn vor Blicken aus der Siedlung; und von der Stelle aus, an der er kniete, war der einzige sichtbare Gegenstand von Menschenhand der Schoner *Farallone*, dessen Bug recht verändert aussah, und der zwei Meilen gegen den Wind mitten in der Lagune leise am Anker tänzelte. Der rauschende Passatwind strich über die Insel; die nahestehenden Palmen pfiffen und raschelten in den Böen; jene in weiterer Entfernung trugen als summender Baß zu dem Geräusch bei, wie der Lärm einer Stadt, und dennoch müßte jeden Menschen, der weniger vertieft war, zuzeiten der schärfere Klang einer menschlichen Stimme aus der Siedlung getroffen haben. Dort herrschte nämlich große Aktivität. Attwater, nackt bis auf die Hosen, lieh seine starke helfende Hand den fünf Kanaken, die er anfeuerte und leitete. An seiner lebhaften Stimme und aufgrund ihrer noch lebhafteren Aktivitäten konnte man ersehen, daß eine unvermutete und angenehme Lage sie zu dieser Aufregung veranlaßt hatte. Die britische Flagge wehte wieder an ihrem Mast. Aber der Büßer am Strand war sich ihrer Stimmen nicht bewußt und betete inbrünstig und vertieft weiter, und seine Stimme schwoll an und ab, seine Miene hellte sich auf und verdunkelte sich unter den wechselnden Stimmungen des Glaubens und des Schreckens.

Vor seinen geschlossenen Augen hatte sich schon seit einiger Zeit ein Kahn auf die ferne, verlassene *Farallone* zubemüht, und kurz darauf konnte man beobachten, wie Herrick an Bord ging, eine Weile in der Kajüte zubrachte, dann zum Vorschiff ging und schließlich im hinteren Laderaum verschwand. Aus allen Teilen folgte ihm eine Rauchwolke; und er war kaum wieder in dem kleinen Boot und ruderte fort, als die Flammen auf dem Schoner ausbrachen.

Sie loderten fröhlich; man hatte nicht mit Kerosin gespart, und der Blasebalg des Passatwindes fachte sie zu hellem Brand an. Halbwegs auf dem Rückweg blickte Herrick sich um und sah, daß die *Farallone* bis zu den Toppmasten in Flammen stand. Dichter Rauch folgte ihm über die Lagune. In einer Stunde, so überlegte er, würden sich die Wellen über dem gestohlenen Schiff schließen.

Es traf sich so, daß er, während sein Boot vor dem Wind daher flog und seine Augen beständig nach hinten gerichtet waren, nördlich zu den Palmen abgetrieben wurde, und hier bemerkte er die in tiefes Gebet versunkene Gestalt von Davis. Ihm entfuhr ein Ausruf, teils aus Verärgerung, teils aus Belustigung, und er legte Hand ans Ruder und fuhr den Bug des Bootes auf den Sand, keine zwanzig Fuß von dem nichts bemerkenden Frommen entfernt. Er nahm die Pinne in die Hand und landete, rückte näher und stand nun neben ihm. Und immer noch floß der breite, unzusammenhängende Strom des Gebets weiter. Es war unmöglich, den Bitten des Büßers nicht zuzuhören, und so lauschte er ihnen eine Weile mit gemischten Gefühlen, mit Humor und Mitleid, und erst, als sein eigener Name fiel und mit Kraftausdrücken in Zusammenhang gebracht wurde, legte er schließlich eine Hand auf die Schulter des Käptns.

»Es tut mir leid, dein Gebet zu stören«, sagte er, »aber ich möchte, daß du auf die *Farallone* blickst.«

Der Käptn mühte sich auf die Füße und holte tief Luft, als er in die angegebene Richtung starrte. »Mister Herrick, erschreck einen Mann nicht so!« sagte er. »Ich bin nicht mehr ganz der Alte, seit …« Er brach ab. »Was sagtest du? Oh, die *Farallone.*« Und er sah sich uninteressiert um.

»Ja«, sagte Herrick. »Da brennt sie, und du darfst raten, was das bedeutet.«

»Die *Trinity Hall* vermutlich«, antwortete der Käptn.

»Genau«, sagte Herrick, »vor einer halben Stunde gesichtet und bald hier.«

»Nun, das bringt auch nichts«, sagte der Käptn seufzend.

»Oh, komm, das ist die reine Undankbarkeit!« rief Herrick.

»Nun«, erwiderte der Käptn nachdenklich, »du siehst es

vielleicht nicht so wie ich, aber ich würde lieber hier auf der Insel bleiben. Ich habe hier Frieden gefunden, Frieden im Glauben. Ja, ich denke, diese Insel ist genau das Richtige für John Davis.«

»So einen Unsinn habe ich noch nie gehört!« rief Herrick. »Wo sich nun alles zu deinen Gunsten wendet? Die *Farallone* vernichtet, die Mannschaft entlassen, eine sichere Sache für deine Frau und Familie, und du selbst, Attwaters Liebling und Lieblingsbüßer!«

»Sag das nicht, Mister Herrick«, erwiderte der Kapitän sanft, »wo wir doch wissen, daß er keinen Unterschied zwischen uns macht. Aber warum kommst du nicht zu uns? Warum nicht auf dem direkten Weg zu Jesus, und wir treffen uns in jenem wunderbaren Land? Das ist das einzige, was nötig ist: Sag nur, Herr, ich glaube, hilf du meinem Unglauben! Und er schließt dich in seine Arme. Siehst du, ich weiß es nämlich, denn ich war selbst ein Sünder!«

ENDE

Gleich zwei psychopathische Serienkiller halten die Welt in Atem: Gary Soneji, seit seiner frühsten Kindheit fasziniert von »Jahrhundertverbrechen«, die er durch Intelligenz und Raffinesse noch zu übertreffen versucht, und der geheimnisvolle »Mr. Smith«, ein skrupelloser Mörder, dessen blutige Spur sich ohne erkennbares Muster durch Europa und die USA zieht. Beide Killer sehen in Alex Cross, Polizeipsychologe in Washington DC, mit Sinn für Familie, Freunde und Musik, den einzig adäquaten Gegner in ihrem tödlichen Katz-und-Maus-Spiel. Und so beginnt Alex Cross' gefährlichster Fall, vor allem als Soneji schwört, ihn und seine Familie zu töten ...

»Die Story gleicht einer Fahrt mit einer Achterbahn, deren Bremsen versagen!«

Chicago Tribune

»Garantie: Spannung bis zur letzten Seite.«

Kölner Express

ISBN 3-404-14342-6

BASTEI
LÜBBE

Der Göttergatte geht fremd und bringt so bei seiner angetrauten Haushälterin das berühmte Faß zum Überlaufen. Amanda, die Heldin in diesem turbulenten Emanzipationsroman, plant generalstabmäßig ihren Abschied von Mann und Kindern, von Heim und Herd.
Eines Tages läßt sie den Trott von 20 Ehejahren hinter sich, wagt und schafft den Sprung in die Selbständigkeit – mit grandiosem Erfolg.

»Boshaft, selbstironisch und spannend!« *FREUNDIN*

ISBN 3-404-16184-X

BASTEI
LÜBBE